中国语言文学"一流学科"建设项目成果

宋词研究

SONGCI YANJIU

房日晰◎著

人民出版社

责任编辑:洪 琼

图书在版编目(CIP)数据

宋词研究/房日晰 著. —北京:人民出版社,2021.8
ISBN 978-7-01-023004-7

Ⅰ.①宋… Ⅱ.①房… Ⅲ.①宋词-诗词研究 Ⅳ.①I207.23

中国版本图书馆 CIP 数据核字(2020)第 267063 号

宋词研究

SONGCI YANJIU

房日晰 著

人民出版社 出版发行
(100706 北京市东城区隆福寺街 99 号)

北京中科印刷有限公司印刷 新华书店经销

2021 年 8 月第 1 版 2021 年 8 月北京第 1 次印刷
开本:710 毫米×1000 毫米 1/16 印张:34.75
字数:620 千字

ISBN 978-7-01-023004-7 定价:138.00 元

邮购地址 100706 北京市东城区隆福寺街 99 号
人民东方图书销售中心 电话 (010)65250042 65289539

版权所有·侵权必究
凡购买本社图书,如有印制质量问题,我社负责调换。
服务电话:(010)65250042

序　言

放在我们面前的这本《宋词研究》,是作者多年来辛勤研究的新成果。作者从两宋三百年来的千余词人中选取38位,进行比较研究。这38位词人,均可视为名家,但同为名家,而情况各自有别。有大名鼎鼎的苏轼、辛弃疾,有对后世颇有影响的柳永以及李清照等。甚至有"笼罩"一时的周邦彦、姜夔这样一些作家,也有仲殊、惠洪这样名头并不怎么响亮的词人,更有并非专业词人而有词作传世的如岳飞、文天祥等民族英雄人物。选取这些各类词人的词作进行研究,从历史的长河望去,可以说把两宋词坛各具典型的词人都聚拢在笔下。给人以初具规模的宋代词人的整体形象。就是这些形形色色姿态各异的词人,共同构筑了枝繁叶茂的花红柳绿的宋代词坛大花圃。

此书作者对宋代词人的研究,是从鉴别比较的角度入手,选取宋词史上并称或风格相近的一二流作家,进行仔细地文本研读和相关资料的参考,作详细地比较,指出二者的同与不同,以彰显其独特的艺术风貌。使读者对其人其词有一个比较清晰的体认。这是一项貌似简易实为艰难的工作,需要作者沉潜心志,认真研读文本,体会作者心意才能完成的工作。这是本书作者着力的重点,也是此书分量最重的部分。如对于北宋初年的晏殊和欧阳修的比较。二人都是政坛高官,也是有名的词人,词在当时被认为是"巨公胜士"的"娱戏文章",笼罩在"词为艳科"的藩篱之中,二人词作的社会内容可谓乏,学术风格却颇为相近,有十多首词竟无法判定属晏属欧。然从他们所写的许多艳词看,其词风却也有很大差异:晏词重在心灵感受,表现灵妙的境界;而欧词则善于描写人物形象,虽涉及禁区却无张扬色情之嫌。以语言论,晏词典雅,语浅情深,欧词常以民间语入词,新巧鲜活。晏词缺乏欧词较丰富的社会内容,以及明朗的感情和较有社会意义的积极的一面。本书作者对晏、欧词风不同处作了细致的评述,对二人风格的相同相近点，人们论述较多，也多中肯，也就节省笔墨不必多说。对其不同点，作者仔细地辨析、体味，发掘大家容易忽略的不同点，并以较为精确的文字表现出来，说得入情入理，切近作品实际，很是令人信服。

尤可注意者，本书作者不仅是以风格相同相近的词人作个体比较，还以宋词创作中的两种艺术风格作比较。这是一个大问题，涵盖面广，不易把握。作者引用了许多翔实的资料，把前人对唐宋诗的不同艺术风格的各种说法，延伸到宋词中两种艺术风格的比较。作者认为宋词初期因为时代、社会的原因，文学氛围的原因，词作多有唐调，南宋以后则多宋腔了。二者的风格特点是唐调明快，宋腔晦涩，周邦彦则可谓将宋词唐调转为宋腔的关键人物。此前，词的创作在于天巧；此后，则在于人工了，无论是姜夔等人或者辛弃疾、陈亮等人，都显得韵致不足，显属于宋腔了。作者用了很大的精力，梳理了大量的资料，然后作出可信的结论。这样，就使读者对于何谓唐调何谓宋腔以及唐调宋腔的来龙去脉有了一个大略明晰的认识。作者认为唐调、宋腔各有千秋，不必抑此而扬彼，这是一个公允而确切的结论。三百余年的两宋词坛，是一个异彩纷呈的大花圃，用"唐调"、"宋腔"这两个概念来概括其艺术风格，是否有阙漏、简单之嫌，大家来共同讨论商榷。

对于南宋末年一度声气颇大的周邦彦、姜夔一系的所谓格律派词人，此书作者选出姜夔王沂孙做比较研究，意在说明此派词人在词史上的传承变化及影响。作者首先从语言的峭拔、笔致的疏淡、词性的骚雅，其次从清空、沉郁、骨韵、意境诸方面，进行非常细致的比较论述，以证其异同，说姜词"极骚雅之致"，王词"也娴雅不凡，二者颇趋一致而各擅胜场"。认为姜词继承了周邦彦雅词的优秀传统，追求诗意美，"其词感情真挚，情调高雅，诗味浓郁"，批评了自柳永以来的所谓俗词的诸多缺点。这些议论，似乎均感褒贬过甚。何以至此，私心以为本书作者受清代常州词派词家说词倾向的影响。

要之，这本《宋词研究》，内容充实，见解独到，论述有力，文字洗练，是一本厚重的，很见功力的书。当然，此书也有可以讨论、商量的地方，已如上文所提及者。

赵俊玠
2016年仲冬于西北大学新村寓所

目　录

序　言 ·· 赵俊玠　1

叙　论 ·· 1

上卷　宋词比较论

上　编

第一章　北宋词 ·· 5
 第一节　范仲淹与王安石 ··· 5
 第二节　晏殊与张先 ··· 10
 第三节　晏殊与欧阳修 ··· 19
 第四节　晏殊与晏几道 ··· 28
 第五节　晏几道与贺铸 ··· 38
 第六节　柳永与欧阳修的艳词 ··· 48
 第七节　柳永与黄庭坚的俗词 ··· 57
 第八节　秦观与黄庭坚 ··· 65
 第九节　仲殊与惠洪 ··· 74
 第十节　赵佶与赵构 ··· 80

第二章 南宋词 86

- 第一节 李清照与朱淑真 86
- 第二节 陈与义与吕本中 94
- 第三节 张元幹与张孝祥 101
- 第四节 岳飞与文天祥 110
- 第五节 辛弃疾与刘克庄的寿词 115
    - 附：辛弃疾与杜斿 122
- 第六节 陈亮与刘过 126
- 第七节 史达祖与高观国 136
    - 附：史达祖与高观国的酬唱词 146
- 第八节 吴文英与周密 149
    - 附：吴文英与尹焕 159

下 编

第三章 继承与创新 166

- 第一节 词论家对苏辛词比较说略 166
- 第二节 苏轼与辛弃疾的婉约词 186
- 第三节 苏轼与辛弃疾的农村词 197
- 第四节 辛弃疾对贺铸词的接受 204
- 第五节 蒋捷对辛词的继承与发展 214
- 第六节 周邦彦与姜夔 226
- 第七节 姜夔与张炎 237
- 第八节 姜夔与王沂孙 246
- 第九节 南宋婉约派词人的豪放词 256
- 第十节 宋词的唐调与宋腔 265
    - 附：温庭筠与韦庄 276

下卷　宋词论丛

上　编

词人作品论 ··· 289
　苏轼词题序论略 ··· 289
　东坡词的"悬崖撒手处"试释 ····························· 294
　浅谈晏几道词对梦的描写 ································· 300
　黄庭坚词为"着腔子唱好诗"说 ··························· 303
　略谈李之仪的词 ··· 307
　论秦观词的情致 ··· 314
　贺铸"以诗为词"说 ····································· 325
　陈师道词简说 ··· 336
　周邦彦词校议（二则） ··································· 342
　周邦彦词艺术上的瑕疵 ··································· 344
　毛滂在词史上的贡献 ····································· 353
　惠洪词补辑二首——兼与何忠盛先生商榷 ················· 360
　叶梦得词简论 ··· 362
　　　　附：给《文教资料》编辑的一封信 ················· 371
　朱敦儒三论 ··· 372
　浅谈吕本中词的特色 ····································· 382
　论向子諲的《酒边词》 ··································· 386
　陆游词"以诗为词"说 ··································· 392
　论朱熹词的爱国情绪之表现 ······························· 398
　赵长卿及其词作 ··· 405
　辛弃疾的白话词 ··· 415
　论辛弃疾词的细节描写 ··································· 421
　也说辛弃疾"以文为词"——从辛词题序中喜用"赋"字谈起 ········ 428

3

程垓词论略 ·· 436
谈刘过词中的对偶 ·································· 442
史达祖的悼亡词 ···································· 448
史达祖词中的对偶句简说 ····························· 452
卢祖皋的小令词 ···································· 456
论吴文英的小令词 ·································· 462
读《花外集》札记 ·································· 469
蒋捷词论略 ·· 476
蒋捷的白话词 ······································ 485

下　编

综合鉴赏论 ·· 488
读《全宋词》札记(六则) ··························· 488
《宋词三百首续编》与"正编"有重出 ·············· 496
关于词的借境问题的检讨 ··························· 497
关于宋词中的人物形象 ····························· 505
宋词中的市民形象 ································· 517
说北宋的士大夫之词 ······························· 520
宋词三首漫谈 ····································· 522
读吕渭老的组词《水调歌头》 ······················· 526
姜夔《满江红》解读 ······························· 532
刘过《沁园春》解读 ······························· 534
一首巧用典故为"十八"的词 ······················· 537
　　附：纳兰性德的悼亡词 ························· 538

主要参考书目 ·· 545
后　记 ·· 549

叙　　论

　　宋词是我国文学史上的一朵奇葩，她以独特的面貌、奇特的姿态步入宋代文坛。她像一位极其漂亮的姑娘，活泼、温柔、芳香，有着清脆响亮的歌喉、优美的身段，带着潇洒的气质，笑盈盈地走上舞台。刚一亮相，就赢得了经久不息的掌声。宋词有着极广泛的社会基础，受到广大读者的喜爱。一千年来，传诵不衰。

　　对于宋词的研究，几乎是与宋词的创作同步的：研究指导着词的创作，创作丰富着研究的内容。人们对词的评骘，从体制、格调、内容、形式、语言等，做了多方面的研究与探索，促使其内容更为精湛，形式更为完美。但真正对宋词的深入研究，则是明清时代了：词论家写了数以百计的词话，选家则又根据不同的审美标准，搞了众多的选本，从选词到点评，从内容到形式，从音韵到图谱，无一不纳入研究的视野。尽管词论家做了大量的研究与阐释，但宋词丰富的内涵与艺术魅力，并未为研究者所穷尽，还有许多未开垦的处女地有待开掘，还有许多未研究的空间可以插足，读者在阅读宋词的过程中，对其内涵还会有创造性地丰富和发展，这是一个汲之不尽，十分甘甜，含有有益身心健康的矿物质的水井，值得我们下大力气采掘。毋庸讳言，宋词因其固有的特殊性，她是以言情见长的，在反映现实的深广程度上，不能与言志的诗同日而语，且因我国诗学中言志观念的根深蒂固，也受到过严重的误解与严厉地贬抑，一些封建卫道者或持不同艺术观的人，对宋词则不免轻视甚或蔑视，认为词是小道，难登大雅之堂。这种偏见，随着社会的发展与审美观念的更新，已渐次消失了。但对词的艺术魅力的叹服与绝大部分词的思想性的不足道，作为文学的批评，往往处于尴尬的地位。

　　改革开放以来，由于文学批评中旧观念、旧思维的不断解构，宋词的研究，得到空前的发展与活跃。我们毫不夸张地说，宋词的研究，已成为一时的显学，成为宋代文学研究的中心。研究队伍的扩大，研究领域的开拓，研究问题的深入，研究水平的提高,都是空前的。许多词集得到了整理与笺释;许多词人的生平与创作,得到了深入的研究。对宋词的研究,从宏观到微观,从核心到周边,以新的理论,新的视野,探幽阐微,取得了很大的成就,拓展了一个全新的局面,这是十分可喜的。

著者以偶然的机缘,得到有关部门的支持,在接近退休的年月,步入学习研究宋词的行列。大部分工作,则是在退休以后进行的。由于学识的浅薄,精力的衰退,事务的冗杂,这本书的写作,竟成了长跑中的马拉松。动手十多年了,才勉强交差,这是十分惭愧的。著者研究宋词的初衷,欲以比较的方法,对同时或异代并称,词风相近的重要词人,做一些研究,以彰显词人的艺术个性特征。十多年来,虽然对宋词作了一些考查,然离初衷,尚有很大的距离。名曰"研究",实际只是个人在学习宋词中微不足道的点滴体会罢了。

作为音乐文学的词,由于乐谱的失传,我们已很难尽力了;作为语言文学的词,我们尚可对词的语言文学的特性,做进一步研究。诸如词的意象、意境、风格、语言之研究,不可或缺。在对宋词研究渐趋边缘化的今日,著者试图回归到对词的文学本质的探讨,从而展示宋词文学的整体风貌,彰显宋代重要词人创作的个性特色。质言之,著者是以宋词本身作为研究对象的,从对词的细读、体悟到理论的概括与提升。在研究过程中,尽量吸收前人与当代学人的研究成果,又力图作出自己独立的判断。

研究者都在追求自己的个性,努力打造自己的品牌,以求成果与世长存。这种精神,令人钦佩和向往。对我而言,我很坦率地讲,这本著作,只要不过早的作为覆瓿之用,也就心满意足了。

上 卷
宋词比较论

第一章 北宋词

第一节 范仲淹与王安石

范仲淹与王安石,都是北宋时期著名的政治家,主张并主持了当时的政治革新。范仲淹在仁宗朝,拜枢密副使,改参知政事,推行庆历新政,为守旧派所阻挠,半途而废。王安石在神宗朝几次拜相,推行新法,被列宁誉为中国11世纪的改革家。他们在中国政治史上,都写下了非常厚重的一笔,值得中国政治史研究者深入探讨;同时,他们又都是成就卓越的词人,虽然存词不多,然艺术水准很高,又在某些方面能够开风气之先。因此,在词史上就有了相当高的地位,受到宋词研究者的重视。据王兆鹏、刘尊明《20世纪宋代主要词人研究成果排名表》[①],范仲淹的研究成果有70项,居宋代词人研究成果的第18名;王安石词的研究成果有55项,居宋代词人研究成果的第20名。数字是最能说明问题的,这足以说明他俩的词,都受到了学界的特别关注,这应引起我们高度的重视。

一

在以儒家思想为核心的封建社会里,政治家与文学家几不可分:儒家强调"学而优则仕","穷则独善一身,达则兼济天下"。如此,文学家是政治攀登的失败者,政治家则因有权势而渐于文学疏离。范仲淹与王安石则是政治家兼文学家。

---

① 刘尊明:《唐宋词综论》,中国社会科学出版社2004年版,第352页。

范仲淹与王安石,首先是政治家,他们在政治舞台上的表演,都是相当精彩的。即便在文学创作上,也首先是以诗文著名的文学家。范仲淹的《岳阳楼记》,至今家传户诵;王安石不仅是唐宋古文八大家之一,而且在诗歌的创作上,形成"王荆公体",有着很高的历史地位。在文学上,他们并非专注于词的创作。可以说,他们对词的创作,都只是在诗文创作之余的偶一涉足而已。因此,二人存词很少。虽然有散佚,但本来写作就不多,却是铁的事实。范仲淹今存词仅有5首,然却可以说他的每一首词,都是精绝之作,值得我们细细品味。王安石存词29首,其特别精妙者,也有七八首。他们词的特点都是少而精,能够超越时代,蜚声词坛,卓绝千古,广为流传,而为后人所艳称。

二

范仲淹、王安石的词,都以风格多样、善于创新而著称于世。他们既有叱咤风云、感情逸宕的豪放词,也有情感细腻、蕴藉含蓄的婉约词。在词的创作上,他们拓宽了艺术创新的领域。

范仲淹的《渔家傲·秋思》,既是著名的为词的创作中不可多见的边塞词,又是一首气凌霄汉感情豪逸的豪放词。在中国词史上,有其重要的地位。

塞下秋来风景异。衡阳雁去无留意,四面边声连角起,千嶂里,长烟落日孤城闭。 浊酒一杯家万里。燕然未勒归无计。羌管悠悠霜满地。人不寐,将军白发征夫泪。

这是词人戍守边疆时对边关生活有深切体验而写的一首著名的边塞词,洋溢着强烈的爱国情绪。在极端艰苦的征战生活中,他们盼望建功立业、勒铭燕然,凯旋而归。词的感情豪迈悲壮,境界开阔,对宋代边塞词与豪放词的创作,都有着深切的影响,是一首在豪放词的创作上开风气之先的杰作。

王安石的《桂枝香》,也早已享誉词坛,是备受学人与选家关注的名篇。著名词人苏轼读了此词以后,非常感慨地说:"此老乃野狐精也。"对其表现的精湛的艺术特色,赞誉之情,溢于言表。

登临送目,正故国晚秋,天气初肃。千里澄江似练,翠峰如簇。归帆去棹残阳里,背西风,酒旗斜矗,彩舟云淡,星河鹭起,画图难足。 念往昔,繁华竞逐,叹门外楼头,悲恨相续。千古凭高,对此谩嗟荣辱。六朝旧事随流水,但寒烟、芳草凝绿。至今商女,时时犹唱,《后庭》遗曲。

此词上阕写景,秋天虽然肃杀,但南京山水之壮阔,远非寻常:既有"千里澄江如练"之长江浩浩奔流,一泻千里;又有诸多"翠峰如簇",插入云霄,凌逼青天。山水辉映,气势非凡。更有水上船只,市里酒旗,河里彩舟,天上星河,如此繁花似锦之景象,实在是"画图难足",无法一一展示;下阕抒情,既发抒对六朝兴亡之感,又触及现实。这历史上的悲剧,曾经在此"悲恨相续","至今商女,时时犹唱,后庭遗曲"。历史上有许多惊人的相似之处,词人在怀古的同时,不免悲今。他感触很深,感慨也很深。这是一首写得极好的慢词,在慢词创作还不盛行的情况下,他能写出这样精警的慢词,实在是不可多得的。

范仲淹与王安石,不仅给我们留下了精警绝伦的豪放词,而且还都写下了蕴藉含蓄的婉约词。创作风格多样,显示出大家风范。

我们先读范仲淹的《苏幕遮·怀旧》:

碧云天,黄叶地,秋色连波,波上寒烟翠。山映斜阳天接水,芳草无情,更在斜阳外。 暗乡魂,追旅思,夜夜除非,好梦留人睡。明月楼高休独倚,酒入愁肠,化作相思泪。

这首词抒发羁旅乡思之情,写得十分深婉。上阕写景,以秋丽远阔的秋景衬托离愁别绪。末句"芳草无情,更在斜阳外",直接导出离思乡情。下阕抒情,"暗"、"追"二字,将暗淡、凄伤缠绵不休的"乡魂"、"旅思"写得淋漓尽致。主人公独倚高楼,自云碧天明至夕阳西下,直至明月高高地挂在天空,足见其思念之良久与凄苦。而"酒入愁肠,化作相思泪",更显其乡思郁积之深。主人公思乡之情,真是难以为怀了。此词上阕写景如画,借景抒情,对后代文学颇有影响。譬如《西厢记·长亭送别》的曲子,就化用了这首词。此外,《御街行·秋日怀旧》、《定风波·自前二府镇穰下营百花洲亲制》,都是写得很好的婉约词,值得一读。

王安石的《千秋岁引·秋景》,是可与范仲淹《苏幕遮》媲美的一首婉约词:

别馆寒砧，孤城画角。一派秋声入寥廓。东归燕从海上去，南来雁向沙头落。楚台风，庾楼月，宛如昨。　无奈被些名利缚，无奈被他情担阁。可惜风流总闲却。当初谩留华表语，而今误我秦楼约。梦阑时，酒醒后，思量着。

此词上阕以凄清哀婉的秋声、岑寂而清冷的秋光，衬托词人心中的离情别绪，引出下阕的无限感慨，抒发了词人宦海倦旅、苦闷哀怨的心情。在写法上能够虚实相间，用典娴熟，显示出空灵回荡而又情真意切的韵味。因而恻恻动人，感人肺腑。余如《清平乐》"留春不住"、《生查子》"雨打江南树"、《谒金门》"春又老"，都是写得很好的婉约词。

三

　　范仲淹与王安石，作为政治家的一生，他们在仕途上坎坷而不平凡的经历，为他们都积聚了极为丰富的人生处世经验。在极为复杂的政治经历中，必然有着丰富的人生感悟，词人将这种人生感悟，做一番深刻的思索，经过咀嚼，上升到哲学理论的高度，写出特别富于哲理的精警之作。这些作品，虽然不是直接以情动人，却能以精警的哲理，启悟人生，引起读者对复杂人世的认真思考。

　　范仲淹的《剔银灯·与欧阳公席上分题》，是一首积聚了丰富政治经验的哲理词：

　　昨夜因看蜀志，笑曹操、孙权、刘备，用尽机关，徒劳心力，只得三分天地。屈指细寻思，争如共、刘伶一醉。　人世都无百岁，少痴騃，老成尫悴。只有中间，些子少年，忍把浮名牵系。一品与千金，问白发，如何回避。

上阕由读《蜀志》而得出结论：曹操、孙权、刘备，一生浴血奋战，你争我夺，仅得三分割据，还不如刘伶一醉。人尽皆知，曹操、孙权、刘备，都是历史上的英杰，词人却说，曾经是三国鼎立的几位枭雄，竟不如阵日沉迷于酒的一个醉汉，真是惊世骇俗之论。这个结论是如何得出的呢？下阕做了回答：谓人生本来就很短促，再除过少年不更事和老年的痴騃，真正生活得很明白可以施展才华的年代是很短很短的,怎能不痛痛快快地享乐,却被浮名牵系,在官场奔波。在官场即便仕途通达,一帆风顺,也难超过曹操、孙权、刘备一生的业绩。无论是官达宰衡还是富比石崇,都无法回避人生衰老的命运。正如唐诗僧贯休所言:"公道唯有世间发,贵人头上不曾饶。"一品官可达,千金财可积,然人的年寿有限,不可能长生不老,这是不争的事实。此词似是消极,似劝人及时行乐,其实是正话反说。古人谓此词"寓劝世之意"①,是很有道理的。范仲淹之所以说岁月不居,光阴不再,想努力做一番事业,对国家与民族作出一番大的贡献。然由于仕途坎坷,虽欲"先天下之忧而忧,后天下之乐而乐"而不可得。其高风亮节,却被人误解,遭人暗算,受人攻击,遂不免发牢骚,说欲其努力奉献,还不如醉生梦死! 这不过是想有所作为而不可得的牢骚罢了。我们应该理解词人的苦衷,理解词的真实含义。

再看王安石的《浪淘沙令》:

伊、吕两衰翁,历遍穷通,一为钓叟一耕佣。若使当时身不遇,老了英雄。　　汤武偶相逢,风虎云龙,兴王只在笑谈中,直至如今千载后,谁与争功?

这是一首著名的哲理词,它尖锐地提出了人生的机遇问题。机遇是偶然的,是可望而不可求的,但却能决定人生事业的成败。贤如伊尹、吕尚,如无机遇,只会老于渔樵,无所成就。正因为他们以偶然的机会,遇到了商汤、周文王这样的英主,因而才如鱼得水,充分地施展了自己的政治才华,才有"风虎云龙,兴王只在笑谈中"的壮举,在商朝与周朝的兴起和发展中,立下了无与伦比的功勋。千百年来,无人与之相比。由此可见,机遇对于个人事功之重要。可谁又能主动掌握千载难逢的机遇呢? 这是词人在此词中的潜台词。

这两首词,都蕴积了极丰富的人生经验,含有极深刻的哲理,给人思想上以深刻的启示。同时,在艺术表现上也颇有特色。由于用了散文化的笔法,且用了口语化的语言,使词明白晓畅,说出了启人深思的道理。其语淡如水,而思力却浓于酒,而寓意深刻,读来味长。这对后来的豪放派词人,特别是辛弃疾及辛派词人的豪放词之创作,有着积极而深刻的影响。

---

① 龚明:《中吴纪闻》,见施蛰存、陈如江:《宋元词话》,上海书店出版社1999年版,第321页。

四

范仲淹与王安石的词,都受到词论家的赞誉。关于范仲淹的词,张德瀛说他"工于词"①,魏礼赞扬他的词"圆浑流畅"②。赵师岳因王安石《桂枝香》词而赞其"真一代奇材"③,王灼则谓:"王荆公长短句不多,合绳墨处,自雍容奇特"④,杨希闵谓"词亦峭劲,如冬岭孤松,远霄鹤鸣"⑤。这些赞誉之词,都是经得起推敲的。

说范词写得"圆浑流畅"、"工于词",实则是浑成自然。词的浑成自然,是一种不易达到的艺术境界。与浑成相反,词的意境往往写得支离而有拼凑之感;与自然相反,往往有做作之态,要能做到无拼凑做作,达到浑成自然,确非易事。所谓浑成自然,并非是词人顺手拈来、妙手偶得之境,而是经过一番辛苦的锻炼之功而后才达到的高超的艺术境界。著名词人周邦彦的词,之所以受到人们的推崇和赞誉,盖因其意境浑成。无疑,范词的自然浑成,境界完美,在北宋词是开风气之先的,是应当予以充分地肯定的。

王安石词的奇特、峭劲,令人"绝倒",这自然是有很高的艺术功力,是"一代奇才"在词的创作上的表现,值得肯定。然他在词的创作中,过分肆才使力,使词有以才学为词之嫌。其词风"劗削,而或伤于拗"⑥,这是他的执拗的个性使然。从艺术境界的完美上,其词不免略逊于范仲淹一筹。

第二节 晏殊与张先

张先与晏殊都是北宋时期著名的婉约派词人。张先虽长晏殊一岁,却是晏

---

① 张德瀛:《词征》卷五,见唐圭璋:《词话丛编》,中华书局1986年版,第4151页。
② 魏礼:《魏季子文集》卷七,见孙克强:《唐宋人词话》,河南文艺出版社1999年版,第155页。
③ 赵师岳:《吕圣求词序》,见孙克强:《唐宋人词话》,河南文艺出版社1999年版,第216页。
④ 王灼:《碧鸡漫志》,辽宁教育出版社1998年版,第8页。
⑤ 杨希闵:《词轨》卷四,见孙克强:《唐宋人词话》,河南文艺出版社1999年版,第218页。
⑥ 徐釚:《词苑丛谈》,上海古籍出版社1981年版,第75页。

的门生,并受到他的特别赏识:"每张来,即令侍儿出侑觞,往往歌子野所为之词。"①张先也以晏殊为知己,长期相依,并为其《珠玉词》作序,可见二人一生情谊之深。张先、晏殊都擅长作小令,内容多系离情别恨、花光月影、流连诗酒,抒写着文人的感情与风韵。晏殊承南唐词风而有所发展,张先虽然也承南唐词风,然因寿长,已跨入开始创作慢词的北宋中期,故《安陆词》中有19首慢词,在词史上的影响与地位,自然与晏殊略有不同。加上他俩的社会地位、审美情趣、构思重心不同,其词的艺术特色与风格也略有差异。

一

张先小令特别注重对诗意的描写,善于创造一种优美的词境,借以寄寓词人的情怀;晏殊也注重词的意境的描写,同时又特别注重情思的抒发,其词有一种颇为浓郁的抒情意味。前者注重客观的描写,寓情于客观景物的描写之中,其词有着浓郁的诗的氛围与浓重的诗的情调;后者重视主观感情的抒发,借景以抒情,有着颇为浓郁的主观情调。

《醉垂鞭》是张先一首颇得好评的词,也是很能代表张先小令艺术特色的一首词作:

> 双蝶绣罗裙,东池宴,初相见。朱粉不深匀,闲花淡淡春。 细看诸处好,人人道,柳腰身。昨日乱山昏,来时衣上云。

此词描写了一位极有风韵的风尘女子:她的罗裙绣了一双漂亮的蝴蝶,脸上涂了层薄薄的粉。她虽然穿着素雅,淡扫蛾眉,却显得特别的悠闲清秀。"闲花淡淡春",暗示她有着秀雅而美丽的情态。仔细一看,她神态大方而又婀娜多姿,犹如神女带着云彩从山峰飘然而下。词人略加点染,就非常生动地写出了这位女子的神韵。词中有描写、有叙述,在描写叙述中富于暗示。笔墨不多,却写出了她的神韵与风采。词人对其爱慕与喜悦之情,跃然纸上。"意态由来画不成",此词却善写人的意态,富于暗示意味,感情含蓄而别有情韵,因此受到词论家的

---

① 张惠民:《宋代词学资料汇编》,汕头大学出版社1993年版,第181页。

特别赞赏。陈廷焯云"蓄势在一结,风流壮丽"①,周济称它为"横绝"②之作。说它"横绝",说它结尾的"风流壮丽",就在于诗人在描写中寓有极强的暗示力,并给读者提供了颇为丰裕的思考与想象的空间。能诱发读者的想象力,从而使欣赏再创造得到充分地发挥。

又如《南乡子·中秋不见月》:

> 潮上水清浑,棹影轻于水底云。去意徘徊无奈泪,衣巾。犹有当时粉黛痕。 海近古城昏,暮角寒沙雁队分。今夜相思应看月,无人。露冷依前独掩门。

这是一首意境朦胧的词。词题是《中秋不见月》,是抒写游子在中秋佳节的思乡之情的。游子看到水中的棹影、云影,表现将要远离时的徘徊与忧伤。最后推出特写镜头,带有当时粉黛痕的衣巾,将他情思的底蕴透露出来,同时也揭示出虽见月而不想见月的矛盾心理,因为月虽圆而人未团圆,徒增其感念忧伤之情。下阕写古城、寒沙、雁队、闺中掩门而不欲见月,写想象中妻子独掩闺门的清冷寂寞,反衬自己的心情。词境轻倩而跳脱,感情执着而深厚。在对氛围浓墨重彩的渲染中,来凸显主人公的心绪。

从以上两首词不难看出,张先是很善于描写词境的。在《安陆词》中,善于描写词境的词是很多的,譬如"沙上并禽池上瞑,云破月来花弄影。重重帘幕密遮灯,风不定,人初静,明日落红应满径。"(《天仙子·时为嘉禾小倅,以病眠不赴府会》)"数声是鶗鴂,又报芳菲歇。惜春更把残红折。雨轻风色暴,梅子青时节。永丰柳,无人尽日飞花雪。"(《千秋岁》"数声鶗鴂")其对于词境的描写,都是相当典型的。意蕴的含蓄丰厚,诗意的浓郁,都是值得我们称道的。

晏殊《珠玉词》,被词论家推为北宋之正宗,其词"妙处俱在神韵,不在字句"③。所谓神韵,是说他的词神情淡远,韵味醇厚,词境高妙,有悠然不尽之致。他尤其善于抒情,写词时往往经过层层铺垫,将感情意绪推到极致,然后再直接

---

① 吴熊和、沈松勤:《张先集编年校注》,浙江古籍出版社1996年版,第93页。
② 唐圭璋:《宋词三百首笺注》,上海古籍出版社1979年版,第8页。
③ 孙克强:《唐宋人词话》,河南文艺出版社1999年版,第195页。

倾泻,故其词中的感情深厚淋漓而又别有情韵。如《破阵子》:

> 海上蟠桃易熟,人间好月长圆。惟有擘钗分钿侣,离别常多会面难,此情须问天。 蜡烛到明垂泪,熏炉尽日生烟。一点凄凉愁绝意,谩道秦筝有剩弦,何曾为细传?

蟠桃三千年一熟而曰易熟,月亮一月一圆而曰长圆,以此反衬"擘钗分钿"情侣的"离别常多会面难"的情景,将离愁别恨以及别后相思写得深沉而强烈,"此情须问天"遂脱口而出,只有公正神明的老天才知道我的心情,而我的情意对天地可表。这句直接抒情的词句,将其与情侣生离死别的沉痛而深挚的感情,推到了最高峰。下阕写别离后度日如年之情景:诗人写整夜不熄而垂泪的蜡烛,写整日轻烟袅袅的香炉,都意在渲染主人公独处的凄清而悲凉的氛围。这种凄凉愁绝的情思,虽有秦筝,哪能传达心曲幽情的万一?"何曾为细传"?这种带有强烈的主观抒情意味的诗句,将其感情表现得强烈而突出。词人对环境浓墨重彩的描写,形成有力的衬托,而后发出浓厚强烈的抒情,以此引起读者心灵的颤动与共鸣,艺术感染力、艺术效果是十分强烈的。晏殊是擅长氛围的渲染与典型环境的描写的。"槛菊愁烟兰泣露。罗幕轻寒,燕子双飞去。明月不谙离恨苦,斜光到晓穿朱户。"(《鹊踏枝》)"细草愁烟,幽花怯露,凭栏总是销魂处。日高深院静无人,时时海燕双飞去。"(《踏莎行》)写槛菊、泣兰、细草、幽花、双燕,都在于写主人公生活的幽怨、孤独、凄清的环境,为抒发强烈的感情作铺垫。晏殊这类词是极多的,如《凤衔杯》"青苹昨夜秋风起"、《清平乐》"红笺小字"、《采桑子》"红英一树春来早"、《撼庭秋》"别来音信千里"等,都有极相似的艺术特点。总之,张先借词的高妙意境的描写,以生动优美的生活画面,引导读者步入词人描写的意境之中,去做感同身受的体验;而晏殊词由典型环境的描写与对氛围的渲染,自然引出浓重真挚感情的抒发,让读者与词的主人公一道体味别离痛苦与辛酸。殊途同归,同样有力地撞击着读者的心灵。

二

诗人对现实生活的捕捉与表现,往往有其特殊的兴趣与爱好,表现出不同的艺术个性与特色。晏殊与张先也毫无例外。他们在词的创作上,在遣词造句炼意诸方面,都有着特殊的兴趣爱好,形成自己独特的艺术个性与风范。

晏殊写词,喜欢用"情"字,从而直接的抒发其深厚而强烈的感情。在《珠玉词》中,其中有29阕共出现了33个"情"字。有"情"字的词,几乎占全部词作的四分之一。而有的词,在同一首中用2个甚至3个"情"字,如《玉楼春·春恨》"花底离情三月雨","无情不似多情苦",就连用了3个"情"字。而在用"情"字时,则打破他一贯颇为含蓄委婉的词风,直抒胸臆,感情奔泻而出,表现得比较直露而强烈。与晏殊相比,张先却喜欢写朦胧的意境,喜用"影"字,以表达某种朦胧的情思。在《安陆词》中,有"影"字的词有29首,共29个"影"字,"影"字的词占全部词作的六分之一。张先词的"影"字虽没有晏殊词中"情"字出现的频率高,然其影响远比晏殊大。在词史的掌故中,有所谓"张三影"、"张四影"、"张五影",而以"张三影"之名昭彰卓著,流誉古今。晏殊的33个"情"字与张先词中的29个"影"字,构成了他们各自审美特征的一个重要方面。以"情"字说,当然没有"不着一字,尽得风流"的含蓄韵致,但却可以说:着一"情"字而尽得风流,将感情表现得真挚而深厚;以"影"字言,尽管将情境写得影影绰绰,孕蓄其中的情思显得非常朦胧,然"心有灵犀一点通",使读者心领神会,有很好的艺术效果。如果说,晏殊在词中多次用了"情"字而情愈显,那么,张先在词中用了"影"字而情愈隐。无论显隐,其情感都是极为真实浓郁的。

晏殊词中的"情"字,多系写男女之情。这种情感之强烈深厚,虽因不同的词境而异,但却同样表现得真挚而感人。这种感情,有"此情须问天"(《破阵子》"海上蟠桃易熟")的深沉决绝之情;有"此情千万重"(《破阵子》"燕子欲归时节")的深广之情;也有难寄之厚情,"惆怅此情难寄"(《清平乐》"红笺小字");脉脉深情,"蜜意深情谁与诉"(《渔家傲》"粉面啼红腰束素");也有缠绵悱恻之情,"此情拼作,千尺游丝,惹住朝云。"(《诉衷情》"青梅煮酒斗时新");还有诸多的别离感伤惆怅之情,"人生有限情无限"(《踏莎行》"绿树归莺"),"无情不似多情苦"(《玉楼春·春恨》),"年年岁岁情"(《破阵子》"湖上西风斜日")。如此等等,将情之真实、深厚、永久,写得真挚而明朗,将其牵肠挂肚、萦绕胸怀的情愫,写得深厚而淋漓。总之,晏殊在词中善用"情"字以表现男女之间的真情,尤其将离情与别恨,写得深厚、广博而强烈,词旨明朗而隽永,不愧为抒情的高手。

张先写词善用"影"字,用以表现诗人某种朦胧的情思。他在描写客观景物时，不是直接的描绘，而喜欢写得影影绰绰，令人难以清晰透视的朦胧之美，表现一种隐约的情感。让你思索，让你仔细体味，能使你在掩卷后仍留有颇为香醇的诗味，并沉潜于诗味的体验。总之，它有着浓厚的含蓄蕴藉之美，"能充分地表现一种有空间距离感的朦胧清幽、轻倩飘浮的美"①，这种美的魅力，能令人陶醉其中而不能自拔。胡仔《苕溪渔隐丛话》引《古今诗话》云：

> 有客谓子野曰："人皆谓公'张三中'，即'心中事，眼中泪，意中人'也。"公曰："何不目之为'张三影'？"客不晓，公曰："'云破月来花弄影'；'娇柔懒起，帘压卷花影'；'柳径无人，堕风絮无影'，此余平生所得意也。"

这3个"影"字，都是词人得意之笔，写得非常绝妙。3句中尤以"云破月来花弄影"最为传神。王国维云："'云破月来花弄影'，著一'弄'字，而境界全出矣。"②它活画出月光从云缝中出没使花影忽隐忽现闪烁不定的情景，而一个"弄"字，又将其情景写活了，无怪乎王国维要对它盛赞了。

诗词中的关键字眼，用得好而境界全出，诗意全活。譬如，被人艳称的王安石的"春风又绿江南岸"的"绿"字，张先"云破月来花弄影"的"弄"字，宋祁"红杏枝头春意闹"的"闹"字，或拟人，或改变词性，都能写出异常鲜活的意境。张先的词，则喜欢写朦胧的意境。朦胧的意境如雾中之花，云中之月，影影绰绰，极难穷形尽相。对这不大清晰的景象，人们却往往有特高的兴致，对之玩味无穷。张先大概出于对朦胧词境的特别喜好，又爱用"影"字描写和展示一些朦胧的意境。他的词以善写"影"字著称，在描绘客观事物、抒发主观感情中，善于以影藏形，因此有余音袅袅、不绝如缕之致。晁补之称赞张先韵高，就是指其词含蓄而有韵致。他写词能避免直说，也不愿将意思说尽，而有意留有余意，给读者留下欣赏再创造的较宽裕的空间。在他的词集中，带"影"字的句子，大都写得高妙而卓绝，令人赞赏不置，"棹影轻于水底云"（《南乡子·中秋不见月》），云影轻，棹影更轻，表现了船只的轻而快捷。"中庭月色正清明，无数杨花过无影"（《木兰花·乙卯吴兴寒食》），杨花轻而易散，有无影无踪之感，隐喻行人一去杳无踪迹，

---

① 刘扬忠：《唐宋词流派史》，福建人民出版社1999年版，第317页。
② 周锡山：《人间词话汇编汇校汇评》，北岳文艺出版社2004年版，第29页。

寓惆怅难言之情。"那堪更被明月,隔帘送过秋千影"(《青门引·春思》),本来就有极浓郁的相思之情,又看到月下美人打秋千的身影,情何以堪?"犹有花上月,清影徘徊"(《仙吕宫·宴春台慢·东都春日李阁使席上》),这难道仅仅是月亮在徘徊?"鸳鸯集,仙花斗影"(《双韵子》"鸣鞘电过晓闹静"),这难道仅仅是写鸳鸯群集,百花争艳?这里的"影"字,实在是写影外之影,有含蓄蕴藉悠然不尽之妙。

在《安陆词》中,花影出现了11次,人影出现了5次,另外还有月影、灯影、旗影、鸟影、秋千影等,写出了词人的朦胧隐约之思,表现了含蓄蕴藉之美。

张先词喜炼句,极有韵致。譬如"啄木细声迟,黄蜂花上飞"(《醉蓬莱·赠琵琶娘,年十二》),以蜂声喻琵琶声,极状琵琶娘弹奏之妙。"惜恐镜中春,不如花草新"(《菩萨蛮》"忆郎还上层楼曲"),写思虑憔悴而又有年老色衰之叹!"何处断离肠,西风昨夜凉"(《菩萨蛮》"簟纹衫色娇黄浅")、"细看玉人娇面,春光不在花枝"(《清平乐·李阁使席》),都是含蓄而又隽妙的词句。"不如桃李、犹解嫁东风"(《一丛花令》"伤高怀远几时穷"),更是古今人所共赏的"无理而妙"的绝妙词句。

总之,"情"字之于晏殊,"影"字之于张先,是其词个性、风格、艺术特征的一个重要标志,对其词的成功的艺术表现,是一个不可或缺的字眼,而张先不特善用"影"字,而且善于琢字炼句,有一些传诵不衰的隽妙词句。也许是由于这带"影"字或不带"影"字的词句写得过分佳妙,而词的其他句子相对平弱,词境似不够浑融。虽然如此,我们仍然认为,他是北宋词人中,在词的创作上作出了较大贡献的名家。

三

就文学史上的地位而言,被推为"词之正宗"的晏殊,其词仍继南唐的清疏婉约之风,所谓"风流蕴藉,一时莫及,而温润秀洁,亦无其比"①。"欧、晏正流妙处俱在神韵,不在字句。"②因此,词的意境浑融,剔透玲珑,有如碧玉之光洁透亮。张先词秀丽峭劲,俊逸精妙,娟洁流畅,或有发越处,且警句颇多,浑成似有

---

① 唐圭璋:《词话丛编》,中华书局1986年版,第83页。
② 孙克强:《唐宋人词话》,河南文艺出版社1999年版,第195页。

不足。李清照以为"虽时时有妙语,而破碎何足名家。"①评语虽苛,却并非空穴来风。他的词或为过多的名句隽语所累,有时全篇反失去特有的光彩,偶出现一些有句无篇的词作。以玲珑浑成讲,比晏殊略有某些不足。然晏殊在词的发展史上的贡献,主要是继承并巩固前人已取得的成果,在这方面,他与欧阳修都作出了巨大的成就,其功绩是不可抹杀的。但对词的开拓与创新不够,远不能与张先相比。张先词风格多样,且有较多的慢词,在词史上的影响,大大地超过了晏殊。

第一,张先词在词史上是承前启后的。对此,清代的词论家陈廷焯在《白雨斋词话》中,作出了剀切的论述:

> 张子野词,古今一大转移也。前此则为晏、欧,为温、韦,体段虽具,声色未开;后此则为秦、柳,为苏、辛,为美成、白石,发扬蹈厉,气局一新,而古意渐失。子野适得其中,有含蓄处,亦有发越处。但含蓄不似温、韦,发越亦不似豪苏腻柳。规模虽隘,气格却近古。

其实,欧、晏、张、柳都是同时代人,张、柳倒比欧、晏年长一些。张先寿长,很有一些名作写于三人逝世之后。然欧、晏写小令,且继承了南唐词风。而张、柳都写了较多的慢词,写法上都程度不同地采用了铺叙延展手法,然柳俗张雅,风调自别。就是慢词,张先也不同于苏、辛、周、柳诸人的做法,而主要采用了小令作法。夏敬观云:"子野词凝重古拙,有唐五代之遗音,慢词亦多用小令作法。""在北宋诸家中,可云独树一帜。"②他的慢词,往往写得含蓄委婉,情景交融。他能承前之词风含蓄蕴藉,启后之词风词气发越,为此,陈廷焯对他极为推崇,称"张子野为一体",说"子野词,于古隽中见深厚","词品超绝"③。况周颐说他的词是"风流高格调"④,吴梅称其"规模既正,气格亦古,非诸家能及也"⑤。刘扬忠说他

---

① 王仲闻:《李清照集校注》,人民文学出版社1979年版,第194页。
② 夏敬观:《𬬮庵词评》,见《词学》第五辑,华东师范大学出版社1986年版,第197—198页。
③ 陈廷焯:《白雨斋词话》,人民文学出版社1959年版,第206、128、171页。
④ 唐圭璋:《词话丛编》,中华书局1986年版,第4423页。
⑤ 吴梅:《词学通论》,华东师范大学出版社1996年版,第69页。

"是北宋词中传统与创新两股势力之间互相转化的桥梁"①。如此等等,都足以说明张先的词风有着独立的品格,他在词的发展中所起的重要作用,以及在词史上的卓越地位。这是晏殊以及其他词人不能代替的。

第二,张先词对周邦彦是有很大影响的。陆侃如、冯沅君在谈到张先词的特点时说:"1. 无论写人或写物,张词都喜用些华丽的字面。……2. 张词又喜炼字。……3. 张词常用《人间词话》所谓'代字'。……4. 张词已有喜铺叙的倾向。""这四点对于后来的大词人周邦彦都有点影响。周词工巧而遒劲,很接近张作。"②陆、冯之说极是。周邦彦词的特点之一,是善于在文词上下功夫:如喜用典故、善炼字、爱用华美的词句;又在写法上善于铺叙,这与张词极相似,不过比张词用得更普遍、更娴熟、更完美一些,这是符合后来居上规律的。而周词之所以具有这些艺术特点,是与受张词的影响分不开的。虽然,这对周词来说,仅仅是一些写作技法,而且就这几点说,也早已远远超过了张词。然张先对他的起航导路之功,却不可没。钱基博在谈到周邦彦《诉衷情·残杏》、《一落索》"眉共春山争秀"、《南柯子》"宝合分时果"等词时也说:"婉媚清新,丽处能朗,得张先之意。"③薛砺若在谈到张先词的影响时说:"后来如贺铸、周邦彦等,无不受其影响,而形成了一新的系统——北宋艳冶一派的词人。"④由此可见,就词的造境与选材说,他的一些词,也是受到张先词的影响的。

第三,张先词对姜白石词有着一定的影响。先著在评张先《青门引》"乍暖还轻冷"时说:"子野雅淡处,便疑是后来姜尧章出蓝之助。"⑤又在评《师师令》"香钿宝珥"时说:"白描高手,为姜白石之前驱。"⑥指出其用白描手法与词的雅淡风格,对姜夔词的深切影响。关于张先词对姜夔词的某些影响,这在姜词中是有迹可寻的。

如上所述,我们可以毫无夸张地说:张先词对两宋词的发展,有着广泛而深刻的影响。他在词的承前启后上,有着相当的功绩。从这一点来讲,晏殊词与张

---

① 刘扬忠:《唐宋词流派史》,福建人民出版社1999年版,第314页。
② 陆侃如、冯沅君:《中国诗史》,作家出版社1956年版,第624、625页。
③ 钱基博:《中国文学史》,中华书局1993年版,第609页。
④ 薛砺若:《宋词通论》,开明书店1948年版,第89页。
⑤ 唐圭璋:《词话丛编》,中华书局1986年版,第1346页。
⑥ 唐圭璋:《词话丛编》,中华书局1986年版,第1352页。

先词是无法比拟的。当然,晏殊恪守词为艳科的传统,继承南唐词含蓄蕴藉的风格,他对词的本色的巩固,成绩也是不可抹杀的。不过,从词的发展角度讲,他的词重在守成,不免有点保守,开拓略嫌不足。

第三节 晏殊与欧阳修

晏殊、欧阳修都是北宋著名的词人,他们的词受《花间词》,特别是南唐冯延巳的影响很深。内容上大都是表现士大夫高雅的闲情逸趣,词风深美婉约,风格雅洁秀隽。晏、欧之词并称,一时难分高下。然他们之所以在词史上有相当高的地位,则是因其词的取材内容或有不同,词的创作各有自己的个性,并非是从一个模子里产出的同样货色。譬如晏殊就有30首祝寿之作,这在北宋词人中实在是罕见的;欧阳修有俗词60余首,写得生动活泼,艳而有节;且有10余首豪放之作。如此等等,在词史上有着重要的地位与影响。然其词的个性特征,往往为当今文学史家所忽略。因此,有详加比较研究之必要。

一

晏殊、欧阳修词风相近,表现在以下几个方面:

第一,在《全宋词》中,晏殊、欧阳修有《浣溪沙》"青杏园林煮酒香"、《渔家傲》"粉笔丹青描未得"等11首词重出互见,编者唐圭璋先生与当今晏、欧词的研究者,都拿不出带有倾向性的意见。以是,二集并存,难以确定其真正的归属。自然,这11首词的著作权,非晏即欧,某些词只能是晏殊或欧阳修一人所作,绝不可能是他们合作的结果。唐先生与当今晏、欧词研究的学者,之所以未能明确分辨,并归其所归,是因为二人词的总体风格极为相近,特别是这11首词,既无其他资料的依据,又从个人风格上难以识辨。因此,无论从哪一家词集中都无从肯定或删除。更有甚者,一些注家,对此竟视而不见:注晏殊词者以之为晏词,注欧阳修词者以之为欧词。中国书店出版的《晏殊词新释辑评》、《欧阳修词新释辑评》,就是这么做的。这是一种不负责任的态度,剥夺了读者对这11首词作者究竟是谁的知情权。假如晏、欧词整体风格相差甚远,那么,关于这11首词的作者分辨与真正归属的解决，就不那么困难了。至少，从风格的差异上，可以说出一些可供参考的意见，使这些词归属的谜团，得以澄清或接近澄清。这11首词之归属之所以至今未能解决，也反证了晏、欧词总体风格之近似。

第二，晏、欧词有极为相似的艺术风格。关于晏、欧词的艺术风格，宋代的王灼在其《碧鸡漫志》卷二曾说：

> 晏元献公、欧阳文忠公，风流缊藉，一时莫及，而温润秀洁，亦无其比。①

《锦瑟词话》载王士禛语称：

> 欧晏正派，妙处俱在神韵，不在字句。②

清代的郭麐在其《灵芬馆词话》卷一亦云：

> 词之为体，大略有四：风流华美，浑然天成，如美人临妆，却扇一顾，《花间》诸人是也。晏元献、欧阳永叔诸人继之。③

王灼、王士禛、郭麐等人，都认为晏殊、欧阳修词的风格相近，并将其相提并论，这是很有见地的。现存晏殊、欧阳修词，有百分之六十以上的词，风格温润婉约，极为相似。例如晏殊词《采桑子》："时光只解催人老，不信多情，长恨离亭，泪滴春衫酒易醒。梧桐昨夜西风急，淡月胧明。好梦频惊，何处高楼雁一声。"欧阳修词《采桑子》："画楼钟动君休唱，往事无踪。聚散匆匆。今日欢娱几客同。去年绿鬓今年白，不觉衰容。明月清风。把酒何人忆谢公。"这两首词，感情诚挚深婉，意境空灵。读后令人有余音袅袅、不绝如缕之感。

第三，今之论者，多以晏、欧称，盖因词风相近。吴梅《词学通论》云：

> 大抵开国之初，沿五季之旧，才力所诣，组织较工。晏、欧为一大宗，二

---

① 唐圭璋：《词话丛编》，中华书局1986年版，第83页。
② 朱崇才：《词话丛编续编》，人民文学出版社2010年版，第116页。
③ 唐圭璋：《词话丛编》，中华书局1986年版，第1503页。

主一冯,实资取法,顾未能脱其范围也。①

刘大杰《中国文学发展史》云:

> 晏殊,作品很多,真能为宋初词坛领袖的,是晏殊与欧阳修。……晏、欧的词,表现上层社会的生活与感情,但他们所表现的范围,是狭隘的,形式是短小的。②

中国社会科学院文学研究所《中国文学史》云:

> 欧阳修……和同时代名词人晏殊的创作大致相近。③

吴梅、刘大杰、中国社会科学院文学研究所文学史编写组都认为晏殊、欧阳修词在题材、体制、结构、风格以及创作继承等方面均极相似,如此,晏、欧词风相近,已成共识,似不必再饶舌词费了。

二

晏殊、欧阳修词,都有自己的艺术个性,面貌各异,却是毋庸置疑的。

首先,晏殊是典型的婉约派词人,其词体物细腻,描摹精妙,其要眇宜修处,欧阳修词达不到;欧阳修作为婉约派词人,却写了一定数量的豪放词,也是晏殊所不及。

郑骞《成府谈词》云:

> 《珠玉词》缘情体物,细妙入微处,为六一所不及;六一情调之奔放、气势之沉雄,又为珠玉所无。④

---

① 吴梅:《词学通论》,华东师范大学出版社1986年版,第63页。
② 刘大杰:《中国文学发展史》(中),古典文学出版社1958年版,第226、233页。
③ 中国社会科学院文学研究所:《中国文学史》,人民文学出版社1962年版,第567页。
④ 《词学》(第十辑),华东师范大学出版社1992年版,第147页。

郑骞对晏殊、欧阳修词的创作特色各异的情景，概括颇为准确，这对我们研究晏、欧词不同的艺术特色，很有启示。晏殊词极善于缘情体物，故词中描摹情景细妙入微，词风婉柔细腻，将词的婉约风格表现得突出而典型。譬如《清平乐》："金风细细，叶叶梧桐坠。绿酒初尝人易醉，一枕小窗浓睡。紫薇朱槿花残，斜阳却照阑干。双燕欲归时节，银屏昨夜微寒。"这一首词表现的只是词人一时淡淡的闲愁和略含凄婉的情绪，却写得如此委婉而细腻、深切而感人。这是因为从描写情景说，此词"以景纬情，妙在不着意为之，而自然温婉"[1]。从遣词造句说，用字精妙，其"浓"字之着意，尤堪称道。盖"少饮已易醉矣，醉且浓睡，此'浓'字点出深愁，运字之细，不见斧斤，直开二百年后吴梦窗之蹊径"[2]。诚哉斯言，开"梦窗之蹊径"，尤宜深思。

再如《清平乐》：

红笺小字，说尽平生意。鸿雁在云鱼在水，惆怅此情难寄。　斜阳独倚西楼，遥山恰对帘钩。人面不知何处，绿波依旧东流。

这是一首抒情名篇，它非常细腻地传达出对情人的深切怀念以及相思之情难以寄托的惆怅。情思微妙，情调低徊婉曲，以景结情，词格甚高。诚如赵尊岳先生说评："此词说离情之深，莫与伦比；用笔之妙，更匪夷所思。"[3]

晏殊词词情深婉、格调高绝之作甚多。如《踏莎行》："小径红稀，芳郊绿遍，高台树色阴阴见。春风不解禁杨花，蒙蒙乱扑行人面。翠叶藏莺，朱帘隔燕，炉香静逐游丝转。一场愁梦酒醒时，斜阳却照深深院。"《鹊踏枝》："槛菊愁烟兰泣露，罗幕轻寒，燕子双飞去。明月不谙离恨苦，斜光到晓穿朱户。昨夜西风凋碧树，独上高楼，望尽天涯路。欲寄彩笺兼尺素，山长水阔知何处。"前者以十分贴切的笔墨，写了暮春景色，衬出主人公淡淡的哀愁，空灵有味；后者借秋天凄清景象以抒情，感情凄婉沉重。如此等等，都显示出晏殊词善于缘情体物、细微入妙的特色。这在婉约词中，是很典型的。

欧阳修的主导风格是婉约的。所谓"欧公一代儒宗，风流自命，词章幼眇，

---

[1] 唐圭璋：《唐宋词简释》，上海古籍出版社1981年版，第56页。
[2] 赵尊岳：《珠玉词选评》，见《词学》第七辑，华东师范大学出版社1989年版，第154页。
[3] 赵尊岳：《珠玉词选评》，见《词学》第七辑，华东师范大学出版社1989年版，第155页。

世所矜式"①。就是对他婉约词成就的充分肯定。如《踏莎行》:"候馆梅残,溪桥柳细。草薰风暖摇征辔。离愁渐远渐无穷,迢迢不断如春水。寸寸柔肠,盈盈粉泪。楼高莫近危阑倚。平芜尽处是春山,行人更在春山外。"此词上阕写行人忆家,下阕写闺人忆外。感情柔婉而深厚。余如《诉衷情》"清晨帘幕卷轻霜"、《蝶恋花》"庭院深深深几许"、《木兰花》"别后不知君远去",都是婉约词中的经典之作,完全可以和晏殊的婉约词媲美。但却还有一些疏隽之作,甚而还写了一些豪放词,却为晏词所罕有。邱少华先生说:"历来论词史者以晏(殊)、欧并称,为宋初小令代表作家,同入婉约派。其实,欧阳修词风亦有豪放一面,即使以严格的标准来考量,他的豪放词也在十首以上,数量实在不算少了。"②这十首以上的豪放词,无论从占欧阳修词创作的比例或绝对数字来说,都不算多。然北宋豪放词总数就不多,有些学者甚至说:"一共也数不到十首。"③这大概是把豪放词的标准定得太高且掌握太严了,但放宽其衡量的尺度,充其量也只有四五十首,苏轼是以豪放派词人名世的,然其豪放词也不到二十首。以此观之,欧阳修写的豪放词实在不算太少了。欧阳修在苏轼以前,其词以婉约词著称,而能写出十多首豪放词,这是很了不起的,在词史上有很高的地位。因此,王国维对其有很高的评价。他说:"永叔'人间自是有情痴,此恨不关风与月''直须看尽洛城花,始与东风容易别。'于豪放之中有沉着之致,所以尤高。"④就是说他的豪放词不是一味地豪放,虽然豪情满怀,却仍很有理智,故将豪放之情,写得仍有节制。

且看《玉楼春》:

> 两翁相遇逢佳节。正值柳绵飞似雪。便须豪饮敌青春,莫对新花羞白发。　人生聚散如弦筈,老去风情尤惜别。大家金盏倒垂莲,一任西楼低晓月。

这首词写朋友相勉老当益壮的情怀,语言雄健,感情奔放,境界壮阔,是一首比较

---

① 曾慥:《乐府雅词引》,见唐圭璋等:《唐宋人选唐宋词》,上海古籍出版社2004年版,第295页。
② 邱少华:《欧阳修词新释辑评·前言》,中国书店2001年版,第6页。
③ 吴世昌:《诗词论丛》,北京出版社2000年版,第126页。
④ 滕咸惠:《人间词话新注》(修订本),齐鲁书社1986年版,第98页。

典型的豪放词。余如《朝中措》"平山阑槛倚晴空"、《浪淘沙》"把酒祝东风"、《圣无忧》"世路风波险"、《圣无忧》"相别重相逢"、《采桑子》"十年前是尊前客"、《渔家傲》"四纪才名天下重"、《渔家傲》"十二月严凝天地闭"等,都是感情激越、豪情满怀的。如果将这些词置于苏、辛词集中,也是一时难辨的。因此,我们似可以说:他的词豪放开苏、辛,他与范仲淹都是豪放词派的先行者。其词用语健朗,有时语言不免有点儿硬,至少不如一些婉约词人的用语那么柔和软媚,是似诗的而非纯词的,是词的语言向诗的语言靠拢或过渡。这种用语特色,对苏轼"以诗为词"的做派,不能说没有影响。

欧阳修有豪放词十余首,这不是一个小的数字,绝不能忽略,不可等闲视之。应当指出,它在词的创作上独开一面,对词的发展,有很大的影响。诚如冯煦所说:"疏隽开子瞻,深婉开少游。"①关于"深婉开少游"姑且存而不论,就其"疏隽开子瞻"来说,可谓厥功甚伟。在宋词豪放词的创作长河中,如果说是范仲淹开其端,那么,欧阳修则壮其势,使豪放词的创作由涓涓细流而渐次走向汪莽,到苏轼笔下,犹如黄河巨浪,则显得壮阔而有气势,辛词亦似长江,更加汪洋恣肆,从而形成词史上的苏辛派别。由此可见,欧词在词史上之功勋可谓伟烈,几近无以复加了。

第二,晏殊、欧阳修都写了许多艳词,其词风却有很大的差异:晏殊之词气格温润,其描写艳情,重在心灵感受,表现灵妙的境界;欧阳修艳词善写人物形象,表现青年男女之间微妙的感情。极具创造性,写得十分精彩。

晏殊《玉楼春·春恨》,即是不可多得的绝妙好词:

绿杨芳草长亭路,年少抛人容易去。楼头残梦五更钟,花底离情三月雨。　无情不似多情苦,一寸还成千万缕。天涯地角有穷时,只有相思无尽处。

此词将离情虽写得"爽快决绝"②,特别是下阕用了白描手法,并直抒胸臆,将心灵感受与精神境界一股脑儿的全盘托出,写得淋漓尽致,但却令人感觉"婉转缠

---

① 冯煦:《蒿庵论词》,见唐圭璋:《词话丛编》,中华书局1986年版,第3585页。
② 沈际飞:《草堂诗余正集》,见刘扬忠:《晏殊词新释辑评》,中国书店2003年版,第193页。

绵,情深一往,丽而有则,耐人玩味。"①这首凄艳之作,感情低徊反复,言有尽而意无穷,值得我们细细品味。

再如《破阵子·春景》:

> 燕子来时新社,梨花落后清明。池上碧苔三四点,叶底黄鹂一两声。日长飞絮轻。 巧笑东邻女伴,采桑径里逢迎。疑怪昨宵春梦好,元是今朝斗草赢。笑从双脸生。

这是一首农村词,清新活泼,尤其是下阕写年轻的村女们的欢笑斗乐,写得风神婉约,如闻香口,如见姿容,极为生动。所谓"不必言情而自足于情。一字一句,落落大方,能得天籁,斯即为词中之圣境。珠玉是矣。"②

欧阳修的艳词,写得生动活泼,生气勃勃。虽涉男女禁区而又写得微妙含蓄,艳姿多情,却绝无张扬色情之嫌。其写人物形象,又能跃然纸上,活泼而清新。《南歌子》"凤髻金泥带"、《醉蓬莱》"见羞容敛翠"、《御街行》"夭非华艳轻非雾",都是写艳情的佼佼者,其写人物形象之逼真传神,尤堪称道。如《南歌子》:

> 凤髻金泥带,龙纹玉掌梳。走来窗下笑相扶。爱道画眉深浅、入时无。 弄笔偎人久,描花试手初。等闲妨了绣功夫。笑问双鸳鸯字、怎生书。

此词写新嫁娘之美艳、缠绵,对丈夫之亲昵与眷恋,娇态憨态可掬,风神生动如画。我们可以毫无夸张地说,诗人具有了小说家描写人物形象、故事情节以至细节的卓越能力,笔下的人物形象有很强的雕塑感,读后烙印极深。此词写人物形象生动,在我国抒情诗中,实在是不可多得的。又如《醉蓬莱》"见羞容敛翠",写少女与情人初次幽会时之复杂心情,十分逼真,也是值得称道的。

词作为古典抒情诗的类别之一,所写形象,一般是词人的自我形象,罕见有客观描写之形象。欧阳修的一些词,却描写或竟塑造了生动的人物形象。这在

---

① 陈廷焯:《白雨斋词话》,见唐圭璋:《词话丛编》,中华书局1986年版,第3886页。
② 赵尊岳:《填词丛话》(卷三),见《词学》第四辑,华东师范大学出版社1984年版,第81页。

宋词以致中国的古典抒情诗中,却都是罕见的。因此,在词中描写人物形象,可谓欧阳修一大创举。而他在描写人物形象时,又能以极省俭的笔墨,以画眼睛的手法,约而有节,生动而传神,这是值得我们为之击节赞赏的。

第三,晏殊词中有寿词30首,占其全部词作的1/5强,这实在不是一个小的数字与比例。据刘尊明先生检索统计,在宋词中"其全部寿词总数竟达2554首,约占《全宋词》作品总数(21055)的1/8弱,12.13%。"①寿词创作之丰收,主要是南宋词人之"业绩",北宋人创作的寿词,还不成气候,仅有32人创作的180余首。②许多词人,只是偶有所作罢了,而晏殊的寿词创作,竟占北宋全部寿词的1/6,真可谓泱泱大观了。对其寿词创作,一般持全盘否定态度。冯沅君谓晏殊寿词、咏物、歌颂升平的"这三种词,约占《珠玉词》的三分之一,就中寿词尤多。这三种词大都无内容,少风致,读之味如嚼蜡;而寿词尤劣"③。的确,这30首寿词,无论从思想内容与艺术特色讲,都很难做出一些正面的或者较肯定的评价,但也似乎不可一笔抹杀。这是因为作为寿词,为其浓烈的世俗情味和客套应酬性质所决定,作为社会风尚的一种表现,反映社会习俗的一个侧面,不无益处。他的寿词主要是他寿,其对象包括皇帝、同僚、妻子、歌妓,虽系酬应无聊之作,也可概见北宋上层社会生活习俗、精神风貌。何况有的词"比较真实地保留了当时上层士大夫文化生活的若干画面"④。有的词成功地表现了歌妓形象。艺术上也并非都是"浅俗凡庸",大部分寿词还都写得"得体",个别词写得"情亲而调婉,境谐而格高"⑤,颇有清新自然之致。从词史角度讲,他的寿词创作开风气之先,对南宋寿词的创作,有其极大的影响。然寿词大量出现,毕竟是词史上一股强劲的逆流,其恶劣影响,晏殊也无以辞其咎。遍检欧词,在240余首词中,却无一首寿词,在创作上,确能贞操自守。由此可见:晏、欧于寿词之创作,功过判然。然诚如上文所论,晏殊对寿词的创作,也不宜彻底否定。

第四,晏、欧词的语言风格有别。晏殊词的语言典雅,雍容而华贵。语浅情深,有低徊反复之致;欧阳修词的语言含蓄而隽永,耐人品味。又常以民间语入

---

① 刘尊明:《唐宋词综论》,中国社会科学出版社2004年版,第136页。
② 刘尊明:《唐宋词综论》,中国社会科学出版社2004年版,第136页。
③ 陆侃如、冯沅君:《中国诗史》,作家出版社1957年版,第621页。
④ 刘扬忠:《晏殊词新释辑评》,中国书店2003年版,第95页。
⑤ 刘扬忠:《晏殊词新释辑评》,中国书店2003年版,第79页。

词,新巧鲜活,特富表现力。其对词的发展,影响尤巨。诚如钱基博先生所云:"思路甚隽,而笔意有二:有冶丽同晏殊,而特为深婉以开秦观者……有空灵出韦庄,而抒以疏俊以开苏轼者,……大抵晏词婉丽,尚是晚唐之风流;而欧笔屈折,已开苏词之跌宕。"①

晏殊之词,如:

芙蓉金菊斗馨香,天气欲重阳。远村秋色如画,红树间疏黄。 流水淡,碧天长,路茫茫。凭高目断,鸿雁来时,无限思量。

(《诉衷情》)

绿树归莺,雕梁别燕,春光一去如流电。当歌对酒莫沉吟,人生有限情无限。

(《踏莎行》)

以上两首词,典型地表现出雍容华贵、语浅情深的用语特点。

欧阳修之词,如:

把酒祝东风。且共从容。垂阳紫陌洛城东。总是当年携手处,游遍芳丛。 聚散苦匆匆。此恨无穷。今年花胜去年红。可惜明年花更好,知与谁同。

(《浪淘沙》)

好个人人,深点唇儿淡抹腮。花下相逢、忙走怕人猜,遗下弓弓小绣鞋。 划袜重来。半軃乌云金凤钗。行笑行行连抱得,相挨。一向娇痴不下怀。

(《南乡子》)

前者语言含蓄隽永,后者语言新巧鲜活,表现截然不同的语言特色。余如《浪淘沙》"把酒祝东风"、《望角儿》"增之太长"、《迎春乐》"薄纱衫子裙腰匝",都很典型地表现出欧阳修词的语言特色。

总之,从词的发展趋势看,晏殊词谨守缘情,仍停留在娱乐、呈艺、酬应上,多

---

① 钱基博:《中国文学史》,中华书局1993年版,第521页。

系游戏之作。欧阳修词则逐渐向言志方向发展,题材渐趋广泛,内容较为丰富,感情比较明朗,有较强的社会意义。他对宋词健康的向前发展,有着较大的贡献。

第四节　晏殊与晏几道

晏殊、晏几道父子,都是北宋词坛婉约词的重要作家,其词的主要内容无非是个人的闲愁闲绪、离情感伤,根本谈不上是对社会生活的深刻反映。然其词风婉约,词调圆润,感情真挚动人,在词的创作上,取得了很高的艺术成就,受到历代词论家的赞誉。毛晋云:"晏氏父子,具足追配李氏父子。"①他将晏殊父子与南唐二主词相提并论,是有一定道理的。晏殊父子继承南唐二主词风,在推动婉约词的发展上作出了积极的贡献,在词史上有着重要的地位。

一

晏殊(991—1055),字同叔,临川(今江西抚州市)人。7岁能属文,景德初,以神童召试,赐进士出身,屡擢知制诰翰林学士。庆历中,拜集贤殿学士同中书门下平章事,兼枢密院使。出知永兴军,后以疾归京师,留侍经筵。卒,谥元献,有《珠玉同》行世,存词一百三十余首。

晏殊身为太平宰相,生活优裕,在日常的政务之余,就是宴乐。叶梦得云:

> 晏元献虽早富贵,而奉养极约。惟喜宾客,未尝一日不燕饮。而盘馔皆不预办,客至旋营之……亦必以歌乐相佐,谈笑杂出……稍阑,即罢遣歌乐曰:"汝曹呈艺已遍,吾当呈艺。"乃具笔札,相与赋诗,率以为常。前辈风流,未之有比也。

太平宰相晏殊,生活面非常狭窄,感情也相当平和,既无国事之忧虑,又无个人生

---

① 柏寒:《二晏词选》,齐鲁书社1983年版,第122页。

活上的愁烦,整日间除过宴乐以外,就只有一点偶然的闲愁闲绪,再加上他把词的创作看成"呈艺",主要表现自己的艺术才情,而不是反映社会生活。他承袭了晚唐五代词的遗风,多为遣兴娱宾而作,题材狭窄,多描写流连光景的阑珊情绪,其词大部分是反映士大夫宴游的生活以及对良时易逝、欢时无多的感慨,缺乏深刻的现实意义。如《浣溪沙》"一曲新词酒一杯"、《浣溪沙》"一向年光有限身"、《木兰花》"燕鸿过后莺归去"、《踏莎行》"小径红稀"等,都是这种感情的典型表现。

晏殊所处的时代,政通人和,天下晏安,作为宰相,他对政治权势无所追求,对生活也很满足,他已是意满志得别无所求了。这种满足感使得他思想不免平庸,感情意绪上也无大的波澜,只有似有若无的闲愁闲绪在脑中萦绕。因此,其词似无深刻的思想内容可言,但我们只要仔细地体味他在词中所表现的感情,特别是表现迟暮之感和时光流逝的感伤时,就觉得他在词中除表现闲愁闲绪之外,似仍有所求,但这种追求不够明朗,不好把捉。因其将填词当做消遣,而不像写诗那样郑重其事地抒怀言志,因而,他在词中表现的感情的深层内涵,往往被人忽视。从深层讲,他词中所表现出的闲愁闲绪,并非都是富贵已极的满足,或百无聊赖的情绪。他的一些写闲愁闲绪的词篇,有时蕴含着诗人不满足的遗憾,他并不因富贵已极、位极人臣而满足,在思想生活上没有丝毫的遗憾。当然,也不是说他有强烈的权势欲或非分之想。他绝没有篡位而达九五至尊的奢望,也不企羡富如石崇的豪奢,但却隐隐约约地透露出精神生活上的某些缺憾,显示出个人的某种愿望与追求。譬如为人乐道的《浣溪沙》:

一曲新词酒一杯,去年天气旧亭台,夕阳西下几时回? 无可奈何花落去,似曾相识燕归来,小园香径独徘徊。

词人在听曲饮酒中深感时光流逝之快,有江山依旧人渐衰老之感。词人追问"夕阳西下几时回?"宇宙长在而生命却难永恒,回答只能是"羲和自趁虞泉宿,不放斜阳更向东"。"从来系日乏长绳,水去云回恨不胜"(李商隐:《乐游原》)。词人这种无可奈何的情绪也和李商隐相同,时光不可逆转,这只能使志士浩叹而已。"小园香径独徘徊",词人陷入深沉而冷静的思索之中。人只能在有限的生命中,作出更多更大的贡献,使业绩永恒,从而使生命由有限走向无限,以事业上的巨大成就作为生命的延续。"无可奈何花落去,似曾相识燕归来"。时光飞逝,春去秋来,词人带有浓厚的感伤情绪。这两句词在其七律《示张寺丞王校勘》诗中曾经出现,可见词人对它的珍爱。由此也可体察词人感情的走向。"劝君莫作独醒人,烂醉花间应有数"(《木兰花》"鸿雁过后莺归去")。"当时共我赏花人,点检如今无一半"(《木兰花》"池塘水绿风微暖")。这是生命的警钟,也是词人清醒时的悲哀!张宗橚云:"东坡诗'尊前点检几人非',与此词结句同意。往事关心,人生如梦,每读一过,不禁惘然!"①他在惘然中对生活的理想似有追求,但又不够明晰,扑朔迷离。值得注意的是,时光流逝的伤感一直横在胸中,这种情绪在其词中时有流露:"朝云聚散真无那,百岁光阴能几个?"(《木兰花》"玉楼朱阁横金锁")"当歌对酒莫沉吟,人生有限情无限"(《踏莎行》"绿树归莺")。"时光只解催人老……浮生岂得长年少"(《渔家傲》"画鼓声中昏又晓")。"东流到了无停住"(《渔家傲》"粉面啼红腰束素")。"兔走乌飞不住,人生几度三台"(《清平乐》"春花秋草")。"何人解系天边日,占取春风,免使繁红,一片西来一片东"(《采桑子》"阳和二月芳菲遍")。"劝君看去利名场,今古梦茫茫"(《喜迁莺》"花不尽")。"金乌玉兔长走,争得朱颜依旧"(《秋蕊香》"梅蕊雪残香瘦")。如此等等,在时光易逝的感叹中,对人生的价值有着某些深刻的反省和思索,诚如陶尔夫先生在评《浣溪沙》"一曲新词酒一杯"时说:"作者以有限的生命来体察无穷的宇宙,把人生放到时空这一广大范围中来进行思考,于是,这首词便具有某种厚重的哲学韵味了。"②这种"厚重的哲学韵味"在晏殊词中不时出现,譬如"满目山河空念运,落花风雨更伤春"(《浣溪沙》"一向年光有限身")二句,通过对广袤的空间和飞逝的时光的描写,表现词人感时伤春的深沉感慨,情绪相当强烈,因此,吴梅以为此二语"较'无可奈何'胜过十倍"③,这是颇有道理的。当然,对大晏这类词的思想意义不能做过高的评价,但其惜时情愫以及丰富的内涵,绝不能轻轻抹杀或一笔勾销的。

表现男女之间的离愁别恨,是晏殊词内容的另一个重要方面。《清平乐》"红笺小字"、《踏莎行》"祖席离歌"等,都是这类词的典型代表,它抒写情人暌违、别易会难的生离死别之痛,这是具有普遍意义的主题。"年年岁岁好时节,

---

① 张宗橚:《词林纪事》,上海古籍出版社1998年版,第173页。
② 陶尔夫:《珠玉词:诗意的生命之光》,《北京大学学报》1988年第5期。
③ 吴梅:《词学通论》,华东师范大学出版社1996年版,第65页。

怎奈尚有人离别"(《望汉月》"千缕万条堪结")。"无情不似多情苦,一寸还成千万缕。天涯地角有穷时,只有相思无尽处"(《玉楼春·春恨》)。"准教杨柳千万丝,就中牵系人情"(《相思儿令》"昨日探春消息")。他将这种牵系人情的别离写得真挚而动人。

晏几道(1030—1106?)字叔原,晏殊第七子。著有《小山词》,今存词二百五十余首。

晏几道虽然家世煊赫,然仕途却很不得意。神宗熙宁七年(1074),郑侠上书请罢黜吕惠卿,反对新法,事发下狱。几道因曾与郑侠往来而被牵连入狱,他毫无怨言。后来曾做过颍昌许田镇监官,崇宁四年间,为开封府推官,以狱空,转一官,赐章服。其余则难以考究了。他出身富贵之家未能守其富贵,且个性与世俗不合,落魄不羁,为人耿介,能清节自守,不登权贵之门。黄庭坚在《小山词序》中,对他的为人处世做了生动的描写:

> 叔原固人英也,其自痴亦自绝人。爱叔原者,皆愠而问其目,曰:仕宦连蹇,而不能一傍贵人之门,是一痴也;论文自有体,而不肯一作新进士语,此又一痴也;费资千百万,家人寒饥,而面有孺子之色,此又一痴也;人百负之而不恨,己信人,终不疑其欺己,此又一痴也。

此处所说的"痴",是对他人格的高度赞扬,不巴结权贵以求升迁,不投朝廷之所好而作进士语,不吝惜钱财,不怕穷困潦倒,胸襟廓落而又宽以待人,他是一个很正直的人,然却不合时宜,遭到世人的冷遇和白眼。于是将其感情寄托于"哀丝豪竹"之中"期以自娱",他没有其父那样优游不迫的生活与政务之余的闲愁闲绪,面对严峻的现实与人生不免深有感慨。然又无以自处,也不能抛弃贵公子落魄不羁的庸人习气,流连于歌楼酒馆,借以消愁解闷。因此,他对歌女生活有着深切的体会与同情。他在词里也写离愁别绪,深切动人。由于家世的衰败和生活的落魄,词里流露出一种很深的感伤情绪,有着强烈的身世之感,并打上了鲜明的时代烙印。如"古来多被虚名误,宁负虚名身莫负。劝君频入醉乡来,此是无愁无恨处"(《玉楼春》"雕鞍好为莺花住")。他追求个性自由的情绪是那么强烈,那么执着,却不免碰壁。在碰壁之余,只有借酒浇胸中之块垒了。因此,经常抒发不得志的牢骚:"谁知错管春残事,到处登临曾费泪。此时金盏直须深,看尽落花能几醉。"(《玉楼春》"东风又作无情计")诗人以遒劲的笔姿写沉痛的伤春情绪,寄寓着对自己落魄身世的感叹。在表现思想感情上,他的《阮郎归》是具有代表性的。词云:

> 天边金掌露成霜,云随雁字长。绿杯红袖称重阳,人情似故乡。 兰佩紫,菊簪黄。殷勤理旧狂。欲将沉醉换悲凉,清歌莫断肠。

此词在沉痛感伤中不失倔强之气,颇能显示小晏之个性与独立人格。"殷勤理旧狂"一句,将其满腹愤激不平之气和盘托出。不合时宜而不悔,且有坚持到底绝无回首之意。其对当时社会的愤激与抗争之意溢于言表。况周颐释此词云:

> "绿杯"二句,意已厚矣。"殷勤理旧狂"五字三层意。"狂"者,所谓一肚皮不合时宜,发见于外者也。狂已旧矣,而理之,而殷勤理之,其狂若有甚不得已者。"欲将沉醉换悲凉"是上句注脚。"清歌莫断肠",仍含不尽之意。此词沉着厚重,得此结句,便觉竟体空灵。①

此词内容厚重,是指"殷勤理旧狂"这种带有强烈情绪的语句。他这种感情,在某种程度上带有一定的叛逆性,是落魄以后的清醒与抗争,是有典型意义的。

内容的厚重,使二晏词在词史上具有重要的地位,但其具体表现却有很大的不同。大晏的厚重,表现在对哲理的思索中,有一种生命的迫切感,归趣在于作为个体的人对社会如何才能作出更大的贡献;小晏的厚重,则是因为感情中蕴含着某种程度的反叛,发展趋向则是对现有制度的破坏。相较而言,小晏词内容的厚重,更具有社会意义。

表现男女之间的挚爱之情是小晏词的重要内容之一。比起大晏来,其感情更为坦诚、真挚而强烈。如《清平乐》"留人不住"的"此后锦书休寄,画楼云雨无凭",周济谓"结语殊怨,然不忍割"②。所谓"殊怨",其实是指爱之深而怨之烈罢了,因此,选家对此词虽觉感情激愤,有失温柔敦厚之旨,却不忍割爱。这类

---

① 况周颐:《蕙风词话》,人民文学出版社1960年版,第25页。
② 周济:《宋四家词选》,古典文学出版社1958年版,第19页。

"殊怨"之词,求之小山词集,可谓比比皆是。"回头满眼凄凉事,秋月春风岂得知"(《鹧鸪天》"斗鸭池南夜不归"),"相思本是无凭语,莫向花笺费泪行"(《鹧鸪天》"醉拍春衫惜旧香")等等,在凄怨中表现了深挚之情。他还喜欢写梦,其词集中,有55首都写了梦境,表现了梦寐以思的极为执著的感情。他的词写别离相思之苦痛,十分真切,感动着千千万万的读者。

二

晏殊父子词的创作,都以婉约为主,词风极为相似,如感情的优柔婉转,语言的清丽精工等。虽然如此,但又各有自己的追求,表现出不同的艺术个性。

首先,在艺术表现上,二人追求的重心不同:大晏极力追求词的气象的表现,他企图营造美的意境以打动读者的心灵;小晏则是一位纯情的词人,他极力追求真情的表现,通过真情与读者交流。他善于以袒露的胸襟和真实的情愫敲开读者心灵的门窗。关于晏殊对词的气象的追求,吴处厚《青箱杂记》载:

> 晏元献公虽起田里,而文章富贵,出于天然。尝览李庆孙《富贵曲》云"轴装曲谱金书字,树记花名玉作签。"公曰:"此乃乞儿相,未尝谙富贵者,故余每咏富贵不言金玉锦绣,而惟说其气象。若'楼台侧畔杨花过,帘幕中间燕子飞','梨花院落溶溶月,柳絮池塘淡淡风'之类是也。"故公自以此句语人曰:"穷儿家有这景致也无?"

李庆孙之《富贵曲》,极力描摹与刻画富贵之态,追求表面的华贵,迹近形似,难免卑俗鄙陋之讥。晏殊则能以淡雅之笔书写富贵,能遗貌取神,神清而气远,表现出清淡雅致的意境。表现了富的风神,空灵而有韵。关于气象,诚如刘逸生所说:"颇接近后世的所谓'意境'。词人使用委婉其词的手法,巧妙地运用景物的暗示能力去表现作品的主题。"[①]因此,这种气象的追求,或借景抒情,或极力渲染氛围,使词含蓄蕴藉,蕴含着诗人极丰富的感情。它对词的境界的拓展,对词

[①] 刘逸生:《晏殊附晏几道》,见吕慧鹃:《中国历代著名文学家评传》第3卷,山东教育出版社1984年版,第69页。

的意境的深化,都有着很大的作用。

小晏词善于言情,此为历代词论家所称道。陈廷焯赞扬他"工于言情",但又批评他"情溢词外,未能意蕴言中",又说:"李后主、晏叔原皆非词中正声,而其词则无人不爱,以其情胜也。情不深而为词,虽雅不韵,何足感人?"①冯煦则以为他是"古之伤心人也。其淡语皆有味,浅语皆有致"②。这种批评,是比较符合小晏创作实际的,小晏词因其情真、情深,因此有着很强的艺术力量。如《阮郎归》:

> 旧香残粉似当初,人情恨不如。一春犹有数行书,秋来书更疏。 衾凤冷,枕鸳孤,愁肠待酒舒。梦魂纵有也成虚,那堪和梦无?

上阕写恨,以旧香残粉起物是人非之慨,"一春"两句,是"人情恨不如"的具体化。下阕写孤寂,"衾凤冷"两句写闺中落寞之情,"愁肠"由此而发,"梦魂"两句采用递进的手法,写足相思而怨恨之情。直抒胸臆,感情强烈。

晏殊词追求气象,在情景交融中写出空灵的意境,表现心灵的奥秘。小晏词追求感情的真诚袒露,往往用白描手法,直写胸中之真情。因此,大晏词给人更多的是理性的思考,能引起读者的思索与回味;小晏词给人更多的则是情绪的感染,能引起读者心灵的震颤。

晏殊的《清平乐》"红笺小字"、《清平乐》"金风细细"、《踏莎行》"小径红稀"等词,都是通过景色的描写,表现自己的意绪,意境完美,给人以更多的思索与回味。如《踏莎行》:

> 小径红稀,芳郊绿遍,高台树色阴阴见。春风不解禁杨花,蒙蒙乱扑行人面。 翠叶藏莺,朱帘隔燕,炉香静逐游丝转。一场愁梦酒醒时,斜阳却照深深院。

此词描绘暮春初夏景象,抒写时序流逝引起的情绪波澜。上阕着力描绘景色,从

---

① 陈廷焯:《白雨斋词话》,人民文学出版社1959年版,第196页。
② 冯煦:《蒿庵词话》,人民文学出版社1959年版,第61页。

景色中显示出节序的转换。"春风"两句用了拟人化手法,将节序转换写得极有神采。下阕写了主人公的轻愁,这种闲愁意绪是通过典型的氛围渲染表现出来的,可谓"神到"之作。诗人的感情寓于意境描写之中,表现得婉约而平和。诗人描写时序流逝的感慨,能引起读者回味与深思。

晏几道写男女之间的离愁别绪,感情凄苦而伤痛,以致发出绝望的悲哀。"衣上酒痕诗里字,点点行行,总是凄凉意。红烛自怜无好计,夜寒空替人垂泪"(《蝶恋花》"醉别西楼醒不记")。"楼上金针穿绣缕。谁管天边,隔岁分飞苦。试等夜阑寻别绪,泪痕千点罗衣露"(《蝶恋花》"碧落秋风吹玉树")。"分钿擘钗凉叶下,香袖凭肩,谁记当时话。路隔银河犹可借,世间离恨何年罢"(《蝶恋花》"喜鹊桥成催凤驾")。词人以加倍的写法,抒离恨之痛,哀怨殊深。他还善于通过对梦境的描写,表现离恨别情的痛苦与感伤。"春思重,晓妆迟,寻思残梦时"(《更漏子》"柳丝长");"到情深,俱是怨,惟有梦中相见"(《更漏子》"欲论心");"远水来从楼下路,过尽流波,未得鱼中素。月细风尖垂柳渡,梦魂长在分襟处"(《蝶恋花》"碧玉高楼临水住");"梦魂惯得无拘检,又踏杨花过谢桥"(《鹧鸪天》"小令尊前见玉箫"),如此等等,他将梦寐以思的感情表现得淋漓尽致。梦是现实的投影,他通过对梦境的描写,将离愁别恨写得凄婉而感伤。

小晏词深入浅出,这是值得称道的。"明年应赋送君诗,细从今夜数,相会几多时"(《临江仙》"身外闲愁空满")。陈廷焯赞其"浅处皆深"①。"晓霜红叶舞归程,客情今古道,秋梦短长亭","少陵诗思旧才名,云鸿相约处,烟雾九重城"(《临江仙》"淡水三年欢意")。陈氏又赞其"情词兼胜"②,"风吹梅蕊闹,雨细杏花香"(《临江仙》"浅浅余寒春半"),在工切的对仗中,颇能表现词的境界。他善于以清新雅致的语言,含蓄而婉转地表现情思,形成曲折深婉的艺术特色。

文学是语言艺术,作为文学形式之一的词,它对语言的运用尤为讲究。几乎每一个词人都有自己的个性与风格,从而形成独有的艺术特色。二晏词的语言有什么特点呢?大晏词语言蕴藉含蓄,韵味深厚,耐人咀嚼;小晏词的语言自然率真,清浅可爱。

大晏词除了"离别常多会面难,此情须问天"(《破阵子》"海上蟠桃已熟"),

---

① 陈廷焯:《白雨斋词话》,人民文学出版社1959年版,第11页。
② 陈廷焯:《白雨斋词话》,人民文学出版社1959年版,第11页。

有些显露而激越外,一般都写得平和蕴藉,语言婉约而含蕴。

谈到大晏词的语言,刘熙载说:"词中句与字,有似触著者,所谓极炼如不炼也。晏元献'无可奈何花落去'二句,触著之句也。"①"文章本天成,妙手偶得之"②,所谓"触著"就是妙手偶得的意思。从创作情绪来说,是客观景象与诗人灵感妙合无垠的产物;从语言的推敲来说,是锻炼之极而复归自然,即虽极炉锤之工而不留毫发迹痕也。他的词境深,语言精,绝少雕琢之作。如《木兰花》:

玉楼朱阁横金锁,寒食清明春欲破。窗间斜月两眉愁,帘外落花双泪堕。朝云聚散真无那,百岁相看能几个? 别来将为不牵情,万转千回思想过。

此词"横金锁"的"横"字,"春欲破"的"破"字,都是含义丰富、颇为精警的字眼:一个"横"字,写出了门庭冷落的情景;一个"破"字,写尽春意阑珊之态。"窗间斜月"两句,是情景交融、精工美妙的佳句。"朝云"两句饶有情趣,能激起读者更多的联想。

又如《清平乐》"金风细细"一首,或赞其"不求工而自合"③,或称道"情味于言外求之"④,对其欣赏之情,溢于言表。余如"不向尊前同一醉,可奈光阴似水声。迢迢去未停"(《破阵子》"湖上西风斜日"),"月好漫成孤枕梦,酒阑空得两眉愁。此时情绪悔风流"(《浣溪沙》"阆苑瑶台风露秋"),如此等等,都是"极炼如不炼"的绝妙好句。

晏几道的词,有些也像大晏一样,写得含蓄蕴藉,如《菩萨蛮》:

哀筝一弄湘江曲,声声写尽湘波绿。纤指十三弦,细将幽恨传。 当筵秋水慢,玉柱斜飞雁。弹到断肠时,春山眉黛低。

此词诚如黄蓼园所说:"末句意浓而韵远,妙在能蕴藉。"⑤但他最为擅长的是用

---

① 刘熙载:《艺概》,上海古籍出版社1978年版,第121页。
② 钱仲联:《剑南诗稿校注》,上海古籍出版社1985年版,第4469页。
③ 唐圭璋:《词话丛编》,中华书局1986年版,第1345页。
④ 俞陛云:《唐五代两宋词选释》,上海古籍出版社1985年版,第161页。
⑤ 唐圭璋:《词话丛编》,中华书局1986年版,第3030页。(按:此词被黄蓼园误作张先词)

白描的手法写景,自然而精炼,能将平平常常的景物写得妙绝而极富诗意。如被人艳称的《临江仙》:

> 梦后楼台高锁,酒醒帘幕低垂。去年春恨却来时,落花人独立,微雨燕双飞。　记得小蘋初见,两重心字罗衣。琵琶弦上说相思。当时明月在,曾照彩云归。

这首词受到词论家的普遍赞誉。陈廷焯云:"小山词,如'去年春恨却来时,落花人独立,微雨燕双飞'。又'当时明月在,曾照彩云归'。既闲婉,又沉着,当时更无敌手。"[1]谭献谓"落花"两句:"名句,千古不能有二。所谓柔厚在此。"[2]俞陛云说:"落花,二句正春色恼人,紫燕犹解'双飞',而愁人翻成'独立'论风韵如微风过箫,论词采如红蕖照水。"[3]被词论家盛赞的这两句词,其实是五代翁宏《春残》诗中的颔联。词人顺手拈来,水乳交融,不着痕迹,成为词境不可分割的一部分,作为诗反倒很少有人提及了。这是很值得思索的问题,是词的借境成功的例证之一。关于词的借境问题,本书下卷有专文讨论,此处不赘。这两句不特是词语言美的典范,更重要的是适于表现词人精心营造的意境,可谓天造地设,浑融无间,没有丝毫拼凑的痕迹。这种借来的语言,喧宾夺主,反倒成了此词最为精彩的部分,令人拍案叫绝。

晏几道的词虽然多用白描手法,却极有思致,思绪曲折深婉,构思新颖独到,感情深厚浓烈。如:

> 从别后,忆相逢。几回魂梦与君同。今宵剩把银釭照,犹恐相逢是梦中。
>
> (《鹧鸪天》"彩袖殷勤捧玉钟")
>
> 花不语,水空流。年年拼得为花愁。明朝万一西风动,争向朱颜不耐秋。
>
> (《鹧鸪天》"守得莲开结伴游")

---

[1] 陈廷焯:《白雨斋词话》,人民文学出版社1959年版,第11页。
[2] 谭献:《复堂词话》,人民文学出版社1959年版,第22页。
[3] 俞陛云:《唐五代两宋词选释》,上海古籍出版社1985年版,第174页。

去时约略黄昏,月华却到朱门。别后几番明月,素娥应是销魂。

(《清平乐》"暂来还去")

语言是那么自然、朴素、清新,不事雕饰,韵味天然。这种绝妙的语言,自然而精炼,又有着极强的表现力,着实让人赞叹。

第五节 晏几道与贺铸

晏几道(1038—1110)、贺铸(1052—1125),他们两人都活了70岁以上。这在文学史上,算是享年长寿的词人了。从经历看,贺铸比晏几道晚生14年,他们并世生活达58年之久,接近一个甲子了。毫无疑问,他们是同时代很著名的两位词人。晏几道存词260首,贺铸存词293首。两人存词数量相当,质量与影响相若,在创作个性上,也有许多相似的地方。故从宋代以来,就不断有人将他们相提并论,较长论短,说法纷纭。因此,将其深入比较研究,以彰示其艺术特性与创作之异同,论定他们在词史上的地位,是十分必要的。

一

在北宋词坛上,晏几道、贺铸异军突起,在词的创作上,不仅铸就了艺术成就的辉煌,而且有许多惊人的相似之处。

首先,以创作体裁而言,晏几道与贺铸都擅长小令,其小令数量之多、质量之高,都赢得了读者的赞誉与词论家的赞赏。他们在词史上的崇高地位,主要是由其小令创作奠定的,特别是晏几道。据笔者统计,晏几道《小山词》,有小令223首,占其全部词作的七分之六;贺铸《东山词》,有小令216首,占其全部词作的四分之三。这些小令,名重一时,为世传诵。晏几道《临江仙》"梦后楼台高锁"、《鹧鸪天》"彩袖殷勤捧玉钟"、《鹧鸪天》"小令尊前见玉箫"、《阮郎归》"旧香残粉似当初"、《阮郎归》"天边金掌露成霜",都是传诵的名篇,也为选家所看重。贺铸《半死桐》"重过阊门万事非"、《杵声齐》"砧面莹"、《陌上桑》"西津海鹘舟"、《点绛唇》"一幅霜绡"、《减字浣溪沙》"烟柳春梢蘸晕黄"等,也都是宋词的经典之作,一向脍炙人口,受到词论家的高度赞赏。

我们先读晏几道的《鹧鸪天》:

小令尊前见玉箫,银灯一曲太妖娆。歌中醉倒谁能恨,唱罢归来酒未消。春悄悄,夜迢迢,碧云天共楚宫遥。梦魂惯得无拘检,又踏杨花过谢桥。

此词写他在友人家饮宴,当时有一位歌伎唱歌侑酒,一见倾心,却难以相接。回家后,因思念此伎而不能入寐,不免辗转反侧。长夜迢迢,好容易进入梦乡,梦中的灵魂却不受约束,竟飞到谢桥与其相会。此词将他对她的爱慕思念之情,写得如醉如痴,感情深至。程叔微云:"伊川闻诵晏叔原'梦魂惯得无拘检,又踏杨花遇谢桥'长短句,笑曰;'鬼语也。'意亦赏之。"①理学家一惯轻视文艺,对颇受当时文人鄙视的小词,更不屑一顾。此词却受到两位道貌岸然的理学家的破格赞赏,可见它的确绝妙,有着超常的艺术感染力。

再看贺铸的《半死桐》:

重过阊门万事非,同来何事不同归?梧桐半死清霜后,头白鸳鸯失伴飞。原上草,露初晞,旧栖新垅两依依。空床卧听南窗雨,谁复挑灯夜补衣。

这是词史上罕见的优秀的悼亡词,写词人对亡妻的悼念,感情真挚,语言爽朗,读之令人唏嘘,令人感伤,令人落泪。"空床卧听南窗雨,谁复挑灯夜补衣"。妻子当年挑灯补衣之情景,历历在目。当年贫贱相守,相濡以沫,今日思之,能不泫然泪下吗?空床孤眠,辗转反侧,加上室外淅淅沥沥的雨声,挑逗着他极为烦乱苦闷的心坎,直令人难以自持。这首词写得那么质朴,那么实在,词中流荡着对妻子至深的感情。

晏几道、贺铸在小令创作上,取得了丰硕的成果,受到词论家高度的赞赏。谈到小山、方回的词,陈匪石赞其"工秀绝伦"②,"工秀绝伦"四字,是就其二人

---

① 邵博:《闻见后录》卷十九,引自张草纫:《二晏词笺注》,上海古籍出版社2008年版,第324页。

② 陈匪石:《旧时月色斋词谭》,引自《宋词举》(外三种),江苏古籍出版社2002年版,第212页。

词作的整体而言的,质之二人的小令创作,以"秀"评之,十分确当;以"绝伦"誉之,也不为过。蒋兆兰称:小晏、东山"皆工小令,足为师法"。① 是说他们的小令,作为楷模,足以表率词坛,供人肄习。盖"其词皆神于炼",即极炼而似不炼,虽锤炼不留炉锤之迹,"不似南宋名家针线之迹未灭尽也"②。因此得出结论:小山的小令"砥柱中流";贺铸的小令"为百余年结响"③。对其推崇到了无以复加的地步,但却是经典的评语,不可移易。晏几道、贺铸的小令词,实在是中国词史上最后的双璧,耸起了难以逾越的艺术高峰。诚如龙榆生所说:"小令发展到了小晏,就没有百尺竿头更进一步的专家了。"④此后,随着慢词的发展,小令创作逐渐不受词家的重视,走向式微。所以,终宋之世,再没有出现晏几道、贺铸这样小令创作的辉煌,也无如此鲜艳而美丽的奇葩大量面世了。即此而言,晏几道、贺铸的小令词,在中国词史上既处峰巅,也可谓之绝响。无论如何,这在词史上是值得大书一笔的。

既然晏几道、贺铸对擅长小令创作,对此并世两雄自然有此长彼短的问题。周稚珪说:"词之有令,唐五代尚矣。宋惟晏叔原最擅胜场,贺方回差堪接武。"⑤是把贺铸的小令创作成就放在晏几道之下的,其褒贬之意俨然。其实,两人的小令写法不同,表现风格与个性不同,但都达到了很高的艺术境界,可以说是两座巍巍并峙的艺术高峰,它们并驾齐驱,胜境各擅。在小令创作上,不必对二人妄分高下,扬此抑彼的。

其次,以词的创作风调而言,晏几道、贺铸都以婉约词著称,在词史上,都堪称是婉约词的大家。观晏几道的《小山词》,几乎全是脍炙人口的婉约词,贺铸《东山词》,除了《六州歌头》"长淮望断"、《小梅花》"缚虎手"等四首豪放词外,其余绝大部分都是婉约词。

晏几道的婉约词,几乎都是写自己恋情的,早年他与西楼歌伎、南湖采莲姑娘以及西溪南楼的柳、杏等人的恋情。这些词艳冶缠绵,充溢着挚爱的情绪,感情深厚。张草纫在《小山词笺注·前言》中做了详细的论述,兹不赘论。后来多

---

① 蒋兆兰:《词说》,见唐圭璋:《词话丛编》,中华书局1986年版,第4637页。
② 陈匪石:《声执》,引自《宋词举》(外三种),江苏古籍出版社2002年版,第188页。
③ 陈匪石:《宋词举》,引自《宋词举》(外三种),江苏古籍出版社2002年版,第83页。
④ 龙榆生:《词曲概论》,上海古籍出版社1980年版,第28页。
⑤ 杜文澜:《憩园词话》卷二,见唐圭璋:《词话丛编》,中华书局1986年版,第2865页。

写他与沈廉叔、陈君龙家的歌伎莲、鸿、萍、云交接中的感情纠葛。莺莺燕燕,十分融洽。如《鹧鸪天》:

> 彩袖殷勤捧玉钟,当年拚却醉颜红。舞低杨柳楼心月,歌尽桃花扇影风。　从别后,忆相逢,几回魂梦与君同。今宵剩把银釭照,犹恐相逢是梦中。

此词上阕写当年聚会时的欢乐,她极为精彩的歌舞表演,通宵达旦;下阕写别后的殷切思念及今重逢的惊喜。词情婉丽,感情深挚。尤其是下阕,写别久重逢犹疑做梦的真切情景,更为动人。陈廷焯谓:"曲折深婉。自有艳词,更不得不让伊独步。"①又说:"后半阕一片深情,低回往复,真不厌百回读也。言情之作,至斯已极。"②陈对此词极为欣赏,评价也很到位。又如《蝶恋花》:"碧玉高楼临水住。红杏开时,花底曾相遇。一曲《阳春》春已暮。晓莺声断朝云去。远水来从楼下路。过尽流波,未得鱼中素。月细风尖垂柳渡。梦魂长在分襟处。"此词写与一歌伎的恋情:自从分别之后,叔原对她思念不已。特别是末两句,将其思念之情愫,写得非常真切。陈廷焯评云:"凄婉欲绝。仙耶! 鬼耶!"③倾倒之情,溢于言表。叔原本是性情中人,对其爱慕的歌伎,一片真情。一旦离去,思念心绪,久久不能释怀。总之,他与歌伎交往感情很投入,其词则写相恋相思之情愫,凄婉动人,富有含蓄深厚之致。

贺铸的婉约词,除了上文讲过的《半死桐》那首悼亡词外,还有蜚声词坛的《青玉案》,更是引人入胜:

> 凌波不过横塘路,但目送,芳尘去。锦瑟华年谁与度? 月桥花院,琐窗朱户。只有春知处。　飞云冉冉蘅皋暮。彩笔新题断肠句。若问闲愁都几许? 一川烟草,满城风絮,梅子黄时雨。

---

① 陈廷焯:《白雨斋词话》,人民文学出版社1959年版,第11页。
② 陈廷焯:《词则辑评·闲情集》卷一,见葛渭君:《词话丛编补编》,中华书局2013年版,第2455页。
③ 陈廷焯:《词则辑评·闲情集》卷一,见葛渭君:《词话丛编补编》,中华书局2013年版,第2455页。

此词写思念凌波女子的"闲愁",却连续用了三个比喻:"一川烟草"、"满城风絮"、"梅子黄时雨",将"闲愁"写得那么深婉、真切、动人,"闲愁"真是不闲。词论家对此往往赏其博喻的运用之妙,实在有些皮相。此词之绝妙,在于通过博喻手法的运用,加倍写出词人愁闷郁结不可化解之情与切肤之痛。关于此词的意旨,注家或以为是诗人《半死桐》的续篇:"那风姿绰约的凌波仙子绝非偶然路遇之佳人,看她飘然而逝,过门而不入,生死之恨实在令人可哀。如果将那位断不可到横塘的'宓妃',理解为作者朝思暮想的亡妻,则词意便豁然明朗了。"①此说虽非定谳,却是启人深思的。的确,除非是自己的恋人,不会有如此深厚、真切感情的。其他艳情词,感情虽不像以上两首词写得感情那么投入,但也还写得深厚真切,也有较多的非写艳情的婉约词,仍然是出手不凡的。譬如《雁后归·人日席上作》就是"心系京华"、"情至婉而笃"的词作。②

总之,晏几道、贺铸的婉约词,要眇宜修,微婉而深厚,有着悠长的韵味。在词史上,都堪称上乘之作。

最后,以词的思想内容而言,他们都有少许比兴之作。晏几道的《蝶恋花》"笑艳秋莲生绿浦"、贺铸的《芳心苦》"杨柳回塘"词论家以为别有寓意,有一定的思想深度,这远非士大夫"遣兴娱宾"以娱乐为目的的浮艳之作可比,弥足珍贵。足堪表率词坛,启示来者。

> 笑艳秋莲生绿浦。红脸青腰,旧识凌波女。照影弄妆娇欲语。西风岂是繁花主。 可恨良辰天不与,才过斜阳,又是黄昏雨。朝落暮开空自许,竟无人解知心苦。
>
> (晏几道:《蝶恋花》)
>
> 杨柳回塘,鸳鸯别浦,绿萍涨断莲舟路。断无蜂蝶慕幽香,红衣脱尽芳心苦。 返照迎潮,行云带雨,依依似与骚人语。当年不肯嫁东风,无端却被秋风误。
>
> (贺铸:《芳心苦》)

---

① 喻朝刚、周航:《古词观止》,大众文艺出版社2001年版,第420页。
② 黄苏:《蓼园词评》,见唐圭璋:《词话丛编》,中华书局1986年版,第3050页。

关于晏几道的《蝶恋花》"笑艳秋莲生绿浦",张草纫《小山词笺注》云:"心苦,莲子心味苦。喻歌女生涯的悲苦。"①张注虽未挑明此词是用了传统的比兴手法,但也明示写歌女的悲苦。其实,此词结尾"竟无人解知心苦"。一语双关,以莲心苦喻指歌女之愁苦,画龙点睛,寄寓遥深。此词绝非一般的咏物词,而是有所寄寓的思想深厚之作。钟振振先生将其与贺铸《芳心苦》"杨柳回塘"相比并,是极具睿识的。

对于贺铸《芳心苦》"杨柳回塘"的寓意,词论家甚为关注,多有评骘。《词综偶评》评"当年"二句:"有'美人迟暮'之慨。"②陈廷焯云:"此词应有所指。"③又云:"此词骚情雅意,哀怨无端,读者亦不自知何以心醉,何以泪堕。"④"此词必有所指,特借荷寓言耳。通首如怨如慕,如泣如诉,有多少惋惜,有多少慨叹,淋漓顿挫,一唱三叹,真能压倒古今。"⑤他将此词有托喻说得十分肯定,对其用比兴的艺术效果,也作了很高的赞誉。钟振振说:"本篇疑作于哲宗元祐元年丙寅(1086)至八年癸酉(1093)间。按'当年'二句感慨万端,当与新旧党争有关。方回出仕于神宗熙宁间,适逢王安石变法,'不肯嫁东风'者,似谓已之未附新党。'无端却被秋风误'者,则似指元祐更化,旧党执政后,已亦不见重用也。"⑥钟振振先生将此词寓意坐实,其说可信。余如晏几道《浣溪沙》"二月和风到碧城",刘永济先生云:"此词通首咏柳,细味之皆含讽意。"⑦他以为此词亦有比兴,可备一说。

词中比兴的运用,使其意蕴深化,能够表现较为深广的社会内容。它是词向诗的一种过渡,是词由缘情向言志的一种过渡,这就极大地增强了词的艺术表现力。晏几道、贺铸在其词中运用比兴手法,虽非首创,但却是较早的、也是运用成功的,这在词史上应有其突出的地位。

---

① 张草纫:《小山词笺注》,见《二晏词笺注》,上海古籍出版社2008年版,第303页。
② 钟振振校注:《东山词》,上海古籍出版社1989年版,第79页。
③ 陈廷焯:《词则辑评·大雅集》卷二,见葛渭君:《词话丛编补编》,中华书局2013年版,第2154页。
④ 陈廷焯:《白雨斋词话》,人民文学出版社1959年版,第15页。
⑤ 陈廷焯:《云韶集辑评》卷三,见葛渭君:《词话丛编补编》,中华书局2013年版,第1456页。
⑥ 钟振振校注:《东山词》,上海古籍出版社1989年版,第78页。
⑦ 刘永济:《唐五代两宋词简析》,上海古籍出版社1987年版,第43页。

二

　　词人之所以有成就,在文学史上有其独特的地位,不是因为他的艺术创作跟别人相近或相同,而是因为相远而相异,别开生面,开辟了自己创新的园地,从而有了自己特别鲜明的艺术个性。晏几道、贺铸在词史上的巨大成就,就在于他们的词都有着鲜明的艺术个性,创造了独特的艺术境界。

　　首先,以创作方法而言,晏几道、贺铸的词都是现实主义的。然小山的词近乎写实,重在写自己的所经所历所感,词中表现的,都是经历的切身感受与体验;贺铸的词,则是抛开了具体的人和事而写较为广泛的社会生活,有着对现实的概括。因此所写,比现实生活更高、更强烈,更有典型性。在写法上,晏几道是根据生活的实际,自铸新词,表现更为真切;贺铸则善于借境,在词中融铸了古人的诗词、典故,有的诗句是径直拿来,不加改造,加在自己的词中,却无丝毫的焊接与拼凑之迹,直如己出,似一气呵成,浑然一体。关于晏几道、贺铸词的这种各别写法,早在宋代的王铚,就有十分剀切的论述,他说:

> 贺方回遍读唐人遗集,取其意以为诗词。然所得在善取唐人遗意也,不如晏叔原尽见升平气象。所得者人情物态。叔原妙在得于妇人,方回妙在得词人遗意。①

这段颇为精彩的论述,准确地概括了两人所持的创作方法与词展示的艺术特色:晏几道在词的创作上,采用了写实的手法,从歌舞筵宴到个人感受,真实地写出了上流社会与士大夫家歌伎的人情物态,反映了北宋社会的升平气象。词中所写,几乎都是个人与某位歌伎之间的情愫,写其卿卿我我之情,抒其感伤离别之恨。这无论是早与西楼歌伎、采莲姑娘、西溪南楼的柳、杏的密切交往,抑或是后来与莲、萍、鸿、云的亲密交接,无不如此。譬如,《阮郎归》:

> 旧香残粉似当初。人情恨不如。一春犹有数行书,秋来书更疏。　　衾凤

---

①　王铚:《默记》,引自施蛰存、陈如江:《宋元词话》,上海书店出版社1999年版,第155页。

冷,枕鸳孤。愁肠待酒舒。梦魂纵有也成虚。那堪和梦无。

此词盖"为'南楼翠柳'而作。"①写他对翠柳的真切思念:旧香残粉犹存,而人情生异疏远。随着时光的流逝而书信渐疏。衾冷枕孤,只好借酒浇愁。梦魂成虚,好梦无着。词是层层递进,将思念柳的感情推到极致。读之犹且不忍,何况当事者词人自己。此词之所以写得"情意凄婉,不在五代人之下"②。是因为写实的缘故。

贺铸在其词中,一再重复出现了唐代诗人描写过的意与境,然经过词人精心地提炼加工,遂与自己词中描写的意境十分浑融,从而出现了新的更高更妙的艺术境界。譬如:

收锦字,下鸳机,净拂床砧夜捣衣。马上少年今健否?过瓜时见雁南飞
(《夜捣衣》)
砧面莹,杵声齐,捣就征衣泪墨题。寄到玉关应万里,戍人犹在玉关西。
(《杵声齐》)

词中写下层妇女捣衣、缝衣、寄衣的情事,表现她们对远戍边关丈夫的思念与关切之情。词人写词受到现实生活的触发,描写现实中这些妇女的生活情态,又继承了乐府精神,故不乏乐府诗的遗意与情调。他在写这些词时,可能受了某个具体情事的触发,然他写出的,已不是现实中个别的人和事,而是概括了现实中有着同类妇女命运的生活。因此,就更有普遍性,更有典型意义。

晏几道词主要是写实的,因此亲切感人,读之如身临其境,感同身受;贺铸词是偏重写境的,因之意深而寥廓,有着更深厚的美感。两人词中的用语,"皆蝉蜕尘埃之表",③绝妙之至。

其次,以词的风调而言,两人的词,都是唐调,而非宋腔。然同样是唐调,两人词风又有着明显的不同:晏几道的词描写婉曲,感情细腻,具有女性柔媚和婉

---

① 张草纫:《小山词笺注》,见《二晏词笺注》,上海古籍出版社2008年版,第425页。
② 张伯驹:《丛碧词话》,引自张璋等:《历代词话续编》,大象出版社2005年版,第796页。
③ 惠洪:《冷斋夜话》,引自施蛰存、陈如江:《宋元词话》,上海书店出版社1999年版,第104页。

的风采,是词的唐调,是更为本色化的,具有浓郁的词的情调和韵味。贺铸的词,具有爽直明快的诗的风味,对女性柔美情调的某些疏离与对壮美情调的若干亲近,都显示着丰厚的诗的风味与特点,是比较接近诗的唐调的词。

下面我们拈出晏几道、贺铸的两首词,看看它们展示的风调的不同特点。

西溪丹杏,波前媚脸,珠露与深匀。南楼翠柳,烟中愁黛,丝雨恼娇颦。当年此处,闻歌瀽酒,曾对可怜人。今夜相思,水长山远,闲卧送残春。

(晏几道:《少年游》)

秋水斜阳演漾金,远山隐隐隔平林,几家村落几声砧? 记得西楼凝醉眼,昔年风物似如今,只无人与共登临。

(贺铸:《减字浣溪沙》)

晏几道的《少年游》,是写他对杏、柳两位姑娘的深切思念:他与杏、柳有过亲密的交往,是非常可爱的两位姑娘。杏、柳这个名字,就是相当软媚的,词人又用媚脸、愁黛、娇颦这样柔美的字眼描写,使"可怜人"更加娇滴柔媚,人见人爱。他想着当年这样靓丽的姑娘,适值水长山远,闲卧残春,怎能忍受如此这般地孤寂与飘零?词的色彩鲜艳,感情柔婉,韵味悠长而绵绵不绝。贺铸的《减字浣溪沙》,盖为"吴下悼亡之作"①。上阕写景:秋水斜阳,时断时续的砧声,展示了浓郁的秋的气氛,写出了一个十分开阔的诗的境界,为下阕的抒情营造了厚重的氛围;下阕抒情,通过"记得西楼凝醉眼"这个特写镜头,写出当年离别时情人发痴、发症、出神落魄、无语凝咽的神态,感情深厚,以此把诗人追忆的深厚感情托出,真是"物事人非事事休",岂止"无语泪双流"而已耶。这是一首诗意浓郁、境界开阔、感情深至的词作。对此,陈廷焯赞不绝口,一再评骘。评"几家"句曰:"只七字,胜人数百句。"②又评下阕曰:"纯用虚字,琢句奇绝横绝,总由笔力震得住。"③又评下阕曰:"只用数虚字盘旋唱叹,而情事毕现,神乎技矣!世弟赏其'梅子黄时雨'一章,犹是耳食之见。"④"梅子黄时雨"我们在前文已经指出是用

---

① 钟振振校注:《东山词》,上海古籍出版社1989年版,第384页。
② 陈廷焯:《云韶集辑评》卷三,见葛渭君:《词话丛编补编》,中华书局2013年版,第1456页。
③ 陈廷焯:《云韶集辑评》卷三,见葛渭君:《词话丛编补编》,中华书局2013年版,第1456页。
④ 陈廷焯:《白雨斋词话》,人民文学出版社1959年版,第15页。

了加倍的写法,状词人闲愁之巨烈,而"记得西楼凝醉眼",是用特写镜头,展示其所别女子的感情世界,确实达到了"情事毕现"的艺术效果,这不能不使人拍案叫绝,佩服作者笔底的表达功力,真是"神乎技矣"。

再如晏几道的《浪淘沙》:"小绿间长红,露蕊烟丛。花开花落昔年同。惟恨花前携手处,往事成空。山远水重重,一笑难逢。已拚长在别离中。霜鬓知他从此去,几度春风。"将别易会难,长期别离的情味写得缠绵悱恻。"已拚长在别离中",一个"拚"字有着何等的分量;再如贺铸的《清平乐》:"小桃初谢,双燕还来也。记得年时寒食下,紫陌青门游冶。楚城满目春华,可堪游子思家。惟有夜来归梦,不知身在天涯。"写游子思家之情,最后极写归家不得的迷惘。然正如陈廷焯所云:"呜咽极矣,而句却洒脱"。① 词人在极度伤感中,流露出几分旷达。

总之,晏几道的词,有着浓郁的女性化的特色,笔下几乎是浓得化不开的儿女之情,现显着浓郁的阴柔之美;贺铸的词,有着胸襟开阔的大丈夫气概,在反复唱叹中展示着朗爽开阔的艺术境界,展示出具有诗味的阳刚之美。"诗之境阔,词之言长"②,以之评贺铸、晏几道词的唐调,差可中的。

最后,就晏几道、贺铸词作创作整体而言,晏几道固守着词的创作传统,踟蹰不前,不免趋于保守,但却能最大限度地保留词的固有之本色;贺铸则善于出新,不时闪耀着艺术创新的锋芒,且在词中展现着崭新的诗的艺术光华。

以创作风调而言,晏几道仍承继着南唐宋初的遗绪,在词中仍细腻地表现着男女之间相互思念与爱慕的感情,其词是清一色的婉约词且善于和坚持传统的艺术手法,保持着词的艺术本色。与晏几道相较,贺铸除了创作大量的婉约词外,尚有一些感情豪迈、风格俊爽的豪放词,如《将进酒》"城下路"、《行路难》"缚虎手"、《六州歌头》"少年侠气"、《鹤冲天》"鼛鼛鼓动"等豪放词,还有一些风格俊爽之作。这虽则数量不多,却代表了一种新的创作倾向。他以此加盟苏轼为首的豪放派,沿着苏轼"指出向上一路,新天下耳目"的词作道路上前进③。在打破婉约词派一统天下的创作局面时,无疑是立下了汗马功劳的。

以创作体裁而言,贺铸有中长调词77首,占到全部词作的1/4;晏几道有中

---

① 陈廷焯:《云韶集辑评》卷三,见葛渭君:《词话丛编补编》,中华书局2013年版,第1456页。
② 王国维著,滕咸惠校注:《人间词话》,齐鲁书社1986年版,第41页。
③ 王灼:《碧鸡漫志》,引自施蛰存、陈如江:《宋元词话》,上海书店出版社1999年版,第164页。

长调37首,仅占全部词作的1/7。

  词从令词到慢词,从小令到中长调,展示着词体的发展与演变。其反映现实生活的深广程度不同,艺术技巧的难易有别。在词的体制发展中,晏几道无疑是滞后的,贺铸在这个发展过程中,远比晏几道先进,这是不言而喻的。

  以创作题材而言,晏几道除了一二首写宫廷、酒宴的词外,几乎全都是写歌伎的,题材十分狭窄,缺乏时代感与创新精神;贺铸除了闺情外,尚有言志、咏史、咏物、闲情等。即便是写闺情,也是内容宽泛,手法各样,如悼亡、闺情、艳冶;同样写恋情,既有直抒思念之情,也有男子作闺音者。

  综上所述,我认为晏几道在词体的发展演变中,是较为滞后落伍的;而贺铸则能步趋前贤与时俱进,走在时代的前列。

第六节　柳永与欧阳修的艳词

  受唐五代词为艳科之影响,北宋词人,仍多喜写艳词。晏殊、欧阳修、张先、柳永、晏几道、秦观、贺铸、周邦彦、黄庭坚等著名词人,都写过一定数量的艳词,甚至连写词甚少的名臣范仲淹、司马光也写艳词。江尚质云:"贤如寇准、晏殊、范仲淹、赵鼎,勋名重臣,不少艳词。"① 可见,写艳词并非个别词人的爱好,而成为一时的风尚。而其数量之多,质量之高,影响之大,当推欧阳修和柳永。欧阳修艳词今存60余首,柳永有艳词近70首。艳词创作约占他们全部词作的1/3,这是一个不小的数字,值得重视和研究。

  同是写艳词,欧、柳有着不同的个性与特色,在当时与后代均有不同的影响。因此,有比较研究的必要。

一

  欧阳修、柳永都喜欢写艳词,其题材相同,风格相近,因此某些词彼此相混,难以分判。譬如《凤栖梧》两首同时收入柳永《乐章集》和欧阳修的《近体乐府》

---

① 孙克强:《唐宋人词话》,河南文艺出版社1999年版,第174页。

(欧集作《蝶恋花》),学者对其所属,至今尚无倾向性的意见。《全宋词》则将其分别收入柳、欧词集。一词两属,说明他们在词的创作上很有接近的一面,其艺术风格并非是泾渭分明的。虽然如此,但只要我们仔细分辨,还是可以找出许多不同特点的。

第一,从词的描写对象来看,欧词多写下层官吏与妓女之情,柳词多写落魄文人的狎妓。前者是在朝的,狎妓有违国家宪令;后者是在野的,并未干犯国家禁令。他们身份不同,但其狎妓都是一种精神的慰藉与对现实的某种反抗。

欧阳修生活不拘小节,常有狎妓行为:范正敏《遁斋闲览》记其与官妓相狎,赵令畤的《侯鲭录》记其在颍州曾与一妓相约,孔平仲《孔氏谈苑》载其在滁州时携妓游玩山水,因此写了诸多艳词,他的《临江仙》是一首极负盛誉的艳词:

> 柳外轻雷池上雨,雨声滴碎荷声。小楼西角断虹明。阑干倚处,待得月华生。 燕子飞来窥画栋,玉钩垂下帘旌。凉波不动簟纹平。水精双枕,傍有堕钗横。

此词据钱愐《钱氏私志》载:"欧文忠任河南推官,亲一妓。时先文僖罢政,为西京留守,梅圣俞、谢希深、尹师鲁同在幕下。惜欧有才无行,共白于公,屡讽而不之恤。一日,宴于后园,客集而欧与妓俱不至,移时方来,在坐相视以目。公责妓云:'末至何也?'妓云:'中暑往凉堂睡着,觉失金钗,犹未见。'公曰:'若得欧推官一词,当为偿汝。'欧即席云:……坐客皆称善,遂命妓满酌觞欧,而令人公库偿钗。"①

欧阳修与妓女双双迟到,这是十分尴尬的。"在坐相视以目",若不是在留守贵宾席上,恐怕就要起哄了。宋代的官吏狎妓,是要受到严谴的。朱熹为了惩治唐仲友,棍棒相加,逼严蕊承认与唐有私,就是例证。钱惟演让妓女求欧公一词,可为谑而近虐。欧阳修则毫不推辞,并写了与狎妓相关的词,但因善写丽情,遂将自己因狎妓而误事的情节,巧妙地掩饰过去,可谓才思过人而善写艳词的人。

此词写景则能换步移形,错落有致;写情则不着一字,尽得风流。允为写情

---

① 唐圭璋:《宋词纪事》,上海古籍出版社1982年版,第37页。

的上乘之作,得到词论家的一致好评。沈际飞云:"雨忽虹,虹忽月,夏景尔尔,拈笔不同。玩末句风韵,直当凌厉秦、黄,一金钗曷足以偿之。"①许昂霄云:"不借雕饰,自成绝唱。"②俞陛云说:"后三句善写丽情,未乖贞则,自是雅奏。"③明明是狎妓,却只写了美人的睡景。水精双枕的描写,以及枕旁堕落的一只黄灿灿的金钗,巧妙地透露了个中情景。以无人而写人,空灵妙笔,就更能引起读者的想象,含蓄蕴藉,丽不伤雅。其狎妓误公反倒成了文人趣事,因此词独具风韵,人们喜其浪漫多情,对其误公倒不深责。

柳永早年,科场失意,仕途偃蹇,落魄不羁,常借狎妓以抒胸中之郁闷。他的《鹤冲天》是一首传诵之作:

　　黄金榜上,偶失龙头望。明代暂遗贤,如何向。未遂风云便,争不恣狂荡。何需论得丧。才子词人,自是白衣卿相。　烟花巷陌,依约丹青屏障。幸有意中人,堪寻芳。且恁偎红翠,风流事、平生畅。青春都一饷。忍把浮名,换了浅斟低唱。

此词写诗人科场失意后的牢骚,在自我调侃中带有较浓厚的颓唐情绪。诗人在功名追求失意之后,去妓院访意中人,借以消愁解闷。词写得颓唐而不颓废,"忍把浮名,换了浅斟低唱",忍,实际含有怎忍,不忍之意,他并非甘心情愿地废弃功名,浅斟低唱只是一时的慰藉而已,"偶失"、"暂时"等词的运用,都极有分寸。尽管诗人因科场失意而有满腹牢骚,然对自己才能的自信与自许,对取得功名,仍充满了希望。诗人却因此词,受到统治者的申斥,由是仕途偃蹇,诚非词人始料之所及。据吴曾《能改斋漫录》载:"仁宗留意儒雅,务本理道,深斥浮艳虚美之文。初,进士柳三变,好为淫冶讴歌之曲,传播四方。尝有《鹤冲天》词云:'忍把浮名,换了浅斟低唱。'及临轩放榜,特落之,曰:'且去浅斟低唱,何要浮名!'至景祐元年方及第。后改名永,方得磨勘转官。"④

---

① 沈际飞:《(古得岑)草堂诗余四集》,明末刻本。
② 马兴荣、刘乃昌、刘继才:《全宋词广选新注集评》(1),辽宁人民出版社1997年版,第270页。
③ 马兴荣、刘乃昌、刘继才:《全宋词广选新注集评》(1),辽宁人民出版社1997年版,第270页。
④ 唐圭璋:《宋词纪事》,上海古籍出版社1982年版,第17页。

欧阳修的《临江仙》将自己狎妓的丑事,以巧妙的笔触轻轻掩过,遂使风流韵事成为士林的雅闻;柳永的《鹤冲天》则直接写自己的狎妓,借以抒发不得志的牢骚。以风格论,欧隐而柳显;以情绪言,欧词流露的情绪平稳而和缓,柳词的愤激之情溢于言表。以儒家温柔敦厚的诗教言,柳词有失忠厚。以今观之,柳词中表现的反抗意识,却有着较大的社会意义。

第二,柳永的艳词,善用长调笔法,肆力铺叙衍展,词境恣肆质实;欧阳修的艳词,善用小令笔法,词境空灵而词意玲珑。《南歌子》是颇有代表性的名作:

凤髻金泥带,龙纹玉掌梳。走来窗下笑相扶,爱道画眉深浅、入时无。弄笔偎人久,描花试手初。等闲妨了绣功夫,笑问双鸳鸯字、怎生书。

上阕写新妇的梳妆打扮,情态丰韵,十分逼真。末句问语,透露了她对丈夫审美情趣的特别关注,反映了她细心窥探丈夫心灵的奥秘和取悦丈夫的心态。下阕写她绣花,似含矜持;问鸳鸯二字如何写,饱含调皮与挑逗的意味。词写得生动活泼,富于神韵;两句问话,恰切地表现了新妇的心态。新婚燕尔,其乐融融,为了生活的和谐与融洽,她细心地揣摩丈夫的脾性。此词的叙事、动作描写以及通过对话反映新妇特定的心态,颇似小说与戏剧表现手法,富有叙事性作品的架构与神韵。这种描写生动、情韵盎然的表现手法,在词中还是少见的,它远非一般的抒情小诗所能办。沈际飞云:"前段态后段情各尽,不得以荡目之。"①将新妇写得生动活泼,甚至有点儿娇纵,但不放荡。此词写新婚生活的片段,十分逼真,这在古今诗词中,还是少有的场景。

柳永的《小镇西》,也是一首具有代表性的艳词:

意中有个人,芳颜二八。天然俏、自来奸黠。最奇绝,是笑时、媚靥深深,百态千娇,再三偎着,再三香滑。 久离缺。夜来魂梦里,尤花殢雪。分明似旧家时节。正欢悦。被邻鸡唤起,一场寂寞,无眠向晓,空有半窗残月。

---

① 沈际飞:《草堂诗余别集》卷二,引自张璋等:《历代词话》,大象出版社2002年版,第614页。

词人主要是通过叙述,表现他对意中人的强烈思念之情。上阕写思念之人,她正当二八妙龄,聪慧漂亮,温柔多情;下阕写梦中与意中人云雨绸缪,却被邻居的鸡唤醒,产生无限的惆怅与寂寞。此词在写法上以展衍铺叙为主,也夹杂一些描写。通过这种手法,将其对意中人的强烈思念之情,淋漓尽致地表现出来。

欧阳修《南歌子》词,采取客观的描写,人物形象富于雕塑感,她栩栩如生地站在读者面前。柳永的《小镇西》以铺叙衍展的手法,表现主体的心态,细腻而深入。同样描写人物的心态,欧词在人物动止行动之中,渗透了人物的心理活动;柳词则直接描写人物的心境。笔法不同,却有异曲同工之妙。

第三,欧阳修、柳永的艳词,有写恋人的密会私约;有写青年男子对少女的艳羡与渴求;也有交媾的描写或暗示,如此等等,虽然情调不高,但也反映了某种现实生活,写了一些个人生活中不便道出的真情。作为士大夫阶层,他有勇气撕破道貌岸然的伪装,亮出灵魂的底蕴,也有其值得肯定的一面。柳永的《燕归梁》是写男女幽会的:

> 轻蹑罗鞋掩绛绡。传音耗、苦相招。语声犹颤不成娇。乍见得,两魂消。　匆匆草草难留恋,还归去,又无聊。若谐雨夕与云朝。得似个、有嚣嚣。

上阕写幽会时的激动与欢乐;下阕写分离后的无聊与对谐秦晋的希冀。诗人以叙述的笔法,将其发生发展的过程作了生动的叙述,宛然纸上,情景如画。

欧阳修的《醉蓬莱》,也是写男女私约幽会的:

> 见羞容敛翠,嫩脸匀红,素腰裊娜。红药栏边,恼不教伊过。半掩娇羞,语声低颤,问道有人知么。强整罗裙,偷回波眼,佯行佯坐。　更问假如,事还成后,乱了云鬟,被娘猜破。我且归家,你而今休呵。更为娘行,有些针线,诮未曾收啰。却待更阑,庭花影下,重来则个。

上阕写女子幽会时的担惊受怕、娇羞窘态以及有意遮掩的情景;下阕写女子婉言拒绝男子的要求,并约定夜深更阑于庭花影下相会。诗人生动地描写了女子的姿容,又细致地表现出她担惊受怕的心态以及希望重新幽会的叮嘱,此与《西厢记》的《闹简》已相差无几了。欧阳修写艳情的《鼓笛慢》、《盐角儿》等词,都写得轻巧而自然,富于立体感。

同样是描写幽会,柳永采用平面的生动细致的叙述,突出人物的心态;欧阳修则是立体的描写,突出人物的声情。他们的艳词,都是唐五代"词为艳科"的继续,且对金元杂剧曲子的形成,有其不可忽视的影响。

第四,欧阳修的艳词,或用比兴,或对情欲的淡化和虚化,取神遗貌。诚如王国维所说:"词之雅郑,在神不在貌,永叔、少游虽作艳语,终有品格。"①他极力追求雅正的美,因此艳而不俗。譬如《望江南》:

> 江南蝶,斜日一双双。身似何郎全傅粉,心如韩寿爱偷香,天赋与轻狂。微雨后,薄翅腻烟光。才伴游蜂来小院,又随飞絮过东墙,长是为花忙。

这首写蝴蝶的词,是咏物词,并非是为咏物而咏物,而是以物喻人,生动地表现了眠花醉柳、寻欢作乐,"长是为花忙"的轻狂男子。他还写了许多表现别情离绪的词,写得真挚而动人。如"佳辰只恐幽期阔,密赠殷勤衣上结。翠屏魂梦莫相寻,禁断六街清夜月。"(《玉楼春》"西亭饮散清歌阕")"别后不知君远近,触目凄凉多少闷。渐行渐远渐无书,水阔鱼沉何处问。夜深风竹敲秋韵,万叶千声皆是恨。故欹单枕梦中寻,梦又不成灯又烬。"(《玉楼春》)上阕写与丈夫别离后的孤寂凄凉,音讯渺茫,思念弥深;下阕,写晚上辗转反侧,久难入寐的情景。苦苦思念,一片真情。

与欧词相比,柳永的艳词则不免俗气。如《西江月》就是一首卑俗之作:

> 师师生得艳冶,香香与我情多。安安那更久比和,四个打成一个。 幸有苍皇未款,新词写处多磨。几回扯了又重挼,奸字中心着我。

此词写其与师师、香香、安安三个妓女玩闹,打情骂俏,卑俗可厌。余如《木兰花令》"有个人人真堪羡"、《凤凰阁》"匆匆相见",也是卑俗之作。

---

① 孙克强:《唐宋人词话》,河南文艺出版社1999年版,第203页。

第五,欧阳修、柳永的一些艳词,用了民歌的调子和一些鲜活的口语,轻倩、活泼、亲切,富有艺术表现力和生命力。譬如,欧阳修的词:

离思迢迢远,一似长江水。去不断,来无际。红笺着意写,不尽相思意。为个甚,相思只在心儿里。

(《千秋岁》)

愿妾身为红菡萏,年年生在秋江上。重愿郎为花底浪,无隔障。随风逐雨长来往。

(《渔家傲》)

屏里金炉帐外灯,掩春睡腾腾。绿云堆枕乱鬅鬙。犹依约,那回曾。……空赢得瘦棱棱。

(《燕归梁》)

《千秋岁》以轻快的调子,写深沉的相思,《渔家傲》以独特的比喻,写与丈夫的聚会,永不分离。《燕归梁》则用了"腾腾"、"鬅鬙"、"瘦棱棱"等口语,富于生活气息。余如"姿姿媚媚端正好"(《丑奴令》)、"好个温柔模样儿","遗下弓弓小绣鞋"(《南乡子》),"慧多多,娇的的"(《盐角儿》),都用了鲜活的口头语,显得生动而亲切。

柳永的艳词则往往用了通俗的语言,表现市民的情趣:

针线闲拈伴伊坐。和我。免使年少,光阴虚过。

(《定风波》)

愿奶奶,兰心蕙性,枕前言下,表余深意。为盟誓,今生断不孤鸳被。

(《玉女摇仙佩》)

锦帐里,低语偏浓;银烛下,细看俱好。那人人,昨夜分明,许伊偕老。

(《两同心》)

这些词都以浅近卑俗的语言,表现市民的生活和感情,与欧阳修的艳词,自异其趣。

香靥深深,姿姿媚媚,雅格奇容天与。自识伊来,便好看承,会得妖娆心素。

(《击梧桐》)

待恁时,等着回来贺喜,好生地,剩与我儿利市。

(《长寿乐》)

情趣、语言、格调,都是市民的。其格调似雅而实俗。

因此,同样是学习民间语言,民歌情调,欧、柳的艳词仍有较大的甚至存在着本质的差别:欧的学习是外在的,主要是学习其生动活泼的形式,柳的学习是内在的,其词的内容、情趣也是市民的。欧的趋俗是作为雅的点缀,似俗而更雅,他通过向民歌与民间语言的学习,走上新的雅的道路;柳的学习似雅而实俗,通过学习,走上真正的俗的道路。以此,他们在词的创作上,都灌注了新的血液,使其走向艺术生命的旺盛。

二

同样地写艳词,欧、柳在文学史上有不同的遭遇,词论家给予迥然不同的评价。欧词得到许多文人的虔诚的辩护,而柳词则受到种种不应有的责难。

柳永在当时文人心目中,是典型的封建浪子的形象:"日与狎子纵游娼馆酒楼间,无复检率。自称云'奉圣旨填词柳三变'"[1]。他与轻薄荡子出入歌楼酒馆,填词盖指写艳词。其词"大概非羁旅穷愁之词,则闺门淫媟之语。若以欧阳永叔较之,万万相辽。"[2]"殊虽作曲子,不曾道'彩线慵拈伴伊坐。'"[3]说他的艳词与欧、晏词迥然有别。妓女鸠钱葬他时,有浪子数人戏曰:"这大伯做鬼也爱打哄"[4]。

欧阳修的艳词,则受到历代诸多人的辩护。或以为小人伪托:曾慥云:"欧

---

[1] 张宗橚、杨宝霖:《词林纪事词林纪事补正》(合编),上海古籍出版社1998年版,第230页。
[2] 孙克强:《唐宋人词话》,河南文艺出版社1999年版,第122页。
[3] 唐圭璋:《宋词纪事》,上海古籍出版社1982年版,第16页。
[4] 张宗橚、杨宝霖:《词林纪事词林纪事补正》(合编),上海古籍出版社1998年版,第238页。

公一代儒宗,风流自命,词章窈眇,世所矜式,当时小人或作艳曲,谬为公词。"①(《乐府雅词序》)陈振孙云:"欧阳公词,多有与《花间》、《阳春》相混,亦有鄙亵之语厕其中,当是仇人无名子所为也。"②(《直斋书录解题》)罗泌云:"其甚浅近者,前辈多谓刘辉伪作,故削之。"③(《六一词跋》)或以为有寄托,谈到《望江南》"江南柳"时,宋翔凤云:"按此词极佳,当别有寄托,盖以尝为人口实,故编集去之。"④(《乐府余论》)

所谓伪托,或谓小人、或为仇人、或为刘辉,均系传闻或猜测之词,没有铁证,殊难取信。所谓寄托,也因其词极佳,别无证据,似不足凭信。艳词也有极佳者,这在中国文学史上不乏例证。盖因"欧公一代儒宗,世所矜式",在他们看来,欧公似不可能写此猥亵之词,因此设词为其写艳词辩护。这是将欧阳修偶像化后,连他的私生活与男女感情也予以抹杀。其实,欧公少年时代,很有一些浪漫的情调。他将其浪漫情调,写成艳词,公诸于世,何足为怪。

欧阳修是否作艳词,至今仍是一桩未了的公案:夏承焘云:"词人绮语,攻击之者乃资为口实,醉翁琴趣中艳体若江南柳者甚多,吾人读词,固不致信以为真也。""北宋士夫如范仲淹、司马光亦为艳词,不必为欧阳修讳。"⑤谢桃坊云:"既然《琴趣外篇》系欧公辑已作与流行歌曲之集,其中一百二十五首见于《近体乐府》者多数固为欧公之作,则其余的七十八首艳词便于欧公无涉了。"⑥则从版本学的角度,对欧作艳词,做了彻底的否定。几乎与谢氏同时,陈尚君先生经过严密的考证,以为"《琴趣外篇》虽有少量他人以至仇人词羼入,多数应肯定为欧阳修所作"。⑦ 关于《钱氏私志》记载欧公盗甥的丑闻,或谓诬蔑,或云与婢女有私。今人舒芜,则断为"嗜幼",如此等等,歧见错出。其实,在没有充分的证据说明欧公的艳词的为伪作前,我们宁可信其为欧阳修所作,《醉翁琴趣外篇》,毕竟为宋人所编。作为士大夫的欧阳修,其生活中特别是年轻时也有风流佚荡的

---

① 孙克强:《唐宋人词话》,河南文艺出版社1999年版,第190页。
② 孙克强:《唐宋人词话》,河南文艺出版社1999年版,第191页。
③ 张惠民:《宋代词学资料汇编》,汕头大学出版社1993年版,第193页。
④ 马兴荣、刘乃昌、刘继才:《全宋词广选新注集评》(1),辽宁人民出版社1997年版,第294页。
⑤ 夏承焘:《唐宋词论丛》,上海古典文学出版社1956年版,第215页。
⑥ 谢桃坊:《欧阳修词集考》,《文献》1985年第2期。
⑦ 陈尚君:《欧阳修著述考》,《复旦学报》(社会科学版)1985年第3期。

一面,这些艳词,或为其艳冶生活的真实反映。这些词虽然没有多大的社会意义,但终究是其生活的一部分,我们既不必深责,更不必为之讳说的。

其实,艳词来自民间。古代民歌中歌咏男女之情的,往往直露坦率,绝无遮饰。《诗经·国风》、汉魏乐府、南朝民歌、敦煌曲子词、明清民歌,都有一些非常露骨的艳情诗。北宋词人,向民歌学习,接受了民间这种对爱情描写的原生态的东西,适应歌妓演唱的需要与市民的审美情趣,而未雅化。艳词受到一些词评家的颇为严厉地批评。欧阳修因其道德文章的表率与在文坛及政坛的地位,他写艳词,受到许多人的辩护;而柳永的艳词,几乎成为众矢之的。其实是大可不必的。

爱情是生活中不可或缺的一部分。所谓爱情是文学永恒的主题,是有一定道理的。文学作品对于爱情的表现,既可写得炽烈而含蓄,也可写闺房之乐。爱情自然也以闺房之乐为依归。文学作品写爱情,往往将其雅化或纯情化了。那原生态的东西,不再赤裸裸地表现,这当然是一种进步,然在进步中不能说没有一丝一毫的缺憾,至少失去了一些富有表现力的东西。词为艳科,宋词受市民文学的推动,又受应歌的需要,妓女为了迎合市民的欣赏趣味,以唱艳歌。柳永、欧阳修的艳词,就是在这种情况下产生的。在写艳词时,他们还都年轻。这些艳词,表现了他们个人生活中的一部分感情。写野合、写偷情、写床笫之事,情调不高,但也表现了在特定环境下的一些真情。大胆地撕破士大夫道貌岸然的伪装,写出了个人生活中难以启齿难为人道的真情,这要有勇气。其写艳词,不值得赞扬,但也不必为之辩护或讳说。

第七节　柳永与黄庭坚的俗词

柳永与黄庭坚都写了许多俗词,在词史上自成一格。经统计,柳永的俗词有80余首,占其全部词作的五分之二;黄庭坚有俗词30余首,占其全部词作的六分之一。柳永的一生绝大部分精力都贡献于俗词创作;黄庭坚只有年轻时一度痴迷于俗词,后来因受到法秀道人的斥责,不再继续。因此,柳永的俗词无论就绝对数字抑或在全集中所占比例,远比黄词要多。虽然黄庭坚的俗词创作成就与影响以及在词史上的地位,不能跟柳永的俗词相比,但却仍有自己的创作个性,有其存在的价值。黄、柳的俗词,在词史上都有很高的地位,且有许多相似之处。为此,我们有必要将其作以比较研究。

一

柳永与黄庭坚的俗词创作,有许多相近或相似之处。

柳永、黄庭坚一生,都写了一些俗艳的词。如果说柳永的俗词除了艳词之外,还有一些其他内容的俗词;那么,黄庭坚的俗词,几乎都是艳词。

"词为艳科",从《花间集》起,词多写得很香艳,或者显得"香而弱"。因此,香软之风调成了词体文学的突出特征。南唐词人,因国家由衰败到被大宋灭亡,基于家国之恨,其词开始写人生感慨,题材渐广,境界始大。北宋前期,由于经济繁荣,物质生活提高,市民文化开始活跃,词在很大程度上成为市民主要的文化消费品。词人为了适应市民的口味,为了歌伎唱词的需要,词在题材上多写男女相恋相思,以满足市民欣赏、娱乐的要求。浪子词人柳永,由于在科场上不得志,遂混迹于市民中间,跟歌伎交往特别密切:歌伎需要柳永写的高质量的词招揽听众,柳永在生活上需要歌伎的资助。遂应歌伎之邀,为之填词,其词充满了俗艳的特色。市民文化水平低,歌词语言要通俗;市民有一种低级趣味,尤其喜爱听艳情故事。如此等等,柳永填词,都尽量满足其需求。

柳永的俗词,有些写歌伎的容貌、姿态、技艺、表演特色等,为歌伎做广告,吸引观众。譬如《木兰花》四首,分别写心娘、佳娘、虫娘、酥娘歌唱时的情景,确有许多看点,写得情态逼肖,活灵活现。如写虫娘的:

虫娘举措皆温润。每到婆娑偏恃俊。香檀敲缓玉纤迟,画鼓声催莲步紧。　贪为顾盼夸风韵。往往曲终情未尽。坐中年少暗销魂,争问青鸾家远近。

上阕及过片二句,正面描写,言其举止温润,舞姿翩翩,善于凭借自身的俊美顾盼传情。"偏恃俊"言其有意矜持;"莲步紧"写其动作轻快麻利,表现了她在表演时的自信和大方。下阕写其技艺水平之高。"夸风韵"状其表演时极其活泼之情态,颇有韵致,余味不尽。末尾二句侧面描写,通过坐中年少失魂落魄,争相盘问,衬托了她演唱时夺人的艺术魅力。

写歌伎技艺的词还有《昼夜乐》"秀香家住桃花径"、《柳腰轻》"英英妙舞腰肢软"、《凤衔杯》"有美瑶卿能染翰"等。

有些写艳情的,如《菊花新》:

> 欲掩香帏论缱绻。先敛双蛾愁夜短。催促少年郎,先去睡、鸳衾图暖。须臾放了残针线。脱罗裳、恣情无限。留取帐前灯,时时待、看伊娇面。

此词以通俗的语言,写与美人的合欢,表现异常直露,因此受到词学家的批评。李调元谓"柳永淫词莫逾于《菊花新》一阕。"①虽然如此,它却能满足市民欣赏的情趣,受到他们的欢迎。

柳永的俗词,除了写艳情以外,还有写其他内容的。譬如,《传花枝》"平生自负",可谓"书会才人"的自我抒怀,词中展示了他的才情与旷达胸怀;《凤栖梧》"帘下清歌帘外宴",写听歌等,都是极好的俗词。如果歌伎演唱,一定会引起轰动效应。

黄庭坚在年轻时候,也以封建浪子的身份,混迹于下层社会。但他没有像柳永那样,长期生活在市民中间,学习民间情调,只是偶尔接触市民,了解市民的心态,写了一些俗艳的词。如《沁园春》:

> 把我身心,为伊烦恼,算天便知。恨一回相见,百回做计,未能偎倚,早觅东西。镜里拈花,水中捉月,觑着无由得近伊。添憔悴,镇花销翠减,玉瘦香肌。 奴儿又有行期,你去即、无妨我共谁。向眼前常见,心犹未足,怎生禁得,真个分离。地角天涯,我随君去,掘井为盟无改移。君须是,做些儿相度,莫待临时。

此词上阕写二人相思相恋无奈却如镜花水月,无由相偎相依乃至使"玉瘦香肌",下阕写分离前之盟誓,希男方做好思想准备。这首词语言明白如话,表现的感情非常真挚。"地角天涯,我随君去,掘井为盟无改移。"将其感情的诚挚,

---

① 李调元:《雨村词话》卷一,引自唐圭璋:《词话丛编》,中华书局1986年版,第1391页。

态度的坚决,都写得入木三分。

又如《望江东》:"江水西头隔烟树,望不见,江东路。思量只有梦来去,更不怕、江阑住房。灯前写了书无数,算没个、人传与。直饶寻得雁分付,又还是、秋将暮。"将相思者的复杂心理与真挚感情,写得曲折尽致,语言通俗流畅。陈廷焯素不喜山谷词,却赞这首词"笔力奇横无匹,中有一片深情往复不置,故佳。"①余如《少年心》"对景惹起愁闷",也情真意切,十分感人。

柳永、黄庭坚的俗词,大部分都是情词,并带有浓厚的香艳气息,而其感情却淳朴、真挚;语言通俗易懂,并用了一些常见的典故与俚语,将其深厚的感情,表现得淋漓尽致。其俗词都是有意为市民而写的,也的确能够满足市民文化消费的需求。

二

柳永、黄庭坚虽然都写俗词,但在写法上各有不同的路数,表现出各自独特的艺术个性。

第一,柳永的俗词是俗得很彻底的,是骨子里的俗,可以说是彻头彻尾、彻里彻外的。而黄庭坚的俗词,其俗则是表层的,往往是外在的、表面的,表现是很露骨的,缺乏艺术作品应有的蕴含。

柳永较长时期的生活在市民中间,熟悉、了解他们的情趣、爱好、习俗,因此,在词里能准确地表现他们的思想感情,符合他们的欣赏趣味。如《定风波漫》:

> 自春来、惨绿愁红,芳心是事可可。日上花梢,莺穿柳带,犹压香衾卧。暖酥消、腻云亸。终日厌厌倦梳裹。无那。恨薄情一去,音书无个。 早知恁么。悔当初、不把雕鞍锁。向鸡窗,只与蛮笺象管,拘束教吟课。镇相随,莫抛躲。针线闲拈伴伊坐。和我。免使年少,光阴虚过。

这首词写思妇对外出丈夫强烈的思念之情。上阕写时令引起的烦恼;春光明媚,花红柳绿,面对春意盎然的情景,主人公不是高兴、愉悦,反因春色引起了无穷的

---

① 陈廷焯:《白雨斋词话》,人民文学出版社1959年版,第162页。

烦恼,美丽的春色在其心目中却变成了"惨"与"愁"。她懒得梳妆打扮,"终日厌厌倦梳裹",她整天无情无绪,在索漠、苦恼中无可奈何地打发日子。"岂无膏沐,谁适为容",丈夫长期在外,近来没有一点讯息,这还能为谁高兴而梳妆打扮呢?下阕写女主人公的后悔,悔不该没有将丈夫拘束在家里吟课,自己"镇相随,莫抛躲,针线闲拈伴伊坐"。能与丈夫长期厮守在一起,亲亲热热,这就是她的爱情理想,何等朴实、真切。词人以通俗的语言,写他们的生活、情趣与理想追求,写得真挚、朴实、缠绵,却没有丝毫的轻佻,这是他艺术表现的成功。他在《洞仙歌》里也说:"愿人间天上,暮云朝雨长相见。"这种长期厮守的理想,这种颇为低俗的情调,是市民的。他写得实在、真实,不夸饰、不掺假,很能表现市民的情味。秦观的《鹊桥仙》谓"两情若是久长时,又岂在朝朝暮暮"。其情调高雅,受到词学家的追捧。这是士人对爱情的理想与追求,与柳永写的市民长期厮守永不分离的爱情追求有着天壤之别。但他们在表现各自阶层的爱情理想上相当精彩,都是非常出色的一笔,不可轩此而轻彼。

又如《爪茉莉·秋夜》:

> 每到秋来,转添甚况味。金风动、冷清清地。残蝉噪晚,甚聒得、人心欲碎,更休道、宋玉多悲,石人、也须下泪。　衾寒枕冷,夜迢迢、更无寐。深院静,月明风细。巴巴望晓,怎生捱、更迢递。料我儿,只在枕头根底,等人来、睡梦里。

此词在俚俗之语中间,却又嵌入宋玉、石人的典故。这是常用之典,既不生僻,又显得颇为生动。他将常用的普通典故与通俗的语言搭配得很谐调,并未因用典故而破坏全词俚俗的基调。这种俗词,正是"以俗为美"的审美理想在其语言风貌上的突出表现,说明其俗词语言运用的浑朴与成功。

柳永的俗词,从思想感情到语言表达,之所以那么和谐完美,与他曾经生活在市民中间并与之真正打成一片,对他们思想感情有着深刻的理解有关。

柳永在词中,写了他的放浪生活,揭示出他能创作俗词的生活基础。这对我们理解与研究柳永俗词的特征极有帮助。他说:"赏烟花,听管弦。图欢笑,转加肠断"(《凤衔杯》),"忆当时、酒恋花迷,役损词客"(《两同心》),"帝里风光好,当年少日,暮宴朝欢。况有狂朋怪侣,遇当歌,对酒竟留连"(《戚氏》)、"论篮买花、盈车载酒,百琲千金邀妓。何妨沉醉,有人伴,日高春睡"(《剔银灯》)、"追思往昔年少,继日恁、把金听歌,量金买笑"(《古倾杯》),如此等等,都是他少年时期放荡生活的真实写照。他曾经有一段时间,混迹烟花市场,日日与歌伎玩乐,写诗填词。这从他的生活处境与词的实际需要来说,要俗要艳,这就形成了其词的风格特色。而他与她们的了解与熟稔,促成了他的俗词写作的成熟。因此,他的俗词,才能写得俗的彻底、俗的自然、俗的本色、俗的美,并亮出俗词形成浑朴特色的底色。

黄庭坚年轻时候,也以封建浪子的身份,混迹于下层社会,学习民间情调,写了许多艳词。他曾说:"余少时间作乐府,以使酒玩世,道人法秀独罪余以笔墨劝淫,于我法中当下犁舌之狱。"①他的艳词,就是他"使酒玩世"的产物,是他向民间学习的结晶。

我们现在就看他写的两首艳词:

引调得,甚近日心肠不恋家,宁宁地、思量他,思量他。两情各自肯,甚忙咱。 意思里、莫是赚人吵。嗷奴真个哼,共人哼

(《归田乐令》)

心里人人,暂不见、霎时难过。天生你要憔悴我。把心头从前鬼,著手摩挲,抖擞了百病销磨。 见说那厮脾鳖热,大不成我便与拆破。待来时高上与厮嗷则个,温存着且教推磨。

(《少年心》)

这首词艺术上突出的特点,是语言的俗。它是模仿民间的,语调语气词都有严重模仿的痕迹。但学习模拟还不是很到家,语言还不够浑朴,有点杂凑的感觉。

黄庭坚的俗词,是十分表面的、外露的,艺术上还是比较稚嫩的,其用语不是很纯粹的俗语,难免有点儿夹生。这犹如外省人学陕西话,尽管学得很认真,但仍只是学到个别土语方音,而没有学会秦人语言浑朴豪爽的特色,因为没有完全掌握陕西人的语言体系,因此表现的语境不是浑化谐调的。与黄庭坚的俗词相比,柳永的俗词是彻底纳入了俗语的体系之中,表现的是浑化谐调的。因此,他

---

① 黄庭坚:《小山词序》,引自张草纫:《二晏词笺注》,上海古籍出版社2008年版,第603页。

写的俗词,能够俗的美、俗的自然、俗的本色。这是因为他曾经常长期生活在市民中间,跟他们有了共同的生活习惯、共同的爱好、共同的心理与情感。他是一位带有浓厚市民意识的词人,故能以世俗的趣味、世俗的心理,描写世俗的爱情生活。在他的词里,充满了琐细、平凡、甜蜜、愉悦的市民情调。"从喷泉里喷出来的都是水,从血管里喷出来的都是血",他的俗词,可以说是从具有了市民资质的柳永血管喷出来的啊!

柳永、黄庭坚的俗词,都用了通俗的白话、书面语,并夹杂了一些方言土语。柳永词中的方言土语,已不是很显眼了。如果不是对方言土语十分稔熟并仔细阅读,则几乎发现不了。黄庭坚词中的方言土语,则表现十分突出。读他的俗词,方言土语简直有些扎眼。这说明柳永向民间语言学习的成熟与到家,用起来随心所欲,得心应手,达到了浑化的境界。黄庭坚虽然向民间语言刻苦学习,但还不十分到家。在他的俗词里,往往会跳出几个十分扎眼的方言土语,甚至生造了一些字,有些俗字令人不甚了了,太生僻了。这反映了他向民间语言学习的不成熟、不到位。因此,黄的俗词语言,受到了词学家颇为严厉地批评,说他"故以生字俚语侮弄世俗"①。而柳永俗词的语言,则受到了词论家的追捧。

黄庭坚的俗词,有以下三个明显不同于柳永俗词的个人特点:

其一,黄庭坚喜欢用生僻的方言土语,这对于方言区的人来说,生新、亲切,有特殊的地方风味,可谓韵味十足。但对非方言区的广大读者来说,无疑是生涩难解的,这就大大影响了其词的传播和理解。例如:

这詑尿黏腻得处煞是律。……管人闲底,且放我快活咩。

(《望远行》)

见来两两宁宁地,眼厮打、过如拳踢。……腊月望州坡上地,冻着你、影躔村鬼。

(《鼓笛令》)

与一口、管教屎磨。副靖传语木大,鼓儿里,且打一和。

(《鼓笛令》)

---

① 刘熙载:《艺概》,上海古籍出版社1978年版,第108页。

"訑尿黏腻"、"影躞"、"屟磨",都是很费解的方言。有些字,如"躞"、"屟",连字书上都没有。

其二,喜欢用修辞学上的析字格。譬如:"你共人、女边着子,争知我、门里挑心。"(《两同心》)"女边着子"是"好","门里挑心"是"闷"。意谓你和人好,我心里闷。这种析字格在俗词中一再出现,将词写成谜语,让人详猜,几成儿戏。

其三,在词里用了曲化的语言,这是刻意模仿民间俗曲子的结果,使词异化,近于油滑,缺乏词的语言应有的凝重。这种异化,对散曲的形成,颇有影响。譬如:

怨你又恋你,恨你、惜你,毕竟教人怎生是。

（《归田乐引》"暮而蒙阶砌"）

忆我又唤我,见我,嗔我,天甚教人怎生受。 看承幸厮勾,又是尊前眉峰皱。是人惊怪,冤我忒擱就。拚了又舍了,一定是这回休了,及至相逢又依旧。

（《归田乐引》"对景还销瘦"）

奴奴睡,奴奴睡也奴奴睡。

（《千秋岁》"世间好事"）

这些曲化的语言,对元曲的形成,有很大的影响。如果说柳永俗词对元曲形成的影响主要是俗情,那么,黄庭坚俗词对元曲形成的主要影响是俗调。

第二,柳永是站在市民立场上写俗词的,其俗词从内容到形式,都达到了相当完美的程度。其词感情真挚,语言淳朴。可以说俗的本色自然,俗的有情趣。黄庭坚"使酒玩世",他不脱封建浪子的习气,其俗词时见挑逗情调与亵浑的心理。加之对方言土语的过分依赖与模仿,反倒使俗词显得生涩与鄙俗。

柳永的《定风波》:"针线闲拈伴伊坐"、希望与丈夫长期相伴厮守,感情默默交流,有着平民夫妇的亲和真诚与淳朴。又如《锦堂春》"依前过了旧约,甚当初赚我,偷剪云鬟。几时得归来,香阁深关。待伊要、尤云殢雨,缠绣衾、不与同欢。尽更深、款款问伊,今后敢更无端。"词中很细腻地描写了主人公的心理活动:如果将来丈夫回家欢聚时,她要狠狠地惩治他,以"缠绣衾、不与同欢"报复其负心与逾期不归,教育他,使其刻骨铭心,以后"听话"。这里写了她的心态,预设将来闺房如何使性,迫使对方屈服。将心理活动写得婉转而深曲,预设的行为可笑而深切。

柳永的俗词,由于语言的口语化,情调的市民化,故有很高的审美价值。因此,词论家给予很高的评价。宋翔凤云:"柳词曲折委婉,而中具浑沦之气,虽多俚语,而高处足冠群流,倚声家当尸而祝之。"①刘熙载谓:"耆卿词细密而妥溜,明白而家常,善于叙事,有过前人。"②"曲折委婉",就表的感情而言的;"明白家常",就语言的通俗而言的;"浑沦之气",就词的结构紧凑自然而言的。总之,曲折委婉、明白家常而又具有浑沦之气,这就构成了柳永俗词的个性。这种独特的个性,有着很高的审美价值。

黄庭坚的《鼓笛令》:"腊月望州坡上地,冻着你、影蹉村鬼。你但那些一处睡,烧沙糖、管好滋味。"他的另一首《鼓笛令》也说:"副靖传语木大,鼓儿里、且打一和。更有些儿得处啰,烧沙糖、香药添和。"用俗语将两情相和写得亵渎不堪。余如《望远行》、《忆帝京》等,也写得既亵渎又露骨。

黄庭坚的俗词,由于对方言土语的模仿与依赖,而又消化不够,在使用上不免有生吞活剥之嫌,再加上某些篇章内容的亵渎,遂受到词论家颇为严厉地批评。贺裳说:"黄九时出俚语,如'口不能言,心下快活',可谓伧父之甚。"③四库馆臣谓:"今观其词,如《沁园春》、《望远行》……皆亵渎不可名状。至于《鼓笛令》第三首用'鹾'字,第四首之用'屄'字,皆字书所不载,尤不可解。"④这些批评,都是比较公允的。

柳永、黄庭坚俗词的不同特色,与二人向市民学习的成熟与否有关。这对我们今天的文艺创作如何深入生活、向民众学习,仍有一定的启示。

第八节　秦观与黄庭坚

北宋词人秦观、黄庭坚,自陈师道说了"今代词手,惟秦七黄九尔。唐诸人

---

① 宋翔凤:《乐府余论》,引自唐圭璋:《词话丛编》,中华书局1986年版,第2499页。
② 刘熙载:《艺概》,上海古籍出版社1978年版,第108页。
③ 贺裳:《皱水轩词筌》,引自唐圭璋:《词话丛编》,中华书局1986年版,第696页。
④ 《四库全书总目山谷词提要》,引自马兴荣、祝振玉校注:《山谷词》,上海古籍出版社2001年版,第315页。

不迨也"①之后,后人每每以秦、黄并称。虽然秦、黄的词风不一,其创作成就也有差距,然因陈师道是秦、黄同时的著名诗人,又是苏门六君子之一,且与秦、黄都有密切的交往,因此,他的话就显得更有分量,对后代词论家研究秦、黄词有着很大的启迪和影响。与他们同时期的诗人晁补之以及稍晚的李清照,直到晚清的陈廷焯、夏敬观等人,对此都发表过独特的、很有见识的意见。他们的评论虽然纷纭,但却都有很高的参考价值,值得重视。笔者欲在前贤研究的基础上,对秦、黄词做一点比较研究,以求对秦、黄词的进一步深入了解。

一

秦观、黄庭坚在词的创作道路上,都经历了由俗到雅的发展变化过程,并渐次形成各自独特的艺术风格。秦词清丽凄婉,是正宗的婉约词,对以后词风的发展,有着深远的影响;黄词清旷豪放,是苏轼豪放词派的后劲,对豪放派词的承传、发展,起了巨大的推动作用。

秦观年轻时,深受李煜、柳永词的影响,写过一些艳曲俗调,有着较多的对色情及猥亵的描写。如《满园春》、《迎春乐》、《一落索》、《丑奴儿》、《南乡子》、《河传》、《浣溪沙》、《调笑令》、《品令》二首、《临江仙》其二等。这些词词意浅俗,气格卑靡,情调都不够健康。譬如《临江仙》其二:

髻子偎人娇不整,眼儿失睡微重。寻思模样早心忪。断肠携手,何事太怱怱。 不忍残红犹在臂,翻疑梦里相逢。遥怜南埭上孤篷。夕阳流水,红满泪痕中。

此词写情人幽会后的分离,在描写欢会与分离的情景时夹杂着色情描写,与李煜的《一斛珠》情调风韵极其相似,显然是受了李煜前期词中那些色情描写的影响,《河传》也有类似的情况。而他写的一些俗词,受柳永词的影响颇深。这一点,引起苏轼的极度不满,并对他做了严肃的批评。《高斋诗话》云:

---

① 施蛰存、陈如江:《宋元词话》,上海书店出版社1999年版,第58页。

少游自会稽入都,见东坡。东坡曰:"不意别后,公却学柳七作词!"少游曰:"某虽无学,亦不如是。"东坡曰:"销魂,当此际,非柳七语乎?"东坡又问:"别作何词?"少游举"小楼连苑横空,下窥绣毂雕鞍骤。"东坡曰:"十三个字,只说得一个人骑马楼前过!"

从这一段话可以看出,秦观受柳永情词及铺叙手法的影响。柳永词对他影响,并非全是消极的。其实,柳词对秦观词风格的形成,在很大程度上,都有着积极的影响。秦观在词的创作上,吸收了柳词的一些优长,增强了词的艺术表现力,形成自己独特的艺术风格。苏轼是站在不同词的派别立场上,用他自己对词的艺术审美判断来批评秦观的。也许是因为苏轼的批评,更重要的是因为秦观后来颇为坎坷的生活经历,使其词风发生了新的根本性的变化。因为受到党争的排压,秦观在仕途屡屡受挫,绍圣初,坐党籍,贬为杭州通判,后贬监处州酒税,徙郴州,继编管横州,又徙雷州,精神上受到极大的压力,哀愁凄怨,词风为之一变:内容风调由俗到雅,风格由清丽渐趋凄婉。其词韵致醇厚,音调谐婉,语言秀丽,幽雅清新,形成个人独特的艺术风格。《江城子》、《画堂春》、《千秋岁》、《踏莎行》等,是这类词的代表作。如《千秋岁》词:

水边沙外,城郭春寒退。花影乱,莺声碎。飘零疏酒盏,离别宽衣带。人不见,碧云暮合空相对。　忆昔西池会,鹓鹭同飞盖。携手处,今谁在?日边清梦断,镜里朱颜改。春去也,飞红万点愁如海。

此词写时光的飞逝,对朋友的忆念,词人由迟暮之感而引起愁绪。感情含蓄蕴藉,凄婉动人。秦观在许多词里,都反复吟咏着这凄婉哀愁的情绪。"便做春江都是泪,流不尽,许多愁!"(《江城子》)"郴江幸自绕郴山,为谁流下潇湘去?"(《踏莎行》)这些词柔情万种,哀怨凄绝,饱含着女性的柔美。这种婉约词风,在中国词史上居主导地位,被视为词之正宗。

秦观还往往在以爱情为题材的词作中,织进了对自己怀才不遇的感慨或仕途坎坷的感伤,表现出强烈的身世之感。周济说他"将身世之感,打并入艳情"[1],指

---

[1] 周济:《宋四家词选》,古典文学出版社 1958 年版,第 24 页。

出了他的这类词的艺术特点。

　　黄庭坚词,早年也受柳永词的影响,喜欢用俗语写艳曲,很有一些淫靡俗滥的描写,如《两同心》、《忆帝京》、《江城子》、《归田乐引》、《沁园春》、《望远行》、《千秋岁》等,有的诨亵下流,不可卒读。如《千秋岁》:

　　　　世间好事,恰恁厮当对。乍夜永,凉天气。雨稀帘外滴,香篆盘中字。长入梦,如今见也分明是。　欢极娇无力,玉软花欹坠。钗冒袖,云堆臂。灯斜明媚眷,汗浃蕾腾醉。奴奴睡,奴奴睡也奴奴睡。

词中充满了淫靡俗滥的描写,尤其写欢后的娇态倦困,诨亵之至。对此,四库馆臣批评说:

　　　　今观其词,如《沁园春》《望远行》《千秋岁》第二首,《江城子》第二首,《两同心》第二首、第三首,《少年心》第一首、第二首,《丑奴儿》第二首,《鼓笛令》第四首,《好事近》第三首,皆诨亵不可名状。

为此,他受到法秀的尖锐批评,自己也有所醒悟,黄庭坚说:"余少时间作乐府,以使酒玩世,道人法秀独罪余'以笔墨劝淫,于我法中当下犁舌之狱'。"①后来他幡然悔悟,笔底干净,不再写淫靡之词。

　　与秦观相似,黄庭坚在仕途上也不顺利,屡遭贬谪,经历颇为坎坷。然他个性倔强,心胸旷达,对于坎坷的命运,往往能以超然的态度处之。他的词也每每有身世之感,但他对于压迫和打击,都不太在乎,表现得很超脱,其词豪放旷达,语言瘦硬,表现出很强的力度。如《定风波》、《鹧鸪天》等词,都洋溢着刚健之美。《定风波·次高左藏韵》云:

　　　　自断自生休问天,白头波上泛孤船。老去文章无气味,憔悴,不堪驱使菊花前。　闻道使君携将吏,高会,参军吹帽晚风颠。千骑插花秋色暮,归去,翠娥扶入醉时肩。

---

①　陈良运:《中国历代词学论著选》,百花洲文艺出版社1998年版,第45页。

前阕写老而孤独,又乏才气,不堪于重阳赏菊的情景。其自负倔强傲岸、不屈服于命运的性格跃然纸上。后阕赞扬高左藏的做官风流,不拘形迹。词中诗人与高左藏太守的形象,都很鲜明。

秦观、黄庭坚在仕途上都是坎坷曲折的,然两人性格不同,对待命运的态度不同,这对他们词风的形成,有着决定性的影响。秦观是一个逆来顺受深受压抑的人,他并不是一个会主动投身于政治斗争的人,只是由于受牵连而招致不幸,再加上他性格柔弱,感情细致,所以内心总是陷入悲愁哀怨而不能自拔。词如其人,因此他的词里总是流露出悲怨与凄婉的情绪,形成凄婉清丽的词风。黄庭坚虽然也不是一个愿主动投身于政治斗争的人,但与秦观相比,他性格倔强,遇到不顺心的事,并非悲愁哀怨,而能以超然的态度处之,为人旷达,其词主体性格突出,有瘦硬刚健之风。

二

秦观的词,是典型的词人之词。其词优柔婉转,自然本色。黄庭坚的词,是被称为"著腔子唱好诗"①的诗人之词,词的感情峭拔,语言瘦硬,极有力度。两人的词风迥异,并有着鲜明的个性特色,分别属于婉约和豪放两个词派。夏敬观说:"盖山谷是东坡一派,少游则纯乎词人之词也。"②他所说的"东坡一派",即"诗人之词",也就是"着腔子唱好诗"的意思。质言之,就是用写诗的手法填词。黄庭坚词专注于对词的意境与主体感情的表达,而对词的音乐因素与传统的表现手法有所忽视或竟有意突破,走着一条与词人填词迥别的路子。"词人之词"是指正统的婉约词风。张炎以为秦观的词,"体制淡雅,气骨不衰,清丽中不断意脉,咀嚼无滓,久而知味"③,就是主要从词风上立论的。蔡伯世谓:"子瞻词胜乎情,耆卿情胜乎词。情辞相称者,唯少游而已。"④则是从情与词的关系上立论的。如此等等,均说明秦观与黄庭坚用了不同的创作路数,进行词的创作,故显出迥然不同的词的风貌。在词史上,他们分别属于不同的词派。

---

① 陈良运:《中国历代词学论著选》,百花洲文艺出版社1998年版,第51页。
② 孙克强:《唐宋人词话》,河南文艺出版社1999年版,第322页。
③ 夏承焘:《词源注》,人民文学出版社1963年版,第31页。
④ 孙克强:《唐宋人词话》,河南文艺出版社1999年版,第245页。

秦观在学习词创作的道路上,曾认真学习了以温庭筠、韦庄为代表的花间派词人的词,又深受李后主、晏殊父子、欧阳修、张先、柳永等词人的影响,在学习继承前人的基础上,有所发展、有所创造,从而形成自己独特的艺术风格。其词表现出词人之词的诸多特点,成为婉约词的典范。以题材论,其词主要写离情别恨,抒离别相思之情,然又能注入个人独特的感受,往往寄寓着身世之感,因而有着更丰厚的内容与感人的艺术力量;以风格言,他极力追求词的表现上的委婉含蓄,其词感情凄婉,情调轻柔,音词谐和,所谓"能曼声以合律……形容处,殊无刻肌入骨之言"①,因此词情表达婉转而深厚;以表现论,他善于用白描的手法,表现出一时的情致,用语工整凝练,自然深刻,所谓"初日芙蓉,晓风杨柳"②,自然而清新。蔡伯世称其"辞情相称",这是秦观词语表现上的一个很重要的特点。辞是情的载体,情是辞表达的灵魂。词胜乎情,情弱则词质,缺乏感人的艺术魅力;情胜乎词,词弱则情不胜负,有纤弱之弊。只有辞情相称,才能使载体与被载和谐,达到情韵兼善的境界。总之,他的词体纤弱,词境凄婉,词调柔美,意蕴词中而韵流言外,有低回婉转一唱三叹之妙。如《浣溪沙》:

漠漠轻寒上小楼,晓阴无赖似穷秋,淡烟流水画屏幽。 自在飞花轻似梦,无边丝雨细如愁,宝帘闲挂小银钩。

此词着笔轻柔,比喻新警,感情细腻,极委婉含蓄之致。"自在飞花"两句,用飘忽不定的梦境比喻飞花轻落时的自在自如,以悠悠的愁绪比喻丝雨之细小,新警妥帖,妙语生华,给人以新异而柔美的感受。

又如《南歌子·赠陶心儿》其三:

香墨弯弯画,燕脂淡淡匀。揉蓝衫子杏黄裙,独倚玉阑无语点檀唇。人去空流水,花飞半掩门。乱山何处觅行云,又是一钩新月照黄昏。

上阕写主人公形象,全用白描。前三句是她的素像描写,第四句写她独倚玉阑思

---

① 孙克强:《唐宋人词话》,河南文艺出版社1999年版,第308页。
② 孙克强:《唐宋人词话》,河南文艺出版社1999年版,第322页。

念远人的情态。下阕写别离相思之苦,人去室空,思念益切。日日倚阑远望,行人杳然,令人怅惘。"又是一钩新月照黄昏",极言岁月蹉跎而行人不至。此词深婉细腻,语语情真,可谓"淡语皆有味,浅语皆有致"①。

秦观晚年多次遭贬,境遇坎坷,其词更为凄婉,有令人不堪卒读之感。"人人尽道断肠初,那堪肠已无"(《阮郎归》);"衡阳犹有雁传书,郴阳和雁无"(《阮郎归》)。如此等等,都表现出一种凄凉绝望的情绪。

总之,秦词远超"花间"、南唐,于前者取其神而不袭其貌,于后者则更接近李煜,但和婉清丽的特色超过李煜;近承二晏、欧阳修、张先之长,而参以柳永的通俗与铺叙。融诸家之长为一体,婉约凄丽、情辞兼美。当时婉约派词人,几无出其右者。

黄庭坚虽然也接受了婉约词传统的影响与熏陶,写过一些婉约词,譬如他写的《清平乐·春归何处》,就是在词史上富有特色的清丽婉约之作。但他在创作道路上受苏轼的影响更大一些,他往往效法苏轼以诗为词,喜欢发议论,用典故,有着以才学为词的倾向,并把瘦硬诗风带进词中,表现出与传统词风迥异的瘦硬风格,这与词崇尚婉约的传统是背道而驰的。东坡以诗为词,表现出豪迈清旷的特点,黄庭坚以诗为词,且"寓以诗人之句法"②,表现出瘦硬而重故实的特色。其实,他是将自己在诗学上标举的"无一字无来处"、"点铁成金"等手段,用之于词了。以题材论,他除了写离情别恨之外,还写了许多赠人、咏物之作,又喜次韵和韵,酣畅淋漓地抒发感情;以风格言,他的词里感情沉郁而清旷,笔姿峭拔而有力,所谓"涪翁信能郁苍耸秀,其不甚经意处,亦复老杆枒杈,第无丑枝,斯其所以为涪翁耳"③。在语言上,他喜欢用前人成语、典故,表现出一种典厚拙重的特点。总之,他的大部分词都是词意峭拔,词格刚健,词境清旷,词调壮美,质实豪放,俊逸精妙,并饱含疏宕之气。如《西江月》:

断送一生唯有,破除万事无过。远山横黛蘸秋波,不饮旁人笑我。　花病等闲瘦弱,春愁没处遮拦。杯行到手莫留残,不道月斜人散。

---

① 冯煦:《蒿庵词话》,人民文学出版社1959年版,第61页。
② 陈良运:《中国历代词学论著选》,百花洲文艺出版社1998年版,第44页。
③ 况周颐:《蕙风词话·广蕙风词话》,中州古籍出版社2003年版,第42页。

韩愈有诗云"断送一生唯有酒"(《遣兴》)、"破除万事无过酒"(《赠郑兵曹》),黄庭坚在"既戒酒不饮,遇宴集,独醒其旁。坐客欲得小词,援笔为赋"这首词中,把韩愈吟酒的两句诗凑在一起,去掉"酒"字变成两个歇后语,这两个歇后语构成一幅天然的对子,更突出了酒对人的危害,它能"断送一生"、"破除万事",真是危言耸听;且语气峻切、典雅含蓄,工整精巧之至。陈师道称赞说:"才去一字,遂为切对,而语益峻。"①这个赞语对极了。正因其首句用典,才使这首即席应酬之词,在典雅博奥中显出它特有的审美价值。婉约词人喜欢用轻柔婉转的白描,黄庭坚词中这种峻切的语气,非婉约词所有,也非婉约词人所喜。至于点化古人诗句或使用典故,也是那些奉婉约词为圭臬的词评家所不齿的。李清照说:"黄即尚故实,而多疵病。譬如良玉有瑕,价自减半矣"。② 其实,换一个角度看,黄庭坚的用典,则丰富了词的艺术表现手法,在词史上,有值得肯定的一面。

爱用古人成语,也是黄庭坚词的一个特色。他在填词时,有时不是抒写情景另铸新词,而往往是借用了古人的成句,表达自己的情意。这在《鹧鸪天》八首、《南乡子》六首中,表现得尤为突出。其词借用杜甫诗句的有"自断自生休问天"(《定风波·次高左藏韵》);借用杜牧诗句的有"十年一觉扬州梦"(《鹧鸪天》"紫菊黄花风露寒")、"宜将酩酊酬佳节,不用登临恨落晖"(《鹧鸪天》"节去蜂愁风不知")、"与客携壶上翠微"(《南乡子》"黄菊满东篱");借用杜秋娘诗句的有"莫待无花空折枝"(《南乡子》"黄菊满东篱");借用贾岛诗句的有"秋风吹渭水,落叶满长安"(《促拍满路花》)。另外,还有集句词,如《鹧鸪天·重九日集句》。古人的诗句,用在词中,有的浑然天成,了无迹痕;有的则不免生硬,不够浑融。因为它是典型的诗的语言,简劲而富于力度,但却是有背于词以婉约为正宗的传统的。

黄庭坚以矫健瘦硬的笔姿,写了许多富于旷放之词。《定风波·次高左藏使君韵》、《定风波·次高左藏韵》、《减字木兰花》"诗翁才刃"、《水调歌头》"落日塞垣路"、《虞美人》"平生本爱江湖住"、《南乡子》"黄菊满东篱"、《鹧鸪天》"黄菊枝头生晓寒"、《水龙吟·黔守曹伯达供备生日》等,都是思想旷达、性格倔强、语言瘦硬之作。说他是"着腔子唱好诗",似乎是十分贴切的了。但他扩大

---

① 施蛰存、陈如江:《宋元词话》,上海书店出版社1999年版,第58页。
② 陈良运:《中国历代词学论著选》,百花洲文艺出版社1998年版,第72页。

了词的题材,丰富了词的艺术表现手法,使词从"遣兴娱宾"、"聊佐清欢"、男欢女爱、风流韵事中解放出来,抒写广阔的社会与人生,这在词史上是有着积极意义的。

如果说秦观善于运用白描的手法,以精警自然的语言,写出新的词境,情意深婉,韵味悠长;那么,黄庭坚词则善于运用典故、成语,以瘦硬矫健的语言,写出特有的词境,情意深重,峭拔有力,显现着旷放矫健的词风。

三

黄庭坚的词风格多样,他除了有一些清丽婉转之作以外,更多的则受苏词的影响,奇横、清旷、豪放,均有似苏的一面,而他又掺进了自己一些作诗的路数,形成个人的一些特点。而其每一种风格的词,都有一些传诵之作,庶几可以与秦观词相提并论。如果说秦观是当时婉约词派的冠军,那么黄庭坚在词的创作上则近乎全能,其成就绝不可小觑。所以陈师道将秦、黄相提并论,似不无道理。而后代词论家往往以婉约词为词之正宗,强调词的声律谐和、语言本色、风格轻柔,由此以秦压黄,殊失陈师道批评之本意。然以为黄词"'超轶绝尘,独立万物之表;驭风骑气,以与造物者游'。东坡誉山谷之语也。吾于其词亦云"[1],则不免誉之过当。但黄词毕竟依违于苏、柳之间,未能大张旗鼓地在词坛独树一帜。虽然他写了不少好的作品,属清丽、婉约、奇横、清旷、豪放、瘦硬之风格者均有绝唱,然其数量不多,缺乏重头戏。他的词在词史上似是旁溪水汊,未能汇成主流,在词坛没有形成一股奔腾万里的气势。词宜要眇宜修,情韵兼善,黄却以诗笔填词,与词体的特殊要求不无悖谬,这一点,则直接影响了黄庭坚未能在词史上有如秦观之地位与影响。论者无视其词的创作成就,抹杀他在词史上的地位,自然是不对的。但要将其有意拔高,把他抬高到与秦观词相等的历史地位,也是很不合适的。

秦观虽然也写过少数豪放之作,如《望海潮》怀古诸作,但其主调是婉约。他在词的创作上专主情致,故其词清丽婉转,妩媚轻柔,情韵兼擅。他在婉约词

---

[1] 孙克强:《唐宋人词话》,河南文艺出版社1999年版,第295页。

的发展上,承前启后,有着举足轻重的地位。"少游词虽婉美,然格力失之弱"①,这个批评也是恰当的。

第九节 仲殊与惠洪

词作为宋代流行的俗曲,在社会上广为流传。作词与赏词,成为各个阶级、各个阶层人的普遍爱好,它有着最为广泛的作者群和读者群:上至皇帝与宰阁大臣,下至普通老百姓,以至歌伎、僧侣、道士等,对于写词与听词,都有极大的兴趣。仲殊与惠洪,都是由士人出家的佛教徒,他们有着较高的文化素养,并与政府官僚有着较密切地联系,且都做过地方官僚的清客。他们喜欢填词,并以词称名于世。

一

仲殊(?—1104),俗名张挥,字师利,安州人。曾举进士,后弃家为僧。曾居苏州承天寺、杭州吴山宝月寺,法号仲殊,与苏轼交往甚密。徽宗崇宁中自缢死。有《宝月集》七卷,所作词当不下数百首,惜词集散佚。今存词70首,断句7则,也不算少。比起有名的词人李清照来,存词还要多出十余首。而其风格之超逸,小令之隽妙,都值得称道。要之,他也是宋词之名家,创作成就较高,其名字在词史上不可或缺。

惠洪(1071—1126),字觉范,俗姓喻,一说姓彭,筠州新昌人,生于熙宁四年,以医结识张商英,后又往来于郭天信之门。张、郭得罪,他被牵连决配朱崖,旋北还。他工诗善画,有《石门文字禅》、《天厨禁脔》、《冷斋夜话》等行世,也与苏轼有交往。今存词37首,作为方外词,也颇具特色。

二

仲殊与惠洪为同代人,其出身、经历、处世相类,在词的创作上,有许多相同

---

① 施蛰存、陈如江:《宋元词话》,上海书店出版社1999年版,第272页。

或相似之处。

首先,他们本来是士人,都是后来出家为僧的。故为人处世都比较超脱,其词都有着程度不等的超逸之气。

薛砺若评仲殊词曰:"在他的词里只感到一种出家人的清逸和婉情绪,东坡所谓'此僧胸中无一毫发事者'。"[1]说他在词里透露的情绪是"清逸和婉",是因为"胸中无一毫发事",说的大致不错。这里所说的事,当指俗事。盖谓其品德高尚,且属风雅者流,非俗人可比。惠洪之处世与写词,也可作如是观,其词作也有较高的艺术水平。

仲殊的《南歌子》,就是一首清逸和婉之词:

十里青山远,潮平路带沙。数声啼鸟怨年华。又是凄凉时候、在天涯。
白露收残暑,清风衬晚霞。绿杨堤畔闹荷花。记得年时沽酒、那人家。

此词上阕写天涯流落、生活凄凉的景况,这是就多年生活而说的。下阕写诗人在秋天傍晚,绿杨堤畔,荷花茂盛,想到去年曾在此沽酒,难免有一股时光流逝难挽的况味,则就眼前境况而言的。词人漂泊天涯,年年如斯,怎能不孤寂索寞?此词却写得轻倩流畅,读起来却似无凄苦之感。盖词中有一股清逸之气充乎其间,使其优美雅杰、清旷超逸。在写法上,可谓字斟句酌,顺溜妥帖,收、衬、闹诸字,用得准确而活脱,词的风调,自然而超逸。遣词造句,都极为自然,没有追琢的痕迹。

惠洪的《西江月》,也是一首清逸和婉之作,其超然脱俗之情,溢于言表。

大厦吞风吐月,小舟坐水眠空。雾窗春晓翠如葱。睡起云涛正涌。
往事回头笑处,此生弹指声中。玉笺佳句敏惊鸿。闻道衡阳价重。

此词有感于诗人黄庭坚在贬谪途中生活窘迫却能处之泰然而写的,对其处世旷达充溢着赞美之情。据《冷斋夜话》载:"山谷南迁,与余会于长沙,留碧湘门一月。李子光以官舟借之,为憎疾者腹诽,因携十六口买小舟。余以舟迫窄为言,

---

[1] 薛砺若:《宋词通论》,开明书店1948年版,第158页。

山谷笑曰:'烟波万顷,水宿小舟,与大厦千楹,醉眠一榻何所异?道人缪矣。即解纤去。闻留衡阳作诗写字,因作长短句寄之。"①显然,词人是被黄庭坚的处世旷达行为超逸深深感动了。情不自已,遂写了这首词。其赞美之情溢于言表而又无以复加了。首两句以大厦之"吞风吐月"与小舟之"坐水眠空"对举,谓二者虽有大小之异,然其功能却是各有千秋,难分高下。实则赞小舟而抑大厦,是说黄庭坚虽为艰苦的环境所迫,然生活洒脱,毫无窘迫之感。"雾窗"两句,仍写小舟之风光,映衬主人心气和雅,态度从容。后阕前两句写时光流逝,主人在愉快中度过。结句赞诗人思家诗句之精妙,戛然而止而余音袅袅。此词写诗人黄庭坚艰难的处境,写时光的流逝,写时势的变迁,这种种苦况却丝毫没有苦涩的情味,而在情感流宕中,颇含超妙之趣。盖诗人胸襟宽广,"不以物喜,不以己悲",不斤斤计较个人之得失,故处逆境而心情仍能开朗。这首词在赞扬黄庭坚处世自由洒脱超逸的性格中,闪现出诗人自己自由旷达的个性。

其次,作为出家人,他们并非完全看破了红尘,不与世事,真能够做到超然物外,一尘不染,而是尘缘未绝,不免为世间日常的俗事俗务所牵累。甚至与官府往来,不惜屈志作达官贵人的清客,以此为生。仲殊与苏轼就有密切的往来;惠洪则以医识张商英,并往来于郭天信之门。他们因与官员的交往,受到牵累以至流放,受尽颠沛流离之苦。

惠洪的《浪淘沙》,就流露出不甘尘外寂寞的苦闷心情:

城里久偷闲。尘浣云衫。此身已是再眠蚕。隔岸有山归去好,万壑千岩。 霜晓更凭阑。减尽晴岚。微云生处是茅庵。试问此生谁作伴,弥勒同龛。

关于此词的作意,作者在《冷斋夜话》里说:"余登秋屏阁,浩然有归老之兴,作长短句寄意。"②虽则说寄意归隐,但词人却实在于心不甘。其寄意归隐之情,实为现实生活所迫而不得已也。从词人在出家与入世的二难选择中,不难看出他的生活艰辛与处世艰难。出家并非有着孤云野鹤式地自由与潇洒,入世也非有飞

---

① 施蛰存、陈如江:《宋元词话》,上海书店出版社1999年版,第98页。
② 施蛰存、陈如江:《宋元词话》,上海书店出版社1999年版,第103页。

黄腾达的夭矫。这使词人在出家与处世上,不免进退维谷。

我们再看仲殊的《金蕉叶》词,透视其心情与处境:

> 丛霄逸韵祥烟渺,摇金翠、玲珑三岛。地控全吴,山横旧楚春来早。千里断云芳草。 六朝遗恨连江表。都分付、倚楼吟啸。铁瓮城头,一声画角吹残照。带夜潮来到。

据《嘉定镇江志》:"僧仲殊陪太守宴多景楼词"。上阕写登楼远望,在太守辖域内,云蒸霞蔚,一片升平景象。下阕写近景,示现主宾宴乐融融,直至夕阳西下。此词写得雍容典雅,隐然有谀颂之风。他之所以留恋官场,与太守觥筹交错,形似潇洒,其实是俯仰地方官员,屈志逢迎,仰承其鼻息,不过是为混碗饭吃而已。

第三,他们都慕艳色,写艳词,这与佛教的教义有悖。这是因为词为艳科,作为词人写点艳词,已习以为常,不必见怪。作为出家人的仲殊、惠洪,也非虔诚的佛教徒,他们之所以出家为僧,或为时世所迫,只是将出家作为避风港而已,并非想修行成佛,鹤游西天。故其被压抑的本性真情,有时不免自然流露,遂写出一二首艳词来。这并非如卓人月说的"根尘未消"(《古今词统》),他们的出家,并非想消除根尘的。

仲殊的《踏莎行》,就是一首颇为典型的艳词:

> 浓润侵衣,暗香飘砌。雨中花色添憔悴。凤鞋湿透立多时,不言不语厌厌地。 眉上新愁,手中文字,因何不倩鳞鸿寄。想伊只诉薄情人,官中谁管闲公事。

关于这一首词,明陈霆说:"僧仲殊好作艳词,其同袍孚草堂者,尝寓诗箴之,迄不为止。殊尝咏妇人,有'凤鞋湿透立多时,不言不语厌厌地'之句,后殊经于枇杷树下,轻薄子更其句以吊云:'枇杷树下立多时,不言不语厌厌地'。闻者捧腹。大率淫言媟语,故非衲子所宜也。然殊诸曲,类能脱绝寒俭之态。"[①]对他作艳词,有人劝箴,有人在他死后嘲讽挖苦,陈霆认为"淫言媟语",非僧人所宜,但

---

① 唐圭璋:《词话丛编》,中华书局1986年版,第366页。

艺术上肯定"类能脱绝寒俭之态"。其实,这是一首较好的闺怨诗,写得入情入理,真切动人。表现了他对这位不幸女子的同情与理解。

再看惠洪的《西江月》:

> 十指嫩抽春笋,纤纤玉软红柔。人前欲展强娇羞。微露云衣霓袖。最好洞天春晚,黄庭卷罢清幽。凡心无计奈闲愁。试拈花枝频嗅。

这是书赠女道士的词。上阕通过对她手指柔美的生动描写,表现她的娇艳媚人。下阕写其情思,在洞天春晚的百无聊赖,表现她的孤独与苦闷。这是对禁欲主义的尖锐批判,表现他对佛教教义的某种背叛。正如叶申芗所说:"此僧亦大通脱矣"①。总之,仲殊与惠洪写艳词,不应予以轻率否定的。

三

仲殊与惠洪之词,写得各有艺术个性,故有许多不同之处。

第一,仲殊与惠洪词的风格,有着较明显的差别。谈到二人的词风,杨慎曾云:"宋人小词,僧徒惟二人最佳。觉范之作类山谷,仲殊之作似《花间》。"②总的来说,仲殊与惠洪词都写得绮丽清婉,受南唐词风影响较深。杨慎说仲殊词似《花间》,就其词的清丽婉约而言,确有《花间》词的衣钵承传。然《花间集》中的词,大多写得秾丽,且脂粉气较重,读起来深感有股腻味,而仲殊之词绝无是弊。其实,仲殊之词风更接近于南唐与宋初,如冯延巳、晏殊、张先者是也。说惠洪之词类山谷,也不为无因。惠洪与山谷有较多的交往,曾互相唱和,风格不免接近。"洪觉范佳处亦各如其诗"③,他的词大概有"以诗为词"之处,与山谷词的创作路数略似。然山谷词"不是当行家语,是著腔子唱好诗"④,其词风略显瘦劲。而惠洪词语气平和,看不出山谷那种瘦劲之气。然惠洪有着较浓的诗人气质,其词有点"以诗为词"的味道,这大概就是杨慎说其词类山谷词的原因了。然其词风

---

① 唐圭璋:《词话丛编》,中华书局1986年版,第2338页。
② 孙克强:《唐宋人词话》,河南文艺出版社1999年版,第348页。
③ 孙克强:《唐宋人词话》,河南文艺出版社1999年版,第419页。
④ 唐圭璋:《词话丛编》,中华书局1986年版,第125页。

多样,"善作小词,情思婉约似秦少游"①。他有一首和秦观《千秋岁》的词:

> 半身屏外。睡觉唇红退。春思乱,芳心碎。空余簪髻玉,不见流苏带。试与问,今人秀整谁宜对。　湘浦曾同会。手搴轻罗盖。疑是梦,今犹在。十分春易尽,一点情难改。多少事,却随恨远连云海。

这是一首近似秦观风格的言情词,卓人月云:"偏是无发人作此有□语"②。□字盖为发字,言僧人之有情也。从惠洪词的创作中,具有不同的风格来看,作为词家更成熟,也颇具艺术的创造力。

第二,仲殊与惠洪之词,有专力于词与非专力于词之别。刘毓盘云:"《宝月集》七卷,当不下数百首。北宋人词,自柳永《乐章集》九卷,周邦彦《片玉集》十卷外,专力于词,必以仲殊为巨擘焉。"③的确,他与柳永、周邦彦都是北宋词坛"专力于词"者,在词史上有着很高的地位,在方外人中,无疑是宋代成就最高的词人了。惠洪著述较多,有《石门文字禅》等著作传世。他虽不像仲殊"专力于词",也堪称作者。然其传世诸多著作中,词占比例较小。

以艺术成就言,仲殊词题材较为广泛,技法更为醇熟,更有个人的特色,如此等等,洪惠显然是不能与之比并的。这从历代词家对他们二人的称赞,也可见其分晓的。

> 仲殊之词多矣。佳者固不少,而小令为最。小令之中,《诉衷情》一调,又其最,盖篇篇奇丽,字字清婉,高处不减唐人风致也。
>
> （黄昇:《唐宋诸贤绝妙词选》卷之九）
>
> 贺方回、周美成、晏叔原、僧仲殊,各尽其才力,自成一家。……叔原如金陵王、谢子弟,秀气胜韵,得之天然,将不可学。仲殊次之,殊之赡,晏反不逮也。
>
> （王灼:《碧鸡漫志》卷二）

---

① 孙克强:《唐宋人词话》,河南文艺出版社1999年版,第419页。
② 《古今词统》,辽宁教育出版社2000年版,第394页。
③ 孙克强:《唐宋人词话》,河南文艺出版社1999年版,第349页。

> 世传僧仲殊清才丽藻,雅能缀属小词,每一阕出,人争传玩。
>
> (《云斋广录》卷三)

对于仲殊的词,或赞其艳词,赞其小令;或称其秀气胜韵、清才丽藻。对惠洪的词,赞者甚少,杨慎对其《点绛唇·咏梅》颇有好评:"梅词如此清俊,亦仅有者;惜未入《草堂》之选"(《词品》卷二),调门虽高,却和者寥寥。可见,惠洪的词,并非词论家都看好的。

第十节　赵佶与赵构

宋徽宗赵佶与宋高宗赵构,是北宋与南宋之交的两位皇帝。他们又都是卓有成就的艺术家,其绘画、书法、词作,在中国艺术史上都有一定的地位。作为词人,他们存词不多而艺术性都较高,徽宗的《燕山亭》词广为流传,这都值得做一番研究。

一

宋徽宗赵佶,是一位天才的艺术家。他因为生在皇家,哥哥哲宗赵煦过早地离世而又无子,就错位做了皇帝。他既没有统御全国臣民的政治才能,又缺乏一种对事业负责任的精神。因此,他做了皇帝以后,就将大权放心地交给佞臣蔡京,然后一头钻进艺术之宫,专心研习绘画、书法。同时,他也没有忘记贪图生活的享受,而"六贼"则瞅准他对奇花异石的偏爱,投其所好,大搞"花石纲",一时间朝中乌烟瘴气,弄得民怨沸腾,他却不闻不问。后被金人俘去,封为"昏德公",在五国城过了长达八年之久的囚徒生活,经受了亡国之君最惨痛的遭遇。

在靖康之难时,徽宗、钦宗、皇家宫室、达官贵人被金人掳掠一空。在这危难之际,徽宗的第九子赵构被军民拥立为帝,是为高宗。他的性格懦弱有余而刚果不足,登上皇帝宝座以后,先后重用黄潜善、王伯彦、秦桧一类的卖国投敌人物,只知讲议和称臣奉贡,用大量的民脂民膏,换得暂时的苟安。称他为中兴之主,无疑是将其作用夸大了。但他虽则未能力挽狂澜于既倒,恢复故土,使大宋王朝复兴。然毕竟保住了半壁江山,使宋脉延续了153年之久。他对南宋政局的稳定,对中国南方经济文化的发展,都起了重要作用。这些历史功绩,不容低估。

二

赵佶存词12首,断句2则。词虽不多,但都具有较高的艺术水准。譬如《声声慢·春》:

> 宫梅粉淡,岸柳金匀,皇州乍庆春回。凤阙端门,棚山彩建蓬莱。沉沉洞天向晚,宝舆还、花满钩台。轻烟里,算谁将金莲,陆地齐开。 触处笙歌鼎沸,香鞯趁,雕轮隐隐轻雷。万家帘幕,千步锦绣相挨。银蟾皓月如昼,共乘欢、争忍归来。疏钟断,听行歌、犹在禁街。

雍容华贵,莺歌燕舞,一片升平景象。这无疑是对现实的粉饰,然站在帝王立场,他看到的只是这表面的繁荣,哪里会知道万家生民的疾苦呢?

再如《醉落魄·预赏景龙门追悼明节皇后》:

> 无言哽噎。看灯记得年时节。行行指月行行说。愿月常圆,休要暂时缺。 今年华市灯罗列。好灯争奈人心别。人前不敢分明说。不忍抬头,羞见旧时月。

这是一首悼亡词,是词人在预赏景龙门彩灯时,触景生情,引起了对明节皇后的强烈思念。由去年的"愿月常圆"的希冀,到目前的"不忍抬头,羞见旧时月。"写得很自然,很含蓄,很有感情,语言本色,的确是一首好词。

如果说他前期的词,写的是北宋表面的繁华,不足以深刻地反映现实,那么当他被俘以后,由皇帝到囚犯,生活的落差是非常巨大的,这对他是致命的一击,这时的感情自然是十分真切的。《燕山亭》、《眼儿媚》是他做囚徒时写的词,都是传诵千古的名作。先看他的《燕山亭》:

> 裁剪冰绡,打叠数重,冷淡燕脂匀注。新样靓妆,艳溢香融,羞杀蕊珠宫女。易得凋零,更多少、无情风雨。愁苦。闲院落凄凉,几番春暮。凭寄离

> 恨重重,这双燕,何曾会人言语。天遥地远,万水千山,知他故宫何处。怎不思量,除梦里、有时曾去。无据。和梦也、有时不做。

这首词上阕由杏花的渐次凋零,联想到自己凄苦悲凉的晚境;下阕由燕子的不解人意到对故宫的深切思念;由过去梦见故宫到近来连梦不做,一层深似一层地写出了他由希望到失望、由盼望到绝望的心理变化。"无据。和梦也、有时不做。"真是绝望之至了。这首词写得凄婉、哀伤,将其亡国之后的情感,一股脑儿的倾泻而出,感人至深,使人看到了他囚徒生活中感情真实的一面。

再看《眼儿媚》:

> 玉京曾忆昔繁华。万里帝王家。琼林玉殿、朝喧弦管,暮列笙琶。 花城人去今萧索,春梦绕胡沙。家山何处,忍听羌笛,吹彻梅花。

这首词上阕写玉京当年的繁华,万里帝王家之朝弦暮歌;下阕写今日处境之窘迫、萧索,连做梦也是遍地胡沙。"家山何处?"是忆念也是追问,表现了对故国强烈地思念。怎能忍受羌笛奏彻《梅花落》?不堪忍受,也得忍受,词人感情是何等凄苦!今昔生活形成强烈的对比,思念故国的情绪,写得哀婉而强烈!假若他再能复辟,一反积习,当会有一番振作了。假设毕竟是假设,严酷的现实只能让他悽悽惶惶地度过他十分悲凉的晚年。

总之,赵佶是一位不合格的政坛中心人物,但却是一位艺术素养相当高的词人。职务的错位,不但使当时乱糟糟的政坛,火上浇油,更不堪收拾,终于导致了北宋的灭亡;也因为他做了皇帝,其艺术才能也未能尽力发挥。只有当他被俘后做了囚徒,有了真实的生活感受,才写了这两首有着感人的艺术力量和有强烈的艺术生命力的词。在词史上,也足以永垂千古了。

赵构有《渔父词》十五首,其序云:"绍兴元年七月十日,余至会稽,因览黄庭坚所书张志和《渔父词》十五首,戏同其韵,赐辛永宗。"张志和的《渔父词》,今存五首,都是写渔隐生活的。从这首词序来看,张词原来是15首,且有黄庭坚的写本,可惜都佚失了,这是词史与书法史上的重大损失。

历来的《渔父词》,都是歌赞隐居生活、表达隐居之思的,赵构的《渔父词》也无例外。例如:

薄晚烟林澹翠微。江边秋月已明晖。纵远柂,适天机。水底闲云片段飞。

(其二)

青草开时已过船。锦鳞跃处浪痕圆。竹叶酒,柳花毡。有意沙鸥伴我眠。

(其四)

扁舟小缆荻花风。四合青山暮霭中。明细火,倚孤松。但愿尊中酒不空。

(其五)

暮暮朝朝冬复春。高车驷马趁朝身。金拄屋,粟盈囷。那知江汉独醒人。

(其九)

谁云渔父是愚翁。一叶浮家万虑空。轻破浪,细迎风。睡起篷窗日正中。

(其十一)

这些词,表现了他对江湖诗酒生活、隐退天涯的向往与迷恋:他看到的是"水底闲云片段飞"(其二)、"睡起篷窗日正中"(其十一),他追慕的是"有意沙鸥伴我眠"(其四)、"但愿尊中酒不空"(其五),他完全看破了红尘,以"江汉独醒人"(其九)自居。

你看他心底是那么悠闲,行为是那么潇洒,对功名是那么淡泊,对富贵是那么漠视。真是清心寡欲,没有丝毫的尘虑,俨然是一位修养有素的世外高人,岂知他是执掌大宋十万里江山的皇帝,而且被金人大兵追得整日逃窜,正处于吾身难保吾身的恶劣处境之中呢?我真佩服他怎么还会有闲情逸致地步韵填词,而且一气挥洒,竟写出十五首词来,真是匪夷所思,令人不可思议。

三

赵佶、赵构存词不多,但其艺术性都较高。在中国词史上,都应有一定的地位。

赵佶对词艺相当熟悉,可以说非常老练。一个存留仅有 12 首词的词人,竟用了 11 个词调。就词的体制而言,有长调、中调、小令,足见他对词的艺术修养很高、很全面,而且语言本色,质朴无华,词中表现的感情到位、深至,这一切都不能不令人佩服。尤其是《燕山亭》、《眼儿媚》两首词,感情很真实、很深厚。他和李煜有同样的遭遇而生活得更惨。因此,其词和李后主可以媲美。"说到故宫无梦去,三生端是李重光。"①徐釚、贺裳、王国维、梁启超都将其词与李后主比较,十分推崇。今之论者,也给予较高的评价。薛励若《宋词通论》,陶尔夫、刘敬圻《南宋词史》,都给了他一定的篇幅,加以介绍和论述。宋词选家,几无例外地将《燕山亭》入选。就是在毛泽东发出"千万不能忘记阶级斗争"指令的严寒日子里,胡云翼《宋词选》仍将其收录。这是因为这首词思想感情深入地反映了他被俘后的囚徒生活,有着较高的艺术性。

赵构的《渔父词》,在历史上也是好评如潮。宋代的廖莹中以为"虽古之词人骚客,老于江湖,擅名一时者,不能企及。"②近代的况周颐则谓:"唐张志和制《渔父词》清超绝俗,和者甚多,皆逊原唱……唯高宗所和同工异曲,几架原唱而上之。信乎宸章不同凡响,……若高宗《渔父词》则调高韵远,是诚中兴气象也。"③《东皋杂录》云:"水涵微雨湛虚明,小笠轻蓑未要晴。""善于意态,即操觚专家不过如是。"④如是等等,评价不可谓不高;赞赏之情,不可谓不真,但和乃父相较,则有较大的差距。今之文学史家,没有一人提到他;众多的宋词选本,从没有人选过他的词。可见,今之词评家,认为他的词远不如乃父的词好,这是显而易见的。然他在戎马倥偬之际,竟有闲情逸致填词,一时洋洋洒洒,写出十五首可读的词来,如果没有深厚的文学底蕴和天赋,是不会有如此表现的。但他的词反映的是对现实的逃避,这是隐者之歌,反映了他逃避现实的心态。他不重视甚至想舍弃皇位,欲过隐居生活,这是对严峻现实的逃避,是他懦弱性格的表现。作为帝王,他既缺乏拨乱之才,又无恢复中原的恢宏之志,却一味地坚持和议,一求苟安。虽有李纲、张浚为相,张、韩、刘、岳为将而不能用,忘不共戴天之仇,对

---

① 谭莹:《论词绝句一百首》,引自宋克强:《唐宋人词话》,河南文艺出版社 1999 年版,第 451 页。
② 廖莹中:《江行杂录》,引自施蛰存、陈如江:《宋元词话》,上海书店出版社 1999 年版,第 555 页。
③ 况周颐:《蕙风词话广蕙风词话》,中州古籍出版社 2003 年版,第 221 页。
④ 沈雄:《古今词话》,见唐圭璋:《词话丛编》,中华书局 1986 年版,第 759 页。

家仇国耻于不顾,称臣奉贡,一求苟安,性格何其懦弱也。《渔父词》十五首,是他不敢面对血与火的现实而想隐忍苟安情绪的倾泻,从中表现出他懦弱的性格与议和的政治立场。

第二章 南宋词

第一节 李清照与朱淑真

李清照与朱淑真,是宋代非常著名的两位女词人。其词都具有特别鲜明的艺术个性,且有着斐然的艺术风采,在宋代百花争艳的词坛,独树一帜。对李、朱词的异同,清代末年的陈廷焯、况周颐,都有一些很精辟的论断,今人苏者聪、刘敬圻也做过专题探讨。对这一论题的研究,已经相当深入,似难再有更大的进展。虽然如此,但仍不乏话语空间。现仅就个人读李、朱词的体会,谈一点极粗浅的看法。

一

李清照与朱淑真,都写了许多闺怨词。这些闺怨词都是写自己的生活遭际与亲身感受,真实而细腻地表达了自己的感情,闪现着非常耀眼的艺术光辉。

词本来就是以写男女之间亲昵幽怨的关系见长,卿卿我我,幽幽怨怨,将两性之间的关系表现得委婉含蓄,真切生动。写闺中孤寂与幽怨情绪的词,尤为婉转缠绵,感情淋漓。但以前这些表现女性闺中复杂感情的词,绝大部分是男性作者写的,是以"男子而作闺音"。作者明明是七尺男儿,却极力模拟女人的口吻,写其在深闺的幽怨情绪:柔肠婉转,眉目含情,思亲念远,千情百态。为此,他们仔细揣摩女人在特定环境下的心态、感情、动作,表现她们思念丈夫的复杂感情。有些词写得婉曲、灵动、微妙,在一定程度上表现了女性在特定环境下的感情。然其所写毕竟非亲身经历,本无真正的生活体验,词中所表现的感情不免有些泛化现象,或是隔靴搔痒。李清照、朱淑真作为女性,写自己爱情生活中的遭际以及与丈夫分离独守闺房的孤寂生活的实况与感受,其词均系自己的心灵颤音,因此细腻而生动。其感情之真切,艺术魅力之强劲,远非一般男性词人写的闺情词可比拟的。无论是李清照的《声声慢》,抑或是朱淑真的《减字木兰花·春怨》,都是非常独特的,艺术个性是极为鲜明的。她们能以女人的身份、口吻、才性,写自己对不幸生活遭际的哀怨。感情真切自然,自能敲开读者心灵的门窗。

朱淑真才气横溢,感情丰富,而所适非人。她渴望有幸福的爱情,一生却是极为不幸。晚年,丈夫死了,又入尼庵,生活更为孤寂。总之,她的一生是极为悲苦的。因此,其词表现的感情是极为幽怨的。《浣溪沙·春夜》、《生查子》"年年玉镜台"、《谒金门》"春已半"、《眼儿媚》"迟迟风日弄春柔",都是感情极幽怨的词。在这些词中,她将自己胸中的苦闷,一股脑儿地吐出,感情十分真切,是她遭到压抑的心声与诉求。

李清照在青年时代,生活还算美满,然终有离情别恨和种种不尽如人意的地方。她的不育,让赵明诚或有蓄妾、或生活上偶有放荡不检的地方。这在当时来说都是司空见惯的现象,并不算出格,从法律或舆论说,都不存在什么问题。但这对敏感的词人来说,却是极大的不幸,对其感情的冲击是极为激剧的。然就其处境而言,这种极不愉快的感情只能强忍,只能压在心底,不能有些许的不满情绪的流露。这种窝藏在心底的苦闷,在她前期创作的词中,时有闪现。如《小重山》"春到长门春草青"、《多离·咏白菊》、《满庭芳》"小阁藏春",都不免有婕妤之叹。① 这种隐蔽的愿望,含蓄的诉求,虽然是合理的,但却是超越时代、超越现实的。正因为如此,这种感情的火花,闪现着时代的光芒。余如《一剪梅》"红藕香残玉簟秋"、《醉花阴》"薄雾浓云愁永昼"、《武陵春》"风住沉香花已尽"等,都表现了与丈夫分别后的离恨相思和内心痛苦,有着难以排遣的孤独意识,表现了女性思念远人的真实感情。以词的思想内容而言,朱淑真词的思想内容颇单调,远没有李清照词内容那么深广,这是为其生活经历与对现实生活的体察所决定的。

以李清照词的思想内容而言,是颇为深广的,李清照经历了国破家亡之痛,颠沛流离之苦,"玉壶颁金"之谣,再嫁非人之困,这重重的精神负担,都落在一

---

① 陈祖美:《李清照新传》,北京出版社 2001 年版,第 77、78 页。

位孤独的老妇人肩上,是多么的沉重啊!感时伤世之情,深沉缠绵的故乡之思,难以排遣的孤独意识,使其词有了广阔深厚的内容,当时的词,既是她个人的悲歌,也是乱离时代的悲歌。《蝶恋花·上巳召亲族》、《永遇乐·元宵》,通过今昔对比,对现实生活作了否定与批判。《渔家傲》"天接云涛连晓雾",是她理想生活的折射。在这些词里,词人以极其敏锐的艺术视角,以新颖细腻而又自然活泼的艺术表现才能,将其所遇所感在词中做了充分深透的表现,使之成为当时社会生活的缩影。

与李清照相比,朱淑真词的思想内容比较单薄。个人的不幸遭遇,把她压得抬不起头来,她没有能够放眼广阔的世界,没有接触当时极为广阔的社会生活,其词只写了自己婚姻的不幸,以及由此积聚在自己心头的苦闷与烦恼,表现出对幸福婚姻的企盼。一句话,她的词基本上是写自己狭窄的感情世界,典型地反映了自己婚姻生活极为不幸的一生。其词虽只写个人生活,但她个人的处境遭际在封建社会是极为普遍与司空见惯的。因此,她在词中表现的这种个人感情,具有普遍的典型意义,是当时社会生活的折射与投影,不能等闲视之。而李清照词题材广泛,观察社会之深透,反映乱离时代生活的深刻,都远非朱淑真词所可企及。

二

从某种意义上说,词是女性文学。词的语言轻柔,词风是以婉柔细腻见长的,它主要表现的是阴柔之美。词人在词里抒发幽约细腻的感情,写出独特而优美的词境,发挥其独创的天才。作为女性词人的李清照、朱淑真,填词最合乎她们的艺术口吻,可谓得心应手,得天独厚,因此就特别擅长。

第一,朱淑真、李清照都写出了独特而优美的词境。

创作独特而优美的词境,是李清照、朱淑真在词的创作上共同的艺术追求。她们别出心裁,独具一格,创作出词的艺术精品。如朱淑真的《忆秦娥·正月初六夜月》:

弯弯曲,新年新月钩寒玉。钩寒玉,凤鞋儿小,翠眉儿蹙。　闹蛾雪柳添妆束,烛龙火树争驰逐。争驰逐,元宵三五,不如初六。

这是一首写正月初六月亮的咏物词。首句点题,是说初六的月牙儿像弯曲的一钩寒玉。这是新年新月,既写了月的形象,又写了词人观月的感受。接着用凤鞋与翠眉比喻月牙儿。凤鞋与翠眉,都是闺中常见的,且与月牙儿在弯曲上很有些相似之处。两个儿化的句子使语气显得特别轻柔,这恰恰是年轻女子的声态。比喻自然贴切,用语特别柔和,读起来备感舒坦亲切。下阕一开始则抛开对初六月夜的描写,极写元宵之热闹:火树银花竞放,烛龙争相驰逐,场面热闹,气氛热烈。词人以元宵之热闹,反衬正月初六月夜之静谧。最后却作出惊人的断语:"元宵三五,不如初六。"这看来似不符合情理,令人难以置信,实则是很绝妙的警句:盖元宵之后,月由圆逐渐转缺,而初六则由缺转圆。月圆,隐喻人之团圆;月缺,隐喻人之分离。元宵意味着由团圆到分离,而初六则意味着由分离走向团聚。词人把赞美团圆的感情表现得很含蓄,能将很不起眼的很少令人关注的一弯新月,写得如此形象生动而富有生气,这是很不容易的。这首词题材新,思路新,给人以特别清新之感。它以构思奇特、比喻新奇、审美情趣独特见长,充分展现出词人的艺术个性:情感细腻、敏锐,能把最平常的题材通过亲身真切的体验,写得细腻柔美,表现出词人独特的情趣与个性,充满对美好未来的期待与企盼。

李清照的《如梦令》,也是一首很有特色的绝妙好词:

> 昨夜雨疏风骤,浓睡不消残酒。试问卷帘人,却道海棠依旧。知否?知否?应是绿肥红瘦。

这首小词,充分表现了词人的惜花心情,蕴含着对惨遭风雨袭击的海棠的真切关注。首句写环境,园中的海棠遭到"雨疏风骤"的袭击,在风雨之夜,词人心情苦闷,借酒消愁,酒喝多了,就睡了一觉。醒来以后,即问卷帘的侍女,园中的海棠怎么样?回答是"海棠依旧"。对侍女毫不关注花的漠然态度,词人是很不满意的。"知否?知否?应是绿肥红瘦。"这峻切的语言是对卷帘人错误回答的纠正,表现了词人对花的特别关切与怜惜。诚如黄苏所说:"一问极有情,答以'依旧',答得极澹,跌出'知否'二句来。而'绿肥红瘦',无限凄婉,却又妙在含蓄。短幅中藏无数曲折,自是圣于词者。"[①]李攀龙谓"语新意隽,更有风情","写出

---

① 黄苏:《蓼园词评》,引自唐圭璋:《词话丛编》,中华书局1986年版,第3024页。

妇人声口,可与朱淑真并擅词华"①。以词情说,此词极为曲折;以词境说,此词极为含蓄;以表达说,语言极为超妙。词人惜花的心情,表现得淋漓尽致。

朱淑真《忆秦娥·正月初六夜月》,表现的是对未来的期待;李清照《如梦令》,表现的是对现实的关注。词人感情细腻,心细如发。对现实生活的表现,各极其妙。

第二,李清照、朱淑真词,风情各异,表现出独特的艺术风格。

成功的词人,都能形成独特的艺术风格。以词风而言,李词如大家闺秀,落落大方,举手投足,自有风韵;朱词似小家碧玉,眉眼传情,时带怨悱。

李清照在南渡之际,深受战乱之苦、逃难之悲,辗转流离,投亲靠友,夙兴夜寐,几无宁日。又加之诸多谣诼之毁,颇为窘迫。其词虽不无凄苦之音,然却落落大方,甚至有《渔家傲》"天接云涛连晓雾"这样情绪浪漫的浑成大雅之作,表现出词人大家不凡的器量与气度。如《永遇乐·元宵》:

落日熔金,暮云合璧,人在何处?染柳烟浓,吹梅笛怨,春意知几许?元宵佳节,融和天气,次第岂无风雨?来相召,香车宝马,谢他酒朋诗侣。 中州盛日,闺门多暇,记得偏重三五。铺翠冠儿,捻金雪柳,簇带争济楚。如今憔悴,风鬟霜鬓,怕见夜间出去。不如向,帘儿底下,听人笑语。

此词意境深邃,表现了深沉的故国之思。语言平淡工致,感情婉转曲折,风度蕴藉,风致宛然,不落俗套。四库馆臣谓:"张端义《贵耳集》极推其元宵词《永遇乐》、秋词《声声慢》,以为闺阁有此文笔,殆为间气,良非虚美。"②

朱淑真词主要写自己婚姻的不幸,时有怨悱情绪;有时也写婚外恋,对情人约会的企盼,然希望中充满失望。如《江城子·赏春》:

斜风细雨作春寒,对尊前,忆前欢。曾把梨花,寂寞泪阑干。芳草断烟南浦路,和别泪,看青山。 昨宵结得梦夤缘。水云间,悄无言。争奈醒来,

---

① 徐培均:《李清照集笺注》,上海古籍出版社2002年版,第15页。

② 永瑢等:《四库全书总目提要·集部》,引自徐培均:《李清照集笺注》,上海古籍出版社2002年版,第155页。

愁恨又依然。展转衾裯空懊恼。天易见,见伊难。

此词写思念情人之心绪,极为凄婉,也极为哀怨。"天易见,见伊难"。将根本见不到的天说得易见,以衬托别离相见之难。可谓海枯石烂易,见伊却为难,以见怨悱之深,情绪之烈!又如"酒从别后疏,泪向愁中尽。遥想楚云深,人远天涯近"(《生查子》"年年玉镜台"),谓天涯远,离人比天涯更远,因此,比起离人来,遥遥无尽的天涯反觉近了。《古今女史》谓:"曲尽无聊之况,是至情,是至语。"①正是这样的至情至语,打动并深入千千万万读者的心。

对于朱淑真词,前人或赞其"凄婉",或赏其"疏俊",或称其"放诞",皆各言其一枝一节。朱词虽少,实则兼容并包,具有多种艺术风格。李清照词,除了清丽婉俊之外,也偶有豪放之作。要之,朱、李之词,都不专一体,而有多种风格。具有多种艺术风格,正是大家的风范,这说明李清照、朱淑真在词的创作上,都取得了很高的艺术成就。因李、朱二人之词,散佚特多,其诸多风格,无从深论。但就现存少量的词,也足以显示其艺术风格多样与主导风格业已形成的端倪。

谈到李清照、朱淑真词的风格时,况周颐说:"即以词格论,淑真清空婉约,纯乎北宋。易安笔情近浓至,意境较沉博,下开南宋风气。"②以"清空婉约"概括朱淑真的词,大致是不错的;说李清照词"意境较沉博,下开南宋风气",也切合词史发展的实际。盖朱淑真词纯乎唐调,李清照词对词的宋腔的形成颇有影响。在词的发展史上,她们都作出了自己特有的贡献。

三

李清照、朱淑真词,在语言的运用上都取得了很高的成就。她们或用白描手法,或以口语入词,以俗为雅,自然本色。

首先,李清照善用最平常、最简练的生活化的语言,精确地表现复杂微妙的心理,清新而素雅。

"试灯无意思,踏雪没心情"(《临江仙》),"无意思"、"没心情",都是最纯粹

---

① 张璋、黄畲校注:《朱淑真集》,上海古籍出版社 1986 年版,第 272 页。
② 况周颐:《蕙风词话·广蕙风词话》,中州古籍出版社 2003 年版,第 74 页。

的口语,却恰切地表现了词人当时极索漠的心境。她能将日常口语自然融入词的意境中,却那么贴切,那么富于艺术表现力,给人以自然真切之感。类似的句子,在李清照词集中是很多的。诸如:

> 莫道不销魂,帘卷西风,人比黄花瘦。(《醉花阴》)
> 甚一霎儿晴,一霎儿雨,一霎儿风。(《行香子》)
> 不如向,帘儿底下,听人笑语。(《永遇乐·元宵》)

这些语言,既是纯粹的口语,又是很美的诗的语言。它既无村气也不深奥,深蕴着自然和谐之美。朱淑真也善于以口语入词,自然本色,风韵天然。譬如:

> 元宵三五,不如初六。(《忆秦娥·正月初六夜月》)
> 十二阑干闲倚遍,愁来天不管。(《谒金门》)

语言是那么诚挚,那么坦白,将心底的情愫,表现得透亮。

虽然李清照、朱淑真都善于以口语入词,却有含蓄与袒露之别。

李清照虽用口语,但所表现的感情却十分含蓄:"此情无计可消除,才下眉头,却上心头"(《一剪梅》),"新来瘦,非干病酒,不是悲秋"(《凤凰台上忆吹箫》),真是欲说还休,将自己真实的感情,掩遮在字面的背后,令人味之不尽。

朱淑真写思念之情则云:"辗转衾裯空懊恼,天易见,见伊难"(《江城子》),"此情谁见,泪洗残妆无一半。愁病相仍,剔尽寒灯梦不成"(《减字木兰花·春怨》),感情表现得那么坦率、直露,毫无遮饰。

第二,李清照、朱淑真在词中都善用叠字。她们用叠字都是为了表达感情的需要,更好地表现词的意境,而不是玩弄艺术技巧。

作为女性词人,她们都锦心绣口,在词的写作上,往往以艺术技巧之超卓与高妙取胜。叠字的巧用,则是其中之一。像诗词这样短小的篇幅,遣词造句要求精警凝炼,一般是不适宜有任何形式的重复的。一旦重复,内容上将会相对单薄,形式上也难免拙劣。但也有特别有才能的作者,有时却能玩拙成巧,显示出特别的艺术技巧与功力,写出别具特色别有风韵的词篇。李清照、朱淑真都是具有这种才华的词人。

李清照的《声声慢》以叠字运用高妙而名噪古今,得到众多学人的高度赞赏。"寻寻觅觅,冷冷清清,凄凄惨惨戚戚",这七对叠字,非常真实地抒发了词人饱经忧患家破人亡的悲痛与哀愁,其艺术感染力与穿透力都是无与伦比的。但情绪是婉转的,哀愁是悲凉的。词里连用了七对叠字而又那么自然贴切,清疏流畅,毫无勉强或生凑之感,这不禁令人拍案叫绝,无限佩服。七对叠字的运用,将词人百无聊赖、寂寞孤独感伤难以忍受的情绪,表现得尽致无余。

朱淑真的《减字木兰花·春怨》,也是以重复叠字擅长的:"独行独坐,独倡独酬还独卧!""独"字在句子中反复出现,在两句词中,竟然用了五个"独"字。这是一种字面的重复,在修辞学上不属于叠字格。这几个"独"字的运用,将其苦闷、焦灼、坐立不安的情绪突现出来。它表现的是一种焦心、躁急、难以忍受、心理近乎失控的情绪。如果说李清照在《声声慢》中表现的愁闷,还能勉强承受,还能自我控制,还不至于喷涌而出,那么,朱淑真的这首词,感情就有些狂躁,表现的是一种突然喷发的感情,忍不住大声疾呼了。她们在叠字的运用上,都与填词时的情绪以及词人在词中所营造的艺术氛围合拍。换句话说,二人词中都用叠字,是词人当时情绪与感情表现的需要,是"为情而造文",而绝不是"为文而造情"。但在表现形式上却各有不同。李清照在词中感情的表现是隐忍的、收敛的、含蓄的;朱淑真在词中感情的表现则是袒露的、狂躁的、放纵的。然却能殊途同归,创造了极强的感人的艺术力量。

李清照《声声慢》下阕云,"梧桐更兼细雨,到黄昏点点滴滴",这"点点滴滴"四个字,就非常绝妙传神。杨慎赞曰:"四叠字又无斧痕,妇人中有此,殆间气也。"[1]朱淑真《鹊桥仙·七夕》有云"何如暮暮与朝朝,更改却、年年岁岁",既是对秦观《鹊桥仙·七夕》词意的翻案,意境更醇肆,又在语言运用上非常自然贴切。真不愧为写词能手也。

第三,李清照、朱淑真词的语言各有个性。

由于二人家庭教养、生活道路、个性特征的不同,在词的语言上,二人也有较大的差异。吴衡照谓:"易安'眼波才动被人猜',矜持得妙。淑真'娇痴不怕人猜',放诞得妙。均善于言情"。[2] 前者写女人的矜持,感情收敛;后者写女人的

---

[1] 杨慎:《词品》卷二,引自唐圭璋:《词话丛编》,中华书局1986年版,第451页。
[2] 吴照衡:《莲子居词话》卷二,引自唐圭璋:《词话丛编》,中华书局1986年版,第2423页。

放诞,行为恣肆。在两性接触中,两人则截然不同。生活在南宋理学张扬的时代,作为大家闺秀,李清照的行为比较谨慎,而朱淑真表现得够大胆、够真率了。对此,有人诮其"放诞",有人讥其"太纵"。"放诞"也罢,"太纵"也罢,在封建文人看来,这样的词句已超越了封建礼教所容许的范围,何况下句还是"和衣倒在人怀",这样的行为,岂不令其目瞪口呆。正因为有这样直率而"放诞"的词句,我们才看到了朱淑真要求个性解放的思想的闪光。这在当时来说,的确是难能可贵的。

第二节　陈与义与吕本中

吕本中与陈与义,都是江西诗派的重要诗人,在中国诗史上占有重要的地位。他们的词数量不多而质量颇高,其绝大部分词作,都是宋词中的精华。还有一些所谓"精绝"之作,至今广为传诵。对于并世同一流派诗人的词,做个比较研究,彰显其艺术个性,或能较准确地评定他们在词史上的地位。

一

吕本中有诗1270余首,存词仅27首;陈与义有诗600余首,存词仅18首。他们存诗与存词数量之悬殊不成比例,但其词均有突出的艺术个性和很高的艺术品位,其在词史上的地位或不亚于其诗在诗史上的地位,说他们在词史上的地位与诗史地位相当,不为过誉。

吕本中、陈与义词的特色与其诗的特色,极为相似。王灼谓其词"佳处亦各如其诗"[①],不谓无因。

吕本中作诗讲"悟入",主"活动",尚自然,善于标新立异,风格轻快流转,没有江西诗派之骨干黄庭坚、陈师道诗那样瘦硬艰涩。其词却也标新立异,富于创新。有些词颇有民歌风味。如《采桑子》"恨君不似江楼月"、《长相思》"要相忘",都是学习民歌而富有艺术特色者。譬如他的《采桑子》:

---

① 王灼:《碧鸡漫志》,辽宁教育出版社1998年版,第9页。

恨君不似江楼月,南北东西,南北东西,只有相随无别离。 恨君却似江楼月,暂满还亏,暂满还亏,待得团圆是几时。

此词是写一位妇女与丈夫的别离之苦与对夫妻永久团聚的企盼。作为词的这种题材,早被一些天才词人占先了,并写出那么多传诵千古的佳作,以至写俗了,写滥了,在艺术上实在是难出一新了。但我们读了这首词,却觉得异样新鲜。此词词人用了人们每天都能见到的月亮做比喻,以恨君不似月之与人相随和恨君却似月之渐满还亏两个侧面,强调了夫妻应当长久团聚这一主旨,表现她对与夫"相随无别离"的幸福生活的热切企盼。词人对这极为平凡的题材,且已被前此词人无数次重复歌咏过的主题,却写得如此巧妙、如此自然、如此清新、如此深刻,实在是令人佩服的。而叠句的巧妙使用,使这首词颇富民歌风味。这一点,深得古今词评家的褒评。明代的卓人月云:"章法妙,叠句法尤妙。似女子口授,不由笔写者。"[1]现代词论家吴世昌说:"此词虽多重句,而意想高妙,措辞婉绝,非能手莫办。"[2]这些赞语,都恰切地指出了这首词求新求异所具有的艺术特色,使之极具艺术活力。

诗与词如果同咏一件事,一般地说,诗表现得深刻而直接,词则表现得委婉而含蓄。建炎二年秋,吕本中离开宣城赴江西,重阳节取道旌德赴徽州,写了一首词和三首绝句,即《南歌子》"驿路侵斜月"和《水西与李彦恢相从余将取旌德趋徽州彦恢先归旌德相候彭元任亦自太平县来相送遇于三溪驿道同过旌德道中呈二子三首》诗,词反比其诗感情表现得深刻而真切。其诗云:

水西投宿近秋霜,起听晨钟厌束妆。尚惜故人轻作别,乱山深处过重阳。

村场路僻多无酒,野菊寒深亦未花。底事中原归不得,又扶衰病过天涯。

白头嫩入少年场,二老追随却味长。预喜尊前听清话,夜窗相对一炉香。

---

[1] 卓人月:《古今词统》,辽宁教育出版社2000年版,第144页。
[2] 吴世昌:《词林新话》,北京出版社1991年版,第209页。

此诗感情不够深切,写得平平,缺乏感人的艺术力量。而《南歌子》"驿路侵斜月",却写得深刻而婉转,将词人在乱离中对故国之思的强烈情绪,表露无遗。比三首绝句写得更深刻、更感人。词云:

>驿路侵斜月,溪桥度晓霜。短篱残菊一枝黄。正是乱山深处、过重阳。旅枕元无梦,寒更每自长。只言江左好风光。不道中原归思、反凄凉。

此词上阕写景,充分展示了旅人逃难的情景:所见则是"短篱残菊一枝黄",景致零落衰飒,一片残枝败叶;所为则是"乱山深处过重阳",虽遇佳节,却心绪惶惶,行色匆匆。下阕抒情:旅枕无梦,寒更自长,"元"字与"每"字,加重了这凄凉的情景。他原以为"江左好风光",可以提起赏心悦目的兴致,孰料因"中原归思"之情绪浓烈,反而觉得情景凄凉,心绪不宁。此词写乱离之苦,抒故国之思,情绪浓而思力深,比起反映同样题材的三首绝句来,写得更深刻,更有艺术感染力。这在反映同样内容的诗词中来说,实属罕见。可以说在诗史上,是一个特殊的例外。

陈与义词绝似其诗,其风格有着杜诗的沉郁,有着东坡词的超旷。这种沉郁而超旷的情思,深深地渗透在他的词中。对于前者,词评家似有忽略,罕见言及;而对于后者,词评家几乎是异口同声地称道,反复强调其词的超旷。譬如:

>词虽不多,语意超绝,识者谓其可摩坡仙之垒也。
>
>（黄昇:《中兴以来绝妙词选》卷1)
>
>诗为高宗所眷注,而词亦佳,语意超绝,笔力排奡,识者谓其可摩坡仙之垒,非溢美云。
>
>（杨慎:《词品》卷4)
>
>其闽中《渔家傲》云:"今日山头云欲举。青蛟素凤移时舞。行到石桥闻细雨。听还住。风吹却过西溪去。我欲寻诗宽久旅,桃花落尽春无数。渺渺篮舆穿翠楚,悠然处,高林忽送黄鹂语。"又《虞美人》云:"吟诗日日待春风,及至桃花开后、却匆匆。"又《点绛唇》云:"愁无那。短歌谁和,风动梨花朵。"又《南柯子》云:"阑干三面看晴空。背插浮图,千尺冷烟中。"皆绝似坡仙语。
>
>（杨慎:《词品》卷4)

"忆昔午桥桥上饮……"笔意超旷,逼近大苏。

(陈廷焯:《白雨斋词话》卷1)

"涨帆欲去仍掩首"豪情壮语,不减东坡。

(薛励若:《宋词通论》)

此首(《临江仙·忆洛中旧游》)豪旷,可匹东坡。

(唐圭璋:《唐宋词简释》)

如此等等,其词风格之旷达超逸,有如东坡者,已成为词论家的共识,毋庸赘言。《四库总目提要》更云:"吐语天拔,不作柳弹莺娇之态,亦无蔬笋之气,殆于首首可传,不能以篇帙之少而废之!"诚然,他的词应当引起我们的重视。

陈与义词中的沉郁悲凉之感,虽为词论家所忽略,其实是表现突出,且很有个性特色。如《忆秦娥·五日移舟明山下作》、《虞美人·大光祖席醉中赋长短句》、《清平乐·木犀》等,都具有深沉的感情,而且沉郁的情调也是很浓烈的。展卷阅读,就有一股悲凉沉郁之气扑面而来。

总之,吕本中、陈与义之词的创作,努力推进"以诗为词",缩短了诗与词的界限,使词在改革发展中不断前进。他们处在南渡之际,这是词由北宋词向南宋词发展过渡的关键时期,而吕本中、陈与义词的创作对这过渡与发展起了重要的推动作用,在词史上取得了不可或缺的地位。

二

陈与义与吕本中之词风格迥异:吕词本之《花间》之艳冶而有所创新,其词一洗《花间》的香艳之气,更清丽、更自然、更本色;陈与义"以诗为词",其词接近苏词之超逸清旷,词风清逸、潇洒、疏宕,略含沉郁之气。

吕本中27首词,除有一二首咏物词外,几乎都是写友朋相思与夫妇离别之情。譬如:

去年今夜,同醉月明花树下;此夜江边,月暗长堤柳暗船。 故人何处?带我离愁江外去。来岁花前,又是今年忆去年。

(《减字木兰花》)

>   雪似梅花,梅花似雪,似和不似都奇绝。恼人风味阿谁知,请君问取南楼月。　记得旧时、探梅时节。老来旧事无人说。为谁醉倒为谁醒,到今犹恨轻离别。
>
> (《踏莎行》)
>
>   梅花自是于春懒。不是春来晚。看伊开在众花前。便道与春无分、结因缘。　风前月下频相就。笑我如伊瘦。几回冲雨过疏篱。已见一番青子、缀残枝。
>
> (《虞美人》)

这些写风花雪月别愁离恨的词作,风格俊俏而不软媚,语言清新而无香艳之气,诗味似淡而实则隽永,耐人寻味;语言自然本色。在宋词中,实在都是上乘之作。

陈与义处乱离之际,其词感慨深沉,多寓身世之感。他有两首《临江仙》词,其一为"忆昔午桥桥上饮",可谓压卷之作,在词史上有较高的地位,是词史家必提、词选家必选之作。其词曰:

>   忆昔午桥桥上饮,坐中多是豪英。长沟流月去无声。杏花疏影里,吹笛到天明。　二十余年如一梦,此身虽在堪惊。闲登小阁看新晴。古今多少事,渔唱起三更。

此词上阕极言旧游之乐,下阕极写家国之悲,"如一梦"、"此身虽在堪惊",无限的身世之感与家国之痛,隐寓其中。词的词句明净,音调响亮,境界空灵,在前后鲜明的对比中,表现出深沉而强烈的感情。

陈与义《忆秦娥·五日移舟明山下作》云:"潇湘浦。兴亡离合,乱波平楚。……明山雨,白头孤客,洞庭怀古。"写乱离之感,情绪沉郁,颇与表现其乱离之情的诗风格内容均相似者。又如《清平乐·木犀》:"楚人未识孤妍。离骚遗恨千年。无住庵中新事,一枝唤起幽禅。"在咏物中融入深沉的历史感与禅意。也有语调颇似诗句者,如《定风波·重阳》:"九日登临有故常,随晴随雨一传觞。"直如七言律诗之首联。如此等等,都构成了与吕本中词个性迥异的艺术特色,语言疏宕,风格豪旷超逸,感情沉郁。

三

吕本中、陈与义的词,对南宋辛弃疾、姜夔两派诗人的词的创作,都有直接或间接的影响。

关于陈与义词对后代词人的影响,陶尔夫、刘敬圻在《南宋词史》中,一再称其对姜夔词有较大的影响。谈到《临江仙·夜登小阁,忆洛中旧游》时说:"这首词里的'长沟流月'句,如可方比,当与白石'波心荡、冷月无声'相近。白石此句正来此词。"①在谈到《虞美人》"扁舟三日秋塘路"时说:"正因后两句(晰按:指陈词'今年何以报君恩。一路繁花相送过青墩'。)写物我两忘的友情,所以姜夔在他的《惜红衣》词序中,才不惜篇幅把这两句一字不易地照引无误。于此也可见陈与义词影响之广。"②并说:"这两方面,在稍后姜夔的艺术追求中,均有所继承并有新的发展。"③

诚然,陈与义词对姜夔词有所影响,这是无可讳认的事实。然则,论起陈词对后代词人影响之深广,还是以辛弃疾为是。虽然,我们从篇章词句中很难找到辛词对陈词的因袭,更无人将其纳入辛派来论述。但就其词中表现的豪迈旷逸的词风与浓郁的沉郁情调来看,二者有许多神似之处。譬如辛弃疾的《摸鱼儿》"更能消、几番风雨?匆匆春又归去。惜春长怕花开早,何况落红无数!春且住,见说道、天涯芳草无归路。怨春不语。算只有殷勤,画檐蛛网,尽日惹飞絮。长门事,准拟佳期又误。蛾眉曾有人妒。千金纵买相如赋,脉脉此情谁诉?君莫舞。君不见玉环、飞燕皆尘土!闲愁最苦。休去倚危栏,斜阳正在,烟柳断肠处。"此词摧刚为柔,极沉郁顿挫之致。又《鹧鸪天·有客慨然谈功名,因追念少年时事,戏作》,内容极其深沉,今昔对比,感慨无限,与陈与义《临江仙·夜登小阁,忆洛中旧游》,很有些相似之处。至于豪壮旷逸之词,在辛弃疾词中更是不胜枚举。总之,辛词的超旷、沉郁、以诗为词等,都受到了陈与义词的影响。元好问说:"坡以来,山谷、晁无咎、陈去非、辛幼安诸公,俱以歌辞取称,吟咏情性,留

---

① 陶尔夫、刘敬圻:《南宋词史》,黑龙江人民出版社1992年版,第64页。
② 陶尔夫、刘敬圻:《南宋词史》,黑龙江人民出版社1992年版,第65页。
③ 陶尔夫、刘敬圻:《南宋词史》,黑龙江人民出版社1992年版,第69页。

连光景,清壮顿挫,能起人妙思。亦有语意拙直不自缘饰,因病成妍者,皆自坡发之。"①他以为陈与义与辛弃疾词,都受了东坡词的影响。不言而喻,二人词风很有些接近的地方。白敦仁先生认为,"《无住词》在某种意义上说也开了《稼轩词》的先河。"②其说是颇有道理的。

  关于姜夔的词,与其说是受了陈与义词的影响,毋宁说受了吕本中词的影响。吕本中词之清疏,和姜词之风格有很相似的地方,姜词语言略带瘦硬,这在吕本中词里也能找到一点源头。

  吕本中的《采桑子》"乱红夭绿风吹尽,小市疏楼。细雨轻鸥。总向离人恨里收。年年春好年年病,妾自西游。水自东流。不似残花一样愁。"用语似压缩饼干,其瘦硬而干的特点,不是与姜夔词的用语风格很相似么?这绝不是一个孤证。像这类词的语言风格,在吕本中词中是很多的。譬如:

  有梦常嫌去远,无书可恨来迟。一杯浊酒两篇诗。小槛黄花共醉。

(《西江月》)

  旧愁百种谁知。除非是见伊时。最是一春多病,等闲过了酴醾。

(《清平乐》)

  傍人几点飞花。夕阳又送栖鸦。试问画楼西畔,暮云恐近天涯。

(《浪淘沙》)

  这些略带瘦硬而清疏的词句,不是与姜夔的某些词风很相像的么?作为江西诗派的重要诗人,吕本中诗自然受了黄庭坚、陈师道的某些影响,而姜夔早年的诗歌创作,也受了江西诗派的影响。他们的诗作同源而吕本中在先。吕本中后来有意摆脱陈、黄的影响,而姜夔诗的创作后来也改变诗风而自立门户。这种诗的创作道路,很大程度上影响了他们的词风。当然,词与诗在创作上存在着很大的差异,各有不同的写作路数,但他们在词的创作上,还是不可避免地受到了江西诗派创作的某些影响,尤其是受到了他们自己诗歌创作的影响,其词之词句都略

---

  ① 元好问:《新轩乐府引》,见孙克强:《唐宋人词话》,河南文艺出版社 1999 年版,第 587 页。
  ② 白敦仁:《陈与义》,见吕慧鹃等:《中国历代著名文学家评传》(续编二),山东教育出版社 1999 年版,第 212 页。

有俏丽与瘦硬,而意境的清疏也有近似之处。吴淳还云:"南宋词至姜氏尧章,始一变《花间》、《草堂》纤秾靡丽之习。"①其实,吕本中早已开始"变《花间》、《草堂》纤秾靡丽之习"了。在这方面,难道白石对吕本中词没有一些因袭承继么?

第三节　张元幹与张孝祥

　　张元幹与张孝祥,都是南宋初期的爱国词人。张元幹年长,是南渡词人,张孝祥是从小就生长在南宋的。张元幹虽然比张孝祥大41岁,但他寿长,只比张孝祥早离世八年,张孝祥和张元幹几乎有着相同的时代生活环境。当时,一方面是广大人民与爱国志士、爱国将领,有着积极抗金恢复中原的强烈愿望;另一方面,则是以宋高宗赵构为首的投降派当政,对外屈膝投降,订立屈辱的卖国和约,对内严厉打击压制抗金派。二张是积极主张抗金的,当然受到了投降派的排挤与打击。他们用词抒写自己的豪情壮志,抒写欲恢复祖国大好河山而不可得的愤激心情,反映了时代的呼声,表现了鲜明的时代精神。其词都豪放悲壮,这与当时颇为悲壮的时代息息相关;在词的创作上,上承苏轼,下启辛弃疾,在宋代豪放派词的发展上,起了承前启后的作用。

一

　　张元幹与张孝祥,生活在中华民族较苦难的时代,处于民族矛盾较尖锐的历史时期。他们都积极投入维护祖国统一的民族斗争的洪流中,同时也都填写了许多爱国词,托情寄意,表现了极大的爱国热忱。这些爱国词是与投降派斗争的产物,它骏发踔厉,显示出尖锐的斗争锋芒,反映了广大人民与时代的呼声,读来是很能振奋人心的。

　　张元幹(1091—1161)字仲宗.自号真隐山人、芦川居士,福建永福县人。政

---

① 吴淳还:《序武唐俞氏白石词钞》,见孙克强:《唐宋人词话》,河南文艺出版社1999年版,第669页。

和年间入仕途,宣和七年(1125)任陈留县丞。靖康元年(1126)为李纲僚属,积极投身于抗金斗争。钦宗听信谗言将李纲免职,元幹也因此获罪。后避乱江南,又遭流言,他"不屑与奸佞同朝,飘然挂冠"①。绍兴元年(1131)致仕,时年四十一岁。张元幹虽然休官还乡,其爱国豪情并未消减,充满爱国豪情的《贺新郎》二首,就是这一时期的代表作,后因此而受到秦桧的迫害,于绍兴二十一年(1151)被削籍下狱。秦桧死后,张元幹出狱,客死他乡。

张元幹年轻时就胸怀壮志,有着强烈的爱国思想,他又亲历了靖康之难,因此,他很早就积极投身于抗金的战斗中,他的爱国词是其投身于抗金斗争的产物。《贺新郎·寄李伯纪丞相》、《贺新郎·送胡邦衡谪新州》是他最著名的两首爱国主义的词篇。李纲(字伯纪)、胡铨(字邦衡)是当时主战派的领袖,均因反对绍兴八年(1138)的宋金议和而遭贬谪。前者写于绍兴八年,当时宋向金屈膝议和已成定局,李纲上书反对,后罢居福建长乐,张元幹在福州作此词以寄;后者写于绍兴十二年(1142),绍兴八年十一月,胡铨上书反对议和,请斩主和者王伦、秦桧、孙近三人以谢天下,被相继贬为昭州盐仓和福州签判,之后又进一步受到秦桧迫害,被除名编管新州,在胡铨"得罪权臣,窜谪岭海,平生亲党,避嫌畏祸,唯恐去之不速"②之时,罢居福州的张元幹置个人安危于不顾,闻讯即为之饯别,并写出了这首慷慨悲壮的词篇。他这两首《贺新郎》词既是对议和派的严正抗议,又代表了广大人民抵抗金国保卫祖国的正义呼声。可谓声震屋瓦感人肺腑之作,因而受到历代词评家的赞美,谓其"刚风劲节,人所共仰"③,"情见于词,即悠悠苍天之意"④,"慷慨悲歌,声动简外"⑤。就因为这两首词,张元幹后来被除名。

《石州慢·己酉秋吴兴舟中作》,也是一首慷慨激越的词:

> 雨急云飞,惊散暮鸦,微弄凉月。谁家疏柳低迷,几点流萤明灭。夜帆风驶,满湖烟水苍茫,菰蒲零乱秋声咽。梦断酒醒时,倚危樯清绝。 心折,

---

① 毛晋:《芦川词跋》,引自曹济平校注:《芦川词》,上海古籍出版社1991年版,第243页。
② 蔡戡:《芦川居士词序》,引自曹济平校注:《芦川词》,上海古籍出版社1991年版,第240页。
③ 叶申芗:《本事词》,引自曹济平校注:《芦川词》,上海古籍出版社1991年版,第4页。
④ 陈廷焯:《词则》,引自曹济平校注:《芦川词》,上海古籍出版社1991年版,第9页。
⑤ 永瑢等:《四库全书简明目录》,中华书局1964年版,第893页。

长庚光怒,群盗纵横,逆胡猖獗。欲挽天河,一洗中原膏血。两宫何处?塞垣只隔长江,唾壶空击悲歌缺。万里想龙沙,泣孤臣吴越。

此词作于1129年,是一首"忠爱根于血性"①的爱国诗篇。上阕写景,苍茫凄切的景物与国家之沉重灾难浑然交融,景中见情,深寓国事的感慨;下阕直抒忧时伤国的情怀,发抒恢复中原、驱除强虏的迫切愿望和屡遭摧折的愤激,感情沉郁悲凉,语言铿锵有力,是非常感人的诗篇。

张元幹虽然在41岁时就被迫致仕,隐居云林,不问政事,但他仍然关心国事,强烈的爱国情怀并未因致仕而冲淡,其爱国之情是经常溢于言表而见诸词章的:

胸中万顷空旷,清夜炯无眠……调鼎他年事,妙手看烹鲜。

(《水调歌头》"平日几经过")

听子谈天舌本,浇我书空胸次,醉卧踏冰壶。

(《水调歌头·罢秩后漫兴》)

洗尽人间尘土,扫去胸中冰炭,痛饮读《离骚》。纵有垂天翼,何用钓连鳌。

(《水例歌头·丁丑春与钟离少翁、张元鉴登垂虹》)

孤负男儿志,怅望故园愁……犹有壮心在,付与百川流。

(《水调歌头·追和》)

如此等等,都表现了他深厚的爱国感情以及壮志难酬的愤激,感情沉痛之至。他现存十四首《水调歌头》,都有豪气。他将其郁勃的爱国情怀寓于词,感情激越,才气纵横,血泪纷然,力透纸背,真可谓"字在纸上皆轩昂"了。

张孝祥(1132—1169),字安国,号于湖,历阳乌江人。绍兴二十四年(1154)中进士第一;秦桧的孙子失去了第一名,秦桧怀恨,因诬陷下狱。秦桧死后,才出任秘书正字。隆兴元年(1163),经张浚推荐,任中书舍人,直学士院兼都督府参赞军事,继又代张浚为建康留守。孝宗乾道五年(1169)卒于芜湖。他在短暂的

---

① 陈延焯:《词则》,引自曹济平校注:《芦川词》,上海古籍出版社1991年版,第32页。

一生中,显示出杰出的从事政治活动的能力。

张孝祥是一位才气纵横的爱国词人,他那著名的《六州歌头》"长淮望断",十分感人。据《朝野遗记》载:"安国在建康留守席上赋此。歌阙,魏公(张浚)为罢席而人。"①有人形容其感人的情景说:"魏公流涕而起,掩袂而人。"②陈廷焯评此词云:"淋漓痛快,笔饱墨酣,读之令人起舞。"③可见此词艺术魅力之强,感人之深,非一般泛泛之作可比。

张孝祥以慷慨悲壮的情怀,抒发他抗击金兵统一中国的雄心壮志。胸襟博大,感情沉郁。

雪洗虏尘静,风约楚云留。何人为写悲壮,吹角古城楼。湖海平生豪气,关塞如今风景,剪烛看吴钩。剩喜然犀处,骇浪与天浮。　忆当年,周与谢,富春秋。小乔初嫁,香囊未解,勋业故优游。赤壁矶头落照,肥水桥边衰草,渺渺唤人愁。我欲乘风去,击楫誓中流。

(《水调歌头·闻采石战胜》)

这首词作于宋高宗绍兴三十一年(1161)的冬天。在此前一年,"虞允文督建康诸军以舟师拒金主亮于东采石,战胜却之"④。采石之战的胜利,使南宋朝廷又一次转危为安,举国振奋。张孝祥在临川任上,获战报后激动不已,作了这首词。此词上阕以"雪洗虏尘静"破空着笔,气势浩瀚,并流露出未能参战的遗憾。又连用典故抒发自己的爱国豪情,歌颂采石之战的胜利,并表达对敌人的蔑视态度。下阕以"忆"字领起,驱遣故实,借以抒发扫清中原、恢复故土的宏大抱负,这首词感情深沉而强烈,异常深刻地表现出纵深的历史感与强烈的现实感,诗人处处以国事为重的深厚而博大的爱国情怀跃然纸上,有着很强的感人的艺术力量。

张元幹与张孝祥同是爱国词人,由于个人生活经历不同,艺术修养的差异,他们的爱国情感在词里的表现,实际上仍有较明显的差别。

---

① 宛敏灏:《张孝祥词笺校》,黄山书社1993年版,第1页。
② 陈霆:《渚山堂词话》,引自宛敏灏:《张孝祥词笺校》,黄山书社1993年版,第1页。
③ 陈廷焯:《白雨斋词话》,人民文学出版社1959年版,第152页。
④ 脱脱:《宋史》,中华书局1985年版,第606页。

第一,张元幹是南渡词人,他年轻时是在北方度过的,亲历了靖康之难,有着深切的亡国之痛,感情是愤激的。这种愤激之情,在词中时有表现。张孝祥是南宋词人,他一生没有到过北方。他虽然对恢复中原有着强烈的愿望,感情慷慨激昂,但似乎缺少像张元幹那种感同身受的真切感情。

张元幹有时通过一些词作,流露出强烈的故国之思与怀念中原人民的真切心情,感情真纯而炽烈。譬如:

梦中原,挥老泪,遍南州。

(《水调歌头·追和》)

别离久,今古恨,大刀头。老来长是清梦,宛在旧神州。

(《水调歌头·和芗林居士中秋》)

西窗一夜潇潇雨,梦绕中原去。

(《虞美人》"菊坡九日登高路")

中原旧游何在?频入梦,老眼空潸。撩人冷蕊,浑似当时,无语低鬟。

(《十月桃》"年华催晚")

如此等等,通过对梦境的描写,表现了他对中原梦绕魂牵的思念之情,反映出他对恢复中原故土梦寐以求的迫切心情,他对祖国山河残破的沉痛心情,时有流露。这不仅因为他青年时期生活在北方,更因为词人有着强烈的爱国精神,因此他的爱国词篇写得真切而感人。

张孝祥爱国热情在词中的表现,主要是通过直接抒发他对收复失地的强烈愿望,慷慨悲歌,激情洋溢:

念腰间箭,匣中剑,空埃蠹,竟何成!时易失,心徒壮,岁将零……使行人到此,忠愤气填膺,有泪如倾。

(《六州歌头》"长淮望断")

闻道玺书频下,看即沙堤归去,帷幄且从容。君王自神武,一举朔庭空。

(《水调歌头·凯歌上刘恭父》)

好把文经武略,换取碧幢红旆,谈笑扫胡尘。勋业在此举,莫厌短长亭。

(《水调歌头·送谢倅之临安》)

如此等等,词中的感情愤激而慷慨,洋溢着悲壮的情绪,壮志难酬悲愤压抑的心情时露笔端。他于乾道五年(1169)春致仕,虽然"已是人间不系舟",完全可以不与政事,仍感慨"暝烟多处是神州"。因此,他那"酒阑挥泪向悲风"的情怀,始终是萦绕心头的。

第二,张元幹被迫致仕,长期不在其位,收复故土的宏伟抱负无由施展,心中郁闷,有时故为旷达;张孝祥虽然屡遭投降派的排挤与打击,然仍居国家重要岗位,因此他对保疆守土以及恢复故土,有着执著而强烈的责任感。

张元幹在其词中,有时表现出一种宠辱皆忘、游戏人间的旷达心情:

乘除了、人间宠辱,付之一笑。

(《永遇乐·为洛滨横山作》)

念老去、风流未减,见向来、人物几兴衰!身长健、何妨游戏,莫问栖迟。

(《八声甘州·陪筠翁小酌横山阁》)

这种表面的旷达,掩饰着爱国不得、悲愤难诉、抑郁不平的心情,并非是真的看破红尘、"万事不关心"了。如果我们只看到他表面的旷达,则可能导致对他的曲解。对这类词的真正理解,是应了解其处境和身世的,知人论世不可或缺。

张孝祥则往往是壮志难伸的怒吼,其抑郁不平痛苦愤激之情,溢于言表。

欲吐平生孤愤,壮气横秋。浩荡锦囊诗卷,从容玉帐兵筹……何况我君恩深重,欲报无由。长望东南气王,从教西北云浮。断鸿万里,不堪回首,赤县神州。

(《雨中花》"一舸凌风")

漫郎宅里,中兴碑下,应留屐齿。酹我清尊,洗公孤愤,来同一醉。

(《水龙吟·过浯溪》)

他的孤愤,他的壮气,是一种积极用世而不得的忧国情怀。他始终希望大宋中兴,恢复"赤县神州",从而一统的大宋江山。

二

以词的风格而言,二张的爱国词,都是豪放悲壮的。

谈到张元幹词的风格,《四库总目》云:"今观此集,即以二阕压卷(按:指《贺新郎》二首),盖有深意。其词慷慨悲凉,数百年后,尚想其抑塞磊落之气。然其他作,则多清丽婉转,与秦观、周邦彦可以肩随。"①毛晋云:"人称其长于悲愤,及读《花庵》、《草堂》所选,又极妩秀之致,真堪与《片玉》、《白石》并垂不朽。"②这些评论都是切中要害的,基本上是符合张元幹词的创作实际的。

张元幹词的风格,有豪放也有婉约,就数量而言,豪放词并不多,而婉约词占到其全部词作的十之八九。当然,他的豪放词也绝不止《贺新郎》二首,《石州慢·己酉秋吴兴舟中作》、《水调歌头·同徐师川泛太湖舟中作》、《水调歌头·和芗林居士中秋》等,都是豪放之作。但我认为,张元幹词的风格就数量而言,清丽婉秀之作为多,而且不乏传诵千古的名篇;就其艺术价值而论,以愤激慷慨的豪放之作为胜。他的词在创作上,不是婉约派的追随者,而是豪放派的中坚。宋代的豪放派词人,几乎都不是以豪放风格的数量为多,如豪放派的魁首苏轼、辛弃疾,其豪放词的数量远未过半,苏轼的豪放词充其量不过有十多首罢了;也不是因为豪放词艺术水准最高,而是以其创作在词史上的杰出贡献。因为在苏、辛的婉约词中,都不乏绝伦之作,豪放派对词的题材、风格、表现方法,都做了极大的开拓,扩展了词的创作路子,提高了词反映现实的能力,使词昂扬着时代精神,洋溢着爱国情绪。词人作为时代的鼓手,摇动鼓槌,鼓励和激发人们向腐朽黑暗的势力冲击,昂扬奋进于生活激流之中,以期到达光明的彼岸。

词本来就带有极浓厚的绮罗香泽之态,是士大夫青楼狎妓、流连光景、茶余酒后消遣的产物,带有浓郁的娱乐性。其内容本身就确是一种非时代精神、非理想的存在,风格清丽轻倩,适于表现一种淡淡的哀愁和百无聊赖的情绪。这在传统的观念中被视为词的本色,婉丽清切、深情绵缈的婉约词被视为词的正统,它表现的感情细腻、深婉、缠绵,带有女性的温柔多情,加上曲调的优雅,具有鲜明

---

① 曹济平校注:《芦川词》,上海古籍出版社1991年版,第244页。
② 曹济平校注:《芦川词》,上海古籍出版社1991年版,第243页。

的阴柔之美,真不失为一种好的艺术风格。然在两宋之交,诗人面临着国破家亡的严峻现实,这种轻柔曼倩的格调就显得与时代格格不入了。豪放词那种高亢激越的调子,才与时代合拍。其重要地位,首先是因为他从这种脂粉气极浓的窄狭圈子里冲了出来,走上一条反映现实生活的康庄大道。因此,张元幹的这种豪放词,有着响亮的时代脚步声,继苏轼之后,他在词的发展上建立了不朽的功勋。他以词抒情言志,并在艺术表现上,适当吸收了诗的某些表现技法,从思想内容到艺术表现,对词都有所发展和开拓。

张孝祥词也以豪放著称于世。"所谓骏发踔厉,寓以诗人句法者也。自仇池仙去,能继其轨者,非公其谁与哉?"①把他视作苏轼的继承人,"继其轨者"非他莫属,这个看法是符合实际的。他的词除了豪放英迈以外,也有潇洒自然的一面,"然其潇散出尘之姿,自在如神之笔,迈往凌云之气,犹可以想见也"②。《水调歌头》"江山自雄丽"写浪漫的神仙世界,高洁似屈子,感情深沉似辛弃疾,诚古今词中不可多得之佳作。《水调歌头》"淮楚襟带地"词是为黄州州守汪德邵所建无尽藏楼而作,此词将无尽藏楼与闾丘公显的栖霞楼相比,接着又巧妙地檃括前后《赤壁赋》片段,使古思今情融而为一。《水调歌头》"五岭皆炎热"开头直接用杜甫《寄杨万桂州》中诗句,下阕化用韩愈《送桂州严大夫》中诗意,浑化无迹。《水调歌头》"濯足夜滩急",用《楚辞》典,颇有楚辞的韵味,笔姿豪雄。其词善于化用古人的诗意,形成浑然一体的词的意境。他的词豪放悲壮,充溢着沉郁悲慨之气,上继苏轼的清旷,对辛弃疾沉郁风格的形成,有着深远的影响。

二张爱国词的艺术风格,显然有许多近似的地方,但仍有自己的艺术个性,表现出各自不同的特色。

第一,张元幹有着慷慨激昂的情绪,张孝祥词却洋溢着沉郁悲凉的情调。

张元幹既遭离乱,又遭奸佞的陷害,一生郁郁不得志,虽欲爱国抗金而不可得。其词往往是直抒胸臆,感情激越,发抒不得志的牢骚和对现实的不满情绪,词风豪放而激越。《石州慢·己酉秋吴兴舟中作》、《满江红·自豫章阻风吴城山作》、《水调歌头·同徐师川泛太湖舟中作》等,都有这样的艺术特色。

张孝祥受《楚辞》的影响较深,表现出颇为浓郁的浪漫主义倾向。他能以遒

---

① 汤衡:《张紫薇雅词序》,引自宛敏灏:《张孝祥词笺校》,黄山书社1993年版,第1页。
② 陈应行:《张紫薇雅词序》,引自宛敏灏:《张孝祥词笺校》,黄山书社1993年版,第3页。

劲之笔,写其清旷之胸怀,想象奇特,风格雄放,意境阔大。其词豪放而雄奇,有悠扬婉转之致。他很少直抒胸臆,更不是直奔主题的。他思维活跃,富于艺术才情,感情丰富,情绪跌宕起伏,使词更具有感人的艺术力量。《念奴娇·过洞庭》、《雨中花》"一舸凌风"、《水调歌头·隐静山中大雨》等,都具有这种特色。

第二,二张都写了大量的婉约词,取得了相当高的艺术成就。张元幹婉约词接近周、秦,或工巧,或善于铺叙,各有特色。张孝祥的婉约词接近苏、欧,或清旷,或深婉,均有极致之作。

张元幹词或似周邦彦词之辅叙,如《兰陵王》"卷珠箔"、《陇头泉》"少年时";或如秦观词之工巧,如《菩萨蛮》"黄莺啼破纱窗晓"、《卜算子》"风流湿行云"等,他的婉约词,颇得词论家好评。或谓《临江仙·茶蘼有感》"态甚","迟媚温悴,有含辞未吐,气若芳兰之意"①;或云《清平乐》"明珠翠羽""传神之笔,丽而不佻"②;或说《楼上曲》"楼外夕阳明远水""意味深长,音调古雅,艳体中《阳春白雪》也"③。如此等等,都以为他的婉约词艺术高妙,达到了很高的艺术境界。

据宛敏灏先生考证,张孝祥年轻时曾与李氏同居,生张同之,后被迫送李氏入道观。他对李氏情深意厚,感念情深,集中有《念奴娇》"风帆更起"、《木兰花慢》"送归云去雁"、《木兰花慢》"紫箫吹散后"、《转调二郎神》"闷来无那"、《虞美人》"云消烟涨清江浦",或抒生离死别之情,或叙远离思念之悲。感情真挚而深厚,文辞悲丽而婉约,具有隐秀清丽之美。

余如《西江月》"问讯湖边春色"、《浣溪沙》"行尽潇湘到洞庭",或清旷,或清丽,均为千古传诵之作,而《多丽》"景萧疏",则又以辅叙见长。因此,他的婉约词也得到后来词论家的好评,况周颐谓《菩萨蛮》"东风约略吹罗幕""绵丽蕃艳,直逼《花间》。求之北宋人集中,未易多觏"④。王闿运评《念奴娇》"洞庭青草"云:"飘飘有凌云之气,觉东坡'水调',犹有尘心。"⑤的确,此词写得含蓄俊爽,飘举高远,空灵有奇气。他的婉约词也是非同凡响的。

以婉约词而论,张元幹具清丽俊秀之美,张孝祥有悠扬婉转之致。在婉约词

---

① 曹济平校注:《芦川词》,上海古籍出版社1991年版,第83页。
② 曹济平校注:《芦川词》,上海古籍出版社1991年版,第164页。
③ 陈廷焯:《白雨斋词话》,人民文学出版社1959年版,第197页。
④ 况周颐:《蕙风词话·广蕙风词话》,中州古籍出版社2003年版,第102页。
⑤ 唐圭璋:《宋词三百首笺注》,上海古籍出版社1979年版,第143页。

的发展中,占有重要的地位。

三

作为宋代两位著名的豪放派词人,张元幹与张孝祥上承苏轼,下启辛弃疾,在豪放词的发展上作出了重要的贡献,在词史上写下了极重要的一页。

二张词的艺术风格介于苏、辛之间,由于生性豪放旷达而近于苏,由于受时代风气之影响而近乎辛。其才气横溢,风格近似于苏词的豪放清旷;他们踔厉奋发、慷慨豪壮却与辛词为近。虽然他们在词史上的地位和影响都十分接近,但仍略有不同。大致说来,张元幹对苏词的继承为多,张孝祥对辛词的影响为大。

苏轼才气横溢,然一生坎坷而不得志,屡遭贬谪,甚而有缧绁之苦,然其性格旷达,处世超脱,其词以清旷见长。张元幹一生充满了爱国豪情,然在壮年时就受权奸的迫害,被迫致仕,然心胸开阔,性格旷达豪放,故多清旷之作,格调极类苏词。因此,从词的承传说,张元幹词受苏轼词的影响较大,特别是那旷达的词,与苏词如出一辙。

张孝祥虽然英年早逝,却历任要职,且对国事十分关注。从当时的政治形势看,南宋仅半壁河山,金兵压境,处于危亡之秋。最高统治者不思奋发抵抗,却采取妥协投降政策。作为爱国志士的张孝祥,直面严峻的现实而产生沉郁悲愤之感。这种颇为悲壮的情绪一寓之于词,读其词令人产生悲愤沉咽之情。其词对辛弃疾词的创作,产生了很大的影响。

二张是苏、辛词发展的中介人物,在豪放词的发展中,张元幹在于对豪放词的承传,使其绵绵不绝,继承发展之功绝不可没;张孝祥在于启后,推动了豪放词向新的高潮发展,推波助澜之功十分显赫。

第四节　岳飞与文天祥

一

岳飞与文天祥,都是我国著名的民族英雄。

岳飞(1103—1141),字鹏举,相州汤阴人。与金人战,累立战功。历少保、河南北诸路招讨使,进枢密副使。以不附和议,为秦桧所陷,殒大理寺狱。文天祥(1236—1282),初名云孙,字天祥。后改字宋瑞,一字履善。进士第一,累迁直学士院,知赣州。旋除右丞相,兼枢密使。元兵至,奉使军前被拘,亡入真州,泛海至温州。益王立,拜右丞相,以都督出江西,兵败被执。因于燕京四年,不屈死节。

两人均善词,却不以词名世,词作亦少。岳飞存词3首,文天祥存词7首,两人共存词10首,却有很大的影响。据刘尊明、王兆鹏《宋词300经典名篇综合数据排行一览表》①,岳飞的《满江红》"怒发冲冠"、《小重山》"昨夜寒蛩不住鸣"、文天祥的《念奴娇》"水天空阔"(按:此词当为邓剡词,本书不论)均列其中,岳飞的《满江红》"怒发冲冠",竟高居排行榜第二,这实在是令人惊异的事。宋词流传至今有两万首之多,名家辈出,名作如林,排行第二,何其不易。这怎能不令人震惊!当然,岳飞、文天祥词的流播与影响,是因为他们都是历史上著名的民族英雄,受人仰慕与尊重,有着"词以人传"的重要因素。特别是第二次世界大战期间,随着抗日战争的持续与爱国主义的高涨,激奋人心的《满江红》"怒发冲冠"一词在社会上广为流传:它被选入课本,供学生肄习;谱了曲子,到处歌唱;评介赏鉴文章,时见报刊,几乎家喻户晓。然这首词的艺术水准亦高,其广泛流传,不仅是为词人的特殊身份与强烈地民族情感所致,而且有其深厚的审美因素。

二

岳飞与文天祥,在国家民族的危难时期,积极投身于伟大的民族战争事业,亲率大军,全力以赴,与敌人作殊死的浴血战斗,是无暇也无情思舞文弄墨、写诗填词的。然在战役空隙,偶有所感,其对壮伟事业的真实情感,流溢笔端,遂成千古绝唱。其词都是感情汹涌,喷薄而出,的的确确是不已于情的产物。"从血管里喷出来的都是血",其词正是爱国感情的喷发与激射,充满了英雄主义与爱国主义激情,能激励千千万万读者,产生无穷无尽的艺术力量。

---

① 刘尊明、王兆鹏:《唐宋词的定量分析》,北京大学出版社2012年版,第174页。

岳飞是武人,生逢南渡之初,适逢大宋帝国与金国作存与亡的较量,故一生都是为国家与民族的复兴在疆场作浴血的战斗,经历着血与火的严峻考验。然自小勤学,学养丰厚,长于文学创作。在其一生留下不多的篇什中,可以看出他有相当高的文化造诣,其文字功底与艺术表达能力,都远在一般文学家水平之上的。他的诗文,多为精品,时见历代诗、文选集中。散文如《五狱祠盟题记》、五律如《送紫阳张先生北伐》,都是笔挟风霜、感情充沛,呈现出勃勃生气,很有鼓舞人心的艺术力量:"号令风霆迅,天声动北陬。长驱渡河洛,直捣向燕幽。马蹀阏氏血,旗枭克汗头。归来报名主,恢复旧神州。"这首气壮山河的诗篇,饱含着民族的自信。他写词,既无有意为词之念,也未作精心的锤炼与推敲,只是壮怀激烈的自然流露,却有力地震撼着读者的心灵。

文天祥是南宋末年的状元,是在全国举子激烈竞争中夺得头筹的,其文化底蕴之深厚是不言而喻的。他在大宋江山风雨飘摇中,欲挽狂澜,亲历疆场作顽强的抗争。他几次摆脱敌人的魔爪,历经千难万险,不屈不挠。散文《指南录后叙》、诗歌《过零丁洋》、《正气歌》都是在与敌人激烈战斗、历经艰难、壮志不屈的产物。这些诗文都是文学史上的名篇,是诗人正义呼声,洋溢着爱国激情。他的词也是在这种历史背景下写成的,其思想艺术水平,自然是高人一筹的。

三

岳飞生逢大宋南渡之初,国难重重,人民处于战乱的水深火热之中。虽然岌岌可危,时刻面临亡国的危险,然国力尚可,民情慷慨奋发,只要上下团结一致,齐心抗敌,仍有打败金国恢复中原的可能。他是最坚强的爱国主义者,是最勇敢的民族英雄。他在恢复祖国大好河山求得神州一统中气势凌厉,不为任何艰难所阻,他把国家、民族、个人命运融为一体,奋起抗战,他壮志凌云,气势浩瀚,心情激切,慷慨悲歌,发出了庄严的呼声:

兵安在,膏锋锷。民安在,填沟壑。叹江山如故,千村寥落。

(《满江红·登黄鹤楼有感》)

他愤怒高呼:

靖康耻,犹未雪;臣子恨,何时灭。驾长车踏破贺兰山缺。壮志饥餐胡虏肉,笑谈渴饮匈奴血。

(《满江红》"怒发冲冠")

他热切盼望着:

何日请缨提锐旅,一鞭直渡清河洛。

(《满江红·登黄鹤楼有感》)

待从头收拾旧山河,朝天阙。

(《满江红》"怒发冲冠")

这些词,是响亮的鼓声,是战斗的号角,响彻神州大地,流播寰宇,他真实地反映了爱国志士的心愿,跳动着时代的脉搏。

"时危节乃见,一一垂丹青"(《正气歌》)。文天祥生活在南宋末期,当时大宋山河破碎,风雨飘摇,强大的蒙古兵向江南步步逼近,横冲直撞,不可一世。面对国弱敌强,无力回天的时日,他毁家纾难,矢志抗元,率领仁人志士作最顽强的斗争,以期回天转日。"镜里朱颜都变尽,只有丹心难灭"(《酹江月·和》),这种伟大崇高的爱国情怀,这种无比高尚的精神世界,这种奋发有为的激情,不时流溢笔端:

乾坤能大,算蛟龙,原不是池中物。……横槊题诗,登楼作赋,万事空中雪。江流如此,方来还有英杰。

(《酹江月·和》)

骂贼睢阳,爱君许远,留得声名万古香。……人生翕歘云亡。好烈烈轰轰做一场。

(《沁园春·至元间留燕山作》)

他慷慨悲歌,呼唤爱国英杰,为祖国、为民族、为人生作出最辉煌、最壮伟的事业,"烈烈轰轰做一场",以期回天转日,迎来神州胜利的春天。在那个时代,他虽则是做着近乎虚无的梦,是难以实现的理想,然这曲曲悲壮的歌声,仍闪显着壮丽辉煌的光彩。

四

岳飞与文天祥的词,都取得了很高的艺术成就。

岳飞现存的两首《满江红》词,不仅具有忠义奋发的爱国热情,而且表现出感情激越、大气磅礴的气势,是很典型的豪放词,这对张元幹、张孝祥、陆游、辛弃疾的豪放词创作,有着良好的影响。而《小重山》词则含蓄蕴藉,以比兴手法,寄托其英勇抗战、力挽狂澜不为人君理解的哀怨之情。词云:"昨夜寒蛩不住鸣,惊回千里梦,已三更。起来独此绕阶行。人悄悄,帘外月胧明。白首为功名,旧山松竹老,阻归程。欲将心事付瑶琴。知音少,断弦有谁听。"他坚持抗战救国的行动,为议和派所阻。精忠报国之志不但得不到当政者的有力支持,反而承受着种种重压,以此感情沉郁而悲怆,却以委婉的笔姿表现,是一首杰出的婉约词。由此可见,岳飞存词虽少,均为杰构,且豪放、婉约风调兼而有之。这足以说明其词创作的成熟,表现出艺术水准的超卓不凡。

文天祥的《沁园春·至元间留燕山作》,表现了他以死明志的凛然的民族气节。《酹江月·和》、《满江红·和王夫人〈满江红〉韵,以庶几后山〈妾薄命〉之意》,表现出他屡蹶屡起、不屈不挠的斗争精神,有着知其不可而为之的执着。融咏史、议论、抒情于一体,行文委婉曲折,并有豪气融乎其间,感情爽朗,词境开阔,是颇有特色的豪放词。《满江红·代王夫人作》,则是一首代言体的婉约词。词云:"试问琵琶,胡沙外、怎生风色。最苦是、姚黄一朵,移根仙阙。王母欢阑琼宴罢,仙人泪满金盘侧。听行宫、半夜雨淋铃,声声歇。彩云散,香尘灭。铜驼恨,那堪说。想男儿慷慨,嚼穿龈血。回首昭阳离落日,伤心铜雀迎秋月。算妾身、不愿似天家、金瓯缺。"他以王清惠的口气,代其抒写被掳北行的悲愤。曲折地表达了作者深沉的亡国之恨和绝不屈膝变节、视死如归的爱国立场,颇有委婉含蓄之致。

"文文山词,风骨甚高,亦有境界,远在圣与、叔夏、公谨诸公之上。"[①]虽有过誉之嫌,却可以看出他在词评家心目中的崇高地位。岳飞、文天祥的词,豪放、婉

---

① 王国维著,滕咸惠校注:《人间词话新注》(修订本),齐鲁书社1986年版,第75页。

约兼而有之,这说明他们在词的创作上的成熟,有着驾驭各种艺术风格的创作能力,达到了相当高的艺术境界,步入了宋词的名家之列。论及词之风调,田同之云:"亦有劲松、贞柏,岳鹏举、文文山也。"①"劲松、贞柏"之喻颇为贴切。这"劲松、贞柏"般的词作,是爱国主义的好教材,值得我们今天大肆弘扬。

第五节　辛弃疾与刘克庄的寿词

祝寿词在南宋词坛上是一道靓丽的风景线:当时寿词创作数量之多与艺术质量之高,都令人叹为观止。寿主既有皇帝、宰阁大臣,也有士农工商、平民百姓;其内容既涉及国计民生、天下兴亡之大事,也关涉老百姓的柴米油盐、福寿吉祥。南宋著名的爱国词人辛弃疾和刘克庄,都写了大量的寿词:辛存寿词44首,居宋代个人祝寿词创作数量的第六位;刘存寿词95首,居宋代个人祝寿词创作数量的第二位。② 而辛弃疾、刘克庄又是同派词人,将其祝寿词作以比较研究,对辛、刘词的创作评价以及对辛派词人的深入研究,都有其重要意义。

一

祝寿词就创作类别而言,可分为自寿词和寿人词两种。因其祝寿的对象不同,拟对其分别进行研究。

先说自寿词。

刘克庄自寿词数量很多,他到了晚年,几乎是"年年生朝年年寿",而且写起来兴致特别高,一和再和,不能自休。譬如,他在76岁时,写了《转调二郎神》,其题序云:"余生日,林农卿赠此词,终篇押一韵,效颦一首。"这种独木桥体,写起来本来就难度很大,加之又是和词,内容、韵调都不免有所局限。他竟不顾烦

---

①　唐圭璋:《词话丛编》,中华书局1986年版,第1450页。
②　刘尊明"《全宋词》计算机检索系统"检索出宋代写寿词最多的依次为:"魏了翁100首、刘克庄89首、刘辰翁89首、李曾伯59首、史浩51首、辛弃疾47首、沈瀛43首……"(刘尊明:《唐宋词综述》,中国社会科学出版社2004年版,第136页)本书辛、刘寿词数字据本人手工统计,与刘检索数字略有出入,但不影响寿词多寡的排序。

难,一连写了5首,令人惊叹。又如,他在71岁生日时,写了《水龙吟·丁巳生日》,笔力更健,一连写了6首,令人佩服。

刘克庄自寿词的内容,主要是写退隐生活以及不甘寂寞的心情与因无所作为而产生的愤懑情绪。

刘克庄是一位事功很切、事业心极强的人,在内忧外患重重、国势而衰的当时,他很想施展自己的才能抱负,在挽狂澜中尽一份力量。然事与愿违,他经常被迫退隐,一生辞官竟达七次之多。他的寿词,表面是写隐逸生活的乐趣,但在字里行间却渗透了对退隐强烈的不满情绪,发泄着不得志的牢骚。譬如他最早写的一首自寿词《最高楼·戊戌自寿》:

南岳后,累任作祠官。试说与君看。仙都玉局才交卸,新衔又管华州山。怪先生,吟胆壮,饮肠宽。 去岁拥、旌旗称太守,今岁带、笭箵称漫叟。慵入闹。惯投闲。有时拂袖寻种放,有时携枕就陈抟。任旁人,嘲潦倒,笑痴顽。

此词写于宋理宗嘉熙二年戊戌(1238),时年52岁,他被罢官家居,主管云台观,于生日时,遂作此词以自寿。

宋代祠官是为优抚罢退官员而设的闲职,只领俸,不管事。写此词时,刘克庄已被三度罢职,四为祠官。在官场上的这种坎坷遭遇,使他极为愤懑而又无可奈何。于是,借此词以抒愤。此词上阕叙事,抒其累任祠官的牢骚:一个"累任",极写心情的郁闷,是总写。从南岳到仙都、玉局、华州不厌其烦,逐一点名"试说与君看",是分叙。心中的牢骚与不平,喷薄而出。如此累任祠官,居然还有胆量吟诗、饮酒,一股怨愤之气不断喷涌。下阕抒写被任祠官的不满情绪。先以去年称太守,反衬今岁称"漫叟"。本来太守能有作为,可惜时间太短,如今只能带竹笼去钓鱼,被人称为"漫叟"了,并进而以种放、陈抟自比,任旁人嘲笑全不在乎。表现出作者内心强烈的愤懑与行为上的疏狂之态。

这种被迫闲置而愤懑疏狂之态,在后村的自寿词中,每每出现:

依然这后村翁,阿谁改换新曹号。虚名砂砾,旁观冷笑,何曾明道。吟歌后诗,说无生话,热瞒村獠。被儿童盘问,先生因甚,身顽健、年多少。

不茹园公芝草。不曾餐、安期瓜枣。要知甲子,陈抟差大,邵雍差小。肯学痴人,据鞍求用,染髭藏老。待眉毛覆面,看千桃谢,阅三松倒。

(《水龙吟·癸丑生日,时再得明道祠》)

此词情绪激烈,词人在尽情发泄再主明道观的不满,后村主明道祠四年,除起居舍人,兼侍讲,旋被人攻击,再主明道观。因此心中极为愤懑,内心充满抑郁不平之气。表现在词中,时而机智俏皮,时而狂放,时而语言冷峭。但从本质上说,却是发泄人生易老、壮志难酬的悲痛。他直面现实、直面人生,欲展宏图壮志的心情十分迫切。他在《贺新郎·实之三和有忧边语,走笔答之》中说:"国脉微如缕。问长缨,何时入手,缚将戎主。未必人间无好汉,谁与宽些尺度。……自古一贤能制难,有金汤、便可无张许。快投鞭,莫题柱。"他时刻想的是民族的兴衰,国家的安危,而最高统治者却将他职权罢免,使主道观,吃一碗闲饭。于是他无可奈何地哀叹:"放逐身褴楼。被门前、群鸥戏狎,见推盟主。若把士师三黜化,老子多他两度。"(《贺新郎·再用前韵》)他大声疾呼:"欲托朱丝写悲壮,这琴心脉脉谁堪许?"这悲壮之音,究竟谁懂、谁听?满朝昏昏,谁能像刘克庄那样壮怀激烈、倾心国事?这悲歌要唱到几时?这愤怒何时才消?"烈士暮年,壮心不已",然最高统治者只管让他做祠官,吃闲饭,这让他悲凉,使他心酸。他一而再、再而三地被罢黜,被免官,一次又一次地让他做祠官,这对他是多么沉重的打击,他对退隐之思的反复吟唱,实际是心情的郁闷与无奈,写这类词,只是抒发胸中的郁闷与悲愤罢了,他何曾想到归隐田园之乐?

《洞仙歌·癸丑生朝和居厚弟韵,题谪仙像》,是一首特殊的自寿词:

上林全树,曾借君栖宿。朝过瑶台暮群玉。忽翩然、脱下宫锦袍来,□□□,却向齐州受箓。　　等闲挥醉笔,咳唾千篇,长与诗家窃膏馥。身是酒星文星,刚被诗人,□唤做,禁中颇牧。便散发、骑鲸去何妨,从我者谁欤,安期徐福。

这是一首很特殊的自寿词:从题序和诗的内容看,都不像是自寿词,而是在生日这一天的和韵之作,是题李白像,借以写诗人不平凡的一生。然仔细揣摩,却是一首地道的自寿词,他是借李白的遭际以自况。此词是他在生日这一天写的,因为堂弟居厚献祝寿词,而他是和韵的。为什么生日的和韵之作却题李像?居厚的祝寿词是否与此有关?根据和韵的规则逆推,大概居厚也是题李白像兼贺寿,或者在祝寿词中有以诗人李白喻拟刘克庄,因而,后村在和词里才有题李白像之举动。题李白像,就在盛赞李白中隐含以李白自况之意。李白得到唐玄宗的赏识,在长安那么得意;放逐后又那么飘然潇洒,难道后村也不是如此么?李白"闲挥醉笔,咳唾千篇",是"禁中颇牧";出朝后,"便散发、骑鲸","从我者"有"安期徐福",刘克庄在朝时的一时得意与放逐后的疏狂,不也和李白相似么?总之,这首词在盛赞李白才华与放逐后的浪漫潇洒,隐喻作者的一生遭际与悲观。李白像从何而来,似可不必深究,而作者在生日这一天题李白像的这首词,却值得我们深思和探讨的。

辛弃疾的自寿词只有三首,即《柳梢青·辛酉生日前两日,梦一道士话长年之术,梦中痛以理折之,觉而赋八难之辞》、《江神子·侍者请先生赋词自寿》、《临江仙·壬戌岁生日书怀》。《柳梢青》是一首说理词,是痛斥一些道士妄言长生之术的。它紧紧围绕着"长年之术"对道士的胡说八道,从"炼丹"、"辟谷"等四个方面做了批判,语言质朴,风格平实,但道理却讲得透彻、精辟。形式上用独木桥体,也自成一格。《江神子》与《柳梢青》立意相近,说人生易老,长生难学。结尾又宕开一笔,谓"莫道长生学不得,学得后,待如何?"别开生面,引人深思。

《临江仙·壬戌岁生日书怀》,是一首别具一格的自寿词:

> 六十三年无限事,从头悔恨难追。已知六十二年非。只应今日是,后日又寻思。 少是多非惟有酒,何须过后方知。从今休似去年时。病中留客饮,醉里和人诗。

此词对自己一生做了总结,并写了今后的打算。已过花甲了,生日这天,对一生做个认真反思,想想今后的路咋走,该是最有意义的,是对生日的最好庆祝。上阕是写对往事的反思:开头二句写往事悔恨难追。接着说"已知六十二年非",一生竟有那么多过错。四五句是说,今日的态度只能是现在认定是对的就去做,至于是否真的就做对了,还有待历史的检验。下阕写今后的打算:换头二句是说饮酒能减少是非。接着说从今改弦易辙,不再因病止酒。今后只能随缘自适,饮酒赋诗。词人在貌似平静的叙说中,充满了愤懑与不平;在似是坦诚的言辞中,却不免皮里阳秋。他对一生是非功过的看法,隐含着生不逢时壮志难酬的悲慨。今后也只能随缘自适,过一番逍遥平静的日子,哪会大展宏图,实现恢复神州的壮举。这实在是无可奈何的啊!此词在表面平静中饱含着郁勃不平之气,在甘愿随缘自适中,有多少不满与无奈!

这三首词虽各有特色,但在辛词中不算拔尖的作品,情感较平实,内容单一,在内容的丰厚与形式的多样上,比刘克庄的自寿词不免略输一筹;然刘克庄的自寿词多而偏滥,用典多而偏僻,以艺术的精纯而言,则只好让辛弃疾的自寿词居先了。

二

再说寿人词。

辛弃疾有寿人词41首,刘克庄有寿人词47首,数量相当,内容相仿,不仅是辛、刘寿词的精华,也是宋词寿词中的精品。有些寿词,至今仍放射着耀眼的光华,值得我们珍视。

辛弃疾、刘克庄都是爱国的,处世积极的,他们都很关心国计民生,并有强烈的事功精神,因此在其寿人词中,往往恳切地祝贺对方积极处世,爱国爱民,功垂史册,彪炳千秋。

辛弃疾一生怀着恢复神州的雄心壮志,因为最高统治者的因循与软弱,其志期期不能实现。而其爱国情绪,一触即发。他在寿人词中,往往渗透了爱国情感。他的《水龙吟·甲辰岁寿韩南涧尚书》就散发着强烈的爱国情绪,不仅在辛词中,而且在整个宋人祝寿词中,都是优秀的、堪称首屈一指的杰作:

渡江天马南来,几人真是经纶手?长安父老,新亭风景,可怜依旧!夷甫诸人,神州陆沉,几曾回首!算平戎万里,功名本是,真儒事,公知否?况有文章山斗,对桐阴、满庭清昼。当年堕地,而今试看:风云奔走。绿野风烟,平泉草木,东山歌酒。待他年、整顿乾坤事了,为先生寿。

感情悲壮豪迈,痛快淋漓!一般寿词往往跳脱不出功名、富贵、神仙的窠臼,难免尘俗、谀佞、虚诞之讥,而此词却侧重从平戎万里、整顿乾坤方面落笔,其思想境界迥出常见的寿词之上。上阕以晋室播迁借喻宋室南渡,以古喻今,慨叹当权的统治者中没有真正治国平戎的"经纶手",隐含对经纶济世者登台亮相的呼唤;下阕则从文章、家世、才能等方面称誉韩元吉,谓其能够经纶济世,接着笔锋一转,期望韩氏能结束今日的退隐生活,东山再起,力挽狂澜,整顿乾坤。通首或借古喻今,或援古讽今,典故信手拈来,自然慰贴;风格沉郁顿挫,慷慨激越;感情淋漓悲壮,催人奋起。将寿词思想艺术水平推到极致。诚如常国武先生所说:"寿词有此,亦犹宫体诗之有张若虚的《春江花月夜》,庶几可以无憾了。"①

把祝寿与事功联系起来,希望寿主在国难当头之日,努力奋起,建功立业,完成最壮伟的恢复祖国河山的事业。这在辛弃疾的寿人词人,随处可见:

闻道清都帝所,要挽银河仙浪,西北有胡沙。回首日边去,云中认飞车。
(《水调歌头·寿赵漕介庵》)

千古风流今在此,万里功名莫放休。君王三百州。 燕雀岂知鸿鹄,貂蝉元出兜鍪。却笑卢溪如斗大,肯把牛刀试手不?
(《破阵子·为范南伯寿》)

功业后来看,似江左、风流谢安。
(《太常引·寿韩南涧尚书》)

这些词,赞颂寿主之事功,寄寓自己的爱国情思,在国难当前,吹起了战斗的号角,发出了时代的最强音,绝不能以寻常寿词目之。

刘克庄寿人词,也有爱国情绪的体现。《水调歌头·寿胡详定》云:"中原公案未了,直下欠人当。试问玉门关外,何似金銮殿上,此段及平章。富贵倘耳,万代姓名香。"他郑重地以恢复中原寄托,以"万代姓名香"为贺,表现了他深厚的爱国情怀。但他所处的时代,国力更衰弱,本来就国穷民困,统治阶级又加大了对农民的勒索,农民不堪其苦。因此,刘克庄寿词中出现了许多为民请命之作,表现了他对农民生活的关怀和同情。如《鹊桥仙·乡守赵丞相生日》:

去年无麦,今年多稼,尽是君侯心地。向来寺寺总拘桩,今有不拘桩底寺。 省仓展日,米场镌价,万落千村蒙惠。更将补纳放宽些,便是个、西京

---

① 常国武:《新选宋词三百首》,人民文学出版社2000年版,第342页。

循吏。

此词为乡守赵丞贺寿,颂扬其救荒赈灾善政。上阕颂扬赵乡守善政。开头以"去年"、"今年"年成对举,颂扬乡守政绩:去年闹灾荒,今年获丰收。接着以"向来"、"今有"官员比较,以历来地方官都拘守封桩存仓例规,不肯开仓赈灾,来突出赵乡守之爱护百姓而开仓赈灾。下阕对赵乡守提出希望,为民请命。希望他扩大善政,延长征粮入仓期限,降低米价。进而请求:今年"补纳"期限也望"放宽些",以减轻百姓困难。作为祝寿词,角度独特,思想深刻。如此直接地反映社会问题,为民请命之作,在宋词中还是罕见的。余如《贺新郎·戊戌寿张守》,是为张友祝寿的,他说:"不要汉庭夸击断,要史家编入循良传。"劝他不要做酷吏而做循良吏,其"宅心忠厚",也是为老百姓着想的。

在寿人词中,刘克庄为贾似道写了六首祝寿词:《贺新郎·傅相生日壬戌》、《满江红·傅相生日癸亥》、《满江红·傅相生日甲子》(两首)、《汉宫春·丞相生日乙丑》、《沁园春·平章生日丁卯》。贾似道是祸国殃民的权奸,刘一再为他写寿词,遂为后人所诟病。

贾似道当国日,朝野为之贺寿,寿词以数千计。周密《齐东野语·贾相寿词》有云:

> 贾师宪当国日,卧治湖山,作堂曰"半闲",治圃曰"养乐",然名为就养,其实怙权固位,欲罢不能也。每年八月八日生辰,四方善颂者以数千计。悉俾翘馆誊考,以第甲乙,一时传颂,为之纸贵,然皆谄词呓语耳。

为人正直的刘克庄,竟加入善颂者的行列,行"谄词呓语",实是令人难以理喻的。这难免引起争议,怎样看这一问题呢?

刘克庄一生关心国事,在"国脉微如缕"、内忧外患极为严重的情势下,期盼能有大力者挽狂澜于既倒,而贾似道早年有才气,政治上颇露锋芒;任相以后,曾经打击宦官,抑制外戚,剜掉政权内这两个大毒瘤,这在客观上是深得人心的。刘克庄早年"受知忠肃贾公,辨章尤相亲敬"[①],他与贾氏父子关系非同寻常;贾

---

① 钱仲联:《后村词笺注》,上海古籍出版社1980年版,第361页。

似道景定元年四月返阙,六月,克庄除秘书监,当是似道援引。如此等等,他不免对贾似道有知遇之感。诚如王士祯云:他"论扬雄作《剧秦美新》及蔡邕代作群臣上表,皆词严义正,然其《贺贾相启》、《贺贾太师复相启》、《再贺平章启》,蹈雄、邕之覆辙而不自觉。"①他与贾氏的亲和关系,在某种程度上遮蔽了他的眼睛,减弱了他对贾氏的辨识力;在皇帝独揽大权、信息非常闭塞的封建时代,最高权力机构的争权夺利,普通人是不够了解的。何况当时朝内斗争极为复杂,而他又远离权力核心,这就造成了他对贾氏政治态度的误判。而在贾似道本质尚未充分暴露时,跟随大家对贾祝寿,说了一些好话,这与明知贾是坏人而仍予大唱赞歌者是有本质区别的。因为他在贾当政时,对其仍有许多批评,论事不论人的。这些寿词,与其说是有意写谀词,卖身投靠;毋宁说是病重乱投医,是对有所作为的能扭转乾坤的政治人物登场亮相的企盼。因此,而怀疑后村的亮直,诟病后村是大可不必的。

附:

辛弃疾与杜斿

杜斿,字叔高。1189年,他从故乡金华到三百里之外的上饶,拜访罢官闲居的辛弃疾,两人一见如故,相处极为欢洽;1200年,杜斿再次拜访辛弃疾,相得甚欢。杜斿两次拜访,辛与之宴游与赠答,存词12首,诗2首。与杜酬应的作品之多,不但在辛集中少有(稼轩与赵晋臣酬应诗2首,词24首),就是在中国文学史上,也实属罕见。其中《贺新郎·用前韵送杜叔高》、《婆罗门引·别杜叔高·叔高长于楚辞》、《上西平·送杜叔高》,词的感情深挚,对其诗评价亦甚高。譬如,杜斿第一次拜访辛弃疾告别时,辛写了《贺新郎·用前韵送杜叔高》:

> 细把君诗说:恍余音钧天浩荡,洞庭胶葛。千丈阴崖尘不到,惟有层冰积雪。乍一见寒生毛发。自昔佳人多薄命,对古来一片伤心月。金屋冷,夜调瑟。　去天尺五君家别。看乘空鱼龙惨淡,风云开合。起望衣冠神州路,

---

① 钱仲联:《后村词笺注》,上海古籍出版社1980年版,第382页。

白日消残战骨。叹夷甫诸人清绝!夜半狂歌悲风起,听铮铮阵马檐间铁。南共北,正分裂。

此词对杜斿诗歌作了由衷的赞赏:言其诗声律之美,则说:"恍余音钧天浩荡,洞庭胶葛";论其诗境界之高峻,则谓"千丈阴崖尘不到,惟有层冰积雪,乍一见寒生毛发"。赞其诗人人品之高洁而不遇,则曰:"自昔佳人多薄命,对古来一片伤心月。金屋冷,夜调瑟。"对其人品诗品的崇赏,到了无以复加的地步!下阕则纵论时势,两人对时局的看法十分契合:他们有着共同的政治立场,共同的爱国心愿,对金人统治的北方人民,非常关切:"起望衣冠神州路,白日消残战骨。"对空谈误国者予以责斥:"叹责甫诸人清绝!"夜半悲歌,抒发了高亢的爱国豪情。

关于杜斿的诗,《全宋诗》未收。检诸其他典籍,仅存《严先生钓台》一首而已。诗云:"斯人真隐处,寂寞使人愁。正著双台在,还从一老游。凉风动阴壑,斜日下沧州。滩畔沉沉在,潜鱼亦避钩。"(《宋诗纪事》卷五十六)即此杜斿之诗,可见一斑。但当时的文人对其诗评价颇高。叶适《赠杜幼高》诗云:"杜子五兄弟,词林俱上头。规模古乐府,接续后春秋。奇崛令谁赏,羁栖浪自愁。"(《全宋诗》卷 2662)这虽系赠其弟幼高之诗而论及兄弟五人,但杜斿当不失为著名诗人。陈亮评云:"叔高之诗,如干戈森立,有吞虎食牛之气。"(《陈亮集》卷 19《复杜仲高旃》)惜无诗集行世。《吴礼部诗集·杜端公墨迹》:"叔高尝问道朱子,与幼安诸人游,端平以布衣召,入秘阁校仇。"同书谈到其兄伯高、仲高、其弟幼高均有集传世,而不及叔高,可见其诗文未结集,创作数量当不多。吴师道生活的时代去杜斿不到百年,他对这位乡前贤十分仰慕,而其所谈,均据杜氏后代提供,当不有误。从现存的一首诗看,或未能超拔群侪。既然如此,辛弃疾与杜斿初次相交,何以对其诗如此赞赏?为什么对他本人有如此高的评价。盖杜斿第一次访辛,带有庄严的使命,是特为调解朱熹与辛弃疾的误解而来。他对朱熹门人杜斿的赞赏,是对朱熹兰溪之会爽约的谅解,同时不无爱屋及乌之意。

1188 年,陈亮曾约朱熹在兰溪与辛弃疾晤谈,纵论天下大事。朱熹《戊申与陈同甫书》一有云:"承许见访于兰溪,幸甚。"届时辛、陈赴会而朱熹爽约。对此辛弃疾《贺新郎》"把酒长亭说"词序有明确的记载:"陈同甫自东阳来。过余,留十日,与之同游鹅湖,且会朱晦庵于紫溪,不至,飘然东归。"紫溪,镇名,在江西铅山县南四十里,路通瓯闽,居民麇集。邓广铭云:"兰溪疑为紫溪之别称。"

(《稼轩词编年笺注》)极是。朱熹为什么爽约不至？当有委曲或别的思考。陈亮与朱熹交往已久，朱既应陈之约而又爽约，当不是对陈有所顾虑，显然有别的原因，或因为对辛弃疾的作为与影响有所顾忌。辛是著名的爱国词人，他以恢复北方领土为己任。所谓"看试手，补天裂"(《贺新郎·同父见和再用韵答之》)"了却君王天下事，赢得生前身后名。"(《破阵子·为陈同甫赋壮词以寄之》)这虽则是寄希望于陈亮，又何尝不是以此自勉与自期？这次闲居上饶，是因为被弹劾而罢官。据《宋史》本传记载："台臣王蔺劾其用钱如泥沙，杀人如草芥"，崔敦诗《辛弃疾落职罢新任制》："肆厥贪求，指公财为囊橐；敢于诛艾，视赤子犹草菅。"(《西垣类稿》卷2)加上当时主战与主和派的剧烈斗争，他的出处，在士人以至朝廷，都存在着尖锐的对立。辛弃疾的被劾落职，朱熹或有误解；加上他觉得兰溪之会"但恐无说话处。"(《朱文公大全集》卷28《戊申与陈同甫书》一)或因此爽约。已应而爽约对陈、辛，特别是对辛弃疾在感情上是一次很大的打击，而朱熹本人这样做虽必有原因，但于理有碍，特派其门人杜斿说明兰溪之会爽约的原因，借以疏通关系，自在情理之中。他的《答杜叔高》书，当是得到杜斿首次上饶访辛弃疾情况报告后的复函。书云："辛丈相会，想极款曲。今日如此人物，岂易可得。向使早向里来有用心处，则其事业俊伟光明，岂但如今所就而已耶？彼中见闻岂有不小未安者？想亦具以告之。渠既不以老拙之言为嫌，亦必不以贤者之言为忤也。"(《朱文公大全集》卷60)"向使早里来有用心处，"当指辛弃疾不拘小节，被言官或政敌抓住把柄。"彼中见闻岂不有小未安者"，当指辛在上饶构室宏丽，其用费不免引起悬测，遭到物议。洪迈《稼轩记》云："既筑室百楹，财占地什四。"陈亮《与辛幼安殿撰书》："始闻作室甚宏丽，传到《上梁文》，可想而知也。见元晦说潜入去看，以为耳目所未曾睹，此老言必不妄。去年亮亦起数间，大有鷦鷯肖鲲鹏之意。较短量长，未堪奴仆命也。"(《龙川文集》卷21)在朋友眼中，尚且如此！若让政敌稍加渲染，则于辛弃疾处境极为不利。朱熹对此当有劝告，辛或欣然纳之。"贤者之言"，当指杜斿对辛弃疾的坦诚相告。如此，朱熹与辛弃疾的君子之交，杜斿在中间起了很大的作用。因此，辛弃疾对杜斿非常器重，在临别赠词中，极力称其词品、人品。从此以后与朱的密迩交往中，也可以看出杜斿此次拜访辛弃疾的劳绩。

绍熙三年壬子(1192)春，辛弃疾赴福建提点刑狱任经崇安时，特至武夷精舍拜会朱熹。以后与朱熹游从甚繁，情谊甚款。朱熹在《答辛幼安启》、《朱子语类·中兴至今人物》《朱子语类·杂记言行》中都论及辛弃疾。绍熙四年癸丑(1193),稼轩在被召赴行在途中,途次访朱熹与建阳,劝其赴任就经略安抚使。庆元六年(1200)三月,朱熹卒,稼轩为文往哭之。《宋史·辛弃疾传》云:"熹殁,伪学禁方严,门生故旧至无送葬者,弃疾为文往哭之,曰:'所不朽者,垂万世名;孰谓公死,凛凛犹生。'"从他后来和朱熹关系亲近以至如此评价,足见杜斿初访之功高。

杜斿于1200年再访辛弃疾时,辛长期闲居,因世态炎凉,门可罗雀;而声气相投之故人远道来访,自然兴奋之至。二人相得甚欢,恨不永久团聚。因此,在别离时,感情显得特别热烈:

> 落花时节,杜鹃声里送君归。未消文字湘累,只怕蛟龙云雨,后会涉难期。更何人念我,老大伤悲?　已而已而。算此意,只君知。记取岐亭买酒,云洞题诗。争如不见,才相见便有别离时。千里月两地相思。
>
> （《婆罗门引·别杜叔高。叔高长于楚辞》）

此词诗人抒发了极强烈的郁勃的爱国激情。意谓杜斿非池中物,终当风云际会;而自己功业未就,老大伤悲,此情只有杜知。挚友短促的相会而又别离,徒然引起感情的波澜。"争如不见,才相见便有别离时。"离情之苦,以见其二人友情之深。

又如《上西平·送杜叔高》:

> 恨如新,新恨了,又重新。看天上多少浮云?江南好景,落花时节又逢君。夜来风雨,春归似欲留人。　尊如海,人如玉,诗如锦,笔如神。更能几字尽殷勤。江天日暮,何时重与细论文?绿杨阴里,听《阳关》门掩黄昏。

此词首三句写重重叠叠连绵起伏难以斩断之离恨。"看天上多少浮云?"则揭出恨之由来,是因为"浮云蔽日"。前半阕大笔濡染,写二人相会的时令与政治背景。后半阕写送别:"尊如海"以下四句,赞其气豪与善诗。如此挚友相别,怎能不产生无穷无尽的感伤?可谓情真意切,"字在纸上皆轩昂"了。从这些词不难看出,辛弃疾与杜斿有着共同的爱国热忱与激情。也使人感到,词人知己难觅,而杜旃的诗酒风流,爱国热情,令人不禁拍案激赏。因此,辛弃疾对他十分友好,在他们短短的相聚其间,辛弃疾写了两首诗,11首词。除上文列举的两首词外,余如《武陵春》"走来走去三百里"、《锦帐春·席上和杜叔高韵》《浣溪沙·别杜叔高》、《玉蝴蝶·追别杜叔高》等,都是感情深挚之作。由此可见两人相处感情融洽,亲密无间。他们已有很深的情谊,绝非泛泛之交。

辛弃疾与杜旃之兄杜旟也有很深的交往,他有《水调歌头·即席和金华杜仲高韵,并寿诸友,惟爵乃佳尔》。写出了他们相交的感情。后来,辛弃疾帅浙东时,曾为其开山田。高翥《喜杜仲高移居清湖》题下有自注云:"稼轩为仲高开山田,仲高有《辛田记》"(《全宋诗》卷2859)。杜旟是"金华五高"中颇有才华的一位,今存《癖斋小集》,存诗20首,是杜氏五兄弟中存诗最多者,惜为《全宋诗》失收。

杜氏是金华的名门大族,"金华五高"在当地声名籍甚,他们与地方官员、文人学士有着广泛的交游。除上文提到的叶适、高翥等人外,还有陆游、项安世等都与之有酬应诗传世。朱熹在政治思想上,或与陈亮、辛弃疾有异,然在爱国抗金、收复中原的壮志上却是一致的。杜旃在调解辛、朱之间的矛盾上起了良好的作用。如此等等,都加深了辛弃疾对杜旃的崇赏。

第六节　陈亮与刘过

陈亮、刘过,都是著名的辛派词人。其词既有豪放、恣肆、雄壮之作,也有婉约、绮丽、工巧之什。存词数量相当、词风相近、创作成就相若,在词史上并驾齐驱,因称陈、刘。然其词毕竟还有各自的个性特色,为了更清晰地辨识其各自的艺术特性,特做比较研究。

一

陈亮(1143—1194),字同甫,号龙川,浙江永康人。他是南宋著名的政论家、哲学家、词人,曾上书孝宗,力主抗金,未被采纳。一生坎坷,三次下狱。光宗绍熙四年(1193)举进士第一,授签书建康府判官,未至官而卒。《宋史》有传,有

《龙川词》,存词74首。

刘过(1154—1206),字改之,号龙洲道人,吉州太和人。曾多次上书朝廷,陈述恢复中原的方略,未被采纳。四次应举不第,流落江湖,终身未仕。有《龙洲词》,存词82首。

陈亮、刘过生活的时代,是在宋、金隆兴议和之后。南渡以后,宋、金经过几十年的反复较量,几乎势均力敌,谁也消灭不了对方,统一中国。遂有南北议和,休养生息,发展生产的局面。尽管如此,然其议和条件是极不平等的:金、宋既称叔侄之国,宋又每年给金进奉许多财物。南宋势力虽似处于劣势,然民气旺盛,民心向宋:一方面,曾经在北宋时代生活过的北方老人,他们在异族统治下,有亡国之痛,亟想统一而回到祖国怀抱;另一方面,南方的爱国官员与士人,也欲打败金人,完成统一祖国的大业。陈亮、刘过都是著名的爱国词人,他们一生无职无权,却为祖国的统一呼号奔走,奋斗不息。词则是他们用以战斗的重要武器,他们不停地吹起响亮的战斗号角,发出强烈的战斗呼声。

二

陈亮、刘过都以豪放词著称。虽然他们也都写了相当数量的婉约词,有些婉约词也受到词评家的高度重视与赞赏,然终竟都是以豪放词名世的。他们有着极深厚的爱国思想与感情,都怀有恢复北方领土、统一祖国的强烈愿望,其豪放词大多是感情饱满,昂扬愤激,饱含爱国感情的词。陈亮的《水调歌头·送章德茂大卿使虏》、《念奴娇·登多景楼》、《贺新郎·寄辛幼安,和见怀韵》、《贺新郎·怀辛幼安,用前韵》、《三部乐·七月送丘宗卿使虏》等,其感情都是慷慨英发、壮怀激烈的。诚如冯煦所云:"'尧之都,舜之壤,禹之封,于今应有一个半个耻和戎';《念奴娇》云:'因笑王谢诸人,登高怀远,也学英雄涕';《贺新郎》云:'举目江河休感涕,念有君如此何愁虏';又:'涕出女吴成倒转,问鲁为齐弱何年月'。忠愤之气,随笔涌出,并足唤醒当时聋聩,正不必论词之工拙也"。① 其论极是。

陈亮的豪放词,都是典型的政治词——写其政治观点、态度,抒其垒坷不平

---

① 《蒿庵词话》,人民文学出版社1959年版,第66页。

的政治抱负。叶适在《书龙川集后》中说:"(亮)有《长短句》四卷,每一章就,辄自叹曰:'平生经济之怀,略已陈矣'。"①他以词陈经济之怀在于用世。因此,其爱国之情,用世之志,往往溢于言表。虽然其词未能将其政治观念融化成鲜明的艺术形象,有的词略似激昂慷慨的政治口号,然却有着强烈的感情色彩,有着激动人心的力量。且独具风格,斩截痛快,雄放肆恣之气寓于其中。他曾经赞扬杜斿的诗说:"叔高之诗如干戈森立,有吞虎食牛之气"。②杜氏诗今仅存《严先生钓台》一首,其诗平平,不足以当陈亮之评价。若借用此语评价陈亮自己的豪放词,倒是十分恰切的。如"尧之都,舜之壤,禹之封,于中应有,一个半个耻臣戎"(《水调歌头·送章德茂大卿使虏》),的确是"干戈森立,有吞虎食牛之气"。这几句虽然都不免是一些政治口号,但因感情浓烈,节奏急促,有急急风般的旋律,充满了正气与雄气。语言斩钉截铁,气概雄肆激励,激荡鼓动,振奋人心,具有摧靡起懦之功效。对陈亮的豪放词,词论家给予很高的评价。张德瀛云:"其发而为词,乃若天衣飞扬,满壁风动,惜其每有成议,辄招妒口,故肮脏不平之气,辄寓于长短句中"。③刘师培云:"龙川之词,感愤淋漓,眷怀君国"。④陈廷焯评《水调歌头·送章德茂大卿使虏》云:"精警奇肆,几于握拳透爪"。⑤李调元谓:"读之令人神王"。⑥对其词中饱含的爱国激情与感人的艺术力量,给予很高的评价。

刘过的《沁园春·御阅还,上郭殿帅》、《沁园春·寄辛稼轩》、《沁园春·代寿韩平原》、《沁园春·张路分秋阅》、《满江红·高帅席上》、《六州歌头·题岳鄂王庙》等词,感情慷慨激越,都是典型的豪放词。

对刘过豪放词的艺术个性,刘熙载曾有肯綮的评价:"刘改之之词,狂逸之中自饶俊致,虽沉着不及稼轩,足以自成一家。"⑦这话说得极有分寸,恰到好处。与陈亮颇为峻厉的豪放词相较,他的词却有几分逸情,几分俊致。譬如《沁园春·御阅还,上郭殿帅》,对郭杲部伍的整肃、雄壮,多赞美之词。并写了他的威

---

① 姜书阁:《陈亮龙川词笺注》,人民文学出版社1980年版,第172页。
② 《陈亮集》,中华书局1974年版,第269页。
③ 《词征》卷五,引自《词话丛编》,中华书局1986年版,第4163页。
④ 《论文杂记》,引自吴熊和主编:《唐宋词汇评》(两宋卷),浙江教育出版社2004年版,第2599页。
⑤ 《白雨斋词话》,人民文学出版社1959年版,第24页。
⑥ 《雨村词话》,引自唐圭璋编:《词话丛编》,中华书局1986年版,第1424页。
⑦ 《艺概》,上海古籍出版社1978年版,第111页。

武,写了对他的希冀:"威撼边城,气吞胡虏,惨淡尘沙吹北风。中兴事,看君王神武,驾驭英雄"。尽管有人说它"慷慨激烈,发欲上指"。① 但却不像陈亮词感情那么峻急,那么咄咄逼人。字里行间,仍流注着一些逸致。

刘过写词,喜欢追求艺术的独创,形成独树一帜的艺术个性。其《沁园春·寄辛承旨,时承旨招,不赴》,文情恢诡,妙趣横生。以词的结构而言,以白居易、林逋、苏东坡三位诗人的对话为中心,构成了词的重心,且上下片浑然一体,而又首尾照应,颇似匠心独运的严谨的文章结构。虽然在写法上借鉴了辛弃疾词的对话体,但对辛词的写法又有很大的发展与超越。质言之,他只是在对话体方式上受了辛弃疾的影响,而从整体的艺术构思说,则完全是独创的,是自成一格的。词人将不同时代的三位词人,放在相同的空间对话,看似荒唐、荒诞,实则通过丰富的艺术想象力,营造了一个超越时空的完全和谐的词境,闪现着超人意表的艺术创造的光芒。这种写法,在古今词中确是独一无二的,因此受到词评家的由衷赞誉。或谓"落墨自佳",②或谓"借苏、白、林三人之语,往复成词,逸气纵横。如宜僚弄丸,靡不如意,虽非正调,自是创格。"③"落墨自佳"、"自是创格",自是不易之论。

以创作群体而言,陈、刘均为稼轩羽翼。陈与辛相互崇赏,交谊极深。他富于天才,又极有激情。其词虽与稼轩近似,然才气过人,不为稼轩所囿,也不受词的格律的束缚。其豪放词与其说是抒其爱国之情,毋宁说是以词陈其政治策略,希望得到当政者的采纳;刘过是辛弃疾的幕僚,他对辛词往往是效其体,学其格,也有其悲壮与飘逸的词的境界。虽偶有青出于蓝之作,然以整体而言,终难逃出藩篱。陈以激情直切取胜,刘以狂逸俊致见长。他们的豪放词,往往是语直无回旋,语实欠空灵,语刚少妩媚,缺乏刚柔相济之笔,苦无沉郁婉约之情。因此,狂呼叫噪之声似乎有余,悠扬宛转之韵似嫌不足。

三

陈亮、刘过,一生都未入仕,但似乎还可以说他们有在朝在野之分。陈亮中

---

① 《白雨斋词话》,人民文学出版社1959年版,第155页。
② 罗振常:《蟫隐庐龙洲词序》,引自马兴荣:《龙洲词校笺》,江西人民出版社1999年版,第95页。
③ 《唐五代两宋词选释》,上海古籍出版社1985年版,第398页。

状元后,授签书建康府判官,未到任而卒。然作为一个执着的爱国的哲学家、思想家,他始终关注朝廷大事,并以其言论,干预朝政;刘过虽然也关注朝政,并多次向朝廷献书,终竟是落第秀才,流落江湖,成为一名狂士与谒客。两人都极力主张抗金,有其强烈的爱国感情。然论其感情之执着,刘不如陈。陈亮始终以政治家自居,其词在于陈经济之策;刘过则以诗人自任,借词抒发其爱国之情。在对待现实问题的态度上,有严肃与浪漫之分;在心理态势上,有执着与狂逸之别。陈亮处事严肃、认真,刘过处事任性、狂放。陈把个人命运与国家兴衰与前景紧紧地扭结在一起。其个人感情都带有严肃的政治色彩,处世态度是积极的,对恢复北方领土是充满信心的。刘对国家民族的感情极深,然却带有狂逸与落魄的本色,或玩世不恭,且时有颓唐情绪的流露。诚如鲁迅所说:从喷泉里出来的都是水,从血管里出来的都是血①,刘、陈的词毫无例外。刘过的《沁园春·寄辛承旨,时承旨招,不赴》,其作意似是贪恋西湖之美景,流连不去;实为抬高身价,颇有攀身份之嫌,表现出狂士谒客的心态与做派。同时,也不无玩弄艺术技巧、显示词才以邀崇赏之意。他不像陈亮词那样直陈方略,展其胸中经济之策,词风也没有陈亮的横放恣肆,故显现着狂逸俊致的词风。

  陈亮与当时政治界、思想界的重要人物交往甚密,如叶适、朱熹、辛弃疾等,都是在政治思想上颇有建树,卓有影响的人物。可以说他已完全融入了上层社会,是官僚士绅当中不可或缺的一员,他们对政治国事的看法,都十分近似。因此,在政治上同声相应,互为援手。陈亮已处于政治斗争的漩涡,既受到反对者千方百计的诬陷,也得到上至孝宗、光宗皇帝的赏识与期许,下至政治界、思想界以及上流社会人士的保护。他的三次入狱虽然都事出有因,但也受到政见不同者的落井下石,也得到政见一致者的援手与庇护。故其三次入狱,已远非事件本身,而有其更为广阔的人事背景。刘过一生,只是一个谒客、幕僚的身份而已,他始终未能跻身于上层社会。同样与辛弃疾有着深厚交往的陈亮、刘过,辛弃疾对他们的看法,却迥然有别:他将陈亮视为政治家与政治界的畏友;而对刘过只是赏其词的才华,入幕则与之唱和,离开时则予其厚馈而已。

  陈亮的豪放词,大多是写与朋友交往中的酬应,且多是祝寿词,然却不脱离对国事的关注。他在酬应之作中,总是洋溢着对国事的无限关切之情。因此,这

---

① 鲁迅:《而已集·革命文学》,人民文学出版社1973年版。

些酬应词,其实都是颇为典型的关乎政治的词,有其丰富的政治内容。《龙川词》上卷30首词,其中就有寿词11首,占其全部豪放词的三分之一强。他的寿词之多,令人吃惊。寿达官,寿朋友,寿妻子,自寿,应有尽有,然却没有无聊空洞阿谀奉承之作,而是充满积极的希冀,饱含着关心国事的爱国激情。他的酬应词,与其说是无聊的酬应,毋宁说是借酬应抒怀言志。其送人,怀友,登览,燕饮,祝寿,这些带有酬应性质的词,充满了对现实与国事的无限关注,也是经济之怀与垒坷抱负的抒发。一句话,他的酬应词,其实都是言志之作。其立意之高远,感情之真率都是超卓的。词在他的手中,只是抒其崇高的胸怀、高洁的人格、纯正的品德的工具而已。

刘过虽有报国之志,但因四举不第,始终未能卷入政治旋涡,没有融入上层社会,只能扮演一个谒客与幕僚的角色。他狂傲不羁,纵酒豪饮,一生落魄。官僚们称其词才,视为狂士。如陈亮《赠刘改之》云:"刘郎饮酒如渴虹,一饮涧壑俱成空"。陆游《赠刘改之秀才》:"君居古荆州,醉胆天宇小。……有时大叫脱乌帻,不怕酒杯如海宽。"苏绍叟《雨中花》:"十载尊前,放歌起舞,人间酒户诗流"。他们都极力赞扬他的豪饮。刘过的豪饮,其实是对落魄失意的慰藉,不过借酒浇愁而已。请看他不得志的悲愁与哀叹:

问湖南宾客,侵寻老矣;江西户口,流落何之?尽日楼台,四边屏幛,目断江山魂欲飞。长安道,奈世无刘表,王粲畴依?

(《沁园春·寄辛稼轩》)

四举无成,十年不调,大宋神仙刘秀才。如何好?将百千万事,付两三杯。　未尝戚戚于怀,问自古英雄安在哉?任钱塘江上,潮生潮落;姑苏台畔,花谢花开。盗号书生,强名举子,未老雪从头上催。

(《沁园春·卢蒲江席上,时有新第宗室》)

他是很落魄的:既未能科场得志,也未能常邀诸侯激赏,真是"鹑衣箪食年年瘦,受侮世间儿女。"(苏绍叟:《摸鱼儿·忆刘改之》)他惊叹"流落何之?"他感慨"长安道,世无刘表,王粲畴依?"只落得四处飘零,无处着身。山穷水尽,实在是"无枝可依"的了。于是他痛饮,借酒浇愁,看淡名利。其行为颓唐中有豁达,悲戚中有超旷,看破红尘,及时行乐。"人生行乐,且须痛饮莫辞杯。坐则高谈风月,醉则恣眠芳草,醒后亦佳哉!"(《水调歌头·晚春》)他高唱:"酒须饮,诗可作,铗休弹。人生行乐,何自催得鬓毛斑?达则牙旗金甲,穷则蹇驴破帽,莫作两般看。世事只如此,自有识鹦鸾。"(《水调歌头》"弓剑出榆塞")从理智上说,他把穷达看得极透彻,因而,似乎很旷达;实则因不得志,对世情很不满,情绪很激愤,满腹牢骚。旷达也罢,愤激也罢,都改变不了他在现实中的落魄命运。这就是一个爱国志士的真实处境。

四

陈亮、刘过都写了相当数量的婉约词,陈亮的婉约词的数量远远超过了他称著一时的豪放词,其质量也属上乘,其成就似乎不在秦、黄之下。他们有几首婉约词,曾引起评论家们特别关注与重视,对其主旨或旨趣却是众说纷纭,莫衷一是的;看法的相左与对立,几欲挥拳。对其争论之激烈,也可看出其影响之深远。

陈亮的《水龙吟·春恨》是一首著名的婉约词。词云:

> 闹花深处层楼,画帘半卷东风软。春归翠陌,平莎茸嫩,垂杨金浅。迟日催花,淡云阁雨,轻寒轻暖。恨芳菲世界,游人未赏,都付与、莺和燕。
>
> 寂寞凭高念远,向南楼、一声归雁。金钗斗草,青丝勒马,风流云散。罗绶分香,翠绡封泪,几多幽怨!正销魂,又是疏星淡月,子规声断。

此词清秀含蓄,颇有韵致。置于北宋名家的婉约词中,也是当之无愧的好词。然一些论者以为此词有很深的政治寓意,于是有无寄托就成了词评家争论的焦点。意见纷然,简录如下:

> 感时之作,必借景以形之。如……同甫云:"恨芳菲世界,游人未赏,都付与莺和燕",不言正意,而言外有无穷感慨!
>
> (沈祥龙:《词论随笔》)

> 同甫《水龙吟》云:"恨芳芬世界,游人未赏,都付与莺和燕。"言近旨远,直有宗留守大呼渡河之意。
>
> (刘熙载:《艺概》)

其策言恢复之事甚剀切,无如当事者,志图逸乐。狃于苟安,此《春恨》词所以作也。"闹花深处层楼",见不事事也。"东风软",即东风不竞之意也。"迟日"、"淡云"、"轻寒轻暖",一曝十寒之喻也。好"世界"不求贤共理,惟与小人游玩,如"莺燕"也。"念远"者,念中原也。"一声归雁",谓边信至,乐者自乐,忧者自忧也。

(苏黄:《蓼园词选》)

此词写主人公的春恨,抒别离之情,叹分离之恨,词情婉约,风格秾丽。虽然没有多大寓意,但却感情深沉,清通可诵。沈祥龙所谓"言外有无穷感慨",也还说得过去;刘熙载以为"直有宗留守大呼渡河之意",点明意在北伐,似已出格,远非词人作词时感情之所有。词评家脱离艺术形象,自家说自家话,与词无涉。当代学者姜书阁先生却说:"此语最有胜解"[1]匪夷所思,令人莫名惊诧!至于苏黄对此词之分析,语语与时事比照,句句落实,则不免痴人说梦,是极典型的猜谜索隐,走入批评的魔道了。诚如姜书阁先生所云:"此盖清代常州词派张惠言以寄托释词之法,过于穿凿,不免架空附会,实非作者本意也。"[2]其说极是。词人本以含蓄隐约的手法,软美婉丽的语言,温馨凄美的意境,韵味隽永的结尾,表达伤春念远的情怀。诸家对其意旨未免求之过深,实不足信。若确有寄托,陈亮子陈沆在编《龙川集》时,何不以之入《龙川词选》,"特表阿翁磊落骨干"呢?[3] 这从另一方面,说明它的确是一首别无寄托的词。我们对此词只要赏其艺术境界之婉美,何必故求深解呢?

刘过的《沁园春·美人指甲》、《沁园春·美人足》,是他两首著名的婉约词,评价也是颇为纷纭的。这两首词把美人身体引人注目的部分作为吟咏对象,是沿袭了六朝宫体咏物诗的题材取向,可称宫体词。作为娱宾遣兴、以写花草美人为主要题材的词来说,是司其本职、司空见惯的。这犹如画家的人体素描,专写美人形体之美。其体物之精,用事之切,都堪称道。如《沁园春·美人指甲》:

---

[1] 《陈亮龙川词笺注》,人民文学出版社1980年版,第107页。
[2] 《陈亮龙川词笺注》,人民文学出版社1980年版,第107页。
[3] 毛晋:《龙川词跋》,引自夏承焘:《龙川词校笺》,上海古籍出版社1982年版,第71页。

> 销薄春冰,碾轻寒玉,渐长渐弯。见凤鞋泥污,偎人强剔;龙涎香断,拨火轻翻。学抚瑶琴,时时欲剪,更掬水、鱼鳞波底寒。纤柔处,试摘花香满,镂枣成班。　时将粉泪偷弹。记绾玉、曾教柳傅看。算恩情相著,搔遍玉体;归期暗数,画遍阑干。每到相思,沉吟静处,斜倚朱唇皓齿间。风流甚,把仙郎暗掐,莫放春闲。

这首咏美人指甲的词,除开头写了"渐长渐弯"的形状以外,其余则细腻地描写了美人指甲的功用,体现了美人与指甲有关的全部活动,写出了美人的形象。词风婉丽,受到好评。张炎评曰:"亦自工丽"①。陶宗仪说:"刘改之先生过,词赡逸,有思致,赋《沁园春》二首以咏美人指甲与足者,尤纤丽可爱"②。陈廷焯评云:"两'渐'字妙。'偎人强剔',只四字姿态甚饶。低回婉转(评全词)"③。俞陛云说:"以龙洲才气雄杰,而为此侧艳之词,亦殊工整。'朱唇皓齿'三句,尤为传神。近人作美人形况词者,皆倚《沁园春》调,以工切为能,此调乃江源滥觞也"④。这是两首游戏之作,写得工切纤丽,诚知诸家所评。其思想内容,似不必深究。有些批评家却板起道学家面孔,指责其"刻画猥亵,颇乖大雅"⑤,可谓酸气十足,如此评词,好多婉约词都有猥亵之嫌。以大雅论词,有背词之体要,未免苛求。卓人月云:"合此四词(含《古今词统》另选邵亨贞《沁园春·美人眉》、《沁园春·美人目》)闲房耽乐,安知不买骨致骏,而天龙降于好画哉?"⑥戏言而颇有深意。又云:"妙到人不知处",则未免神秘。

陈亮的《洞仙歌·秋雨,追次李元膺韵》、《虞美人·春愁》;刘过的《贺新郎·赠邻人朱唐卿》、《糖多令·重过江南》、《行香子·山水扇面》,都是写得很好的富于艺术个性的婉约词,只不过不像南宋婉约派词人专写婉约词并有其突出的个性特色罢了。总之,陈亮、刘过的婉约词写得是很不错的。当然从对词史

---

① 《词源》,引自夏承焘:《词源注》,人民文学出版社1981年版,第21页。
② 《南村辍耕录》卷十五,引自马兴荣:《龙洲词校笺》,江西人民出版社1999年版,第22页。
③ 陈廷焯:《词则·闲情集》,引自吴熊和主编:《唐宋词汇评》(两宋卷),浙江教育出版社2004年版,第2659页。
④ 俞陛云:《唐五代两宋词选释》,上海古籍出版社1985年版,第398页。
⑤ 《四库全书提要·龙洲词》,引自马兴荣:《龙洲词校笺》,江西人民出版社1999年版,第104页。
⑥ 《古今词统》,辽宁教育出版社2000年版,第566页。

的贡献看,他们还是以豪放词著称。婉约词尽管也达到了相当高的水准,以创新角度而言,则不值得称道了。

五

对各种修辞手法的精心运用,是营造词的意境美的重要手段之一。在词这种文体中,对偶辞格的用频是较高的。这是因为慢词的铺叙,受了赋体与骈文影响的缘故。因此,对偶运用的工切与否,也是衡量词的艺术水准之一。词论家在谈论词艺时,对于对偶与叠字的运用,尤为关注,因为这两种词格最能显示词人的艺术技巧与匠心。陈亮的"罗绶分香,翠绡封泪"(《水龙吟·春恨》)就受到辅之《词旨》的肯定与赞赏。因此,在对词的艺术研究上,对对偶句的使用应予关注。

陈亮词中的对偶句,当句有对较多。如"地辟天开"(《念奴娇·至金陵》)、"鬼设神施"、"南疆北界"(均见《念奴娇·登多景楼》)、"夏裘冬葛"(《贺新郎·寄辛幼安,和见怀韵》)、"蔓藤累葛"(《贺新郎·酬辛幼安,再用韵见寄》)、"风从云合"(《贺新郎·怀辛幼安,用前韵》)、"落花流水"、"酒圣诗狂"(均见《点绛唇》"烟雨楼台")、"雨屑云愁"(《点绛唇·咏梅月》)、"凤歌鸾舞"(《点绛唇·圣节》)、"银屏绣阁"(《清平乐·秋思,伯成兄往龙兴山中,意其登山临水不无闺房之思,作此词恼之》)、"疏烟淡月"(《水龙吟·春恨》)、"穿云裂石"(《好事近》"横玉叫清霄")。邻句对有"泚水破,关东裂"(《贺新郎·酬辛幼安,再用韵见寄》)、"鹤冲霄,鱼得水"(《瑞云浓慢·六月十一日寿罗春伯》)、"红约腕,绿侵衣"(《阮郎归·重午寿外舅》)、"女进酒,男称寿"(《天仙子·七月十五日寿内》)、"红蓼岸,白苹洲""数声渔父,一曲水仙"(均见《诉衷情》"独凭江槛思悠悠")、"罗绶分香,翠绡封泪"(《水龙吟·春恨》)。陈亮词中的对偶句,盖尽于此。他的对偶句除当句有对的较多较精彩外,其他类型的对偶句则比较少见了。

与陈亮词相比,刘过词中则有更多更好的对偶句,可谓应有尽有,色色俱全。今仅举其要者,当句有对有"柳思花情"(《沁园春·游湖》)、"鹤瘦松癯"(《沁园春·代寿韩平原》)、"魂销肠断"(贺新郎·赠娼)等,不胜枚举。前二例兼用"拟人"辞格,后一例兼用"夸张"辞格。

邻句对中,三言、四言、五言、六言、七言五种对偶句齐全。

三言对偶句如"雨飘红,风换翠"(《水调歌头·晚春》)、"花弄月,竹摇风"(《江城子》"淡香幽艳露花浓"),均兼用"拟人"辞格。四言对偶句"画鹢凌风,红旗翻雪"(《沁园春·观竞渡》),兼用"拟人"辞格,"常衮何如?羊公聊尔"(《沁园春·寄辛稼轩》),兼用典。五言对偶句"琵琶金凤语,长笛水龙吟"(《临江仙》"数叠小山亭馆静"),"两箱留烛影,一水试云痕"(《临江仙·茶词》)均兼用"拟人"辞格。六言对偶句"冉冉烟生兰渚,娟娟月挂愁村"(《西江月》"素面偏宜酒晕"),兼用"拟人"辞格。"楼上佳人楚楚,天边皓月徐徐"(《西江月·武昌妓徐楚楚号问月索题》)。七言对偶句"骨细肌丰周昉画,肉多韵胜子瞻书"(《浣溪沙》"雾鬓云鬟已懒梳"),以周昉,苏轼的书画,比喻美人体态风韵,设喻新巧。"风垂舞柳春犹浅,雪点酥胸暖未融"(《鹧鸪天》"楼外云山千万重")。

隔句对如"拥貂蝉争出,千官鳞集;貔貅不断,万骑云从","想刀明似雪,纵横脱鞘;箭飞如雨,霹雳鸣弓"(均见《沁园春·御阅还,上郭殿帅》),"恨云台突兀,无君子者;雪堂蓼落,有美人兮"(《沁园春·寄孙竹湖》)。

刘过词中的对偶句,对仗工整,设喻新巧,且往往兼用拟人、用典、夸张等辞格,使其精警生动,妙语缤纷;词的句式往往骈散交错,行文凝炼而不失流畅,且有抑扬顿挫之势,音韵铿锵。通过词组相对的结构形式,能把颇为丰富的意象组合在一起,形成强烈的对比,并增大了词的语言所反映的时空跨度。在鲜活而优美的语境中,营造出非常优美的词的意境。

第七节　史达祖与高观国

史达祖、高观国生活在南宋末年,他们曾经与词友在国都临安组织"爱酒能诗之社",互相酬唱。其词风格相近,艺术成就不相上下,而又谊情至深,故后人论词,常以史、高并举,或较其相似,辨析异同;或比其高下,论其优长。其论点概而言之,左史而卑高。今人詹安泰论其词的不足,则谓"史太丽,高太粗"[①],然语焉不详。今纵观史、高词作,其以咏物词、咏怀词、恋情词的创作居多,并以此见长。因就这三方面的创作成就及其总的艺术特色,略做比较。

---

① 《宋词风格流派略谈》,见《宋词散论》,广东人民出版社1980年版,第59页。

一、咏物词

咏物词是以刻意描写物的形象借以表达词人感情的词。它随着词的产生而产生,到了南宋,咏物词有了长足的发展。南宋词人,特别是格律派词人,都喜欢写咏物词。史达祖、高观国都是喜欢并擅长写咏物词的词人。史达祖存词112首,有咏物词22首,占全部词作的五分之一;高观国存词108首,有咏物词33首,几占全部词作的三分之一。

史达祖的《绮罗香·咏春雨》、《双双燕·咏燕》与姜夔咏梅的《暗香》、《疏影》、张炎的《解连环·孤雁》、王沂孙的《齐天乐·蝉》同为咏物词中传诵的名篇,历来为学人所艳称。《双双燕·咏燕》云:

> 过春社了,度帘幕中间,去年尘冷。差池欲住,试入旧巢相并。还相雕梁藻井。又软语、商量不定。飘然快拂花梢,翠尾分开红影。　芳径。芹泥雨润。爱贴地争飞,竞夸轻俊。红楼归晚,看足柳昏花暝。应自栖香正稳。便忘了、天涯芳信。愁损翠黛双蛾,日日画阑独凭。

此词写双燕衔泥筑巢、差池双飞、相亲相爱的动人情景:过了春社,旧燕归来,找到旧巢,忙着衔泥补窝;软语呢喃,贴地双飞,活活泼泼,轻俊漂亮。词人在刻画燕子形态的时候,渗透了自己的主观意识与感情。"度"、"相"、"软语商量"、"竞夸轻俊",意在描写燕子的轻俊、活泼、机灵以及它们之间的亲昵,极为生动传神。词人在着力咏燕的同时,也隐含着对人事的描写:他有意识的在红楼清冷、思妇伤春的环境来写燕子,并以双燕的形影不离与思妇的"画阑独凭"相对照,以双燕尽情游赏的快乐与思妇的"愁损翠黛双蛾"的愁苦相对照,含蓄蕴藉,情景交融,从而深化了词的意境。

《绮罗香·咏春雨》、《东风第一枝·咏春雪》,都是史达祖咏物词中的名篇,受到历代词论家的赞赏,谓前者"层次井然,清俊无比"[①]后者"精妙处竟是清真

---

① 唐圭璋:《唐宋词简释》,上海古籍出版社1981年版,第200页。

高境。"①可见,他的咏物词达到很高的艺术境界。

"诗难于咏物,词为尤难。体认稍真,则拘而不畅;模写差远,则晦而不明;要须收纵联密,用事合题,一段意思,全在结句,斯为绝妙"②。这是南宋咏物大家的经验之谈,也是对姜夔、史达祖等人咏物词成功经验的总结。史达祖的咏物词,充分注意到对形神关系的正确处理:即非常重视对物形的描写刻画,又不拘泥于形似;既重视对物神的摄取与勾描,又不脱离于物,使神寓于物而又不胶着于物。行文自然流畅,写物形神兼备。既重点写物,又能借物以衬人,同时也渗透了词人深厚的感情,把咏物词的艺术水平,推到了一个新的阶段。

高观国的咏物词,除了写一般词人喜写的花卉草木,如菊、梅、水仙花、荷花、杏花、木香、柳以外,也还有咏与人生活关系密切但又难以着墨的器物,如轿、帘等,这些咏器物的题材,其他词人对此很少涉及,因此引起了论者的注意。《历代词话》卷八引《古今词话》谓:"高观国精于咏物,《竹屋痴语》中最佳者有《御街行·咏轿》、《御街行·咏帘》、《贺新郎·咏梅》、《解连环·咏柳》、《祝英台近·咏荷》、《少年游·咏草》,皆工而入逸,婉而多风。"③其《御街行·赋轿》云:

> 藤筿巧织花纹细。称稳步、如流水。踏青陌上雨初晴,嫌怕湿、文鸳双履。要人送上,逢花须住,才过处、香风起。　裙儿挂在帘儿底。更不把、窗儿闭。红红白白簇花枝,恰称得、寻春芳意。归来时晚,纱笼引道,扶下人微醉。

轿有什么可写的? 词人在这难于着笔的题材上,别开生面,巧用心思。"藤筿巧织花纹细",只用一句,就写尽了轿的精美。"称稳步、如流水。"写出了抬轿者的技艺之高,和谐、平稳、富有节奏感的步子,使轿如在水上迅速前进的船只一样,起伏荡漾,坐上是那么舒适畅快。下面用了八句,写坐轿的人:这位妇人在雨后新霁、阳光灿烂、空气新鲜的时日出外踏青游春,又怕弄脏了鞋袜、久游困倦,因此以轿代步,彻底来一番潇洒。为了赏心悦目,流连光景,她"逢花须住";又"更

---

① 陈延焯:《白雨斋词话》,人民文学出版社1983年版,第32页。
② 夏承焘校注:《词源注》,人民文学出版社1981年版,第20页。
③ 唐圭璋:《词话丛编》,中华书局1986年版,第1245页。

不把、窗儿闭",以便坐在轿上,欣赏沿途风光。"归来时晚"、"扶下人微醉",写游春回归的倦态,亦可见全天游兴的愉快与尽兴。这首咏轿的词,不是执著于轿之形神,而是以咏轿的功用为主,描写了坐轿的妇人与轿夫的形象,同时也充分展示了轿的功能。游春的少妇与轿夫都是市民,此词在某种程度上,展示了宋代市民生活的一角。余如《御街行·咏帘》不仅写了帘子的功能,而且写了帘内"窥春偷倚不胜情"的影影绰绰的美人,婉转含蓄,优美动人。《恋绣衾·闻邻女吹笛》:"粉娇曾隔翠帘看。横玉声寒。夜深不管柔荑冷,樱朱度,香喷云鬟。霜月摇摇吹落,梅花簌簌惊残。"在悠扬美妙的笛声中,写出这位妙龄女郎绰约的幽姿。《金人捧露盘·水仙花》,则以美丽动人的仙女拟花,写得生动传神。如此等等,都不难看出,高观国的咏物词,也取得了很高的艺术成就。

由以上分析,可以看出史达祖、高观国的咏物词,各有不同的艺术特色:

首先,史达祖的咏燕,既着力写燕,也写了屋子里的主人。燕为主,人为宾,写燕的同时也写了人;高观国的赋轿,则以坐轿的人为主,轿为宾,虽似喧宾夺主,然在着力写人时,也自然突出了轿的功用。他们的咏物词,既咏物,同时也写了人:史达祖突出写物,高观国突出写人。异曲同工,各尽其妙。

其次,史达祖能在常见的题材中,显示自己的艺术个性。对物的描摹,细腻而传神;高观国却在不为词人重视几乎无法着笔的题材中,大显身手,形象新异而生动,语言俊快而活泼。在咏物词中,他们各有特色,各呈风采,可谓比翼奋飞,难分高下。

二、咏怀词

本书所谈咏怀词,除了他们直接的咏怀以外,还包含他们之间的酬唱以及与他人之间酬唱的应酬之作。而后者在其词中表现更为典型,因而更为重要。

所谓酬唱词,或因分散聚合,送往迎来;或因参加词社,同题分韵。这些写作,在我国古代社会,都是处事接物必要的社会应酬。诗人即筵赋诗,无病呻吟,敷衍成篇,缺乏真情实感,最为论者所诟病。清代著名的词论家周济曾云:"北宋有无谓之词以应歌,南宋有无谓之词以应社。"[1]就是说应社的酬唱之作是无

---

[1] 周济:《介存斋论词杂著》,人民文学出版社1959年版,第3页。

谓的,甚至是乏味无聊的。周济的话是至理名言,的确击中应酬词的要害。然史、高留下的酬唱词,主要是史达祖在临安求仕、初入韩府,以及稍后随李壁赴金觇国其间与词社友人,特别是与高观国的酬唱。在这期间,史达祖有着展示才能的良好机遇,而高观国对于友人事业的成功,也寄予殷切的期望。他们借酬唱抒其怀抱,咏其志趣。因此,这些酬唱词有着充实的思想内容,并有着饱满的激情,蕴含着高尚的爱国情感,这是应当给予充分肯定的。而周济对酬唱词也不是一概否定,他说:"然美成《兰陵王》,东坡《贺新凉》当筵命笔,冠绝一时。碧山《齐天乐》之咏蝉,玉潜《水龙吟》之咏白莲,又岂非社中作乎?故知雷雨郁蒸,是生芝菌;荆榛蔽芾,亦产蕙兰。"①他的观点是相当辩证的。在某种意义上说,史达祖与高观国的酬唱词,就是周济所谓的"芝菌"与"蕙兰",是值得我们重视的词中的精华,远非作为文化垃圾的一般酬应词可比。

史达祖、高观国的酬唱词,虽然是一种应社行为的产物,但因为处在特殊的时期,是在特殊的环境下产生的,因史达祖出国远离使他们的酬唱注入了真实的感情,尤其是史达祖自己的词,有着充沛的爱国感情,因而显得特别真实而深厚。

史达祖的酬唱词有《东风第一枝·壬戌闰腊望,雨中立癸亥春,与高宾王各赋》、《贺新郎·湖上高宾王赵子野同赋》、《齐天乐·中秋宿真定驿》、《龙吟曲·陪节欲行,留别社友》、《惜黄花·九月七日定兴道中》等十首。其中《龙吟曲·陪节欲行,留别社友》、《齐天乐·中秋宿真定驿》、《惜黄花·九月七日定兴道中》三首,是他陪李壁使金觇国临别社友之作与回归途中于真定驿、定兴等地思念高观国之作,都表现了自己的真实感情。《龙吟曲·陪节欲行,留别社友》云:

> 道人越布单衣,兴高爱学苏门啸。有时也伴,四佳公子,五陵年少。歌里眠香,酒酣喝月,壮怀无挠。楚江南,每为神州未复,阑干静、慵登眺。
> 今日征夫在道。敢辞劳、风沙短帽。休吟稷穗,休寻乔木,独怜遗老。同社诗囊,小窗针线,断肠秋早。看归来,几许吴霜染鬓,验愁多少。

考此词写于开禧元年(1205)七月初,当时史达祖作为李壁的随员赴金贺"天寿节",临登舟起程,作者写了这首留别高观国等社友之作。上阕写自己平日生活

---

① 周济:《介存斋论词杂著》,人民文学出版社1959年版,第3页。

和思想感情与出国的临别心情:他仰慕高人逸仕的隐逸和狂放情趣,有时也伴贵族子弟过一种豪奢生活,有着超凡的意趣、怀抱与肮脏不凡的行为,故在国难当头,心中充满了"神州未复"的遗憾与感叹,对时局有着深广的忧愤,蕴含着强烈的爱国感情。词人凝聚着崇高的使命感,有为国献身的精神。"休吟稷穗,休寻乔木,独怜遗老",充分表现了他的这种情怀。因为"神州未复"时刻萦怀,所以尽管旅途艰辛,任务繁重,他毅然不辞劳苦,慷慨登程。"神州未复",这是当时有良知的知识分子时刻萦怀的问题,而史达祖正是在肩负恢复神州这一使命中踏上征途的,因此饱含着激动人心的悲壮情绪。

史达祖还写了许多直抒胸臆的咏怀词,而以词集中三首《满江红》最为突出。这三首词写于不同时期,表现了不同的思想与感情,然却有一个共同点,即感情更为充沛、更为激烈、也更为显露。在词风上,也以改以往一贯的委婉、含蓄,风格激越、豪放,表现了词人不得意的愤懑与不平。这是他词作中为数不多的思想深沉、感情宏迈、风格豪放的词作中的代表作。

> 好领青衫,全不向、诗书中得。还也费、区区造物,许多心力。未暇买田青颍尾,尚须索米长安陌。有当时、黄卷满前头,多惭德。　思往事,嗟儿剧。怜牛后,怀鸡肋。奈棱棱虎豹,九重关隔。三径就荒秋自好,一钱不值贫相逼。对黄花,常待不吟诗,诗成癖。

这首《满江红·书怀》,表现了词人复杂而矛盾的感情:有怀才不遇的愤懑与不平,有寄人篱下的无奈与辛酸,有"误入歧途"的恼怒与悔悟,有想借机一逞而又身不由己的难言之痛,他陷入一种欲罢不能欲进无由进退维谷的境地,反映了当时爱国的知识分子思欲为国献身尽力而又无由仕进的悲剧性命运,以及由此不得意的挣扎与抗争。从侧面透露了壮志未遂而仍欲有所作为的抱负。

《满江红·九月二十一日出京怀古》,写于1205年出使金国的回归途中。他刺探敌情的结果,认为"天相汉,民怀国;天厌虏,臣离德",金国正处于臣民离心离德、土崩瓦解的阶段,因此可以"趁建瓴一举,并收鳌极",这正是伐金统一中国的大好时机,也是诗人施展才能报效祖国的良机,然他无由进取,只能一声长叹:"老子岂无经世术,诗人不预平戎策",自己虽有经邦济世之才,在恢复神州的战斗中,却因无职无权,不能施展其襟抱,感慨良深。词写得沉郁顿挫,词人慷慨激昂,由此把家国之恨表现得淋漓酣畅。《满江红·中秋夜潮》,盖为词人晚年遇赦回到临安之作,词中宣泄自己对现实生活的愤懑与感慨,并隐含着对韩侂胄的思念以及不幸遇害的不平。由此可见,史达祖的咏怀词,充满了为国效力的欲望与抱负无由施展的愤懑,并渗透了激动人心的爱国主义情怀。

高观国的酬唱词有《凤栖梧·湖头即席,长翁同赋》、《卜算子·泛西湖坐间寅斋同赋》;另外,《齐天乐·中秋夜怀梅溪》、《八归·重阳前二日怀梅溪》两首,与史达祖出使金国的作品《齐天乐·中秋宿真定驿》、《惜黄花·九月七日定兴道中》相应,当为"有约清吟"的酬唱之作,表现了深切怀念史达祖的真挚友情。《雨中花》"旆拂西风"则为史达祖出使前的饯行之作,是对史达祖《龙吟曲·陪节欲行,留别社友》的回应。词云:

> 旆拂西风,客应星汉,行参玉节征鞍。缓带轻裘,争看盛世衣冠。吟倦西湖风月,去看北塞关山。过离宫禾黍,故垒烟尘,有泪应弹。 文章俊伟,颖露囊锥,名动万里呼韩。知素有、平戎手段,小试何难。情寄吴梅香冷,梦随陇雁霜寒。立勋未晚,归来依旧,酒社诗坛。

此词通过送友人史达祖出使和想象出使后的情景,表现了词人对国事的特别关注,对友人功名事业的高度期许,隐隐透露出词人热爱祖国的情怀。

其咏怀词以《玉蝴蝶》一阕最为突出:

> 唤起一襟凉思,未成晚雨,先做秋阴。楚客悲残,谁解此意登临。古台荒、断霞斜照,新梦暗、微月疏砧。总难禁。尽将幽恨,分付孤斟。 从今。倦春青镜,既迟勋业,可负烟林。断梗无凭,岁华摇落又惊心。想莼汀、水云愁凝,闲蕙帐、猿鹤悲吟。信沉沉。故园归计,休更侵寻。

此词上阕写登高所见:环境萧条悲凉,衬托词人不得志的幽恨;下阕咏叹自己不得意的尴尬处境:进不能入仕求得勋业,退不能隐居山林,犹如断梗无凭,又适逢岁华摇落,思乡的情绪不时涌上心头。他胸怀壮志而又无所作为,情绪悲凉而又牢落,词里渗透了词人无可奈何的情绪。

从高观国的几首咏怀词看,他是有抱负的,是想有一番作为的,然却被当时社会无情地抛弃。他不如史达祖抱负之高、求仕之心切,以及未能用世的情绪之激愤。因而,其咏怀词,没有史达祖咏怀词那样感人的艺术力量。就咏怀词的思想性与艺术性说,均稍逊史达祖一筹。

三、恋情词

恋情词是词中最常见的、也是在词史上最为精彩的一部分,特别是婉约派词人,对此无不擅长。作为南宋著名的婉约派词人史达祖、高观国自不例外,他们都写了许多精彩的恋情词,受到词论家及读者的高度赞赏。

史达祖的恋情词有两部分:悼亡词和一般的恋情词。他的悼亡词其数量之多、质量之高在词史上都是罕见的。其悼亡词有《忆瑶姬·骑省之悼也》、《寿楼春·寻春服感念》、《三姝媚》等11首。① 这些悼亡词,有许多是自度曲。我们提到的这三首词,都是他写词时自度的曲子,因此更适于表达词人此时此地最沉痛的感情。以《忆瑶姬·骑省之悼也》而言,张德瀛《词征》云:"《忆瑶姬》,史邦卿所创调也。《水经注》谓天帝之季女名曰瑶姬。"②此词以调为题,以天帝之季女瑶姬喻妻子,表明对妻子的强烈忆念。又用了词题《骑省之悼也》,表明自己与潘岳悼念妻子的情绪一样,写的是一首悼亡词。词云:

> 娇月笼烟,下楚领、香分两朵湘云。花房渐密时,弄杏笺初会,歌里殷勤。沉沉夜久西窗,屡隔兰灯慢影昏。自彩鸾,飞入芳巢,绣屏罗荐粉光新。 十年未始轻分。念此飞花,可怜柔脆销春。空余双泪眼,到旧家时节,慢染愁巾。神仙说道凌虚,一夜相思玉样人。但起来、梅发窗前,哽咽疑似君。

词人通过对昔日爱情生活的回忆和对逝者深切的悼念,表现了对已故妻子的深沉悼念之情。词写得舒徐顿挫,哀思婉转、如泣如诉,将其深挚的感情表现得淋漓尽致,读之令人唏嘘不已。

《寿楼春·寻春服感念》以寻春服不得而勾起对亡者的怀念。当时词人已

---

① 参阅本书《史达祖的悼亡词》。
② 唐圭璋:《词话丛编》,中华书局1986年版,第4089页。

落魄潦倒,生活困顿不堪,词中将悼念亡人与自伤身世的不幸糅合在一起,感人至深。余如《三姝媚》、《阮郎归·月下感事》、《过龙门》"一带古苔墙"等悼亡词,都是感情真切感人至深的词篇。

　　一般的恋情词,是指非关自身而表现闺情或男女思恋之情的词。这些词没有他的悼亡词写得那么真切,那么感人,但也还有值得注意的词。如《恋绣衾》:"黄花惊破九月愁。正寒城、风雨怨秋。愁便是、秋心也,又随人、来到画楼。因缘幸自天安顿,更题红、不禁御沟,待写与、相思话,为怕奴、憔悴且休。"写闺中的幽情颇为深切,值得一读。

　　高观国不像史达祖那样对爱情那么执着、那么专一。因此他写的恋情词,多是泛化的爱情:既有代人之作,也有写怨妇的闺情之作,均非涉及自身的爱情。这些词,缺乏感同身受的体验,因此,就没有史达祖恋情词写得那么真挚、深厚、动人,然也有值得称道之作。如《生查子》:

　　　　飞花澹澹风,破暖疏疏雨。香润玉阶尘,翠湿纱窗雾。　钿筝离雁行,宝篋留钗股。惟有凤楼魂,夜夜江南路。

春暖花开、和风细雨。玉阶尘、纱窗雾都是香润翠湿的,时令、环境都是如此优美可人。钿筝、宝篋两句写其离思,梦魂到江南写别离思念之情深,含蓄而真切。八句构成对仗工整的四个联句,自然而和谐。此词表现出词人高妙的艺术匠心和高超的艺术技巧。余如"年华晚,月华冷,霜华重,鬓华斑。也须念,闲损雕鞍。斜缄小字,锦江三十六鳞寒。此情天阔,正梅信,笛里关山"。(《金人捧露盘》)"归雁不如筝上柱,一行常见相思苦。"(《凤栖梧》)"梦冷不成云,口峯峯外情。"(《菩萨蛮》)"小桃也自知人恨,满面羞红难问。"(《杏花天》)"一春多少相思意,说与新来燕子。"(《杏花天》)这些都是比较可人者。然纵观高观国的恋情词,似欠更真挚的感情。因此,与史达祖的恋情词相比,就缺乏那种特别深厚的感人的艺术力量。

四、艺术特色

　　就词风主体而言,史达祖善于抒情:或托物言志,委婉含蓄;或直抒胸臆,豪放超逸。文学史家谓"惟达祖参以东坡,笔仗较豪放"①。因其一生曾有一番大的波折,其心路历程在词中就有较突出的表现:既有成功的希冀与追求,也有失败后的郁邑与不平,感情内涵丰富而深广。如其三首《满江红》以及《八归》等,都是心绪颇为激动之作。其词风典丽,然略近晦涩,似稍欠明朗。高观国则善于描写与叙事。文学史家谓"参以清真,铺叙较华藻"②。他一生似无高远的追求:既无成功的得意,也无失败的落寞,词的情绪较平稳。词风疏朗,有俊爽之致。然略近质直,似稍欠蕴藉含蓄。

史达祖、高观国的词句法挺异,字面工整。二人都以善于拟人见长,史达祖的《双双燕·咏燕》、高观国的《金人捧露盘·水仙花》都是在词史上咏物词中少有的杰作。史的咏燕分析见前,此处不赘。高词云:"梦湘云,吟湘月,吊湘灵。有谁见、罗袜尘生。凌波步弱,背人羞整六铢轻。娉娉袅袅,晕娇黄,玉色轻明。香心静,波心冷,琴心怨,客心惊。怕佩解、却返瑶京。杯擎清露,醉春兰友与梅兄。苍烟万顷,断肠是、雪冷江清。"词人以神拟花,用笔工细,将花与神融为一体。词中通过对环境描写与氛围渲染,写出一个清新幽静的境界,似情意脉脉风姿绰约的水仙迎面而来。"梦湘云"等三句句中连用"湘"字,"香心静"等四句句中连用"心"字,以"湘"、"心"贯串连缀,一气而下,在突出强调"湘"、"心"的同时,语气连贯,词意凑泊,以见炼字之妙。同样的句法,在《金人捧露盘·梅花》、《金人捧露盘》"楚宫闲"等词中出现,工炼精彩。余如"粉愁香冻"(《贺新郎·赋梅》)、"春风瘦损"(《杏花天》"齐烟消处寒犹嫩")、"月艳冰痕"(《声声慢·元夕》)、"云恼月,月羞云。半溪梅影昏"(《更漏子》"玉箫闲")都是难能的好句,可见高观国是善于炼字者;他们在词中用了许多对偶句。史达祖词中的对偶句有本句对、邻句对、扇面对,种类齐全,用笔工巧。拙作《史达祖词中的对偶句》,对它作了详细地论述。高观国词中的对偶句似无史达对偶句那么多而且精,然如前文所举《生查子》全词八句四联,对偶精工,实为词中罕见者。《生查子·梅次韵》也是四联皆成对偶句,其中"沉沉冰玉魂,漠漠烟云浦"一联,尤为精彩。史达祖、高观国都善于铸词造句,词中有许多精妙的词句,为词论家所激赏。史达祖的"柳昏花暝"、"醉玉生香"、"柳发梳月",都是刻棘刻楮,形容尽

---

① 钱基博:《中国文学史》,中华书局1993年版,第729页。
② 钱基博:《中国文学史》,中华书局1993年版,第729页。

致,绝妙之至,可谓"人巧极天工矣"①,然苦心雕琢,终近刻削,似乏自然之趣。其词云:"今夜觅、梦池秀句"(《东风第一枝·壬戌闰腊望,雨中立癸亥春,与高宾王名赋》),谢灵运"池塘生春草"乃妙手偶得之句,岂用觅耶?高观国词云:"笔扫龙蛇,句截螭锦,俊才谁右"(《水龙吟·为梦庵寿》)、"此意待写翠笺,奈断肠、都无新句"(《玲珑四犯》),也是苦索枯肠,肆意追新。

史达祖、高观国刻意为词,往往陷入苦吟的困境。史达祖在词中经常感叹作诗的苦处:"奈何诗思苦"(《齐天乐·白发》)、"中有诗愁千顷"(《齐天乐·秋兴》)、"觉诗愁相觅"(《金盏子》)、"怕愁沾诗句"(《湘江静》)、"孤坐便怯诗悭"(《玲珑四犯》)、"可堪竹院题诗"(《祝英台近》),诗与愁、诗与苦紧密相连,可见也是一位苦吟的诗人,在写诗时,往往显出愁眉苦脸之状。与史达祖相比,高观国则经常怯于写诗:"吟情怯,暮云重"(《贺新郎》)、"正魂怯清吟,病多依暗"(《齐天乐》)、"懒做新词,春在可怜处"(《祝英台近》)、"尽是愁边新句"(《喜迁莺》)、"奈断肠都无新句"(《玲珑四犯》)、"想吟思、吹入飞蓬"(《八归》),他因愁而苦,并怯于作诗。其苦吟之苦,似比史达祖尤甚。史达祖在文学史上不以诗名,其诗今仅存绝句2首,断句1联;高观国今无存诗,可见他们所说的诗是广义的,盖指词而言。如此,他俩在作词时,为追求字句的工炼与意境的新颖,苦思冥索,吟愁万端。虽然都写出了一些堪以传诵的名作,令人赞赏不置。但也难免刻削,略有尖新之嫌。

附:

史达祖与高观国的酬唱词

史达祖与高观国,都是南宋著名词人。他们是极亲密的词友,经常在词社饮酒作词,互相唱和,留下了许多脍炙人口的酬唱词。

酬唱词一般是定调填词,先有题意。词人为了迁就既定的题意,难以充分地表达词人的真实感情。这种做法是典型的为写词而写词,有时免不了无病呻吟。因此,感情虚假,行文做作,一向为词论家所病。清代著名的词论家对此批评说:

---

① 王士祯:《花草蒙拾》,见唐圭璋:《词话丛编》,中华书局1993年版,第683页。

"北宋有无谓之词以应歌,南宋有无谓之词以应社"(《介存斋论词杂著》)。这确是至理名言,深中酬唱词弊病之要害。但也不可一概而论,不能说凡是词社酬应之作,都是无聊的文字游戏。诚如周济所云:"雷雨郁蒸,是产芝菌;荆榛蔽芾,亦产惠兰"(同上)。史达祖、高观国的酬唱词,就是"荆榛蔽芾"中产生的惠兰,它是一枝十分鲜丽的文艺花朵,绝不能等闲视之。史达祖、高观国的酬唱词,今存15首,其中有6首是史达祖陪节北行临歧的酬唱词以及临别有约在节日的异地同吟,因此就有着特殊的意义。在这些感情真切的词中,表现了他们深厚的友谊,渗透了炽烈的爱国情绪。

宋宁宗开禧元年(1205),南宋朝廷派李壁等出使金国,贺金主生辰,这是两国议和以来例行的节使往来,一般是六月出发,九月到金都庆贺。当时韩侂胄为北伐做准备。因此,他们的这些的酬唱词,就显得特别和重要。

史达祖离开国都临安(今杭州市)北行时,有《龙吟曲·陪节欲行,留别社友》。词中说:"道人越布单衣,兴高爱用苏门啸。……壮怀无挠。楚江南,每为神州未复,阑干静,慵登眺。"又说:"今日征夫在道。敢辞劳,风沙短帽。休吟稷穗,休寻乔木,独怜遗老。"既写了这次北行,更令人加深故国之思而同情于沦陷在金朝统治区的"遗老",并抒发了友朋之间强烈的别情离绪。无疑,高观国是他这次留别的词社社友之一。高观国的《雨中花》"旆拂西风",当为践别史达祖陪节北行之作。诗中说:"旆拂西风,客应星汉,行参玉节征鞍。缓带轻裘,争看盛世衣冠。……过故宫禾黍,故垒烟尘,有泪应弹。文章俊伟,颖露囊锥,名动万里呼韩。知素有,平戎手段,小试何难。"他设想史达祖出使途中,在金国统治下的汉人争看南宋使者"缓带轻裘",风流儒雅的风采,流露出他们殷切希望回到祖国怀抱的心情,以及词人过故宫时产生的深切的黍离之悲。盛赞史达祖怀经济之才,将不负使命,为国立功。在词中表露了词人强烈的爱国情绪。

八月十五日,史达祖北行抵达真定。中秋佳节,是亲人团聚的日子,词人远离家乡,远离亲友,怎能无思亲念友之情?何况与词友临别有约,在中秋这一天,词社的社友在异地同赋《齐天乐》,抒发别离后的怀念之情。他"记约清吟",故有《齐天乐·中秋宿真定驿》之作:

西风来劝凉云去,天东放开金镜。照野霜凝,入河桂湿,一一冰壶相映。

殊方路永。更分破秋光,尽成悲境。有客踟蹰,古庭空自吊孤影。　江南朋旧在许,也能怜天际,诗思谁领。梦断刀头,书开凤尾,别有相思随定。忧心耿耿。对风鹊残枝,露蛩荒井。斟酹姮娥,九秋宫殿冷。

在同一天,高观国在南宋首都临安,有《齐天乐·中秋夜怀梅溪》之作:

晚云知有关山念,澄霄卷开清霁。素景分中,冰盘正溢,何啻婵娟千里。危阑静倚。正玉管吹凉,翠觞留醉。记约清吟,锦袍初唤醉魂起。　孤光天地共影,浩歌谁与舞,凄凉风味。古驿烟寒,幽垣梦冷,应念秦楼十二。归心对此。想斗插天南,雁横辽水。试问姮娥,有谁能为寄。

这两首词,抒写友朋在异地强烈的思念之情。开头都用了拟人化手法:一个说晚云是被西风"劝"走的,一个说晚云知道有人千里思念朋友而自动散开。这里把西风、晚云写得那么有感情,那么善解人意,实际是表现两位词人在异地相思的强烈情绪。虽然是云散天晴,一轮明月高悬清空,可到底是月圆人未圆,环境又是那么残破,那么幽冷,使词人情绪更为强烈。史达祖笔下的环境是"风鹊残枝,露蛩荒井","有客踟蹰,古庭空自吊孤影"。高观国想象朋友的处境是"古驿烟寒,幽垣梦冷","孤光天地共影,浩歌谁与舞,凄凉风味"。山河破碎,中原沦陷的残破现实,使两人在异地看到的月亮也是残破暗淡的。在这两首词中,分明渗透了两位词人对严峻现实的真切关注,寄寓了各自的爱国情感。它虽然是应社行为的产物,然却是在史达祖负有庄严使命而高观国对其抱有极大希望的情况下,二人的互相酬和异地同吟,是当时两位爱国的知识分子关注祖国前途命运的吟唱,其心和祖国人民的命运一起跳动,这就使得词有了深刻的现实内容和真切的感情。读这两首词,怎能不与词人强烈地爱国情绪而共鸣?怎能不为其深厚真挚的友情而感动?

史达祖的《八归》"秋江带雨",是出使金国路经淮阴、高邮时寄词友之作,当写于六月底或七月初。"因难奈,故人天际,望彻淮山,相思无雁足。"陈廷焯谓"宕往低徊,极有韵味"(《白雨斋词话》)。高观国的《八归·重阳前二日怀梅溪》,当是读了史达祖《八归》"秋江带雨"后所作,其词极拟史达祖旅途的辛苦与愁闷。"料恨满、幽苑离宫,正愁暗文通","两凝伫,壮怀立尽,微云斜阳中"。也是感情真挚,韵味深厚之作。

在词史上酬唱词难见好词。史达祖、高观国的这些酬唱词,因系在特殊的政治背景下写成的,因此内容充实,感情真切,的确是一组好词。它不仅受到历代词论家的称赞,今天读来,仍觉虎虎有生气,放射着震撼人心的艺术力量。

在两人酬唱中,史达祖还有《东风第一枝·壬戌闰腊望,雨中立癸亥春,与高宾王各赋》、《贺新郎·湖上高宾王、赵子野同赋》,高观国《东风第一枝·壬戌立春日访梅溪,雨中同赋》三首;史达祖与其他人的酬唱词有《西江月·舟中赵子野有词见调,即意和之》、《兰陵王·南湖以碧莲见寄,走笔次韵》、《齐天乐·湖上即席分韵得羽字》、《恋绣衾·席上梦锡、汉章同赋》四首。高观国与其他人的酬唱词有《凤栖梧·湖上即席,长翁同赋》、《卜算子·泛西湖坐间寅斋同赋》两首。这九首酬唱词,虽不如前六首那么感人,但也是差强人意之作,与其他词社的无谓之作,不可同日而语。

第八节　吴文英与周密

吴文英,字君特,号梦窗;周密,字公谨,号草窗,他们都是南宋著名的格律派词人。两人关系密切,词风相近,因称"二窗"。后代词论家将其并称,且对其词风,多有推许。所谓"草窗最近梦窗"[①]。"南宋之末,终推草窗、梦窗两家"[②],"旨趣相侔。二窗并称,允矣无忝"[③]。他们生活在同一时代,其词风有着许多相似或近似的地方,值得我们做一番认真地比较研究。

一

吴文英的传记资料,极其匮乏;要谈他与周密的关系,实属不易。但在周密的词集中,有四首涉及他与吴文英的关系,至为重要。过去词论家谈吴、周的词,不约而同地都谈到这几首词。

---

① 周济:《宋四家词选》,古典文学出版社1958年版,第69页。
② 孙克强:《唐宋人词话》,河南文艺出版社1999年版,第856页。
③ 孙克强:《唐宋人词话》,河南文艺出版社1999年版,第854页。

王弈清在《宋名家词评》中说：

《苹洲渔笛谱》中《玲珑四犯》词，乃戏调梦窗作也。后阕云："凭问柳陌情人，比似垂杨谁瘦。"其《拜星月》，乃春暮寄梦窗作也。后阕云："荡归心，已过江南岸。清宵梦，远逐飞花乱。"又有《玉漏迟·题梦窗〈霜花腴词集〉》全阕，更觉缠绵深至，可歌可泣。

杜文澜《梦窗词序》云：

与周草窗为忘年之交，草窗词有《玲珑四犯》一阕，题为"戏调梦窗"，《拜星月慢》一阕，题为"春暮寄梦窗"，《朝中措》一阕，题为"拟梦窗"，而《玉漏迟》一阕，即题梦窗"霜花腴词集"，倾倒尤至。梦窗以绵丽为尚，笔意幽邃，与周美成、姜尧章，并为词学之正宗。

刘毓盘《词史》云：

右周密题梦窗词卷《玉漏迟》词。据《宋名家词评》曰：此词视寄梦窗《拜星月慢》词、调梦窗《玲珑四犯》词，更觉缠绵深至，可歌可泣。交谊之笃，亦可见矣。

谈到吴文英与周密的关系，以前学者不约而同地提到周密写的有关吴文英的四首词，而再无佐证。证据显单薄，且是词的语言，并非写实，很难说得肯切。实则非常重要，也极为关键，很能说明问题。从《朝中措·拟梦窗词》，可见周密对梦窗词十分推崇，并曾向吴文英认真学习，且深受其影响；从《玉漏迟·题梦窗〈霜花腴词集〉》，可见周密对吴文英词的推许和倚重。以上两首词透露出他对吴文英词曾经仿效、模拟，并深受吴文英词创作影响的一面；而从《玲珑四犯》、《拜星月慢》，可见其关系密迩，亲近异常，非泛泛之交可比，说明他们实际是忘年至交。

吴文英有《踏莎行·敬赋草窗绝妙词》：

杨柳风流,蕙花清润。蘋洲未数张三影。沉香倚醉调《清平》,新辞□□□□□。 鲛室裁绡,□□□□。□□白雪争歌郢。西湖同结杏花盟,东风休赋丁香恨。

这首词虽然残缺,却很值得我们重视。吴文英长周密十余岁或竟达二十岁,但对周密却非常敬重。词题中"敬赋"二字,并非酬应场中的套语,而是至诚的语言,既表现了他对周密态度的恭谨,又从侧面反映出周密在当时词坛具有相当重要的地位,受到词界的推崇。首三句作者把周密比作北宋的著名词人张先,并非是拉名人乱作比拟,以抬高其身价,实则是有另一番特别的用意:张先是周密的乡先贤,而周又收藏着张先的《十咏图》和《安陆集》,张先词以琢句见长,特别善于用"影"字以写自然界中的朦胧之美,"云破月来花弄影"(《天仙子》)、"娇柔懒起,帘幕卷花影"(《归朝欢》)、"柔柳摇摇,坠轻絮无影"(《剪牡丹》)等善用"影"字的词句,深受词论家的推赏,被誉为"张三影"。其词在北宋时期曾经风靡一时,且在词坛上有很高的地位。四五两句以周密词比配李白《清平乐》词。李白曾于沈香亭为杨贵妃赋《清平乐》词三章,其一有句云:"沈香亭北倚阑干。"五空格杨铁夫拟补"才思青莲近",差是。如此,是谓周密词之善赋美人,有如李白赋杨贵妃词之绝妙。吴文英将周密词与张先、李白比拟,可算是推崇备至了。

如上所述,吴文英推崇词坛晚辈周密,并与之结为忘年交,是因为他对周密词才的赏识与推崇;周密对吴文英推尊而又态度随和,甚至写词"戏调",说明他们关系之深至。鉴于吴文英在词坛的崇高地位以及在创作上取得了很高的艺术成就,周密作为文学晚辈,在词的创作上,自然受到了吴文英的深刻影响,这是不言而喻的。

二

吴文英与周密的词,色彩绚丽,意象密集,很少疏宕之气,风格大都是丽密的。关于吴文英词的丽密,许多词论家都有剀切地论述:

梦窗之词,丽而则,幽邃而绵密。脉络井井,而卒焉不能得其端倪。[1]

---

[1] 冯煦:《蒿庵论词》,见唐圭璋:《词话丛编》,中华书局1986年版,第3594页。

> 梦窗……以绵丽为尚，运意深远，用笔幽邃，炼字炼句，迥不犹人。貌观之雕缋满眼，而实有灵气行乎其间。①

他们对梦窗词之丽密幽邃，十分推崇，并有发自内心的赞叹。

> 词至白石，疏宕极矣。梦窗辈起，以密丽争之。至梦窗而密丽又尽矣，白云以疏宕争之。②

他指出了南宋词疏宕与丽密的沿递演进之迹，密丽在词史演进中是很重要的一环。陈锐则谓"然言清空者喜白石，好称艳者学梦窗"③，则指出南宋两派词人的不同影响，各有传递与承继。今之学者认为"梦窗词的基本特点是缜密浓丽"④，并称密丽"以吴文英为代表"⑤。这些说法，都是很能切中要害的肯綮之谈。

那么，吴文英词之丽密有什么特色呢？请看《三姝媚·过都城旧居有感》：

> 湖山经醉惯。渍春衫，啼痕酒痕无限。又客长安，叹断襟零袂，涴尘谁浣？紫曲门荒，沿败井、风摇青蔓。对语东邻，犹是曾巢，谢堂双燕。　春梦人间须断。但怪得，当年梦缘能短。绣屋秦筝，傍海棠偏爱，夜深开宴。舞歇歌沉，花未减、红颜先变。伫久河桥欲去，斜阳泪满。

此为词人重过"都城旧居"的悼亡之作。上阕写今日旧地重游：先写自己过着漂泊不定、羁旅穷愁的生活，那布满春衫的啼痕、酒痕，分明是穷困潦倒生活的印记；今日重到临安，享不到家庭的温馨，断襟零袂之涴尘，无人缝补洗涤；眼前是紫曲门荒，败井青蔓，一片凄清荒败之景象。下阕追忆往日欢乐幸福的生活，酒宴歌舞，一片欢乐景象，结处叙述作者在落日余晖中久久地伫立河桥，泪流满面，不忍离去。上阕由今思昔，下阕由昔到今；词人以下阕之昔日欢乐与上阕之今日

---

① 孙克强：《唐宋人词话》，河南文艺出版社1999年版，第799页。
② 张祥龄：《词论》，见唐圭璋：《词话丛编》，中华书局1986年版，第4211页。
③ 陈锐：《裒碧斋词话》，见唐圭璋：《词话丛编》，中华书局1986年版，第4197页。
④ 万云骏：《诗词曲欣赏论稿》，中国社会科学出版社1986年版，第102页。
⑤ 《詹安泰词学论稿》，广东人民出版社1984年版，第450页。

穷愁对照;又以下阕之今不忍离去与上阕之今漂泊到杭回应,脉络井然,针脚细密;词中湖上、荒庭、败井、梁燕,均能引发旧情;春衫、啼痕、秦筝、海棠,都能寄托哀思;且遣词造句,很重色彩。譬如紫曲、青蔓、绣屋、红颜,斑烂陆离,令人目眩。的确是一首针脚绵密的丽密之作。

吴文英词集中丽密深曲之作是很多的。又譬如《过秦楼·芙蓉》:

藻国凄迷,曲尘澄映,怨入粉烟蓝雾。香笼麝水,腻涨红波,一镜万妆争妒。湘女归魂,佩环玉冷无声,凝情谁愬?又江空月堕,凌波尘起,彩鸳愁舞。　还暗忆,钿合兰桡,丝牵琼腕,见的更怜心苦。玲珑翠屋,轻薄冰绡,稳称锦云留住。生怕哀蝉,暗惊秋被红衰,啼珠零露。能西风老尽,羞趁东风嫁与。

此词以秾华美丽的形式,包含着真挚深厚的热情,色彩鲜明,意象密集,内容深曲,形成了独特的艺术风格。

周密词之丽密风格,也每每为词论家所称道。"草窗诸家,密丽芊绵,如温李一派。……以诗譬词,亦可聊得其仿佛。"[①]"其词尽洗靡曼,独标清丽,有韶倩之色,有绵渺之思。"[②]以《木兰花慢》为词调的"咏西湖十景",是很典型的丽密之作。这些词对景色的描摹与渲染,词采的铺陈,都是极为出色的。就写作技巧说,也是相当成功的。如《平湖秋月》:

碧霄澄暮霭,引琼驾、碾秋光。看翠阙风高,珠楼夜午,谁捣玄霜?苍茫。玉田万顷,趁仙查、咫尺接天潢。仿佛凌波步影,露浓佩冷衣凉。明珰。净洗新妆。随皓彩、过西厢。正雾衣香润,云鬟绀湿,私语相将。鸳鸯。误惊梦,晓掠芙蓉、度影入银堂。十二阑干伫立,凤箫怨彻清商。

"平湖秋月"是西湖著名的景点之一,风景优美,"盖湖际秋而益澄,月至秋而逾洁,合水月以观,而全湖之精神始出矣!"[③]词中用了碧霄、琼驾、翠阙、玄霜、玉

---

① 先著、程洪:《词洁》,河北大学出版社2007年版,第203页。
② 孙克强:《唐宋人词话》,河南文艺出版社1999年版,第854页。
③ 朱德才:《增订注释全宋词》(四),文化艺术出版社1997年版,第228页。

田、明珰、皓彩、绀湿、银塘,色彩绚丽,景物光鲜。通过词人精心的描摹,使景点更为精彩,景色更加优美。

余如《木兰花慢·断桥残雪》、《木兰花慢·三潭印月》、《木兰花慢·两峰插云》,都是典型的丽密之作。《木兰花慢·断桥残雪》:"觅梅花信息,拥吟袖、暮鞭寒。自放鹤人归,月香水影,诗冷孤山。等闲。泮寒睍暖,看融城、御水到人间。瓦陇竹根更好,柳边小驻游鞍。琅玕。半倚云湾。孤棹晚、载诗还。是醉魂醒处,画桥第二,夜月初三。东阑。有人步玉,怪冰泥、沁湿锦鸲斑。还见晴波涨绿,谢池梦草相关。"残雪之景,颇难着笔。"此词咏'残雪',不及《春晓》、《秋月》二词境界宽展,着想较难。而'瓦陇竹根'及冰鞋踏湿等句,颇见思致。结句'晴波涨绿',则言雪消而春水渐生矣。"①思致之妙,用笔之密,都堪称赞。

谈到丽密,况周颐在《蕙风词话》中有一段话极精彩。既准确地评价了吴文英丽密之特色,又对区分吴、周丽密之不同特色颇有启示。他说:

>梦窗密处,能令无数丽字,一一生动飞舞,如万花为春,非若琱璃麖绣,毫无生气也。如何能运动无数丽字,恃聪明,尤恃魄力。如何能有魄力,唯厚乃有魄力。梦窗密处易学,厚处难学。②

这里有三点,值得我们特别注意:

第一,梦窗词虽则丽密,但不是一味地堆砌死的词藻,而能使笔下的词藻生动飞舞。虽然不能说梦窗词所有的丽密处,都能像彩色蝴蝶一样在空中自由飞舞,但确实是活泼的、生动的,绝无呆痴的显现。质言之,梦窗词的丽密是颇为空灵的。诚如刘永济评《齐天乐·齐云楼》所云:"此词首尾皆奇幻空灵,富于想象,总因楼耸入云,使人生凌空缥缈之幻想,笔姿极其矫健。张炎病梦窗不能清空,观此与《灵岩》、《禹陵》等作,知张氏之说,不足尽梦窗。后人以张一言而轻议梦窗,更属矮人观场,随人啼笑。"③以此质之草窗,虽然他的词大都写得极雅致的,也没有狠命的堆砌辞藻,但却不够活泼,不能做到生动飞舞,缺乏空灵之致。这是吴、周二人在丽密风格表现上不同的特色之一。

---

① 俞陛云:《唐五代两宋词选释》,上海古籍出版社1985年版,第554页。
② 况周颐:《蕙风词话》,见唐圭璋:《词话丛编》,中华书局1986年版,第4447页。
③ 刘永济:《微睇室说词》,上海古籍出版社1987年版,第34页。

第二,厚字是为关键。梦窗词浑厚,这来自于他深厚的艺术修养,更来自于他对社会生活的深厚体验,来自于他极其锐敏的洞察力。他生当大宋末季,作为清客和幕僚,经常出入于官场幕府,穿梭于官宦之间,由此他对统治阶级的腐败与无能,对于官僚的贪婪与腐朽,可谓洞悉肺腑。面对"山雨欲来风满楼"的严峻形势,面对统治者的麻木不仁与束手待毙,他是痛恨的。这社会已经腐朽透顶了,根本无法挽救了,任谁也回天无术,而梦窗则带着士人特有的清醒,无奈的生活在这污泥浊淖之中,对于社会的种种弊端与无救,自然且婉曲的流露于笔端,其词也就显得深厚了。如《齐天乐·与冯深居登禹陵》:

三千年事残鸦外,无言倦凭秋树。逝水移川,高陵变谷,那识当年神禹?幽云怪雨。翠萍湿空梁,夜深飞去。雁起青天,数行书似旧藏处。　寂寥西窗久坐,故人悭会遇,同剪灯语。积藓残碑,零圭断璧,重拂人间尘土。霜红罢舞。漫山色青青,雾朝烟暮。岸锁春船,画旗喧赛鼓。

此词为作者在绍兴与友人冯去非秋日登禹陵的怀古之作,表达了作者对先贤的无限仰慕之情。南宋末年,朝政腐败,国事而非,人们盼望大禹复生,拯黎民于水火。然而醉生梦死的统治者,只知贪图享乐,"那识当年神禹"?词人抚今追昔,不觉怆然涕下,凭吊苍茫,感慨无限,内容深厚。周密在宋亡以前,只知"草绿江南天水长",过着公子哥儿的生活,他通过窗口看到的只是花花绿绿的世界,根本不关心政治,更缺乏吴文英那样敏锐的洞察力。词中缺乏对社会生活无限关注的感情,笔端只有风花雪月的飞舞。虽然密丽雅致,内容殊嫌浅薄,难言深厚。

第三,密处易学,厚处难学。前者是纯属技巧性的,后者是与处世态度密切相关的。周密向吴文英学习,作为写作技法之一的密字,算是学到手了。但厚处却未学到,盖词心不足也。诚如夏敬观所云:"色彩鲜新,音响调利,是其所长,然内心不深,则情味不永,是词才有余,词心不足也。"又说:"调利则无涩味,鲜新则非古彩,所以下梦窗一等。"[1]刘永济也说:"有吴之丽而无其深"[2]。这些评

---

[1] 夏敬观:《吷庵词评》,见张璋:《历代词话续编》,大象出版社2005年版,第425页。
[2] 刘永济:《微睇室说词》,上海古籍出版社1987年版,第134页。

论都是颇为公允的。周密晚年虽有一些感时之作,但数量少,不足以动摇我们对他的总体评价。

三

吴文英词,想象丰富,构思奇特,颇有浪漫主义特质;而周密词,则描写细腻,平实雅致,富有现实主义的色彩。清人王时翔云:"南宋词人号极盛,然以吴梦窗之奇丽而不免于晦,以周草窗之澹逸而或近于平。"①这是对吴、周词风的切实比较,以奇丽论梦窗,以澹逸论草窗,均切中要害。说吴文英词失之晦涩,周密词失之平衍,也是非常恰当的。

吴文英在词的创作上,深受李贺、李商隐诗风的影响,构思奇特,琢句清丽,用典繁僻,在词风上很有些与二李诗风近似的地方。如《八声甘州·陪庾幕诸公游灵岩》:

> 渺空烟四远,是何年、青天坠长星?幻苍崖云树,名娃金屋,残霸宫城。箭径酸风射眼,腻水染花腥。时靸双鸳响,廊叶秋声。　宫里吴王沉醉,倩五湖倦客,独钓醒醒。问苍波无语,华发奈山青。水涵空、阑干高处,送乱鸦、斜日落渔汀。连呼酒,上琴台去,秋与云平。

说灵岩原来是青天坠落的一颗长星,而"苍崖云树,名娃金屋,残霸宫城",都系长星所化。词人的想象显得丰富奇特而不免有点怪异。说吴宫妇女脂粉所洗的腻水,把香花都染腥了。说"响屟廊"里,西施靸着双鸳鸯的拖鞋,发出响声,这都系词人想象奇特之所在。他还用笔拙重,如"腻水染花腥"之"腻"、"腥"二字,特别是"腥"字,用笔狠重,力透纸背。词人通过丰富的想象,用一枝生花彩笔,绘成一幅斑驳陆离的历史画卷,对吴王君臣之奢侈腐化,做了鞭辟入里地揭露与讽刺。这幅图画,使我们不禁想起"直把杭州作汴州"的南宋小朝廷君臣的醉生梦死,腐化享乐,其荒淫佚乐与当年吴王君臣如出一辙。这首词词人让它穿上了历史的盛妆,演出现实的新场面,针对性是很强的。词的字句飞动跳跃,意

---

① 孙克强:《唐宋人词话》,河南文艺出版社1999年版,第851页。

象闪烁,把这个场面表现得十分精彩。因此,给读者留下了极为深刻的印象。又如《金缕歌·陪履斋先生沧浪看梅》:"乔木生云气。访中兴、英雄陈迹,暗追前事。战舰东风悭借便,梦断神州故里。旋小筑,吴宫闲地。华表月明归夜鹤,叹当时、花竹今如此。枝上露,溅清泪。 遨头小簇行春队。步苍苔、寻幽别坞,问梅开未。重唱梅边新度曲,催发寒梢冻蕊。此心与、东君同意。后不如今今非昔,两无言、相对沧浪水。怀此眼,寄残醉。"此词即兴抒感,寄托遥深。对韩世忠在采石矶大战中未得天时,没有完成驱逐敌寇、恢复中原的中兴事业,深表遗憾,非常曲折地表达了词人的伤时忧国之情。

想象之丰富与奇特,在吴文英词集中随处可见,并闪现着浪漫主义的光华:

知道池亭多宴,掩庭花、长是惊落秦讴。腻粉阑干,犹闻凭袖香留。

(《声声慢》)

黄蜂频扑秋千索,有当时、纤手香凝。

(《风入松》)

幽云怪雨。翠萍湿空梁,夜深飞去。

(《齐天乐·与冯深居登禹陵》)

剪红情,裁绿意,花信上钗股。

(《祝英台近》)

这些词,都处处显示出一个奇字:想象的奇特,构思的奇异,用字的奇丽,充分地展现了吴文英词颇为奇幻的艺术个性,闪现着浪漫主义光华。因为构思奇特,比喻新奇,思绪跳跃,有的词不免有晦涩费解的弊病。

与吴文英相较,周密词注重描写的雅致与平实。他善于观察,能将事物中现实存在的特色表现出来。如《曲游春》:"看画船,尽入西泠,闲却半湖春色。"就受到他的词友施岳的击节赞赏。这是因为他写出了司空见惯而不为人注视的生活中的真实景象。如此等等,都可见他表现现实的杰出才能,词中能够充分地表现出现实主义创作的艺术特色。《玉京秋·长安独客,又见西风。素月丹枫,凄然其为秋也,因调夹钟羽一解》,就是一首反映现实的杰作,其词云:

烟水阔。高林弄残照,晚蜩凄切。碧砧度韵,银床飘叶。衣湿桐阴露冷,采凉花、时赋秋雪。叹轻别,一襟幽事,砌蛩能说。 客思吟商还怯。怨歌长、琼壶暗缺。翠扇恩疏,红衣香褪,翻成消歇。玉骨西风,恨最恨、闲却新凉时节。楚箫咽,谁倚西楼淡月。

通过细腻的描写,充分地表现了深重地离愁别绪。词人字斟句酌,使词的语言典丽精工,风格婉雅隽秀,意境高远深邃,形成澹逸的情调,有余味无穷之致。类似的词有《探芳讯·西泠春感》:"步晴昼,向水院维舟,津亭唤酒。叹刘郎重到,依依谩怀旧。东风空结丁香怨,花与人俱瘦。甚凄凉,暗草沿池,冷苔侵甃。桥外晚风骤。正香雪随波,浅烟迷岫。废苑尘梁,如今燕来否?翠云零落空堤冷,往事休回首。最销魂,一片斜阳恋柳。"词人旧地重游,处处物是人非,不免产生怀旧情绪,而今之西泠"旧草沿池,冷苔侵甃"、"翠云零落空堤冷",如此景象凄清,真是不堪回首。如此情景,益增对往事的感念。词人情绪低徊欲绝,发出凄切哀婉的袅袅之音。

对现实精微细致地描写,在周密词集中处处可见。它渗透了词人微妙的情绪,形成一道十分靓丽的风景线。

霁月三更,粉云千点,静香十里。

(《水龙吟·白莲》)

记少年,一梦扬州,二十四桥明月。

(《瑶花慢·琼花》)

幽梦觉,涓涓清露,一枝灯影里。

(《花犯·赋水仙》)

自放鹤人归,月香水影,诗冷孤山。

(《木兰花慢·断桥残雪》)

他以平实雅致的笔触,对现实生活做了生动的描写,透露出澹远隽永的诗味。行文亦复清畅。当然,他的有些词写得过于平实,似未显现出词人感情的波澜,不免有些平衍。

附：

吴文英与尹焕

吴文英交游甚广，杨铁夫《吴梦窗事迹考》列举与梦窗有词作酬赠的达六十余人。其酬尹焕与史宅之的词为集中最多者，均达11首。关于他与史宅之的关系，词学家钱鸿锳说："遍览十一阕，实无从看出两人之间有什么深挚友谊存在。"①谈到他与尹焕的关系，钱先生则说："夏承焘《系年》认为'梦窗与焕交最笃'，'笃'是可以肯定的，'最'则恐怕未必。"②纵观梦窗词，吴文英生平交游最亲密者有4人，即吴潜、姜石帚、尹焕、周密。梦窗与吴潜的交游，主要是政治上的，其酬应词表现了他对吴潜政治才能的赞许与对自己提携的期望；梦窗与姜石帚的交往，主要是隐逸上的，其酬应词表现了他对政治追求的失落与归宿的意念；他与周密、尹焕的交游，主要是文学上的，表现了他对他俩词作的欣赏与认同，对其文学才能的赞许。关于他与吴潜、姜石帚、周密的交谊，可以存而不论。他与尹焕的交往，则是我们要特别加以研究探讨的。

一

尹焕是吴文英的词友，二人的关系，至为密切。《梦窗词》今存酬赠尹焕者达11首之多。他一生酬赠尹焕词还远不至这11首，恐有遗失。他在《水龙吟·寿梅津》词中有云："长寿杯深，《探春》腔稳，江湖同赋。"吴蓓注云："梦窗当与梅津同赋《探春慢》词，今梦窗词集无存。"③其说极是。他与尹焕同有《探春慢》之作，今已遗佚，这是他酬赠尹焕词今佚的铁证。从现存酬赠尹焕的词来看，其流注感情之深挚，表现关系之密迩，都是其他酬应词难以逾越的。这11首词，有和词二首（惜尹焕原作不存），送、饯词三首，寿词三首，庆、上、题画各一首。

吴文英有《八声甘州·和梅津》、《汉宫春·追和尹梅津赋俞园牡丹》。其《八声甘州·和梅津》云：

---

① 《梦窗词研究》，上海古籍出版社2005年版，第41页。
② 《梦窗词研究》，上海古籍出版社2005年版，第44页。
③ 《梦窗词汇校笺释集评》，浙江古籍出版社2007年版，第116页。

记行云梦影,步凌波、仙衣剪芙蓉。念杯前烛下,十香搵袖,玉暖屏风。分种寒花旧盎,藓土蚀吴蚕。人远云槎渺,烟海沉蓬。 重访樊姬邻里,怕等闲易别,那忍相逢。试潜行幽曲,心荡□匆匆。井梧凋、铜铺低亚,映小眉、瞥见立惊鸿。空惆怅,醉秋香畔,往事朦胧。

诗词唱和是文人交游中很重要的交谊活动,表现其共同的诗情雅趣。吴文英之所以和尹焕词,是因为他对尹词的崇尚,并引发了他的创作冲动。杨铁夫云:"此当为和梅津忆姬之作。"①其本事见于周密《齐东野语·尹惟晓词》:"梅津尹焕惟晓未第时,尝薄游苕溪籍中,适有所盼。后十年,自吴来霅,舣舟碧澜。问讯旧游,则久为一宗子所据,已有子,而仍挂名籍中。于是假之郡将,久而始来。颜色瘁槁,不足膏沐。相对若不胜情,梅津为赋《唐多令》。……数百载而下,真可与牧之寻芳较晚之为偶也。"②尹焕于此除赋《唐多令》外,或更赋《八声甘州》以寄情。梦窗此词,即为和作。杨铁夫谓"梅津亦有放琴客之事,后必于他处再见之,梅津有词寄慨而梦窗和之也。"③词的上阕,用"忆"字、"念"字领起,引出对往事的追忆,表现出对美人的无尽思念。下阕写重访美人前复杂的心理活动以及访后惆怅的心情。吴文英在个人生活上,与尹焕有其相同的遭遇,他对苏姬的深切思念,经常流露于笔端:"难忘处,犹恨绣笼,无端误放莺飞。……楚梦秦楼相遇,共叹相违……何时向,窗下剪残红烛,夜杪参移?"(《昼锦堂》"舞影灯前")其感情何等深婉。因此,尹焕的情事,引起了他的共鸣和对苏姬的深切忆记。其和词虽然写的是尹焕的情事,并表现了对其遭遇的同情,同时也渗透了他对个人以往情事的追忆,有"借别人灵堂,哭自己惜惶"之处,其感情是非常纯真的。

和词一般都要步趋原作,因受原作内容与格调的束缚,其艺术水平很难超越原作。但和词作者也不示弱,总要暗暗较劲。因尹焕原作不存,无从较其高下。吴文英对词的写作艺术有很高的修养,兼之生活感受甚深,此词当与原作相颉

---

① 杨铁夫:《吴梦窗词笺释》,引自吴蓓:《梦窗词汇校笺释集评》,浙江古籍出版社2007年版,第685页。
② 《齐东野语》,中华书局1983年版,第181页。
③ 《吴梦窗词笺释》,引自赵慧文、徐育民:《吴文英词新释集评》,中国书店2007年版,第807页。

颜。无论如何,这首词在他们交游史上,留下了很深的印记。

寿词在宋词创作中是最为常见的一种应酬词,今存宋代寿词,占《全宋词》总数的十分之一强,这是一个十分惊人的数字,可见寿词在应社词中的地位。吴文英对尹焕的寿词有三首:《水龙吟·寿梅津》、《水龙吟·寿尹梅津》、《汉宫春·寿梅津》。前两首,主要是写对其官阶的崇赏与对为官的赞扬,这是寿词中的俗套和应有之意,故可略而不论。同时,对其文学才能十分钦羡,或赞其学富才宏,笔势酣畅,文章气势逼人:"星罗万卷,云驱千阵,飞毫海雨。"或赞其文笔细润,词彩清丽:"春霖绣笔"。对其文采风流的赞扬,应是情感的自然流露,倾倒之情,溢于言表。《汉宫春·寿梅津》,通首切梅,似是咏物,实则以梅代梅津,喻指尹焕,言其人格之高洁如梅。纵观这三首寿词,它表现了吴文英对尹焕词采风流由衷的赞许,并对其人品十分景仰。

吴文英有送、饯尹焕的词三首:《瑞龙吟·送梅津》、《塞翁吟·饯梅津除郎赴阙》、《惜黄花慢·饯尹梅津》。

《瑞龙吟·送梅津》云:

暗分袖。肠断去水流萍,住船系柳。吴宫娇月娆花,醉题恨倚,蛮江豆蔻。　吐春绣。笔底丽情多少,眼波眉岫。新园锁却愁阴,露黄漫委,寒香半亩。　还背垂虹秋去,四桥烟雨,一宵歌酒。犹忆翠微携壶,乌帽风骤。西湖到日,重见梅钿皱。谁家听、琵琶未了,朝骢嘶漏。印剖黄金籀。待来共凭,齐云话旧。莫唱朱樱口。生怕遣、楼前行云知后。泪鸿怨角,空教人瘦。

词中虽写自己送别友人梅津,但又穿插了友人昔日在苏州情事,既有与妾相恋之事,又有与其相别之情。在章法上时空交错,虚实相间。写自己送别是实,写友人情事是虚。虚实结合,感情殊深。《惜黄花慢·饯尹梅津》,既写了送别友人之情,又写了自己对苏姬的忆念,这种写饯别而又写到自己情事的写法,为吴文英词所仅有。

吴文英对尹焕的酬应词还有《风池吟·庆梅津自畿槽除右司郎官》、《声声慢·畿漕廨建新楼,上尹梅津》、《梦芙蓉·赵昌芙蓉图,梅津所藏》,如此等酬应,都表现了他们之间关系密切。"莺花翰林千首。彩毫飞,海雨天风。"(《声声慢·畿漕廨建新楼,上尹梅津》)是又一次对尹焕文采风流的由衷赞赏。

　　从吴文英酬尹焕诸词来看,他们交往频繁,关系密切,感情深厚,绝非泛泛的酬应。如上所述,词中有以梅喻梅津者,古人交往互相尊重,没有特别密切深厚的关系者,绝对不会在对方名字上作文章,以免有轻亵之嫌。吴词以梅喻指梅津,这对尹焕是极高的赞誉。梅,在花卉中品级是极高的,以此赞梅津品格之高尚,喻指切当;在写法上,也避免了浅陋与阿谀奉承的俗套。《八声甘州·和梅津》、《瑞龙吟·送梅津》,都写了尹焕在苏州的情事。这在尹焕固然是风流韵事,但若非交往极密切者,恐怕就不好以此着笔,而吴文英在词中却一再赋及此事,这充分表明二人相知与交往之深。在情事上,也有惺惺惜惜之意,因此才能如此着笔也。况周颐谓:"吴梦窗与梅津文字交情,最为切至。"①总之,从吴文英酬尹焕词来看,二人是至交。而这交往的感情基础,则主要是对尹焕文采才华的崇赏。

二

　　吴文英将自己的词结集后,曾请尹焕作序。他请尹焕作序,显然不是因尹的官职,借以使声名远播,因为在他的交游中,比尹焕官职显赫者大有人在。而是因为尹焕是相交甚深的词友,相信尹焕对他的词会作出历史性的判断。尹焕则当仁不让,慨然答应了他的请求,并对其词作了惊人的结论。他说:

　　　　求词于吾宋者,前有清真,后有梦窗。此非焕之言,四海之公言也。②

这是一个相当精警的判断。他将吴文英与周邦彦相提并论,并以为周、吴代表了宋词创作的最高成就,对吴词这样高的评价,是令人难以接受的,他又说这个看法不是个人的私见,而是社会的公论,似有拉大旗作虎皮,借以吓人之嫌,但仔细一想,却有一定的道理,且是很有见地的。

　　首先,宋代人是以婉约词为正统的,只有写婉约词,才算本色当行。而婉约词是最讲究协律、合乐的,周邦彦、吴文英都精通音乐,能自谱曲。写词协律、合

---

① 况周颐:《蕙风词话·广蕙风词话》,中州古籍出版社2003年版,第381页。
② 黄昇:《中兴以来绝妙词选》卷10,见唐圭璋等校点:《唐宋人选唐宋词》,上海古籍出版社2004年版,第835—836页。

乐,语言柔美,风格婉约,代表了宋代士人对词的审美追求。而且,这种观点得到了好多卓有影响的词论家的赞同,因而所谓"四海之公言也"是不算太夸张的。宋代的词论家沈义父就说:"梦窗深得清真之妙。"①清人周济则说:"清真,集大成者也。……梦窗,奇思壮采,腾天潜渊。返南宋之清泚,为北宋之秾挚。"②可见,尹焕的观点,得到了一些著名的词论家的认同。

其次,以词的发展史来看,小令从唐五代历经北宋到南宋,在艺术表现上,没有多大的变化。作为慢词,在成熟发展于两宋:柳永开其端,"铺叙展衍,备足无余";③周邦彦继之,在铺叙中,往往时空交错,并采用勾勒手法,使词之结构变化多姿而不至于板滞;辛弃疾的慢词,善用历史典故,借以表现丰富的内容与深刻的思想;姜夔之词清空,使词空灵多变,扩大了词的容量;而吴文英词的思绪与结构之跳跃,也增加了词的容量。词由于受词调与歌唱的限制,篇幅不能再增大,周邦彦、辛弃疾、姜夔、吴文英各以不同的方式,在有限的篇幅内,扩大了词的容量,推动了词的艺术表现力的发展与提高。而在宋代士人的观念中,婉约词代表了词的主流与正统,从这一角度讲,"前有清真,后有梦窗"之说,不是没有道理的。作为词人的尹焕,作出这样的判断,是十分恰切的。以婉约词而论,吴文英在词的创作上是步周邦彦的后尘而有所发展的,他们两人都是两宋典雅词风创作的代表人物。

吴文英之所以请尹焕为自己的词集作序,是因为尹焕不仅是一位词人,而且是一位对词史与词论有相当修养的词人。质言之,尹焕是以词的批评家的资格为其友人吴文英词集作序的,而不仅仅是挚友。批评应当是公正的、科学的、客观的,尹焕的序做到了这一点。可惜全文散佚,仅就留存的这段话来看,他对宋词发展的历史以及吴文英词的创作,都有相当深的了解。我以为他没辜负吴文英的重托,他写的序言,满足了吴文英丐序的初衷。

三

日本汉学家村上哲见,将宋词分为写实派与典雅派。写实派是指那些做官

---

① 蔡嵩云:《乐府指迷笺释》,人民文学出版社1963年版,第50页。
② 《宋四家词选》,古典文学出版社1958年版,第2页。
③ 李之仪:《跋吴思道小词》,见陈良运:《中国历代词学论著选》,百花洲文艺出版社1998年版,第63页。

的词人,如辛弃疾、吴潜等;典雅派是指那些纯粹的文化人,如姜夔、吴文英等。尹焕虽是一位做官的词人,然从他对吴文英词的批评来看,他对典雅派词人所坚持的艺术至上主义、唯美主义是赞赏和认同的。在这一点上,是站在典雅派的立场、是以纯粹文化人的面貌出现的。

从尹焕词的创作来看,其词集不存,无从深论,但以现存的三首词来看,都是典雅的,似受吴文英词的影响。

《霓裳中序第一·茉莉咏》云:

> 青鞸粲素靥。海国仙人偏耐热。餐尽香风露屑。便万里凌空,肯凭莲叶。盈盈步月。悄似怜、轻去瑶阙。人何在、忆渠痴小,点点爱轻搦。　愁绝。旧游轻别。忍重看、锁香金箧。凄凉清夜簟席。杳杳诗魂,真化风蝶。冷香清到骨。梦十里、梅花霁雪。归来也,恹恹心事,自共素娥说。

这是一首生动细腻优美的咏物词,其状茉莉花,可谓出神入化。词史家以为"青鞸粲素靥。海国仙人偏耐热。餐尽香风露屑"诸句,"略有梦窗韵味。"①洵为的评。《唐多令·苕溪有牧之之感》,则是一首很好的小令:

> 蘋末转清商。溪声供夕凉。缓传杯、催唤红妆。慢挽乌云新浴罢,裙拂地、水沈香。　短歌旧情长,重来惊鬓霜。怅绿阴、青子成双。说着前欢伴不睬,扬莲子、打鸳鸯。

此词语言平白如话,写与情人尴尬会面之场景,情景宛然,怅惘之情溢于言表。"含婉蕴藉,情韵俱佳。"② 其风格疏快,"略与梦窗《唐多令》('何处合成愁,离人心上秋')为近"。③ 从选家的精鉴与词论家对其评论来看,其词与吴文英词风相近。

综上所述,吴文英有酬尹焕词11首,足见其来往密切。以酬应词的内容分析判断,吴文英不是对尹焕的攀附,而是对其文采风流的崇赏;从尹焕写的梦窗

---

① 陶尔夫、刘敬圻:《南宋词史》,黑龙江人民出版社1992年版,第386页。
② 喻朝刚、周航:《宋词观止》,大众文艺出版社2001年版,第1300页。
③ 陶尔夫、刘敬圻:《南宋词史》,黑龙江人民出版社1992年版,第386页。

词序来看,他是以批评家的锐利目光,对吴词做了惊人的切中要害的评断;其词风也有接近吴文英之处,其创作或受吴的影响。因此,吴文英与尹焕的密迩关系,是词人之间的相知交游,而非对地方官僚的攀附。

第三章　继承与创新

第一节　词论家对苏辛词比较说略

苏轼、辛弃疾是宋代豪放派最有代表性的词人,历代词论家在推崇他们创作成就的同时,对其艺术上之异同做了一些极其精到的比较。这些比较对深入地理解苏、辛词的艺术特质与独特个性,有着极大的启发性。然其比较往往是断语多而分析少,其观点语焉不详,令人不易把握。现对其比较,择其要者并结合苏、辛词之创作实际,略加阐释,以便对其观点深入理解。

一、旷达与豪放

苏轼、辛弃疾词,都写得旷达豪放,风流潇洒,表现出词人特有的兴致与豪情。然各有其侧重,并非是半斤八两。苏词之旷达与辛词之豪放,均为各自之主调。

谈到苏、辛词的风格时,王国维说:

> 东坡之词旷,稼轩之词豪。①

他直截了当、旗帜鲜明地以旷、豪论其二人风格之不同特色。
陈廷焯云:

---

① 《人间词话》,见唐圭璋:《词话丛编》(五),中华书局1986年版,第4250页。

> 东坡心地光明磊落，忠爱根于性生，故词极超旷，而意极和平。稼轩有吞吐八荒之概，而机会不来。正则可以为郭、李，为岳、韩，变则即桓温之流亚，故词极豪雄，而意极悲郁。苏、辛两家，各自不同。①

苏轼是一位极有才气的文人，辛弃疾则是一位爱国主义的英雄。诚如谭献所说："东坡是衣冠伟人，稼轩则弓刀游侠。"②文人与英雄的性格、作为有很大的不同，在许多方面，不可同日而语。然苏、辛都是历史上充满悲剧的人物，他们终身为之奋斗的事业，都是伟大而壮丽的。然其不幸的命运与坎坷的遭际，终究逃脱不了悲剧的命运。尽管他们与自己的命运做了多方面的抗争，也终未能改变既定局面。虽然如此，但因他们所处的时代不同，个人奋斗的目标不同，而其悲剧的性质也自然不同。苏轼处于表面承平而内藏严重危机的北宋时代，为了挽救时局，振兴大宋，各派政治家都在政治舞台上大显身手。然对现实的政权却持不同的政治观：或锐意革新，或坚持守旧，或因地制宜，或按政令操办。苏轼虽不能说是一位显赫的政治家，却也跻入政治家角逐之列，卷入当时颇为激烈的政治斗争的旋涡。然其可贵之处，在于他能超脱狭隘的党派利益，在新旧两派当权时，均不愿随声附和，取媚求进。其政治见解与施政策略，均能从实际出发，这对国家和人民都有好处的。这种颇为高尚的政治品操，或遭新党惨酷的打击，或为顽固的旧党所不容。在这种党争的夹缝中生活，受到极不公正的待遇。但他不怨天，不尤人，因任自然，以极其豁达的政治态度超然处之，表现出一种极为旷达的胸怀。元丰五年（1082），他在黄州写的《定风波》词，是这种旷达胸怀的最好展示：

> 莫听穿林打叶声，何妨吟啸且徐行。竹杖芒鞋轻胜马，谁怕！一蓑烟雨任平生。　料峭春风吹酒醒，微冷。山头斜照却相迎。回首向来萧瑟处，也无风雨也无晴。

这是写实，表现出诗人在风雨突然袭来时，他仍是悠然自得的情态。我们不难看

---

① 《白雨斋词话》卷六，见唐圭璋：《词话丛编》（四），中华书局1986年版，第3925页。
② 《复堂词话》，见唐圭璋：《词话丛编》（四），中华书局1996年版，第3994页。

出,他已经完全达到了忧乐两忘、心平气和的"无差别境界"。词的序言中说:"三月七日沙湖道中遇雨,雨具先去,同行皆狼狈,余不觉。已而遂晴,故作此。"老天爷似乎故意捉弄人,专门演了一场喜剧,并要观察人们在喜剧面前的不同表演。他与同行者在遇雨时表现出截然不同的态度:"同行皆狼狈,余不觉。"以同行者的仓惶失措,衬托出他的遇变不惊、态度从容、心地宽广的旷达心态。这是在日常生活中遇到的一件具体的事情,却表现出他的性格及在处世上的与众不同,他具有一种十分旷达的胸怀。苏轼是在"乌台诗案"以后遭贬来到黄州的,我们将其在沙湖道中的遇雨视作一场政治风雨,那么,他在这场暴风雨前,表现出临难不惊,处世沉着,因任自然的态度。他这种十分豁达开朗的心胸,表现在抒情词中,必然是一种旷达的境界。郑文焯评《定风波》词说:"此足征是翁坦荡之怀,任天而动,琢句亦瘦逸,能道眼前景,以曲笔直写胸臆,倚声能事尽之矣。"①类似《定风波》这种风格旷达的词,在苏轼词集中每每有之。如《临江仙》"一别都门三改火",《临江仙》"夜饮东坡醉复醒",词境也甚旷达。俞陛云评二词说:"前首因送友而言我亦逆旅中行人之一,语极旷达。次首方写江上夜归情景,忽欲扁舟入海。此老胸次,时有绝尘霞举之思。"②余如"聚散交游如梦寐,升沉闲事莫思量"(《浣溪沙·赠陈海州。陈尝为眉令,有声》)、"用舍由时,行藏在我,袖手何妨闲处看。身长健,但优游岁月,且斗尊前"(《沁园春·赴密州,早行马上寄子由》),他心胸宽广,遇到倒霉的事能想得开,他把封建士大夫非常看重的升沉、用舍看开了。升与降,用与藏,不就是那么回事,听天由命,超然处之。诚如吴梅所云:"公天性豁达,襟抱开朗,虽境遇迍邅,而处之坦然。即去国离乡,初无羁客迁人之感。"③唯此公胸怀如此旷达,作为表达词人心声之词作,自然是旷达之音了。

苏轼为什么能够如此旷达呢?他早年受了庄子思想的影响,以后又与佛教徒有着较密切的联系,又对陶诗的冲淡平和极为赞赏,首首奉和,如此等等,对他旷达性格的形成,都有促进。遂使他有勘破物理、出神入化的旷达襟怀,也达到了陶渊明式的静穆淡泊的北窗高卧的"羲皇上人"之境。诚如刘扬忠先生所说:"这是一种内省式的性格,其目标是超越种种是非、荣辱、得失,而获得内心的平

---

① 《大鹤山人词话》,见唐圭璋:《词话丛编》(五),中华书局1986年版,第4323页。
② 《唐五代两宋词选释》,上海古籍出版社1985年版,第211页。
③ 《词学通论》,华东师范大学出版社1999年版,第71页。

衡与安适。"①

辛弃疾处在南宋时期,赵宋王朝偏安一隅,一味苟安求和。当时抗金英雄岳飞、韩世忠先后谢世,金兵压境,南宋朝廷岌岌可危,最高统治者思欲议和以求片时的苟安,议和妥协之风,甚嚣尘上。而他力排众议,力主抗金,挽救危亡,收复失地。在这民族危亡的关键时刻,他受到了投降派的排挤与打击,其面临的是一个时代的、民族的悲剧。他不顾投降派的竭力反对,抱恢复之志,举抗战之旗,其行为是非常悲壮的。在这血与火的斗争中,其豪情壮志不仅是个人的,而且是时代的、国家的、民族的。他面对国家衰亡的悲剧,既不能因任自然,也不可能超然洒脱,只能有进无退。表现出一种奋不顾身、一心为国的英雄豪情。然而苟且偷安的南宋统治者,不容许他奔赴前线,为国效力,肩负起挽回颓局的责任。因此,在他心里时刻都郁积着英勇救国的宏愿与壮志难申的苦闷。这种典型的悲剧情绪,这种长期郁积在胸中的苦闷,时不时地在其词中展现。在《破阵子·为陈同甫赋壮词以寄》一词中,这种情绪得到了淋漓尽致的倾吐:

> 醉里挑灯看剑,梦回吹角连营。八百里分麾下炙,五十弦翻塞外声,沙场秋点兵。 马作的卢飞快,弓如霹雳弦惊。了却君王天下事,赢得生前身后名。可怜白发生。

此词写豪情,感情奔注,酣畅淋漓,的确为豪壮之词。他先从现实写起,"醉里挑灯看剑",情绪急切,形象生动,然豪壮中已含悲凉意味,为结句伏笔。"梦回"以下倒叙梦境。从军营生活到阅兵待发,从阵前激战到宏伟抱负,有层次地抒写了一腔豪情。结句峰回路转,一个特大跌宕,由梦境返回现实,与篇首遥相呼应:"可怜白发生"一声浩叹,凝聚着无限悲愤。结尾一句与前九句写豪壮之景形成强烈的对比,将其胸怀报国壮志却只能蹉跎岁月一至衰老的无可奈何,全盘托出。其感慨哀叹,可谓淋漓尽致了。

辛弃疾表现这种爱国豪情的词篇很多。如:

> 汗血盐车无人顾,千里空收骏骨。……我最怜君中宵舞,道"男儿到死

---

① 《唐宋词流派史》,福建人民出版社1999年版,第253页。

心如铁"。看试手,补天裂。

(《贺新郎·同父见和,再用前韵》)

却将万字平戎策,换得东家种树书。

(《鹧鸪天·有客慨然谈功名,因追念少年时事,戏作》)

凭谁问,廉颇老矣,尚能饭否?

(《永遇乐·京口北固亭怀古》)

一方面写其爱国豪情壮举;另一方面又写这种豪情壮举在现实中的失落与碰壁,壮志难酬、英雄失落的悲凉,跃然纸上。因此,他的词在豪放中蕴含着沉郁悲愤的格调,表现出内心深沉的苦闷。《水龙吟》"楚天千里清秋",《摸鱼儿》"更能消几番风雨",都是这种典型情绪的流露。谭献评《水龙吟》"楚天千里清秋"云:"裂竹之声,何尝不潜气内转。"①陈廷焯评《摸鱼儿》"更能消几番风雨"云:"词意殊怨。然姿态飞动,极沉郁顿挫之致"。②梁启超谓"回肠荡气,至于此极。前无古人,后无来者",③这些词在表达词人爱国豪情的同时,也流露出不得志的深沉苦闷。所谓"潜气内转"、"词意殊怨",都说明其词有着浓郁的悲凉情调。

如果说苏轼之旷达心胸,是在寻求对现实的苦闷解脱,是硬将泪水往肚里咽;虽然他完全掩饰了自己的悲容,但心底并非自在的;那么,辛弃疾的豪情中也渗透了无可奈何的悲凉!尽管表面显出无比的豪放与自信,但心底却不免是透凉的。只不过他们内心的强烈的愤激之情,被表面的旷达与豪放所掩饰罢了。读他们的词,必须透一层看,庶几能看清真谛。

二、自在与当行

谈到苏、辛词的异同时,周济尝谓:"世以苏、辛并称,苏之自在处,辛偶能到;辛之当行处,苏必不能到。"④又说:"东坡天趣独到处,殆成绝诣。而苦不经

---

① 《复堂词话》,见唐圭璋:《词话丛编》(四),中华书局1996年版,第3994页。
② 《白雨斋词话》卷一,《词话丛编》(四),中华书局1996年版,第3793页。
③ 《饮冰室评词》,见唐圭璋:《词话丛编》(五),中华书局1996年版,第4309页。
④ 《介存斋论词杂著》,见唐圭璋:《词话丛编》(二),中华书局1996年版,第1633页。

意,完璧甚少。稼轩则沉着痛快,有辙可循。南宋诸公,无不传其衣钵。"①后者可以说是对前者的解释:"天趣独到,殆成绝诣",自是自在之境,"沉着痛快,有辙可循",自是当行之才。顾随对此做了进一步精辟的解释:"然冉公是随意作,辛老子却是精意作。随意作,故自在;精意作,故当行。然辛老子亦有随意作时,苏却不能精意作,者就是苏之自在处辛偶能到之,辛之当行处苏必不能到也。"②此谓苏、辛作词之别,在于写词时随意与不随意。苏作词很随意,他能举重若轻,自然而不费力;辛作词绝不随意挥洒,而是相当认真的。他字斟句酌,精心提炼,做到铢两悉称。无论达意或协律,都非常合辙,几乎无懈可击,达到自然当行。

自在之词,行文必然很自然,而未必完全合律;当行之词,于律一丝不苟,且字、句、境都很出色。

词之为体,既有严密的格式规定,又有内在的韵律限制。词人写词如舞台演员演戏,既戴着镣铐跳舞,而又要表演得自然和谐,姿态优美,不为镣铐所缚。能不为格律所缚而又严守词律的规范,锱铢必较而又不显得小心拘谨,能自由挥洒而又不逾矩,谓之当行。作词如行云流水,行止似不受拘检,能做到感情自然,意到笔随。所谓"天趣独到处,殆成绝诣。"虽偶有不合律处,却使词韵味天然,笔致飘逸,达到自在的境地。

作为一代文宗的苏轼,其诗、词、文、赋均为一时之选,又长于书法、绘画,其文采风流,难以企及。而其性格之豁达、旷放,行为之自由飘逸,有若天马行空,洞庭张乐,不受任何拘限。"吾文如万斛泉源,不择地而出,在平地滔滔汩汩,虽一日千里无难。"③其作词亦当如是观。清代的词论家,对他也多以才思敏捷、行文飞速称许。王士祯云:"名家当行,固有二派。苏公自云:'吾醉后作草书,觉酒气拂拂,从十指间出'。黄鲁亦云:'东坡书挟海上风涛人气',读坡词当作如是观。"④先著等云:"坡公才高思敏,有韵之言,多缘手而就,不暇琢磨。"⑤郑文焯评《八声甘州·寄参寥子》云:"云锦成章,天衣无缝。是作从至情流出,不假

---

① 《宋四家词选目录序论》,见唐圭璋:《词话丛编》(二),中华书局1996年版,第1643页。
② 《顾随文集》,上海古籍出版社1986年版,第101页。
③ 《苏轼文论辑录·文说》,见《宋金元文论选》,人民文学出版社1984年版,第174页。
④ 王士祯:《花草蒙拾》,见唐圭璋:《词论丛编》(一),中华书局1996年版,第681页。
⑤ 《词洁辑评》卷四,见唐圭璋:《词话丛编》(二),中华书局1996年版,第1363页。

熨贴之工。"①可见苏轼写词时思如泉源,妙手逢春,大有太白"斗酒诗百篇"的气象,其词有一种超逸之气贯乎其中。他之作词,为情造文,纯任自然而已。他挥毫填词,恣意挥洒,其澎湃的感情,流注笔端。因而全是真情实感的自然流露,使词达到自由无碍的境界。出神入化,自在自如。"苏其殆仙乎?"这是词评家对他词达到自在境界时的人格赞誉。词人陶醉于他抒写的无比美妙的词的境界,像神仙一样无拘无束,自由自在。

苏轼的词,有时写出一种极为自在的意绪或心情。譬如《鹧鸪天》:"林断山明竹隐墙。乱蝉衰草小池塘。翻空白鸟时时见,照水红蕖细细香。村舍外,古城傍。杖藜徐步转斜阳。殷勤昨夜三更雨,又得浮生一日凉。"前片写了一种静幽自在的境界,营造了一个美好的环境;后片写作者悠然自得的情态。天公作美,下了一场雨,空气极为清爽。词中极力以环境之美,衬托诗人之心旷神怡。在词的表现上,水到渠成,极为自然。这种将词人情绪上的自得与艺术表现上的自然,交融在一起,形成意境上的自在。其实,这首词是在元丰六年,词人在黄州所作。他之所以在贬谪期间能写出这样的词,与其旷达性格极有关系。作者在徐州写的《浣溪沙》五首,更是这种自在境界的典范。

苏轼的自在之词,多为无意为之而妙手偶得的佳作,然却有不尽合律者。"东坡先生非心醉于音律者,偶尔作歌,指出向上一路,新天下耳目。"②"则公非不能歌,但豪放不喜剪裁以就声律耳"③譬如《念奴娇·赤壁怀古》过片:

> 遥想公瑾当年,小乔初嫁了,雄姿英发。羽扇纶巾,谈笑间樯橹灰飞烟灭。

关于《念奴娇》过片,周邦彦、李清照、辛弃疾、姜夔、秦观都是六、四、五、七、六的句式,这是符合乐曲的,东坡作六、五、四、四、九,词的句读与词调有节不合,这就令歌者难以演唱了。先著、程洪谓:"此词脍炙千古,点检将来,不无字句小疵。……惟'了'字上下皆不属,应是凑字。'谈笑'句甚率,其他句法伸缩,前人

---

① 《大鹤山人词话》,见唐圭璋:《词话丛编》(五),中华书局1986年版,第4327页。
② 王灼:《碧鸡漫志》,辽宁教育出版社1998年版,第10页。
③ 陆游:《老学庵笔记》,上海远东出版社1996年版,第232页。

已经备论。"①总之,苏轼极力追求自然,甚至不惜破律。因此词境自在,而词律或有不合。

辛弃疾当南宋时期,他负管、乐之才,志在恢复中原,而其时投降派当政,无以伸展其宏伟的抱负。一腔忠愤,无以发泄释放,故一寄之于词,遂使其英雄报国之志,慷慨抑郁之情,喷薄而出,写出高亢激昂痛快淋漓之诗篇。作为词人,他将主要精力致力于词的创作而很少旁骛。善于抒情而能严守词律,写词绝不逾矩。陈廷焯云:"词有格,稼轩词若无格;词有律,稼轩词若无律。细按之,格律丝毫不紊,总由才大如海,只信手挥洒,电掣风驰,飞沙走石,直词坛第一开辟手。"②他的词沉着痛快,善于经营,有辙可循。"辛犹人境也",即谓其词系当行之作,是经过努力能达到的一种境界。这种境界的达到虽然费力,表现却很出色,故词论家对其有颇高的评价。陈廷焯云:"稼轩《水调歌头》诸阕,直是飞行绝迹。……虽未能痕迹消融,却无害其为浑雅。"③并赞扬"红莲相倚深如怨,白鸟无言定是愁"等是"信笔写去,格调自苍劲,意味自深厚,不必剑拔弩张,洞穿已过七札,斯为绝技。"④"其词凌高厉空,殆夸而有节者也。"⑤"未能迹痕消融",是指其词还未达到自在的境地。"不必剑拔弩张,洞穿已过七札","夸而有节",言其写词当行。

"东坡豪宕则有之,但多不合拍处。稼轩则于纵横驰骋中,而部伍极其整严。"⑥这是对苏词的自在与辛词的当行,最直截了当的解释。

苏词写得自在,是纯任自然而不费力;辛词写得当行,是精雕细刻而又显得特别出色。前者是无意为之,妙手偶得。即诗人写词时,已陶醉于某种景致而达到的一种艺术境界。其意境是自然的,可谓天趣独诣的;后者则是清醒的有意为之,是经过作者的努力追求、苦心经营、精思惮虑而达到的一种很高的艺术境界。虽然表现出色,但写时却十分费力。从读者的接受来说,自在的境界读时潜移默化;当行的作品,则不免于某种程度的灌输。

---

① 《词洁辑评》卷四,见唐圭璋:《词话丛编》(二),中华书局1986年版,第1363页。
② 《云韶集》卷五,引自孙克强:《唐宋人词话》,河南文艺出版社1999年版,第613页。
③ 《白雨斋词话》卷一,见唐圭璋:《词话丛编》(四),中华书局1986年版,第3791页。
④ 《白雨斋词话》卷一,见唐圭璋:《词话丛编》(四),中华书局1986年版,第3792页。
⑤ 张德瀛:《词征》卷五,见唐圭璋:《词话丛编》(五),中华书局1986年版,第4160页。
⑥ 陈廷焯:《云韶集》卷五,引自孙克强:《唐宋人词话》,河南文艺出版社1999年版,第612页。

具有自在特色的词,不仅能做到应有尽有,达到最完美的艺术境界;而且能达到应无尽无,艺术上进入化境,无滞无碍,不落言筌,了无迹痕。如清水见底,不留痕迹,使艺术达到透明光亮的境地。当行则仅能做到应有尽有,却不能做到应无尽无,从而达到羚羊挂角,无迹可求的地步。因此,从词意表现的自然说,自在高于当行;然从遵守词的规范说,当行之词则略胜于自在之词一筹。二者兼而有之,自然是最为理想的境界,然却是极难达到的。在词史上,几无范例可寻。

苏词之自在之境,在于创作天才的发挥,达到了令人神往的境界;辛词之当行,使其艺术创造力达到非常高超的地步。"如东坡之纯任自然者,殆不多见矣。……稼轩虽接武东坡,而词之组织结构,有极精者,则非纯任自然矣。"[1]蔡嵩云的这段话,可谓苏、辛词艺术特色的完评。

三、词诗与词论

谈到苏、辛词时,词论家常以词诗与词论称之。徐君野云:"苏以诗为词,辛以论为词,正见词中世界不小,昔人奈何讥之。"[2]谢章铤云:"东坡词诗,稼轩词论,其流弊又有不厌众口者矣。"[3]前者从词境的扩大方面予以肯定,后者从对后世的影响方面,又予以否定。其实词诗与词论,既包含了词的发展里程中的一个重要阶段,以及这种词的特点;又包含了词论家对这种现象的褒贬。这种褒贬,既有对词的特质的体认,也有词论家个人审美情趣的偏好。因此对苏、辛词中词诗与词论的倾向,往往是仁者见仁,智者见智,评价颇为纷纭。

什么是词诗呢?词与诗在艺术表现以至题材内容方面,各有不同的畛域,这在唐五代、北宋初期,尤为明显。词诗则是指词的创作中诗化倾向,批评家又往往以五代与北宋初期的词风为标尺,来衡量后人的创作。五代至北宋初期,词风香艳柔媚,所写多儿女缠绵情思,倚红偎翠,或寄情歌酒,流连光景。当时词人认为词是"诗余小道",把填词说成是"呈艺"、"聊陈薄技",他们写了玲珑含蓄、理致深蕴、笔致闲雅的小词,让歌伎演唱以佐酒,这与传统的写诗言志有很大的距离,所以当时的词从内容题材到表现手法,都与诗有着较大的差异。苏轼不为这

---

[1] 蔡嵩云:《柯亭词论》,见唐圭璋:《词话丛编》(五),中华书局1986年版,第4902页。
[2] 《古今词统》参评语,引自孙克强:《唐宋人词话》,河南文艺出版社1999年版,第250页。
[3] 《双砚词钞序》,引自孙克强:《唐宋人词话》,河南文艺出版社1999年版,第607页。

种传统的习尚所囿,在许多方面,都打破了词诗的畛域,于风雨柔情之外,另辟蹊径,变代言体为个体抒情,用词自抒怀抱。主题不限离情别绪、闺阁柔情与人生感触,而将国家大事、政治风云,一入于词。这就大大拓展了主题范围,使词走向反映现实生活的轨道。诸如人生忧乐、仕途境况,乃至社会酬应、怀古伤今等,都是抒写题材。举凡送别、闲适、抒怀、风景、咏物、祝寿、悼亡、嘲谑等等,均可入词,并达到得心应手、无适不可的境地。而在风格上一反五代以来的柔软轻靡,而趋于豪放、旷达、清丽、清空;在写法上以诗为词,不仅铺叙延展,而且词题、词序、用典、隐括,甚至集句词、回文词,凡诗能用的艺术手法,凡诗能表现的思想内容,都一一移到词中来了。这就大大扩展了词的内容、境界与表现手法,而在感情上宏放、豪迈、旷达,一至有对人生哲理的探索。"一洗绮罗香泽之态,摆脱绸缪宛转之度,使人登高望远,举首高歌,而逸怀浩气、超乎尘垢之外"①"东坡词颇似老杜诗,以其无意不可入,无事不可言也"。②"无意不可入,无事不可言"是对苏词在内容上拓展的概括。换句话说,凡诗能写的内容,词亦能写;凡诗所用的手法,予词亦然。因此罗根泽先生指出,"'以诗为词',是词的一种革新"③通过这种革新,词的面貌可以说焕然一新了;它表现生活的能力,可以说达到了空前的境界,从而把词从狭隘的境界中解放出来。然而他并没有使词异化,而又颇能保持词的本色,诚如刘扬忠先生所说:"苏轼以诗为词,颇能保持词体要眇宜修之特质,其优秀词篇往往能做到既清雄伉爽而又舒徐流丽。"④这是苏轼在词的改革中最为成功的地方。

毋庸讳言,苏词在创作上,存在着某种程度的非词化倾向,有着"长短不葺之诗"的弊病。词别于诗的最根本的东西是对音乐的依附,填词的人,严格遵守词律,从而达到和谐、婉转而又优美的艺术境界。苏词在对词的解放中,其对旧的格调不无破坏:如对词律、音韵的某些超越,就是对词体的个性的消减、削弱以致去消。苏词的诗化倾向,其实质是词对诗的靠拢,是吸收融解诗在体裁、表现内容、艺术手法上的一些特长。同时,又是对词体的个性,特别是音乐性的某种

---

① 胡寅:《向子諲酒边词序》,引自孙克强:《唐宋人词话》,河南文艺出版社1999年版,第242页。
② 刘熙载:《艺概》卷四,上海古籍出版社1978年版,第108页。
③ 罗根泽:《中国文学批评史》(三),中华书局1961年版,第113页。
④ 《唐宋词流变史》,福建人民出版社1999年版,第264页。

程度的背离；是对传统的香艳绮靡题材的背离；是对词的崇尚婉约风格的背离。这种程度不等的对词的特色的背离，有时不免对词的本色有所损害。但也无可否认，苏轼是词史上的功臣，他使词的创作走上了一条康庄的反映现实生活的大道，从而取得了旺盛的艺术生命力。

辛弃疾的词，有的以文为词，酣畅淋漓；有的议论风发，纵横恣肆。诚如钱基博所云："弃疾则横放杰出，直以文之议论为词。……恣肆而为槎枒，其势横。……隐括经子语、史语、文语入词，纵横跳荡，如勒新驹，如捕长蛇，不可捉摸。"①譬如《踏莎行·赋稼轩集经句》是典型的以文为词，"虽句句集经语，却句句稼轩自道。……用古人语道自己志，天衣无缝，无一笔呆滞。集句最易流于小巧，如此做法，为词家别辟一畦町。"②又如《水龙吟·甲辰岁寿韩南涧尚书》，通过对友人祝寿，纵论国家大事，慷慨激昂，洋溢着爱国主义激情。如此等等，或以文为词，或议论风发，但因有激情，且议论切中时弊，仍有着强大的艺术力量。

词作为诗的一种形式，它总是以本身鲜明的艺术形象，来完成它的历史使命的，它是以客体的描写或主体的抒发为基础的。作为诗的必不可缺的要素形象与比兴，对议论总是排斥与忌讳的。尽管在文学的各种体裁中，并不是绝对的对议论的不包容，有时在议论中能见诗人才情，议论或可起到画龙点睛的作用，但务必适可而止，恰到好处。辛弃疾之填词，亦如鲁迅之写杂文，在急剧而尖锐的现实斗争中，有时情势则不容许词人将其深沉的思想，化为鲜明生动的形象；或者感到形象不足以表达强烈的感情，于是以议论出之。然因其迫切的情绪，纵横的才气，使议论中带有极浓厚的感情，以致"以议论驱驾书卷而神韵不乏"，③显示出自己的个性与特色。《鹧鸪天》"不向长安路上行"，是典型的"词论"之作，但仍以比较鲜明的艺术形象，表现了他内心的愤懑情绪与独立不阿、高洁自守的操行。辛词的很多议论，都蕴含在写景或叙事中，生动形象，较为含蓄。如《摸鱼儿》"更能消几番风雨"，《菩萨蛮》"郁孤台下清江水"，《永遇乐》"千古江山"，《水龙吟》"渡江天马南来"等，这些词都能以极生动的形象表现当时颇为沉郁的胸怀。这些议论，增强了词的艺术表现力，使形象更为生动。

---

① 《中国文学史》(中)，中华书局1993年版，第716页。
② 吴则虞语，见《辛弃疾词选集》，上海古籍出版社1993年版，第213页。
③ 施补华：《岘佣说诗》评李义山咏史诗语，见《清诗话》，上海古籍出版社1963年版，第998页。

毋庸讳言,辛词中也有一些议论枯燥,甚至成了老庄言论的翻版,如《哨遍》"蜗角斗争",《玉楼春》"有无一理谁差别"等,以哲理的思索或判断代替形象的描写,显得枯涩而寡味。辛词咏史词大量用典、写隐括词,一至将陶诗情趣,庄子语录,用于词中,不仅有非词化倾向,而且存在着颇为严重的非诗化倾向,有以议论代替形象描写的不良倾向。如此等等,形成了他的词论的负面特质。虽然他才气纵横,议论风发,在词中也渗透了强烈的感情;但某些词的非词化现象严重,影响了词的艺术感染力,这是不言而喻的。

苏之词诗与辛之词论,对词的发展,曾经起过推动作用。尤其是苏轼"以诗为词",对词的发展作用更大。其主导方面是应予肯定的。但它对词的发展带来的一些负面影响,也不容忽视。

四、雅情与雄气

在仕途上,苏轼一生是十分坎坷的:他在党争的夹缝中生活,受尽迫害,困顿不堪。早年他受尽新党的排挤与打击,在"乌台诗案"中几乎丧生。其后被编管黄州,历尽艰辛与磨难。后来旧党上台,又受到他们的挤兑。虽然说他是蜀党的党魁,但他并不想在党争中对个人捞到什么好处。新党再次上台后,对他的打击迫害尤烈。他在《自题金山画像》中万分悲凉地说:"问汝平生功业,黄州惠州儋州",诗人在这自嘲的反话里,蕴含着多少感慨和悲酸。就他一生的历史实绩说,与其说他是一位政治家,毋宁说他是一位很有才气的诗人。他缺乏驾驭政治风云的才气,也缺乏政治家的敏锐谲诡与果断。他早年的恩师张方平认为他"性资疏率,阙于慎重"①。他以诗心混迹官场,其弟子由劝他择交,他却说:"吾眼前见天下无一个不好人。"②如此等等,这哪里是政治家的家数?相比之下,他倒有着文人的积习与气质,富于文人的闲情逸致,擅长书法、绘画、写诗、填词,在他的生活中,充满了文人的逸趣与闲情。在他的词里,充满了对生活的欣赏和热爱,洋溢着诗人特有的生活情致。雅情逸韵,时露笔端。与苏轼相比,辛弃疾与其说是一位词人,毋宁说是一位充满爱国豪情的民族英雄,尽管他的词在词史上

---

① 四川大学中文系唐宋文学研究室:《苏轼资料汇编》,中华书局1994年版,第5页。
② 颜中其:《苏东坡轶事汇编》,岳麓书社1985年版,第5页。

有着极高的不可替代的地位,在豪放词的创作上,是无与伦比的。然就其个人主观意愿说,他是一位有影响的政治人物,有着杰出的政治才能。他的《美芹十论》与《九议》,都是很切实的奏议。如果被皇帝采纳并施行,可以扭转宋金对峙的被动形势,取得政治与军事上的主动。他一生矢志恢复中原,以完成国家的统一为己任。他既能带兵打仗,在他早年的几次军事行动中,有着震撼人心的传奇色彩;又能治理地方,施政安民,处理政务颇为谙练。他有着这样过人的本领,因此其词充满了英雄之气。基于以上原因,苏辛词都有着强烈的个性特色。清代的词论家陈廷焯对他们的词做了极为剀切的评论:

> 东坡词,极名士之雅;稼轩词,极英雄之气。千古并称,而稼轩更胜。

此论极为恳挚。苏轼的词,表现了诗化的生活。他经常带着诗人特有的敏感,攫取生活中最富于诗意的东西,加以抒写。其词诗意盎然,诗味浓郁,放射着异样的艺术光彩,显示着独有的经久不息的艺术光芒,令人赞叹不止。苏轼写词,往往带着一种欣赏与玩味的目光,借对客观事物的描写,展示心灵的奥秘,因此他把描写对象完全主观化与诗意化了。也可以说,在他的词中,表现着浓郁的艺术化了的生活。充满了艺术的趣味与情调,渗透了文人的雅趣。因而他的词十分风雅。

> 可惜一溪风月,莫教踏碎琼瑶。解鞍欹枕绿杨桥,杜宇一声春晓。
>
> (《西江月》)

他对琼瑶一般的月光,是如此爱惜,陶醉于这仙境般的自然风物之中,深深地欣赏和赞美这种生活;他沐浴着这如诗如画的自然风光,体验着、享受着"不知东方之既白"了。

> 翻空白鸟时时见,照水红蕖细细香。
>
> (《鹧鸪天》)

他不时地看着空中自由翻飞的白鸟,看着映在水中的红蕖鲜艳可爱,散发出幽细的香气,不时扑鼻,令人心旷神怡。这比诗还优美的生活,诗人陶醉其中。自然,只有诗人苏轼才有这种优雅的情趣,并对生活才有这种真切的体验。这种体验真切诗意盎然的生活图画,构成了他特有的极美好的词的境界。

苏轼的词,之所以有这种雅情逸致,与他个人对生活的认识与了解有绝大的关系。他能锐敏地发现生活中的美,感受生活中的美,并陶醉于生活中的美。在很大程度上,是他发现与创造了生活的美而又去尽量享受,沉浸于其中细细的玩味、咀嚼而不能自拔。他善于运用一枝生花的彩笔,描绘这生活中蕴藏的美,使普通的生活变为精彩的艺术,使生活中平淡的美变为具有典型意义的美。"寒雀满疏篱,争抱寒柯看玉蕤。忽见客来花下坐,惊飞,踏散芳英落酒卮。"(《南乡子·梅花词,和杨元素》)这是何等平凡、普通,常见的生活现象啊!然在苏轼的笔下,却极为风雅,极有诗的韵味。艺术美源于生活而又高于生活,这一艺术法则,在苏轼词里得到最充分的体现。

"极英雄之气",这是稼轩词的重要特点,也是他的词的优点之一。"少年横槊,凭陵气,酒圣诗豪余事。"(《念奴娇,双陆和韵》)这是英雄的自白,也是诗人个性的真实写照。他写词,不是象某些文人专事舞文弄墨,附庸风雅,而是借以抒发自己的英雄豪情。"举头西北浮云,倚天万里须长剑"(《水龙吟·过南涧双溪楼》),"要挽银河仙浪,西北洗湖沙"(《水调歌头·寿赵漕介庵》)。他经常望着西北的浮云、湖沙、天狼,想着被金人统治的大半个国家,他挥动倚天剑,拟挽银河仙浪,彻底斩断入侵者的魔爪,冲洗金人的统治,恢复中原大地。他希望在神圣的统一大业中大显身手,建立奇功。因此,他一再想着打仗,打仗,打仗,通过战争手段,实现其统一祖国的美好愿望。在这血与火的斗争中,他充满了勇气、豪情与必胜的信念,他豪情满怀的高唱着:"袖里珍奇光五色,他年要补天西北"(《满江红·建康史帅致道席上赋》),"看试手,补天裂。"(《贺新郎·同甫和,再用韵答之》)这些词,虽则是对朋友的赞誉和对其功名事业的希冀,然又何尝不是自许、自赞,借以抒发其胸怀壮志,希望早日施展其补天的手段呢?然而由于主和派的当政,雄伟的抱负难以施展,他的豪情与壮志,受到强大阻碍。对此,他爆发出愤激之情:

落日楼头,断鸿声里,江南游子。把吴钩看了,阑干拍遍,无人会,登临意。

(《水龙吟·登建康赏心亭》)

却笑平生三羽箭,何日去,定天山。

(《江神子》)

他不被理解,不能施展抱负的愤懑与不平,充溢在字里行间。这种愤懑与不平,在《破阵子·为陈同甫赋壮词以寄之》一词中,得到了淋漓尽致的发挥:

醉里挑灯看剑,梦回吹角连营。八百里分麾下炙,五十弦翻塞外声,沙场秋点兵。　马作的卢飞快,弓如霹雳弦惊。了却君王天下事,赢得生前身后名。可怜白发生。

早在青年时期,辛弃疾就是一位具有传奇色彩的人物,在缚和尚义端和擒拿叛徒张安国的战斗中,表现出非凡的英雄胆略,被誉为"青兕";南归后,他始终以统一北方为己任,是一位极有魄力和才气的民族英雄。当其写词时,其雄气就自然而然地流露笔端了。因此,其词洋溢着英雄之气,渗透着慷慨的悲凉之感。

作为一代文坛领袖的苏轼,他的词主导方面是雅情的抒写与流露。然他毕竟是一位著名的豪放词人,写了如《江城子·密州出猎》那样颇为豪放的词篇:"会挽雕弓如满月,西北望,射天狼。"发出了时代的最强音。然他终是借出猎写文人一时的豪兴,他没有体验过辛弃疾那种金戈铁马式的戎幕生活,因此,他的词里主要表现的还是文人的闲情雅趣,显现着文人学士的一种颇为风雅的气度。辛弃疾词中,也有清雅之作,如《南歌子·新开池戏作》,就写得清新自然,富于生活情趣,洋溢着文人的雅趣。然因他有长期的戎幕生活,即便是与文人雅集与宴饮,其所作词,仍保留着无法掩饰的雄气与豪情,散发出辉光四射的英雄光芒。

五、气体与魄力

与苏、辛词分别具有的雅情与雄气相应,他们在词的创作上,气体与魄力各有专擅,有其不可置换或替代的个人特色。对此,陈廷焯在《白雨斋词话》卷一中,做了精辟的论述:

> 苏、辛并称,然两人绝不相似:魄力之大,苏不如辛;气体之高,辛不逮苏远矣。

陈廷焯以气体与魄力比较苏、辛词在艺术表现方面所显示的优长与特色,可谓抓住了问题的实质与要害。

何谓魄力?词中表现的魄力,是词人气魄在词中的渗透与贯注,是词人个性、气质以及政治才能在词中的自然体现。稼轩词中,往往表现出非凡的魄力,这令人惊异一至倾倒的雄豪气势,是他以大破金国恢复中国北方领土为己任的恢宏壮志与气度的外现。他一生时刻考虑的是抗击金国、恢复北方领土、恢复祖国的大好河山。范开《稼轩词序》云:"公一世之豪,以气节自负,以功业自许,方将敛藏其用以事清旷,果何意于歌词哉?直陶写之具耳!"①因此,在他的词里,充盈着英雄的豪迈之气。

辛词之魄力表现有二:一是表现为积极用世,志在恢复,他借词抒发其豪情壮志以及不得志的牢骚:"层楼望,春山叠。家何在,烟尘隔。把古今遗恨,向他谁说?"(《满江红》"点火樱桃")他青年时代,曾生活在金国统治下的北方,有国破家亡之痛,同时对生我育我的故土,十分热爱和留恋。因此,他比其他抗战派,更多一分遭敌压迫的切肤之痛,对故土的深切留恋以及欲拯家乡父老于水火的迫切感。毛晋云:"词家争斗秾纤,而稼轩率多抚时感事之作,磊落英多,绝不作妮子态。"②王士祯云:"石勒云:'大丈夫磊磊落落,终不学曹孟德、司马仲达狐媚。'读稼轩词,当作如是观。"③黄梨庄云:"辛稼轩当弱宋末造,负管乐之才,不能尽展其用,一腔忠愤,无处发泄。观其与陈同甫抵掌谈论,是何等人物?故具悲歌慷慨,抑郁无聊之气,一寄之于其词。"④辛稼轩词是其磊落英多,怀才难用,抑郁不平的必然流露,故其词中,充盈着英雄的气魄。这一点是苏轼难以比拟的。二是以非凡的气魄,对词体进行了大刀阔斧的革新,即以文为词。他写词往往采用叙事笔法,其所作隐括体、会盟体、独木桥体等,是散文体式在词中的运用。而其用典、议论、散文句式,则是散文笔法在词的创作中的运用,他以对词体的改

---

① 孙克强:《唐宋人词话》,河南文艺出版社1999年版,第584页。
② 孙克强:《唐宋人词话》,河南文艺出版社1999年版,第591页。
③ 孙克强:《唐宋人词话》,河南文艺出版社1999年版,第595页。
④ 唐圭璋:《词话丛编》,中华书局1986年版,第1870页。

革,以适应其思想内容的表现。吴衡照云:"辛稼轩别开天地,横绝古今。《论》、《孟》、《诗小序》、《左氏春秋》、《南华》、《离骚》、《史》、《汉》、《世说》、选学,李杜诗,拉杂运用,弥见其笔力之峭。"①刘熙载云:"稼轩词龙腾虎掷,任古书中理语、廋语,一经运用,便得风流,天资是何等复异。"②他不为传统词风所局限的特色,施展着他开创一代词风的豪迈气魄。这也远远超过了苏轼对词体的革新。

何谓"气体"? 气体即体气,是诗人的才能与气质在作品中的渗透与显现。曹丕的《典论·论文》称孔融"体气高妙",就是以诗人的气质而言的。汪莘称东坡"其豪迈之气,隐隐然流出言外,天然绝世,不假振作。"③胡寅谓苏轼"逸怀浩气,超然乎尘垢之外。"④陈廷焯称赞苏轼的气体,即其在词中显现的"豪妙之气"与"逸怀浩气"。他的气体,一是表现为词人的旷达的胸襟在词中的充分表现。苏轼因其性格旷达,他参透了人生,把一切都看开了,把崇辱升沉看淡了,因此具有宽广的胸怀与闲逸情致。因为正直、豁达、豪迈,故有着浩然之气与豪迈之气。他在写词时,他的这种处世态度与个性,充分的渗透在词的意境之中,这一点确实超过了辛弃疾。二是他有着极优异的文学才性与杰出的文学创作才能,词是这种才性与才能的外露与天才表现。今人陈匪石云:"苏轼寓意高远,运笔空灵,非粗非豪,别有天地。"又云:"东坡词如天马行空,其用意用笔及取神遗貌,最不可及。"⑤东坡"气体之高",即为其词"气体高妙",这表现在词中的,是寓主观情思于客体的描写之中,感情深隐,绝不露圭角的。即便如《念奴娇·赤壁怀古》之豪放,《定风波》"莫听穿林打叶声"的旷达与非凡的气度,也是浑含在艺术形象的描写之中,是鲜明的艺术形象的体现。总之,诗人的思想才性,是借鲜明的艺术形象的显现,而不是直白的、赤裸裸的表达。这一点,辛之创作确实是不如苏轼了。

气体与气魄,都是诗人主观情思在词中的渗透与体现。然气体是内涵的,感情的表达是含蓄的,其于词风是柔中见刚的;气魄是外现的,感情的表达是较为直露的,其于词风往往是剑拔弩张的。柔中见刚,则思虑内敛,意境浑厚,其力度

---

① 孙克强:《唐宋人词话》,河南文艺出版社 1999 年版,第 604 页。
② 孙克强:《唐宋人词话》,河南文艺出版社 1999 年版,第 605 页。
③ 孙克强:《唐宋人词话》,河南文艺出版社 1999 年版,第 245 页。
④ 孙克强:《唐宋人词话》,河南文艺出版社 1999 年版,第 242 页。
⑤ 孙克强:《唐宋人词话》,河南文艺出版社 1999 年版,第 275 页。

仍是不弱的;剑拔弩张,则情绪绵扬,感情越发,其后劲则不免稍减。故苏词虽旷达豪迈而感情却仍自内敛,情绪沉稳而强劲;辛词沉郁悲凉,有时则不免过度张扬,因藏锋不够而意味稍欠隽永。

气体之高,表现出苏轼文学才能与个性在词的创作上充分发挥;气魄之大,是经纶济世与治国本领在辛词创作中的自然流露。苏轼的气体与辛弃疾之气魄均为个人才性在词中贯注与表现。然二者在表现方法上却有很大差异的。苏轼的感情抒发是寄寓于物的,情绪是浑含于艺术形象之中的。因此,出现在他笔下的,是鲜明的形象或优美的意境。因而他对读者来说,感情是渗透的,潜移默化的,而其表达的思想感情,是由读者自己体悟的。辛词感情的表达有时用了议论、感叹或直陈的方式,气魄虽大,但在艺术表现上就不够含蓄,议论或叙述偏多,在词的创作上,有某种程度的直奔主题的倾向,读者有时可以毫不走样的直接了解他要表达的思想感情。有时就难免不耐咀嚼体味,词中的那种缭绕悠扬之音的表达,就有点儿欠缺了。

魄力之大,苏不如辛;气体之高,辛不逮苏。才大如苏、辛者,他们在词的创作上,各有优长和不足,对此我们必须做一些具体的分析,进行实事求是的评价。绝不能因此而乱加褒贬、随意轩轾。

六、性情颇歉与缠绵悱恻

词作为文学体式之一,它是现实生活的深刻反映;然就反映的主体而言,它是诗人性情的表现与自然流露。对于这一点,我国古代文论家,颇多精到的论述。萧子显云:"文章者,盖情性之风标,神明之律吕也。"[1]陈师道说:"诗非力学可致,正须胸肚中泄尔。"[2]屠隆说:"夫文者,华也,有根焉,则性灵是也"[3]。性情与性灵,是文学创作的根本。舍此,则无所谓真正的文学。因此,诗人性情的歉与丰,是衡量其创作水准的重要标志。

谈到性情在词中的表现时,谢章铤云:

---

[1] 萧子显:《南齐书》,中华书局1972年版,第907页。
[2] 何文焕:《历代诗话》,中华书局1981年版,第302页。
[3] 屠隆:《鸿苞节录》卷6,清刊本。

> 苏风格自高,而性情颇歉;辛却缠绵悱恻。

> (《赌棋山庄词话》)

谢氏之论有无道理呢?对这一颇为复杂的问题,不能轻置可否,必须做一些深入具体的分析。

第一,性情表现为儿女情长。就苏轼以前的传统而言,词为娱宾遣兴之具,题材多系香艳;以风格论,多为柔而软。苏、辛是一反这个传统而取得在词史上的特殊地位的。苏轼虽然一再称自己多情:诸如"多情多感仍多病"(《采桑子》)"多情却被无情恼"(《蝶恋花》),"苦被多情相折挫"(《蝶恋花》),但在他的处世经历中,似无特殊的表现。他虽然写过《江城子》那样深情的悼亡词,也写过一些诸如《洞仙歌》那样颇为精妙的艳词。然毕竟是少数篇章,偶一为之。故晁无咎谓"眉山公之词短于情,盖不能更此境也。"陈师道则甘脆说:"宋玉初不识巫山神女而能赋之,岂待更而知也?"[1]对于晁、陈之说,虽然元好问做了驳斥:"自东坡一出,情性之外,不知有文字,真有'一洗万古凡马空'之气象!"[2]但诚如陈廷焯所云:"东坡之词,纯以情胜。情之至者,词亦至。只是情得其正,不似耆卿之喁喁儿女私情耳"。[3] 所以,宋人赞扬他的词"一洗绮罗香泽之态"[4],这一点值得肯定。但在其"指出向上一路"的同时,或不免矫枉过正,则于此不免短缺。辛弃疾是一位爱国英雄,其词豪放,然以风格论,他写过数量较多而质量特高的婉约词,"其秾纤绵密者,亦不在小晏秦郎之下",[5]论者称其《摸鱼儿》、《西河》、《祝英台近》诸作"摧刚为柔,缠绵悱恻"。[6] 说《祝英台近·宝钗分》"昵狎温柔,魂销意尽"。[7] 余如《满江红·敲碎离愁》、《醉太平·春晚》,写尽天长人倦,懒上秋千的情态。如此等等,不难看出,辛词在写儿女之间的柔情方面来说,较苏轼似有一日之长。

第二,性情表现为天然的"物性固莫夺"的忠君爱国之情。在封建社会,忠

---

[1] 孙克强:《唐宋人词话》,河南文艺出版社1999年版,第244页。
[2] 孙克强:《唐宋人词话》,河南文艺出版社1999年版,第246页。
[3] 孙克强:《唐宋人词话》,河南文艺出版社1999年版,第268页。
[4] 孙克强:《唐宋人词话》,河南文艺出版社1999年版,第242页。
[5] 孙克强:《唐宋人词话》,河南文艺出版社1999年版,第585页。
[6] 孙克强:《唐宋人词话》,河南文艺出版社1999年版,第611页。
[7] 孙克强:《唐宋人词话》,河南文艺出版社1999年版,第593页。

君爱国是胶着在一起,不好截然划分的。而文人表现自己忠君爱国,往往祖屈原比兴之意,以女子对丈夫之贤良忠贞,比喻臣子对君王的忠诚。似此,则辛词比苏词要多。辛弃疾的《满庭芳》、《千秋岁》等,均用比兴手法,有美人香草以喻君子之意,且写得感情真至,缠绵悱恻。"千金纵买相如赋,脉脉此情谁诉?"表现了他为皇帝输忠款而不被采纳的幽怨之情。感情深婉而动人。这种以比兴手法表现缠绵悱恻之情,在辛词中并不是偶然一见,而有好多处。这些词情绪微婉,感人肺腑。相较而言,苏轼却没有这类词作。虽然,对他的《水调歌头》"明月几时有",神宗读至"又恐琼楼玉宇,高处不胜寒"时,说:"苏轼终是爱君"。乃命量移汝州。① 东坡此词是思念乃弟之作,若以为此词用了比兴手法,无异于痴人说梦。神宗以为东坡爱君,对苏轼来说,实在是不虞之誉。这种说法,是违背他创作时的初衷的。固然,东坡是忠君的,但从这首词却很难看出来。神宗爱才,何况苏轼又是被仁宗赞赏为具有宰相之才的人。之所以未被重用,而屡遭贬谪,是因为东坡在政治上持重而偏于保守,与新党政见不合罢了。但对他的文学才能还是特别欣赏的。总之,东坡此词有否忠君的含义,是否用了比兴手法,很值得考虑。即便算用了比兴手法,其集中也仅此一首而已。

　　第三,以词人个性而言,苏旷达,辛豪放。旷达则能看透世情,看破红尘,心胸开阔,心情开朗,经常保持心理平衡。他与现实碰撞而产生的愤激情绪,往往被旷达的性格化解了。因为他把世事看透了,把问题想开了,心中的块垒消散了,情绪也就舒缓了。诸如政治上的不幸遭际,仕途的坎坷,个人前途上的种种羁绊,这一切的一切,在他心中激起的浪涛,也被他旷达的情怀,很快平复下去了。"也无风雨也无情",这便是他的心境。在处世上,或学陶潜之疏旷,或思老庄之虚幻。总之,他与现实碰撞而产生的情绪,往往受理智的化解而淡出。因此,凝聚心头的愤懑与不平,没有喷薄而出,这就很难产生慷慨激烈或幽怨缠绵的诗篇。辛弃疾性格豪放,在处理事情时不是慎之又慎,往往是豪爽而随便。诗人在处世上城府不深,真情易露,在抒情的词中表现出极为真淳的感情。辛弃疾经过了血与火的考验,他为抗击金人恢复北方领土做了不懈斗争,他面临着广大人民强烈地抗战呼声与统治者的屈辱求和。由于关心国事而与现实的急剧碰撞,形成沉郁的性格。他的这种与统治集团对立而又不敢坚持对抗的处境,其情

---

① 曾枣庄:《苏词汇评》,四川文艺出版社2000年版,第24页。

绪一触即发,喷薄而出,形成缠绵悱恻而又感情深至的词篇。甚至连他写的一些表达友情的词篇,也是深情荡漾,颇饶缠绵悱恻之致。如《锦帐春·席上和杜叔高韵》:

> 春色难留,酒杯常浅。更旧恨新愁相间。五更风,千里梦,看飞红几片。这般庭院。　几许风流,几般娇懒。问相见何如不见。燕飞忙,莺语乱,恨重帘不卷,翠屏乎远。

此词抒写了作者伤春惜别,往事不堪回首的情怀。"问相见何如不见",将相会不久又匆匆别离的缱绻情怀,写得极为真切。辛弃疾的词在于能将忧国之痛,身世之感、友朋之情,写得缠绵悱恻,表现出诗人特别真淳的性情,极富艺术感染力。因此,受到历代词论家的特别赞赏。周济谓:"稼轩固是才大,然情至处,后人万不能及。"①王国维云:"幼安之佳处,在有性情,有境界。"②如此等等,对辛弃疾词中性情之表露,做了充分的肯定。

综上所述,因受主客观条件的限制,苏词在表现性情方面,似隔一间,未若辛弃疾词之感情痛快淋漓,童心毕露。谢章铤之论,颇中肯綮。

第二节　苏轼与辛弃疾的婉约词

苏轼、辛弃疾都是著名的豪放派词人。作为与豪放词风相对立的婉约词,他们创作如何呢?经检,在苏轼三百余首词中,婉约词达百首以上,其豪放词不过数十首罢了;在辛弃疾的六百余首词中,婉约词有二百首以上,而其典型的豪放词,也远不到百首。可见,苏、辛婉约词在其整个词的创作中,占有重要的地位。因此,在研究苏、辛词时,其婉约词是绝对不能忽视的。文学史家说苏、辛是著名的豪放词人,这主要是指他们有部分词风格豪放、对词境做了很大的开拓及其在词史上的杰出贡献而言的。虽然,他们的创作成就以及在词史上的贡献,主要不

---

① 孙克强:《唐宋人词话》,河南文艺出版社1999年版,第602页。
② 孙克强:《唐宋人词话》,河南文艺出版社1999年版,第619页。

是婉约词,但他们若无数量多而质量高的婉约词,则其词就没有那么丰富多彩,在词史上的成就就没有那么辉煌,那么引人注目,这是不言而喻的。何况,他们的婉约词,又那么富于独创和个性特色,这应当引起我们特别的关注。

一

苏轼、辛弃疾的婉约词,有许多相似之处:

首先,苏、辛对婉约词的题材做了极大的拓展,使本来以写艳情为主的婉约词,能够"无意不可入,无事不可言"①,从而使其内容丰富而多彩。

苏、辛婉约词与晏、柳婉约词之差异在于他们把婉约词从主要写艳情这一狭窄的题材中解放出来。其婉约词除了写艳情外,还写咏物、酬应、山水景观等,用以抒情,借以言志,彻底打破了诗词原本在题材上的壁垒,凡是诗能够选用的题材,词几乎也能够全部选用,使词反映现实的空间,空前的扩大;反映现实的实际功能,得到迅速的提高。

苏轼的《水龙吟·次韵章质夫〈杨花词〉》、《贺新郎》"乳燕飞华屋"、《定风波·墨竹词》、《定风波·咏红梅》等,都是著名的咏物词。在宋代婉约词中,无疑都是上乘之作。譬如《水龙吟·次韵章质夫〈杨花词〉》:

> 似花还似非花,也无人惜从教坠。抛家傍路,思量却是,无情有思。萦损柔肠,困酣娇眼,欲开还闭。梦随风万里,寻郎去处,又还被、莺呼起。
> 不恨此花飞尽,恨西园、落红难缀。晓来雨过,遗踪何在,一池萍碎。春色三分,二分尘土,一分流水。细看来,不是杨花点点,是离人泪。

这首词在咏杨花中,渗透了词人复杂微妙的感情,它融咏花、惜花、伤春、感时于一炉,使要眇宜修的感情渗透于优美的意境中。在写法上将细腻地刻画与丰富的想象紧密结合,从而提高了词的艺术境界,深化了词的动人情感,给人以深厚沉实的感觉。因此,词评家给予极高的评价,所谓"幽怨缠绵,直是言情,非复赋物"②、

---

① 刘熙载:《艺概》,上海古籍出版社1978年版,第108页。
② 唐圭璋:《词话丛编》,中华书局1986年版,第631页。

"遗貌取神,压倒古今"①。此词以咏物言,能做到遗貌取神,神采超凡;以寄情言,情感深厚,寄托遥深。它把咏物词的艺术水平,提高到一个新的难以企及的高度。

辛弃疾的咏物词,有《贺新郎·赋水仙》、《贺新郎·赋琵琶》、《瑞鹤仙·赋梅》、《粉蝶儿·和赵晋臣敷文赋落梅》、《水龙吟·题飘泉》、《木兰花慢·送别》等,都是婉约词,也是其词中的上乘之作。如《粉蝶儿·和赵晋臣敷文赋落梅》:

昨日春如、十三女儿学绣,一枝枝、不教花瘦。甚无情,便下得,雨僝风僽。向园林,铺作地衣红绉。　而今春似,轻薄荡子难久。记前时、送春归后,把春波,都酿作,一江醇酎。约清愁,杨柳岸边相候。

此词以贴切的比喻,新颖的表现手法,创造出鲜明生动的形象。词风明丽婉约,颇近俚俗,雅俗共济,独具一格。夏敬观谓"连续诵之,如笛声宛转,乃不得以他文词绳之,勉强断句。此自是好词,虽去别调不远,却仍是秾丽一派也"。② 这首颇有创意而近俗的婉约词,是很有个性特色的。

酬应之作,在苏、辛婉约词中比比皆是,也不乏精彩之作。打开苏、辛词集,含有酬、赠、送、寄、寿的词题颇多,苏轼词《南歌子·送行甫赴余姚》、《浣溪沙·席上赠楚守田待问小鬟》、《菩萨蛮·灵璧寄彭门故人》、《昭君怨·金山送柳子玉》等。然并非世俗的应酬,虚与委蛇,而是仍有着深厚感情的。譬如《昭君怨·金山送柳子玉》,就是一首别开生面的酬应之作:"谁作桓伊三弄。惊破绿窗幽梦。新月与愁烟。满江天。　欲去又还不去。明日落花飞絮。飞絮送行舟。水东流。"上阕写离别前夜不宁的心绪:先写不知何处传来悠扬的笛声,惊醒了自己的幽梦。醒后推窗远眺,一弯新月,满渚愁烟,江天迷离。虽为写景,而凄迷之情已在其中。词人思绪翻滚,夜不能寐,自然引出下阕想象中的明日送别的场面:落花飞絮的渡口,浩浩东流的江水,欲去不忍而又不得不去的行人。最后以"水东流"三字煞尾,戛然而止,含蓄而富有情致。

辛弃疾以酬应为内容的婉约词更多,如《木兰花慢·滁州送范倅》、《定风波·施枢密圣与席上赋》、《行香子·博山戏呈赵昌甫韩仲止》、《感皇恩·寿铅

---

① 唐圭璋:《唐宋词简释》,上海古籍出版社1981年版,第90页。
② 龙榆生:《唐宋名家词选》,古典文学出版社1957年版,第260页。

山陈丞及之》、《添字浣溪沙·答傅岩叟酬春之约》、《朝中措·醉归寄祐之弟》等。《木兰花慢·滁州送范倅》就是一首不同凡响的力作:"老来情味减,对别酒,怯流年。况屈指中秋,十分好月,不照人圆。无情水、都不管,共西风、只管送归船。秋晚莼鲈江上,夜深儿女灯前。征衫便好去朝天,玉殿正思贤。想夜半承明,留教视草;却遣筹边。长安故人问我,道愁肠殢酒只依然。目送秋霄落雁,醉来时响空弦。"此词叙离情则由怯流年到月圆而人将离散,再到无情水送归船,一波三折,用层层递进的手法,把依依不舍之离情写得缠绵悱恻,催人泪下;言壮志,则由玉殿思贤到视草筹边,再由愁肠殢酒到醉来时响空弦,把英雄失志、壮志难酬的苦衷,抒写得淋漓尽致,感人肺腑。

随着抒写题材的扩大,苏、辛婉约词反映了更为广阔的社会生活,几乎达到了凡是诗所能表现的社会内容,词亦能表现。由此,词境得到了极大的拓展,词情得到了极好地深化,词风也趋于典雅,词人抒发的感情,更为真淳和沉郁。

其次,苏、辛婉约词在表现手法与艺术创新上多有创获,因而其词更富有艺术魅力与艺术生命力。

在苏、辛以前的婉约词中,有许多词都是代言体。词人在创作时,须变换角色,以男子作闺音,这就要尽量揣摩和臆测妇女的心态,以表现她们在深闺中孤寂的怨望与深切的思亲念远之情。在艺术表现上不免扭捏作态,很不自然,给人以不真实的感觉。苏、辛词则很少写代言体,这就在很大程度上避免了因代言而带来的心态上的尴尬。苏轼的《少年游·润州作,代人寄远》,从词题看,似为代言体,实则是一首立意深远、构思特异、极富艺术创新的词作。词云:

> 去年相送,余杭门外,飞雪似杨花;今年春尽,杨花似雪,犹不见还家。
> 对酒卷帘邀明月,风露透窗纱。恰似姮娥怜双燕,分明照、画梁斜。

既是润州代人寄远之作,开头却说:"去年相送,余杭门外。"杭州的人,怎能倩远在润州的人捉刀?代人云云,显然是托词。王文诰《苏诗总案》卷十一云:"公以去年十一月发临平(在今杭州市东北),及是春尽,犹行役未归,故托为此词耳",[①]其说极是。公思家,托为思妇怀人之词。此思妇即苏轼夫人王润之,意为代王氏夫人

---

① 朱靖华:《苏轼词新释辑评》,中国书店2007年版,第197页。

寄远方之苏公。按诸事实,并非代言体,实为词人因思家而赋词,只是从对面着笔罢了。如是,他抒发思家之情,不是写自己如何刻骨铭心地思念远在杭州的夫人,而是写王氏夫人在余杭门外送别之后,秋去春来,不见自己还家,日日思念倚闾翘望的情景,以表达自己的深切思念之情。由"雪似杨花"到"杨花似雪",既表现了时令迅疾的转换,又以回环往复的修辞手法,加深了自己的思念之情。此词上阕写了时间的绵长,下阕写了空间之冷寂、凄凉。邀明月,月圆而人未团圆;更以姮娥怜双照,衬托自己的孤寂之情。词人写王氏夫人对自己思念时间之悠长,感情之真切、深挚,实则写自己迫切思念之情。这种从对面着笔的抒情,实际是一种加倍写法,突出表现自己思亲念远的强烈情绪。它不同于代言体,代言体是模拟别人口吻、感情、思绪,一句话,是代别人抒情,虽似真切,感情终隔一层;有时则不免轻浮。此词感情殊为真挚,盖为自己肺腑情愫的流露也。

辛弃疾写过许多对话体词,这是以文为词的一种体式,是对词的艺术手法的一种开拓。但多为豪放词,也有婉约词。譬如《鹊桥仙·赠鹭鸶》:

溪边白鹭,来吾告汝:溪里鱼儿堪数,主人怜汝汝怜鱼,要物我欣然一处。　白沙远浦,青泥别渚,剩有鰕跳鳅舞。听君飞去饱时来,看头上,风吹一缕。

词用对话体。通篇写自己与白鹭鸶对话,抒写诗人希望环境谐和的情趣,极富于美学意味。"勿食吾溪鱼",意在保持山水和谐之美,使物我欣然一处,以求归隐生活达到理想境界;下阕由溪边而远渚,由溪鱼而鰕鳅,一怜一恨,有类杜甫"新竹恨不高千尺,恶竹应须斩万竿"诗意。词以白描的手法、通俗的词语,表现人禽和谐共处的乐趣。表面看来,颇为幽默轻松,很有些闲中取乐、游戏人间的超逸味道,然在更深层次上,则含有一种颇为深厚的悲天悯人的情思。

由此可见,苏轼、辛弃疾在婉约词的创作上,都有意识的追求艺术创新,并取得了可观的艺术成就。

二

苏轼、辛弃疾的婉约词,也有许多不同之处:

首先，苏轼在仕途上屡遭挫折，然性情超旷，不以宦途险恶为念。故其词风殊逸，隐然有一股仙气，流宕其中。辛弃疾一生胸怀抗金救国恢复中原之志，亦屡遭挫折。然性情执著任真，其忧怀不能自释，一寓于词中。故词意殊怨，词里充盈着悲郁之气。

苏轼《定风波·海南归赠王定国侍人寓娘》云：

常美人间琢玉郎。天应乞与点酥娘。尽道清歌传皓齿。风起。雪飞炎海变清凉。　万里归来颜愈少。微笑。笑时犹带岭梅香。试问岭南应不好。却道。此心安处是吾乡。

此词作于元祐元年，时在汴京任职。曾受苏轼的牵连，王定国被贬到时称蛮风瘴雨的宾阳，孩子死在那里，他也几乎病死。但五年后北迁，他和歌儿柔奴都是肤愈泽而貌加丰，原因何在？柔奴作了恳切的回答；"此心安处，便是吾乡。"这句话表达了善处穷通、乐天知命、随缘而适、随遇而安的思想，这与苏轼潇洒旷达的心性气质非常契合，苏轼正是以"此心安处是吾乡"的精神面对人生的：初贬黄州，别人为之担忧，他却"安土忘怀，一如本是黄州人，元不出仕而已"；[1]再贬惠州，"譬如元是惠州秀才，累举不第，有何不可"，[2]因而"中心甚安之"；三贬海南，仍一转念"我本海南民，寄生西蜀州。忽然跨海去，譬如事远游"。[3]他作此词固然是赞扬柔奴的思想，又何尝不是宣扬自己的人生哲学。诚如薛瑞生先生所说："舍红袖翠裙而着眼于美人甘心随夫以贬之品性，自然以精神感人，亦自我'心声'之折光。"[4]通过与王定国侍人柔奴的对话，赞扬其"此心安处是吾乡"的高旷的胸怀，表达自己即处逆境而不为逆境所苦的旷达胸怀。又如《如梦令》云："水垢何曾相受，细看两俱无有。寄语揩背人，尽日劳君挥肘。轻手，轻手，居士本来无垢。"此词说的全是佛家的语，表达的全是佛家的思想，借以戏谑仕途，戏谑人生，反映了他一种自尊自信、随缘放旷的隐士般风度。同时一语双关，表明自己品性高洁，不为污尘所染，对谗毁者以反讽，深蕴着一种愤激情绪，使俳

---

[1]　苏轼:《苏轼全集》,上海古籍出版社2000年版,第1857页。
[2]　苏轼:《苏轼全集》,上海古籍出版社2000年版,第1778页。
[3]　苏轼:《苏轼全集》,上海古籍出版社2000年版,第540页。
[4]　薛瑞生:《东坡词编年笺证》,三秦出版社1998年版,第48页。

谐、牢骚与禅趣浑然一体。这种旷达的胸怀与逸情的表现,不特为一般婉约词人所无,也为爱国英雄辛弃疾之所无有。

辛弃疾《摸鱼儿》云:

更能消几番风雨,匆匆春又归去。惜春长怕花开早,何况落红无数。春且住,见说道、天涯芳草无归路。怨春不语。算只有殷勤,画檐蛛网,尽日惹飞絮。　长门事,准拟佳期又误。蛾眉曾有人妒。千金纵买相如赋,脉脉此情谁诉?君莫舞,君不见、玉环飞燕皆尘土!闲愁最苦。休去倚危栏,斜阳正在,烟柳断肠处。

此词貌似伤春宫怨,极美人幽怨之情,委婉缠绵之致。实承《离骚》美人香草的比兴手法,将词人自己身世之感和忧国之情一并写入其中,在词里渗透了词人对国事的悲郁怨望之情。陈廷焯评此词云:"词意殊怨,然姿态飞动,极沉郁顿挫之致。"又谓"惊雷怒涛中,时见和风暖日。所以独绝古今,不容人学步。"①梁启超谓读起来"回肠荡气,至于此极。前无古人,后无来者。"②细味之,此词则外柔内刚,具有刚柔相济之美。

"辛纯以气行",这就辛词整体而言的,自然也就包含了他的婉约词,这是辛弃疾婉约词的特点和优点之一,有别于他人婉约词的软而媚。俞陛云在评他的《祝英台近·晚春》时说:"前之《摸鱼儿》词借送春以寄慨,有抑塞磊落之气;此借伤春以怀人,有徘徊宛转之思,刚柔兼擅之笔也。"③陈匪石在评《祝英台近·晚春》时说:"但愚细味此词,终觉风情旖旎中时带苍凉凄厉之气,此稼轩本色未能脱尽者,犹之燕、赵佳人,风韵固与吴姬有别也。"④这都说明他的婉约词具有刚柔相济之美的艺术特色。

苏、辛一生,在政治上都是很不得志的,在仕途上备受排挤与打击。苏轼缺乏对政治理想的执著,面对仕途上的困难,往往采取超然的态度;比起苏轼来,辛弃疾对于政治理想的过分执著,每遭碰壁之后,情绪不免悲郁;他被长期闲置,老

---

① 陈廷焯:《白雨斋词话》,人民文学出版社1983年版,第23、157页。
② 唐圭璋:《词话丛编》,中华书局1986年版,第4309页。
③ 俞陛云:《唐五代两宋词选释》,上海古籍出版社1985年版,第377页。
④ 陈匪石:《宋词举》,江苏古籍出版社2002年版,第75页。

了英雄,隐逸中充满悲愤与牢骚。苏轼屡遭贬谪,虽不免忧谗畏讥,然终竟把世事看开了,不以为意。故读苏轼词,似觉有一股逸气或仙气,充斥在字里行间。所谓"逸怀浩气,超然乎尘垢之外。"①东坡"清丽舒徐,高出人表。"②"东坡老人故自灵气仙才,所作小词冲口而出,无穷清新"③,"苏其殆仙乎"④,如此等等,都是因为他将世事看开了,对一切压迫、打击,采取了超然旷达的态度。故我们读东坡词,总觉似醍醐灌顶,一股清逸之气顿使人清爽而心旷神怡。读《西江月》"照野弥弥浅浪"确有进入仙境之感。和辛弃疾一样,苏轼的词也是"纯以气行"的,然他的词中的气是文士之气,是雅气。辛弃疾是民族英雄,其婉约词中,仍有一股郁勃英雄之气,潜藏其中。他一生以恢复祖国北方领土为己任,其词不仅流荡着恢复神州故土的情怀、抱负,其英雄本色与气概,也时有流露。所谓"艳语亦以气行之,是稼轩本色"⑤。"题甚秀丽,措词亦工绝,而其气仍是雄劲飞舞。"⑥然终有一股抑郁之情与忧郁之感渗透在字里行间。

苏轼、辛弃疾的一生毕竟是仕途坎坷,政治上很不得志的。这种不得志的心情终归是要在词里流露的。苏轼的旷达,实际是为了消解心中的苦闷,是沉郁情绪的另一种表现形式,是对苦闷情绪的转化与深化,是含着泪水的笑。辛弃疾的忧愁与沉郁,有时则是以俳谐的谐趣,化为粲然的一笑,借以对郁闷情绪的缓和与消解。

其二,苏、辛的婉约词,有很大部分仍是以妇女为抒写对象,抒发男女之间婉恋柔情的。然苏抒写对象多为自己的妻妾。感情真淳而深厚;辛抒写对象多为妓女,不免有逢场作戏之嫌。因此,他们词的抒情有深淳与儇薄之分。

宋代婉约词写男女之情者,多写婚外感情,即词人与歌伎或情人之间的感情。或婉恋相得,或单思单恋,苏轼的婉约词则多写夫妻之间的感情。他与前妻王弗、续弦王润之、侍妾朝云感情融洽,极为亲密,对他们写过许多感情深婉、情真意切的词。辛弃疾除妻子范氏以外,先后有侍妾六人,感情均似一般。然他与歌伎相交,为她们写了许多感情深婉的词,然毕竟是婚外恋,也不免做游戏笔墨,

---

① 陈良运:《中国历代词学论著选》,百花洲文艺出版社1998年版,第78页。
② 夏承焘:《词源注》,人民文学出版社1963年版,第30页。
③ 张宗橚、杨宝霖:《词林纪事·词林纪事补证》,上海古籍出版社1998年版,第270页。
④ 况周颐:《蕙风词话》,中州古籍出版社2003年版,第236页。
⑤ 朱德才:《辛弃疾词新释辑评》,中国书店2006年版,第41页。
⑥ 朱德才:《辛弃疾词新释辑评》,中国书店2006年版,第41页。

未能做到特别的深切感人。

《南乡子·集句》、《蝶恋花》"记得画屏初相遇"、《一斛珠》"洛城春晓",或为苏轼初恋时所作,都写得感情缠绵。他与王弗伉俪情深,王弗死后,有悼亡之作《江城子·乙卯正月二十日夜记梦》感情殊深,所谓"真情郁勃,句句沉痛,而音响凄厉。"①东坡南迁,与朝云相依为命。朝云死于惠州,他写了《西江月·咏梅》、《西江月·梅花》悼念朝云。他以象征、拟人的手法,咏梅花,也颂朝云,梅花与朝云融为一体。写得空灵飘逸,自然天成,可与《江城子·乙卯正月二十日夜记梦》媲美。《江神子·江景》写了一个动人的故事,可谓一出精彩的短剧,写得艳而不淫,妩媚动人,极有情趣。是神圣的灵之爱,毫无轻薄狎邪之意。

论到苏轼的婉约词,贺裳曾谓"苏子瞻有铜琶铁板之讥,然其《浣溪沙·春闺》曰:'彩索身轻常趁燕,红窗睡重不闻莺。'如此风调,令十七八女郎歌之,岂在'晓风残月'之下?"②词云:

> 道字娇讹语未成,未应春阁梦多情。朝来何事绿鬟倾。　彩索身轻长趁燕,红窗睡重不闻莺,困人天气近清明。

此词语言活泼而有风趣,不言春情而春情自见,似言春情而又不落言筌,无迹可寻。丝毫没有一般闺情词的轻薄意味。风格俊逸清爽,轻松中略带幽默,刷新了婉约词的意境,形成一种新的与软而香迥异的风调。它重在写神,具有超脱尘俗、高洁晶莹的美感,为婉约词提供了一种经过"雅化"的新风貌。

辛弃疾词写艳情者有多首。他与夫人范氏感情似未深厚,未留下足以称赞之词;与侍妾之感情,也未似苏轼与朝云之相知也。《祝英台近·晚春》、《祝英台近》"绿杨堤"、《惜分飞》"翡翠楼前芳草路"、《恋绣衾·无题》、《南歌子》"万万千千恨"等,均为艳情词。《祝英台近·晚春》最为论者所艳称。词云:

> 宝钗分,桃叶渡,烟柳暗南浦。怕上层楼,十日九风雨。断肠片片飞红,都无人管;更谁劝、流莺声住。　鬓边觑。试把花卜归期,才簪又重数。罗

---

① 唐圭璋:《唐宋词简释》,上海古籍出版社1981年版,第96页。
② 唐圭璋:《词话丛编》,中华书局1986年版,第696页。

帐灯昏,哽咽梦中语;是他春带愁来,春归何处;去不解,带将愁去。

这是辛弃疾最为缠绵悱恻的闺怨词,是为"平欺秦、柳,下轹张、王"之作①。他的《青玉案·元夕》也受到词评家的青睐。彭孙遹谓"辛稼轩'蓦然回首,那人却在灯火阑珊处',秦、周之佳境也。"②

据考,辛弃疾的侍妾有整整、钱钱、田田、香香、卿卿、飞卿等,最后多被遣送,其作有《西江月·题阿卿影像》、《临江仙·侍者阿钱将行,赋钱字以赠之》、《鹊桥仙·送粉卿行》、《好事近》"医者索酬劳"等,除《西江月·题阿卿影像》感情较真挚外,其余则不免轻浮与儇薄,如《临江仙·侍者阿钱将行,赋钱字以赠之》,全词用了五个带钱字的典故为之送行,虽不乏赠别善意,但被游戏笔墨冲淡了;《鹊桥仙·送粉卿行》,虽抒不忍离别之情,然风味轻俗,游气未除。《好事近》"医者索酬劳",以家伎酬医,自然有其时代的生活文化背景,且要表现其倜傥不群与生活窘迫,然终不近人情,且对家伎整整视若物品,殊不尊重。

第三,苏轼是在婉约词的创作已达艺术高峰的时候,他力图摆脱旧的影响与羁绊,在词坛上别树一帜,使之获得新的艺术生命力;辛弃疾则是在众多名家已经占此领域时,其创作重在学习与继承。

当苏轼登上词坛的时候,其先辈晏殊、欧阳修、张先等已将婉约词的艺术推到了一个高峰,而柳永则以俗词与慢词,在词坛上树立了新的辉煌,一至"凡有井水处,都有柳词"。面对这一现实,苏轼则以艺术家创新的勇气,冲破婉约词创作的旧的模式,他以高雅的审美情趣,拓展词境,刷新艺术表现手法,从而形成一种全新的婉约词的创作模式,题材不拘,表现手法多样,艺术出新,摆脱艳而俗、香而软的既定格调,走上健康的创作道路。"及眉山苏氏,一洗绮罗香泽之态,摆脱绸缪宛转之度,使人登高望远,举首高歌,而逸怀浩气,超然乎尘垢之外,于是《花间》为皂隶,而柳氏为舆台矣!"③"指出向上一路,新天下耳目,弄笔者始知自振。"④经过他努力地拓展与开创,使婉约词在表现内容与形式上,都有了新的提升。

---

① 唐圭璋:《词话丛编》,中华书局 1986 年版,第 2529 页。
② 唐圭璋:《词话丛编》,中华书局 1986 年版,第 722 页。
③ 陈良运:《中国历代词学论著选》,百花洲文艺出版社 1998 年版,第 78 页。
④ 唐圭璋:《词话丛编》,中华书局 1986 年版,第 85 页。

辛弃疾生活的时代,词史上不仅有苏轼以前诸多的婉约词人,而且有苏轼、秦观、周邦彦、李清照等著名的词人,他们在婉约词的创作上多有创获,对婉约词的思想内容与艺术表现都有较大的拓展,使后人难以超越。因此,比起苏轼来,他在婉约词的创作上,更重视对前人的学习与继承。

辛弃疾词有《河渎神·女城祠,效花间体》、《唐河传·效花间体》、《玉楼春·效白乐天体》、《丑奴儿近·博山道中,效李易安体》、《念奴娇·赋雨岩,效朱希真体》、《恋绣衾·无题》,这些词从词的题序表明向前人学习。余如《满江红·暮春》,词评家以为"缠绵悱恻,细腻宛转,直追秦观"。①《满江红》"敲碎离愁""情致楚楚,那弗心动,低徊宛转,一往情深,非秦柳所能及。"②可见他曾经认真地向前代婉约词的名家学习,汲取前人艺术上的优长,并取得了很大的艺术成就,有许多出蓝之作。然就总的倾向而言,则侧重向前代的名家学习,继承大于创新。

第四,苏轼在婉约词的创作上,渐次趋雅,使其具有内涵丰富而宏阔的诗的意境;辛弃疾在婉约词的创作上,渐次趋俗,使其具有通俗活泼轻快的曲的意蕴。

苏轼在婉约词的创作上,一面反对柳永词的卑俗成分,提升了词的艺术品位;另一方面,又学习并继承了晏、欧婉约词的雅致,同时以诗为词,使词在诗化中得到雅化。在词的创作中尽量吸收诗的表现手法,譬如题序的增加,典故的运用,情调的庄重,竭力创造优美的诗的意境,使词有诗的语言、境界与情调。总之,他在词的创作上,表现出对词境的诗意追求,因而其词有着浓郁的诗意。他善于用词抒情,由于他性格超旷,有着逸怀浩气,因此无凄咽之情,无低沉之调,无柔靡之语,词写得轻灵细巧,情逸气旷,使其婉约词既有文小、质轻、境隐的特点,又较之一般婉约词更增添了几分晴朗、明媚、韶秀的特色。

辛弃疾婉约词的创作在向民歌学习中,充分吸收了民间文学健朗、活泼、通俗、谐谑的长处,使好多词已具有了曲的某些特点,表现出词向曲发展的迹象与进程。

辛弃疾有些词纯属白描,明白如话。词中不少是用了口语、俗语、谚语,如《唐多令》"淑景斗清明"、《清平乐·博山道中即事》、《南乡子·赠妓》等。有些

---

① 朱德才:《辛弃疾词选》,人民文学出版社 1988 年版,第 239 页。
② 朱德才:《辛弃疾词新释辑评》,中国书店 2006 年版,第 179 页。

词中运用了大量的宋元时代的方言俗语,也有些词语多取自日常生活中常用的词语,因而形成通俗易懂、新鲜活泼的艺术风格。《最高楼·名了》《最高楼》"客有败棋者,代赋梅"、《鹊桥仙·送粉卿行》《南歌子》"万万千千恨"、《眼儿媚·妓》《卜算子·闻李正之茶马讣音》等,都有着曲的情调和意蕴。这类通俗似曲的词作,一方面表明辛词的创作深受民间俗曲的影响,同时也显示出由词而曲的发展趋势。这些词的表现艺术已开元曲之先河。

苏辛婉约词之异同,以上仅就荦荦大端而言;至于其细枝末节,难以缕述,也就不必详谈了。

第三节 苏轼与辛弃疾的农村词

词于宋初作为"遣兴娱宾"之用,题材多为市民生活或士人与歌伎的恋情,逐渐发展到写词人自我形象、山水风景以及英雄豪杰的报国之情。但也写其他方面,譬如咏史、咏物等,农村词则甚为罕见。盖词本质上为市民文学,词人极少接触并描写农村生活的。苏轼、辛弃疾都写了一些农村词,虽然数量不多,但却给词增加了新的内容,增添了新的光彩。据统计:苏轼有农村词21首,写了一些农民与渔民生活。辛弃疾有农村词25首,有多样化农村生活的描写,写出了一幅幅农村风俗画。苏、辛的农村词,合起来不足50首,但从宋人写的整个农村词来看,则是数量多而质量高的,值得我们进行深入的研究。

一

苏轼、辛弃疾,都是宋朝的政府官员,同时又都是著名的词人。他们所写的农村词,有许多相同或相似之处。

首先,苏、辛的农村词,虽然都风格明朗,情绪欢快,但却有着浓郁的隐逸情绪,隐含着对官场的强烈不满。

苏轼与辛弃疾,本来都有着宏伟的抱负和高尚的志趣,他们做官都想大展宏图而有所作为,但在官场却不是一帆风顺,而是受到种种挤兑,在仕途上坎坎坷坷,很不得意。苏轼步入官场,先是与王安石政见不合,而被外放。后来又因

"乌台诗案"被贬黄州,遂居东坡。辛弃疾抱着恢复中原的强烈愿望,投奔南宋。因为是"北归人",政治上受到歧视。后来又无端受到弹劾而被罢官,前后闲置近20年。因此,他们对官场的勾心斗角、尔虞我诈有着切肤之痛,内心都隐含着一种隐逸情绪。比起官场来,农村则淳朴、和谐,生存条件则较为优越。于是,他们带着欣羡与赞赏的心情写农村词。因此,他们农村词的调子愉快、欢乐,显现着一种特别的亮色。

在中国诗史上,有着写农村生活的优良传统,形成了诗史上著名的田园诗派的承传。陶渊明、孟浩然、王维、储光羲、范成大,都是著名的田园诗人。他们因不满官场生活,向往隐逸,写了许多田园诗。陶渊明的《归园田居》、王维的《渭川田家》,都是典型的田园诗,这些诗受到了读者的喜爱和文学史家的好评。但他们并没有真正地了解农村生活,反映农民的苦与乐。其田园诗,与其说是农村生活的反映,毋宁说是虚拟的世外桃源。他们在仕途受挫而产生了对官场的厌恶,暂避山林或田园,欲过一段舒心的生活。因此,对农村自然有一种亲和感和新鲜感。他们之所以归隐或企慕归隐,在于表示不贪恋富贵和禄位,并借以缓解和释放心中的不快。并非真正的改变了立场,蜕变成农民,要以恭耕来维持生活。他们虽然到了农村,却过着庄园式的生活,住在别墅里,清闲自在,与农民生活有着天壤之别。充其量他们只是个潦倒的官僚而已。王维住在辋川别墅里,陶渊明过着远比农民优裕的生活。他们虽然走到了农村,接近了农民,然他们的思想感情与农民仍有较大的距离。他们所写的田园诗,有意或无意地把农村生活美化了。实际只写了一些农村极表面的东西,而非真实的农村生活的再现。

苏轼、辛弃疾的农村词,受到了田园诗派的影响,以描写农村生活为指归。他们对农村生活的了解与田园诗人对农村生活的了解深浅或有所不同,但无论如何,他们与农民的思想感情有着较大的距离。他们的农村词,没有也不可能写出真正的农村生活,反映真实的农村面貌。农村词写的是一种极表面的农村现象,而非真实的农村生活与农民的苦与乐,这却是显而易见的。

苏轼所写的农村词,主要有两组:一组是《浣溪沙·徐门石潭谢雨道上作五首》,这组词可以说是他的下乡速写;另一组是《渔父》四首,是对渔民生活的素描。这些词都洋溢着欢乐祥和的气氛,表现了他对农村生活的向往。

旋抹红装看使君,三三五五棘篱门。相排踏破蒨罗裙。 老幼扶携收麦社,乌鸢翔舞赛神村。道逢醉叟卧黄昏。

(《浣溪沙·徐门石潭谢雨道上作五首》之二)

听说城里官大人下乡来了,出于一种好奇心理,年轻妇女边打扮边跑出来赶紧迎上去,三三五五成群结队,拥拥挤挤来看下乡的太守,蒨罗裙也被踏破了。这是他在徐门石潭谢雨道上看到的一幕,是太守眼中的农村姑娘,词里充分表现了她们的活泼与新奇的心态。苏轼对农民与农村生活产生了新鲜感,这首词写得极有激情,表现了农村年轻姑娘想扩大见识视野的强烈欲望。下阕写老幼扶携、乌鸢翔舞、醉叟黄昏独卧诸多场景。一切都是那么平和、那么自然、那么悠然自得,自得其乐,真是一个异常祥和的环境,是一个理想的无差别的境界。这种境界,怎能不使他整日奔忙官场的人钦羡呢?

苏轼的四首《渔父》词,表面是写渔民生活,实则是士人笔下的渔隐生活,是对田园与隐逸生活的美化,他将渔民写得闲逸、欢乐、潇洒,词里充满了理想色彩与浪漫情调。词人不无出尘之想,这种出尘之想在字里行间有充分地流露。

渔父饮,谁家去。鱼蟹一时分付。酒无多少醉为期,彼此不论钱数。
渔父醉,蓑衣舞。醉里却寻归路。轻舟短棹任斜横,醉后不知何处。
渔父醒,春江午。梦断落花飞絮。酒醒还醉醉还醒,一笑人间今古。
渔父笑,轻鸥举。漠漠一江风雨。江边骑马是官人,借我孤舟南渡。

在词人笔下,渔父不拘形骸,与酒家不分尔汝,更不争多论少。他们既无官场的争名夺利,也无人间的是非荣辱。生活上自给自足,自由自在,悠然自得,无求于人,更不用奔波劳顿。这是典型的世外桃源式的生活,绝无"青箬笠,绿蓑衣,斜风细雨不须归"的那种风雨不避的艰辛。人们不禁要问:他们是"葛天氏之民欤?"宋代毕竟不同于葛天氏时的原始时代,渔民毕竟受着渔霸的欺诈和盘剥,他们整天是风里来浪里去,在凄风苦雨中难求温饱,哪儿会有如此舒坦的生活呢?苏轼写了美好的渔隐生活,表明了他对田园和渔隐生活的向往。其实,从传统写"渔父"的作品来看,"渔父"是代表隐于渔樵的隐者,而非普通的渔民。苏轼之《渔父》受传统思想影响,与其说是写渔民,毋宁说是对隐者的歌赞。

辛弃疾笔下的农村词,也有着类似的生活描写。如《清平乐》:

> 茅檐低小,溪上青青草。醉里吴音相媚好,白发谁家翁媪。 大儿锄豆溪东,中儿正织鸡笼。最喜小儿亡赖,溪头卧剥莲蓬。

这是一幅非常生动的农村生活图画。词中通过对一家人生活的生动描写,反映了农村生活的一角与自己对农村生活的欣羡感情。上阕写在溪边有一个低小的茅草房,房子的主人翁媪相处的亲密谐和;下阕写其儿女们的辛勤劳动,各尽其责,绝不偷懒。就连最顽皮的小儿子,也在剥莲蓬,显示出他的活泼可爱而又勤劳。这一家人相处如此和谐亲密,令人羡慕。词人用了白描的笔法,写出了农民生活的淳朴。

《西江月·夜行黄沙道中》,则写农村晚上的景象。词人笔致潇洒,将夜晚景色写得非常优美。

> 明月别枝惊鹊,清风半夜鸣蝉。稻花香里说丰年,听取蛙声一片。 七八个星天外,两三点雨山前。旧时茅店社林边,路转溪桥忽见。

这首词写了黄沙道中非常清幽的夜景,给人以爽适之感。"稻花香里说丰年,听取蛙声一片",从浓郁的稻花香写出了丰收在望的农民喜悦之情,那青蛙的叫声,似乎是弹奏着丰收的合奏曲。这是典型的农村的伊甸园,显而易见,辛弃疾在这里也寄寓了自己厌恶官场的感情。余如"绿野先生闲袖手,却寻诗酒功名。未知明日定阴晴。今宵成独醉,却笑众人醒。"(《临江仙·即席和韩南涧韵》)"听软语,笑衰容,一枝斜坠翠鬟松。浅颦轻笑谁堪醉,看取萧然林下风。"(《鹧鸪天》"点尽苍苔色欲空")都有点隐逸情绪的流露。而《西江月·江行采石岸,戏作渔父词》"千丈悬崖削翠,一川落日镕金。白鸥来往本无心,选甚风波一任。别捕鱼肥堪鲙,前村酒美重斟。千年往事已沉沉,闲管兴亡则甚?"隐于渔樵的情绪,则十分朗了。

其次,苏轼、辛弃疾的农村词,虽有走马观花与下马观花之别,但都是观花而无种花栽花之劳,他们并没有真正了解农民劳动之艰辛与生活之困顿。因此,所写农村词反映的只是表层的外观现象,没有也不可能真正写出农民内心的复杂世界,没有也不可能写出他们内心的真实感情。但他们终竟走近了农民,对他们的生活感情有一定的了解,并在词中得到了一些相应的表现。

我们先看苏轼笔下的农村景象:"惭愧今年二麦丰,千歧细浪舞晴空。化工余力染天红。"(《浣溪沙·徐州藏春阁园中》)麦子长势良好,丰收在望,农民喜迎丰收的欢乐之情自不待言。"麻叶层层䔲叶光"(《浣溪沙·徐门石潭谢雨道上作五首》之三),二麻长势喜人,令人不胜欢快。"日暖桑麻光似泼,风来蒿艾气如薰"(《浣溪沙·徐门石潭谢雨道上作五首》之五),雨后新霁,桑麻蓬蓬勃勃,叶子闪闪发光;一阵清风,蒿艾散发出芳香的气味。词人极写庄稼的茂盛,显示农民心头的欢乐。"簌簌衣巾落枣花。村南村北响缲车"(《浣溪沙·徐门石潭谢雨道上作五首》之四),蚕桑丰收,缲车开动,一片繁忙景象。余如"阑街拍手笑儿童"、"黄童白叟聚睢盱"、"垂白杖篱括醉眼"、"半依古柳卖黄瓜"、"隔篱娇语络丝娘",如此等等,农村处处洋溢着一种喜迎丰收的欢乐景象,这是太平盛世。词人带着满腔激情,写了丰收在望农村老幼无比欢快的情景。应该指出,苏轼初步接近了农民,看到了农村的一些令人激动的景象,并做了一定的反映。至于农民的内心的活动以及真实的生活情景,则未能流注笔端。词人为农村面临的丰收景象而陶醉,他能喜农民之所喜,已经是很值得称赞了。要他写出丰收而可能遇到的意外灾难或盘剥,写出农民生活实际存在的艰难与辛酸,则是强人所难的了。因为他毕竟是封建官僚。

与苏轼相比,辛弃疾的农村词,题材则更为广泛,反映生活也较为深刻。词人能够冷静地观察,他熟悉了农村生活与农民的生活情景。因此,写出了可以称之为风俗画的农村词。

"鸡鸭成群晚未收,桑麻长过屋山头"(《鹧鸪天·戏题村舍》),"酿成千顷稻花香"(《鹊桥仙·乙酉山行书所见》),这是丰收在望的景象。"北陇田高踏水频,西溪禾早已尝新"(《浣溪沙·常山道中即事》)写出了丰收景象。"平冈细草鸣黄犊,斜日寒林点暮鸦"(《鹧鸪天·代人赋》),他除了写丰收给农民带来的欢乐情景,还写了农民日常生活和农村风俗。如:"东家娶妇,西家归女,灯火门前笑语"(《鹊桥仙·乙酉山行书所见》),"谁家寒食归宁女,笑语柔桑陌上来"(《鹧鸪天》),"自言自地生儿女,不嫁金家即聘周"(《鹧鸪天·戏题村舍》),写了一幅幅颇为生动的农村风俗画。

苏轼是临时下乡,因此只能是走马观花;辛弃疾长住农村,与农民接触较多,谙熟农村情景。因此,他对农村生活的描写与刻画,远比苏轼深刻而丰富。如果说苏轼笔下的农村,只是诗人走马观花看到的表面情景,那么辛弃疾笔下的农村风俗画,视野更宽阔,生活更丰富,更接近当时农村的实际。

二

苏轼、辛弃疾的农村词,各有独特的个性特征。

第一,苏轼的农村词,词人情绪是饱满而热烈的,有一股强烈的浪漫情调;辛弃疾的农村词,感情是沉稳的,笔下是一幅幅真切的生活画卷。

苏轼写农村词时,将其浩怀逸情,流注笔端。因此,激情洋溢,感情充沛,主观感情强烈而外露,其词是诗人感情的外化与诗化;辛弃疾的农村词,情绪是饱满而深隐的,是现实生活的再现。他写农村词时,将其丰富的生活与深刻的感受,渗透在客观的抒写中,笔底是丰富多彩的农村生活图画。感情内敛,笔底生华,比起苏词来,他所反映的农村生活更丰富、更宽广、更贴近农村生活实际,是一幅生意盎然的农村风俗画。

苏轼出仕以后,从来没有脱离过官场。他因赴石潭谢雨这一公务偶然来到农村,看到了丰收在望时农民欢欣鼓舞的情景,对此他感到新鲜,并产生了一阵惊喜。凭着他异常锐敏的观察力,把他的新鲜感与惊喜写下来,就是一首首非常动人的词作。譬如他最有名的农村词《浣溪沙·徐门石潭谢雨道上作五首》,就是以我为主,写的是太守苏轼的所见所闻与感受,这是太守眼中的农村与农民生活,是一幅欢乐的激情洋溢的图画。这是很能吸引读者关注的图画,然它与农村的真实情景、与农民生活的实际终隔一层,给人以世外桃源的感觉。他的《渔父》词四首,与其说是写渔民,毋宁说是写隐于渔樵的隐者。他是情绪饱满、激情洋溢的歌赞这种生活的。

与苏轼相比,辛弃疾则长期脱离官场,住在农村。他在带湖、瓢泉等农村生活长达近20年。因此,他对农村景况与农民生活相当熟悉,他的农村词则写得比较客观实际。既有宏观的勾勒,也有精细的描写,笔锋到处,是一幅幅生机盎然的农村图画。读这些词,使我们看到了宋代农民生活的较为真实的一角。譬如:"父老争言雨水匀,眉头不似去年颦。殷勤谢却甑中尘。啼鸟有时能劝客,小桃无赖已撩人。梨花也作白头新。"(《浣溪沙》)上阕写好雨当春,收成有望,农民解开眉头。下阕以情观景,一花一木,无不赏心悦目。写出了农民的喜悦心情。词人能忧民之忧,乐民之乐,以轻松的笔调,写了农民欢快的心情。

第二,辛弃疾农村词题材广泛,描写生动真切;苏轼农村词题材狭窄,感情超旷。

辛弃疾的农村词,除了比较真切地反映农民生活外,还描写农村的风俗和风景。如:

> 青裙缟袂谁家女,却趁蚕生看外家。
>
> (《鹧鸪天·游鹅湖,醉书酒家壁》)
>
> 轻鸥自趁虚船去,荒犬还迎野妇回。
>
> (《鹧鸪天·黄沙道中》)
>
> 千章云木钩辀叫,十里溪风穗稏香。
>
> (《鹧鸪天·鹅湖寺道中》)

不仅写了农村的人事活动,如青年妇女回家探亲,而且写农村的风物,旷野的轻鸥、荒犬、云木、稻香,都成为词的题材。词人顺手拈来,诗情洋溢,诗意盎然,写出一幅幅生动真切的图画。

苏轼除了因谢雨到农村而写的《浣溪沙·徐门石潭谢雨道中作五首》、《渔父》四首外,就再没有写出较有影响的农村词,题材相对是狭窄的,然而词写得感情超旷,境界拔俗,词里流溢着一种仙意美。譬如:《西江月·顷在黄州,春夜行蕲水中,过酒家,饮酒醉,乘月至一溪桥上,解鞍曲肱醉卧少休。及觉已晓,乱山攒拥,流水锵然,疑非尘世也,书此词桥柱上》:

> 照野瀰瀰浅浪,横空暧暧微霄。障泥未解玉骢骄,我欲醉眠芳草。可惜一溪明月,莫教踏碎琼瑶。解鞍欹枕绿杨桥,杜宇一声春晓。

题序交代了写此词的背景:一个十分清幽的环境,一个颇有诗意的境界,词人大笔濡染,并以超旷的笔调,展示了这个殆若仙境的所在,词写得景色超凡、洒落有致,令人神往。

总之,辛弃疾的农村词,是现实生活的画卷。他善于作客观描写,感情隐蔽,读了令人沉思;苏轼的农村词,多是浪漫情思的抒写,他善抒主观之情,感情张扬,读了令人遐想。辛词的风格畅达、明快、俊逸,苏词的风格旷逸、浪漫、炽烈。

第四节　辛弃疾对贺铸词的接受

在词史上，贺铸异军突起，有诸多创新，异彩纷呈，成果丰硕，这对后代词人的创作，有巨大的影响力。后来词人在创作方面，认真学习了贺铸开创的范式，受益良多。谈到贺铸词的不凡成就与巨大影响力时，著名词论家陈廷焯、俞陛云、夏敬观等人，都谈到其词对辛弃疾词艺术成就的巨大影响，其识力超卓，立论不凡，发人深思。这对研究辛弃疾词的创作，很有启示。本节试图对陈廷焯等人的立论，做一些笺释和引论。或对辛弃疾词与中国词学的研究，有所裨益。

一

在创作上开创性的运用比兴，是贺铸词的艺术成就之一。它对辛弃疾词成功地使用比兴手法，有着明显地影响。

自屈原在《离骚》中首创恶禽臭物以比谗佞、香草美人以喻君子的比兴模式以来，后代诗人在诗歌创作中，多有师法。曹植、阮籍认真向屈原学习，在诗歌中率先运用比兴，使诗之思想内容趋于深沉厚重。后代诗人继之，不断发扬光大，比兴之运用，遂不绝如缕。于是在中国诗歌史上形成一股浩浩洪流，直有奔腾万里之势。对此，陈沆在《诗比兴笺》中论之详矣，不赘。今人安旗教授对李白《蜀道难》《将进酒》等名篇的阐释，亦用比兴理论，对李白诗之思想内涵多有发明。对阐释学的运用，多有启示。作为"遣兴娱宾"的词作，是以娱乐玩赏为指归的。故词人往往书之以艳词，付之于歌伎，供酒筵歌席演唱，旨在提高与宴者的玩乐情绪与兴致。其主调是言情的，并非言志的，故被视为"小词"，表示对它轻蔑。这种艳情小调，在词史上，一时成为主流。故重大严肃之主题，非其擅长，更无与君国之说。迨至苏轼，其《水调歌头》"明月几时有"，或有比兴，故神宗"读至'又恐琼楼玉宇，高处不胜寒'，上曰：'苏轼终是爱君'。乃命量移汝州。"①"作

---

① 陈元靓：《岁时广记》引《复雅歌词》，引自施蛰存、陈如江：《宋元词话》，上海书店出版社1999年版，第643页。

者之用心未必然,而读者之用心何必不然。"①推敲此词意旨,似无"爱君"之意,神宗恐系误读。贺铸与苏轼生活之时代同时稍后,其词多"以诗为词",对苏轼首创之"以诗为词"多有推扩,下编有《贺铸"以诗为词"说》,对此做了详细地阐述,此处不赘。他在词中偶用比兴,也为词论家所关注。他的《芳心苦》,就被视为托言寄兴之作。词云:

  杨柳回塘,鸳鸯别浦,绿萍涨断莲舟路。断无蜂蝶慕幽香,红衣脱尽芳心苦。 返照迎潮,行云带雨,依依似与骚人语。当年不肯嫁东风,无端却被秋风误。

有许多贺铸词的阐释者,都以为此词有寄托。认为它将词人颇为深沉的思想,寄寓于咏荷之中,名为咏物,实则言志。许昂霄评此词的"当年"二句云:"有'美人迟暮'之慨。"②陈廷焯谓:"此词必有所指,特借荷寓言耳。"③均谓此词旨意深远,必有寄托,不是为咏物而咏物的。又谓:"通首如怨如慕,如泣如诉,有多少惋惜,有多少慨叹!淋漓顿挫,一唱三叹,真能压倒今古。"④"骚情雅意,哀怨无端,读者亦不自知其何以心醉也。"⑤则赞其此词有高度的艺术表现力,将词人的情思表现得淋漓尽致。俞陛云说:"屏除簪袚,长揖归田,已如莲花之褪尽红衣,乃洗净铅华,而仍含莲子中心之苦,将怨谁耶? 故下阕言当初不嫁东风,本冀秋江自老,岂料秋风不恤,仍横被摧残,盖申足上阕之意。"⑥就词的旨趣而言,诸家之说,仍嫌含糊。然比兴之旨,本难指实,更不必一锤定音,只能求其近似而已。所释是否为词人作诗本旨,似不必叩词人于地下以问之。钟振振释此词云:"按'当年'二句感慨万端,当与新旧党争有关。方回出仕于神宗熙宁间,适逢王安石变法,'不肯嫁东风'者,似谓己之未附新党。'无端却被秋风误'者,则似指元

---

① 谭献:《复堂词话》,人民文学出版社 1959 年版,第 19 页。
② 许昂霄:《词综偶评》,引自唐圭璋:《词话丛编》,中华书局 1986 年版,第 1572 页。
③ 陈廷焯:《云韶集》卷三,引自钟振振校注:《东山词》,上海古籍出版社 1989 年版,第 79 页。
④ 陈廷焯:《云韶集》卷三,引自钟振振校注:《东山词》,上海古籍出版社 1989 年版,第 79 页。
⑤ 陈廷焯:《词则·大雅集》卷二,引自钟振振校注:《东山词》,上海古籍出版社 1989 年版,第 79 页。
⑥ 俞陛云:《唐五代两宋词选释》,上海古籍出版社 1985 年版,第 254 页。

祐更化,旧党执政后,已亦不见重用也。"①贺铸在北宋新旧党争中,所持立场及政治遭遇与苏轼略同,窥诸苏轼在新旧党争中的不幸遭遇,钟说当是。

贺铸以前,词中几无人用比兴者。即如苏轼之《水调歌头》"明月几时有",究其实质,也不是用了比兴手法的。贺铸这首词用比兴,在词史上是具有开创性的。因此,它在词史上的地位,是绝对不能低估的。

辛弃疾的《摸鱼儿》,盖为比兴抒怀之作,是继贺铸《芳心苦》之后,在词史上成功的运用比兴创作的又一名篇。词曰:

更能消几番风雨?匆匆春又归去。惜春长怕花开早,何况落红无数。春且住。见说道、天涯芳草无归路。怨春不语。算只有殷勤,画檐蛛网,尽日惹飞絮。　长门事,准拟佳期又误。蛾眉曾有人妒。千金纵买相如赋,脉脉此情谁诉?君莫舞,君不见、玉环飞燕皆尘土!闲愁最苦。休去倚危栏,斜阳正在,烟柳断肠处。

此词宋人罗大经谓:"词意殊怨,'斜阳烟柳'之句,其与'未须愁日暮,天际乍轻阴'者异矣。使在汉唐时,宁不贾种豆种桃之祸哉。愚闻寿皇见此词,颇不悦,然终不加罪,可谓至德也已。"②梁启超亦谓:"宋人说部好傅会,此段却似可信。孝宗好文词,且具赏鉴力……则其爱读此词,读而不悦,亦意中事。词意诚近怨望,长门事数语:几露骨矣。"③俞陛云谓:"幼安自负天下才,今薄宦流转,乃借晚春以寄慨。上阕笔势动荡,留春不住,深惜其归,但芳草天涯,春去苦无归处,见英雄无用武之地。珠网冒花,隐寓同官多情,为置酒少留之意。当其在理宗朝曾拥节钺,后之奉身而退,殆有谗抵之者,故上阕写不平之气。下阕'蛾眉曾有人妒'更明言之:玉环、飞燕,皆归尘土,则妒人者果何益耶?结句斜阳肠断,无限牢愁。"④

词人感物起兴,寓兴无端。其思绪之渗透于词,又隐之蔽之,唯恐心底之秘

---

① 钟振振校注:《东山词》,上海古籍出版社1989年版,第78页。
② 罗大经:《鹤林玉露》卷一,引自朱德才等:《辛弃疾词新释辑评》,中国书店2006年版,第155页。
③ 引自吴则虞:《辛弃疾词选集》,上海古籍出版社1993年版,第164页。
④ 俞陛云:《唐五代两宋词选释》,上海古籍出版社1985年版,第374页。

密外露,授人以柄。但又须使心迹有所宣泄,使读者对己之心迹明了,读后己情隐然可见,己志灼然可觉,进而深入体悟并引起共鸣。其用心良苦,故不免运意闪烁,使词意朦胧而又有很强的暗示力。此类词,只可意会而难以言传。读此类词,只能细细体味,慢慢捉摸,仔细揣摩作者之思绪与创作意图,方能悟其三昧。故不拟坐实,坐实则难免遭刻舟求剑之讥,在疏解上也必然遭凿纳难通之困。俞陛云之说尚通侻,大体可信。

辛弃疾词运用比兴以寄意者,尚有《贺新郎·赋水仙》《蝶恋花·戊申元日立春,席间作》等,这些词词旨朦胧,托意深远,值得深入体悟,仔细研究。

在词史上,辛弃疾以前之词人,在词中用比兴而别有深刻寓意者,盖只有贺铸一人。陈廷焯云:"方回词,胸中眼中,另有一种伤心说不出处,全得力于楚骚,而运以变化,允推神品。"①贺铸将楚骚之美人香草以喻君子的比兴手法,创造性地用之于词,艺术上达到化境,成为神品,令人击节赞赏。辛弃疾继之,并有所发展,使其词旨深远,词心微微,令人展卷深思。

宋词中运用比兴以寄意者,尚有吴文英、王沂孙,以及《乐府补题》所收诸作,贺铸词运用比兴影响所及,不特辛词而已。故虽仅为单篇,但在词史上的开创之功与深远的影响力,不可或缺。

二

在词史上堪称大家的辛弃疾,在一生创作中形成多种多样的艺术风格:除了占主导地位的豪放风格之外,尚有清奇、明爽、秾丽诸种风格,以此昂然屹立于词坛,争艳斗奇,迥然高出时辈。秾丽则是他创作的艺术风格中较为成功的一种。其属此类风格者,数量不多,大约只有十数首,在其整个词的创作中,所占比例是很小的,然其艺术成就却是很突出的。它在辛词创作中,是不容忽视的一个重要方面。早在南宋时代,给他词集作序的刘克庄就说:"其秾纤绵密者,亦不在小晏、秦郎之下。"②将其与擅长秾丽艺术风格的晏几道、秦观词相比,评价是很高的。然却很中肯,并非溢美之词。因此他的评说,经住了历史的考验。清代邓廷

---

① 陈廷焯:《白雨斋词话》,人民文学出版社1959年版,第15页。
② 刘克庄:《辛稼轩集序》,引自吴则虞:《辛弃疾词选集》,上海古籍出版社1993年版,第280页。

桢在其《双砚斋词话》中,在列举辛弃疾《祝英台近》、《百字令》等秾丽之作后,谓其"皆独茧初抽,柔毛欲腐,平欺秦、柳,下轹张、王"①。当代词论家胡云翼也说:"偶作情语,亦秾丽绵密,昵狎温柔。"②如此等等,都肯定了他词中的秾丽风格,取得了不凡的艺术成就。蔡嵩云说:"其集中,有沉郁顿挫之作,有缠绵悱恻之作,殆皆有为而发。"③在评论艺术风格的同时,对其具有秾丽风格的词作的思想,作了颇高的评价:以为是"有为而发"。如此,辛弃疾词中的秾丽之作,应当引起我们高度的重视。

辛弃疾词中的秾丽之作,为什么会有那么高的艺术水准呢?这除了他本人有极丰厚的艺术素养之外,也与其学习并继承前人的优秀之作有关,特别是善于学习贺铸的秾丽词风有关。夏敬观云:"学辛得其豪放者易,得其秾丽者罕。苏则纯乎士大夫之吐属,豪而不纵,是清丽,非徒秾丽也。稼轩秾丽处,从此脱胎。细读《东山词》,知其为稼轩所师也。世但言苏、辛一派,不知方回,亦不知稼轩。"④又对《伴云来·天香》批云:"稼轩所师"⑤。夏氏认为辛弃疾词中的秾丽风格,导源于贺铸词。而在《映庵词评》中,则径指受贺铸词《横塘路》之影响所致。如此等等,拨雾导窍,令人豁然开朗。

《横塘路》是贺铸创作中最为成功的词作之一,当时就轰动词坛,和作连连,宋金人步其韵者,计有 25 人 28 首词之多,⑥创造了词史上一首词有和作的最高纪录。文学史家对其评价甚高,有案可稽,不必赘述。而贺铸词之秾丽词风对辛词之影响,特别是《横塘路》对辛词之深刻影响,则罕有人论及。夏先生之评骘,可谓"天惊石破"。令人遗憾的是,这种独到精彩的高论,反响极小。偶有论及者而又非之,不以夏先生之论点为是。故略申己见,并对夏先生之观点做点阐发,揭示辛词秾丽之作对贺词的受容。

辛弃疾的《念奴娇·书东流村壁》,是辛弃疾词中秾丽风格的代表作之一,词曰:

---

① 唐圭璋:《词话丛编》,中华书局 1986 年版,第 2529 页。
② 辛弃疾著,崔铭导读:《辛弃疾词集》,上海古籍出版社 2010 年版,第 361 页。
③ 蔡嵩云:《柯亭词论》,见唐圭璋:《词话丛编》,中华书局 1986 年版,第 4913 页。
④ 夏敬观:《映庵词话》,引自辛弃疾著,崔铭导读:《辛弃疾词集》,上海古籍出版社 2010 年版,第 359 页。
⑤ 夏敬观:《映庵词评》,见《词学》第五辑,华东师范大学出版社 1986 年版,第 203 页。
⑥ 钟振振校注:《东山词》,上海古籍出版社 1989 年版,第 158 页。

野棠花落,又匆匆过了,清明时节。划地东风欺客梦,一夜云屏寒怯。曲岸持觞,垂杨系马,此地曾轻别。楼空人去,旧游飞燕能说。　闻道绮陌东头,行人曾见,帘底纤纤月。旧恨春江流不断,新恨云山千叠。料得明朝,尊前重见,镜里花难折。也应惊问,近来多少华发?

此词抒发词人重游故地而恋人不见的复杂感情。上阕写旧地重游的时令与楼空人去的场景,并由此转入对往昔情事的追忆,欢乐的场景烘托出一段深沉缠绵的恋情,对此怅惘不已。下阕抒发词人逝情难觅的苦痛:"旧恨"二句展示出离恨的无穷无尽,"料得"三句写旧情难圆的悲伤。"纤纤月"状美人足,写美人之美艳;以"旧恨"与"新恨"之绵长,写相思之深切。如此状离恨之深沉不亚于方回。贺铸的"若问闲情都几许?一川烟草,满城风絮,梅子黄时雨",采用连设三喻的博喻手法,用具体生动的景物,将非常抽象无迹可求又难以捉摸的情感,转化为可见可闻的事情,亦虚亦实,新奇工巧,具有很强的艺术感染力。稼轩的"旧恨春江流不断,新恨云山千叠",也将"恨"的情绪具象化,成为千古名句。然前者给人是感性的启悟,感性中有理性之思;后者是给人以理性的思索,理性中有感性的联想。这两首词,对人的感情都有着强劲的冲击力,只是这冲击力,有着不同的侧重而已。

辛弃疾词写闺思、写别恨,不免儿女情长,写下了一些秾丽之作:

隔户语春莺,才挂帘儿敛袂行。渐见凌波罗袜步,盈盈。随笑随颦百媚生。　着意听新声。尽是司空自教成。今夜酒肠难道窄,多情。莫放纱笼蜡炬明。

(《南乡子》)

欹枕橹声边,贪听咿哑聒醉眠。梦里笙歌花底去,依然,翠袖盈盈在眼前。　别后两眉尖,欲说还休梦已阑。只记埋怨前夜月,相看,不管人愁独自圆。

(《南乡子·舟行纪梦》)

这两首词,感情深挚,用语俏丽,给人以秾丽生香之感。无巧不成书,贺铸也有两首《南乡子》,极似辛弃疾这两首词。无妨抄出,以供鉴赏比较。

一

　　秋半雨凉天,望后清蟾未破圆。二十四桥游冶处,留连,携手娇娆步步莲。　眉宇有余妍,初步瓜时正妙年。玉局弹棋无限意,缠绵,肠断吴蚕两处眠。

二

　　柳岸舣兰舟,更结东山谢氏游。红泪清歌催落景,回头,□出尊前一段愁。　东水漫西流,谁道行云肯驻留?无限鲜飚吹芷若,汀洲,生羡鸳鸯得自由。

其一,在清丽的景色中带出"携手娇娆步步莲"之美人,令人生无限遐想;下阕突出女子之美妙缠绵,但却是"肠断吴蚕两处眠",极思念之深情。其二,写女子送郎远离而恨不能随郎而去,由此"生羡鸳鸯得自由",人不如禽之相爱相亲,感慨良深。这两首词词句清丽而感情秾深。

贺铸与辛弃疾这四首《南乡子》词,语言清丽,行文流畅而感情深厚,结尾情绪高涨,并将其浓挚感情推到极致。这四首词,风格一致,表现手法相似,如出一人之手。辛弃疾显然是学习贺铸的,然却看不出一点模仿之痕迹。可见他学习的手段是极为高明的。细味辛词,行文较贺铸轻情,没有贺词感情表现得那么深重,有其自己独特的风调。可见,他对贺铸词的学习,是有其创造性的。

三

贺铸的《六州歌头》、《行路难》、《将进酒》是贺词在词史上知名度很高的三首豪放词,它对辛弃疾词的主要风格豪放词来说,有着很大的影响。王士禛说:"'车如鸡栖马如狗',用古谣语,绝似稼轩手笔。"[①]他的话好像是说,贺铸模仿了辛弃疾的豪放词。而应当颠倒过来说,稼轩词绝似方回的手笔,才符合历史逻辑。这本来是不争的事实,王渔洋那么说,不过是要特别抬高贺铸这首词,强调其艺术表现上特别超卓而已。夏敬观云:"稼轩豪迈之处,从此脱胎。豪而不

---

① 王士禛:《花草蒙拾》,见唐圭璋:《词话丛编》,中华书局1986年版,第681页。

放,稼轩所不能学也。"①与王士禛之说比较起来,夏敬观摆正了他俩影响与继承之关系,符合历史发展的逻辑。历来词学家将豪放风格看成是一个完整的不可分割的艺术概念,即有"横绝六合,扫空万古"②的恢宏气势。夏先生则将豪与放分开来讲,这样讲更为科学和准确,与约定俗成之豪放理解有异。夏先生所说的"豪迈"大概就他认定的"豪"的概念。当然,豪放的"豪"也含有"豪壮"与"豪雄"之意。对于放的含义,夏先生没有明说。但一般所说的放,是放开之意,即谓思想不受传统思想(主要是儒家思想)的拘限,有某些越轨行为,如佞佛信道之类,行为上超越了儒家思想的规范,艺术表现上也有越出常规之处。总之,放,就是放逸,是说其思想艺术上不能循规蹈矩,在创作上越出了传统的轨辙,另辟蹊径。如果说这个理解大致不错的话,稼轩词道是"豪而不放"的,或者是不很放的。我们细检辛弃疾的豪放词,就会明显地感到有这个特点。

世言稼轩词豪放,似乎已成定谳。词论家人人言之,不以为非。其实,稼轩在南宋时期作为"北归人",受人歧视,政治上处于"组织不信任"状态。因此,虽有文武之才、治国之略,却难肩国家重任;虽然他小心谨慎,也时刻在"夹起尾巴做人",但仍处处受到攻讦。例如,他任两浙西路提点刑狱时,台臣王蔺攻击他说:"肆厥贪求,指公财为囊橐;敢于诛艾,视赤子犹草菅;凭陵上司,缔结同类;愤形中外之士,怨积江湖之民。"③说他是大贪污犯,杀人不眨眼的刽子手;敢于欺上瞒下,任意横行。如此桀骜不驯,为非作歹,皇帝还敢重用他吗?为此,当其在壮年时,就丢了官,被迫退隐上饶等地,"求田问舍",赋闲竟达18年之久。在这样的政治环境下,他的为人处事都相当拘谨,行为上不敢越雷池一步。他一生以恢复中原为己任,其求田问舍,实在是不得已的。因此,他的政治生活表现并非放浪,实在不敢有越轨行为;在他退隐其间,思想上虽然受了老庄思想的影响,实际是以老庄思想消解不得志的苦闷罢了,其主导思想仍以入世为主,仍想着早日担当国家重任,实现恢复中原的襟抱。就词的艺术表现来说,其词虽则有"以文为词"之倾向,然却仍然恪守词律,词写得非常当行。所以,辛弃疾的豪放,与

---

① 夏敬观批语,见钟振振校注:《东山词》,上海古籍出版社1989年版,第107页。
② 刘克庄:《辛稼轩集序》,引自吴则虞:《辛弃疾词选集》,上海古籍出版社1993年版,第280页。
③ 崔敦诗:《西垣类稿》卷二《辛弃疾落职罢新任制》,引自邓广铭:《辛弃疾年谱》(增订本),上海古籍出版社1997年版,第94页。

其说是思想感情之放,毋宁说是艺术表现有些放,但也是不很越轨的。总之,他的豪放词,我们借用夏敬观先生评贺铸词的评语而评之:是"豪而不放"。这种艺术风格,是为其所处的政治环境所决定的。

贺铸《行路难》等三首词,绝不是"豪而不放",而是很典型的豪放词。《将进酒》云:

> 高流端得酒中趣,深入醉乡安稳处。生忘形,死忘名,谁论二豪初不数刘伶?

蔑视功名富贵,整日沉入醉乡,不与名利,不问世事。这是很典型的六朝名士风度。作为大宋臣子,这种思想行为,不是很放浪的吗?

又如《行路难》:

> 缚虎手,悬河口,车如鸡栖马如狗。白纶巾,扑黄尘,不知我辈可是蓬蒿人。衰兰送客咸阳道,天若有情天亦老。作雷颠,不论钱,谁问旗亭美酒斗十千? 酌大斗,更为寿,青鬓长青古无有。笑嫣然,舞翩然,当垆秦女十五语如弦。遗音能记《秋风曲》,事去千年犹恨促。揽流光,系扶桑,争奈愁来一日却为长。

此词调《行路难》用了乐府旧题名,表现仕途艰难怀才不遇的愤激心情,词的感情激荡,意象跳跃,节短韵长,调高音凄,以急促跳荡的旋律,表现对才高位卑现状的愤懑情绪,达到了李白、李贺某些乐府诗的艺术境界。如此思想放逸艺术前卫之词,在词史上是罕见的,这是词中很典型的豪放之作。夏敬观先生却说它"豪而不放",我们实在不知他是从何说起。贺铸这三首词,就像李白、李贺的某些乐府诗,甚至一些词句,都是二李乐府诗中就有的。其情绪的激荡、感情的跳跃、内容的急速转换,在宋词中很难找到类似的例证。辛弃疾受了乐府歌行的影响,以文为词,但仍按词的定规填词,形散意连,逻辑十分严密,根本没有贺铸词中感情激荡跳跃的现象。因此,我们认为:与其说贺铸词是豪而不放,毋宁说稼轩词的主导风格之所谓豪放,实则是"豪而不放"的。

辛弃疾的豪放,主要是思想内容的豪雄、豪壮、豪迈,但却无放纵行为,故

"豪而不放"。这种特点,是为其积极入世态度决定的。因此,词中表现的思想内容更沉稳,艺术表现更感人。例如:

了却君王天下事,赢得生前身后名。可怜白发生!
(《破阵子·为陈同甫赋壮词以寄之》)
凭谁问:廉颇老矣!尚能饭否?
(《永遇乐·京口北固亭怀古》)
白发宁有种,一一醒时栽。
(《水调歌头·汤朝美司谏见和,用韵为谢》)
斫去桂婆娑,人道是、清光更多!
(《太常引·建康中秋夜为吕叔潜赋》)
啼鸟还知如许恨,料不啼、清泪长啼血,谁共我,醉明月。
(《贺新郎·别茂嘉十二弟》)
却将万字平戎策,换得东家种树书。
(《鹧鸪天·有客慨然谈功名,因追念少年时事,戏作》)
昨夜松边醉倒,问松我醉何如?只疑松动要来扶,以手推松曰去!
(《西江月·遣兴》)

以上诸例,虽有不得志的牢骚,甚至还有醉后放纵行为的描写,然却表现了积极的人生观。总之,辛弃疾豪放词从总体来看,写得豪而不放,这是为其积极的入世态度与强烈地爱国情绪决定的。贺铸几首豪放词,写得过分放纵,行为上不免有颓放之嫌,艺术上也似有叫嚣之风。他的颓唐情绪,固然是社会造成的,在封建社会也有积极反抗不合理社会制度的因素。然总有较多的个人因素。因此,词的格调就没有辛弃疾词格那么高了。

求名责实,以豪而且放求之,在文学史上称得起豪放词的,却实在是寥寥无几,其艺术格调也不一定就很高;而以笼统言之,认为豪放词主要表现壮阔之境,雄豪之情,那么,豪放词在词史上是一股洪流,有奔腾万里之势。

豪放词无论就历代创作实际来看,抑或是词论家的一般理解来看,它不是并列而实属偏义,是重在豪而不在放的。词人思想上的放,似难放开手脚;艺术上的放,也似有很大的限制。贺铸三首豪放词艺术上的放,远没有李白、陆游诗那

么放的。相对来说,贺铸、陆游、陈亮、刘过等人艺术上的放,都是远超辛词的。如陆游的《真珠帘》:

> 自古,儒冠多误。悔当年、早不扁舟归去。醉下白苹洲,看夕阳鸥鹭。菰菜鲈鱼都弃了,只换得、青衫尘土。休顾,早收身江上,一蓑烟雨。①

这首词就很有看破红尘而做真隐士的味道了。余如陈亮《水调歌头·送章德茂大卿使虏》、刘过《沁园春·寄稼轩承旨》等,都是比较典型的。然这类比较典型的豪放词,数量不是很多的。因此,对豪放概念的理解,还是按约定俗成的那样,不必做新的解释,以免引起不必要的混乱。

第五节 蒋捷对辛词的继承与发展

南宋词人蒋捷,在词史上与王沂孙、周密、张炎齐名,为"宋末四大家"之一,被刘熙载誉为"长短句之长城"。② 其词之特点,词论家大多认为他善于向前人学习,转益多师,写出了一些很优秀的作品。然成功地仿效前人的居多,没有形成自己独特的艺术风格,词的艺术个性不那么明显。尽管今之蒋捷词的研究者常国武、杨景龙,在其论著中对蒋捷词的风格,都做了精当的概括,③然却未能一言以蔽之。盖其词风格太多样,有繁复拉杂之感。观蒋捷词,犹如一个十分精美的拼盘,盘中各类食物杂陈,其中不乏精美可口的佳肴,色味俱好,足以引起美食家的清赏。但要说出其中哪一种菜是厨师最拿手的,却难作出准确的回答。但受姜夔、辛弃疾词风影响而写的词,无疑是这拼盘中最为出色的两种佳肴,很值得我们细细地品尝。

关于蒋捷受姜夔词的影响,朱彝尊早就作了论定,也为后代词论家所认可,姑且置而勿论。兹就辛弃疾词对他的影响,谈一点浅见。谈到蒋捷词与辛弃疾

---

① 王双启:《陆游词新释辑评》,中国书店 2001 年版,第 132 页。
② 刘熙载:《艺概》,上海古籍出版社 1978 年版,第 112 页。
③ 常国武:《〈竹山词〉探胜》,见《词学》第七辑,华东师范大学出版社 1989 年版,第 102—113 页;杨景龙:《蒋捷和他的〈竹山词〉》(代前言),见《蒋捷词校注》,中华书局 2010 年版,第 22 页。

词的承继关系,我很赞赏胡适先生的一段话。他说:

蒋捷受了辛弃疾的影响,故他的词明白爽快,又多尝试的意味。①

胡适先生这句话说得很随意,似无精警之处。然细读辛弃疾、蒋捷的词,方知他谈得准确、到位,实在是不易之论。

胡适论词,往往纳入其提倡白话与改革文体的体系之中,因此为词论家所忽视,或者将其边缘化,没有引起学界足够的重视。他论蒋捷词的这段话,虽然并未离开语文改革的主线,然纳入蒋捷对辛弃疾词之接受,却是十分切当的。除胡适先生,学界似乎还没有人说过如此切实的话。兹以此语为纲,详细论之。

一

以文学的品类来讲,词仍属一种短小的抒情诗。抒情诗的写作,是以采择兴象、运用比兴等艺术手段为主的,词也一样。但到了辛弃疾手里,他却"以文为词",在抒情中,加强了叙事手段,并较多地用了诸多散文的笔法写词,在其词中,不再追求诗的蕴藉、含蓄、凝练,而往往是议论、叙述、感叹交相使用,一气直下,故有着散文的纵横恣肆、酣畅淋漓,读起来劲直、明白、爽快,如读太史公书,趣味浓郁;如食哀梨,清脆可口。他写的词,特别是长调,才气横溢,大都具有这种特色。这是他以赋笔为主的写词艺术手法成功的尝试。后来刘过、刘克庄都效其体,形成恣肆苍茫的词风。蒋捷的词,也分明受了辛弃疾这种词风的深刻影响。如《沁园春·为老人书南堂壁》,无疑是这种词风的翻版。

老子平生,辛勤几年,始有此庐。也学那陶潜,篱栽些菊,依他杜甫,园种些蔬。除了雕梁,肯容紫燕,谁管门前长者车。怪近日,把一庭明月,却借伊渠。　鬓边白发纷如,又何苦招宾约客欤?但夏榻宵眠,面风攲枕;冬檐昼短,背日观书。若有人寻,只教僮道,这屋主人今自居。休羡彼,有摇金宝辔,织翠华裾。

---

① 胡适:《唐宋词三百首》,东方出版社1995年版,第286页。

此词以极流畅的语言,叙述了诗人构筑南堂、美化环境、独居伊处、怡然自得的心境,写出了殆若羲皇上人不与俗事的怡悦心情,突出地表现了作为大宋遗民不与元朝统治者合作的高风亮节。

我们再看辛弃疾的《沁园春·再到期思卜筑》:

> 一水西来,千丈晴虹,十里翠屏。喜草堂经岁,重来杜老;斜川好景,不负渊明。老鹤高飞,一枝投宿,长笑蜗牛戴屋行。平章了,待十分佳处,著个茅亭。　青山意气峥嵘,似为我、归来妩媚生。解频教花鸟,前歌后舞;更催云水,暮送朝迎。酒圣诗豪,可能无势,我乃而今驾驭卿。清溪上,被山灵却笑,白发归耕。

此词在叙事中伴有精彩的描写,并巧妙地融汇了议论与感喟,文笔浑然,一直而下,写得酣畅淋漓,是"以文为词"的经典之作。

辛弃疾与蒋捷的这两首词,都写士人的隐逸之思,向往田园之乐。同样的词调,同样的题材,同样的主题,情调相似,词意浓郁,语句流畅,才气逼人,写得明白爽快之至。两首词风调都近似诗,笔调如出一辙。如收在同一人的词集中,可能就真伪难辨了。总之,蒋捷的这首词,学辛弃疾词真是到家了。以词而言,也是上乘之作。有人指出:"若有人寻,只教僮道,这屋主人今自居",有凑句之嫌。如果从"以文为词"的角度看,倒是写得很自然的,从所含意蕴来看,艺术表现力也是极强的。其隐逸自得之意,要仔细体味,不要被词人洒脱的语言表达所瞒过。

总之,在"以文为词"上,辛弃疾的某些词开其端,而蒋捷的词承其绪,有着明显的绍承之迹可寻。而叙事、描写、议论、感叹笔法的浑融精彩,行文的畅达无碍,都值得称道。辛弃疾、蒋捷的类似之作,还可拈出许多,而绝非孤证。这都无可辩驳地说明蒋捷受辛弃疾词的影响之深。他们在词的创作上,无疑是有许多一脉相承的地方。

二

运用细节描写,是辛弃疾、蒋捷词俱有尝试意味的成功之一,是叙事笔法在词中运用的伸展与深化。

辛弃疾、蒋捷的词,随着叙述句式的增多,其笔法也灵活多姿。成功的细节描写,则是其突出的特点之一。他们在词中不仅把细节描写普遍化、典型化,而且逐渐形成自己的个性特征。

辛弃疾词中细节描写之普遍、随意、多样,都是很突出的。有些写得看似乏味,实则洋溢着浓郁的民俗风情。譬如:

> 大男小女,逐个出来为寿。一个一百岁,一杯酒。
>
> (《感皇恩·庆婶母王恭人七十》)
>
> 只消得、把笔轻轻去,十字上,添上撇。
>
> (《品令·族姑庆八十、来索俳语》)

前者写出家庭祝寿的真实的热闹场面,其乐融融;后者用笔轻松、巧黠、幽默。二者都典型地表现了祝寿的习俗与风采。

生动传神的细节描写,能表现诗人最真实的感情,写出浑然忘情的艺术境界。如"情知已被山遮断,频倚阑干不自由"(《鹧鸪天·代人赋》)。她明明知道她的恋人早被远处的青山遮住,根本看不见了,却仍然不由自主地频频地倚阑干而望。又如"愁边剩有相思句,摇断吟鞭碧玉梢"(《鹧鸪天·代人赋》)。你看他不停地挥着马鞭,反复地念叨着:"思念啊,思念啊"的诗句,写出了一往痴情的神态,这都是神来之笔。

有些写的是生活中的细节,非常典型。如"把吴钩看了,阑干拍遍,无人会,登临意。"(《水龙吟·登建康赏心亭》)它将爱国志士壮怀激烈、雄心不已、志欲报国而无人理解、无人支持的悲愤倾泻无余。余如"醉里挑灯看剑"(《破阵子·为陈同甫赋壮词以寄之》)、"目断秋霄落雁,醉来时响空弦"(《木兰花慢·滁州送范倅》)、"醉里重揩西望眼,惟有孤鸿明灭"(《念奴娇·瓢泉酒酣,和东坡韵》),都突出地表现了南宋爱国志士思欲效命疆场的爱国情怀。

词中写的有些细节,在生活中并没有发生,只是词人的假设而已。但却写得生动传神,含意深广。如"因甚无个阿鹊地,没工夫说里"(《谒金门·和陈提干》)。此是打趣陈提干,有很强的幽默感。"阿鹊地",是形容打喷嚏的声态,借指打喷嚏。俗谓有人异地或背后骂他、数落他、念叨他,就会打喷嚏,或为心电感应所致。这里是对陈提干打趣,是说你为什么没有打喷嚏呢?是因为异地亲人没有工夫骂你。实际是说,是你故作多情,人家心里根本就没有装着你,幽他一默罢了。然却把陈提干思念亲人坐卧不宁的急切感情,生动地表现出来了。这虽则是一个假设性的细节,却揭示了陈提干复杂的心理活动与思念亲人的深厚感情,写得风趣而幽默。余如"却将万字平戎策,换得东家种树书"(《鹧鸪天·有客慨然谈功名,因追念少年时事,戏作》)、"安得车轮四角,不堪带减腰围"(《木兰花慢·席上送张仲固帅兴元》),前者写的是对自己政治遭遇的感慨,后者写的是希图挽留住友人的境况。均系假设性的细节,却将情感写得很深透。

在蒋捷词中,也有许多生动的细节描写,《虞美人·听雨》的细节描写,就是相当典型的:

> 少年听雨歌楼上。红烛昏罗帐。壮年听雨客舟中。江阔云低、断雁叫西风。 而今听雨僧庐下。鬓已星星也。悲欢离合总无情。一任阶前、点滴到天明。

此词通过自己一生不同时期"听雨"细节的描写,精警而深刻地表现了词人一生:少年时代的风流豪奢,中年时期的流离落魄,晚境的衰飒与困顿不堪,典型地反映了词人在不同历史时期的生活处境与心态,深刻揭示了处在社会沧桑巨变中的一代知识分子的悲剧命运。

细节描写,在蒋捷词中是多式多样的。如《行香子·舟宿兰湾》"过窈娘堤、秋娘渡、泰娘桥。"在我国河溪纵横的南方,堤、渡、桥是屡见不鲜的。但以窈娘、秋娘、泰娘等名妓命名,颇感意新。或隐寓艳异风韵故事,有着独特的意蕴,又有某种美的启示与联想。又如《一剪梅·舟过吴江》:"流光容易把人抛。红了樱桃,绿了芭蕉。"词人通过樱桃、芭蕉颜色的变换以及绿、红颜色的鲜明对比,生动而准确地表现了时光匆匆、春去夏来的季节变换,由此引起对生命倏忽的强烈感慨。词人将抽象的"流光"化为鲜明的视觉形象,成为具体可感的事物,从而使"流光容易把人抛"的意念生动化与具体化。又如《秋夜雨·秋夜》:"愁多无奈处,谩碎把,寒花轻撚。"这是一个很传神的细节,"轻撚"寒花以至于"碎",这个下意识支配的动作,写尽了词人暮年遣愁无计之情状,它将"愁多无奈"具象化,表现得真实而深刻。

宋代词人,将叙事性作品常用的细节描写,偶尔用之于词,使词的艺术表现大为生色,但却难以在表现上推广普及。辛弃疾、蒋捷在词的细节描写上,做了许多新的尝试,不仅渐次普遍化,而且写得很典型,这就大大推进了词的艺术表现力的进步,使抒情文学艺术技巧有了一个大的升华,描写生动传神,形象更为丰满。

三

以词风言,辛弃疾是宋代豪放词的代表人物,蒋捷虽不一定能划入豪放派,但也的确写了一些很好的豪放词,这些词收入"豪放词选"是当之无愧的。其豪放词的创作成就,在词史上是不能轻易抹掉的。现在,我们各选一首适于表现豪放风格的《贺新郎》为例:

绿树听鹈鴂。更那堪、鹧鸪声住,杜鹃声切。啼到春归无寻处,苦恨芳菲都歇。算未抵、人间离别。马上琵琶关塞黑,更长门翠辇辞金阙。看燕燕,送归妾。　将军百战身名裂,向河梁、回头万里,故人长绝。易水萧萧西风冷,满座衣冠似雪。正壮士、悲歌未彻。啼鸟还知如许恨,料不啼、清泪长啼血。谁共我,醉明月?

(辛弃疾:《贺新郎·别茂嘉十二弟》)

梦冷黄金屋。叹秦筝、斜鸿阵里,素弦尘扑。化作娇莺飞去了,犹认纱窗旧绿。正过雨,荆桃如菽。此恨难平君知否?似琼台、涌起弹棋局。消瘦影,嫌明烛。　鸳楼碎泻东西玉。问芳悰,何时再展,翠钗难卜。待把宫眉横云样,描上生绡画幅。怕不是、新来妆束。彩扇红牙今都在,恨无人、解听开元曲。空掩袖,倚寒竹。

(蒋捷:《贺新郎》)

这两首词,都以跳跃动荡之笔,直冲而下,风格沉郁苍凉,读之似闻风雨之声飒然而至。因此,受到词评家的特别关注,好评如潮。陈廷焯云:"稼轩词,自以《贺新郎·别茂嘉十二弟》一篇为冠。沉郁苍凉,跳跃动荡,古今无此笔力。"[1]推崇

---

[1] 陈廷焯:《白雨斋词话》,人民文学出版社1959年版,第21页。

备至,赞赏之情溢于言表。王国维云:"稼轩《贺新郎》词(送嘉茂十二弟),章法绝妙,且语语有境界,自能品而几于神者。然非有意为之,故后人不能学也。"①王国维评宋词,扬北宋而抑南宋,南宋词受其赞扬者几稀。而对辛弃疾这首词的推崇,却是无以复加的。蒋捷的词,则用了比兴手法,它借助于梦境寄托其故国之思与今昔之感,这与辛词行文以赋笔为主者迥异。然就词的精神实质而言,仍有相似之处。陈廷焯云:"(上阕眉批)笔致飞舞奇警,后来惟板桥深得其妙。(下阕眉批)处处飞舞,如奇峰怪石,非平常谿径也。"②唐圭璋谓:"此首感旧词,极吞吐之妙。"③这些评语,都是非常认真地量了头颅的尺寸而做的帽子,戴在头上也非常合适,绝无溢美之嫌。

辛弃疾词具有豪放风格者多多,为人熟悉,不必枚举。蒋捷词集中豪放词,除上举《贺新郎》"梦冷黄金屋"外,尚有《贺新郎·吴江》、《沁园春·寿岳君举》、《念奴娇·寿薛稼堂》、《水龙吟·效稼轩体招落梅之魂》、《尾犯·寒夜》、《满江红》"一掬乡心"等。如《尾犯·寒夜》:"夜倚读书床,敲碎唾壶,灯晕明灭。多事西风,把斋铃频掣。人共语、温温芋火,雕孤飞、萧萧桧雪。遍阑干外,万顷鱼天,未了予愁绝。鸡边长舞剑,念不到,此样豪杰。瘦骨棱棱,但凄其衾铁,是非梦,无痕堪记,似双瞳、缤纷翠缬。浩然心在,我逢着、梅花便说。"此词写与友人夜话亡国之痛,"以抑遏之笔,抒激愤之气",④词的基调愤激压抑。"鸡边长剑舞,念不到,此样豪杰",词情低沉压抑,这与辛弃疾《永遇乐》"千古江山,英雄无觅,孙仲谋处"意思略同,词人虽有举鼎绝膑之志,但却明显地流露出文士的无力感,而缺乏稼轩词中横溢的豪杰霸气。辛弃疾是力敌万夫的英雄豪杰,蒋捷则是似无缚鸡之力的文弱书生,然其政治品操之坚贞直可相敌。以时势言,辛弃疾所处的时代,尚有北伐的可能,而蒋捷生活在元朝已统一了的中国,他只是具有爱国品操的遗民,不存在推翻元朝的底气,有如磐石重压在肩,精神上承受着难以承受之重。词人的发泄,只能倾吐心中的不平,聊寄良好的愿望罢了。

谈到蒋捷词的风格时,著名的文学史家钱基博说:"以粗为朴,以俗为雅,涉笔成趣,别饶诙诡,而《贺新郎》(按:指《兵后寓吴》)一阕,沉郁苍凉,以辛参

---

① 滕咸惠:《人间词话校注》(修订本),齐鲁书社1986年版,第52页。
② 张若兰:《云韶集辑评》卷八,见葛渭君:《词话丛编补编》,中华书局2013年版,第1582页。
③ 唐圭璋:《唐宋词简释》,上海古籍出版社1981年版,第228页。
④ 杨景龙:《蒋捷词校注》,中华书局2010年版,第141页。

苏。"又说:"其豪健者出辛弃疾,其清丽者出秦观,然有余于疏快,不足于沉郁。而婉转悠扬,词品固当在刘过之上尔。"①他的词融汇吸纳了苏、秦诸大家之长,其风格与辛词稍异,诙诡中有宛转悠扬之致。他在努力学习前人创作经验的同时,亟力打造自己独特的艺术风格,这种创新的勇气值得揄扬,而所取得的艺术成就,也令人钦佩。

四

词至北宋,产生、发展已有数百年的历史了,因此体制比较成熟,业已形成一套完美的写作模式,对题材、主题、声律、作法,都有一个基本的要求,所谓"本色"之求是也。然他和其他事物一样,也是在不断发展、演变、创新中,获得新的艺术生命力的。思想内容的开拓与艺术表现力的提升,是词获得艺术生命力的两股强大动力。在词史上,"以诗为词"、"以文为词"是一种演变;不断地程式化、格律化也是一种演变。前者重在思想内容,后者重在艺术形式,词正是在这种发展演变中,获得恒久的艺术魅力。辛弃疾词在冲破旧的藩篱,形成新的模式上做了许多尝试,蒋捷也在学习前代词人,尤其是在向辛词学习中的尝试用力甚勤。他们都在词的艺术形式上有着许多"尝试的意味",这种"尝试的意味",在其词的创作中,表现是相当突出的。诸如"福唐体"艺术形式的尝试、对酬应词主观抒情的加强、词的浅俗或向散曲的靠拢等。现就这几方面的尝试,做一些初步的检讨。

其一,词有"福唐体"或称"独木桥体",全首押同一字韵。属词颇难,易板滞凝涩,多为争奇斗才,显示才气的游戏笔墨。也有写得完美谐畅,别有风味,令人读之而不忍释手之作。辛弃疾《水龙吟·用"些"语再题瓢泉,歌以饮客,声韵甚谐,客皆为之醮》,就是效《楚辞·招魂》的上乘之作:

听兮清佩琼瑶些。明兮镜秋毫些。君无去此,流昏涨腻,生蓬蒿些。虎豹甘人,渴而饮汝,宁猿猱些。大而流江海,覆舟如芥,君无助,狂涛些。路险兮山高些。块予独处无聊些。冬槽春盎,归来为我,制松醪些。其外芳

---

① 钱基博:《中国文学史》,中华书局1993年版,第722页。

>芬,团龙片凤,煮云膏些。古人兮既往,嗟予之乐,乐箪瓢些。

此词是仿《楚辞·招魂》体而成,是词的别调。在韵律上,每句都用"些"字作为后缀的韵脚,如《招魂》然。而且还用自己实际的平声"萧、肴、豪"的韵脚,如此两韵重叠,使声韵俱备谐畅变化的美质,悦耳动听。在艺术构思上,通篇都是对着水说话,提出自己的种种要求,就如《招魂》中对着亡魂说话一样,亲切自然,极有艺术的美感。①

再看蒋捷《水龙吟·效稼轩体招落梅之魂》:

>醉兮琼瀣浮觞些。招兮遣巫阳些。君毋去此,飓风将起,天微黄些。野马尘埃,污君楚楚,白霓裳些。驾空兮云浪,茫洋东下,流君往,他方些。月满兮西厢些。叫云兮、笛凄凉些。归来为我,重倚蛟背,寒鳞苍些。俯视春红,浩然一笑,吐山香些。翠禽兮弄晓,招君未至,我心伤些。

此词诚如词题所示"效稼轩体",是仿辛弃疾的《水龙吟·再题瓢泉》而成的。通首尾韵用"些"字韵脚,每句倒数第二字押"江、阳、唐"韵,两韵重叠,俱有特殊的声韵之美。通首对梅倾诉,上阕写飓风怒卷,黄尘漫天、云浪排空的种种凶险,意在劝阻梅魂不要远去,应即返回。下阕续写招魂之缘由:梅花品节高尚,有着超尘绝俗之风神。词人殷切地招梅之魂,旨在呼唤一种梅花般的人格精神。结尾写落梅之魂未至而词人十分感伤。在招落梅的魂中,渗透了词人现实的情感。此词虽仿辛词,却写得自然和谐,而思想感情更为深沉。②杨慎以为"其词幽秀古艳,迥出纤冶秾华之外。"③可为的评。

福唐体的词创作难度较大,因此数量不多。在词史上,充其量也仅有数十首罢了,写得自然和谐堪称精品者十分罕见。辛弃疾、蒋捷的福唐体词竟有五首,且首首都是杰作,这的确是来之不易的尝试的成功。

辛弃疾尚有《柳梢青》"莫炼丹难"的"八难"之作,通首押"难"字韵,而且是对"长年术"的"以理折之"的议论,写得十分精彩。蒋捷尚有《瑞鹤仙·寿东轩

---

① 朱德才等:《辛弃疾词新释辑评》,中国书店2006年版,第879页《讲解》。
② 杨景龙:《蒋捷词校注》,中华书局2010年版,第74页《疏解》。
③ 杨慎:《词品》卷二,见唐圭璋:《词话丛编》,中华书局1886年版,第464页。

立冬前一日》《声声慢·秋声》两首,都是绝妙难能之作。如《瑞鹤仙·寿东轩立冬前一日》:"玉霜生穗也。渺洲云翠痕,雁绳低也。层帘四垂也。锦堂寒早近,开炉时也。香风递也。是东篱、花深处也。料此花、伴我仙翁,未肯放秋归也。嬉也。缯波稳舫,镜月危楼,醑琼酡也。笼莺睡也。红妆旋、舞衣也。待纱灯客散,纱窗日上,便是严凝序也。换青毡、小帐围春,又还醉也。"这首为人祝寿之词,表面上抛开了祝寿的酬应之语,实则紧扣寿主生辰——立冬前一日,上阕亟写秋景,写庭院室内、写秋菊,落到"料此花、伴我仙翁、未肯放秋归也"一语双关,隐寓寿主长生不老。下阕写兴高采烈的祝寿盛况,读来也颇有兴味。潘游龙评云:"体取变,旨取远,浑不似寿词,妙工。"①这是说以体格言,此词是"福唐体",属于词之变体;以词旨言,旨趣清远,没有祝寿的门面话。完全不像一般寿词的庸俗捧场,写得非常工妙。杨景龙云:"宋文有欧阳修的《醉翁亭记》连用二十一个'也'字,一气贯穿,宋词有蒋捷的这首《瑞鹤仙》连用十三个'也'字,收煞到底,俱为宋代文学史上的奇观。"②他的《声声慢·秋声》写了"十种秋声,声声凄凉,迤逦写来,一字通押,确能收到反复加强之效果"。③蒋捷这两首词,创造了词史上以游戏笔墨抒写真情实感的奇迹,是对辛弃疾"福唐体"词的超越。虽然词人在写作上不无争奇斗险之意,然却写得如此平实、顺溜、妥帖,令人佩服。他在写作上刻意冒险而在艺术上取得如此高的艺术成就,实在是文学史上不能缺载的一种独特现象,值得大书一笔。

其二,辛弃疾、蒋捷都写了一些内容充实、感情真挚的寿词,可谓酬应词的奇葩,精彩芬芳。

随着词的题材的扩大,酬应之作大量增加。寿词是酬应词中最常见的一种,南宋时代寿词之多,在词的总量中所占比例之大,在词史上都是罕见的,然却陷入内容谀颂、感情虚假的泥沼,是宋词中最典型的"荆榛蔽芾"。能写出一首感人的寿词,的确不易。诚如张炎所云:"难莫难于寿词,倘尽言富贵则尘俗,尽言功名则谀佞,尽言神仙则迂阔虚诞",④因此,南宋寿词尽管总量在两千首以上,感人的艺术品却寥寥无几。而这些简直少得可怜的艺术品,却在辛弃疾、蒋捷词

---

① 杨景龙:《蒋捷词校注》,中华书局2010年版,第91页。
② 杨景龙:《蒋捷词校注》,中华书局2010年版,第91页。
③ 杨景龙:《蒋捷词校注》,中华书局2010年版,第138页。
④ 夏承焘:《词源注》,人民文学出版社1963年版,第28页。

集中居多。强化主观感情的抒发,能把酬应的寿词写成鼓舞斗志的艺术品,这是辛弃疾、蒋捷在词的创作上独特的贡献之一。辛弃疾的《水龙吟·甲辰岁寿韩南涧尚书》,则是一首别开生面的壮词,洋溢着激荡的爱国热情:

> 渡江天马南来,几人真是经纶手?长安父老,新亭风景,可怜依旧。夷甫诸人,神州沉陆,几曾回首!算平戎万里,功名本是,真儒事、公知否?况有文章山斗。对桐阴、满庭清昼。当年堕地,而今试看:风云奔走。绿野风烟,平泉草木,东山歌酒。待他年、整顿乾坤事了,为先生寿。

为韩元吉祝寿写的这首词,风格豪放,境界高远,它批评了南宋朝廷上下对恢复祖国大好河山无所作为的平庸表现,对韩以"整顿乾坤事了"相期,摆脱了寿祝以佞颂为主的格调,抒发了志在统一的爱国豪情,慷慨激昂,豪迈奔放,感情真挚,沁人肺腑。《水调歌头·寿赵漕介庵》、《太常引·寿韩南涧尚书》等,都是祝寿词中的佼佼者。

我们再看蒋捷的寿词《念奴娇·寿薛稼堂》:

> 稼翁居士,有几多抱负,几多声价。玉立绣衣霄汉表,曾览八州风化。进退行藏,此时正要,一著高天下。黄尘扑面,不成也控羸马。　人道云出无心,才离山后,岂是无心者。自古达官酬富贵,往往遭人描画。只有青门,种瓜闲客,千载传佳话。稼翁一笑,吾今亦爱吾稼。

没有谀颂,没有装潢门面的话,纯是关念朋友的肺腑之言。他劝友人在人生道路的抉择上,一定要审慎,应以出处为重,要保持高尚的民族气节,绝不能与新的统治者合作。这是坦诚的对话,是严肃的表态,是心底真情的自然流露。而在艺术表现上委婉含蓄,词风蕴藉。又如《珍珠帘·寿岳君选》,突出其不贪声色之乐、酷爱读书的性格,也是一片真情。总之,他的寿词,不言富贵长寿,却谈功业、气质,自立新题,自树标格,不随流俗。这些成功的尝试,显示着创新的锋芒。

当寿词谀颂之风充斥词坛甚嚣尘上的时候,辛弃疾、蒋捷却不为这种风气所染,勇敢地冲出重围,另立标格,执着地做着新的尝试,写出了一些不同流俗、内容充实、艺术感人的寿词,这无疑是在尝试中艺术创新的成功了。

其三,辛弃疾的一些俳谐词,语言活泼浅白,或者径用方言,具有散曲的韵味和情调;蒋捷受了辛弃疾这类词的影响,也写了一些类似散曲的小词,其情调与元曲清丽派如出一辙。

词与散曲是两种体式,两个源流,在其发展中基本是平行的,但也有互为影响的一面。辛弃疾写的一些俳谐词,语言嘲诙诡谲,表现新颖别致,类似豪放派的散曲。如《沁园春·将止酒,戒酒杯使勿近》:"杯汝前来,老子今朝,点检形骸。甚长年抱渴,咽如焦釜;于今喜睡,气似奔雷。汝说'刘伶,古今达者,醉后何妨死便埋。'浑如许,叹汝于知己,真少恩哉!更凭歌舞为媒。算合作、人间鸩毒猜。况怨无小大,生于所爱;物无美恶,过则为灾。与汝成言:'勿留亟退,吾力犹能肆汝杯。'杯再拜,道'麾之即去,招亦须来'。"此与《沁园春·城中诸公载酒入山,余不得以止酒为解,遂戒一醉。再用韵》写于同时,词风相类。吴则虞谓:"词语嘲诙诡谲,已开元曲之先河,力求痛快,亦复如之。"①其说甚是。

又如《南乡子·赠妓》"好个主人家。不问因由便去嗏。病得那人妆晃了,巴巴。系上裙儿稳也哪。别泪没些些。海誓山盟总是赊。今日新欢须记取,孩儿,更过十年也似他。"②这首词用了大量的南宋时代的方言土语,形成通俗易懂新鲜活泼的艺术风格,突破文人词追求典雅的传统,开后世散曲之先河。余如《谒金门·和陈提干》、《南歌子·新开池,戏作》、《杏花天·无题》、《江神子·和人韵》、《丑奴儿》"近来愁似天来大"、《武陵春》"走来走去三百里",情调类似散曲。由这些词可以看出由词向曲发展的某些趋势。

又如《清平乐·村居》:"茅檐低小,溪上青青草。醉里吴音相媚好,白发谁家翁媪。大儿锄豆溪东,中儿正织鸡笼。最喜小儿亡赖,溪头卧剥莲蓬。"以极轻松的笔调,写出一家人的辛勤与欢乐,用粗线条勾描出一家五口人的形象。"最喜小儿亡赖,溪头卧剥莲蓬",生动传神,这对散曲擅写人物形象,或有影响。

蒋捷也写了一些生动、活泼、通俗的小词,在写人物形象上,尤为出色。《昭君怨·卖花人》、《霜天晓角》"人影窗纱",在点染人物形象上,都是宋词中不可多得的杰作。如《霜天晓角》:

---

① 吴则虞:《辛弃疾词选集》,上海古籍出版社1993年版,第77页。
② 朱德才等:《辛弃疾词新释辑评》,中国书店2006年版,第239页。

人影窗纱。是谁来折花。折则从他折去,知折去、向谁家。　檐牙。枝最佳。折时高折些。说与折花人道,须插向、鬓边斜。

这首词语言浅俗轻快,寥寥几笔,就将主人公的温厚、善良、大度与善解人意,生动鲜明地表现出来,人物形象丰满。在写法上"它像散文,又像特写。活泼、轻快。下片写了两段对话,口吻生动,很有情致,使人耳目一新。"①又《昭君怨·卖花人》:"则是白描手法叙事,语言浅近明白,情节人物,色彩声音,具体生动,颇似一只散曲中的小令。"②这两首词的可贵之处,在叙事中,能写出人物的个性,笔底充满了感情,表现出词人的倾向性。而且写得自然活泼,类似于清丽派的小曲。《虞美人·听雨》,王闿运谓:"此是小曲"。③ 余如《行香子·舟宿兰湾》、《一剪梅·宿龙游朱氏楼》、《一剪梅·舟过吴江》、《柳梢青·游女》、《最高楼·催春》、《解佩令·春》,这些词用笔轻倩,语言浅俗流利,情调活泼,都有似清丽派散曲家的小令。蒋捷生活的时代,元曲豪放派盛行,清丽派还未萌生,可见他的确不像某些论者所说的是受了元曲的影响,而是他的有些词,对散曲清丽派的创作或有深刻的影响。

蒋捷的俗词,特别是两首写人物的小词,语言浅俗活泼,人物形象鲜明,虽学稼轩而有出蓝之概,值得我们特别关注。

辛弃疾、蒋捷在词的创作上,做了多方面地尝试,在词的体制与艺术表现上,都有较大的突破与革新,并有力地推进着词的继续发展。

第六节　周邦彦与姜夔

周邦彦、姜夔都是非常重视格律精通音乐的词人。他们精心斟律并能自行度曲,在词的创作上起了规范作用。如果说周邦彦在总结北宋前期词并成为艺术上的集大成者,那么,姜夔则在辛派词人统治词坛的时候,异军突起,使婉约词的创作得以承传并中兴。他们的创作,对作为词的正统的婉约词的承传与发展,

---

① 刘文忠、张燕瑾:《宋词精品选释》,研究出版社 2005 年版,第 391 页。
② 杨景龙:《蒋捷词校注》,中华书局 1910 年版,第 205 页。
③ 王闿运:《湘绮楼评词》,见唐圭璋:《词话丛编》,中华书局 1986 年版,第 4294 页。

都作出了不可磨灭的巨大贡献。因此,词论家往往将其词相提并论。为了更准确更清晰地把握其词的个性特征,恰当地评价他们在词史上的地位,我们有必要对其词做一番认真地比较研究。

一、无所寄托与旨趣深远

反映社会生活内容的贫弱,是周邦彦、姜夔词的通病。在 20 世纪很长一段时间内,周、姜词因内容的贫弱为许多学者所诟病;直到 80 年代以后,这种偏狭的指责才有所改变。从文艺社会学的角度看,我们也很难为他们词的内容的贫弱而辩解:高度精美的艺术性与贫弱的思想内容,是周、姜词的共同特征。与姜夔相较,周邦彦词的内容,贫弱尤甚。纵观其词作,大部分是羁旅、恋情与咏物,表现的多是纯属个人之情愫,很难看到当时社会的影子,更谈不上是时代的一面镜子了。

在周邦彦词中,充斥着羁旅的哀愁、恋情的悲欢以及为咏物而咏物的词作,但却有着高度的艺术性,可谓艺术精品。这些词以内容言,多是从一个侧面抒写个人的情怀,很少有较为广阔的社会生活内容的渗透。其词,只有个人闲情逸趣喜怒哀乐生活的彰显,很少有个人高远情志的抒发,对重大的社会问题则罕有关注,缺少我国传统士人对国计民生的热切关注与忧患意识。我们在他的词中,实在看不到社会巨浪的一点影子。

周邦彦词的主体是羁旅词与恋情词。其中与妓女的恋情词,几占全部词作的一半。在他笔下,大写特写其与歌儿舞女的悲欢离合,抒发对异性的欣赏与挚爱,没有比兴,没有寄托,没有反映较深刻的社会内容。虽然有些词论家认定其词的艺术特色是沉郁顿挫,陈廷焯谓:"词至美成,乃有大宗。……自有词人以来,不得不推为巨擘。后之为词者,亦难出其范围。然其妙处,亦不外沉郁顿挫。"[①]王国维则将其词与杜诗相提并论,"而词中老杜,则非先生不可"。[②] 若从周词之格律、法度、用语之精审看,周词与杜诗犹有可比之处;若从表现的生活内容的深广程度看,周词与杜诗则有天壤之别,因为周邦彦词中表现的感情的沉郁

---

① 陈廷焯:《白雨斋词话》,人民文学出版社 1959 年版,第 16 页。
② 《清真先生遗事》,引自《清真集》,中华书局 1981 年版,第 112 页。

与杜甫诗感情的沉郁有着本质的区别:老杜的沉郁,当然也有对个人生活困顿的忧虑,但他有很高的政治热情,对国计民生极为关注:诸如国家的前途命运,社稷的存亡,民生的困顿,特别是对苦难人民有着深切的同情。因此,他的沉郁是一种对社会深沉的忧患意识,是爱国爱民思想的深切反映,可谓"心事浩荡连广宇。"而周邦彦则一生沉于下僚,在官场殊不得意。他除了经常忧念自己在官场的前途并发点不得志的牢骚之外,对国计民生别无关注,对人民的生活几无系念,缺乏忧患意识,其词反映社会生活之贫弱达到了极点。总之,杜诗内蕴之博大,境界之浑涵,则非周词之所能企及的。

关于周邦彦词的思想内容,有的论者曾提到他的个别词作有比兴,有寄托:如《花犯·梅》、《水龙吟·梨花》、《六丑·蔷薇谢后作》等,这些说法不全是空穴来风,总有一点因由或根据,然细按作品,其根据总不是那么稳妥,有点惚兮恍兮,很难落到实处。譬如对《六丑·蔷薇谢后作》的评价,钱鸿锳说:"至于内容方面,很多前人认为有所寄托。如黄蓼园评曰:'自叹年老远宦,意境落寞;借花起兴,以下是花,是自己,比兴无端,指与物比,奇情四溢,不可方物,人巧极而天工生矣!结处意致尤缠绵无已。'(《蓼园词选》)陈廷焯也说此词'有许多不敢说处,言中有物,吞吐尽致'(《白雨斋词话》)。近人任二北更认为'乃作者借谢后蔷薇自表身世。'(《词学研究法》,国学小丛书)本词咏落花,其中确实也打入了客里伤春、惜华年易逝之感,而'微言大义'的'许多不敢说处'等等,是不存在的。"①《花犯·梅》,陈廷焯谓"以寄身世之感"②,《水龙吟·梨花》罗忼烈以为"起句至'残红敛避'《离骚》初服之意"。③ 这种比兴寄托说,因根据不充分,很难使人信服,更不能由此论定其词的深广的社会意义。

姜夔一生未能入仕,"不在其位,不谋其政",亦毋庸过问国事。因此,没有卷入到当时的政治漩涡。然南宋终是半壁河山,并受金人的侵扰,时有亡国之危险。作为一位有良知的知识分子,不免怀有忧国之念与黍离之悲。这种情感在姜词中的表现颇为浓郁。

姜夔的词,内容虽然贫弱,但其人品、眼力似比周高,他能关注个人以外的社

---

① 钱鸿锳:《柳周词传》,吉林人民出版社1999年版,第348、349页。
② 陈世焜:《云韶集》,引自王强:《周邦彦词新释集评》,中国书店2006年版,第232页。
③ 罗忼烈:《周邦彦清真集笺》,引自王强:《周邦彦词新释集评》,中国书店2006年版,第239页。

会生活,他对社会现实生活的感受似比周深,其词在一定程度上,还反映了当时的社会生活与现实,他的《扬州慢》《满江红》,都有较深厚的社会内容。虽然还没有表现出高扬的爱国热忱,但对社会也绝非完全冷漠的,而是有些热情并对国事深有感触的。如《扬州慢》,写经战乱后,曾经异常繁华的扬州,已经非常荒凉,残破不堪了,反映了人民希望安静和平反对战争的心态。"犹厌言兵"的草木,浸透了诗人的感情,多次的战争给人民带来了深重的痛苦和灾难,词人黍离之悲的感情是很浓郁的。《满江红》中的老姬,分明有着当年巾帼英雄梁红玉的影子,词人并对神妪"奠淮右,阻江南,遣六丁雷电,别守东关"的企盼。那神女,分明闪现着一位爱国者的意象,在相当深重的民族灾难的反映中,表现了词人在国难当头责无旁贷的社会责任感。姜夔晚年在与豪放派词人辛弃疾的密切交往中,受到辛词的深刻影响,其词有了较深厚的生活内容。如《永遇乐·次稼轩北固楼词韵》,不但词风转向豪放,且内容充实,表现出强烈的爱国热情:"楼外冥冥,江皋隐隐,认得征西路。中原生聚,神京耆老,南望长淮金鼓。问当时依依种柳,至今在否?"感情比他以往的词激昂得多,也壮烈得多。这种清健而稍微壮烈的词,在姜词中虽则偶见,远非其创作之主流,但却也反映了社会生活的一个侧面,表明其词生活内容比较宽广,词人的视野也较为开阔。

谈到周、姜词时,王昶有一段颇为精彩的评骘:

> 词,三百篇之遗也,然风雅正变,王者之迹,作者多名卿士大夫,壮人正士。而柳永、周邦彦辈不免杂于俳优。后惟姜、张诸人以高贤志士放迹江湖,其旨远,其词文,托物比兴,因时伤事,即酒食游戏,无不有《黍离》同道之感,与诗异曲而同工。①

北宋婉约词,大都是"遣兴娱宾"或留连歌酒之作,说周词"杂于俳优"是较为符合实际的评语,并非刻薄或酷评,他的词的确无所寄托。姜夔词由于时代的原因,自然有着《黍离》周道之感,有较强的时代意识,这一点是较周邦彦为强的,但说他在其词中《黍离》周道之感"无不有",则未免夸大事实了。

---

① 王昶:《姚苣汀词雅序》,引自吴熊和:《唐宋词汇评》(两宋卷),浙江教育出版社2004年版,第2706页。

二、理法与气体

文学创作,讲究理法与气体。因此,研究文学作品的人,也以气体与理法作为衡文品艺的重要标尺。关于周、姜词的艺术特征,陈廷焯在《白雨斋词话》中有一段极为精确的评骘。他说:

> 美成、白石各有至处,不必过为轩轾。顿挫之妙,理法之精,千古词综,自属美成;而气体之超妙,则白石独有千古,美成亦不能至。①

他以理法之精,赞誉美成;以气体超妙,称许白石。的确是至理名言,评骘最为切当。

理法者何?所谓理法,是指作词构思之超妙与技法运用之醇熟,诸如结构之谨严、章法布局之巧妙、字句锤炼之工等。窥诸周邦彦词,其于词之声律、章法、勾勒、烹字特别着力,而又自然高妙,不留迹痕,不落言筌。所谓"下字、用意,皆有法度"。②"邦彦妙解声律,为词家之冠,……分刌节度,深契微芒"。③"律最精审。"④"勾勒之妙,无如清真。他人一勾勒便薄,清真愈勾勒愈浑厚。"⑤如此等等,都是对周邦彦作词讲究理法而取得的艺术成就的赞誉,这些评语是比较符合实际的。《瑞龙吟》、《兰陵王》、《六丑》等,都是讲究理法的典范之作。如《瑞龙吟》:

> 章台路,还见褪粉梅梢,试花桃树。愔愔坊陌人家,定巢燕子,归来旧处。 黯凝伫,因念个人痴小,乍窥门户。侵晨浅约宫黄,障风映袖,盈盈笑语。前度刘郎重到,访邻寻里,同时歌舞。惟有旧家秋娘,声价如故。吟笺赋笔,犹记燕台句。知谁伴,名园露饮,东城闲步?事与孤鸿去,探春尽是,

---

① 陈廷焯:《白雨斋词话》,人民文学出版社1959年版,第29页。
② 陈廷焯:《白雨斋词话》,人民文学出版社1959年版,第29页。
③ 《四库全书总目和清真词提要》,引自孙克强:《唐宋人词话》,河南文艺出版社1999年版,第376页。
④ 刘熙载:《艺概》,上海古籍出版社1978年版,第110页。
⑤ 周济:《介存斋论词杂著》,人民文学出版社1959年版,第6页。

伤离意绪。官柳低金缕,归骑晚,纤纤池塘飞雨。断肠院落,一帘风絮。

此词章法非常讲究:以景起,以景结,中间则以今日与往昔两条线索互相交织。笔法高妙,脉络繁复而清晰;能铺得开,收得拢,写得具体细致而又凝练厚重;篇中多有转换跳宕之处,而又勾连接榫十分严谨。使其词境浑融,格调天成;离合顺逆,自然中度;言情体物,穷极工巧。显现着填词运意法度的超妙。

词人填词之讲法度,犹如工匠造器物之讲规矩。无规矩难以成方圆,无理法无以成妙文。过犹不及,任何事物都以适度为好,过分讲理法,则不免有损词人艺术创作之灵气,甚或有卑俗的匠气产生。

何谓气体呢?气体盖指作者感情在作品上的流注与融汇。气体高妙则谓词人感情在词中流注活泼而不滞涩,大化而无迹痕,超妙而不落言筌。我国文学创作中的气体之说,起源是很早的。在三国时期,曹丕就称赞孔融之作"体气高妙",后来,词论家对苏轼、周邦彦、辛弃疾、姜夔等人的词,也以气体高妙赞之,谓其感情流注于词中无滞无碍也。《齐天乐》、《暗香》、《疏影》、《扬州慢》等词,都是姜夔词中气体高妙的典范之作。如《齐天乐》:

庾郎先自吟愁赋,凄凄更闻私语。露湿铜铺,苔侵石井,都是曾听伊处。哀音似诉,正思妇无眠,起寻机杼。曲曲屏山,夜凉独自甚情绪? 西窗又吹暗雨,为谁频断续,相和砧杵?候馆迎秋,离宫吊月,别有伤心无数。豳诗漫与,笑篱落呼灯,世间儿女。写入琴丝,一声声更苦。

此词写愁怨,词情凄婉,内涵丰厚,钻之弥坚,味之弥深。许昂霄评此词云:"将蟋蟀与听蟋蟀者层层夹写,如环无端,真化工之笔也。"①这首词是与张功父听到蟋蟀声有感而发,他说:"余徘徊茉莉花间,仰观秋月,顿起幽思,寻亦得此。"则或有更深的感触,触物而有更深的含意。"候馆迎秋,离宫吊月,别有伤心无数。"似寄托着作者身世之感与家国之痛,也可能含有对北宋沦亡、徽、钦被俘的凭吊。词中或正面写不同人的哀伤,或以儿女之欢乐,反衬有心人的凄凉,都能一气贯注,使悲哀凄婉之情渗透到字里行间。词人或用比兴,或用反衬,将哀怨

---

① 许昂霄:《词综偶评》,引自唐圭璋:《词话丛编》,中华书局1986年版,第1558页。

之情推到极致,又能文脉一贯,做到前呼后应,一气贯注,而又不落衰飒,不入颓唐,气体之妙,令人拍案叫绝。

理法与气体是词人追求艺术表现中不同的两个侧面:前者是以理性为主而对作品艺术水准的提升,是逻辑思维为主导的;后者是以感性为主而对作品感情流注的强化,是形象思维主导的。二者在创作过程是交融的密不可分的,我们说周词讲理法与姜词讲气体,是比较而言的,只是说他们各人在创作中对理法与气体有所偏重罢了,绝不是说周词创作中没有气体的渗透或贯注、姜词不讲技法,其实周、姜二人在词的创作中都讲究理法与气体,并都在水平线以上,这是毫无疑问的。相较而言,姜夔词中气体表现更为突出,而周邦彦词的理法的表现,更为精到而已。

论者又将词法与词笔、词格相对而言,较其优长。陈廷焯谓"词法莫密于清真,……词笔莫超于白石。"又谓"词法之密,无过清真;词格之高,无过白石"。①此处所说的词笔与词格相近。词笔谓词的笔调,词格谓词的格调或品格,它与词人的品操与道德风尚密切相关:人品高则词格高。一生作为清客的白石,他追求独立的人格,绝不俯仰别人的鼻息,所以品格为高。密谓严密,是就词的章法结构而言的。周词章法结构极为严密,一一合榫,毫无疏漏。

总之,周词最讲技法,其词沉郁顿挫,极浩莽之致,而又典丽精切;姜词最讲气韵,行为清逸,飘然若仙,故其词极骚雅而又含清远幽渺之思。

三、质实与清空

在谈到词的虚与实时,张炎曾说:"词要清空,不要质实;清空则古雅峭拔,质实则凝涩晦昧。"②在将清空与质实比较中,肯定了前者而否定了后者,这种结论却是值得商榷的。清空的词,能摄取事物的神理而遗其外貌,因遗貌取神而显得空灵,然容易流于空泛;质实的词典雅博奥,但过于胶着所写的对象,容易写得板滞。空与实是艺术表现的两个侧面,是一种辩证关系,二者都不能走向极端。相对而言,周邦彦词比较质实,而姜夔的词则显得空灵。他们都有各自的艺术个

---

① 陈廷焯:《白雨斋词话》,人民文学出版社 1959 年版,第 40 页。
② 夏承焘:《词源注》,人民文学出版社 1981 年版,第 16 页。

性与优长,这是不言而喻的。

周邦彦词,重视摹写意象与渲染气氛,又有较多的叙事成分和简单的情节描写,因而显得质实。如《满庭芳》:

> 风老莺雏,雨肥梅子,午阴嘉树清圆。地卑山近,衣润费炉烟。人静乌鸢自乐,小桥外、新绿溅溅。凭栏久,黄芦苦竹,疑泛九江船。 年年,如社燕,漂流瀚海,来寄修椽。且莫思身外,长近尊前。憔悴江南倦客,不堪听、急管繁弦。歌筵畔,先安枕簟,容我醉时眠。

此词上阕所写都系实景,在写法上移步换形而富于变化。"地卑山近"以下,则每融情入景。下阕抒情。此词气势贯注而又骈宕多姿。它虽然写得比较质实,然却仍能笔法变换,艺术上多姿多彩,既给人以实在而深切的感受,又无板滞之弊。这种质实的笔法运用之妙,恰到好处,是一首艺术上很成功的词。

周邦彦词的质实,还表现在词中有一些直白式的情语,如"待花前月下,见了不教归去"(《法曲显仙音》)、"许多烦恼,只为当时,一饷留情"(《庆春宫》)之类,虽为一些词论家所诟病,但这些拙朴质实的口语,实在是"深于情者"之言,是颇为感人的。这种"深于情者"之言,在周邦彦词中颇多的。譬如:

> 最苦梦魂,今宵不到伊行。……天便教人,霎时厮见何妨!
>
> (《风流子》)
>
> 多少暗愁密意,唯有天知。
>
> (《风流子》)
>
> 有何人念我无聊,梦魂凝想鸳侣。
>
> (《尉迟杯》)
>
> 只应天也知人意。
>
> (《蝶恋花》)
>
> 临分何以祝深情,只有别愁三万斛。
>
> (《玉楼春》)

这些词看似质实,实则感情深厚;看似笨拙,实则灵慧。它巧妙地道出主人公一雯的真情。甚或呼天抢地,赌咒发誓,表现其强烈的难以缓解的情绪与难以抑制的感情。"此等语愈朴愈厚,愈厚愈雅,至真之情,由性灵肺腑中流出,不妨说尽而愈无穷。"①词人将感情毫无保留、毫无遮饰地倾吐出来,话似说尽,实则余味无穷;语似质朴,实则灵巧深厚。读这类拙朴质实的词句,却能真正触摸到主人公心灵的底蕴,感到他脉搏的剧烈跳动。

姜夔词则以清疏流宕取胜,笔底妙意扮纷,词境空灵,所谓"清气盘空,如野云孤飞,去留无迹"。②词风清虚骚雅,给读者留下较大的思考空间。如《鹧鸪天》:

京洛风流绝代人,因何风絮落溪津。笼鞋浅出鸦头袜,知是凌波缥缈身。 红乍笑,绿长嚬,与谁同度可怜春。鸳鸯独宿何曾惯,化作西楼一缕云。

词人以清丽哀婉的笔调,写了歌女出色的姿容与不幸身世,对红颜薄命寄寓了深厚的同情。此词词评家给予很高的评价:"姜白石夔《鹧鸪天》词三首,如'鸳鸯独宿何曾惯,化作西楼一缕云',不但韵高,亦由笔妙。何必石湖所赞自制曲之敲金嘎玉声,裁云缝月手也。"③笔妙,就行文说;韵高,就意境而言。词人以高妙的艺术手法,写出了令人神往的颇为淡远的艺术境界。

姜夔词中有很多笔致巧妙词意空灵的词句:

九疑云杳断魂啼,相思血,都沁绿筠枝。

(《小重山令》)

淮南皓月冷千山,冥冥归去无人管。

(《踏莎行》)

如此等等,都写得十分灵妙,给读者留下很大的思考空间。余如"算只有并刀,难剪离愁千缕"(《长亭慢怨》)、"念桥边红药,年年知为谁生!"(《扬州慢》)"唯

---

① 况周颐:《蕙风词话》,引自唐圭璋:《词话丛编》,中华书局1986年版,第4428页。
② 戈载:《宋七家词选》,引自孙克强:《唐宋人词话》,河南文艺出版社1999年版,第674页。
③ 李调元:《雨村词话》,引自唐圭璋:《词话丛编》,中华书局1986年版,第1428页。

有阑干,伴人一霎"(《庆宫春》)、"写入琴弦,一丝丝更苦!"(《齐天乐》)、"问当时依依种柳,至今在否?"(《永遇乐》),这些词句都有一股空灵之气,而使词含蓄不尽。

空灵词境的形成,词人盖以灵妙之笔,写其事物的一鳞一爪;读者由鳞爪而想象其全龙的活跃姿态。它给读者留有较大的空间与思考余地。因而,最为含蓄。

周邦彦词的朴拙的词句与姜夔词的空灵的词句,大都在词的结尾处,也即词人感情发展的高潮。他们都以简洁的笔触,用了加倍的笔法倾吐感情,并表现出各自的特色。周邦彦往往采用重笔,拙朴中见精彩,表现出最真实的情愫,有极强的感人的艺术力量。姜夔则以灵动的笔致,巧妙摄取描写对象的神理,勾描神龙的鳞爪以展示全龙的风采,含不尽之意见于言外,给人以丰富的想象的余地。故以词的结尾言,姜夔词往往有空灵之致,飘逸而含远韵;周邦彦则往往把话说尽说绝,在质直中,充分表现出主人公的痴情与深情。

周邦彦词在时空交错的描写中,表现深沉郁结的感情。他的沉郁的苦闷,想排遣又无法排遣,想从心中彻底挤掉又无从挤掉。感情的回旋与重复,是周词的特色,也是其某些词感情深厚的原因所在。姜白石词之优长在于能摄取事物的神理,笔意清远,意境空灵。"石帚所作,超脱蹊径,天籁人力,两臻绝顶,笔之所至,神韵俱到。"[1]"意到语工,不期于高远而自高远。"[2]这是周词的质实与姜词空灵的艺术特色。

空灵与质实是相对而言的,最质实之作,也不会是全景式的录像,而仍有作者精心的筛选,给读者留有一定的思考空间;而空灵的典范之作,也有其实实在在的叙写的一面,也有一些物像的特征,而不可能完全是虚无缥缈的。周邦彦词的质实与姜夔词的空灵的艺术特征,也应作如是观。

四、丰腴与瘦劲

周邦彦、姜夔的词,都具有独特的艺术风格。当代著名的学者缪钺先生在谈

---

[1] 冯煦:《蒿庵论词》,人民文学出版社1959年版,第69页。
[2] 陈郁:《藏一话腴》,引自孙克强:《唐宋人词话》,河南文艺出版社1999年版,第658页。

到周、姜词风时,有一段很精彩的论述。他说:

> 周词华艳,姜词隽澹;周词丰腴,姜词瘦劲;周词如春圃繁英,姜词如秋林疏叶。①

他以三个分句,形容和描写周、姜词不同的艺术风格。华艳与清澹,是就词的色彩而言的;丰腴与瘦劲,是就词的风貌而言的;繁英与疏叶是兼色彩风貌而言之。其核心是丰腴与瘦劲。缪先生之所以反复的描述周、姜词的风格特征,是欲把比较抽象的艺术风格形象化,把比较模糊的印象鲜明化,便于读者体悟和把握。他这段话说得形象而准确,的确抓住了周、姜不同的风格特征。

周邦彦词在抒情中有浓厚的生活气息,叙写中常伴随有情节或细节,骨肉丰满,风格丰腴。如《兰陵王·柳》:

> 柳阴直。烟里丝丝弄碧。隋堤上、曾见几番,拂水飘绵送行色。登临望故国。谁识,京华倦客。长亭路、年去岁来,应折柔条过千尺。　闲寻旧踪迹。又酒趁哀弦,灯照离席。梨花榆火催寒食。愁一箭风快,半篙波暖,回头迢递便数驿。望人在天北。　凄恻,恨堆积。渐别浦萦回,津堠岑寂。斜阳冉冉春无极。念月榭携手,露桥闻笛。沉思前事。似梦里、泪暗滴。

此词借咏柳表达倦游的情怀。全词三阕,首阕写"面",写京华倦客经历和见惯了这种送别的场面。因为古人有折柳送客的习俗,故写了柳的"丝丝弄碧"、"拂水飘绵",并谓"应折柔条过千尺"。这种叙写极富生活气息,写出了极有特色的送别场面。次阕写一次具体的送别场景"酒趁哀弦,灯照离席",将离别情景写得非常凄婉。第三阕写主人公送别后的索漠心情。"念月榭携手,露桥闻笛",对往事的回忆,强化了这种凄恻的感情。此词写了送别的全过程,写景、叙事、抒情交融,叙事真切,情景逼真,内涵丰富,的确是丰腴之作。

姜夔曾受江西诗派的影响,将黄庭坚写诗的瘦硬笔法,用之于词,以纠北宋婉约词的软绵轻柔的词风;又为了将词写得空灵而富于神采,在叙写中略去具体

---

① 缪钺:《缪钺说词》,上海古籍出版社1999年版,第160页。

情景，往往是断续的点的勾描，而非面的铺写。故其词笔致清健、风格瘦劲，含清刚之气。《琵琶仙》《扬州慢》《暗香》《疏影》都是瘦劲风格的代表之作。如《琵琶仙》：

> 双桨来时，有人似、旧曲桃根桃叶。歌扇轻约飞花，蛾眉正奇绝。春渐远、汀洲自绿，更添了、几声啼鴂。十里扬州，三生杜牧，前事休说。 又还是、宫烛分烟，奈愁里、匆匆换时节。都把一襟芳思，与空阶榆荚。千万缕、藏鸦细柳，为玉尊、起舞回雪。想见西出阳关，故人初别。

此词系词人在湖州春游因"根触合肥旧事之作"，①由此想到自己当年的放荡风流，不亚于唐朝的杜牧。而今青春渐逝，不复旧时光景。他细品眼前光景，眼前又浮现当年与合肥姊妹相别的情景。影影绰绰，似隐似现。他以健笔写柔情，点到为止，不复申说。因此清丽空疏，极尽曲折顿宕之妙，显出瘦劲的风采。又如，"闹红一舸，记来时尝与鸳鸯为侣。三十六陂人未到，水佩风裳无数。翠叶吹凉，玉容销酒，更洒菰蒲雨。嫣然摇动，冷香飞上诗句。"（《念奴娇》）词人泛舟赏荷，船入荷花莲叶之中，本是极绚丽的色彩，但在姜夔笔下，却是"水佩风裳"、"翠叶吹凉"冷香阵阵，呈现的是淡素雅致之色，词笔利落跳宕，显出清丽健劲之风。

周词的丰腴与姜词的瘦劲，都能别树一帜，在宋代词坛展现着自己独特的风采。

第七节　姜夔与张炎

宋末著名的词人张炎，在创作上，认真向前人学习，汲取他们的优长。他不仅向著名的婉约派词人周邦彦、姜夔等人学习，也曾向豪放派词人苏轼、辛弃疾学习。在广泛向前人学习的基础上，融化、提高、创造，形成了自己独特的艺术风格。在向前辈词人学习中，他对姜夔充满了仰止之情，用力殊勤，功力很深，对姜

---

① 夏承焘：《姜白石词编年笺注》，上海古籍出版社1981年版，第28页。

词的仿效,几乎达到了浑化无迹的地步。因此,我们有必要将张炎的词与姜夔的词做一番比较研究,以便于探索他们的创作道路。

一

谈到张炎对姜夔词的学习、继承与发展,首先在关于词论的专著《词源》中,张炎视姜夔为学习写词的典范,并给予很高的评价。他说:

> 词要清空,不要质实;清空则古雅峭拔,质实则凝涩晦昧。姜白石词如野云孤飞,去留无迹。吴梦窗词如七宝楼台,眩人眼目,碎拆下来,不成片断。此清空质实之说。①

作为词论家的张炎,在其专著《词源》中,对宋代词的创作与发展,做了认真的总结,提出了"词要清空"的艺术主张,并以前辈词人姜夔词作为清空词风的典范,否定了当时风靡词坛的吴文英的质实词风;作为宋代末年一位极有影响的词人,他既然在理论上高标"清空"这一创作原则,在词的创作实践中,自然以之作为准则的。因此,他以姜夔的词为楷模,写了许多神似白石的词作。他向白石学习,可以说已经登堂入室了。关于这一点,得到了许多词论家的肯定与赞赏。

张炎对姜夔词的学习,可分为以下三个阶段:

第一阶段,学习模拟姜夔的词,貌似姜夔的词风而未能得其神理者。一般说,学习别人的创作,总有一段模拟的过程。张炎开始向白石学习,虽与白石词十分相像,但仍未能摆脱姜夔词的风范,还没有达到化境。这些词,前人多已指出。譬如,他有好几首词,因为与姜夔词很相像,词评家均批曰:"似白石。"如《长亭怨·旧居有感》,夏敬观评曰:"似白石。"②又如《甘州·赵文升索赋散乐妓桂卿》,夏敬观亦评曰:"似白石。效白石虽亦流转处使用虚字,有变化则不为滥调。在流动中仍有凝重处,则不为滑调。此辨别甚不易。"③这说明他对姜夔词的学习,已经不完全是步趋了,有些地方也有一些创造与超越,避免了出现滥

---

① 夏承焘:《词源注》,人民文学出版社1981年版,第16页。
② 葛渭君、王晓红校辑:《山中白云词》,辽宁教育出版社2001年版,第77页。
③ 葛渭君、王晓红校辑:《山中白云词》,辽宁教育出版社2001年版,第78页。

调与滑调的现象。但从总体上来说,仍未逃出模拟姜夔词的樊篱。又如《绮罗香·席间代人赋情》:"候馆深灯,辽天断羽,近日音书疑绝。转眼伤心,慵看剩歌残阕。才忘了、还着思量,待去也、怎禁离别。恨只恨、桃叶空江,殷勤不似谢红叶。良宵准念哽咽。对熏炉象尺,闲伴凄切。独立西风,犹忆旧家时节。随款步、花密藏春,听私语、柳疏嫌月。今休问,燕约莺期,梦游空趁蝶。"邵渊耀评曰:"极模白石,而仍未脱梦窗之质实。工夫纯熟后始自开生面。"①这首词虽"极模白石",大部分与姜夔词却十分相像,未能完全摆脱吴文英质实词风的影响。如"随款步、花密藏春,听私语、柳疏嫌月",就没有摆脱吴文英词风的窠臼。学习姜词还不到家,运笔不够纯熟。既缺乏姜词之清刚与空灵,又未能别开生面而别树一帜。总之,我们纵观张炎这类词,虽与姜词相似,然仍有模拟之迹可寻。这是因为虽努力学习而仍未能达到化境。只能说是学习刚刚入门,根本谈不上有所前进有所创造了。

第二阶段,学习姜夔词已经到家,与白石词神似而已不易分辨,可谓登堂入室者。陈廷焯评《扫花游·赋高疏寮东墅园》云:"风骨高骞,文采疏朗,直人白石之室矣。"②以风骨、文采而言,他认为此词已得姜夔词之神髓,可谓学习姜夔词已经登堂入室了。又评《三姝媚·送舒亦山游越》云:"笔致高远,低徊曲折,有白石之妙。"③以笔致之高远婉曲论。此词运笔具备了姜词之妙,可说难分高下了。又评《疏影·寄周草窗》云:"自叙身世之感,怨而不怒,哀而不伤,深得清真、白石之妙。"④以此词的温柔敦厚、能节制感情而得中和之美,赞扬张炎之词神似周邦彦和姜夔。张炎在词中能表现"怨而不怒,哀而不伤"者,学习周邦彦词尤为老道。总之,陈廷焯以词的风格、文采、笔致以及能否坚持中和之美论其与姜夔之神似者,质诸张炎的这几首词,这些评语都是颇为中肯的。陈廷焯批评的这几首词,可谓张炎学习姜夔词而又能出神入化者。由此可见,他对姜夔词的体悟之深、学习涉猎之广,都是南宋婉约派词人学习姜夔者实难比肩的。他是宋末学习姜夔词而最有成就的一位词人。

第三阶段,张炎学习姜夔词,不仅登堂入室,而且多有出蓝之妙者。他的有

---

① 葛渭君、王晓红校辑:《山中白云词》,辽宁教育出版社2001年版,第7页。
② 黄畬:《山中白云词笺》,浙江古籍出版社1994年版,第35页。
③ 黄畬:《山中白云词笺》,浙江古籍出版社1994年版,第42页。
④ 黄畬:《山中白云词笺》,浙江古籍出版社1994年版,第48页。

些词因富于独创性而可与白石并驾齐驱或异曲同工之妙。这是他学习姜夔词而能达到的最高境界,也是他学习最为成功的地方。

陈廷焯评《湘月》云:"此词胸襟高旷,气韵沉雄,有一片精神团聚,尤为《玉田集》中高作,真与白石并驱中原。结笔有力如虎。一半烟水,题外余波。"①《湘月》是张炎一首抒发亡国之慨的词作,情调凄婉。结尾的"剪取一半烟水",表达了作者对祖国的深深的眷恋之情。诚如邵渊耀所云,词风"清越疏逸,玉田独到之境"②。这种独到之境,已经完全摆脱了姜夔词的影响力,而形成自己俊美的词风。先著评《探春慢·雪霁》云:"白石老仙后,只有玉田与之并立。《探春慢》二词(按:指此首及"列屋烘炉"一首),工力悉敌。"③所谓"并驱中原"、"工力悉敌",是说张炎学习姜夔词,已超越了姜词的樊篱,而能在词坛上独树一帜,在艺术水准与词风上,两峰对峙,并驾齐驱而难分高下,这是张炎向姜夔词学习所达到的最高的艺术境界。楼敬思云:"南宋词人,姜白石外,惟张玉田能以翻笔、侧笔取胜。其章法、句法俱超,清虚骚雅,可谓脱尽蹊径,自成一家。迄今读集中诸阕,一气卷舒,不可方物,信乎其为山中白云也。"④这一评语,质诸张炎的一些词,可谓精切之至。

就以上所论三个阶段而言,"似白石"者,徒有姜夔词之风貌,模拟之迹犹存,未能得其神髓而达到艺术的化境;"有白石之妙"者,去模拟之迹,俱有姜夔词之神理,登堂入室,学习而已达到了艺术的化境;有出蓝之妙者,则已彻底走出向姜夔词步趋的阶段,而达到词的艺术独创境界,有了自己的个性与面目,或可与白石分庭抗礼。这是他努力学习姜夔词所能达到的最高境界。从学习姜词的成就说,张炎词才真正有了自己的艺术特色。这是其词的精髓,其词在词史上具有重要的地位,盖缘于此。

二

姜夔与张炎词风相近,但也有各自独特的艺术个性,有其完全不同的艺术

---

① 黄畲:《山中白云词笺》,浙江古籍出版社1994年版,第122页。
② 葛渭君、王晓红校辑:《山中白云词》,辽宁教育出版社2001年版,第50页。
③ 黄畲:《山中白云词笺》,浙江古籍出版社1994年版,第159页。
④ 黄畲:《山中白云词笺》,浙江古籍出版社1994年版,第513页。

风采。

首先,以词的艺术风格而言,姜夔与张炎有清空与密丽之分。

姜夔词表现清空之一,是在词的结体上,结构跳跃而又能够收纵自如,有开阔手段,故词的蕴含颇丰;在写法上,既能放得开,又能收得拢。挥洒淋漓,不愧为大词家手笔。如《扬州慢》:

> 淮左名都,竹西佳处,解鞍少驻初程。过春风十里,尽荠麦青青。自胡马窥江去后,废池乔木,犹厌言兵。渐黄昏,清角吹寒,都在空城。 杜郎俊赏,算而今、重到须惊。纵豆蔻词工,青楼梦好,难赋深情。二十四桥仍在,波心荡、冷月无声。念桥边红药,年年知为谁生。

此词上片写景,写他初到扬州时对这座名噪千古的历史名城的印象:他驻足扬州名胜区竹西寺,当年"春风十里扬州路"的繁华景象,而今荡然无存,一片凄清,一片荒凉。"尽荠麦青青"一句,一扫当年扬州的繁华,写出了扬州几经战乱后的残败景象,令人不寒而栗!"废池乔木,犹厌言兵",写出了战争创伤之惨烈,直令人刻骨铭心。"清角吹寒,都在空城","吹寒"与"空城"是扬州给词人留下的最为深刻的印象。二句"瘦硬通神,哀怨如诉"①,写出了词人失望的感觉与情绪。词人写扬州的荒凉、残破以及战争给人们造成的深重灾难,是用了虚笔,采用了以虚写实的手法,但给人的印象却极深刻,这是因为他成功地使用了烘托与陪衬等修辞手法的缘故。下片抒情,假如善写自然风光、谙熟扬州的诗人杜牧故地重游,也会大吃一惊;即便是他擅长写诗,为人又风流倜傥,性格豪迈旷达,也难以抒写对扬州的深情了——毕竟物是人非,远非昔日景象了。词人以假设之辞,写出了今日扬州的残破在心目中留下的极为深刻的印象。二十四桥虽然仍在,却早已失去了当年的风采与魅力,只见波心荡漾,冷月无声,一片冷寂!"念桥边红药,年年知为谁生",以无情的芍药,衬托怀有深情词人,以无情写有情,情感更深,情绪更烈。此词以虚写实,以无写有,并将抒写的笔触深入到历史的长河,给人以强烈的时代感,并给人留有较大的思索空间。总之,此词写得境界开阔而又空灵,感情表现跌宕而又深厚,是很典型的清空词风。

---

① 邵祖平:《词心笺评》,复旦大学出版社2007年版,第152页。

张炎在理论上提倡清空,他的一些词也还写得比较清新空灵;但与姜夔词相比,其词风格则比较密实,结构紧凑,接榫甚紧,词与词、句与句之间没有多大的空间。叙事清晰,针脚绵密,境界则不够开阔。虽然平实、生动,但似乏空灵。结构上则如周济所云:"终觉积谷作米,把缆放船,无开阔手段。"①如《高阳台·西湖春感》:

接叶巢莺,平波卷絮,断桥斜日归船。能几番游,看花又是明年。东风且伴蔷薇住,到蔷薇、春已堪怜。更凄然、万绿西泠,一抹荒烟。 当年燕子知何处,但苔深韦曲,草暗斜川。见说新愁,如今也到鸥边。无心再续笙歌梦,掩重门、浅醉闲眠。莫开帘,怕见飞花,怕听啼鹃。

此词不像一般词那样,上阕写景,下阕抒情;而是融情于景,情与景紧紧地交织在一起。上阕以写景为主,在写景中,紧密交织着抒情。一句写景,写的是典型的暮春景象。二句则抒情,发抒时光匆匆、好景不再的感慨。三句写希望,东风且伴晚开的蔷薇,然到蔷薇艳开时,春亦结束,企盼中充满失望的感叹!四句以咏叹的笔调写景,情景交融。结构严密,句与句之间接榫甚紧,密实的滴水不漏。下阕以抒情为主,偶有写景,则是为了更加强化抒情。五句写景,蕴含着深厚的故国之思,六、七、八句都是抒情,抒发亡国后的凄凉暗淡索寞而又无可奈何的情怀。词人情绪一次比一次低落,感情一层比一层加深。此词表面写暮春景色,西湖荒凉,是实写;抒发亡国之痛与故国之思是虚写,是用典故暗示自己的真实情怀。此词以景衬情,虚实结合,在春之荒凉中,渗透着词人故国之思的深沉而痛苦的感情。在写法上,特别重视章法结构的振起与绾合,使结构十分严密。"当年燕子知何处",绾合上文,引起下文。"且"、"更"、"也"、"莫"等词的运用,使词的章法严整,结构紧凑,榫接特别严实。像握紧的拳头,像一束聚光,将词人的哀痛,得以集中有力地展现出来。陈廷焯谓:"凄凉幽怨,郁之至,厚之至,与碧山如出一手。乐笑翁集中,亦不多觏。"②感情沉郁深厚,是这一首词的最大特色。但因结构严密,叙写比较质实,就难免缺乏空灵之感了。在下阕抒情中,偶

---

① 周济:《介存斋论词杂著》,人民文学出版社1959年版,第10页。
② 陈廷焯:《白雨斋词话》,人民文学出版社1959年版,第50页。

尔涉景,总是写暮春词人的感受。他的一种亡国之痛,无可奈何的心情,就凄然流注于笔端,词境不够开阔。周济说他"把缆放船",这首词的确没有"直挂云帆济沧海"的开阔手段。

其次,以词的语言说,姜夔词善于以硬笔写柔情,语言极有张力与强度,往往给人以振荡之感;与姜夔词相比,张炎词则语言妥溜,技巧圆熟,但力度似嫌不够,这样的语言,虽不至于使词风柔媚或圆滑,但却缺乏振荡之感。

以硬笔写柔情,是姜夔词语言表现的一个极鲜明的特色,这在词句中表现是很多的。如"春渐远,汀洲自绿,更添了、几声啼鴂"(《琵琶仙》)、"问后约、空指蔷薇,算如此溪山,甚时重至"(《解连环》)、"阅人多矣,谁得似长亭树,树若有情时,不会得青青如此"、"算空有并刀,难剪离愁千缕"(《长亭怨慢》),如此等等,都是以硬笔写柔情,尤其是转折拗怒,能引起感情的振荡。这是姜夔词不同与其他婉约词人词风的一个很重要的特征,表现出他特有的艺术个性。与姜夔相比,张炎词语言妥溜,又加上技法圆熟,妥帖而顺溜,给人以熨帖之感。如"奈关愁不住,悠悠万里,浑恰似,天涯草"(《水龙吟·春晚留别故人》)、"望去程无数,并州回首,还又渡,桑干水"(《水龙吟·寄袁竹初》)、"鱼没浪痕圆,流红去,翻笑东风难扫"(《南浦·春水》),本来情绪是很强烈的,因用笔妥溜,技法圆熟,硬是将特别激动的感情压了下去。虽然也有着感人的艺术力量,但却缺乏一种特别的艺术震撼力,以激发读者的心灵。然细细咀嚼品赏,却有一种感情的渗透力与感染力。张炎词在这一方面,显现着自己的艺术特色。但也偶有用硬笔写柔情而似白石者,如"任风飘,夜来酒醒,何处江皋"(《瑶台聚八仙·为野舟赋》)。白石用硬笔时或因藏锋不够,含蓄蕴藉之致时有不足;张炎词笔技巧圆熟妥溜,感情浑含不露,含蓄蕴藉之致表现充分。诚如邓廷桢所说:"盖白石硬语盘空,时露锋芒;玉田则返虚入浑,不啻嚼蕊吹香。"[①]

姜夔词语言瘦硬而峭,留有江西诗派使用硬语的痕迹,这可能与他早年学习江西诗派的诗有关;张炎词语言妥溜而淡,这种特色在词中表现,也是十分突出的。

谈到姜、张词风之异同时,高亮功说:"予尝谓白石峭处,玉田似不能及。然

---

① 黄畬:《山中白云词笺》,浙江古籍出版社1994年版,第515页。

玉田淡处,白石亦逊不筹。"①这是高亮功在评张炎《木兰花慢》时写的,我们看这一首词:

> 二分春到柳,青未了,欲婆娑。甚书剑飘零,身犹是客,岁月频过。西湖故园在否,怕东风、今日落梅多。抱瑟空行古道,盟鸥顿冷清波。　知么,老子狂歌。心未歇,鬓先皤。叹敝却貂裘,驱车万里,风雪关河。灯前恍疑梦醒,好依然,只着旧渔蓑。流水桃花渐暖,酒船不去如何。

作者感情是很强烈的,但没有剑拔弩张,也不是声色俱厉,而将其极为复杂的心情,淡淡写出。所谓"闲闲写来,耐人寻味"②。他为了谋取个人功名,曾"驱车万里,风雪关河"地辛苦奔波,尽管已是"敝却貂裘",却仍是"书剑飘零,身犹是客"。"心未歇,鬓先皤",不免老了英雄,人生真是一场梦啊!功名无望,生活无着,只好隐居。此词抒发了词人求官不得、书剑飘零的辛酸,写了对故园的深切思念,也写了对现实无可奈何的心情。但是情绪是缓和的,感情的波澜是不大的,更谈不上有惊涛骇浪了。在这种淡淡的无可奈何的情绪中,表现出对自己生活处境的不满,对社会生活的不满,对现实的一种愤懑情绪。这种不满的态度是缓和的,情绪表现是淡淡的。真是"闲闲写来",却是耐人寻味的。

我们再看姜夔词的峭,就以《玲珑四犯·越中岁暮闻箫鼓感怀》为例:

> 叠鼓夜寒,垂灯春浅,匆匆时事如许!倦游欢意少,俯仰悲今古。江淹又吟《恨赋》,记当时、送君南浦。万里乾坤,百年身世,唯有此情苦。　扬州柳垂官路、有轻盈换马、端正窥户。酒醒明月下,梦逐潮声去。文章信美知何用?漫赢得天涯羁旅。教说与,春来要、寻花伴侣。

同是感怀之作,姜夔的牢骚与情绪比张炎词表现得强烈的多。这首词从始至终,情绪浓烈,词人笔端带有很强烈的感情色彩,使词显现着峻峭的特色。时令匆匆,时事如许!"倦游欢意少,俯仰悲今古!"着笔狠重,情绪表现得较强烈。"江

---

① 葛渭君、王晓红校辑:《山中白云词》,辽宁教育出版社2001年版,第159页。
② 葛渭君、王晓红校辑:《山中白云词》,辽宁教育出版社2001年版,第159页。

淹又吟《恨赋》","万里乾坤,百年身世,唯有此情苦!"词人将感情推到了最高潮。从宇宙之大、时间之长,以衬托情怀之悲苦。词人写"此情苦",感情激愤,用力十足。下阕又说:"文章信美知何用? 漫赢得天涯羁旅。"满腹经纶,换来的却是天涯羁旅。真是愤激之言,情何以堪。遣词造句,感情色彩极浓。词人用笔着墨狠重,且层层递进,从而将浓烈的感情,处处表现出陡峭的特色。

从以上两首词可以看出:白石之峭,玉田之淡,其词的创作特色是十分突出的,他们的词风各有特色,各有所长,并且都向自己的特长处发展。各自的优长特色,对方均未能至,这是显而易见的。

第三,以词句言,姜夔词词句隽永、空灵,尤其是结尾,往往是余意未尽,给人留下无穷的意味,有余音袅袅之感;张炎词的词句也有隽永空灵者,然其词中,多是妥溜稳健之句,高旷空灵之音殊少。

姜夔词的结句如:

> 燕燕飞来,问春何在,唯有池塘自碧。
>
> (《淡黄柳》)
>
> 但盈盈、泪洒单衣,今夕何夕恨未了。
>
> (《秋宵吟》)
>
> 念唯有,夜来皓月,照伊自睡。
>
> (《解连环》)
>
> 如今安在,唯有阑干,伴人一霎。
>
> (《庆宫春》)

这些词的结尾,都是余音袅袅,有蕴含难尽之妙。

张炎词的结尾,也有相当灵妙的,但似不及姜夔词之结尾含蕴那么丰富。如:

> 谩伫立、东风外,愁极还醒,背花一笑。
>
> (《斗婵娟·春感》)
>
> 莫开帘,怕见飞花,怕听啼鹃!
>
> (《高阳台·西湖春感》)

前者写自己无可奈何的情绪,警拔而有余味。然愤激之情,溢于言表;后者则表现了十分低落的情绪,不免过分消沉。虽然都是隽永空灵的妙句,但与姜夔词相较,似嫌超妙俊逸之气不足。纵观张炎词的结尾,一般都比较稳妥、平实。既缺乏对全词内容的深化,也似无感情的振拔与高扬,平平而已,未能给读者留下深刻的印象。

第八节 姜夔与王沂孙

在宋代格律派词人中,姜夔实在是他们的中坚,是承前启后的重要人物。他上承周邦彦之行文雅洁、严纠格律的词风,下启史达祖、吴文英、张炎、周密、王沂孙等各有独特创作个性的词人,推动了格律词的继续发展。王沂孙是南宋格律词派优秀的后继人物之一,周济在《宋四家词选》中,将其作为与辛弃疾、姜夔、吴文英并列的四家之一,可见他在词史上的地位是何等的重要。为了更准确地评价姜夔、王沂孙的词作及其在词史上的崇高地位,我们有必要将其词做一比较研究。

一

姜夔与王沂孙在词的艺术风范上,有许多相似之处:诸如语言的峭拔、笔致的疏淡、词情的骚雅等方面,都颇有相似之处。这不仅可以看出王沂孙对姜夔词的有意承传,也可稍窥宋代格律词派在创作上的艺术风范。

首先,语言峭拔,颇有力度。词作为文学语言艺术的一种,语言表达的风范,是极为重要的特质之一。北宋婉约词的语言,一般地都表现为柔软俏丽,读起来软绵绵的,缺乏力度,给人以柔弱乏力之感。作为诗人的姜夔,他的早年诗风,受到江西诗派开山祖黄庭坚的影响,略显瘦硬之风。他的词的语言,与其诗风略似,不为靡丽之音,没有软绵绵的状态,是在简约跳荡之中,略显清峭与瘦硬,并有一定的力度,使词略含诗的风调与韵味。譬如,他的自度曲词《淡黄柳》,就是这种词风的典型。

空城晓角,吹入垂杨陌。马上单衣寒恻恻。看尽鹅黄嫩绿,都是江南旧相识。　正岑寂,明朝又寒食。强携酒,小桥宅,怕梨花落尽成秋色。燕燕飞来,问春何在,唯有池塘自碧。

此词抒发客居异乡的惆怅和对时势的感伤。词中虽然提到了他的恋人合肥妓,但没有进一步抒写卿卿我我的柔情与莺莺燕燕的娇痴,只是仅仅把邀妓游春作为词的一个点缀。词的感情跳跃,语言跌宕峭拔,句子简劲有力,结尾余音缭绕。这是他词中表现的重要的语言特色。这种特色在其词集中时有表现,可以说是屡见不鲜的。如:"数峰青苦,商略黄昏雨。"(《点绛唇·丁未冬过吴松作》)"淮南皓月冷千山,冥冥归去无人管。"(《踏莎行·自沔东来,丁未元日至金陵,江上感梦而作》)"鸳鸯独宿何曾惯,化作西楼一缕云。"(《鹧鸪天·己酉之秋,苕溪记所见》)"嫣然摇动,冷香飞上诗句。"(《念奴娇》"闹红一舸")如此等等,不一而足。这些词句,或用拟人,或用暗喻,都以巧妙的修辞手段,使其内蕴丰富、语言警拔含蓄而健劲有力。且余音袅袅,不绝如缕。

王沂孙在词的语言上,曾认真向姜夔学习,仔细揣摩他的表现技法,摄取其表现诀窍,以丰富自己语言表现的技能。故在语言表现上,与姜夔多有神似之处,时有简劲而峭拔的特色。诚如张炎所云:"琢语峭拔,有白石意度。"[1]《齐天乐·蝉》、《琐窗寒·春寒》、《无闷·雪意》等,都是语言峭拔、表现健劲有力的词作,它与姜夔的一些词作,在语言表达上,极为相似。譬如《无闷·雪意》:

阴积龙荒,寒度雁门,西北高楼独倚。怅短景无多,乱山如此。欲唤飞琼起舞,怕搅碎、纷纷银河水。冻云一片,藏花护玉,未教轻坠。　清致,悄无似。有照水一枝,已摅春意。误几度凭阑,莫愁凝睇。应是梨花梦好,未肯放、东风来人世。待翠管、吹破苍茫,看取玉壶天地。

此为咏物词,乃咏雪托意之作。语言疏朗峭拔,读起来深感斩截。这首词的语言风格,与姜夔词极为相似。周济评云:"何尝不峭拔,然略粗,此其所以为碧山之

---

[1] 张炎:《山中白云词》,中华书局1983年版,第10页。

清刚也。白石好处,无半点粗气矣。"①作为选家,用笔老辣,点评准确,很有分寸。他既指出王沂孙这首词与姜夔词语言的相似,又点出了他的不同特色。由此可见,王沂孙词的语言,对姜夔词的语言有所继承和发展,词风略含清刚之气。细读王沂孙《花外集》,其词的语言风格,多有似白石者。如:

> 千古盈亏休问,叹谩磨玉斧,难补金镜。太液池犹在,凄凉处,何人重赋清景。

(《眉妩·新月》)

> 铜仙铅泪似洗,叹携盘去远,难贮零露。病翼惊秋,枯形阅世,消得斜阳几度。

(《齐天乐·蝉》)

> 池馆家家芳事,记当时、买栽无地。争如一朵,幽人独对,水边竹际,把酒花前,剩拼醉了,醒来还醉。怕洛中、春色匆匆,又入杜鹃声里。

(《水龙吟·牡丹》)

如此等等,都是"语言峭拔,有白石意度"的词。由此可见,他对白石词学习的认真与到家。许多词句与姜夔词句之相似,已经到了乱真的地步。

其次,姜夔词笔致疏淡,王沂孙词也时有清疏之作,二者颇为相似。姜夔填词不做浓墨重彩地描绘,不为繁富地形象刻画,笔致疏宕,情调摇曳,着意着色都比较淡,词风显得清疏豁亮,绝无密不透风之处。王沂孙很好地学习并继承了姜夔的优秀词风,色彩淡薄,行文开阔疏朗,得到词评家的普遍嘉许。邓廷桢云:"王圣与工于体物,而不滞色相……(《摸鱼儿》"洗芳林")通体一气卷舒,生香不断。鄱阳家法,斯为嗣音矣。"②戈载亦云:"其词运意高远,吐韵妍和,其气清故无黏滞之音,其笔超故有宕往之趣,是真白石之入室弟子也。"③邓说王"工于体物,而不滞色相",即不于色相着意用力,词笔显得疏朗;戈谓其词"气清"、"笔超","故有宕往之趣"。他们都说他继承了姜夔词的家法,是姜夔的"入室弟

---

① 周济:《宋四家词选》,古典文学出版社 1958 年版,第 47 页。
② 邓廷桢:《双砚斋词话》,见唐圭璋:《词话丛编》,中华书局 1986 年版,第 2532 页。
③ 戈载:《宋七家词选·碧山词序》,见贾文昭:《姜夔资料汇编》,中华书局 2011 年版,第 310 页。

子"。这无不说明王沂孙对姜夔词学习的认真与到家,他已经学得了白石词的神髓与不传之秘。可见,他向姜夔词的学习,不是浅尝辄止或竟在门外徘徊,而是早已登堂入室了。

姜夔的《凄凉犯》"绿杨巷陌"与王沂孙的《摸鱼儿》"洗芳林",都是笔致疏淡之作。这两首词,似是一个藤上结的两个瓜,既是那么相像,又都是那么硕大、圆美。

> 绿杨巷陌。秋风起、边城一片离索。马嘶渐远,人归甚处,戍楼吹角。情怀正恶、更衰草寒烟淡薄。似当时、将军部曲,迤逦度沙漠。　追念西湖上,小舫携歌,晚花行乐。旧游在否？想如今、翠凋红落。漫写羊裙,等新雁来时繫着。怕匆匆、不肯寄与,误后约。

这首《凄凉犯》,是一篇情绪悲怆,思想深厚之作,蕴含麦秀黍离之悲。上阕写了边城的角鸣马嘶,一片荒凉凄清景象,隐寓收京的无望;下阕回忆西湖旧游,反衬今日淮南的冷落,在瑟瑟的秋风中,绿杨一片萧索。词人深深慨叹昔日俊赏之难追。小序中说:"予客居阖户,时闻马嘶。出城四顾,则荒烟野草,不胜凄暗,乃著此解。"词人将眼前凄凉景象与不胜凄暗的沉重心情徐徐写出,虽然笔致疏淡清爽,然却感慨良深。

再看王沂孙的《摸鱼儿》：

> 洗芳林、夜来风雨,匆匆还送春去。方才送得春归了,那又送君南浦。君听取,怕此际、春归也过吴中路。君行到处,便快折湖边,千条翠柳,为我繫春住。　春还住。休索吟春伴侣,残花今已尘土。姑苏台下烟波远,西子近来何许？能唤否？又恐怕、残春到了无凭据。烦君妙语,更为我将春,连花带柳,写入翠笺句。

此词盖为暮春送人远行之作,抒其惜春惜别之情。或疑失题,当是。词人感情跌宕,笔势跳脱,既送行却又托行人挽春、写春,表现其浓郁的惜春又惜别的情绪,构思奇巧,表现新颖,行文曲折跌宕却又能够一气贯注。内涵丰厚,词味隽永,语言轻倩,词评家多赞其疏快。与姜夔疏淡之作相较,的确有出蓝而胜蓝之感。虽然在《花外集》里清疏之作不多,但这首词绝非孤证。其《南浦·春水》,也是写得比较清疏的。

第三,姜夔词极骚雅之致,王沂孙词也写得娴雅不凡,二者颇趋一致而又各擅胜场。北宋自柳永以来,俗词流行,颇有市场,并占据了词坛一角。其俗之表现多端:有内容之俗,如写艳情,将男女之情事写得露骨显眼,亵诨不堪;有语言之俗,刻意模仿民间语言,或以方言土语入词,生涩俚俗;有音调之俗,类似民间小曲小调者,含淫靡之音。或竟兼而有之。姜夔词学习继承了周邦彦所为雅词的优秀传统,从内容到形式,极力追求诗意美,其词感情真挚,情调高雅,诗味浓郁,将骚雅之风,推到极致,为雅词创作树立了典范。如《踏莎行》:

燕燕轻盈,莺莺娇软。分明又向华胥见。夜长争得薄情知,春初早被相思染。 别后书辞,别时针线。离魂暗逐郎行远。淮南皓月冷千山,冥冥归去无人管。

一二两句言女主人公体态轻盈,语言娇软,极写其美好的资质。第三句写梦,是说这是男主人公因思念对方而于梦境中看到的情景。下面五句均写女主人公,由别后相思、写信缝衣到离魂逐郎而去,写女方思念丈夫的深情。最后两句写男方深切思念与关怀女方的真情。此词写情,既无香艳也不浅薄,又能以跳脱之笔调,将年轻夫妇的感情写得真挚深厚,风调也极为骚雅。

王沂孙词,几无涉男女之私情者,其词或咏物以寄意,或写友情之深厚。他抒情能将极真淳之感情渗透到字里行间,绝无俗滥之描写。其词笔雅致而行文娴熟,词论家往往以娴雅赞之,可谓切中肯綮。如《淡黄柳》:

花边短笛,初结孤山约,雨悄风轻寒漠漠。翠镜秦鬟钗别,同折幽芳怨摇落。 素裳薄,重拈旧红萼。叹携手,转离索。料青禽、一梦春无几。后夜相思,素蟾低照,谁扫花阴共酌。

此为别词友周密之作。其小序云:"甲戌冬,别周公瑾丈于孤山中。次冬,公谨游会稽,相会一月。又次冬,公谨自剡还,执手聚别,且复别去。怅然于杯,敬赋此解。"它交代了写词的时代背景,此词是写亡国之际朋友之间的聚散流离。上阕写送别：一二两句用逆挽笔法，先写昔日交游情事，示友谊之长久深厚。三句写气候变化，隐寓人事的沦替。四五句写伤别，情感沉郁。下阕写别后的怅惘和对词友的深切思念。此词写词友之间的悲欢离合，纵送自如。感情极深厚而情致又极缠绵，明抒一己之情怀，实寓对时势之深切慨叹，情调自然雅致，用典切要娴熟。余音袅袅，余味无穷。

二

王沂孙学习姜夔词，多有创新与发展，进而形成自己独特的风格与艺术个性，并足以和白石并驾齐驱，形成双峰对峙、二分水流、各有风采、难分高下的格局。诸如词格与词味、清空与沉郁凄婉、骨韵与意境，在这两两并列的美学范畴中，他们各居其一并都达到了登峰造极的地步，充分展示了各自的艺术风采。

第一，词格与词味。格与味都是很高的审美标准，是词的艺术水平达到极高的一个重要标志。姜夔的词格之高与王沂孙的词味之厚，在词史上是无与伦比的，这为词评家所激赏。陈廷焯谓："词格之高，无过白石；词味之厚，无过碧山。"①诚哉斯言！"无过"是说他在词史上独一无二、登峰造极、无人逾越，他将王沂孙的词味与姜夔的词格并列比较，认为他们在各自追求美的品味上都达到了极则，登上巍巍的艺术高峰。这是极有见地的。

词格是指词的格调，盖有两层含义：一是词人高尚品格在词中的体现，表现其过人的情操；二是蕴含于词中的感情高洁，使格调高雅不凡。

词格即人格，是词人高尚品格在词中的渗透与展现。姜夔作为江湖词人，无恒产而有恒心，始终能坚守独立的人格。"穷且益坚，不坠青云之志"，不为困苦之生活所屈，品格高尚。他一生既未做官也无产业，流浪江湖，沦为文丐，但却能坚持操守，保持高洁的品格。虽有时不免曳裾王门，但决不摇尾乞怜，而对达官豪富的惠赠，视若敝屣，无动于衷。友人张鉴愿意为他出资捐官，被他婉拒；又欲分膏腴之田产作为他养生之资，他不愿接受。他先后与萧德藻、杨万里、范成大、辛弃疾、陆游等人往来，能以布衣之身，平交王侯，平等往来，绝不为权势所屈。为人品格孤傲，特立独行，处处洁身自好。与达官酬唱，不为阿谀奉承之词，不以

---

① 陈廷焯：《白雨斋词话》，人民文学出版社1983年版，第40页。

卑词貌恭讨其欢心;他也写艳情,然却以硬笔写柔情,不轻佻、不僞薄,真情流溢;咏物不为咏物而咏物,而能借物以抒情,寄意高远。因其处世处处能保持高风亮节,填词则自成高格,词风高雅,词品高尚,词中无寒酸气与蔬笋气。王国维赞曰:"古今词人格调之高,无如白石。"[①]如其《暗香》、《疏影》之咏梅,思想艺术均有独立之品格。词中以梅花喻美人,以增其品格之高洁;又以美人喻梅花,以写其幽冷香艳。词的思想感情不落俗套,艺术表现独具一格。从而显示出词格之高尚,不同凡响。

词味是指词旨蕴含深厚,韵味浓郁隽永,有味外味。内涵大致有二:一是词味醇正,有高尚的情思寄托;二是词旨蕴含深厚,耐人品味,韵味无穷。

王沂孙作为遗民词人,他将其故国之思、爱国之情、感时伤世之意,寄托于咏物词中,而出以缠绵忠厚,使词之内容有深厚感,词味有醇正感。在内容的表现上,既不是直白地说出,也不是浅露地抒发,而是将其深厚的感情,渗透到字里行间。因此,蕴藉含蓄,韵味无穷,耐人品味。《天香·龙涎香》、《花犯·苔梅》等,都是极耐人品味的词篇。其词品味之厚,是无与伦比的。如《天香·龙涎香》:"孤峤蟠烟,层涛蜕月,骊宫夜采铅水。讯远槎风,梦深薇露,化作断魂心字。红瓷候火,还乍识、冰环玉指。一缕萦帘翠影,依稀海天云气。几回殢娇半醉。剪春灯、夜寒花碎。更好故溪飞雪,小窗深闭。荀令如今顿老,总忘却、尊前旧风味。谩惜余熏,空篝素被。"此词先对龙涎香的产地、原料、加工、形制以及焚爇时的可爱景象作了生动、形象的描述,由此勾起对当年焚香之际足以怀念的女子、环境与情事的回忆,结尾再抒写往事不可复追的悲哀怅惘,情绪迷离、感情深沉。在写法上,它披上了炫人眼目的外衣,又以今昔鲜明的对比将感情强化,词人情绪强烈而词旨潜隐,引起了读者追根刨底探求底蕴的兴致与欲望。

第二,清空与沉郁凄婉。以风格言,姜夔词清空,王沂孙则沉郁而凄婉。

姜夔词的艺术特色,诚如张炎所说:"不惟清空,又且骚雅"。[②] 这一经典概括,恰如其分,不可移易。"清空"是就其词的风格而言的,"骚雅"是就谋篇与词的情调而言的。他既有骚人墨客深厚之骚雅情韵,又有文人学士的豪情逸致。"清空"是与"质实"相对而言的,谓其词之风格空灵清爽透明澄澈。如《扬州

---

① 滕咸惠:《人间词话校注》(修订本),齐鲁书社1986年版,第24页。
② 夏承焘:《词源注》,人民文学出版社1963年版,第16页。

慢》"淮左名都"、《踏莎行》"燕燕轻盈"诸词都是。王沂孙有的词也写得颇为空灵,略似白石,然其词的风格主调则是沉郁凄婉的。

　　清空之极,则显得轻飘飘地,不够深厚凝重,或虚无缥缈,令人不明旨趣所指。姜夔词则写得空灵澄澈,清爽透明,极有韵味。这与其生活境遇有关。姜夔生活的时代,金宋对峙,势均力敌,南宋朝廷虽无灭金之力,也似无亡国之忧,两国处于和平相持阶段。作为江湖词人的姜夔,虽然只能依附他人,生活上艰难的挣扎。然国内尚平稳,当时南宋经济繁荣,故有浪迹江湖的余裕。他性格超旷,与高层交往密切,荦荦大方,冠冕堂皇。生活舒适,且能保持独立的个性与人格,故词写得清空而飘逸。如《点绛唇·丁未冬过吴松作》:

　　　　燕雁无心,太湖西畔随云去。数峰清苦,商略黄昏雨。　第四桥边,拟共天随住。今何许,凭阑怀古,残柳参差舞。

此词开头写燕雁随云,南北无定,实以自况,一种潇洒自在之情,写来飘然若仙。"数峰"两句以拟人手法,将黄昏天欲雨之情状写活了。下阕抒情,先写打算学陆龟蒙之隐逸。后三句吊古伤今,写得悲壮苍凉,大有"俯仰悲今古"之意。然用笔却极轻灵,有缥缈之致。

　　王沂孙早年逢宋元战争,强敌压境,国家处于危亡之际;后期宋亡,作为遗民词人,政治上毫无前途,生活上也无出路,其内心苦闷沉郁,可想而知。他将这种感情,自然而然地渗透到词的作品中。因此,词的风格就显得沉郁而凄婉。如《高阳台·和周草窗寄越中诸友》、《水龙吟·落叶》、《水龙吟·白莲》,都显现着沉郁凄婉之致。其《醉蓬莱·归故山》,更有风景殊、举目有山河之异的凄凉悲楚。其词云:

　　　　扫西北门径,黄叶凋零,白云萧散。柳换枯阴,赋归来何晚。爽气霏霏,翠蛾眉妩,聊慰登临眼。故国如尘,故人如梦,登高还懒。　数点寒英,为谁零落,楚魄难招,暮寒堪揽。步屧荒篱,谁念幽芳远。一室秋灯,一庭秋雨,更一声秋雁。试引芳尊,不知消得,几多依黯?

故国是一派残破荒凉的景象,令人凄然泪下。"故国如尘,故人如梦,登临还懒。""一室秋灯,一庭秋雨,更一声秋雁。"这种凄凉的情绪,以排比句式倾泻而出,更显得凄楚、悲凉,沉重的心情无以复加。王沂孙以其所处的时代,以他的性格,都难发出慷慨悲壮之音,只能在低徊凄楚的情绪中,发出沉郁凄婉之音,令人深感哀痛和悲楚。

王沂孙词的基调是沉郁的,其词隐含着极深沉的忧郁感情。既有亡国之痛,又因生活之困苦不堪,且有种种难言之隐、难申之恨、难展之志。政治上受到压抑与歧视,生活在难以穷尽的悲痛之中,这心中郁结的种种愁与恨,无法消解,无以释放,这种沉重的感情,一寓之于词。因此,他的词风就变得沉郁而凄婉。

第三,骨韵与意境。在谈到姜夔、王沂孙词时,陈廷焯说:"姜、张词以骨韵胜,碧山词以意境胜。"①这段话概括地指出姜夔、张炎、王沂孙词的优长。陈对张炎词的评价,可以存而不论,我们谈谈他对姜、王词的评价。所谓骨韵,谓其词风骨之劲健,韵味之醇肆。陈廷焯评姜夔《霓裳中序第一》,谓其"骨韵俱古"。②王国维评姜夔《惜红衣》:"高树晚蝉,说西风消息。"称其"格韵高绝"。③"格韵"意近"骨韵",这里都是就骨韵而言的。由此可见,姜夔词以骨韵见长,为词论家的共识。王沂孙词,也有以骨韵胜者。如《齐天乐·赠秋崖道人西归》:"江云冻结。算只有梅花,尚堪攀折。"梅花耐寒有节,此亦喻秋崖能持岁寒之志。故陈廷焯谓:"此亦必有所指,骨韵高绝。"④又称赞此词"淋漓曲折,白石化境"。⑤ 如《齐天乐·蝉》:"病叶难留,纤柯易老,空忆斜阳身世。窗明月碎,甚已绝余音,尚遗枯蜕。鬓影参差,断魂青镜里。"以蝉喻人,词旨瞭然,意境亦深远。《扫花游·秋声》、《扫花游·绿阴》、《三姝媚·樱桃》、《一萼红·红梅》等,都是意境深远之作。如《一萼红·红梅》:

　　剪丹云。怕红皋路冷,千叠护清芬。弹泪绡单,凝妆枕重,惊认消瘦冰魂。为谁趁、东风换色,任绛雪、飞满绿罗裙。吴苑双身,蜀城高髻,忽到柴门。　欲寄故人千里,恨燕支太薄,寂寞春痕。玉管难留,金樽易泣,几度残

---

① 陈廷焯:《白雨斋词话》,人民文学出版社1959年版,第149页。
② 陈廷焯:《词则·大雅集》,见贾文昭:《姜夔资料汇编》,中华书局2011年版,第443页。
③ 滕咸惠:《人间词话校注》(修订本),齐鲁书社1986年版,第67页。
④ 陈廷焯:《白雨斋词话》,人民文学出版社1959年版,第45页。
⑤ 王沂孙:《花外集》,上海古籍出版社1988年版,第55页。

醉纷纷。谩重记、罗浮梦觉,步芳影、如宿杏花村。一树珊瑚淡月,独照黄昏。

此词用了拟人化的手法,对梅花作了细腻的描写。词人随意驱使关于红梅的典故,随着这些与古代美人有关典故的展示,一个美艳俏丽的女性就悄然出现了,好像她冉冉地向我们走来。美人似梅花,梅花像美人,花与人浑然一体,难以分辨。又谁能将其截然分开?这种饱含感情的吟咏,这种非常完美的意境,令人赞叹不置。词人特别注重对词境的描写,不仅写出了梅花美丽的姿容,芬芳的清香,还写了"玉管难留,金樽易泣,几度残醉纷纷"的愁情,令人为之动容。"一树珊瑚淡月,独照黄昏。"以景语作结,余味无穷。

词人姜夔,品格高尚,"襟期洒落,如晋、宋间人。意到语工,不期于高远而自高远。"①因此,其词以骨韵胜。即以陈廷焯称赞的"骨韵俱古"之《霓裳中序第一》为例,透视其词的"骨韵胜"之表现。

亭皋正望极。乱落红莲归未得。多病却无气力。况纨扇渐疏,罗衣初索。流光过隙。叹杏梁、双燕如客。人何在?一帘淡月,仿佛照颜色。　幽寂。乱蛩吟壁。动庾信、清愁似织。沉思年少浪迹。笛里关山,柳下坊陌。坠红无信息。漫暗水、涓涓溜碧。飘零久,而今何意,醉卧酒垆侧。

此词为羁旅怀人之作。前五句言秋风人倦;"流光"二句,叹时光之不居;"人何在"三句,望伊人之宛在,意在怀人。换头用"动庾信清愁"纽结上下阕,接着写缅怀旧游,抚今追昔,更衬出眼前景况凄清,意寥落。"沉思"五句,意深情悲。诚如沈祖棻所云"同是作客,而少年羁旅,犹胜投老江湖,今之幽寂凄清,迹逊昔之疏狂豪放,虽欲求如昔之年少浪迹,岂可得乎?意愈深而情愈悲矣!"②词人联系环境与景物描写羁旅情怀,迟暮之感,飘零之悲,纷至沓来。更兼怀人,思绪更纷乱,愁苦愈深沉,以致"不自知其辞之怨抑也。"③其风骨健朗,感人至深,自不待言。

---

① 陈郁:《藏一话腴》,见贾文昭:《姜夔资料汇编》,中华书局2011年版,第30页。
② 沈祖棻:《宋词赏析》,上海古籍出版社1980年版,第156页。
③ 陈书良:《姜白石词笺注》,中华书局2009年版,第11页。

第九节　南宋婉约派词人的豪放词

一

豪放派词人的婉约词,近年来受到了研究者的普遍重视。它虽不代表这些词人创作的最高成就或创新成绩,但毕竟是其创作成就的一个重要方面。而其数量之多与质量之高,都不容许有些微的忽视。如果我们要从豪放派词人的词集中找婉约词,可以随手拈来,俯拾即是。许多著名的豪放派词人的词集中,婉约词的数量都是超过半数的。试检苏轼、张元幹、张孝祥、辛弃疾、陈亮等著名的豪放派词人的词集,其婉约词数量之多都是非常惊人的。豪放派词人笔下婉约词数量之多,这是为词体本身的特点所决定的:词原初是以婉约为正统、以婉约风调为其本色的。词人写婉约词,是填词者的本分,写起来也是驾轻就熟的。在创作中,也自然是数量居多了。因此,近年来探讨苏轼、辛弃疾婉约词的论文,就有十多篇。但要从婉约派词人的词集中找豪放词,却不是那么容易了,甚至可以说是相当困难的。譬如,我们在周邦彦、秦观、晏殊、晏几道词集中,都很难找到一首豪放词。至于南宋婉约派词人,他们刻意继承周、秦的传统,从词的创作思想与艺术风格上,都是排斥豪放词的。虽然如此,但南宋最著名的婉约派词人姜夔、史达祖、吴文英、周密、蒋捷、张炎等人的词集中,都能找到几首颇有艺术特色的豪放词,令人爱不释手,百读不厌;我们在读婉约派词人词集时,偶尔发现一两首豪放词,令人特别惊喜,且有耳目一新之感。然而这并没有引起学界的特别重视,至今还没有人对这种现象加以探讨,本文或将是一篇发轫之作。

诚然,南宋婉约派词人,都是特别精通音乐、强调词的协律的。他们把音乐性视作词的第一要义,词的协律则是天经地义的。为此他们知难而上,以期达到词的韵律的完全和谐。所谓"词不难作,而难于改;语不难工,而难于协"①。他们为了词的协律而反复修改,不惜以辞害义或以律伤义。吴文英则谓"盖音律欲其协,不协则成长短之诗。下字欲其雅,不雅刚近乎缠令之体。用字不可太

---

① 周密:《木兰花慢·序》,引自唐圭璋编:《全宋词》,中华书局1965年版,第3264页。

露,露则直突而无深长之味。发意不可太高,高则狂怪而失婉柔之意"①。这虽是吴文英的主张,但可视作南宋婉约派词人共同的艺术追求。张炎在《词源》中,以仰止的口吻,叙述了乃父张枢填词协律的情景:

> 先人晓畅音律,有《寄闲集》,旁缀音谱,刊行于世。每作一词,必使歌者按之,稍有不协,随即改正……又作《惜花春起早》云:"锁窗深",深字音不协,改为幽字,又不协,改为明字,歌之始协。②

张枢为了词的协律,不惮修改,竟将"幽"字改为与其词义相反的"明"字,可见,他的填词,不是以描写的对象是否真实为标尺,也不是以追求词的境界的高妙为准绳,而是以是否协音为准则。"幽"与"明"虽然都是平声,但有轻清重浊之分。其改易已不是词的调平仄,而是分清浊轻重,音律之细密达到如此严酷的程度,令人惊叹!从词的创作上说,这已走上了纯粹的唯美主义道路。然张炎对此却视为典范,予以肯定和赞赏。这说明张炎及婉约派词人以协律作为词创作的第一要义。在他们看来,词不是文学的骄子,而是音乐的附庸。婉约派词人在词的创作上,过分强调词的协律,强调词的艺术性,走上了重音乐、轻文学,重艺术、轻思想的道路,钻进了唯美主义的死胡同,并拼命挣扎,在那里企图创造词的辉煌世界。然而奋斗的结果,前景毕竟是比较黯淡的,与其期望值有很大的差距。这是他们的悲哀。然姜夔、史达祖、吴文英、周密、蒋捷、张炎等著名的婉约派词人,在大量创作骚雅而细柔的婉约词的同时,毕竟还都写出了为数不多的几首豪放词,这些豪放词又都特别引人注目,这是值得我们认真思索和仔细探讨的。

二

南宋婉约派词人,刻意地写骚雅婉柔的格律词,这是他们共同遵守的艺术规范,是其终生执著的艺术追求。他们之所以偶尔违背其艺术信条而写出数首豪放词来,是因为受到了当时政治环境的巨大影响,是为特定的时间、特定的历史

---

① 沈义父:《乐府指迷》,引自唐圭璋编:《词话丛编》,中华书局1986年版,第277页。
② 张炎:《词源》,引自唐圭璋编:《词话丛编》,中华书局1986年版,第256页。

背景所决定的,是在特殊的氛围中的产物,而绝不是词人一时的心血来潮。

姜夔晚年与辛弃疾曾有几次较深的接触,受了辛弃疾强烈的爱国情绪的感染与豪放词风的影响,创作了表现一定现实、据有一定的爱国热情的几首豪放词,唱出了时代的强音。《汉宫春·次韵稼轩》、《汉宫春·次韵稼轩蓬莱阁》、《洞仙歌·黄木香赠辛稼轩》、《永遇乐·次稼轩北固楼词韵》,是他与辛弃疾几次交往唱和的记录,也是他作为江湖派词人关注国家前途命运较集中的表现。其中如《永遇乐·次稼轩北固楼词韵》一首,气魄宏大,声调比较高昂,接近辛词的镗鞳之声,而又有着自己的艺术个性。开禧元年(1205),史达祖随李璧出使金国,是受宰相韩侂胄之重托去打探金国虚实,以决定战和国策的。他赴金国负有"觇国"的特殊使命,这一庄严而神圣的使命,使他胸怀浩然之气,充满了士人报国的豪情。《龙吟曲·陪节欲行留别社友》、《满江红·九月一日出京怀古》等,豪情激荡,饱含着庄严的使命感。余如,在任中书省吏初期所做的《满江红·书怀》,盖作于晚年遇赦重反临安时的《满江红·中秋夜潮》,都是感情愤激的豪放之作。高观国的《雨中花》,是为祖饯史达祖的北行之作,也很有感情。史达祖、高观国的这些词,颇有豪情壮志,与苏轼、辛弃疾那些著名的豪放词相比,是不大逊色的。吴文英处于南宋衰亡之际,国运衰颓,已无挽回的可能。易代之际,作为一名爱国的有着雄伟抱负的士人,遭此际遇,情何以堪?纵有强烈的忧患意识,终无挽狂澜于既倒之可能。他的《八声甘州·陪庾幕诸公游灵岩》、《高阳台·过种山即越文种墓》、《木兰花慢》"紫骝嘶冻草"、《木兰花慢》"步层丘翠莽"、《满江红·甲辰岁盘木寓居过重午》,这些词既有深沉的历史感与现实隐喻性的融合,又有境界阔大、气势雄浑、想象丰富的艺术特色,是颇为优秀的豪放词。周密在宋亡之后,有《一萼红》"步深幽"之作,悼古伤今,抚时感事,苍莽感慨,感情深沉。蒋捷宋亡不仕,浪迹江湖,有《贺新郎·兵后寓吴》、《尾犯·寒夜》等词,词里悲中寓壮,慷慨凄凉,饱含亡国之痛。张炎在宋亡以后,奉命北行,雄伟壮丽的山河与不甘屈服异族统治的民心,激起了他的爱国情怀,创作了《壶中天·夜渡古黄河与沈尧道曾子敬同赋》的壮丽词篇。如此等等,都是南宋著名的婉约派词人,在特殊环境下所创作的颇有雄浑阔大景象的豪放词。由此可见,当词人的境遇与生活环境改变以后,新的现实生活激起了他的悲慨情绪与豪情壮志,逼着他改变了以往的立场,自觉地、自然而然地抛开了自己固有的艺术理念与以往执著的艺术追求,写出了与自己固有的艺术理念相背离的而又有着一定社会价值的词篇。这些词风格豪放、情调高昂,是时代颇为雄壮的回声。

三

南宋婉约派词人所写的豪放词,有特殊的背景与原因,有其产生的必然之势。

首先,以创作的时代背景而言,这些词的产生,都有引起慷慨激越感情的时势,多为时势所迫有感而作。因此,词人情绪昂扬,感情激越,其词则为斯时斯地感情的自然流泻。譬如姜夔《永遇乐·次稼轩北固楼词韵》:

> 云隔迷楼,苔封很石,人向何处。数骑秋烟,一篙寒汐,千古空来去。使君心在,苍厓绿嶂,苦被北门留住。有樽中酒,差可饮,大旗尽绣熊虎。　前身诸葛,来游此地,数语便酬三顾。楼外冥冥,江皋隐隐,认得征西路。中原生聚,神京耆老,南望长淮金鼓。问当时,依依种柳,至今在否?

宋宁宗嘉泰四年(1204),知绍兴府兼浙东安抚使的辛弃疾奉诏入京,陈奏抗金政见,三月派知镇江府,时宰相韩侂胄正筹备北伐,他既感兴奋,又忧虑韩匆忙出兵会蹈前人北伐失败的覆辙。当年秋,登北固山赋《永遇乐·京口北固亭怀古》词以见志,他在词中借古讽今,表现了坚决主张北伐,但又反对草率从事、轻敌冒进的思想情绪。姜夔词是奉和辛词之作,上阕呼应辛词的凭栏怀古,抒发千古江山犹在而往古英杰已不可见的感慨,言外之意,谓当今的抗敌领袖正可继踵前人而施展宏图。以下则承前启后,落笔到稼轩的处境与时代重任,并指出北伐所具备的种种优势,即镇江的物质条件差强人意,稼轩统率下的兵将勇武可钦。下阕颂扬辛弃疾才略高超,并以历史上著名英雄裴度、诸葛亮、桓温比拟辛弃疾,谓其胸有成竹而北伐路线隐然可见。当时兴师北伐为人心所向,词中表达了对北伐的特别关注及对胜利的殷切企盼。词作气度恢弘,感情昂扬,笔力雄劲,表达了作者积极支持北伐的爱国热情,也表现了中原人民盼望统一的迫切心情,激励辛弃疾奋起完成恢复中原的重任。词的感情健康,气魄宏大,接近辛词的艺术风格。

这首词产生于南宋偏安七八十年后的一次旨在恢复中原的恢弘计划的酝酿时期。南宋建国以后,朝政始终被议和派所控制。在那不准抗战、群众爱国情绪受到严重压制的时代,有人在庙堂之上振臂疾呼抗战,并积极准备北伐、恢复中原故土,这真如严冬的惊雷,对广大人民与爱国士人的心灵有着巨大的震撼。爱国情绪要发泄,这首词正反映了这种强烈的呼声。辛弃疾是一生图谋恢复中原的抗金将领与爱国词人,以豪放词著称于世。姜夔这首词就是在全国秣马厉兵准备北伐的气氛中写成的,且是奉和辛词之作。这就决定了这首词的主题、基调与风格,它是典型的时代情势的产物,有着非常鲜明的时代烙印。

作为江湖派词人,姜夔一生过着孤云野鹤式的生活,他远离政治,本来是一位有着为艺术而艺术倾向的词人,或者说是一位纯情词人。然作为正直的士人,天生就有着忧念时局、关心时政、关心国家社稷的淑世情怀,有着强烈的时代忧患意识。从早年写的《扬州慢》,表现出对战争严重破坏性的憎恶,到后来写的《满江红》"仙姥来时",对神姥的热烈歌赞,都可以看出他对国计民生的特别关注,并非总是超脱世俗的。当时局发生了变化,与此同时,他又受到辛弃疾的爱国思想的影响,唤起他固有的爱国热情,感情骤然起了重大的变化,于是情绪昂扬奋发,遂写了内容、情调、风格都与辛弃疾相似的词。

国家政治情势的变化,引起婉约派词人姜夔词风的变化,写出数首豪放词,这并非是一个特殊的孤例。史达祖、吴文英、周密、蒋捷、张炎等人所写的几首豪放词,都是在政治情势变化引起了词人境遇改变时所写的,这就是很有力的证据。特别是史达祖随李壁出使金国"觇国"前后写的几首词,其词风的转变更为明晰。这都足以说明,时势变化,词人感情也跟着变化,而词风也有了相应的转变。质言之,婉约派词人所写的几首豪放词,都是时势变化的产物。

其次,以作家言,姜夔、史达祖、高观国、吴文英、周密、蒋捷、张炎等,都是典型的婉约词人,其词风骚雅婉约,但又各有自己的个性特色。譬如,姜夔词风之骚雅清刚,所谓"变雄健为清刚,变驰骤为疏宕"①,其词本来就没有一般婉约词的柔靡之气,而清刚、瘦硬、疏宕之词风,在情调上就有接近豪放词的一面,因而当时势发生变化、情感为时势变化所触动时,其词风是很容易走向阔大豪迈的。

---

① 周济:《宋四家词选·目录序论》,古典文学出版社1958年版,第3页。

又如吴文英词"立意高,取径远"①,"奇思壮采,腾天潜渊"②,他的一些词与豪放词仅有一间之隔,一旦有气候与土壤,也是很易变为豪放的。至于蒋捷,本来就是深受辛弃疾影响的词人,其词集中一些词很有些辛词的情调,如《贺新郎·乡士以狂得罪赋以饯行》、《沁园春·为老人书南堂壁》等。如此这般,当这些词人受到外界感召,引起内心强烈的冲动,就可能写出一二首豪放词来。譬如周密,他在宋亡以前,过着优裕的生活,他爱好填词,钻入了艺术的象牙之塔。但在亡国以后,受到异族的统治,心怀亡国之痛,就写出了感情沉痛、内容深刻的词篇。如《一萼红·登蓬莱阁有感》:"步深幽,正云黄天淡,雪意未全休。鉴曲寒沙,茂林烟草,俯仰千古悠悠。岁华晚、飘零渐远,谁念我、同载五潮舟。磴古松斜,厓阴苔老,一片清愁。回首天涯归梦,几魂飞西浦,泪洒东州。故国山川,故国心眼,还似王粲登楼。最怜他,秦鬟妆镜,好江山。何事此时游?为唤狂吟老监,共赋销忧。"词人抚时感事,感慨遥深,表现出深沉的故国之思与江山易主之痛。陈廷焯谓:"苍茫感慨,情见乎词。"③此词对故国思念的深厚之情,跃然纸上。

最后,在填词时,词人都能精心择调,以适应激奋昂扬情绪的表达。我们知道,不同的感情,需要不同的词调来表现。有经验的词人,在填词时,都是非常重视择调的。他们预先精心选取那些适于表达此时此地感情的词,然后铸意炼字,挥笔填词。南宋婉约派词人所写的豪放词,都选取了那些适于表现慷慨激越感情昂扬的词调,以描写阔大壮美的境界。

相调选题,这是词家填词首要考虑的问题。沈祥龙云:"词调不下数百,有豪放,有婉约,相题选调,贵得其宜。调合,则词之声情始合。"④豪放派词人填词时常用的词调有《满江红》、《水调歌头》、《贺新郎》、《八声甘州》等适于表现奔放激越、慷慨悲凉感情的词调,以表现其豪壮苍凉的情感,展示颇为壮阔的境界。譬如,史达祖写过三首《满江红》,都是豪放词,无一不是为抒发愤激豪壮的感情而相题选调之作。《满江红·中秋夜潮》、《满江红·书怀》、《满江红·九月二十一日出京怀古》,都是情绪激荡、喷薄而出之作。《满江红·九月二十一日出京怀古》下阕云:

---

① 周济:《宋四家词选·目录序论》,古典文学出版社1958年版,第3页。
② 周济:《宋四家词选·目录序论》,古典文学出版社1958年版,第2页。
③ 陈延焯:《白雨斋词话》,人民文学出版社1959年版,第38页。
④ 沈祥龙:《论词随笔》,引自唐圭璋编:《词话丛编》,中华书局1986年版,第4060页。

> 天相汉,民怀国;天厌虏,臣离德。趁建瓴一举,并收鳌极。老子岂无经世术,诗人不预平戎策。办一襟、风月看升平,吟春色。

大宋北伐,天时地利人和,可以一举成功。自己虽有经世术而又无职无权,只能看升平吟春色而已。词人对形势充满信心而又十分无奈,只能一声叹息。

南宋婉约派词人姜夔等写的豪放词,其选用的词调计有《永遇乐》、《满江红》、《龙吟曲》、《雨中花》、《贺新郎》、《高阳台》、《八声甘州》、《沁园春》、《水龙吟》、《壶中天》等,"《满江红》、《念奴娇》、《水调歌头》三体宜为慷慨激昂之词"①。"《高阳台》跌宕生姿,亦为写情佳调"②。他们选用的词调,都是适于抒发豪放激越感情的。词调的精心选择,对表达其豪迈豁达的感情,有相得益彰之妙。

四

南宋婉约派词人的豪放词,有其鲜明的艺术个性,有别于一般豪放派词人所写的豪放词的艺术特色。

首先,南宋婉约派词人所写的豪放词,最富于幻想和神奇色彩。其想象丰富,构思奇特,带有颇为浓郁的浪漫主义情调,有很强的艺术魅力。如吴文英的《八声甘州·灵岩陪庾幕诸公游》:

> 渺空烟四远,是何年、青天坠长星?幻苍崖云树,名娃金屋,残霸宫城。箭径酸风射眼,腻水染花腥。时靸双鸳响,廊叶秋声。　宫里吴王沉醉,倩五湖倦客,独钓醒醒。问苍波无语,华发奈山青。水涵空,阑干高处,送乱鸦,斜日落渔汀。连呼酒,上琴台去,秋与云平。

此词正如词题所示,是词人奉陪庾府幕僚游苏州灵岩之作,灵岩风物自然成为词

---

① 刘坡公:《填词百法》,引自汉唐、于明编:《胡适王国维等解读宋词》,辽海出版社2002年版,第136页。
② 刘坡公:《填词百法》,引自汉唐、于明编:《胡适王国维等解读宋词》,辽海出版社2002年版,第137页。

人浓墨重彩描写的重点所在。灵岩从何写起？词人首先从灵岩的神奇来历着笔，首句化实为虚，说灵岩不是苏州当地固有的一块山岩，而是从青天上坠下的一颗长星所化，写得既空灵而又蒙上了一层颇为神秘的色彩。灵岩上的名胜古迹诸如苍崖云树、名娃金屋、残霸宫城，均为青天落下的长星所化。次将吴、越历史与复杂人生，略作点染：诸如西施化妆梳洗的腻水、鞋上的双鸳、吴王夫差的醉生梦死、越王勾践的卧薪尝胆与功成后残杀功臣、范蠡的清醒与逃名、文种的贪恋富贵终遭杀身之祸……词人对历史事件的点染，既是游灵岩的必然联想，又有着颇深的现实寓意。他给自己的思想披上了历史的外衣，又将历史事件做了幻化的描写，使历史与现实、天际与人事水乳交融，使人产生了丰富而复杂的感受与联想。词的结尾，又回到现实人事，展示了一个极为开阔的境界。此词起笔警拔，中间波澜起伏，落笔深远。且构思奇特，感情深厚，是一首极优秀的豪放词。所谓"波澜壮阔，笔力奇横"①，是当之无愧的。

姜夔《满江红》"仙姥来时"，上阕写迎神，描写了仙姥从天而降的壮美场面："仙姥来时，正一望千顷翠澜。旌旗共乱云俱下，依约前山。命驾群龙金作轭，相从诸娣玉为冠。"下阕状神的法力无边，有"奠淮右，阻江南，遣六丁雷电，别守东关"之效，能"一篙春水走曹瞒"。是传说，是想象，抑或是真实？如此神奇而写得扑朔迷离，似真似幻，介于现实与神话之间，给读者留下许多想象的余地。与此词风格相近的有史达祖的《满江红·中秋夜潮》、蒋捷的《贺新郎·吴江》等。蒋捷的《贺新郎·吴江》写垂虹亭云："浪涌孤亭起。是当年，蓬莱顶上，海风飘坠。帝遣江神长守护，八柱蛟龙缠尾。斗吐出，寒烟寒雨。昨夜鲸翻坤轴动，卷雕翚、掷向虚空里。但留得，绛虹住。"词人纯从想象着笔，写出了宋亡前后垂虹亭的巨大变化。首句以奇谲突兀的笔姿，写出了垂虹亭的屹立与气势；次句写其来历之非凡，再写其极为壮美的外观与严密守护，最后写了它的毁坏。词人以浪漫的笔调，将其写得神奇非凡、壮美辉煌。词的造境奇谲，惊心动魄，直有鬼斧神工之妙。

其次，南宋婉约派词人笔下的豪放词，境界宏大，气势雄浑，思力深邃，笔笔传神。既具有一般豪放词的种种艺术特质，而又能较充分地展示出自家的艺术风采。譬如：

---

① 唐圭璋：《唐宋词简释》，上海古籍出版社1981年版，第218页。

记玉关,踏雪事清游,寒气脆貂裘。傍枯林古道,长河饮马,此意悠悠。短梦依然江表,老泪洒西州。一字无题处,落叶都愁。　载取白云归去,问谁留楚佩,弄影中洲？折芦花赠远,零落一身秋。向寻常野桥流水,待招来、不是旧沙鸥。空怀感,有斜阳处,却怕登楼。

（张炎:《八声甘州》）

　　云气楼台,分一派、沧浪翠蓬。开小景、玉盆寒浸,巧石盘松。风送流花时过岸,浪摇晴练欲飞空。算蛟宫、只隔一红尘,无路通。　神女驾,凌晓风。明月佩,响丁东。对两蛾犹锁,怨绿烟中。秋色未教飞尽雁,夕阳长是坠疏钟。又一声、欸乃过前岩、移钓篷。

（吴文英:《满江红·淀山湖》）

这两首词思路开阔,感情豪放,境界雄浑,很有气势。由此不难看出,他们在填词上有很高的艺术造诣,有着创作雄壮而高妙的艺术境界的卓越能力。与豪放词人相比较,感情还比较内敛,情调还不过分激扬,更没有丝毫的喧呼叫噪之风,虽有着豪放词的艺术特质而又不失婉约词的文雅之气。然笔下似欠风云卷舒纵横恣肆的态势,也没有辛弃疾那种铸经史子集为一炉、收纵自如以文为词的才气,但也避免了词的婉柔艺术特性的消逝与缺失。总之,婉约派词人所写的豪放词,奇横而不恣肆,文笔畅达放纵而终用词笔,时有婉柔情调的渗透。有词的疏朗、奇峻、晓畅,却没有以文为词之嫌。

五

　　词人一旦走出了书斋,走出词社或个人活动的小圈子,离开艺术的象牙之塔而走向社会,走向真实的人生,比较广泛而深入地接触社会、了解社会,就自然而然地受到社会生活的巨大冲击,就有了真实的生活感触,就会写出具有真情实感、足以感人、足以催人奋发的词篇。南宋婉约派词人生活在风雨飘摇的时代,表面的经济繁荣,掩盖不了积贫积弱的社会现实。"暖风熏得游人醉,直把杭州作汴州"的醉生梦死的奢靡生活,毕竟只是少数统治阶级的生活情态,这与广大知识分子是无缘的。广大知识分子,由于受儒家思想的教育与熏陶,都具有一定的忧患意识和爱国情操,有着"先天下之忧而忧,后天下之乐而乐"的思想基调,有着关心国事、关心现实的深厚情结。这种思想感情在平时是蕴藏于心、含蕴不露的。尽管他们大都如姜夔那样,流连山水风月,过着孤云野鹤式的生活,逍遥自在,颇为潇洒。为了养生糊口,有时不免在权门奔走,"朝扣富儿门,暮随肥马尘",有时也身在江湖而心怀魏阙。然毕竟是不在其位,不谋其政的,何况他为生活而栖栖奔走,似乎顾不了许多,也管不了许多。但当受到现实生活的强烈冲击时,在不能不直面人生的时候,就背离了柔声细气的婉约基调,免不了粗喉咙大嗓子地呐喊几声,这就有了个别豪放词的产生,这种情景似有"无意种柳柳成林"的景况。但因生活的现状与积习,这种创作状况并不能持续下去,只是偶尔放开嗓子呐喊几声罢了。但这几声,却是时代的回声,甚或是时代的最强音。于是在其词的创作中,总算是留下了时代的烙印。甚至在某一段时间,填补了词的这种主题、风格的空白。这些豪放词,相对于他们惯常创作的婉约词来说,只是其词中的变调或别调而已,不可能与其创作主流婉约词抗衡。虽然如此,但这些变调或别调的产生,仍有着深刻的启示意义:即无论如何,对词人创作而言,生活是一道铁门槛,没有生活,固然写不出深刻反映现实的好作品;而有了深切的生活体验,不容许你摇头晃脑地吟风弄月,继续在艺术的象牙之塔里徜徉,客观现实硬是逼着你写出反映现实的诗篇来。虽然只是少数词作,但感情是真切的,内容是充实的,我们对此绝不能等闲视之。

总之,现实生活激发了他们的爱国情绪,使其写出境界颇为壮阔、气势较昂扬的词篇。暂时改变了他们固有的词风,由婉约而走向豪放,也自觉或不自觉地改变了他们艺术创作的理念。可惜他们并没有持续地走向群众,走向人民,站到抗敌报国的前列,继续写出思想内容充实、感情昂扬的词章。客观形势没有能使他们思想与行动彻底改变,只是暂时扭转了他们创作的航向而已。一旦时过境迁,他们又会回到生活的老路与艺术的老路。因此,这些豪放词篇与词风,在其创作道路上,只是偶尔地闪现而已,而没有也不可能成为其词的主流,这是显而易见的。

第十节　宋词的唐调与宋腔

宋词有唐调与宋腔之别。何谓唐调?何谓宋腔?本节拟对二者之义界、特点、生存状态与演变,做点初步研究,就正于方家学者。

一

词论家论宋词之风调,多以南北宋分界,畛域分明。陈廷焯云:"北宋词,诗中之风也。南宋词,诗中之雅也。"①是就其词的艺术概貌论述的。谢章铤云:"北宋多工短调,南宋多工长调。北宋多工软语,南宋多工硬语。"②是就其词的体裁与语境论述的。周济云:"北宋词,多就景叙情,故珠圆玉润,四照玲珑,至稼轩白石一变而为即事叙景,使深者反浅,曲者反直。"③是就其词人的感情抒发与词的客观之境界论述的。王国维云:"近人祖南宋而祧北宋,以南宋之词可学,北宋不可学也。"④是就其对词的学习与继承而言的。如此等等,都是以时代为标志来区分的,大体来说,这些说法也是比较符合宋词发展实际的。虽然以时代为界,可以寻觅宋词的发展演变之迹,然未能对宋词发展演变的艺术风貌,作出精确的概括。他们把宋词分作南宋与北宋两橛,不免将其发展与演变简单化了,其特点也仅就其一翼而言,难免以偏概全,不足以窥其全貌,不如近人邵祖平拈出唐调与宋腔概念之明白而确切。他说:

> 白石以前诸家之词,不归于秾丽,即依于醇肆;以风韵胜也!白石老仙之作,则矫秾丽为清空,变醇肆为疏隽;以意趣胜也!白石以前之作,尚有唐调;白石以下之作,纯为宋腔;此亦大关键处矣!然白石亦豪杰之士哉?⑤

邵祖平先生的这段论述,极有学术价值。他不仅明确地提出了词的唐调与宋腔的概念,并将其艺术特征与时代分野,做了精微而准确的概括,这对研究宋词的时代风尚与格调的演变,都很有启示。

关于宋词唐调与宋腔的提法,并非邵祖平先生首创。早在明清时代,即渐有

---

① 陈廷焯:《词坛丛话》,见唐圭璋:《词话丛编》,中华书局1986年版,第3720页。
② 谢章铤:《赌棋山庄词话》卷12,见唐圭璋:《词话丛编》,中华书局1986年版,第3470页。
③ 周济:《介存斋论词杂著》,人民文学出版社1959年版,第8页。
④ 王国维著,滕咸惠校注:《人间词话新注》(修订本),齐鲁书社1986年版,第12页。
⑤ 邵祖平:《词心笺评》,复旦大学出版社2007年版,第151页。

此说兴起,只不过没有像邵祖平先生说的那么明确和恳切罢了。明人沈际飞评贺铸《忆秦娥》"晓朦胧"云:"无深意,独是像唐调,不像宋调。"①这里所谈的"唐调"、"宋调",即邵祖平先生所说的"唐调"、"宋腔",但对其内涵缺乏明确的界定,也似无褒贬色彩。清代谭献评李清照《浣溪沙》"髻子伤春懒更梳"时也说:"易安居士独此篇有唐调,选家炉冶,遂标此奇。"②又对彭孙遹的《生查子·旅夜》评云:"唐调。"③谭献在评词中,虽则只提到唐调,但其心目中,除唐调以外,肯定还横亘着一个与唐调紧密联系而且对立的宋腔的概念,只不过没有明言罢了,这是不言而喻的。但真正明确地提出唐调与宋腔概念并对其内涵加以初步界定的,无疑是邵祖平先生。

唐调与宋腔之义界,源自学界关于"唐诗"与"宋诗"的说法。"唐诗"与"宋诗"之概念,本来是就诗的不同格调而言的,是对典型的盛唐诗风与盛宋诗风特质的概括。在历代关于唐宋诗的论争中,每每提到"唐诗"与"宋诗"。关于"唐诗"与"宋诗",当代学者钱钟书、缪钺对其特质都有颇为精当的概括。钱钟书先生说:"唐、宋诗,亦非仅朝代之别,乃体格性分之殊。""唐诗多以丰神情韵擅长,宋诗多以筋骨思理见胜。""高明者近唐,沈潜者近宋。""一生之中,少年才气发扬,遂为唐体,晚节思虑深沉,乃染宋调。"④缪先生则说得更为具体:"唐诗以韵胜,故浑雅,而贵蕴藉空灵;宋诗以意胜,故精能,而贵深折透辟。唐诗之美在情辞,故丰腴;宋诗之美在气骨,故瘦劲。""就内容论,宋诗较唐诗更为广阔。就技巧论,宋诗较唐诗更为精细。"⑤钱先生强调"体格性分"之不同,并提出"唐体"与"宋调"的概念。缪先生则对二者做了细致地比较,并在比较中显示其各自的特色。钱、缪二先生关于"唐诗"、"宋诗"特质的论述,都是切中要害的肯綮之谈。邵祖平先生盖将诗史中的"唐诗"与"宋诗"的概念,借用来指称宋词风调与不同阶段之主要特质,以诗的发展不同阶段的特色,比拟词发展不同阶段的艺术特色,在词的风格的评价上,启用了唐调与宋腔的概念。这两个概念的运用,或许受了钱钟书先生关于唐宋诗"体"、"调"提法的启示,但毕竟是开创性的、新

---

① 沈际飞:《草堂诗余别集评笺》,见张璋等:《历代词话》,大象出版社2002年版,第608页。
② 谭献:《复堂词话》,人民文学出版社1959年版,第25页。
③ 谭献:《箧中集》,见龙榆生:《近三百年名家词选》,古典文学出版社1956年版,第26页。
④ 钱钟书:《谈艺录》,中华书局1984年版,第2、3、4页。
⑤ 缪钺:《诗词散论》,开明书店1948年版,第17、18页。

的提法,涵盖准确,值得肯定。然对其内涵,尚未作明确的规定。窃以为词的唐调,是指词中以风韵擅长者,即词写得活泼洒脱,玲珑剔透,感情真醇,感染力极强者;词的宋腔,盖谓其以意趣取胜者,即词的体格沉练,感情隐蔽深藏,词情深邃,词语也颇艰涩者。邵先生的提法虽源自诗歌史上的"唐诗"与"宋诗",然却新颖、恰当,发人深思。以"调"、"腔"换代"诗"字,不仅概念更明晰,且显有褒贬之意。

二

词的唐调与宋腔,各有不同的显著特征,就其荦荦大端而言,唐调注重意象描写,注重抒写性灵,且多用白描笔法,兴象浓郁。宋腔重视延展铺叙,注重理性开掘,且多彩绘,善用比兴。故唐调词给人以情绪的感染,宋腔词则给人以深邃的理性思索。

唐调词本来是指盛唐诗歌所呈现的一种艺术风貌,它有近体诗特别是七言绝句最为擅风华之美的艺术特质。绝句诗短小精悍,最能突出的表现诗人一刹那间的情绪和感受。在写法上往往先叙事而后抒情,是事引起了诗人情绪与感情的波澜,故其重心在抒情,其感人之处也在于抒情,诗是以诗人之情,引发和感染读者之情。故有灵妙之思,有邈远之致,玲珑凑泊,鲜明畅亮。说词的唐调,其实是带有借用或比喻性质,是说其格调亦如唐诗之风调,其特点是生活化、形象化与情趣化,表现生动活泼,韵味悠长,有很强的艺术感染力。现试举例如下:

凤髻金泥带,龙纹玉掌梳。走来窗下笑相扶,爱道画眉深浅、入时无。弄笔偎人久,描花试手初。等闲妨了绣功夫。笑问双鸳鸯字、怎生书。

(欧阳修:《南歌子》)

这是写新婚夫妇日常生活中一个很生动的片段,它将初婚少妇对丈夫的依恋与亲昵之态,和盘托出。其性格活泼烂漫,形象鲜明,新婚生活之美满幸福,溢于言表。特别是"笑问双鸳鸯字、怎生书"这一细节,情趣盎然。其态度似庄重而实含轻佻,问语略带挑逗。写闺中新妇之感情缠绵,生动逼真。可谓颊上三豪也。

> 水是眼波横,山是眉峰聚。欲问行人去那边,眉眼盈盈处。 才始送春归,又送君归去。若到江东赶上春,千万和春住。
>
> (王观:《卜算子·送鲍浩然之浙东》)

词中以美人的眉峰、眼波比喻自然界山水之秀美,使江南山水的清新秀丽,别有一种诱人的温情与魅力。山水在词人笔下变得活灵活现,非常传神。词的格调,明媚而富有生机,与有别必怨的送别词的常调迥别,艺术表现上别开生面,结尾写惜春之情,跃然纸上。词是那么有生气、有活力,直是新鲜逼人。与此词写法相类似的有李之仪的《卜算子》:"我住长江头,君住长江尾。日日思君不见君,共饮长江水。此水几时休?此恨何时已?只愿君心似我心,定不负相思意。"富于民歌风味,写得似浅而实深,似质而实腴,极其精彩而又隽永。又如:

> 木叶下君山,空水漫漫,十分斟酒敛芳颜。不是渭城西去客,休唱阳关。 醉袖抚危栏,天淡云闲,何人此路得生还?回首夕阳红尽处,应是长安。
>
> (张舜民:《卖花声·题岳阳楼》)

词人将极为复杂的感情,通过写景与豪语透露出来,将沉郁悲凉之感写得婉曲而含蓄,诚如周煇所说:"殊觉婉而不伤也。"①此词出语慷慨悲壮而情意厚重,颇有蕴藉深藏之美。

> 照野瀰瀰浅浪,横空暧暧微霄。障泥未解玉骢骄,我欲醉眠芳草。 可惜一溪明月,莫教踏破琼瑶。解鞍敧枕绿杨桥,杜宇一声春晓。
>
> (苏轼:《西江月》)

这实在是一个令人向往的美的境界,它简直就是人们想象中的仙境,令人愉悦、令人陶醉、令人沉醉其中而不能自拔。词人大笔挥洒,将其无比热爱自然的天性,将其超逸旷放的性格,将其对自然美景的沉醉,淋漓尽致地展现在读者面前。

以上四首词,都是很典型的唐调:以情感言,明朗、圆润、乐观,有着浓郁的生

---

① 周煇:《清波杂志》,见施蛰存、陈如江:《宋元词话》,上海书店出版社1999年版,第331页。

活气息,健康向上;以外观言,语言玲珑、隽美、韵味无穷,是诗人心绪的真实流露。青春向上的情绪,活泼生动的语调,节奏鲜明的语言,似锦如织的画面。它不仅给人以美的享受,而且给人生以新的启示。

宋腔多是以才学为词者所为,在写法上采用延展铺叙,注重章法技巧,如所谓提顿、勾勒等,在布局中见巧思,对于字法、句法、典故运用等也特别用心。字煅句炼,一丝不苟。在写情思时重理趣,求深邃。总之,在写词时态度颇为严谨,风调老成持重。读这类词,必须具有较高的文化素养与艺术鉴赏力,通过对词仔细地把捉玩味,才能悟出其中的奥妙与三昧。打开词卷,扑面而来的不是活生生的画面,而是字法、句法、章法、典故与情理,读来颇感晦涩。它不能靠自然感知,而要做理性的揣摩与解读。如王沂孙《齐天乐·蝉》:

一襟馀恨宫魂断,年年翠阴庭树。乍咽凉柯,还移暗叶,重把离愁深诉。西窗过雨。怪瑶佩流空,玉筝调柱。镜暗妆残,为谁娇鬓尚如许。　铜仙铅泪似洗,叹携盘去远,难贮零露。病翼惊秋,枯形阅世,消得斜阳几度?馀音更苦,甚独抱清高,顿成凄楚。漫想薰风,柳丝千万缕。

这是一首很著名的咏物词。咏物词是很难写好的,诚如张炎所说:"诗难于咏物,词为尤难。体认稍真,则拘而不畅;模写差远,则晦而不明;要须收纵联密,用事合题,一段意思,全在结句,斯为绝妙。"①此词虽则始终咏蝉,却不留滞于物,而是以蝉喻人,表现了思念故国的无限忧思,可谓亦蝉亦人,浑化无迹。思力精粹,感情深切。然词人情思表现颇为晦涩,而又用了许多有关蝉的典故,行文老练持重,将其愁苦悲凉的感情,表现得极为深沉。殊觉感情厚重,而读起来却十分艰涩。

我们再读一首辛弃疾的词。

杯汝来前,老子今朝,点检形骸。甚长年抱渴,咽如焦釜;于今喜睡,气似奔雷。汝说:"刘伶,古今达者,醉后何妨死便埋。"浑如此,叹汝于知己,真少恩哉!　更凭歌舞为媒。算合作平居鸩毒猜。况怨无大小,生于所爱;

---

① 张炎著,夏承焘校注:《词源注》,人民文学出版社1963年版,第20页。

物无美恶,过则为灾。与汝成言:"勿留亟退,吾力犹能肆汝杯。"杯再拜,道"麾之即去,招亦须来"。

(《沁园春·将止酒,戒酒杯使勿近》)

此词采用主客对话体,以大段议论入词。用了散文句式,并打破了上下阕换意定格,一气而下,语言恣肆,结构散漫,是典型的以文为词,缺少词应有的含蓄与韵味。另外,刘过的《沁园春》"斗酒彘肩",不仅采用以文为词的笔法,而且将不同时代的人,放在同一场面对话,有着幻化与怪异的色彩。又如:

无利无名,无荣无辱,无烦无恼。夜灯前、独歌独酌,独吟独笑。况值群山初雪满,又兼明月交光好。便假饶百岁拟如何,从他老。 知富贵,谁能保;知功业,何时了。算箪瓢金玉,所争多少。一瞬光阴何足道,但思行乐常不早。待春来携酒孵东风,眠芳草。

(张昇:《满江红》)

这是一首宣扬老庄哲学的哲理词,表现了词人对名利荣辱的淡薄。哲理化与理性化是这首词的突出特点,缺乏感性与生动的形象描写。因之,形象不够鲜活,情思也不够深邃,显得干瘪而乏味。

渡江天马南来,几人真是经纶手?长安父老,新亭风景,可怜依旧!夷甫诸人,神州沉陆,几曾回首?算平戎万里,功名本是,真儒事、君知否?况有文章山斗,对桐阴、满庭清昼。当年堕地,而今试看,风云奔走。绿野风烟,平泉草木,东山歌酒。待他年,整顿乾坤事了,为先生寿。

(辛弃疾:《水龙吟·为韩南涧尚书寿,甲辰岁》)

这是一首酬应词,虽然为人祝寿,却没有阿谀奉承令人生厌的文字,却是一首充满激情令人精神奋发的好词。词人借祝寿,议论风发地谈论了当前人们最关注的问题,对北伐胜利充满了信心。词中用了许多典故,但却能做到随意驱遣,为我所用,很自然地表现了我之主观感情和丰富的精神世界,虽不免有"掉书袋"之讥,有以才学为词之嫌,然由于作者才气横溢,感情充沛,语言酣畅淋漓,倒无炫博之弊。

以上四首词,或表现凝涩,词旨隐晦难明;或酣畅,词旨太露太显。似均少风致,乏韵味,欠灵动,缺少词应有的含蓄与蕴藉,可谓典型的宋腔。虽然他们各有自己的优长,艺术表现上不无自己的特色。然却远离诗情画意,感人的艺术力量似嫌不足。

唐调与宋腔,代表着两种词的截然不同的风调,各有其优长与不足:唐调轻清,宋腔沉博;唐调易感人,宋腔耐咀嚼;唐调不脱本色,宋腔内容深厚。总之,唐调以风华之美取胜,宋腔以浑厚之意见长。各有千秋,不必抑此而扬彼。

三

词的唐调与宋腔,在宋词中是相互交错、杂糅在一起的。由于词人性分之不同,在同一时期,有些词人所写为唐调,有些词人所作则为宋腔;即是同一位作者,因其环境与情绪的变换,都可能既有唐调,也有宋腔。然按词的体裁的发展演变与词人所处的时代不同,却有一个大体的发展与演变之趋势。

首先,以词的体裁言,小令多为唐调,长调则多为宋腔。"盖令词为纯感情鼓铸而成,最忌铺叙,亦不暇铺叙也!"①它多写一刹那的情绪,只要按照创作的思路略加点染,就能写出一首颇为完美的好词,做到珠圆玉润,天然本色。词人往往是一气呵成,文不加点,根本用不着过多的琢磨或精雕细刻,否则,则已失去了自然本色。因此,词人写小令词,就眼前景,心中事,略加勾描,就能写出一首玲珑剔透的好词。因其写出了词人一时真实的情绪和感情波动,故格外有感染力。慢词与长调,因其篇幅较长,内容较丰厚,在写法上则需铺叙延展,构思不易,下语协音也颇费斟酌。要做到字字妥帖,句句精警,颇费神思。其思绪如茧抽丝,非可提笔立就的。因其构思艰苦,运笔滞涩,故写出来的词就不够灵动,读起来就难免有点苦涩。总之,唐调以抒情为主,写时往往靠灵感的启动,是主观感情与客体碰撞的神来之笔,情景兼美,韵味俱佳。长调与慢词,则靠词人精心的铺排,在事典的选择,境界的描摹,字句的推敲上,都要狠下功夫。一首词的完成,包含了词人的诸多匠心,这就势必成为争妍斗巧、炫博耀奇的宋腔了。

---

① 邵祖平:《词心笺评》,复旦大学出版社 2007 年版,第 114 页。

其次,以时代言,唐五代北宋词多系唐调,南宋词多为宋腔。读唐五代北宋词,有如读唐诗,感情是那么醇美,笔调是那么明快,意境是那么玲珑,音调是那么和谐;读南宋词,有如读宋诗,就不免有些隐晦与苦涩。盖北宋词以小令为主,南宋词以长调为多;北宋词大抵都能歌唱,南宋词大都是难于歌唱的案头文学。南宋时代,又以格律派词人居多。格律派词家,大多是刻意为词,讲究词的技巧,玩弄艺术手法,立意为高,则不免脱离群众。不同的创作态势,铸就了不同的艺术效果。

北宋从开国到仁宗朝,经过近百年的苦心经营,经济发展繁荣,社会生机勃勃,很有生气。这反映在词风上,清浅、明朗、圆润。词人在歌筵酒席,即兴创作,极尽潇洒之能事。社会的稳定与繁荣,经济的高度发展,人们精神的愉悦,这种种亮色,在词中都得到了充分的反映。酒筵的觥筹交错,歌声靡曼,应歌而写的词,也精彩纷呈,词人多神来之笔。徽宗时代,朝政腐败;迨南宋政权,则成偏安之势。统治者却享乐腐化,不思恢复北方领土。"山外青山楼外楼,西湖歌舞几时休,暖风熏得游人醉,直把杭州作汴州。"①这是南宋统治者醉生梦死、腐化享乐生活的真实写照。士人则忧心忡忡,爱国词人,希望能奋发蹈厉,恢复中原,但却受到了打击和压制,爱国之志,不得施展,其词有着浓厚的忧郁色彩。以辛弃疾为首的辛派,大都有这种特色。

总之,以创作的体制而言,中、小令多唐调,长调多宋腔。盖小令略加构思,一气呵成,长调则要思虑精巧,多方调遣,难有活泼缥缈之致。以创作时代风尚而言,北宋词人,写小令、中调居多;而南宋词人,创作的长调词为多;北宋人写词随意,多为逢场做戏,南宋词人,则多着意为词,不免雕琢。故北宋词多为唐调,南宋词多为宋腔。

四

词由唐调到宋腔,有一个缓慢的演变过程,这与词作为一种文体衍变与演化有关,也与时代的艺术风尚有密切的关系。

---

① 林升:《题临安邸》,见傅璇琮等主编:《全宋诗》第50册,北京大学出版社1998年版,第31452页。

宋初词坛,犹沿五代之遗绪,词人创作,仍为小令,晏殊、欧阳修、张先等人,其词多为小令。迨至柳永,喜写慢词,篇幅渐长。他所写的慢词长调,远不如小令之笔致活泼灵动。苏轼词中长调逐渐增多,然因处盛宋时代,而东坡又才气横溢,不大苦思,却能提笔立就。故能做到词意流畅而又气韵一贯。所谓"无意为词,偶然神味泱然"①。因之他的词仍多是灵秀之气,能做到词意流畅而气韵一贯。迨至周邦彦,大晟乐府特别强调协律,写词难免走精雕细刻的路子,使词逐渐失去活泼轻快的状态,感情表达迂回曲折,情调显得拗折苦涩,其词老成持重,风调沉郁,读起来颇有沉闷之感。加之典故增多,读之不易,已渐趋宋腔,可谓唐调转为宋腔的关键人物。诚如邵祖平所说:"词至美成,便觉后主、延巳、六一、东坡、淮海、小山之神韵气焰扫地以尽,下此则骎骎于格制,津津于层次,斤斤于咏物,孜孜于琢句,美成盖于此结集前人,开演后派,成一大关键也。"②从词的格制、层次、咏物、琢句四方面看,周邦彦都是承前启后的关键人物,也是词的创作由唐调转向宋腔的关键人物。如果说周邦彦以前的词的创作在于天巧,而周以后的词作则转向人工。写词不再是天分的自然发挥,而在于词人的学力了。姜夔词承周邦彦词而来,词人虽然有着孤云野鹤式的飘逸,其词内容骚雅,风调清空,颇有空灵之气,但已没有北宋前期那种轻快活泼的调子了。迨至史达祖、吴文英、周密、王沂孙诸人,其词已成典型的宋腔了。当然,吴文英写了93首小令,这些词颇近唐调,不能算作宋腔的。辛弃疾与陈亮、刘过、陆游、刘克庄、刘辰翁等辛派词人,用典较多,以才学为词,以文为词,虽则词意流畅,然不免有些质直,韵致不足,也属宋腔。虽然辛弃疾等人也写了许多颇为玲珑的令词,有着唐调的风采;即以长调而言,其思想内容之充实,感情之充沛,语言之流畅,使词颇有气势,有很强的流动感,然其词渐次脱离了音乐,有着浓郁的诗的格调与意境,使其词大有"长短不葺之诗"的特质了。甚且雄放恣肆,议论风发,以文为词,更远离了唐调。

谈到宋词的发展演变,蔡嵩云有一段颇中肯綮的论述:

  宋初慢词,犹接近自然时代,往往有佳句而乏佳章。自屯田出而词法

---

① 赵尊岳:《填词丛话》,《词学》第五辑,华东师范大学出版社1985年版,第215页。
② 邵祖平:《词心笺评》,复旦大学出版社2007年版,第97页。

立,清真出而词法密,词风为之丕变。如东坡之纯任自然者,殆不多见矣。南宋以降,慢词作法,穷极工巧。稼轩虽接武东坡,而词之组织结构,有极精者,则非纯任自然矣。梅溪、梦窗,远绍清真,碧山、玉田,近宗白石,词法之密,均臻绝顶。宋词至此,殆纯乎人工矣。①

这一段话,将宋词由自然到人工转变之关键说得十分清楚、明白。直如老吏断狱,无可回驳。北宋与南宋词风之迥异,关键在于无法与有法:北宋词无法,作者写词全在灵性,纯任自然;南宋词创作遵法,创作词则依词法以求工巧。工巧之至,则天性与自然不存。

在谈到南北宋词风之不同原因时,王国维提出令人深思的"运会",他说:

白石写景之作,如"二十四桥仍在,波心荡,冷月无声","数峰清苦,商略黄昏雨","高树晚蝉,说西风消息",虽格韵高绝,然如雾里看花,终隔一层。梅溪、梦窗诸家写景之病,皆在一"隔"字。北宋风流,过江遂绝。抑真有风会存乎其间耶?②

词之演变,确有风会。这风会并非天数,而是词体发展演变的规律以及词的创作时代风尚。从创作看,周邦彦、姜夔是词风转变的关键人物:周立词法,使写词有章可循;姜立楷模,更易仿模。史达祖、吴文英等人则变本加厉,从而使词由歌唱文学变为案头文学,格律派词人依词法创作而个人灵气在词中则逐渐隐退。另一派词人以辛弃疾为首,陈亮、陆游、三刘接其绪,他们以才学为词,以议论为词,纵横恣肆,笔意畅达,于是词与诗文创作接近而诗意渐疏。由此可见,词作为一种文学,由盛转衰,则有其必然的趋势。这个发展趋势在词风的极其变。吴尺凫云:

临安以降,词不必尽歌。明庭净几,陶咏性灵,其或指称时事,博征典故,不竭其才不止。且其间名辈斐出,敛其精神,缕心雕肝,切切讲求于字句

---

① 蔡嵩云:《柯亭词论》,见唐圭璋:《词话丛编》,中华书局1986年版,第4902页。
② 王国维著,滕咸惠校注:《人间词话新注》(修订本),齐鲁书社1986年版,第67页。

之间。其思泠然,其色荧然,其音铮然,其态亭亭然。至是而极其工,亦极其变。①

从词发展的总趋势看,南宋词既极其工,又极其变,于是北宋词的风致扫地以尽。当南宋词达到他辉煌顶峰的时候,也预示着它的渐次衰落。

附:

温庭筠与韦庄

温庭筠、韦庄在词史上最早名家,并称于世,影响深远。五代时期的后蜀赵崇祚编《花间集》,其中收温词最多,收韦词又次于孙光宪、顾敻,而居第四位,温、韦词遂借以保存与流传,故后代学者往往视温、韦为花间词派之中坚。当今学者,或以为韦庄词虽收入《花间集》,并以此流传后世,却并非属花间派,是以温、韦词有别。的确,韦庄词别有洞天,非温词或花间派之艺术丘壑可以涵盖的,且温、韦词各有艺术风采与个性,并非同一的艺术类型,不能因其并称而忽视其独立的艺术品格。

一

以词的题材而言,温、韦词多写闺情,代封建社会不幸的女子立言,抒离妇怨女之恨,此与诗歌中的闺怨无别,只是能被之管弦罢了。然温庭筠全部是以妇女的离情别恨为题材,就连祀神曲《河渎神》、边地曲《蕃女怨》、《遐方怨》、《定西蕃》,他都写成闺怨思边怀远之词。这类词属代他人立言的代言体,或可称为角色词,即词人抒发感情时,往往扮演着思妇怨女的角色。韦词除了写妇女的离情别恨外,尚有忆旧欢、悼亡词、写进士放榜以及身世之感等,韦词比温词题材较为广泛,故其所反映的社会生活,亦比温词深广。

温庭筠才华出众,性格傲岸,不愿俯就权贵,且对当权者的愚昧无知,多有讥

---

① 冯金伯辑:《词苑萃编》,见唐圭璋:《词话丛编》,中华书局 1986 年版,第 1787 页。

讽,因此受到统治者的排抑,科场屡次败北,一生郁郁不得志。故经常出入歌楼酒馆,借以排遣胸中的苦闷。他对歌楼酒馆之情景十分熟悉,其词大部分为歌伎演唱之词。所谓"绮筵公子,绣幌佳人,递叶叶之花笺,文抽丽锦;举纤纤之玉指,拍按香檀"①,《花间集》就是在这种背景下写成的,被誉为"《花间集》之冠"的温词②,自不例外。为适应上流社会以歌伎劝酒侑觞的习俗,因以妇女的生活为题材,写其狭隘的生活与感情,以满足达官贵人与豪华公子的庸俗娱乐,填补其空虚的灵魂。因此显现着"香而软"的风格特色。

温庭筠词以《菩萨蛮》十四首最为著名,均系代闺中人立言,写贵妇人的离愁别恨以及他们极其空虚的精神世界,其风格缕金错彩,浓艳异常。其一云:

小山重叠金明灭,鬓云欲度香腮雪。懒起画蛾眉,弄妆梳洗迟。 照花前后镜,花面交相映。新贴绣罗襦,双双金鹧鸪。

此词前半阕写女主人公迟起后懒洋洋的神态,后半阕描写她起床后梳妆打扮的情景,并以绣罗襦上新贴的一对金鹧鸪图案,反衬其形单影只闺中孤寂索寞的心情。全词对人物的神态、动作、衣饰、所用器物都做了客观的描写,主人公的心情、神态蕴含其中,蕴藉而含蓄。然不免雕缋满眼,珠光宝气,没有出水芙蓉般地清新自然,缺乏须眉毕现的活泼,用语也有晦涩之弊。如"小山重叠金明灭"句中的小山,或谓指屏风,或谓指山枕,或谓指眉额,或谓指高高盘起的发式,真是众说纷纭,莫衷一是。其余词的风格也多类似。

温庭筠除了《菩萨蛮》十四首外,余如《更漏子》、《归国谣》、《酒泉子》等十八调近六十首词,无一不是写思妇之恨的。他的词题材狭窄、单一,缺乏深广的社会意义,因此影响了他在词史上的地位。

韦庄词今存五十余首,其词题材绝大部分仍如温词,是描写妇女的离愁别恨的,如《浣溪沙》五首等。《浣溪沙》其二云:

欲上秋千四体慵,拟交人送又心忪。画堂帘幕月明风。 此夜有情谁

---

① 欧阳炯:《花间集序》,见李冰若:《花间集评注》,人民文学出版社1993年版,第1页。
② 黄升:《花庵词选》,见唐圭璋:《唐宋人选唐宋词》,上海古籍出版社2004年版,第582页。

不极,隔墙梨雪又玲珑,玉容憔悴蔫微红。

此词前半阕写美人打秋千的情景,借以写其疏懒的情态;后半阕写她思念情深,彻夜不眠以至玉容憔悴的神态。此首题材与温词无异,然温庭筠词几乎全部是写妇女的内心活动,借以抒发其异常丰富的情思,而韦庄写妇女离愁别恨思念情人的词,不仅写了女子的思想活动,而且往往从男子一方着笔,写丈夫对闺中妻子的深切思念。在短短的一阕词中,有着思想感情的交流,这样显得意更深而情更切。如《浣溪沙》其五:

夜夜相思更漏残,伤心明月凭栏干,想君思我锦衾寒。 咫尺画堂深似海,忆来惟把泪书看,几时携手入长安。

此词前半阕写她夜夜相思之情,感情执着而深厚。"想君思我锦衾寒"一语,则从对面着笔,以对方对我的思念与关怀写我的思念之情,如此感情更深一层。此词主人公代对方想到自己,在写法上透过一层,写其内心深处的活动,故曲而能达,感情深挚。诚如李冰若先生所云:"'想君思我锦衾寒'句由己推人,代人念己,语弥淡而情弥深矣。"①下半阕谓思念对方情结难解,只好重温往日书信,以取得心情的暂时慰藉。最后写其企盼早日团聚,感情明朗而深厚。

韦庄词除了写妇女的离愁别恨外,也还有其他方面的内容,且多寓身世之感。题材的广泛,使他的词有了较广阔的社会内容,比起温词几乎是清一色的写怨妇思念之情来说,似要高出一筹。譬如《菩萨蛮》"劝君今夜须沉醉"一阕,诗人感情悲伤,打上了深刻的时代乱离的烙印。"遇酒且呵呵,人生能几何?"这种看似消极颓唐的调子,其蕴含的感情是十分沉痛的,是时代感伤在词中的表现。《喜迁莺》二首,以浪漫夸张的笔调,描写了进士放榜日的欢乐情景,以浓郁的气氛烘托出士人极其欢乐的心情,以及世人极端仰慕进士登科的心态。词云:

街鼓动,禁城开,天上探人回。凤衔金榜出云来,平地一声雷。 莺已迁,龙已化,一夜满城车马。家家楼上簇神仙,争看鹤冲天。

---

① 李冰若:《花间集评注》,人民文学出版社1993年版,第57页。

人汹汹,鼓冬冬,襟袖五更风。大罗天上月朦胧,骑马上虚空。　香满衣,云满路,鸾凤绕身飞舞。霓旌绛节一群群,引见玉华君。

此词真实地再现了当时进士放榜时的情景,士人的心态、举子的感情与世风,一一跃然纸上,生动而逼真,读来别有风味。有人以为《喜迁莺》其二"咏道醮"①,是"白日鬼话,便头痛欲睡"②似未当。

总之,以词的题材而论,温庭筠仅限于闺中离情别恨的描写。这虽然成为后来词的重要题材之一,甚至成了词的传统的题材与特色,然毕竟太狭窄了,似乎天地间除了离情别恨外,就没有什么可写了。当然,也有人把温词的思想价值抬得很高,张惠言评《菩萨蛮》其一云:"此感士不遇也。篇法仿佛《长门赋》,而用节节逆叙。……'照花'四句,《离骚》'初服'之意。"③张氏之论未免深文周纳,令人难以置信。韦庄词除了主要写闺情外,对其他题材也有所涉及,对词反映现实的领域有所扩大。虽然这种扩大是极有限的,然毕竟在突破词仅描写闺情狭窄圈子上,跨出新的一步,尽管我们觉得他的步子迈得很小,甚至步履蹒跚,然总是向前走着。这一点对后来词的创作有着极大的影响,因而在词史上是值得大书一笔的。

二

就词的艺术表现手法而言,温庭筠善于作客观描写,注重氛围的渲染。他往往以极其浓艳的笔调,写贵族妇女的生活环境、服饰、神态等,衬托其别离相思之情,词格蕴藉而含蓄。然外观不免花团锦簇,富态中时露俗气;韦庄词多主观抒情,他喜欢以清丽秀雅的笔调,写男女别离之苦,词格清秀而晓畅。其外观淡妆素雅,贫俭中自饶国色。因此,以往的词论家往往左韦而右温。王国维云:"温飞卿之词句秀也,韦端已之词骨秀也。"④又云:"端已词情深语秀,虽规模不及后

---

① 吴世昌:《词林新话》,北京出版社1991年版,第99页。
② 汤显祖语,引自李冰若:《花间集评注》,人民文学出版社1993年版,第75页。
③ 张惠言:《茗柯词选》,百花洲文艺出版社1993年版,第15页。
④ 王国维:《人间词话》,见《词话丛编》,中华书局1986年版,第4242页。

主、正中,要在飞卿之上。观昔人颜、谢优劣论可知矣。"①李冰若先生谈到皇甫松词时说:"子奇词不多见,而秀雅在骨,初日芙蓉春月柳,庶几于韦相同工。至其词浅意深饶有寄托处,尤非温尉所能企及。"②又说:"惟韦相此种清灵之笔,深远之韵,飞卿似所不及。"③其于韦、温的态度俨然。当代词学大师唐圭璋谓:"韦词以情感真挚、明白吐露见长,较之含蓄深隐、浓得化不开的温词自觉略胜一筹。"④总之,韦词词浅情深,气清骨秀,比温词似略高一等。

  词与诗一样,都是抒发诗人自己感情的。情感的真挚与深厚,是衡量诗词艺术价值的重要标尺。温庭筠词虽然也有深情绵缈者,然大部分词感情往往是淡漠的,有些词竟无诗人真情实感的流注,或者可以说,他以浓艳的色彩与雕饰的笔调,掩饰其空虚的内容与淡漠的感情。故其词词采浓艳而缺乏感人的艺术力量。其所以如此,盖与其词的商业化有关。《唐书·温庭筠传》谓:"士行尘杂,不修边幅,能逐弦吹之音,为侧艳之词。"今传温词,大都是"侧艳之词",是为歌伎或妓女写的唱词。他写这些歌词,是为了取得较丰厚的润笔之资。他曾"丐钱扬子院","可能是要索创作歌词的润笔"⑤。而歌伎、妓女之歌唱是为了取悦顾客,赢得他们的青睐。顾客则是达官贵人、公子哥儿以及有闲阶级。为了迎合他们的心理与欣赏情趣,需要一些卑俗的带有低级情趣甚至带有某些刺激性的歌词,配上时行的乐调,以达到吸引顾客的目的。因此,她们的歌唱并非高尚的艺术活动,而是带有浓郁的商业化的营业性质。温词为其创作歌词,不免徇人徇物,也带有浓郁的讨好观众的性质。诗人"以文为货",不惜牺牲自己的艺术个性而适应上流社会的精神需求,写富贵人家妇女的闺怨、爱情的追求与怅惘、富裕的生活与空虚的心灵、及时行乐消遣时光等;语言缕金错彩,艳丽异常;情调隐约朦胧,感情闪灼。这种以牺牲艺术个性为代价的交换,戕杀了词的艺术生命力。词人在填词时,不是专注于艺术形象的刻画、意境完美的追求,而不免仰承于富贵庸人的鼻息,使铜臭味侵染了神圣的艺术殿堂,从而降低了艺术格调,其对艺术的损害是自不待言的。温词的写作虽然并非全部如此,但他为谋生而做

---

① 王国维:《人间词话》,见《词话丛编》,中华书局1986年版,第4269页。
② 李冰若:《花间集评注》,人民文学出版社1993年版,第45页。
③ 李冰若:《花间集评注》,人民文学出版社1993年版,第49页。
④ 唐圭璋、潘君昭《唐宋词学论集》,齐鲁书社1985年版,第28页。
⑤ 胡国瑞:《诗词赋散论》,上海古籍出版社1992年版,第306页。

的部分投入,损失已经够惨重了。艺术史上的教训是值得深省的,今天在商业大潮面前,有人屈从于金钱而放弃对文艺严肃的追求,是应该猛醒的。温词也有感情真切、情绪凄婉之作,《更漏子》六首,《梦江南》二首,都是写得较好的。李冰若先生评《更漏子》其六云:"飞卿此词,自是集中之冠。寻常情景,写来凄婉动人,全由秋思离情为其骨干。……温词如此凄丽有情致不为设色所累者,寥寥可数也。温韦并称,赖有此耳。"①温庭筠这种凄清而有情致的词作,有较强的感人的艺术力量,可惜写得太少了。

温庭筠填词,善于客观地描写,又喜欢用侧面烘托或陪衬来写思妇的感情,词的内容都比较含蓄。他往往以鸟的双栖、蝴蝶的双舞,反衬主人公的形只影单,极力表现她的孤独感,以加强闺中的思念之情。譬如:"翠钗金作股,钗上蝶双舞。心事竟谁知,月明花满枝。"(《菩萨蛮》十四首之三)前两句对其头饰作了客观描写,她头上戴着金翠钗,钗上又有一双蝴蝶,似翩翩起舞,第三句"心事竟谁知",既承上句"双蝶舞",反衬自己形只影单,又接下句"月明花满枝",面对良辰美景,心绪更加愁烦,大有"春花秋月何时了"之感。对主人公的心绪写得真切而含蓄。

《菩萨蛮》十四首之七是很典型的一首,很能体现温词的特色:

凤凰相对盘金缕,牡丹一夜经微雨。明镜照新妆,鬓轻双脸长。 画楼相望久,栏外垂丝柳。音信不归来,社前双燕回。

此词上阕写主人公梳洗装扮照镜时,发现"人比黄花瘦"的情景,"鬓轻双脸长"言其在闺中相思头发脱落、面容消瘦、两颊如削,因而显得颀长也。此句词俭义丰,有很强的表现力。但李冰若先生评此词却说:"此词'双脸长'之'长'字,尤为丑恶。明镜莹然,一双长脸,思之令人发笑。故此字点金成铁,纯为凑韵而已。"②真是见仁见智了。"双脸长"的确不美,然词人不是要写主人公的花容月貌,而是用"双脸长"表现清癯,着力表现其别离长久而思念之深切。后半阕写画楼相望,音信杳然。"社前双燕回",既写了燕归人未归的失望,又以双燕反衬

---

① 李冰若:《花间集评注》,人民文学出版社 1993 年版,第 27 页。
② 李冰若:《花间集评注》,人民文学出版社 1993 年版,第 19 页。

主人公的孤零,确是耐人回味咀嚼的。

　　与温词相比,韦词大都是直抒胸臆,感情从肺腑自然流出,其妙处如芙蓉出水,韵味天然,毫无刻画的迹痕。诚如郑文焯所云:"钟仲伟云:'观古今胜语,多非补假,皆由直寻',于韦词益谅其言。"①他的词是质朴的,是朴朴实实的感情的吐露,没有虚假的感情,没有温词那种秾艳的色彩。他以朴素的语言,表现出很深厚的感情。李冰若先生评《归国谣》其二云:"五代词有语极朴拙而情致极深者,如韦相'别后只相愧,泪珠难远寄'是也。"②他的许多词都是以质朴甚至貌似笨拙的语言,表现了诗人真实的情思,读来是十分感人的。他的词虽然大部分仍以妇女的闺情为描写对象,也有劝酒侑觞之词,然他没有温庭筠那种浪漫而颓唐的生活情调,也没有"以文为货",所以在填词时没有因"向钱看"而有徇人徇物之意,故不必投其某些人所好而牺牲自己的艺术个性。他的词的艺术个性是突出的,笔致清婉空灵,语言自然本色。"碧天云,无定处,空有梦魂来去。夜夜绿窗风雨,断肠君信否?"(《应天长》)"残月出门时,美人和泪辞。琵琶金翠羽,弦上黄莺语。劝我早归家,绿窗人似花。"(《菩萨蛮》)信手拈来,毫不着力,语浅情深,心曲毕吐。"此度见花枝,白头誓不归。"(《菩萨蛮》)"妾拟将身嫁与,一生休。纵被无情弃,不能羞。"(《思帝乡》)这些决绝语,使感情激烈而坦诚。他的语言有时也用修饰,如"暗想玉容何所似,一枝春雪冻梅花,满身香雾簇朝霞"(《浣溪沙》),这种拟人化手法的运用,使形象鲜明而生动。诗人在填词时,总是将其最诚挚的感情凝注笔端,直抒胸臆的词作是这样,客观描写的词作也是这样,因此才有着震撼人心的艺术力量。

三

　　温庭筠、韦庄的词,因其取材不同,表现手法不同,因而形成迥然不同的艺术风格,显示出不同的艺术特色。其风格特色概而言之:温词密,韦词疏;温词隐,韦词显;温词浓,韦词淡。温词以绮靡浓艳、感情深隐取胜,韦词以清丽疏淡、明白吐露见长。温词有如春日秾艳的花朵,香气逼人;韦词似素妆美人,神情洒脱。

---

① 李冰若:《花间集评注》,人民文学出版社 1993 年版,第 65 页。
② 李冰若:《花间集评注》,人民文学出版社 1993 年版,第 62 页。

疏密是就词的内容密度而言的,在一首词中,叙说好几件事或几层意思,谓之密,也就是内容密集;在一首词中,仅说一件事或一层意思,谓之疏,也就是内容稀疏。现以温、韦的《菩萨蛮》为例:

水精帘里颇黎枕,暖香惹梦鸳鸯锦。江上柳如烟,雁飞残月天。　藕丝秋色浅,人胜参差剪。双鬓隔香红,玉钗头上风。

(温庭筠:《菩萨蛮》)

人人尽说江南好,游人只合江南老。春水碧于天,画船听雨眠。　炉边人似月,皓腕凝霜雪。未老莫还乡,还乡须断肠。

(韦庄:《菩萨蛮》)

温词上半阕前两句写女主人公卧室的雅致与做梦,后两句写梦境——行人的行踪与环境,写出了两个人物的两种环境,并表现了他们两种心情。下半阕写女主人公服饰的华美。一首词写了三件事,内容显得繁富、紧凑、密集。韦词只写了游子对江南风光的迷恋,比起温词来,内容显得单一、萧散、疏淡。由于疏密有别,从而形成各自不同的韵味。

隐和显是就诗人感情表达的明朗与否而言的。在一首词中,诗人的感情深藏不露,不易窥破,谓之隐,也就是感情隐蔽;在一首词中,诗人的感情明白晓畅,情意尽窥,谓之显,也就是感情显露。例如:

千万恨,恨极在天涯。山月不知心里事,水风空落眼前花,摇曳碧云斜。

(温庭筠:《梦江南》)

春日游,杏花吹满头。陌上谁家年少,足风流。妾拟将身嫁与,一生休。纵被无情弃,不能羞。

(韦庄:《思帝乡》)

温词《梦江南》是写思妇之恨,低回婉转,情致深藏,诗人的意思不易窥破。但余音袅袅,含蓄有味。韦词写少女之爱,将其对年少风流的爱慕之情,表现得真切尽致。感情明朗,态度决绝。温、韦词由于风格隐显不同,从而形成各自不同的风采。

浓淡是就词彩与情彩而言的,词彩是指用词的颜色的轻重,情彩是指词人感情的浓淡。温庭筠的词一般都词彩华茂,色彩秾艳,而且感情上往往是浓得化不开。韦词一般都不施铅华,词彩浅淡,其词有淡远疏宕之致。

我们比较温、韦词的艺术风格,是为了区别他们的词风,掌握他们词的特色,并无扬此抑彼之意。风格本身并无高下之分,每一种风格都能写出独擅妙绝千古的词来。关于这一点,先贤多有精彩的论述。周济云:"毛嫱西施,天下美妇人也。严妆佳,淡妆亦佳,粗服乱头,不掩国色。飞卿严妆也,端已淡妆也。后主则粗服乱头矣。"①顾宪融云:"温、韦并称,然温秾而韦淡、各极其妙。"②疏密、隐显之辨,也可作如是观。

韦庄的词,风格比较单一,可以说是以一贯之的浅淡色彩;温庭筠的词,其风格繁复多样,他除了秾密含蓄的主导风格之外,尚有少许凄婉清丽之作,如《更漏子》六首其六就是;有近似白描者,如"梳洗罢,独倚望江楼。过尽千帆皆不是,斜晖脉脉水悠悠,肠断白苹洲"就是;也有以决绝语似韦词者,如"知我意,感君怜,此情须问天"(《更漏子》)。如此等等,形成各种不同的艺术风格。这表明温庭筠词在艺术风格上创获甚丰。创作风格的多样,说明他在词的创作上的成熟。就词的风格多样来说,温庭筠的词似高出韦作一筹。

四

词如诗一样,其创作重在意境的提炼与创造。故有成就的词人,都不遗余力地追求意境的浑融与完美,温庭筠、韦庄也不例外。

温飞卿词的意境大都是浑融完美的,然由于过分注意锤字炼句,致使有的词意境不够浑融,在一首词中往往时有佳句而通体不称,形成有句无篇的现象。就是他的代表作《菩萨蛮》十四首,也有此弊。李冰若先生曾经很直率地指出这一点。他说:"《菩萨蛮》十四首中,全首无生硬字而复饶绮怨者,当推'南园满地'、'夜来皓月'二阕,余有佳句而无章,非全璧也。"③他的词在同一阕中;有些词句晦涩,而另一些词句则明白晓畅;或有全阕词意不贯等,如《菩萨蛮·水精帘里颇黎枕》,兼有二种弊病。关于前者,李冰若谓:"'暖香惹梦'四字,与'江上'二

---

① 周济:《介存斋论词杂著》,人民文学出版社1959年版,第7页。
② 孙克强:《唐宋人词话》,河南文艺出版社1999年版,第39页。
③ 李冰若:《花间集评注》,人民文学出版社1993年版,第23页。

句均佳。但下阕又雕缋满纸,羌无情趣。即谓梦境有柳烟残月之中,美人盛服之幻。而四句晦涩已甚,韦相便无此种笨笔也。"①关于后者,此词的上下阕意难贯通,很难将它解释得一目了然,令人信服。词的意境的不浑融,还表现在语言风格的不统一上。譬如:

满宫明月梨花白,故人万里关山隔。金雁一双飞,泪痕沾绣衣。　小园芳草绿,家住越溪曲。杨柳色依依,燕归君不归。

(《菩萨蛮》)

汤显祖评云:"兴语似李贺,结语似李白,中间平调而已。"②细细体味此词,汤显祖的评语颇能击中要害。

词意的重复,是温庭筠词的又一弊病。王士禛云:"'蝉鬓美人愁绝',果是妙语。飞卿《更漏子》、《河渎神》凡两见之,李空同所谓自家物,终究还来耶?"③李冰若谓:"飞卿词中重句重意,屡见《花间集》中,由于意境无多,造句过求妍丽,故有此弊,不仅'蝉鬓美人'一句已也。"④诗人写词之所以捉襟见肘,句重意重,是因为诗人对现实观察、分析、研究不够,生活底子薄弱与才力窘乏,不能以丰富多彩的语汇描绘并表现千姿万态的现实生活。

韦庄的词,语言的自然,感情的深至,意境的浑融,在词史上都是空前的,远胜温词的。所谓"明白如话,蕴情深至",⑤其妙处如芙蓉出水,自然秀艳,或情思婉曲而风神俊逸。也有"语淡而悲,不堪多读"者,⑥如《荷叶杯》二阕,也有用语虽经锻炼而不露炉锤之迹者,如"泪沾红袖飘"(《应天长》),着一飘字使全词生色。王士禛谓"《花间》字法,最着意设色,异纹细艳,非后人纂组所及。"⑦总之,他的词没有温庭筠词在意境方面的种种弊病。当然,金无足赤,人无完人,韦词感情表达或劲直坦露,韵味偶有不足者,要不伤大雅也。

---

① 李冰若:《花间集评注》,人民文学出版社1993年版,第15页。
② 汤显祖语,引自李冰若:《花间集评注》,人民文学出版社1993年版,第20页。
③ 《花草蒙拾》,《词话丛编》,中华书局1986年版,第673页。
④ 李冰若:《花间集评注》,人民文学出版社1993年版,第25页。
⑤ 杨慎:《升庵外集》,引自李冰若:《花间集评注》,人民文学出版社1993年版,第55页。
⑥ 许昂霄:《词综偶评》,《词话丛编》,中华书局1986年版,第1549页。
⑦ 《花草蒙拾》,《词话丛编》,中华书局1986年版,第673页。

下 卷

宋词论丛

词人作品论

苏轼词题序论略

一

词的题序,是词雅化与诗化进程中的一个重要标志。随着词的发展,词的题材逐渐扩大,反映生活内容、事件渐趋繁复,词也逐渐失去了内容的单纯与明晰,其意旨渐趋隐晦朦胧,解读的难度也逐渐增大。词人为了与读者沟通信息,或以简明的词题概括词的内容,或用小序以明作义或起因,以便读者了解词的创作背景与意旨。因此,题序的产生,是词这种文体发展的必然,它为词人自由的抒情与读者对词的正确的解读与阐释,构筑了坚实的桥梁。

词有题序,虽不始于东坡,但在词集中有较多较长的题序,却是苏轼词的一个极为突出的特点,也是词发展进程中的一个重要标志,理应引起我们的重视。

苏轼词有多少题序呢?我将薛瑞生学兄的《东坡词编年笺证》作了统计。薛本收词360首,其中有题序者272首,占全部词作的三分之二强。其中有较长的可称为精彩短文的38首,约占全部词作的十分之一强。本书就以此为重点,作为评骘苏轼词题序的主要依据。

二

苏轼词的题序,究竟有哪些特色呢?

首先,苏轼词中有些题序,准确地揭示了词人灵感的来源,为我们研究苏轼创作词时的心态,提供了充分的依据。

创作要有灵感。词人只有有了灵感,才能将其对现实的深刻感触升华为词的艺术境界。灵感的产生,没有一个固定的程式,它是因人而异的。就特定的诗人来说,也会因时、因地、因事而异,惚兮恍兮,变化无穷,令人难以捉摸,不能用一成不变的模式框定。苏轼写词,其灵感往往产生于沉醉之后的清醒,这时词人脑识特别清晰,情绪极为顺畅,诗情汹涌而出,遂一挥而就。关于他在醉后产生灵感的情景,这在他许多词的小序中都有透露和揭示,我们可以据此窥知其创作灵感产生的奥秘。这就为我们研究创作时的心理状态,找到了坚实的根据。

《水调歌头》"明月几时有"题序云:"丙辰中秋,欢饮达旦,大醉。作此篇兼怀子由。"东坡这首怀念其弟苏辙的词,是在"欢饮达旦,大醉"之后写的,其结构大开大阖,"发端从太白仙心脱化,顿成奇逸之笔"。① 此词之所以写得"奇逸",实在得之于酒力,酒的刺激使其一时异常兴奋,情绪十分活跃,脑识特别清晰,感情跌宕飞驰,遂产生了如此绝妙好词。又如《浣溪沙》"覆块青青麦未苏"的题序云:"十二月二日雨后微雪,太守徐君猷携酒见过,坐上作《浣溪沙》三首。明日酒醒,雪大作,又作二首。"也是酒后产生的兴致与灵感。喝酒时,兴致勃勃,写词三首;酒后,诗兴未尽,又补写二首。可见,酒力对苏轼之写词,无疑是最神奇最见效的催化剂。酒使他产生了特殊的兴致与灵感,于是才有神来之笔,并随手挥洒,才写出了超妙的词的境界。

关于苏轼醉后作词,我们无妨再抄几个题序:

《定风波》"雨洗娟娟嫩叶光":元丰五年七月六日,王文甫家饮酿白酒,大醉。集古作墨竹词。

《定风波》"两两轻红半晕腮":十月九日,孟亨之置酒秋香亭,有双拒霜独向君猷而开。坐客喜笑,以为非使君莫可当此花,故作此词。

余如《西江月》"照野弥弥浅浪"、《减字木兰花》"春庭日午"、《浣溪沙》"罗袜空飞洛浦尘"等词,诗人在其题序中都提到了喝酒事,这说明,他的写词与喝酒或酒醉有很大的关系。他的词为什么那么多神来之笔?又为什么写得那么超

---

① 郑文焯:《大鹤山人诗话》,见唐圭璋:《词话丛编》,中华书局1986年版,第4321页。

逸,那么神采飞扬?读其词,似有仙气充盈其间。其词之所以能写得超凡入圣,是因为在酒后写词,将胸中的积郁与真言,喷薄而出,又因其极为兴奋,故笔底极见风采。他自己说:"吾醉后作草书,觉酒气拂拂,从十指间出。"①黄庭坚称东坡书"挟海上风涛之气"。② 这虽然讲的是苏轼的书法,但艺术是相通的,他的写词,也可作如是观。

从以上简单的分析不难看出,饮酒对东坡词的创作,产生了特殊的作用。研究东坡词的创作,对此绝不能轻易放过。

其二,词作为抒情诗的一种,作者写词,或因偶有所感,或因某事对心灵的触发。其作词之因由,对词人自己来说,自然是明白的。然将其特定的感触表现在词中,往往是作意莫测或词旨朦胧的。为了给读者解读与阐释词提供一些依据,词人在其词的题序中,往往写了作词的起因或灵感的触发点,对读者阅读起到导引作用。譬如,《定风波》"莫听穿林打叶声"的题序云:

> 三月七日,沙湖道中遇雨,雨具先去,同行皆狼狈,余独不觉。已而遂晴,故作此。

在这篇短序中,作者交代了作词的时间、地点、事件以及在出现异常情况下,各人不同的表现:"同行皆狼狈,余独不觉",在鲜明的对照中,表现了词人处变不惊的大度与极为超旷的胸怀。"已而遂晴,故作此。"这件事好像天公精心安排,有意考验各人的心胸与气度,遂演出了这出喜剧,它鲜明地表现出同行者的不同气质。词人在简短的事件描写中,饱含着诗人丰富的处世经验与超逸旷达的处世态度,笔底蕴含着深邃的哲理,很值得我们仔细玩味。而抒情主人公那种久经风雨考验、豁达大度,又能透悟人生的智慧,对我们有极深刻的启示。词人是因文字狱被贬谪黄州的。那么,在这首词里,反映的不仅仅是他在这场自然风雨中的态度,也饱含着词人在官场中曾经经历的极为险恶的政治风浪,经受住了尖锐的政治斗争风雨的考验。丝毫没有流露出忧谗畏讥惊恐郁闷的心情,而仍视野开阔、心情开朗,充分表现出他政治家的风度及其人格力量。这场自然风雨,触发

---

① 王士禛:《花草蒙拾》,见唐圭璋:《词话丛编》,中华书局1986年版,第681页。
② 《全宋文》,上海辞书出版社、安徽教育出版社2006年版,第106册196页。

了诗人的灵感,他在表现自然风雨中也渗透了以往的政治风浪。在词中二者表现得那么密切无间、水乳交融,其表层意思与深层含义互渗中表现得那么玲珑剔透,恰切地表现出这难以言传的意蕴。细读题序,对了解此词表现的词人丰富的阅历与超旷的处世态度以及蕴含的深刻的人生哲理,都有极大的穿透力。

  与此词题序相近的另一首《定风波》"常羡人间琢玉郎"的题序云:"王定国歌儿柔奴,姓宇文氏,眉目娟丽,善应对,家世住京师。定国南迁归,余问柔:'广南风土,应是不好?'柔对曰:'此心安处,便是吾乡。'因为缀词云。"东坡写这首词,是由于王定国歌儿柔奴的善于应对。当然,这也是对变幻莫测的人生现实的一种沉着应对,她回答东坡的话可谓遭贬谪的处世妙诀,饱含着人生哲理。她在陪主人迁谪广南西宾州时,不为极端荒凉的蛮风瘴雨所苦,对恶劣的环境以及不幸遭遇毫无怨怼,反而安之若素,且有如回到家乡一样的温适之感。究其原因,是因为心安。这种随缘而适、洒脱超旷的处世态度,为诗人苏轼所激赏,所赞许。苏轼向来就能在恶劣环境下乐天知命、随遇而安的,他与柔奴潜在的感情是完全一致的,他的处世态度以及在政治风浪中的表现与柔奴是非常吻合的,故得到苏轼高度的赞赏。在这里苏轼赞人其实也是自赞,是他处世态度的彰显并表现了苏轼对柔奴主人王定国在贬谪中超旷豁达态度的认同与赞赏。

  两首《定风波》的题序,为我们阅读与理解词起到了很好的导引作用。如果没有作者对作词因由的叙说,我们是很难将作者命意与深刻的内涵搞明白的。

  其三,有一些词的题序,洋溢着诗情画意,表现出一种极为超妙的艺术境界;而且文采斐然,笔底生花,具有很高的审美价值,本身就是一首诗一样优美的散文。譬如《西江月》"照野弥弥浅浪"的题序云:

  顷在黄州,春夜行蕲水中,过酒家,饮酒醉,乘月至一溪桥上,解鞍,曲肱,醉卧少休。及觉已晓。乱云攒拥,流水铿然,疑非尘世也。书此语桥柱上:

诗人的兴趣是那么浓郁,他的感情与大自然是那么契合融洽。因此,这篇题序所写,完全是一种非常美好的诗情洋溢的世界。他似乎处于超脱红尘、不染凡俗的仙境,而他自己也似乎有一股仙气。就题序言,它是一篇洋溢着诗情画意的优美的散文,并将读者引到一种爽心悦目的美好的境界,让你为之陶醉,让你尽情地欣赏。与词合起来看,此题序则为《西江月》"照野弥弥浅浪"一词写作的背景,描绘了诗人写词时的心态,写出了他完全与自然契合融化的异常超妙的感情。

其词题序或以超妙的诗笔,任意挥洒,不留迹痕,不落言筌,显现着诗的境界,令人神往。如《减字木兰花》"回风落景"的题序:"五月二十四日,会于无咎之随斋,主人汲泉置大盆中,渍白芙蓉,坐客翛然,无复有病暑意。"读此觉有徐风吹来、汗流顿消、殊觉清爽之感;或用画笔,展示一幅丹青,令人走入画境而不觉,如《哨遍》"为米折腰"的题序云:"陶渊明赋《归去来》,有其词而无其声。余既治东坡,筑雪堂于上,人俱笑其陋,独鄱阳董毅夫过而悦之,有卜邻之意。乃取《归去来》词,稍加檃括,使就声律,以遗毅夫,使家僮歌之,时相从于东坡。释耒而和之,扣牛角而为之节,不亦乐乎?"诗人以浪漫主义情调,牧歌式的情怀,写下这一富有画意的题序。读其序,令人悠然神往,与诗人共享田园之乐。

总之,苏轼词的题序,或浓墨重彩,或淋漓泼洒,或情调悠扬,都洋溢着浓浓的诗情。

其四,苏轼词的有些题序,感情沉郁,流溢着人世沧桑之感。这与他在官场的起落浮沉,政治上的不幸际遇,一生屡遭打击有关。譬如:

《醉蓬莱》"笑劳生一梦":余谪居黄州,三见重九,每岁与太守徐君猷会于栖霞楼。今年公将去,乞郡湖南,念此悯然,故作是词。

《满庭芳》"三十三年":余年十七,始与刘仲达往来于眉山,今年四十九,相逢于泗上。淮水浅冻,久留郡中,晦日同游南山,话旧感叹,因作《满庭芳》云。

前者写词人在谪居黄州其间,与太守徐君猷之亲密交往,今徐君将辞黄赴湘,故人远去,离别在即,不免产生怅惘之情;后者写年轻时,与刘仲达在故乡眉山交往,一别三十三年而偶逢于泗上,因话旧感叹。两篇题序写人生交往、友朋聚散的悲欢之情,对解读词中表现的深沉感情,都有着深刻的启示。

余如《满庭芳》"归去来兮"、《水调歌头》"安石在东海"、《永遇乐》"常忆别时",都写人世沧桑与别易会难的感情。

其五,苏轼词的题序,大部分则是以极简洁之笔,交代作词之缘由,情寓于中。

《定风波》"雨洗娟娟嫩叶光":元丰五年六月七日,王文甫家饮酿白酒,大醉。集古句作梅竹词。

《西江月》"龙焙今年绝品":送建溪双井茶、谷帘泉与胜之,徐君猷家后房,甚慧丽,自陈叙本贵种也。

《满庭芳》"三十三年":有王长官者,弃官黄州三十三年,黄人谓之黄先生。因送陈慥来过余,因赋此。

这些题序,将写词的时间、地点、起因、事由,交代得一清二楚,扫除了读者阅读的障碍。

有时诗人以戏谑之笔,使题序活泼,饱含幽默。如《减字木兰花》"维熊佳梦":"秘阁古《笑林》云:'晋文帝生子,宴百官,赐束帛,殷羡谢曰:"臣等无功受赏。"帝曰:"此事岂容卿有功乎!"同舍每以为笑。'余过吴兴,而李公择适生子,三日会客,求歌辞,乃为作此戏之,举坐皆绝倒。"这篇题序,读之也令人绝倒。

三

苏轼词的题序,以功用言,或描写交代作品产生的因由背景,或揭示词人灵感秘密,为读者解读以启示。以艺术言,或文采斐然,笔底生花;或虚实相生,笔姿空灵,"天趣独到处,殆成绝诣"[①](周济:《宋四家词选目录叙论》)。以文体言,或为富有理趣的散文,或是洋溢着诗情画意的绝妙文章。总之,其题序与词相互补充、相互辉映,有相得益彰之妙。

东坡词的"悬崖撒手处"试释

诗词创作,若于悬崖撒手,奋马扬鞭,才能显示作者非凡的艺术才华,医愈平庸之气,造就绝妙的艺术境界,收到绝佳的艺术效果。诗人苏轼,是文坛一代豪雄,其写词艺术之高妙,无以复加。词论家赞其有"悬崖撒手处"不是没有道理

---

① 周济:《宋四家词选》,古典文学出版社1958年版,第2页。

的。关于苏轼词的"悬崖撒手处",刘熙载《艺概》有云:

> 东坡词在当时鲜于同调,……晁无咎坦易之怀,磊落之气,差堪骖靳,然悬崖撒手处,无咎莫可追蹑矣。

这是将晁补之词与苏轼词比较而言的,意谓晁词的"坦易之怀,磊落之气",几可于苏轼肩随,然在"悬崖撒手处",晁补之词则远远赶不上苏轼了。对于晁、苏两人词的高下,可以存而不论。刘熙载所说的"悬崖撒手处",我们则想刨根问底,探其究竟:它在哪些词中都曾经出现? 有哪些特殊的表现?

所谓"悬崖撒手",只是对创作手段的一个比喻,言东坡填词能于危处放手,绝处逢生、化险为夷,于绝险处见其高妙的填词本领。"无限风光在险峰",自然界如此,艺术的境界又何尝不是如此呢? 苏轼才大气雄,不仅在常境能写出高绝的词篇,而且在绝难境界,有巧妙的处置手段,使悬崖撒手而无危殆,处置之妥帖、得当,令人叹为观止。

苏轼作词之"悬崖撒手处",有种种表现,约而言之,大致有以下三种:

东坡作词的悬崖撒手手段之一,是面临悬崖而不惧退,却依然勇往直前,造成飞腾之势,直如天马行空,悠然而往,无滞无碍。

《浣溪沙·避靳水清泉寺,寺临兰溪,溪水东流》有云:

> 谁道人生无再少? 门前流水尚能西,休将白发唱黄鸡。

首句反诘,无理之至,直令人瞠目结舌。古诗云:"花有重开日,人无再少年。""人生无再少",这是3岁孩童都能懂得的真理,词人却提出质疑,硬要推翻,对其断然地加以否定,令人难以置信。词人却能出奇制胜,接以"门前流水尚能西",以反常的现象,类比反常的问题,可谓绝妙之至。这一回答,精警之极,绝妙之极,直是笔端生华也。词人即以眼前的实景,说明河水既有反常现象,由东向西流;难道人就不能如枯木逢春、返老还童? 我国地势,西北高而东南低,水向东流,乃自然之势。《古乐府》云:"百川东到海,何时复西归。"百水千河,水向东流,偏偏此地水向西流。水既可以倒流向西,人难道就不能由老返少? 词人以后者坐实前者,证明人生完全有由老而少、返老还童之可能。"休将白发唱黄鸡",

再进一步做了肯定:人既有返老还童之可能,因此就大可不必因年老而悲伤。此词情调开朗,洋溢着乐观情绪,表现了词人开阔的胸襟与旷达的处世态度。

又《定风波》"常羡人间琢玉郎"有云:

> 试问"岭南应不好"? 却道"此心安处是吾乡"。

岭南乃蛮荒瘴疠之地,当时是流放罪人与贬谪犯官的地方,"不好"是事实。然而词人笔下的柔奴对此却做了断然地否定:"此心安处是吾乡",这种出人意料的回答,令人惊诧,令人震撼,令人深思,使词境更为深邃,但所答却属实情。其主人王安国被贬岭南达五年之久,因善处穷通,乐天知命,能够随缘而适,随遇而安,处逆境不但没有憔悴苍老,反倒愈显年轻,"面如红玉"。她与主人一样的淡定,一样的自安。因此,水底抽薪,熬煎自解,觉得岭南同样可爱而温馨,简直与故乡没有区别。既然他们的生活态度如此,这就不存在岭南好与不好的问题了。

以上两例,都足以说明东坡在作词时悬崖撒手,却能于险处遇救,绝处逢生,由此而开创了一种险而不险的艺术境界。这对读者来说,也有一种特别的启悟,精神为之震撼!

东坡作词的悬崖撒手手段之二,是面临悬崖而不惧,若展翅御风,平稳向下,沉入谷底。在不断递进中深化词境,使意境无比深沉。

《木兰花令》云:

> 霜余已失长淮阔,空听潺潺清颍咽。佳人犹唱醉翁词,四十三年如电抹。 草堂秋露流珠滑,三五盈盈还二八。与余同是识翁人,唯有西湖波底月。

此词以时光流逝之速,写人生的短促与紧迫。上阕说,已是深秋了,淮水变窄,颍水呜咽,时光之速像闪电一般,醉翁离世匆匆已是四十三年了。下阕仍就时间之速继续说下去:已是深秋了,过了十五就是十六,时间仍是一天天飞速的过去。与我同是认识醉翁的,只有西湖波底的月光了。——人,一个也没有了啊! 因为月光是永恒的,永远存留于宇宙间。"今人不见古时月,今月曾经照古人。"词人以永恒的月光,反衬人生的短促,于是自然产生一种生命的紧迫感。词人于"四

"十三年如电抹"之后,并没有立即终至时间快速、生命短促这一话题,而是继续说下去,一直说到底,说到"与余同是识翁人,唯有西湖波底月。"从而将生命的短促与紧迫,表现得非常深透,词人的情绪也显得十分强烈。

又《木兰花令·次马仲玉韵》有云:

花落已逐风回去,花本无心莺自诉。明朝归路下塘西,不见莺啼花落处。

通过景物的描写,反映时令变换之速,读了令人感到怅然若失。

又《行香子·丹阳寄述古》云:

别来相忆,知是何人?有湖中月,江边柳,陇头云。

全篇结束在三个特别富有诗意的自然景物中,并赋于月、柳、云以灵性和感情,只有它们才深深地怀念着诗人,使词含不尽之意见于言外,感情更为真挚、深厚。

又《醉落魄·离京口作》云:

此生飘荡何时歇?家在西南,长作东南别!

"此生飘荡何时歇?"言其一生没完没了的四处飘荡,这种生活何时才能了结。是对不安定生活的怨望,也是对安适生活的企盼。"家在西南,长作东南别",是言在远离故乡的客中之别,"客中相别客中怜",在修辞上用了层递手法,词人写的是实情,并没有分毫的夸张,而实际用的是加一倍写法,将感情表现的深沉之至。

总之,苏轼在写词时,悬崖撒手,继续奋进,层层深入,将其特定的感情,写得深透彻底,淋漓尽致。

东坡作词的悬崖撒手手段之三,是不在悬崖勒马,而是继续前进,峰回路转,柳暗花明。由此而产生出人意料的艺术境界,给人以豁然开朗之感。

《蝶恋花·春景》云:

> 花褪残红青杏小,燕子飞时,绿水人家绕。枝上柳绵吹又少,天涯何处无芳草。 墙里秋千墙外道,墙外行人,墙里佳人笑。笑渐不闻声渐悄,多情却被无情恼。

此词上阕前三句层层递降,到第三句"枝上柳绵吹又少",已经降到极点了。若再降,其风光则未免太衰飒了。词人却接以"天涯何处无芳草",于是峰回路转,走出了写景的困境,出现了新的亮点。此句一语双关,既写了景象之辽阔,又借以比喻人间之友情无处不有,无限温馨。这一转折,使心境、语境、诗境,都走出了困境,走上一个全新的境界。下阕有两句写了这样一个画面:大路旁有一个富贵人家,墙内有佳人打秋千,墙外行人看不见墙内的佳人,只听到笑闹声。后两句抒情:墙外的行人愈走愈远,渐渐听不到姑娘们的笑声,多情的行人则被无情的姑娘所恼。感情由欢乐转向烦恼。前阕写景,后阕抒情,写到高潮时都做了转折,词境由此及彼而转换又很自然,由此而进入新的艺术境界。

> 休言万事转头空,未转头时皆梦。
>
> (《西江月》"三过平山堂下")
>
> 旧官何物对新官,只有湖山公案。
>
> (《西江月》"昨夜扁舟京口")

前者是逆转,后者是顺转,这种词境的转折,使词笔由悬崖绝壁处绝处逢生,达到"柳暗花明又一村",从而产生了新的词境。

苏轼在写词时为什么能够于"悬崖撒手"而能产生新的艺术境界呢?作为天才的词人苏轼,他的感情非常丰富,写词时又往往兴致极高。因此在写词时,感情非常充沛,形象思维极为活跃,思绪此起彼伏,震荡跳跃。于是,既有由此及彼的联想,又有由旧及新的生发。这时,脑海中诗象活跃,诗绪丛生,浮想联翩,奇情四溢,因此无往而不达,遂于"悬崖撒手处"产生了新的令人叹为观止的艺术境界。如《水调歌头·丙辰中秋,欢饮达旦,大醉,作此篇兼怀子由》:

> 明月几时有?把酒问青天。不知天上宫阙,今夕是何年?我欲乘风归去,唯恐琼楼玉宇,高处不胜寒。起舞弄清影,何似在人间! 转朱阁,低绮

户,照无眠。不应有恨,何时长向别时圆! 人有悲欢离合,月有阴晴圆缺,此事古难全。但愿人长久,千里共婵娟。

这是神宗熙宁九年(1076),词人在密州于中秋之夜赏月时写的一首词,可谓浮想联翩,奇情四溢之作。李佳评曰:"此老不特兴会高骞,直觉有仙气,缥缈于毫端。"①词一开始,就出现了这样一个镜头:诗人高举酒杯,仰望青天,与明月对话:"月亮是从什么时候开始有的? 今天晚上天上是何年何月了?"问得出奇而突兀,这个问题,有谁能够回答呢? 词人悬崖撒手,信马由缰,让丰富的想象力继续飞驰,于是,他想飞到月宫里去探问个究竟,又担心月宫里的琼楼玉宇太冷,怕一时受不了。他看见嫦娥在月宫里翩翩起舞,那婆娑的舞姿虽然妙不可言,然而气氛似乎有点索漠和清冷,哪能比得上人间的温暖和煦。词人的思绪又回到现实,见那月光转过朱红的楼阁,照着低处的绮户,屋子里是那些因思念远人而未睡眠的人们。词人又想:月亮与人有什么过节呢? 为什么在人分离之后而她却偏转圆呢? 因其月亮之圆,使悲愁分离已久的人,更为感伤了啊! 既而一想:人间有悲欢离合的遭际,月亮也有遇到阴晴圆缺的时辰,亘古以来,就是如此。既然这样,我只希望人们在千里之遥的两地,能够长久地在月光下寄情,聊以排遣幽思罢了。

许嵩庐云:"子瞻自评其文云:'如万斛泉源,不择地皆可出。'唯词亦然。"②苏轼写此词,多次于悬崖撒手,又能极自然地走出困境,化险为夷,柳暗花明。词人思绪极其活跃,可谓天上地下,古往今来,意象飒然而至,倏然而去。而其笔端又极为灵活,能紧随词人活跃的思绪,写出如此"绝去笔墨畦径间"的大作,令人拍案叫绝。他写词如此举重若轻,悬崖撒手,是因有"横绝一代之才,凌厉一世之气"③使然。虽然苏轼的诗词,有时不免为才所累。那是因为他作诗词时,不自觉地恃才、显才,走上了以才学为诗词的道路,他的诗此弊尤甚。其作词的"悬崖撒手处"不是恃才、显才,而是以其才气调动笔端,使其直追无比活跃的形象思维,使词的创作遇到困境时,得以合理且恰到好处的解决,从而写出绝妙的出人意料的艺术境界。

---

① 唐圭璋:《词话丛编》,中华书局1986年版,第3173页。
② 张宗橚:《词林纪事》,上海古籍出版社1998年版,第270页。
③ 唐圭璋:《词话丛编》,中华书局1986年版,第1503页。

浅谈晏几道词对梦的描写

　　梦是一种潜意识的活动,汉代哲学家王符在《潜夫论》中说梦是"意精"、"记想"所致,是颇有道理的。描写梦是对人心理状态深层次的表现,能揭示人最隐蔽的心理状态,充分展示人的精神面貌。因此,我国古代文学作品喜欢写梦,《三国演义》、《水浒传》、《红楼梦》都多次写梦,汤显祖的传奇"四梦",更是以梦为主线的著名作品。在诗词中,诗人通过对梦境的描写,把隐藏在自己心灵深处的情思,展示在读者面前。在众多的诗人中,晏几道词对梦的描写是十分突出的。《小山词》今存二百五十八首,其中有五十五首出现了共五十九个"梦"字。平均五首词,就有一首写梦的,其数量之多、频率之繁,在古今词集中都是极罕见的。而其艺术表现的婉妙深刻、感情的执著真实,都是别人难以企及的。

　　写梦是小晏写离情别绪的重要手段,他善于通过对梦的各种态势的描写,表现别易会难、佳期难逢的深沉感情。长期的别离暌违,使亲人望眼欲穿、情思飞驰。日有所思,夜有所梦,的确是"到情深,俱是怨,惟有梦中相见"(《更漏子》"欲论心")。因情深而思念,因思念而产生幽怨情绪,这在我国封建社会青年男女之间,是具有普遍意义的。他们长期分离,无由团聚,其相思之情是够苦的了。梦是现实生活的折射,也是心底潜意识的释放。因此,对他词中那些写梦的典型作品的探讨,是十分必要的。

　　首先,他在词中通过对梦的描写,表现青年男女之间感情的执着、思念的痛苦,甚至表现出他们绝望的感情。诗人通过对这种深沉而真挚的感情的抒写,对阻碍他们欢聚的势力,做了有力的控诉。

　　随着商品经济的发展与市民阶层的壮大,一方面,人们逐渐觉醒,对个性、自由有了强烈的追求;另一方面,来自封建社会制度的约束与压迫,使青年男女的个性、自由、情欲都受到了很大的压制。晏几道词对梦的抒写,在于表现其在沉重的压抑中挣扎与抗争的情景。"梦入江南烟水路,行尽江南,不与离人遇"(《蝶恋花》"梦入江南烟水路")。江南烟水辽阔,一片迷茫,情人何在?何处追寻?"意欲梦佳期,梦里关山路不知"(《南乡子》"新月又如眉")。重重的关山难越,何况歧路纷出,何处去寻?因此,必然有着"一枕江风梦不圆"(《采桑子》

"金风玉露初凉夜")的怅惘。至于写那梦中的相别,"月细风尘垂柳渡,梦魂长在分襟处"(《蝶恋花》"碧玉高楼临水佳"),更令人觉得难堪了。《阮郎归》"旧香残粉似当初"一词,所表现的感情痛苦异常,以致感到绝望了。

  旧香残粉似当初,人情恨不如。一春犹有数行书,秋来书更疏。 衾凤冷,枕鸳孤,愁肠待酒舒。梦魂纵有也成虚,那堪和梦无。

这是一首居者怨行者的词,是表达男女相思之情的。上阕写怨情,行者之情薄,是居者产生怨情的缘由。前两句是以物与人相比,物犹依旧,而人情渐次淡薄,不似当初。似此,人不如物;后两句写人情淡薄的事实:家书越来越少了。这是前两句内容的延伸与补充。诗人用了反衬手法,充分表达了居者的怨情之深。下阕描写夜间的愁思,表现了居者孤寂凄凉的情怀与相思至极的痛苦。前三句描写居者室中孤独冷寂的氛围,烘托她愁肠百结、借酒解闷的情形。后两句写她绝望的感情:纵然能做个团圆好梦,哪怕是虚幻的,何况连一个团圆梦也没有,希望有暂时的慰藉也未能如愿,令人失望之至而陷入绝望了。诗人通过层递的修辞手法,将其离思之痛,层层加深,倍感惨痛情伤。从而将居者的怨情,表现得深刻而强烈。

  以梦表现感伤绝望情绪的词,在小山词中,时有出现。如《诉衷情》"凭觞静忆去年秋"词中写道:

  人脉脉,水悠悠,几多愁。雁书不到,蝶梦无凭,漫倚高楼。

脉脉含情地伫立楼头眺望,只有悠悠的江水向东流去,哪有行人的踪迹?虽然做了好梦也是空的啊!这骗人的梦,又增加了几多愁思!是谁不让他们花好月圆呢?这难道不能引起我们的深思么!

  其次,他善于通过寻梦的心理描写,表现别离后思念的精神痛苦。

  梦是虚幻的,正如诗人在《清平乐》"蕙心堪怨"中所说:"眼中前事分明,可怜如梦难凭。"虽然如梦难凭,但面对去者杳无音信的现实,这极端痛苦的生活,又迫使思念者不得不苦苦地追寻虚幻的梦境,以求得片时的欢愉。"莫道后期难走,梦魂犹有相逢"(《清平乐》"心期休问")。寻梦与对梦境的仔细体味,真实而深刻地反映了离思者的苦况。对好梦的思索与回味,是对梦后惆怅情绪的慰藉。这种对自我欺骗与麻醉的抒写,遮掩着心底无限的伤痛。然"欲盖弥彰",却把思忆者此时此地的情绪表现得深至而强烈。请看下面两首《更漏子》:

> 槛花稀,池草遍,冷落吹笙庭院。人去日,燕西飞,燕归人未归。　数书期,寻梦意,弹指一年春事。新怅望,旧悲凉,不堪红日长。
>
> 柳丝长,桃叶小,深院断无人到。红日淡,绿烟晴,流莺三两声。　雪香浓,檀晕少,枕上卧枝花好。春思重,晓妆迟,寻思残梦时。

这两首词开头都先写时令的悄然暗换与环境的冷寂,典型的氛围描写,加强了思念者的怅惘情绪。前者在"数书期,寻梦意"中渡过了颇为漫长的春天,后者写女主人公之所以"弄妆梳洗迟"。是因为早上"寻思残梦",体味昨夜梦中甜蜜相会梦中心理活动的描写,表现了因长期分离在闺中孤苦无依索寞寡味的情景。但毕竟是"梦云散去不留痕"(《浣溪沙》"楼上灯深欲闭门"),这种寻欢的苦况。

第三,写因久别重逢、反疑做梦,情不自信的感情,表现了别易会难、喜极而疑的情景。

久别难逢,相会几成绝望,而一旦团聚,反疑是梦,这种情景的描写在唐诗中屡屡出现。"夜阑更秉烛,相对如梦寐"(杜甫《羌村三首》之一)。"还作江南会,翻疑梦里逢"(戴叔伦《江乡故人偶集客舍》)。"乍见翻疑梦,相悲各问年"(司空曙《云阳馆与韩绅宿别》)。晏几道有两首词,都写了由梦想到欢聚的情景,将久别重逢的感情,写得非常真切。

> 月堕枝头欢意,从前虚梦高唐。觉来何处放思量。如今不是梦,真个到伊行。
>
> 　　　　　　　　　　　　　　(《临江仙》"浅浅余寒春半")
>
> 从别后,忆相逢,几回魂梦与君同。今宵剩把银釭照,犹恐相逢是梦中。
>
> 　　　　　　　　　　　　　　(《鹧鸪天》"彩袖殷勤捧玉钟")

前者写由梦想到现实,虽未写今日欢聚之乐,但情人久别重逢的欢聚之乐,是不言而喻的。后者写今日重逢的惊喜之情。诗人本来要写欢聚之乐,却先写往日离别之痛。以往日离别之痛,反衬今日欢聚之乐。别后即忆,思念成梦,已有多少回在梦中相遇了。以此别离之苦,相思之久,反衬今日团聚之乐,乐而以至疑,这相聚是真的吗?诗人将喜极而疑写得真切而有情致。以实写虚,终至于实,更见一往情深,极尽曲折深婉之妙。陈廷焯谓"曲折深婉,自有艳词,更不得不让伊独步"①。"独步"之誉,此词是当之无愧的。

小山词关于梦的描写,主要是写女人的情思,但也有男子对情人思念的描写。"惊梦觉,弄晴时,声声只道不如归"(《鹧鸪天》"十里楼台倚翠微")。"归来独卧逍遥夜,梦里相逢酩酊天"(《鹧鸪天》"手捻香笺忆小莲")。"眠思梦想,不如双燕,得到兰房"(《喜团圆》"危楼静锁")。"楚天渺,归思正如乱云,短梦未成芳草"(《泛清波摘遍》"催花雨小")。"几处歌云梦雨,可怜流水东西"(《满庭芳》"南苑吹花")。这些词有着诗人的经历,如对小苹等歌女的思念,或有诗人自己的影子,因此感情真切,语言精警,有独特的艺术魅力。据《邵氏闻见后录》卷十九记载,程叔微云:"伊川闻诵晏叔原'梦魂惯得无拘检,又踏杨花过谢桥'长短句,笑曰:'鬼语也!'意亦赏之。"②理学家程颐对其《鹧鸪天》"小令尊前见玉箫"这种"非礼之作"如此欣赏,可见作者艺术的高妙,词的感染力之强烈。

小山词为什么会如此频繁地出现梦境?盖为个性压抑所致。晏几道是一位纯真的诗人,纯情任性,涉及男女之间的情思,他的态度是很执着的。然在现实中不免受到了种种压抑,而他又是极倔强的性情中人,于是对他思念的人,难免梦寐以求了。这种对梦境的真实描写,表现了强烈的感情,取得了意外的艺术效果,从而在词的创作上,取得了很高的艺术成就。

黄庭坚词为"着腔子唱好诗"说

晁补之云:"黄鲁直间作小词,固高妙。然不是当行家语,是着腔子唱好诗。"③对此,四库馆臣曰:"顾其佳者则妙脱蹊径,迥出慧心,补之'着腔好诗',

---

① 陈廷焯:《白雨斋词话》,人民文学出版社1959年版,第11页。
② 王双启:《晏几道词新释辑评》,中国书店2007年版,第64页。
③ 孙克强:《唐宋人词话》,河南文艺出版社1999年版,第280页。

之说,颇为近之。"①今人或云:"他不懂音律,晁补之说他的词'不是当家语,自是着腔子唱好诗'。"②那么,所谓"着腔子唱好诗",究竟是"妙脱蹊径,迥出慧心"之佳作,抑或是"不懂音律"而填的词呢?

黄庭坚词是属于诗人之词而非词人之词,他用了诗的路数填词,并在写词时,用了诗的语言和格调。晁补之虽系豪放派词人,他却站在婉约派的立场上批评黄庭坚,因此,说他的词"不是当行家语",而贬之为"着腔子唱好诗"。

词从唐到北宋,人们视之为艳科,借以遣兴娱宾。从花间词人、南唐二主,中经晏殊父子、欧阳修、柳永,直到秦观,词的内容主要是写男女相思之情,香艳柔软,婉约含蓄,此为词的传统写法,被视之为词的正宗。黄庭坚早年受柳永词的影响,写过一些香艳淫靡的小词,因受到法秀严厉批评而有所悔悟。他在《小山集序》中说:"余少时间作乐府,以使酒玩世,道人法秀独罪余'以笔墨劝淫,于我法中当下犁舌之狱',特未见叔原之作耶?"③后来他填的词已摆脱了香艳体的影响,主要写士大夫的闲情逸致、友朋酬唱、宦海沉浮与人生感慨,语言瘦硬健劲,风格豪放旷达,与苏轼词十分接近。所谓"体格于长公为近"④,"学东坡韵制得七八"⑤,可谓的评。他的许多词都具有苏词的特色,是词风接近苏轼的苏派词人之一。俞文豹云:"东坡在玉堂,有幕士善讴,因问:'我词比柳词何如?'对曰:'柳郎中词,只好十七八女孩儿,执红牙拍板,唱"杨柳外,晓风残月"。学士词,须关西大汉,执铁板,唱"大江东去"。''公为之绝倒。"⑥如果套用俞文豹的话,说山谷词"须关西大汉执铁板唱'落日塞垣路'",也是十分合适的。然词评家谓"子瞻以诗为词,如教坊雷大使之舞,虽极天下之工,要非本色"⑦。这与晁补之对黄词的批评,非常相似。在正统的词评家看来,黄词"乖僻无理,桀骜不驯"⑧,"直是门外汉"⑨,确实是非词之词了。正因为黄庭坚对词的香艳题材与柔弱词

---

① 孙克强:《唐宋人词话》,河南文艺出版社1999年版,第287页。
② 中国社会科学院文学研究所:《唐宋词选》,人民文学出版社1981年版,第159页。
③ 陈良运:《中国历代词学论著选》,百花洲文艺出版社1998年版,第45页。
④ 况周颐:《蕙风词话·广蕙风词话》,中州古籍出版社2003年版,第18页。
⑤ 王灼:《碧鸡漫志》,辽宁教育出版社1998年版,第8页。
⑥ 施蛰存、陈如江:《宋元词话》,上海书店出版社1999年版,第504页。
⑦ 施蛰存、陈如江:《宋元词话》,上海书店出版社1999年版,第58页。
⑧ 陈廷焯:《白雨斋词话》,人民文学出版社1959年版,第162页。
⑨ 陈廷焯:《白雨斋词话》,人民文学出版社1959年版,第13页。

风的背离,与此相应,他用写诗的路数填词。传统的词风,语言婉丽轻柔,内容香艳,形成香而软的柔弱格调。而黄词与其诗一样,语言瘦硬,风格拙重,具有很强的力度。它缺乏女性文学柔弱的姿质;更多的则是大丈夫叱咤风云的英雄气概,因此虽能协宫商而被之管弦,然它是诗的姿质而非词的情调。譬如,他的一些词斩钉截铁,矫健有力;一些词灵动不足,严整有余。总之,他的词缺乏当时人崇尚的婉约词的那种情趣和意味。《定风波·次高左藏使君韵》就是典型的例证:

万里黔中一漏天,屋居终日似乘船。及至重阳天也霁,催醉,鬼门关外蜀江前。　莫笑老翁犹气岸,君看,几人黄菊上华颠。戏马台南追两谢,驰射,风流犹拍古人肩。

诗人以矫健瘦硬之笔,描写了自己穷且益坚、老当益壮的雄心,表现了傲岸、倔强、旷达的性格。这与其称词,毋宁说是"句读不葺之诗"。"涪翁信能郁苍耸秀,其不甚经意处,亦复老干椏杈,第无丑枝,斯其所以为涪翁耳"①。"老杆椏杈"的语言,"郁苍耸秀"的风格,直是继杜甫、韩愈诗之衣钵,而非婉约柔媚的词了。《减字木兰花》"诗翁才刃"、《定风波·次高左藏韵》、《水调歌头》"落日塞垣路"、《虞美人》"平生本爱江湖住"、《南乡子》"黄菊满东篱"、《鹧鸪天》"黄菊枝头生晓寒"等,都是思想旷达、性格倔强、感情傲岸、语言瘦硬之作,如此等等,显非婉约词的情调,而是诗的路数了。说他是"着腔子唱好诗",似乎是十分贴切的了。

爱用古人成语,也是黄庭坚词的一个特色。他在填词时,有时不是根据词抒写的情景另铸新词,而往往是借用古人诗的成句,这在《鹧鸪天》八首、《南乡子》六首中,表现得尤为突出。在他的词中,借用杜甫诗句的有"自断自生休问天"(《定风波·次高左藏韵》)、"且看欲尽花经眼"(《鹧鸪天》"紫菊黄花风露寒");借用杜牧诗句的有"十年一觉扬州梦"(《鹧鸪天》"紫菊黄花风露寒")、"宜将酩酊酬佳节,不用登临送落晖"(《鹧鸪天》"节去蜂愁风不知")、"与客携壶上翠微"(《南乡子》"黄菊满东篱");借用杜秋娘诗的有"莫待无花空折枝"(《南乡子》"黄菊满东篱");借用贾岛诗句的有"秋风吹渭水,落叶满长安"(《促

---

① 况周颐:《蕙风词话·广蕙风词话》,中州古籍出版社2003年版,第42页。

拍满路花》)。另外,还有集句词等。这些诗句,熔铸在词的境界里,有的浑然天成,了无迹痕;有的则生吞活剥,显得有点儿生硬。因为它是典型的诗的语言,简劲有力且力度很大,这都是有悖于词的以婉约为正宗的传统的。

温、韦、二李以及后来的婉约词人,是喜欢用白描手法写词的,苏轼词喜用典故,有以才学为词的倾向,黄庭坚承其衣钵,因用典使词趋于典雅奥博。韩愈有诗云"断送一生唯有酒"(《遣兴》),"破除万事无过酒"(《赠郑兵曹》),黄庭坚在他"既戒酒不饮,遇宴集,独醒其旁。坐客欲得小词,援笔为赋"的《西江月》中写道"断送一生唯有,破除万事无过",把韩愈吟酒的两句诗凑在一起,去掉酒字成歇后语,是一副天然的对句,语意峻切,典雅含蓄,且精巧之至。陈师道对此称赞说:"才去一字,遂为切对,而语益峻。"①这种峻切的语气,非婉约词所有,也非婉约词人所喜。至于点化古人诗句或使用典故,这在黄词中出现较多,这一点也是婉约派词人所不满意的,也是那些奉婉约为圭臬的词评家所不齿的。李清照说:"黄即尚故实,而多疵病。譬如良玉有瑕,价自减半矣。"②

总之,黄庭坚词在语言、格调、铸意上,多用作诗的路数,是能唱的诗,而非正统的婉约派词人的一脉传承,实为词的"变体"。"着腔子唱好诗",是晁补之站在婉约派词人的立场上对黄词的贬语,是对黄庭坚在词的创作上背离传统手法的批评,这个批评是得到一些词评家赞成和支持的。陈廷焯说:"词贵缠绵,贵忠爱,贵沉郁,黄之鄙俚者无论矣。即以其高者而论,亦不过于倔强中见姿态耳。于倔强中见姿态,以之作诗尚未必尽合,况以之为词耶?"③张綖则说:"词体大略有二,一体婉约,一体豪放……大抵词体以婉约为正。"④晁补之等人对黄词的批评是有些偏颇而有欠公允的。北宋以苏轼为代表的豪放派词人,一反传统的婉约柔弱的词风,在内容上摆脱了以写绮罗香艳为主的极为狭窄的小天地,反映了较为广阔的现实生活,给词注入了新的活力;在艺术表现上有纵横恣肆的议论,运用较多的历史典故,语言简劲有力,成为"句读不葺之诗",使词在很大程度上成为"着腔子唱好诗"。黄庭坚对词的解放、对词境的开拓,以及在豪放派词的发展上,有着承前启后之功。张元幹、张孝祥、辛弃疾、陈亮、刘过等爱国词人的

---

① 施蛰存、陈如江:《宋元词话》,上海书店出版社1999年版,第58页。
② 陈良运:《中国历代词学论著选》,百花洲文艺出版社1998年版,第72页。
③ 陈廷焯:《白雨斋词话》,人民文学出版社1959年版,第13页。
④ 陈良运:《中国历代词学论著选》,百花洲文艺出版社1998年版,第275页。

词慷慨激昂,均似"着腔子唱好诗",陈亮的《水调歌头·送章德茂大卿使虏》与黄庭坚《水调歌头》"落口塞垣路"如出一辙。或谓陈亮此词"精警奇肆,几于握拳透爪,可作中兴露布读;就词论,则非高调"①。"非高调"之说虽偏颇却不无道理,黄词亦可作如是观。山谷词的某些作法虽有可议,然在词史上的地位以及深远影响,却不可抹杀。四库馆臣以为"妙脱蹊径,迥出慧心",是对其词风革新的充分肯定。《唐宋词选》的编选者说他"不懂音律"似乎根据不足,也未搔到黄词的痒处。

略谈李之仪的词

李之仪(1046—1126?),字端叔,自号姑溪居士,沧州无棣(今属山东)人。神宗时进士。历任枢密院编修官,原州通判,河南常平提举。坐草范纯仁遗表,编管太平州,除名勒停,终朝请大夫。年80余。他是北宋词坛一位著名的词人,有《姑溪词》一卷,存词94首。他的词,无论就数量或质量来说,都值得我们认真地研究。

一

李之仪是苏轼的挚友,在词的创作上,也可以说是苏轼的同盟军,他在词的题材的扩大、词的做派以及对当时词风的转变上,都跟苏轼一道,在词的创作领域,掀起了一场革命的风暴。

李之仪在词的创作上扩大了题材,突破了婉约词派极狭窄的内容,使词能够反映较广阔的现实生活。在他现存的94首词中,有题序者竟达43首之多,几占全部词作的二分之一。这个绝对数字与比例,在当时词坛上,都是相当可观的。这些题序,最短的是一个字,如"橘"、"梅"、"琴",都是咏物词,以所咏对象为词题。最长的是《玉蝴蝶》的题序:"九月十日,将登黄山,遽为雨阻,遂饮弊止。陈君俞独不至,已而三阕见寄,辄次其韵",长达33字。

---

① 陈廷焯:《白雨斋词话》,人民文学出版社1959年版,第24页。

词的题序数量的增多及其频率的增大,说明其词已从遣兴娱宾、艳情应歌等极狭窄的题材中解放出来,有了更丰富、更广阔的社会内容,诸如友朋交往、写事咏物、抒情言志等,使词和诗,几乎有了同样的表现功能。词与诗表现功能的接近,说明它与词的固有本色的逐渐疏离。这一特点,在李之仪词中,表现是颇为突出的。

词的内容在原初意义上,是与诗有着较大距离的。诗言志,词缘情,畛域是分明的。诗人以诗抒发其高尚之志,庄重之情;同时诗也是交往酬应的工具,诸如送往迎来,祝贺喜庆,吊唁伤悼,游览娱乐,等等,可用于一切日常酬酢。在很大程度上,诗是上流社会的奢侈品和门面货,故士人必须掌握。否则,在社会交往中,就要受到很大的限制。词是曲子词的简称,最初是附丽于音乐的,而其内容则多写艳情,供歌儿舞女演唱。词到苏轼手中,题材有了较大的扩展,被人讥之为"以诗为词"。所谓"以诗为词",不仅是用写诗的手法写词,而且词也具有了表现广泛社会生活的功能。在我们看来,这是词的一大进步。李之仪次韵之词多,表现个人情志之词增多,题材逐步扩大,凡用诗能表现的内容,他的词也大都可以抒写,这就使其有了更广泛地反映社会生活的功能,超越了遣兴娱宾、艳情应歌的范围和颇为柔软的情调。譬如写节令的,有《南乡子·端午》、《南乡子·夏日作》、《水龙吟·中秋》等;次韵的有《蓦山溪·次韵徐明叔》、《千秋岁·用秦少游韵》、《忆秦娥·用太白韵》、《青玉案·用贺方回韵,有所祷而作》、《更漏子·借陈君俞韵》等等。酬应词有《採桑子·席上送少游之金陵》、《蝶恋花·席上代人送客,因载其语》等,咏事的有《朝中措·樊良道中》等,如此等等,都足以说明其词题材的广泛,反映社会生活功能的扩大。这些几乎全用作诗的路数,或者是"以诗为词"的路数。在这一点上,他完全是紧跟东坡的步伐,是东坡的同盟军。当时词效东坡者有黄庭坚、晁补之,李之仪也是其中之一。这使以苏轼为代表的旷放派词人创作队伍逐渐扩大,提高了以东坡为首的词的革新派的势力与声威。

二

李之仪是北宋词学的开拓者,他的论词文字是北宋最多的,集中有关于词的序、跋、书等文十余篇,其中《跋吴思道小词》是一篇认真探讨诗与词之区别的文章,文中特别强调词的音乐特点和可歌唱性,被认为是尊体的词人。他说:"长短句于遣词中最为难工,自有一种风格,稍不如格,便觉龌龊。"当今词论家认为,这对苏轼说词是"古人长短句诗"做了委婉的辩驳和批评。① 这里李之仪是对词的音乐性的强调,并非是对婉约风格的维护。质言之,他强调词的音乐性,在这一方面与苏轼轻视词的音乐性是有很大分歧的,甚或是对立的;另一方面,他对词的风格做了很大的拓展,这是与苏轼同道的。以创作风格言,李之仪词不专一体,既有婉约词的创作,也有风雅、闲逸风格的尝试,甚而还有一些颇为旷放之作。前几年,中国青年出版社出版了一套"风格词丛书",这套丛书选注出自多人之手,其中闲逸词、风雅词、婉约词各选李之仪词一首。由此可见,在其词中各种风格俱备,绝不仅仅是写北宋词坛最为流行的婉约词。毛晋在《姑溪词跋》中赞扬他的一些词"置之《片玉》、《漱玉》集中,莫能伯仲"。只称赞其婉约词写得好。《四库全书总目提要》谓其"小令尤清婉峭蒨,殆不减秦观"。这些评语都不免以偏概全,未能真正反映李之仪词创作的实际。清人况周颐云:"综论姑溪词格,其清空婉约自是北宋正宗,而渐近沉着,则又开南宋风会矣。毛子晋略骨干而取情致,曷克尽揽其胜耶?"②况氏之言,是符合李之仪词创作实际的。况周颐所说的"骨干",是颇近山谷词作中那些瘦硬风格的;所谓"情致",则是接近少游婉约词显现的那种韵致。他在词的创作中,二者兼而有之,且均有较突出的成就。

李之仪平生遭遇,在官场经历诸种风波,受到种种打击与迫害。譬如,他因得罪蔡京,被除名编管太平州达五六年之久。然他性格倔强,有一种绝不屈服的精神和颇为旷达的胸怀,这种性格在其词中时有表现。《减字木兰花·次韵陈莹中题韦深道独乐堂》,就是最好的例证:

> 触涂是碍,一任浮沉何必改。有个人人,自说居尘不染尘。　漫夸千手,千物执持都是有。气候融洽,还取青天白日时。

他在人生途程中,特别是在政治上多有违碍,绊绊磕磕,沉居下僚,很不得志。然

---

① 陈良运:《中国历代词学论著选》,百花洲文艺出版社1998年版,第63、65页。
② 况周颐:《蕙风词话·广蕙风词话》,中州古籍出版社2003年版,第252页。

却一任浮沉,绝不屈志,表现了他性格的倔强与旷达。读这首词,我们很自然地就想起苏轼在黄州写的《定风波》,特别是前两句与苏词"一蓑烟雨任平生"的名句,在精神上何其相似!他将前途上的不顺利,看得开,想得透,心胸是那么宽广开朗。又如"声名自昔犹付鸟,日月何尝避覆盆,是非都付鬓边蚊"(《浣溪沙》),也是旷达之作。在那奸佞当道,是非颠倒,正直不容于世的社会,那种种非议,犹如耳边嗡嗡叫的蚊子,只好任其乱叫,你能将他怎么样呢?在对它无可奈何的情况下,只好任之。与其将这种不快沉入心底,何若放开心胸,化沉痛为轻蔑的一笑。

  他有才而长期又沉居下僚,很不得志,精神上受到种种打击与无形的压抑,不免有些牢骚:"酒量羡君如鹄举,寒乡怜我似鸥蹲。"(《浣溪沙》)羡慕你官运亨通,心情舒畅,酒量好,能开怀畅饮,而我穷困潦倒,蜗居寒乡,哪有像你那样有豪兴而饮酒呢?似羡似赞,似讽似叹,心里装了多少的不快!类似的词句如"富贵功名虽有味,毕竟因谁守。看取刀头切藕,厚薄都随他手。"(《雨中花令》)那些掌权势的人,仕进途中那些执牛耳者,对于功名富贵的赐予,就像厨师切藕,厚薄随心所欲,有什么客观标准?既然富贵荣达不因个人才能而定,有才之士怎能不受委屈?权奸当道,贤人在野,这在封建社会是一种普遍现象。他希望改变这种极不合理的现象,让有志之士出仕,稍展骥足:

  已是年来伤感甚,那堪旧恨仍存。清愁满眼共谁论。却应台下草,不解忆王孙。

(《临江仙·登凌歊台感怀》)

  酒到强寻欢日路,坐来谁为温存。落花流水不堪论。何时弦上意,重为拂桐孙。

(《临江仙·景修席上再赋》)

  两阕词用典及意象相似,意境相近,表现了不得志的牢骚以及希冀有人援手的情怀。

  词人怀才不遇,无人援手,壮志未遏,只能是消极与颓唐了。

  万事都归一梦了。曾向邯郸,枕上教知道。百岁年光谁得到,其间忧患知多少？　无事且频开口笑。纵酒狂歌，消遣闲烦恼。金谷繁华春正好，玉山一任樽前倒。

(《蝶恋花》)

浮生若梦，人生几何？纵酒狂歌，情绪颓唐。他的情绪是如此低沉。他的这种牢骚与不平，也是对不合理制度的消极抗议。

李之仪还有一些风格劲健之作，颇近山谷词中那些具有瘦硬风格的词篇。如：

夜雨滴空阶。想见尊前赋咏才。更觉鸣蛙如鼓吹，安排。惆怅流光去不回。　万事已成灰，只有些儿尚满怀。刚被北风吹晓角，相催。不许时间入梦来。

(《南乡子》)

它一洗婉弱柔靡的习气，以一种峭拔的风貌出现，有其突出的个性与特色。这类词对南宋姜夔词风的形成，有其深刻的影响。

就词的总体风格而言，李之仪词质朴无华，语短情长之词居多。《卜算子》是一首名噪千古之作：

我住长江头，君住长江尾。日日思君不见君，共饮长江水。　此水几时休，此恨何时已。只愿君心似我心，定不负相思意。

上阕叙事，写共饮长江水而思君不见君的情景；下阕抒情，水不断的流，恨也永久存在。两人心心相印，定不相负。毛晋称其为"俊语"，唐圭璋云："此首因长江以写真情，意新语妙，直类古乐府。"[1]薛砺若云："写得极质朴晶美，如《子夜歌》与《古诗十九首》的真挚可爱。"[2]说得极是。此词没有华丽的字眼，也没有借助夸张或形容，在古朴中显现着新颖，表现了极深厚的感情。

---

[1] 唐圭璋：《唐宋词简释》，上海古籍出版社1987年版，第115页。
[2] 薛砺若：《宋词通论》，开明书店1948年版，第147页。

李之仪词类似这样语朴情长之词颇多。"藕丝牵不断,谁信朱颜换。莫厌十分斟,酒深情更深。"(《菩萨蛮》"青梅又是花时节")、"角簟衬牙床,汗透鲛绡昼影长。点滴芭蕉疏雨过,微凉。画角悠悠送夕阳。"(《南乡子·夏日作》)"频移带眼,空只恁,厌厌瘦。不见又思量,见了还依旧。为问频相见,何似长相守。天不老,人未偶。且将此恨,分付庭前柳。"(《谢池春》"残寒销尽")如此等等,都是以朴素的语言,表达出极深厚的感情,富于艺术感染力。

三

结尾艺术之高妙,是李之仪词的一个最为突出的特点。

词的结构是最为重要的。张炎在《词源》中特别强调:"末句最当留意,有有余不尽之意始佳。"好的结尾,往往是意在言外,含蓄有致,给读者留下回味的余地。

李之仪填词,特别重视词的结尾。他在《跋吴思道小词》中说:"其妙见于卒章,语尽而意不尽,意尽而情不尽,岂平平可得仿佛哉?"①他对吴思道词的结尾,赞叹不置。吴思道词集今佚,其词之结语究竟如何,无以覆按。但他特别重视词的结尾,极力做到"语尽而意不尽,意尽而情不尽",这却是一目了然的。"意不尽"则自有余味,结尾含蓄而耐人品味;"情不尽",则感情深永,感人至深。他强调词的结尾的言外之意与深永之意,要求词的结语情意不尽,余音袅袅,使人读了觉得有绵绵不尽之意,如绕梁之音,不绝于耳。

他不仅在理论上重视词的结尾,而且在词的创作实践中,把重视词的结尾变成一种自觉的行动。因此,其词的结语,极有特色。

第一,以写景结,情寓景中,使词有悠然不尽之意。譬如:"芳信绝,东风半落梅花雪。"(《千秋岁》"柔肠寸断")以"东风半落梅花雪"之景象描写,暗寓时令转换,时光悄然消逝,以写"芳信绝"之悠长,绵绵不尽,衬托主人公相思感念感情之深,感伤之重。又如"无计偶,萧萧暮雨黄昏后"(《千秋岁》"万红喧画")。天色将暮,难以忍受的孤栖的夜晚就要到来,无法团聚,使这种孤栖的情怀更难忍受。诗人虽未直接抒情,但通过写景,将词中抒写的别情离绪,表现得

---

① 陈良运:《中国历代词学论著选》,百花洲文艺出版社1998年版,第63页。

更加深厚而强烈。"难再偶,沈沈梦峡云归后。"(《千秋岁·咏畴昔胜会和人韵,后篇喜其归》)"不见,不见,门掩落花庭院。"(《如梦令》"回首芜城旧苑")都是以写景作结的成功的例证。

第二,以写情结,或直抒胸臆,感情袒露而挚烈;或情绪委婉,感情缠绵而悱恻。直抒胸臆的,如:"须信到,狂心未歇情未老。"(《千秋岁》"中秋才过")"不道有人断肠也,浑不语,醉如痴。"(《江神子》"恼人天气雪消时")前者直抒其狂心难老之情,感情强烈,使读者在思想上产生震撼与共鸣;后者写其如醉如痴,忘情失态。表现出情真情深,肝肠似欲断裂。"应念相思久。"(《蓦山溪·次韵徐明叔》)"莫诉厌厌醉。"(《蓦山溪·采石值雪》)等,都是以直抒胸臆结尾的。其特点是对感情震撼力之强化。

情绪委婉的,如:"仿佛么弦细犹在耳,应为我,首如蓬。"(《江神子》"阑干插遍等新红")"最销魂,弄影无人见。"(《早梅芳》"雪初销")前者从对面着笔,设想对方此时此刻的心态,以曲笔表现我之深情;后者写弄影无人见之梅花,表现主人公此时无限孤寂索寞之情。如此等等,情真意切,意绪缠绵。总之,直接抒情,或强烈,或委婉,主要在情感之真切。以此引起读者的共鸣。

第三,以比较结,通过比较与选择,将感情写得更透亮。譬如:"为问清香绝韵,何如解语梅花?"(《清平乐·橘》)以所思念的美人清香绝韵之资质与"解语梅花"比较,花美人更美,梅花与美人之清香与资质难分高下,透出一片痴心和深情。又如"漫道人能化石,须知人被石销"(《清平乐·再和》),不要说你因思念游子化成望夫石,须知游子早被望夫石的痴情所化,反衬出游子比思妇更厚的深情。再如:"看了又还重嗅,分明不为清香。"(《清平乐》"仙家庭院")"归来呵,休教独自,肠断对团圆。"(《满庭芳·八月十六夜,景修咏东坡旧词,因韵成此》)如此等等,都使感情得到进一步升华,从而使词有了更高的艺术境界。

第四,善于运用层递的修辞手法,通过层层铺垫、渲染,将感情表现得更为强烈。譬如:"鸳鸯半调已无肠,忍把么弦再上。"(《西江月》"醉透香浓斗帐")鸳鸯曲奏到半调时,已令人不堪忍受,肝肠早就断裂了,岂忍心再上么弦?通过奏乐时情绪的急遽变化,表现出极为激动的感情。又如:"一般偏更恼人深,时更把、眉儿轻皱。"(《鹊桥仙》"风清月莹")她是那样的美啊,在常态下都使人落魂失魄;当她时不时地眉儿轻皱的时候,看那惊人的姿容,怎能忍受情绪的冲动?通过感情的递变,极力写其美人之美。层递修辞手法的运用,极大地提高了词的艺术效果。

李之仪词的结尾艺术是很高的,除了上面以外,还有许多难以类分而又写得极好的,如:"一番情味有谁知,断魂还送征帆去。"(《踏莎行》"绿遍东山")"多情惟有面前山,不随潮水来还去。"(《踏莎行》"还是归来")"魂梦空搔首。"(《蓦山溪·少孙咏鲁直长沙旧词,因次韵》)"刚被北风吹晓角,相催。不许时间入梦来。"(《南乡子》"夜雨滴空阶")"清香满袖,犹记画堂西。"(《临江西·江东人得早梅,见约探题,且访梅所在,因携笺管,就赋花下》)"怎得此身如去路,迢迢长在君行处。"(《蝶恋花·席上代人送客,因载其语》)如此等等,都是醇厚隽永之作。

论秦观词的情致

诗言志,词缘情,与诗相较,词是以抒情见长。秦观写词,尤善抒情。早在宋代,李清照就说秦观"专主情致"①。后来词论家论析秦观词时,对其情致与韵味,更是赞不绝口。这说明他的词在抒情上极具特色。关于秦观词的情致有何特别表现,至今尚无人做深入地探讨。因不揣固陋,对此试作阐释,就正于方家学者。

一

秦观词的抒情特色,究之文体,一言以蔽之曰"深"。所谓"深",又有深婉、深厚、深切之别。三者又密切勾连,难以断然分割。

其一,秦观词深婉而含蓄,有清浅之致。所谓浅,是意深语明的浅,是通俗自然、极炼如不炼的浅。因此,与其说浅,毋宁说深。这个浅的表现,实在是得力于语言运用的功力之深。它既不是浮泛直露地表达,也非寓意难寻的晦涩,而是清浅、亲切、自然。其词读者既能一眼观透,心领神会,又似乎还隐藏着什么奥秘,启人深思,招人吟味咀嚼。他最善于发挥词的抒情特色,不发议论,故实不多,善

---

① 徐培均:《李清照集笺注》,上海古籍出版社2002年版,第267页。

用白描，却能深切地表现一时之情绪，有着特别的韵致与感人的艺术力量。其抒情之深婉、真挚、动人，为词史上所罕见。冯煦曾说："淮海、小山，真古之伤心人也。其淡语皆有味，浅语皆有致，求之两宋词人，实罕其匹。"①王国维对此评云："余谓此唯淮海足以当之。小山矜贵有余，但可方驾子野、方回，未足抗衡淮海也。"②他断然将与秦观并列的小山排除在外，铁板钉钉似地说成是秦观词独有之特色，不为无见。他的词不用重笔，不做浓墨重彩的渲染，往往只用了淡语、浅语，却婉丽清切、平易含蓄。故有着诱人的艺术魅力，有着耐读的韵致。譬如，为人艳称的《浣溪沙》，就有其突出的个性特色。

漠漠轻寒上小楼。晓阴无赖似穷秋。淡烟流水画屏幽。　自在飞花轻似梦，无边丝雨细如愁。宝帘闲挂小银钩。

此词词人着笔轻灵，以清浅的语言，细腻地描写了她生活的环境："飞花"、"丝雨"引发了情绪的微波，勾描了她心灵深处的愁怨。时值深秋，天气微寒，远处有淡淡的烟霭，近处有流水潺潺。自在的飞花从高空飘然而下，那毛毛细雨无边无际，在天际轻轻洒落。她走出深幽的画屏，将水晶帘挂在银钩上，伫立门边，似乎在想什么。透过环境，读者视线中的她含情脉脉，似有淡淡的哀愁绮怨。此词用语是那么通俗浅白，表现的情绪是那么轻柔、委婉、含蓄，真是"不着一字，尽得风流"，词论家对此词赞不绝口。俞陛云说它"清婉而有余韵，是其擅长处。此调凡五首，此首最胜。"③龙榆生评云："后阕尤饶弦外之音，读之令人黯然难以为怀。"④所谓"清婉而有余韵"、"尤饶弦外之音"的是这首词的特点。

如果说《浣溪沙》的"漠漠轻寒上小楼"，是将主人公严严实实地隐于词人描写的环境之中，那么《画堂春》就在对环境描写的同时，将主人公推到前台亮相，使读者最为清晰地看到她的倩影。

---

① 冯煦：《蒿庵论词》，人民文学出版社1959年版，第61页。
② 滕咸惠：《人间词话新注》，齐鲁书社1986年版，第39页。
③ 俞陛云：《唐五代两宋词选释》，上海古籍出版社1985年版，第245页。
④ 龙榆生：《苏门四学士词》，引自《龙榆生词学论文集》，上海古籍出版社1997年版，第293页。

>　　落红铺径水平池,弄晴小雨霏霏。杏园憔悴杜鹃啼,无奈春归。　柳外画楼独上,凭阑手捻花枝,放花无语对斜晖,此恨谁知?

此词上阕写景,下阕抒情,的确是"义蕴言中,韵流弦外"①确有无穷无尽的情韵,读后有余音袅袅、不绝如缕之感。余如"夜月一帘幽梦,春风十里柔情"(《八六子》)、"欲将幽恨寄青楼,争奈无情江水不西流"(《虞美人》)、"凭栏久,疏烟淡日,寂寞下芜城。"(《满庭芳》)都是情溢笔端之作。

秦观的词,还用了诸多修辞技巧,使之感情表现强烈,韵致深沉。如:"算天长地久,有时有尽;奈何绵绵,此恨难休。"(《风流子》)此以"天长地久"之"有尽",反衬"绵绵此恨"之"难休"。情绪强烈,感情深至。俞陛云谓:"运古入化,弥见情深"②,黄苏以为"情致浓浓,声调清远,回环雒诵,真能奕奕动人者矣。"③

他还喜欢运用递进辞格,通过层层递进,一层高似一层,一层深似一层,由此将情绪推动到极致。

>挥玉箸,洒真珠,梨花春雨余。人人尽道断肠初,那堪肠已无。
>
>　　　　　　　　　　　　　　(《阮郎归》"潇湘门外水平铺")
>
>乡梦断,旅魂孤。峥嵘岁又除。衡阳犹有雁传书,郴阳和雁无。
>
>　　　　　　　　　　　　　　(《阮郎归》"湘天风雨破寒初")

这种异常深切的笔调,将词人情绪表现得得淋漓尽致,使词中的感情表现极为深厚。故杨慎评《阮郎归》"潇湘门外水平铺"云:"此等情绪,煞甚伤心。秦七太深刻矣。"④妙哉斯评,"深刻"前还加一"太"字,足见评者对此词的不尽激赏之情。

又如:

---

① 陈廷焯:《白雨斋词话》,人民文学出版社1959年版,第202页。
② 俞陛云:《唐五代两宋词选释》,上海古籍出版社1985年版,第231页。
③ 黄苏:《蓼园词评》,引自唐圭璋:《词话丛编》,中华书局1986年版,第3088页。
④ 杨慎:《草堂诗余·批语》,引自徐培均:《淮海居士长短句笺注》,上海古籍出版社2008年版,第129页。

若说相思,佛也眉儿聚。

(《河传》"乱花飞絮")

尽道有些堪恨处,无情,任是无情也动人。

(《南乡子》"妙手写徽真")

如此等等,都极状相思之苦,情绪之强烈,显现出抒情的深婉特色。杨慎称秦观在词中的这种深刻描写,是"情极之语,纤软特甚。"①"情极"而以"纤软"的笔法出之,正是这些词的突出特色。总之,秦观的词,既不做浓墨重彩的渲染,也无剑拔弩张的情势描写,却用浅语、淡语娓娓道来,引人入胜。实则,浅语不浅,淡语不淡,用语隽永、味深、韵长,细致幽微,令人品赏不置。

其二,他以创造性的艺术手法,使之感情表现深厚有力,令人叹为观止。其手法大致有二:

一是将身世之感融入艳情,使艳情词有了丰厚的社会内容,感情非常深沉。周济评《满庭芳》"山抹微云"时说:"将身世之感,打并入艳情,又是一法。"②他在常见的艳情词中,融入了身世之感,使本来颇为轻浮的感情,变得深厚有力,而且有了一定的社会内容,增强了反映现实的厚度与力度。余如《水龙吟》"小楼连远横空"、《长相思》"铁瓮城高"、《虞美人》"高城望断尘入雾"、《浣溪沙》"锦帐重重卷暮霞",都具有这种艺术特色。他在这些词中,把强烈的自我感受,"打并入艳情",使类型化的情感中带有鲜明化的个性特色。与其以前的婉约词相比,他将词从娱宾遣兴的地位提高到寄慨身世抒发真实感情的阶段。使词的内容,有了质的飞跃。

二是融情入景,情景双绘,使感情表现得极为深邃。沈祥龙评秦词云:"'雨打梨花深闭门'、'落红万点愁如海'皆情景双绘,故称好句,而趣味无穷。"③秦观词中善状景物、情景兼至之作,比比皆是。譬如《八六子》词云:"恨如芳草,萋萋刬尽还生",言离恨之绵绵不断,生生不已,将怨恨之情,写得极为深厚。故沈

---

① 杨慎:《草堂诗余·批语》,引自徐培均:《淮海居士长短句笺注》,上海古籍出版社2008年版,第22页。
② 周济:《宋四家词选》,古典文学出版社1958年版,第24页。
③ 沈祥龙:《论词随笔》,引自唐圭璋:《词话丛编》,中华书局1986年版,第4056页。

际飞评云:"恨如刬草还生,愁如春絮相接;言愁,愁不可断;言恨,恨不可已。"①其妙处诚如缪钺所说:"把景物融于感情之中,使景物更鲜明而具有生命力,把感情附托在景物之上,使感情更为含蓄深邃。"②这种笔法,在秦观词中不时出现。

  韶华不为少年留,恨悠悠,几时休?飞絮落花时候一登楼。便做春江都是泪,流不尽,许多愁。

(《江城子》"西城杨柳弄春柔")

  春去也,飞红万点愁入海。

(《千秋岁》"水边沙外")

这些词都是以景托情,极写忧愁之深广,感情喷涌而出,使情景双绘而又趣味无穷。

  其三,秦观词的又一特色是:表情达意,十分深切。所谓切,是切合生活实际,与客观事实合榫,所写颇能切中要害,毫无浮泛之弊。黄苏在评《画堂春》时说:"末二句尤为切挚。花之香,比君子德之芳也。所以手拈者以此,所以'无语'而'对斜晖'者以此。既无人知,惟此爱此解而已。语意含蓄,清气远出。"③又在评《踏莎行》时说:"按少游坐党籍,安置郴州。首一阕是写在郴,望想玉堂天上,如桃源不可寻。而自己意绪无聊也。次阕言书难达意,自己同郴水自绕郴山,不能下潇湘以向北流也。语意凄切,亦自蕴藉,玩味不尽。"④他在评秦观《画堂春》与《踏莎行》时,都紧紧抓住其词写景抒情"切"的特点,并详细阐明其切之所以然者何。因其描写之"切挚"、"凄切",而使词风蕴藉含蓄,余味无穷。正因为秦观在词中写景抒情之切,才赢得"深情可掬"⑤、"千古绝唱"⑥之誉。又如:

---

 ① 沈际飞语,引自徐培均:《淮海居士长短句笺注》,上海古籍出版社 2008 年版,第 28 页。
 ② 缪钺:《缪钺说词》,上海古籍出版社 1999 年版,第 20 页。
 ③ 黄苏:《蓼园词评》,引自唐圭璋:《词话丛编》,中华书局 1986 年版,第 3036 页。
 ④ 黄苏:《蓼园词评》,引自唐圭璋:《词话丛编》,中华书局 1986 年版,第 3048 页。
 ⑤ 李攀龙:《草堂诗余隽·眉批》,引自徐培均:《淮海居士长短句笺注》,上海古籍出版社 2008 年版,第 83 页。
 ⑥ 王士禛:《花草蒙拾》,引自唐圭璋:《词话丛编》,中华书局 1986 年版,第 679 页。

> 玉佩丁东别后,怅佳期,参差难又。名韁利锁,天还知道,和天也瘦。花下重门,柳边深巷,不堪回首。念多情但有,当时皓月,向人依旧。
>
> (《水龙吟》"小楼连远横空")
>
> 无端天与娉婷,夜月一帘幽梦,春风十里柔情。怎奈向、欢娱渐随流水,素弦声断,翠绡香减;那堪片片飞花弄晚,蒙蒙残雨笼晴。正销凝、黄鹂又啼数声。
>
> (《八六子》"倚危亭")

这些词诚如贺裳所评:"少游能曼声以合律,写景极凄婉动人。然形容处,殊无刻肌入骨之言。"①也如日本词学家青山宏所说:"在少游眼中所见,耳中所闻的、所说的都是自己的感情。"②他的一些词,写得如此深切,如此情韵悠长,不绝如缕,实在是难能可贵的。

总之,秦观的词,写得深婉而不直露,深厚而不浮薄,深切而不浮泛,含蓄蕴藉而又韵味深长。

秦观词之所以能够达到如此高的艺术境界,不是恃才,而是持有"词心"的缘故。关于"词心",冯煦在《蒿庵论词》中做了透辟的阐述,他说:

> 少游以绝尘之才,早与胜流,不可一世;而一谪南荒,遽丧灵宝,故所为词,寄慨身世,闲雅有情思,酒边花下,一往而深,而怨悱不乱,悄乎其得小雅之遗;后主以后,一人而已。……予于少游之词亦云:他人之词,词才也;少游,词心也。得之于内,不可以传。虽子瞻之明隽,耆卿之幽秀,犹若有瞠乎后者,况其下耶?③

秦观"词心"之获得,关键在其写身世之感。他以不可一世之才,欲大展宏图,然在现实中每每碰壁,最后贬谪南荒,历经坎坷困顿。其壮志与现实的巨大反差,不免情绪激荡,遂产生丰富而深厚的感情,一寓之于词。他的词与其说是赋才,毋宁说是赋心。其词毫无虚饰,全是心灵的震颤。这种词境的获得,诚如况周颐

---

① 贺裳:《皱水轩词筌》,引自唐圭璋:《词话丛编》,中华书局1986年版,第696页。
② [日]青山宏:《唐宋词研究》,北京大学出版社1995年版,第205页。
③ 冯煦:《蒿庵论词》,人民文学出版社1959年版,第61页。

所说:"吾听风雨,吾览江山,常觉风雨江山外有万不得已者在。此万不得已者,即词心也。而能以吾言写吾心,即吾词也。此万不得已者,由吾心酝酿而出,即吾词之真也,非可强为,亦毋庸强求。视吾心之酝酿何如耳。"①以这段话解释秦观"词心"之产生原因,是恰当不过的。他在词中虽然写景,其实是在自然景物掩盖下的"万不得已"的思想感情的真实流露。故读其词,就自然触及他不幸身世的脉搏,并为其抒情的真切而深深感动。

二

秦观写词,善于处理情与辞的关系,使其自然和谐,相得益彰,获得了最佳的艺术境界,取得了最完美的艺术效果。

词是长于抒情的文体,词人所抒之情,是通过语言来表现的。因此,要填好词,首先要处理好情与辞的关系:辞要准确完美地表达词人的感情,使之情辞相称,自然和谐。辞胜情或情胜辞,都有碍于词的感情与语言的自然和谐,有碍于词的艺术的完美,有碍于词的意境的深厚,有碍于词人感情在词中淋漓尽致地表现。因此,二者都不是词人最佳的选择。所以写词,对于辞与情的表达,不能畸轻畸重,有所偏颇,致使二者失衡。关于词中对辞与情关系的正确处理,宋人蔡伯世就有剀切的论述。他说:"苏东坡辞胜乎情,柳耆卿情胜乎辞。辞情兼称者,唯秦少游而已。"②他论述词中情与辞的关系,以北宋词坛三位著名的词人柳永、苏轼、秦观为例,揭示其在词中处理辞情的特点,论其得失。他不满意苏轼词的"辞胜乎情"与柳永词的"情胜乎辞",而特别肯定并赞扬了秦观词的"辞情兼称"。这种观点的确为卓识。可以说是对词中正确处理情与辞关系的不刊之论。试读柳永的《雨霖铃》"寒蝉凄切"、苏轼的《念奴娇·赤壁怀古》、秦观的《满庭芳》"山抹微云",这段话的精微深刻之处,自可见晓的。当我们读到"多情自古伤离别,更那堪冷落清秋节!今宵酒醒何处?杨柳岸晓风残月"。其写景之辞,无不饱含感情,其情若不胜负。犹如果树中细枝之端结满硕果,几欲把细枝压断。读到"大江东去,浪淘尽,千古风流人物。……故国神游,多情应笑我,

---

① 况周颐:《蕙风词话》,引自唐圭璋:《词话丛编》,中华书局1986年版,第4411页。
② 孙兢:《竹坡词序》,引自徐培均:《淮海居士长短句笺注》,上海古籍出版社2008年版,第340页。

早生华发,人间如梦,一尊还酹江月。"词人抒情,因其旷放豪迈,遂使怀古伤今悲叹命运的衷情,终为旷放之辞所遮蔽,犹如满树硕果掩藏在浓密的绿叶之下,读者只见青枝绿叶而看不到满树硕果,造成感情交流上的某些距离。其感人的艺术力量,不免有所缩减。我们再读:"销魂,当此际,香囊暗解,罗带轻分。谩赢得青楼,薄倖名存。此去何时见也?襟袖上、空惹啼痕。伤情处,高城望断,灯火已黄昏。"写情人离别时不忍分离的感情、不得不分离的感慨以及情人远离后的依恋不舍之情,情辞配合紧密,丝丝如扣。二者交融婉谐,非常熨帖。读之似糖水入喉,自然渗入读者的心田。

情辞相称,是秦观词的突出的艺术特点之一。他的许多词,都具有这一艺术特点。"天还知道,和天也瘦",就是他词中辞情相称的典型例证。王世贞谈到宋词中几个"瘦"字的妙用时云:"词内'人瘦也,比梅花,瘦几分',又'天还知道,和天也瘦',又'莫道不销魂,帘卷西风,人比黄花瘦',三个'瘦'字俱妙。"①"瘦"字之所以用得妙,是因为与辞表现的感情相称,它恰切地表现了主人公此时此地的深切感情。

从词表现的感情类型来说,晚唐、五代以至北宋,都是崇尚阴柔之美的。它往往洋溢着女性文学的风格、感情与特色,有着女性文学的典型风采。秦观词具有女性之婉柔特色而少有阳刚之气的,这一点倒与柳永词有些接近,而与苏轼"大江东去"之豪壮风格是格格不入的。元好问评秦观诗时说:"'有情芍药含春泪,无力蔷薇卧晚枝',拈出退之山石句,始知渠是女郎诗"。② 前两句引秦观《春雨》诗句,后两句则对他的诗风柔弱做了讥刺,谓其诗欠缺风骨,没有力度。未免儿女情多,风云气少。其风格有如女郎诗之婉柔,缺乏男子汉大丈夫的英迈气概。如果说诗是以过分柔美为嫌的,那么词这种文体,则是以风调之柔美而取胜的。故北宋文人在对词的审美理念中,是以婉约为正宗。而秦观在其词中,这种柔美之情,表现得更为充分,更为突出而典型。如果说秦观之诗,因其风格之婉柔而遭到诗论家的嘲讽与贬抑,那么他的词,却因具有地道的女性的柔美而受到读者的赞扬与欢迎,受到词论家的追捧与喝彩。这是因为词是女性文学的,这是当时人们对词的审美理念。被视为词的正宗的婉约词,具备了女性文学的缠

---

① 王世贞:《艺苑卮言》,引自唐圭璋:《词话丛编》,中华书局1986年版,第390页。
② 元好问:《论诗三十首》,引自羊春秋:《历代论诗绝句选》,湖南人民出版社1981年版,第188页。

绵、温柔、轻润、软和的特质。秦观是北宋词的大家,他的词历来被视为婉约词之经典。如果用"有情芍药含春泪,无力蔷薇卧晚枝"喻其词风,则是非常恰当的。他的词有着少女般地活泼、纯真、温润,辞情的协调,有如女性语言与感情的协调柔和,读其词,似有莺莺燕燕扑面而来之感。总之,丰厚浓郁的女性文学特色,是秦观词艺术上的一个最为突出的特点。

从词的用语来说,秦观之词既不俗滥熟滑,也无晦涩之弊,处处显示出和婉醇正、平易近人的个性。为此,受到词论家的赞赏。与他同时的晁补之云:"近世以来作者,皆不及秦少游。如'斜阳外,寒鸦数点,流水绕孤村。'虽不识字,亦知是天生好言语。"①这种天生好言语,在秦观词集中比比皆是,不用特意搜索,就一一奔赴眼底。词论家或谓其"清华"、"清远",或赞其"婉美"、"奇丽"、"婉丽"。总之气质清华、体态婉美,是他词的语言的最大特色,真可谓"天生丽质难自弃",读者怎能不为之击节赞赏呢?其险丽如"莺嘴啄花红溜,燕尾点波绿皱"(《如梦令》"莺嘴啄花红溜"),奇妙如"醉卧古藤阴下,了不知南北"(《好事近·梦中作》),都是值得称道的好言语。

秦观词语言之本色,情感之丰富婉美,使其词成为北宋婉约词的经典之一。夏敬观云:"少游则纯乎词人之词也。"②既赞其词为词人之词,而又用"纯乎"加以限制,由此将其推到词的正宗地位。词评家将秦观词视为婉约词之正宗,少游应是当之无愧的。

辞情相称,自然和谐,必然产生强烈的艺术效果,这是不言而喻的。对其词的艺术效果,词论家无不佩服,每每赞扬有加。如说:"少游词清丽婉约,辞情相称,诵之回肠荡气,自是词中上品。"③"盖少游纯以温婉和平之音,荡人心魄。"④"词中上品",言其品第之高,当为第一流也。"回肠荡气"、"荡人心魄",誉其艺术感染力之强劲,使读者心灵为之震撼。可见,其词之艺术效果,无以复加,词家是难以与之比并的。

---

① 魏庆之:《诗人玉屑》,引自徐培均:《淮海居士长短句笺注》,上海古籍出版社2008年版,第54页。

② 夏敬观:《手批淮海词》,引自徐培均:《淮海居士长短句笺注》,上海古籍出版社2008年版,第367页。

③ 夏敬观:《手批淮海词》,引自徐培均:《淮海居士长短句笺注》,上海古籍出版社2008年版,第367页。

④ 唐圭璋:《唐宋词简释》,上海古籍出版社1981年版,第101页。

词的风格之婉约,辞与情的和谐,这与词人的个性有着密切的关系。秦观与苏轼、黄庭坚一生的遭际,几乎是完全一样的:都是怀经济之才而不得其用,仕途坎坷,屡遭贬谪。然苏轼受佛老思想影响较深,其怀才不遇或遭受打击,能以旷放的态度处之,其词风格清旷;黄庭坚以最倔强的姿态,不为时势所屈,其词如"着腔子唱好诗",风格奇倔瘦劲;而秦观性格柔弱,其感情之释放,是以婉柔出之。他的柔弱的个性与婉约词的风调十分合拍。故其词和婉而自然,清新而温润,读之令人久久愉悦而难以忘怀。

三

诗意的锐意追求,使其词的感情更为浓郁,这是秦观词情致表现的又一特色。

秦观词对于诗意的锐意追求之一,是诗情画意在词中的充分表现。在一首诗中,如果有浓浓的诗情画意,就能够深化诗的意境,使形象鲜明,诗意盎然,更具有深厚的艺术感染力。同样,在一阕词中,如有诗情画意的展示,也能获得同样的艺术效果。在秦观词中,诗情画意的表现是很突出的,这一点,早就引起词论家的关注。陈廷焯在评《满庭芳》"山抹微云"时说:"诗情画景,情词双绝。"①对其诗情画意,饱含赞美之情。这首词上阕写景,诗情画意盎然;下阕抒情,感情深婉动人。在遣词与抒情上,都绝妙异常。这种"情词双绝"之作,不特《满庭芳》为然。而在秦观的许多词中,这种特色都有着突出的表现。如《好事近·梦中作》:

> 春路雨添花,花动一山春色。行到小溪深处,有黄鹂千百。　飞云当面化龙蛇,夭矫转空碧。醉卧古藤阴下,了不知南北。

此词前六句对春景的生动描写,洋溢着诗情画意,令人神往;后两句抒情,对忘我诗境的咏叹,殊觉情趣隽永。

---

① 陈廷焯:《词则·大雅集》,引自徐培均:《淮海居士长短句笺注》,上海古籍出版社2008年版,第57页。

这种洋溢着诗情画意的风调,在《望海潮》"秦峰苍翠"中,也得到了充分地表现:

> 秦峰苍翠,耶溪潇洒,千岩万壑争流。鸳瓦雉城,谯门画戟,蓬莱燕阁三休。天际识归舟。泛五湖烟月,西子同游。茂草台荒,苎萝村冷起闲愁。

这充满诗情画意的上阕写景,为其下阕抒情做了很好的铺垫。故在下阕抒情中,词人情绪因其背景有诗情画意的描绘,更显出情深、情厚、情浓的特色。余如《雨中花》"指点虚无征路"、《南歌子》"夕露霑芳草"、《南歌子》"楼迥迷云日"、《画堂春》"东风吹柳日初长"等,都洋溢着诗情画意的描写。使读者对词人描写的意境,有着更浓厚的诗意感受。

谈到诗中对诗情画意的描写,苏轼对王维诗有一条著名的论断。他说:"味摩诘之诗,诗中有画;观摩诘之画,画中有诗。"①王维的诗与苏轼的论断,曾经使我国许多词人服膺而难以追步。这种艺术特色在秦观词中却频频出现,从而提高了其词表现的艺术质素。它对词的艺术表现力的推进,无疑是一个重大的贡献。

秦观词对诗意的锐意追求之二,是词人对着意表现的诗意,做了进一步的深化:或在意境中翻出新意,作出更深一层的表现;或以凿空奇语,妙想天开,取得无理而妙之艺术效果。

前者如"两情若是久长时,又岂在朝朝暮暮"(《鹊桥仙》"纤云弄巧")。前此诗人写牛女之相会,往往喜其久别重逢,描绘短暂聚会之情浓,而此词则赞其纯洁久长的爱情,强调心灵相通与感情之真挚。把普通夫妇别离思念之情,提升到一个更高的具有哲理的层次,使其有了更深广的含义。黄苏在其《蓼园词选》中,以为此词义兼比兴,隐喻君臣之情。其说虽不无牵强,但也说明此词因其翻出新意,而有了更深更广的内涵,有了更高的审美价值与品格。后者如"持酒劝云云且住,凭君碍断春归路"(《蝶恋花》"晓日窥轩双燕语")。词人给云献上一杯美酒,希望它停下来,并阻住飞逝的时光,好让美好的春光永驻。情痴意浓,极写其对春光流逝的惋惜之情,可谓无理而妙。又如"明月无端,已过红楼十二

---

① 苏轼:《苏轼文集》,上海古籍出版社 2000 年版,第 2189 页。

间"(《丑奴儿》"夜来酒醒清无梦")。无情的明月,也不稍留,竟已越过十二间红楼,匆匆而去。词人怨明月之无情,恰恰是写出自己之情深意浓。

秦观词对诗意的锐意追求之三,是他在词中着意写出了忘我的艺术境界。

词人写词,往往借景抒情。因其景色宜人,情真意切,遂使情景交融,浑然一体,物我难分,不知何者为我,何者为物。王夫之云:"情、景名为二,而实不可离。神于诗者,妙合无垠。"①情与景"妙合无垠"的境界,在秦观词中,往往得到完美的表现。它将审美主体与审美客体合二而一,写出了忘我的艺术境界:

烟水茫茫,千里斜阳暮。山无数,乱红如雨,不见来时路。

(《点绛唇》"醉漾轻舟")

此词的"不见来时路"与《好事近·梦中作》的"了不知南北",都是一种忘我的艺术境界,也是人生很难遭际的人与境和谐的高妙境界,它充分地表现出词人的自在与自如。词人之所以忘情,暂时失去了自我,是因为词境特别优美,景色特别宜人,由此,他已浑然地完全融入了忘情忘我的"无差别"境界了。读起词,我们也跃跃欲试,想做一次身临其境的体验。

贺铸"以诗为词"说

在词的发展史上,苏轼首先冲破了词的戒律,"以诗为词",开启了改革发展的先声。使词由艳科而仅供士大夫"遣兴娱宾",走上了反映现实生活的康庄大道。从而以全新的态势面世,显现出新的令人惊异的艺术活力。正如历史上一切改革都会遇到强大的阻力一样,苏轼"以诗为词"的做法,引起了本色派的强烈反对,连他的弟子晁补之、挚友陈师道都说三道四,多有非议;而他的另一个弟子秦观,在词的创作上,则坚持向柳永学习,使他无可奈何。其改革进程中遭遇阻力之大,可见一斑。毋庸置疑,词在内容上的突破,必然带来艺术表现上的某些不适,这是它遭遇反对的重要原因之一。对此,一是因陋就简,只能使改革夭

---

① 王夫之:《姜斋诗话》,引自《清诗话》,上海古籍出版社1963年版,第11页。

折,走回头路;二是在艺术上作大胆地探索,以崭新的艺术形式,适应表现新的思想内容的需要。贺铸在词的创作上,是能坚持后者的。他在词的创新道路上,以昂扬的姿态,奋力向前,坚持"以诗为词",进行大胆地革新。为此,他不仅在词的意境与风调上,做了多方面的大胆地革新尝试,也在艺术方面做了许多新的追求,使词在艺术表现上,显现出很大的活力与张力。从而使词的革新,取得了许多新的成就。由此将词的创新工程,大大地向前推进了一步。

一

贺铸在"以诗为词"的创新道路上,做了许多成功地尝试,写出许多堪称经典的优秀词篇,推动了词的创作健康地向前发展。

首先,他以诗人那种特别激动的情绪写词,感情豪宕。其词不再像他以前的词人那样,柔声细气地一再重复歌唱那才子佳人的离情别恨与深闺柔情,而是带着诗人特有的豪情,粗喉咙大嗓子,唱出了时代的新声,发出了时代的最强音,从而使其词很好地表现了时代精神,也为词的发展,开拓了新的空间。如《将进酒》"城下路"、《行路难》"缚虎手"、《六州歌头》"少年侠气"等,都是气势浩瀚、感情昂扬激越的词篇。就是那首《鹧鸪天》"轰醉王孙瑇瑁筵",也被词论家称誉为"俊爽之至"。① 总之,昂扬的情调,充实的思想内容,饱满的时代精神,构成了贺铸一些词的特质。由此展现出词人理想的光华。如《六州歌头》:

> 少年侠气,交结五都雄。肝胆洞,毛发耸。立谈中,死生同。一诺千金重。推翘勇,矜豪纵。轻盖拥,联飞鞚,斗城东。轰饮酒垆,春色浮寒瓮,吸海垂虹。间呼鹰嗾犬,白羽摘雕弓,狡穴俄空。乐匆匆。 似黄粱梦。辞丹凤,明月共,漾孤篷。官冗从,怀倥偬,落尘笼。簿书丛。鹖弁如云众,供麤用,忽奇功。笳鼓动:《渔阳弄》、《思悲翁》。不请长缨,系取天骄种,剑吼西风。恨登山临水,手寄七弦桐,目送归鸿。

此词据钟振振先生考证,"当作于哲宗元祐三年戊辰(一〇八八)秋,时在和州管

---

① 夏敬观:《映庵词评》,见《词学》(第五辑),华东师范大学出版社1989年版,第204页。

界巡检任"①。它以雄壮而苍凉的调子,发出了国民的心声,唱出了时代的最强音。因此,受到了历代词论家的普遍关注,当今词论家对其更是好评如潮。说它"雄健激昂"②,"雄姿壮采,不可一世"③。认为此词"音调激昂,词情慷慨,反映了作者悲愤的爱国激情"④。"句式短小,节奏急促,感情沉郁悲愤,是一首声情与文情完美结合的好词,颇能代表贺铸词豪放浪漫的作风。在宋代苏轼、辛弃疾豪放词之间,贺铸及此词起着承前启后的作用"⑤,以为"在北宋词坛,抨击了朝廷中妥协派的词作,这是仅见的一篇。靖康之前,忧时愤事而能与后来岳飞、张元幹、张孝祥、陆游、辛弃疾等媲美的爱国词作,除此而外,更有谁何?"⑥如此等等,都充分肯定了它在艺术上的成功以及在词史上的崇高地位。在词的思想内容上,更是表现出完全崭新的一页。总之,它雄健激昂,慷慨悲壮,实在是一首空前的警拔之作。它与苏轼的《江城子·猎词》前后辉映,将豪放词的创作,推向了新的难以企及的高峰。

其次,在词的创作上,他创造性地学习并继承了唐诗那种开阔爽朗的风调,扫除了词中的软媚气息,使其有了唐诗的那种令人陶醉的韵味。这种艺术特色,表现在以下两个方面:

一是他在词的创作中,学习继承了唐人绝句的笔法,融汇了唐诗的风调,饱含着超逸、豪迈、空灵的诗的韵味。譬如,他有许多小词,就是绝句加其他部分组成的。如果将一些词的前四句切割下来,就是一首意蕴美妙、内容精湛的七言绝句。《避少年》、《千叶莲》、《第一花》的前四句,都是一首很好的七绝。请看《避少年》的前四句:

谁爱松陵水似天,画船听雨奈无眠。
清风明月休论价,卖与愁人直几钱。

---

① 钟振振校注:《东山词》,上海古籍出版社1989年版,第422页。
② 俞陛云:《唐五代两宋词选释》,上海古籍出版社1989年版,第256页。
③ 夏敬观:《映庵词评》,见《词学》(第五辑),华东师范大学出版社1989年版,第205页。
④ 胡云翼:《宋词选》,中华书局1962年版,第118页。
⑤ 王友胜:《唐宋词选》,太白文艺出版社2004年版,第267页。
⑥ 钟振振校注:《东山词》,上海古籍出版社1989年版,第438页。

这不就是一首优美的唐人绝句么？它清新、超逸、豪迈,洋溢着诗情画意,读了有余味无穷之感。又如:"闻你侬嗟我更嗟,春霜一夜扫秾华。永无清啭欺头管,赖有浓香着碧纱。""豆蔻梢头莫漫夸,春风十里旧繁华。金楼玉蕊皆殊绝,别有倾城第一花。"如此等等,都可说是一首很好的有着唐诗韵味的七言绝句。其实,前者是寄调《千叶莲》的前四句,后者是调名为《第一花》的首四句。词中这段准绝句的加入,使其饱含了诗的情调和韵味,并有着美妙绝作的醇厚。

二是他的有些词,其结尾两句,或有着内涵丰富、余音袅袅的唐诗风致。譬如,他写的六首《捣练子》都是。其结尾的特殊表现,显现着新的艺术风采,你看:

马上少年今健否？过瓜时见雁南归。

(《夜捣衣》)

寄到玉关应万里,戍人犹在玉关西。

(《杵声齐》)

不为捣衣勤不睡,破除今夜夜如年。

(《夜如年》)

这结尾的两句,含蓄蕴藉,诗味悠长,耐人品味。那袅袅的余味,缭绕不绝,似久久地盘桓于耳际,这是词人妙笔生花而产生的绝佳的艺术效果。这些词的结尾,诚如俞陛云所说:"皆有唐人《塞下曲》思致。"[1]而这两句,与全词的格调,也是非常协调的。他的几首《减字浣溪沙》的结句,都是相当绝妙的,也都受到词评家的特别赞赏。如"个般情味已三年",陈廷焯谓:"一句结醒,峭甚。"[2]"小笺香管写春心",陈谓"幽艳"。[3] "行云可是渡江难",陈评"耐人玩味"[4]。所谓"贺老小词,工于结句,往往有通首渲染,至结处一笔叫醒,遂使全篇实处皆虚,最属

---

[1] 俞陛云:《唐五代两宋词选释》,上海古籍出版社1989年版,第251页。
[2] 钟振振校注:《东山词》,上海古籍出版社1989年版,第389页。
[3] 陈廷焯:《词则·别调集》卷一,引自吴熊和:《唐宋辞汇评》(两宋卷),浙江教育出版社2004年版,第781页。
[4] 陈廷焯:《白雨斋词话》,人民文学出版社1959年版,第15页。

胜境。"①这些赞誉,并非有意哄抬,而是合乎实际的评语。陈廷焯还说:《浣溪沙》"梦想西池辇路边"、《浣溪沙》"闲把琵琶旧谱寻"、"妙处全在结句,开后人无数章法。"②可见,其词是以结句绝妙而擅长的。

其实,作为词家,其填词是非常重视开头与结尾的。因为好的开头与结尾,它对提升一首词的艺术表现力,是至关重要的。有经验的词人,对于词的开头与结尾,都会苦心经营,而绝不率意所为的。以上所举这些词的开头与结尾,都是颇具匠心的。因此,其词情不特有着唐诗的浑厚,而且本身就是一首响当当的唐调宋词,③引人注目。这是贺铸词的特别成功之处。

第三,贺铸词是善于借境的。他往往以唐诗成句入词,做到词情深婉,词意浑融,有天衣无缝之妙。关于词的借境,他自谓"吾笔端驱使李商隐、温庭筠,常奔命不暇"④。在他的词集中,除借李、温词句外,还有许多唐诗与古乐府,供他随意驱遣。他的词对于诗的承继与融入,真是妙合无垠,这是他"以诗为词"的又一成功之处。他运用成句入词,有以下几点:

一是整首唐人绝句加上衍声词,全系借境,殆同抄袭。然仍构成一首新的词,与眷文公的全文抄袭,仍有不同。如《晚云高》:

秋尽江南叶未凋,晚云高。青山隐隐水迢迢,接亭皋。二十四桥明月夜,弭兰桡。玉人何处教吹箫,可怜宵。

杜牧《寄扬州韩判官》诗:"青山隐隐水迢迢,秋尽江南草未凋。二十四桥明月夜,玉人何处教吹箫。"贺铸的《晚云高》词,只是将杜牧这首诗一二两句前后倒置,另添"晚云高"、"接亭皋"、"弭兰桡"、"可怜宵"四个词而已。故沈雄以为是衍声词,"全用旧诗而为添声也"⑤。王士禛以为此词之作,是"文人偶然游戏,非向《樊川集》中作贼"⑥。此词虽非严格意义上的创作,但也不是杜牧诗的简

---

① 陈廷焯:《白雨斋词话》,人民文学出版社1959年版,第215页。
② 陈廷焯:《白雨斋词话》,人民文学出版社1959年版,第215页。
③ 房日晰:《宋词的唐调与宋腔》,见本书上卷"第三章"。
④ 周密:《浩然斋雅谈》,引自钟振振校注:《东山词》,上海古籍出版社1989年版,第558页。
⑤ 沈雄:《古今词话》,引自唐圭璋:《词话丛编》,中华书局1986年版,第842页。
⑥ 王士禛:《花草蒙拾》,引自唐圭璋:《词话丛编》,中华书局1986年版,第676页。

单复制。它所添的四个词,并非全为无意义的衍声词,而是在某种程度上,深化了词的意境。"晚云高",状深秋之天高气爽;"接亭皋",谓其亭榭处于青山绿水之间;"弭兰桡",谓小船在明月之夜泊于风景迷人的二十四桥处;"可怜宵",谓玉人吹箫使明月之夜更为可爱。与杜牧原诗相比,它将环境写得更为静谧清幽,更富于诗意。余如《钓船归》之袭《汉江》诗,《替人愁》之袭《南陵道中》诗,与此略同。诚如夏敬观对其《太平时》八首之总评:"多以唐人成句入词,有天衣无缝之妙。"①我们仔细体味这些诗词,不仅意境微有不同,而且在风格上有俊爽与细腻之分,庄重与媚丽之别,显现出诗与词不同的艺术特征。由此我们也可以上窥一些词产生的最初情景,这对研究词体的形成与发展,不无启示。

二是将唐人诗句隐括入词。词的借境或隐括唐人诗句入词,这在宋词创作中,是颇为普遍的一种现象。拙作《关于词的借境问题的检讨》,②对此做了详细地阐述,可参阅。贺铸词在借境上表现得更为充分和突出。如《卷春空》:

墙上夭桃簌簌红,巧随轻絮入帘栊。自是芳心贪结子,翻使、惜花人恨五更风。　露萼鲜浓妆脸靓,相映,隔年情事此门中。粉面不知何处在,无奈,武陵流水卷春空。

此词隐括元稹《连昌宫词》、王建《宫词》、崔护《题都城南庄》等诗中的词句而成。许昂霄评此词云:"全用唐诗隐括入律。"③诚然,贺铸用唐诗隐括入律的词,还有《将进酒》、《行路难》、《六州歌头》等名作,都是很典型的例子。其词虽则隐括唐人诗句,却似从胸中喷薄而出,一气呵成,感情真挚,意境浑成,毫无生硬与杂凑之感。虽系借境,却是成功的创造。

在宋词创作中,借境现象是比较普遍的,也多是成功的。而贺铸词的借境,既为宋词创作提供了成功的经验,也对诗歌创作上所谓"点铁成金"、由承继而创新是一种微妙的警示:简单地摭拾前人之成句,不能代替艰辛的创作;即便是最成功的借境,也有可能被讥为"剽窃之黠者"④的危险。

---

① 钟振振校注:《东山词》,上海古籍出版社1989年版,第56页。
② 见本书下卷。
③ 许昂霄:《词综偶评》,引自唐圭璋《词话丛编》,中华书局1986年版,第1572页。
④ 王若虚:《滹南诗话》,引自丁福宝《历代诗话续编》,中华书局1983年版,第523页。

二

贺铸"以诗为词",还在于其词对诗意的特别追求:讲究风韵,深化意境,展示独特的艺术风格等,从而使词的艺术表现,具有了诗的厚重与醇美。

首先,其词逐渐放弃了圆熟轻倩的作风,而追求新异的艺术表现,从而形成新鲜的艺术格调。

词和其他艺术一样,在创作道路上要不断突破前人的窠臼,寻求新的表现方式,提高艺术表现力。贺铸在词的创作上,于创新方面是下过很大工夫的。不落窠臼,追求新异的表现,这是贺铸词的特色之一。夏敬观在其《手批东山词》中,评语为"意新"的词,竟达十二首之多。至于批某字新、某字佳的评语,更是多多。所谓"意新",意味着词人在词的创作过程中,对艺术表现力的苦心探求与提升。讲究词的风格,追求全新的意境,创造出出色的艺术境界,打造新的艺术品牌,这是贺铸在词的创作上孜孜以求的,也是其词创作的成功之处。故读起来,颇有新鲜之感。宋征璧谓贺铸词:"其词新鲜"①,这是抓住其艺术特征的破的之言。如《菩萨蛮》:

> 彩舟载得离愁动,无端更借樵风送。波渺夕阳迟,销魂不自持。 良宵谁与共,赖有窗间梦。可奈梦回时,一番新别离。

这是一首写离愁别恨的词。离愁别恨在诗词中是最常见的、写得最多的题材,可以说已被前人写俗了、写滥了,实在很难出彩,写出新的特点来。而千篇一律的格调,是创作之大忌,也实在是容易让人生厌的。贺铸这首《菩萨蛮》,虽仍写离愁别恨,却出手不凡,读起来感到别有风味。上阕写送别:前两句是写被送者的远离,由此而产生愁绪。不说人远离,而说船载着离愁远去,且无缘无故地吹起了樵风,使船行得更快了,这是送者最不愿看到的情景。表现出双方不忍离别而又不得不分离的无奈。后两句写送者的怅惘与深情:在夕阳西下时,船早已在天边消失,眼前只有浩渺的波涛,仍不忍离去。的确是"孤帆远影碧空尽,唯见长

---

① 宋征璧:《倚声集》,引自徐釚:《词苑丛谈》,上海古籍出版社1981年版,第75页。

江天际流"了。此时此地,此情此景,送人者的"销魂不自持"自在不言中,然词人却脱口而出,这似乎是多余的话,无疑会消减词的情境的含蓄,然却突出地表现了情不自己的感情力度。下阕写别离后之孤寂;为此,写了梦中之相会,并写了梦前的衬托与梦后的失落,将别离之痛写得如此不堪,如此刻骨铭心。这种词境,的确是"未经人道过"①。因此,读起来感到新鲜而意味深长。又如:"烟柳春稍蘸晕黄,井阑风绰小桃香。觉时帘幕又斜阳。望处定无千里眼,断来能有几回肠。少年禁取恁凄凉。"(《减字浣溪沙》)上阕极写春光之优美宜人,那细柳的晕黄鲜嫩,春风的轻盈柔和,直令人陶醉于中而不能自拔;下阕却写别离之痛,望望不及而令人断肠之凄凉,与美好的春光形成强烈的反差。词人以上阕之和谐环境,反衬下阕情感之无限悲苦,这样就将情绪之不和谐写得更加深透,将悲痛之感情推到极致。然行文却又活泼又超脱,由此使词境深婉而超拔。

  词人在艺术上求新求异,表现深婉词境之词是较多的。如:

  双鹤横桥阿那边,静坊深院闭婵娟。五度花开三处见,两依然。

(《浣溪沙》)

  不信芳春厌老人,老人几度送余春。惜春行乐莫辞频。

(《醉中真》)

  伤心两岸官杨柳,已带斜阳又带蝉。

(《鹧鸪天》)

如此等等,都写得新鲜而深刻,富于诗意与诗的情调。

  作为词,诗意的追求与表现手法及艺术手法的创新,能够极大地增强艺术表现力。换句话说,词之所以有其艺术生命力,就在于内容与艺术表现力不断地创新。贺铸词的创作,在这方面花了很大的力气,因而取得了较高的艺术成就。

  其次,贺铸词有其独特的近似于诗的艺术风格,这是其词成功的重要标志。谈到贺铸词的艺术风格,刘熙载谓"方回赡逸"②,其说极是。赡言词写得内容厚

---

  ① 夏敬观:《映庵词评》,见《词学》(第五辑),华东师范大学出版社1989年版,第204页。
  ② 刘熙载:《艺概》,上海古籍出版社1978年版,第109页。

实,逸谓写得有逸致。也就是说,其词内容丰富,且流露出闲逸之态。词人在艺术表现上安闲自在,且有无施不可的张力,这就是贺词的成功所在。所谓"满心而发,肆口而成,虽欲已焉而不能者"①。就是形容贺铸挥毫写词的情景。有的词论者赞其词"醇肆"②,"妙于小词,吐语皆蝉蜕尘埃之表"③。这些赞语,都是形容其写词时的洒脱、超逸,词意醇美。这也说明,其词赡逸风格的表现是很充分的。这种风格的形成,有其主客观原因。从主观上讲,他是一位极富才情的词人,大概是因其才有余裕的缘故吧,当他提起笔来,妙思汹涌,总能挥洒自如,悠然自得,笔底波澜是那么丰裕,态度是那么蔼然从容,词自然显出赡逸之态。从客观讲,前此词人如晏殊、张先、柳永、苏轼,都有独特的艺术风格,且苏轼"以诗为词",已开风气之先,贺铸对其词作,自然有着借鉴,也有其突破。他的词的独特的风格,自有其深远的历史基础。读他的词,如品美酒,如饮甘醴,似饮仙浆,其味甘美而沁人心脾,芬芳甘冽。艺术穿透力之强,直是无以复加的。如《小重山》:

> 月月相逢只旧圆,迢迢三十夜,夜如年。伤心不照绮罗筵,孤舟里,单枕若为眠。　茂苑想依然,花楼连苑起,压漪涟。玉人千里共婵娟。清琴怨,肠断亦如弦。

这是一首闺思词,表现夫妇因长期分离不得团聚而极其思念的感情,写得挚烈而情深。首句"月月相逢只旧圆",这"旧圆"二字很值得我们玩味的。人们盼月之圆,实际是盼望与亲人的团圆。可月到望日圆了,而别离已久的亲人则依旧分离,并未因月之圆而使长期分离的亲人团聚。这月圆而人未圆的情景,使人大为失望,且月月如此,怎能不令人感伤呢?这度日如年之迢迢长夜,一月有三十天啊!而巴巴等来的团圆竟又是新的失望。在这一叶孤舟里,教人何以安眠呢?想念家里的玉人,只能是两人相距千里之遥,共看明月,聊寄相思罢了。何况,愁人的肝肠也像弓弦那样绷得紧紧的乃至断裂。写得如此深婉,能将传统的闺思题材,写得如此缠绵,如此哀怨,如此痛苦不堪,内容是够深厚的了。然他又写得

---

① 张耒:《东山词序》,引自钟振振校注:《东山词》,上海古籍出版社1989年版,第549页。
② 王鹏运:《半塘遗稿》,引自孙克强:《唐宋人词话》,河南文艺出版社1999年版,第338页。
③ 惠洪:《冷斋夜话》,引自钟振振校注:《东山词》,上海古籍出版社1989年版,第557页。

那么从容,那么安闲,那么有逸致。说它风格赡逸,也是十分恰切的。类似的词,在贺铸《东山词》中,是屡见不鲜的。

贺铸在词的创作实践中,形成了个人独特的近似于诗的艺术风格,在词史上写下颇为厚重的新的一页,值得我们特别重视的。

三

贺铸"以诗为词"的特色之三,是大力改革词牌名称,以题为调,力图使词的内容与词调完全吻合。使词表达的思想内容明朗显豁,不再过分隐晦与朦胧。

从词的发展史来看,最早的词调,就是词题,如《浪淘沙》、《杨柳枝》、《渔父》、《忆秦娥》等,代表内容的词题与代表音乐的词调是合二而一的,题即是调。随着词的发展与歌伎演唱的需要,词调逐渐脱离了词表达的内容,仅成了纯音乐的标志,与词要表达的内容脱节,仅从词调再看不出词人所写的内容与所要表达的思想。为了使词表达的内容显豁,词人按调填词的同时,加了词题或短序,或涵盖词的内容,或挑明填词的背景。于是,词调与词题各司其职,两不相涉。然词调与词题的同时出现,在形式上叠床架屋,似有累赘之嫌。为了改变这种现象,贺铸力图恢复词的题调一致的传统,使词的题调合二而一,精切简明。为此,他做了大量的词调改革试验,或裁取缩略词句为新名,或概括词意为新名,或用乐府旧题或仿乐府旧题为新名,由此产生了许多新的涵盖词的思想内容的词牌。在现存《东山词》中,这种经过改造而产生的新词牌有 121 个①,占到贺铸现存词的 3/7,可见其改革力度之大与用力之勤。这种改革词牌的现象,在词史上可谓独一无二的创举。在这 121 个词牌中,直接或间接涵盖了词的内容的有 70 首②,占到其改革词牌总数的 7/12。

对于贺铸改革词调,词论家做了一些评骘与肯定:朱孝臧说:"寓声之名,盖用旧调谱词,即摘取本词中语以易新名。后来,《东泽绮语倩》略用兹例。"③准

---

① 解灵旬:《贺铸〈东山词〉词牌改换新名现象探微》,《南阳师范学院学报》2004 年第 1 期。
② 解灵旬:《贺铸〈东山词〉词牌改换新名现象探微》,《南阳师范学院学报》2004 年第 1 期。
③ 朱孝臧:《彊邨丛书本东山词上贺方回词东山词补跋》,引自钟振振校注:《东山词》,上海古籍出版社 1989 年版,第 552 页。

确客观,将其制调方法及影响,说得恰如其分。钟振振说:"对于调的繁衍,贺氏也有不少贡献。……其中多数当是他的自度曲或新翻谱。"①赵晓兰说:"以制词调之法制词调兼词题,是贺铸以诗为词追求词的雅化的结果。"②解旬灵说:"想要恢复词牌名实统一传统。这一做法体现了贺铸的词学理想。"③这都在一定程度上,肯定了他改革词牌的良好的主观愿望。至于客观效果如何,则似乎有意避开了。

贺铸新制的词调,基本上涵盖了词牌与词题的内容,从而使题调合一,简要明切。虽然有的新调还显得有些生硬,不够和谐。然在词调改革方面,总是跨出了新的一步。尽管这种做法对后世影响甚微,很少有人步武,更谈不上发扬光大了。然总归是一种不无有益的尝试。

由词调即词题,到词调单纯表音乐,再到词调与词题的合二而一,这不是简单的复旧,而是否定之否定,应是螺旋形的上升,而非简单的重复所能奏效。贺铸采取了类似于简单重复的办法,以制词调,这是不符合事物发展规律的。因此,所制词调,有着严重的陌生化与去音乐化,甚至也难准确的涵盖内容,不伦不类。有些词调,虽然也较准确地概括了词的内容,但也似无必要。譬如《捣练子》是写征妇为征夫做征衣的,是"思妇怀征夫之词"。④ 贺铸却因其词中有"破除今夜夜如年"、"净拂床砧夜捣衣"、"过年惟望得书归"、"巧剪征袍斗出花"、"砧面莹,杵声齐",词调却分别改为《夜如年》、《夜捣衣》、《得书归》、《剪征袍》、《杵声齐》,踵事生华,将一个词调,变成五个词调,真是多此一举。有论者讥其"更喜欢标新立异"⑤或为中的之言。

综上所论,贺铸"以诗为词"诸端,无论对词的思想内容的拓展,对艺术表现的精进与创新,以及以题为调,都对词的思想艺术的深化发展与推进,有着良好的影响,值得我们进一步深入探讨的。

---

① 钟振振校注:《东山词》(《前言》),上海古籍出版社1989年版,第7、8页。
② 赵晓兰:《宋人雅词原论》,巴蜀书社1999年版,第260页。
③ 解灵旬:《贺铸〈东山词〉词牌改换新名现象探微》,《南阳师范学院学报》2004年第1期。
④ 谢映先:《中华词律》,湖南大学出版社2005年版,第8页。
⑤ 王松龄:《贺铸》,见吕慧鹃:《中国历代著名文学家评传·续编》,山东教育出版社1989年版,第110页。

陈师道词简说

陈师道的词,已被人淡忘而在文学史上也渐次消失了。你看,文学史家对他的词很少赞誉,有些讲词的专史,也对他只字不提,词选家也不大选他的词。如今,有多少人还记得他的词呢? 然而,作为一位著名的诗人、词评家,他对自己词的艺术成就却极为自信,极为矜持。他说:"余他文未能及人,独于词,自谓不减秦七、黄九"①,又说:"拟作新词酬帝力,轻落笔,秦、黄去后无强敌"(《渔家傲·从叔父乞苏州湿红笺》)。秦观、黄庭坚的词成就斐然,名重一时,他们在北宋词坛有着举足轻重的地位。陈师道也曾称赞说:"今代词手,惟秦七、黄九尔,唐诸人不迨也"②。他与号称"今代词手"的秦、黄争雄,自信词的艺术水平不比他们差,可谓自许甚高。他的诗在文学史上有很高的地位,与黄庭坚并称"陈、黄",而且是"江西诗派"的"一祖三宗"之一。陈师道所谓"他文",也自然包含了他的诗。说他的诗"未能及人",这表明态度谦虚,不以过人自居;更用以反衬对自己词作的自信、自得以至超人。他对自己词的评价,质言之,已经超过了在当今词坛称雄的秦、黄。诚如日本著名的汉学家青山宏所说:"说穿了,等于宣告自己的词作才是天下第一等"③。对于他抑"他文"以扬词的主观意图,胡云翼曾推测说:"或者后山因为诗已有定论,故自抑其诗而扬其词,以求世人之激赏耶?"④陈师道对自己词的评价与词论家对其词的评价,差距为什么那么大呢? 是他过于矜持抑是词论家对其词评价偏低? 窃以为两者的估量都不无偏颇之处,兹试论之如次。

一

陈师道在词的创作上是"尊体派",以柔媚婉约为本色,这是他的安身立命

---

① 陈良运:《中国历代词学论著选》,百花洲文艺出版社1998年版,第54页。
② 施蛰存、陈如江:《宋元词话》,上海书店出版社1999年版,第58页。
③ [日]青山宏:《唐宋词研究》,北京大学出版社1995年版,第302页。
④ 胡云翼:《胡云翼说词》,华东师范大学出版社2004年版,第102页。

之处。他批评苏轼的词说:"退之以文为诗,子瞻以诗为词,如教坊雷大使之舞,虽极天下之工,要非本色。"①可见,他反对苏轼"以诗为词",认为是"非本色"的,他是要求"以词为词"的"本色"化,也即晚唐以来词的女性化、柔媚化、音乐化,坚持词的"软媚"本色。他并非要使词倒退到晚唐与北宋初的艺术水准,而是要求词沿着晚唐北宋初固有的女性化、柔媚化、音乐化的道路前进,使词的创作真正按词体的要求规范化,在艺术表现上真正体现词的"软媚"特色。反对词体解放、内容题材扩大、走上如苏轼那样"以诗为词"的创作道路。诚然,苏轼对词的创作,"指出向上一路,新天下耳目"②,从而使词走上了健康发展的道路,在词的创作上成就卓然,在词史上影响深远。然"以诗为词"的结果,必然削减了词固有的个性,这是不争的事实。陈师道在词的创作上,坚持了词固有的特性,这对词艺术生命力的维护,仍有其重要意义。

陈师道在词的创作上以小令为主。他的词今存54首,其中小令就有48首,占全部创作的90%。在柳永大张旗鼓地写长调的几十年后,在词坛上词人较普遍地写长调和中调的时候,陈师道一生仅写了1首长调和5首中调,这确实是一种特异现象。在词的创作中出现这种特异现象,这与其创作的主导思想有关。他在词的创作上,不用铺叙,语言自然,很少用典。其词蕴藉含蓄,富有诗意。有些词,更是写得玲珑剔透,不着色相,有着典型的婉约词的特色。譬如《南乡子》:

> 急雨打寒窗,雨气侵灯暗壁缸。窗下有人挑锦字,行行,泪湿红绡减旧香。 往事最难忘,更著秋声说断肠。曲渚圆沙风叶底,藏藏。谁使鸳鸯故作双。

这是一首意境优美感情深厚的小词:一阵急雨敲打着窗户,寒气逼人,雨气沉压的壁灯是那么昏暗。窗前有一位少妇在锦上细心地挑字,一行,又一行,泪水扑簌簌地流下来,滴湿了手中的红绡,以致红绡的香气也为之渐次减弱。这一字字,一行行全是她心底真情的吐露,她将对丈夫的无限深情都注入了红绡,急切倾诉着她的思念与孤单。一件往事突然展现在她的眼前:在茂盛的荷花里,她和

---

① 陈师道:《后山诗话》,见《宋元词话》,上海书店出版社1999年版,第58页。
② 王灼:《碧鸡漫志》,辽宁教育出版社1998年版,第10页。

丈夫在曲渚圆沙里幽会,戏效鸳鸯,周围是那么静谧,那么和谐,那么富有诗意。这一细节是如此生动、逼真,记忆是那么清晰。这与她现在的处境形成强烈的对比,加深了她的忧伤。此词上阕是她在雨打寒窗的沉闷空气中为丈夫写信。她不是用笔写,而是用针挑在红绡上,写其意念缠绵感情沉压的心迹;下阕则以两人以前的一次幸福的幽会,反衬今日的别离的凄苦,写得更深沉,更富有诗意。词人以白描的手法,将主人公的形象展示在读者面前,形象如此鲜明、生动,给人留下极深刻的印象。此词感情之深挚,构思之巧妙,意境之优美,足以和秦、黄词的压卷之作媲美。"不减秦七、黄九"的豪言,岂浪言哉?然陈师道此类词毕竟不多,否则,真可与秦、黄争雄千秋了。

陈师道还有一些词,也是写得相当不错的:《卜算子》:"纤软小腰身,明秀天真面。淡画修眉小作春,中有相思怨。背立向人羞,颜破因谁倩。不比阳台梦里逢,亲向尊前见。"又《洛阳春》:"酒到横波娇满。和香喷面。攀花落雨祝东风,诮不借、周郎便。背立腰肢挪撚,更须回盼。多生不做好因缘,甚只向、尊前见。"这两首词都是写歌伎的。词人以白描的手法,写了她的处境和怨望,形象鲜明,显示出独特的艺术特色。

陈师道的词以意为主,既重视词的意境描写,又不乏精妙的词采。吴可云:"凡装点者好在外,初读之似好,再三读之则无味。要当以意为主,辅之以华丽,则中边皆甜也。"①陈师道词写得很实在,无装点,少粉饰,似乎质实、枯槁、瘦健,实则有外枯中膏、质而实绮、癯而实腴之妙。他极力追求词的意境美,使词达到了相当高的艺术境界。

二

陈师道和许多北宋词人一样,多写两性之情。而他有些词是写自己与妻子长期别离的,因其身之所经,情之自出,更是真实而感人。

陈师道一度生活困顿,无法养活自己的妻子儿女。元丰七年(1084)五月,他的岳父郭概提点成都府路刑狱。陈师道送其妻郭悟及三子随同郭概入蜀,有《送内》、《别三子》诸诗。《别三子》云:"夫妇死同穴,父子贫贱离。天下宁有此,昔闻

---

① 吴可:《藏海诗话》,见丁福保:《历代诗话续编》,中华书局1983年版,第331页。

今见之。母前三子后,熟视不得追。嗟呼胡不仁,使我至于斯?"他仰呼苍天,痛彻五内,热泪奔流的神情,跃然纸上。《菩萨蛮》四首,盖为同时或稍后所作。如果说《送内》《别三子》是诗人临时提笔挥洒,至情无文,真切感人;那么《菩萨蛮》四首则有点儿"闭门觅句"的味道,注意文饰,在构思上下过一番功夫。如《菩萨蛮·七夕》:

> 行云过尽星河烂。炉烟未断蛛丝满。想得两眉颦。停针忆远人。 河桥知有路。不解留郎住。天上隔年期,人间长别离。

"想得两眉颦,停针忆远人",词人是从对面着笔,想象妻子愁眉苦脸,停下针线活儿忆念自己的情景。这将自己思念妻子的感情,写得更真挚、更深厚、更真切感人。"天上隔年期,人间长别离",则慨叹自己不如牛郎织女:牛郎织女虽隔天河相望,一年尚有一次会面的机会;而自己与妻子别离,会面则是遥遥无期。这种感慨包含着多么深的感情容量。余如"离愁千载上,相远长相望。终不似人间,回头万里山"(《菩萨蛮》"东飞乌鹊西飞燕")、"愁来无断绝,岁岁年年别。不用泪红滋,年年岁岁期"(《菩萨蛮》"银潢清浅填乌鹊"),都是感人至深的词句,它将两人长期离别,时刻梦想欢聚的心态写得十分逼真。"岁岁年年"与"年年岁岁"这种词的重叠,无疑加大了情绪的分量。

他也有写歌伎之作,如《木兰花减字·赠晁无咎舞鬟》:

> 娉娉袅袅,芍药枝头红玉小。舞袖迟迟,心到郎边客已知。 当筵举酒,劝我尊前松柏寿。莫莫休休,白发簪花我自羞。

词人写的舞鬟形象活泼而优美:她身姿窈窕,舞态袅娜,心灵活便。上阕写她在词人眼中漂亮的身姿与活泼聪颖的姿质;下阕写其为词人劝酒祝寿,给词人头上簪花,状其善于应酬。他还写了大量的情词,如《木兰花减字》"匀红点翠"、《菩萨蛮·佳人》等,都写得清丽自然,颇有韵致,读起来余音袅袅,韵味不尽:"玉腕枕香腮,荷花藕上开。一扇俄警起,敛黛凝秋水。笑倩整金衣,问郎来几时?"(《菩萨蛮·佳人》)都是令人难忘的词句。"玉腕"两句,卓人月以为是"妙喻"[①],其比喻

---

① 卓人月:《古今词统》,辽宁教育出版社2000年版,第160页。

之妙,词中少有,遂使美人之媚态,跃然纸上。王鹏运评其词云:"词名诗余,后山词其诗之余矣。卷中精警之句,亦复隐秀在神,蕃艳为质,秦七、黄九蔑以加。昔杜少陵诗云:'文章千古事,得失寸心知。'国朝纳兰容若自言其诗词:'如鱼饮水,冷暖自知而已'。笃行如后山,讵漫然自矜许者? 特可为知者道耳。"①王鹏运对陈师道词的评价,虽有过誉之嫌,然毕竟不是漫然相许,更非无分寸的捧场,可谓后山知音。

三

陈师道善于运用修辞手段,其词较多地运用了对偶、叠字、精警等辞格,提高了词的艺术表现力,显示出语言的个性特色。

其词有许多对偶句,借着形式的整齐与音节的和谐,使内容鲜明、深刻、有力,使读者易于感知、联想、记诵,并有着匀称美、音乐美的享受。譬如"故国山河在,新堂冰雪生"(《南柯子》),上联用了杜甫《春望》的首句与"新堂冰雪生"配对形成偶句,使新堂给人以异常清爽之感。余如"天上云为瑞,人间睡作魔"(《南柯子》)、"楼上风生白羽,尊前笑出青春"(《西江月》)、"点点轻黄减白,垂垂重雾生鲜"(《西江月》)、"清风居士手,杨柳洛城腰"(《临江仙》)等,都是自然而工整的偶句,极富于整齐、对称的均衡美。

善于叠字,是陈师道词作的又一显著特点。在其词中单字重叠的如盈盈、小小、点点、阴阴、喧喧、休休、痴痴等;双字重叠的有岁岁年年、年年岁岁、重重密密、休休莫莫、藏藏摸摸、莫莫休休等;单字与双字重叠的在《后山词》中有38个,平均四分之三的词都有单字或双字的重叠,可见他是很喜欢并善于运用叠字的。譬如"绮楼小小穿针女,秋光点点蛛丝雨"(《菩萨蛮》)。小小美其穿针女之正值妙年,点点状其蛛丝雨之细如牛毛;"窗下有人挑锦字,行行。……曲渚圆沙风叶底,藏藏。"(《南乡子》)前者谓挑了一行又一行锦字,写其感情专注、执著,把一腔真情都要挑在锦上的情景,后者写少女少男躲躲藏藏,状嬉耍之态,十分逼真。这些叠字用得相当工巧,造成形式上整齐,语感上和谐,加强了词的音乐美和艺术表现力。

---

① 孙克强:《唐宋人词话》,河南文艺出版社1999年版,第352页。

顾炎武说:"诗用叠字最难。"难在"复而不厌,赜而不乱"①。诗是如此,词更是如此。所以李清照《声声慢》因善用叠字为词论家所艳称。谈到叠字的妙处,刘勰也说:"写气图貌,既随物以宛转;属采附声,亦与心而徘徊。……并以少总多,情貌无遗矣。"②陈师道词叠字的使用收到了"以少总多,情貌无遗"、声情并茂、音义并美的艺术效果。

陈师道词中,也有一些警句,精辟凝炼而寓意深刻。譬如《木兰花》中:"不辞歌里断人肠,只怕有肠无处断",耐人寻味,含义深刻。杨慎云:"陈后山为人极清苦,诗文皆高古,而辞特纤艳,……又有席上赠妓词云:'不愁歌里断人肠,只怕有肠无处断。'所谓彼亦直寄焉,以为不知己者诟厉也。"③李调元云:"喜用尖新字,然最稳。"④可见,他善用警句尖新字,得到了词评家的推许。

四

陈后山词,也有一些缺点或不足之处。谈到他的词的缺点时,王灼一针见血地指出:"世言无己喜作庄语,其弊生硬是也。"⑤冯煦也说:"娴雅有余,绵丽不足。"⑥这些评语,质诸《后山词》,都是十分恰当的。词本来多是游戏笔墨,贵在有一些谐趣、轻巧、活泼、隽美,供人娱乐和消遣。陈师道却似乎板着面孔写词,他追求意境过分认真了,其词就难免有些庄重。他的词虽不能说有道学气,然却确实有点儿古板,行文不善于亦庄亦谐,因此软媚绵丽似有不足。他批评苏轼"以诗为词",他在词的内容与风格的庄重或用庄语方面的表现,则是近乎"以诗为词"了。

陈师道在词的创作上,遵循着婉约词写作的路子,并将词写得有点儿庄重。他既没有像秦观那样,将婉约词的表现发展到极致,那么委婉而富于韵致,又无黄庭坚词风格多样、美不胜收的风采,词的数量也比秦、黄为少。"不减秦七、黄

---

① 顾炎武:《日知录》,甘肃民族出版社1997年版,第921页。
② 周振甫:《文心雕龙注释》,人民文学出版社1981年版,第493页。
③ 杨慎:《词品》,唐圭璋:《词话丛编》,中华书局1986年版,第479页。
④ 李调元:《雨村词话》卷一,唐圭璋:《词话丛编》,中华书局1986年版,第1402页。
⑤ 王灼:《碧鸡漫志》,辽宁教育出版社1998年版,第16页。
⑥ 冯煦:《蒿庵词话》,人民文学出版社1959年版,第65页。

九"的豪言,不免有点儿言过其实。其词实不足与秦、黄比并,更遑谈超越秦、黄。然他毕竟留下了一些可读的好词,而且在词的整体艺术上堪称上乘。因此,漠视其在词史上的地位,显然是不够公正的。

周邦彦词校议(二则)

近读周邦彦词,发现一些异文。因字形相近,初疑手民误植。经检核,各有所据。或诸家均未出校,或虽出校又觉于意未安。故作校议二则,就正于方家。

(一)"鸣轧"与"鸣咽"

《华胥引》:"对晓风鸣轧"。

吴则虞校点《清真集》(中华书局1981年版)、蒋哲伦校编《周邦彦集》(江西人民出版社1983年版)、刘扬忠撰《周邦彦词选评》(上海古籍出版社2003年版)均作"鸣轧",孙虹校注《清真集校注》(中华书局2002年版)、朱德才主编《宋词十八家·周邦彦词》(文化艺术出版社1999年版)、蒋哲伦选注《周邦彦选集》(河南大学出版社1999年版)均作"鸣咽"。

这六种周邦彦词的本子,对此均无出校,蒋哲伦先生两次校周邦彦词,先作"鸣轧",后作"鸣咽",是误排还是对以前错误的修正,不得而知。(底本均用郑文焯校本)

究竟是"鸣轧"还是"鸣咽",周词是用典,应以出典为准。其典出自杜牧《题齐安城楼》:"鸣轧江楼角一声"。然检各种版本,或作"鸣轧",或作"鸣咽",莫衷一是。就几种有权威的版本来看,冯集梧《樊川诗集注》(上海古籍出版社1978年版)作"鸣轧";《全唐诗》卷522《杜牧集》(中华书局1960年版)作"鸣咽",注:一作"鸣轧";《樊川文集》(上海古籍出版社1978年版)作"鸣轧"。

检"鸣轧"一词,又见唐崔鲁诗,可以参校。《唐百家诗选》(四库全书本)卷19崔鲁《春晚岳阳城言怀》"暮笛鸣轧调孤城";《全唐诗》卷567崔橹《春晚岳阳言怀》二首其一"暮笛鸣咽调孤城";《石仓历代诗选》(四库全书本)卷120崔鲁《春晚岳阳城言怀》"暮笛鸣轧满孤城"。也是"鸣轧"、"鸣咽""鸣轧"在各种版本中并存。

"鸣轧"与"鸣轧"都有权威的版本为依据,因此从版本学角度,难以判断是非。此词是杜牧首用,似无出典。从杜牧诗中描写的情景并参诸崔鲁的诗,该词为模拟军乐角、筘之声,当为象声词。因角、筘声极相似,故可同用一个象声词。象声词模拟声音,组词以模声为准,采用与声之逼肖的表声字组合,其单字除表声之外别无他意。吹角、筘时,抬指撅指,发出呜呜轧轧之声,故以"呜轧"状之。"鸣"虽亦状声,然鸣之含义纷杂、抽象,不若呜之状声形象、单一。"鸣轧"显系不词,何论象声?"鸣"字或因形近"呜"字而误植,或因有人不知象声而误改,今特正误,作"呜轧"为是。

(二)"鸟雀"还是"乌雀"?

《苏幕遮》:"鸟雀呼晴,侵晓窥檐语。"

孙虹《清真集校注》《校记》云:"乌雀:底本、吴钞本、毛刻本、宛钞本、丁刻本、王刻本、朱刻本作'鸟雀',从景宋本。"

《注释》云:"乌雀句:《禽经》:'鸠拙而安:鸤鸠也。《方言》云:蜀谓之拙鸟,不善营巢,取鸟巢居之,虽拙而安处也。雄鸣晴,雌鸣阴。'宋人王棫《补〈禽经〉说》言《禽经》佚文有'鹊俯鸣则阴,仰鸣则晴。'欧阳修《啼鸟》:'谁谓鸣鸠拙无用,雄雌各自知阴晴。'苏轼《江城子》:'昨夜东坡春雨足,乌鹊喜,报新晴。'宋人傅干注曰:'乌鹊,阳鸟,先事而动,先物而应。汉武帝时,天新雨止,闻鹊声,帝以问东方朔,方朔曰:"必在殿后柏木枯枝上,东向而鸣也。"验之,果然。'事见《初学记》卷三十鹊部引《东方朔传》。"

吴则虞校点《清真集》、蒋哲伦编校《周邦彦集》、朱德才主编《宋词十八家·周邦彦词》、刘扬忠撰《周邦彦词选评》、蒋哲伦选注《周邦彦选集》均作"乌雀",无校语。刘扬忠注云:"侵晓:天快亮的时候。窥檐:从屋檐的缝隙里往下探看。隋炀帝《晚春诗》:'窥檐燕争入,穿林鸟乱飞。'"蒋哲伦注与刘注基本相同,唯措词略异。朱德才注云:"呼晴:犹言唤晴。旧时有'鹊噪晴,鸠唤雨'之说。"

孙校作"乌雀",注则指出鸠与鹊呼晴。然雀、鹊不通,"乌雀"并非"乌鹊"。"乌"若作"乌鸦"讲,与下文注鸠与鹊无涉;若作"乌黑"讲,乌鹊是黑色,鸠并非皆黑,也难将其全部包容;若作"鸟雀",鸟义较泛,不仅包含了呼晴的鸠与乌鹊,且与下句窥檐语的出典密切相关。两句意谓：鸟雀窥檐而语，似向主人报告天将晴的好消息。因此，此处作"鸟雀"似意胜。

周邦彦词艺术上的瑕疵

周邦彦词取得了很高的艺术成就，受到历代词论家的称赞。李清照《词论》对"别是一家"的词，持论颇高。她历数北宋词的名家而一一诉其不足，而独未及周词。或以为其词地道本色，无瑕可指；迨至南宋，刘肃、强焕、王灼、张炎、沈义父等论词名家，皆视周词为楷模；清代的常州派词论家，对其捧之唯恐不高；现代词学的奠基者王国维，更将其誉为"词中老杜"①。如此等等，均非无原则的吹捧，而是颇符实际的评骘。然周词在艺术上绝非十全十美，确实有许多瑕疵的存在。今之论者，对周词之艺术成就，推崇备至。偶尔谈及缺点，或蜻蜓点水，或未搔到真正的痒处，且语焉不详。某读周词再三，觉其中艺术上某些瑕疵，至今仍被作为正面典型宣扬者，余期期以为不可。特拈出周邦彦词艺术上的瑕疵数点，就正于方家学者。

周邦彦词艺术上的瑕疵之一，其词有着较严重的"以才学为词"的倾向。

周邦彦是南宋"以才学为词"的奠基者，受北宋文化思想的影响，与宋诗一样，宋词也有"以才学为词"之弊。如果说南宋词之弊在于有着"以才学为词"的严重倾向，那么北宋的词人周邦彦，则是"以才学为词"的奠基者，他为宋词"以才学为词"做了一次颇为隆重的奠基礼。其主要表现是资书以为词，把对优秀的古典诗歌的学习与继承，当作词的创作源泉了。

"以才学为诗"，这是宋诗的流弊之一，已成为宋诗研究者的共识，"以才学为词"，这是某些宋词，特别是南宋词艺术上的一个较为普遍的瑕疵，周邦彦词为其奠定了坚实的基础，学界却很少有人谈及，更不用说对其深究探讨了。

早在1957年，钱钟书先生在《宋诗选注序》中就曾尖锐指出："偏重形式的古典主义有个流弊：把诗人变得像个写学位论文的未来硕士博士，'抄书当作诗'……偏重形式的古典主义有个流弊：把诗人变成领有营业执照的盗

---

① 王国维著，滕咸惠校注：《人间词话新注》（修订本），齐鲁书社1986年版，第108页。

贼。……这可以说是宋诗——不妨还添上宋词——给我们的大教训,也可以说是整个旧诗词的演变里包含的大教训。"①钱先生指斥的宋诗"以才学为诗"已成为学人的共识,我们不必深究;而他所说的"不妨还添上宋词",这一精辟的观点,似未引起学界的重视。窃以为词论家通常用的"宋调"、"宋腔词"、"南宋词"等概念,都有着程度不同的"以才学为词"的内涵。周邦彦是宋调词的奠基者,其词不同于北宋其他人词的特点,就在于大量的用典,存在着严重的借境现象。即径用前人诗中的成句,或对前人诗句稍加檃括以入词。这种做法,与当时诗坛喊得颇为响亮的"点铁成金"的"高论",颇有异曲同工之妙,其实都是"剽窃之黠者耳"②。读周邦彦词,我们发现他最喜欢袭用前人诗中的成句,我将其称为"借境"③。譬如《意难忘》"衣染莺黄"中的"低鬟蝉影动"五字,就是照搬唐代诗人元稹《续张生会真诗三十韵》中的诗句;《倒犯·咏月》中的"绵绵思远道",就是袭用乐府古辞《饮马长城窟行》中的诗句。词中檃括前人诗句的如《少年游·雨后》的"春色在桃枝",即将宋林逋《梅花三首》中"只知春色在桃溪",删去"只知"二字,并改"溪"字为"枝"字而已;又如《齐天乐》"绿芜彫尽台城路"中的"渭水西风,长安乱叶",即化用唐贾岛《忆江上吴处士》的"秋风吹渭水,落叶满长安"二句而成。这种借用前人成句或檃括前人诗句的词句,在周词中比比皆是,不一而足。据孙虹统计,周词"檃括唐诗达五十余处","檃括先秦汉魏六朝诗也有二十条之多"④。这不仅涉及前宋诗人谢朓、鲍照、庾信、杜甫、白居易、元稹、韩愈、李贺、杜牧、李商隐等名家,也有刘孺、萧伦等这些不太著名的诗人,还有乐府诗和现在佚逸的古诗等;更有宋代的诗人林逋、欧阳修、苏轼、黄庭坚、魏夫人等。他把这些人的诗句借来,公然充做自己的创作,毫不脸红,甚或以之为荣,卖弄与夸耀自己的艺术修养。

周词的这种借境或檃括现象,宋人早就指出。陈振孙云:"周美成多用唐人诗句檃括入律。"⑤张炎亦谓:"善于融化诗句"、"采唐诗融化如自己者"⑥。如果

---

① 钱钟书:《宋诗选注》,人民文学出版社1958年版,第23—24页。
② 胡传志、李定乾校注:《滹南遗老集校注》,辽海出版社2006年版,第479页。
③ 房日晰:《关于词的借境问题的检讨》,见本书下卷。
④ 孙虹:《清真集校注》,中华书局2002年版,第26、27页。
⑤ 陈振孙:《直斋书录解题》卷二十一,引自孙虹:《清真集校注》,中华书局2002年版,第412页。
⑥ 张炎著,夏承焘注:《词源注》,人民文学出版社1963年版,第9、30页。

说陈振孙、张炎仅是较客观的叙述;那么,刘肃对此则是充满激情地赞扬了。他说:

> 周美成以旁搜远绍之才,寄情长短句。……其征辞引类,推古夸今;或借字用意,言言皆有来历,真足冠冕词林。①

赞扬其"旁搜远绍之才",是说他有熟诵古代典籍为我所用的本领,这不就是"以才学为词"吗?其"征辞引类,推古夸今或借字用意,言言皆有来历",不就是黄庭坚所赞赏的杜诗"无一字无来处"的翻版吗?"真足冠冕词林",不就是对其"以才学为词"的最高赞誉吗?质言之,他以为周词的这种"以才学为词"的做法,是足以表率词林堪为词人填词楷模的。显而易见,周邦彦为学者赞扬的这种作词的路数,是受了"江西诗派"创作理论的影响,是把"江西诗派"提倡的"脱胎换骨"、"点铁成金"的诗的做法,用之于词的。

周邦彦词借用、檃括或化用前人诗句者,以诗人来说,从汉魏六朝到宋代,跨时达千年之久,名家与非名家,达数十人之多。至于用前人诗中的意象,更是应有尽有,不胜枚举,一部《清真词》,竟成了古代诗文的材料库。他写词往往是合法文明的盗窃,而不是着意创新。这种对诗的成句或诗的意象的严重因袭,背离了词作的首创精神,阻碍了词人对意境美的新的表现力的探寻。作为文艺作品的词,我们之所以将其制作过程称之为创作,首先就在于创,创者,创新与首创之谓也。一首词,应有内容与形式的创新,尤其是创意。词人只有立足于创,才能产生新的意象与新的意境,这样写出来的词,才能被人传诵而千秋不衰。如果在词的创作中,不做全新的首创,而是斤斤于借境,津津于檃括,孜孜于化用。其词不就成了旧货杂陈吗?周邦彦词对前人诗意的因袭,严重地影响了词的创意,王国维谓其"创意之才少耳"②,算是对他很客气的批评了。后人写的模拟词、檃括词、集句词,使"以才学为词"走向极端。虽然周词的创作还没有发展到这一步,但却不愧为这种流弊的先导者。

周邦彦在词的创作上,喜欢借境,善于檃括或化用前人之诗句,这就严重地

---

① 孙虹:《清真集校注》,中华书局2002年版,第501页。
② 王国维著,滕咸惠校注:《人间词话新注》(修订本),齐鲁书社1986年版,第9页。

影响了词境的创新与开拓。"词意高胜,要从学问中来尔。"①周邦彦的词,正是这种错误的创作理论的实践者。在词的创作上,他不是大胆地采用新的创作因素,而是无限留恋地在旧地上徜徉;不是努力创作具有个性化的典型的新的艺术境界,却往往精心摆弄那些陈芝麻烂套子。这些似曾相识的东西,能引起读者鉴赏的热情吗?能使读者有新的审美感受吗?

我们中国的旧文学,在很大程度上都是古典主义的,在创作上喜欢因袭古典,尤以诗词赋骈文为著。词本是来自民间的,在北宋前期,则成为市民歌筵酒席助兴的小调,内容是通俗的,写法是白描的。然一旦到了文人手里,就逐渐将其雅化了。雅化的突出特点,就是对古代诗文的因袭,用典、化用前人诗意,是词雅化的一个重要方面。北宋词人贺铸,在词中就大量使用典故,还自鸣得意:"吾笔端驱使李商隐、温庭筠常奔走不暇。"②稍后的周邦彦,就有抄诗以为词的倾向了。他对古代典籍,尤其是诗集的谙熟,为其袭用创造了良好的条件。在写词时,一旦碰到古人描写过的类似之境,随即顺手拿来,为我所用。如此,既见其雅,又示其博,何乐而不为?他之填词,写景状物,不是面对现实的直寻,而是极力搜索记忆,这就造成了写词对古人创造的美好意境的依赖。于是写词重点不是创,而是因,因此就不可能产生全新的艺术境界。至于后人创作的集句词,已不算是"剽窃之黠者",而竟是敢于夸示窃物的江洋大盗了。虽然,这是集句词作者的责任,但周词"以才学为词"之实践,对其做了先导。故这类词之产生与流传,周邦彦实难辞其咎的。

周邦彦词艺术上的瑕疵之二,是在词的创作中,过度追求技巧完美、法度谨严,遂使千变万化充满活力的词的创作,渐趋程式化。

艺术技巧与法度,是因人、因创作环境、因描写对象之不同而异的,不可能有一种固定的法式,操作起来,一成不变。周邦彦在词的创作中,则力图使艺术技巧达到最完美的境界,成为后人创作的样板,方便操作。词论家就将其归纳成若干款式,可供填词者追慕。

---

① 黄庭坚:《论作诗文》,转引自顾易生等:《宋金元文学批评史》,上海古籍出版社1996年版,第208页。

② 周密:《浩然斋雅谈》,引自施蛰存等:《宋元词话》,上海旧书店出版社1999年版,第587页。

> 凡作词，当以清真为主。……下字运意，皆有法度，往往自唐宋诸贤诗句中来，而不用经史中生硬字面，此所以为冠绝也。学者看词，当以《周词集解》为冠。①
>
> 炼句下语，最是紧要。如说桃，不可直说破桃，须用"红雨"、"刘郎"等字；说柳，不可直说破柳，须用"章台"、"灞岸"等字。②

诸家对周词的肯定，约有两端：一是借境、檃括与化用，其弊如前文所论；二是借代，王国维云："词最忌用替代字。……其所以然者，非意不足，则语不妙也。"又反诘曰："果以是为工，则古今类书具在，又安用词为耶？"③其言甚辩，亦足以定谳。另外，他写词还创造了一些新的艺术技巧，词家视之为圭臬，如勾勒、提顿、时空错杂的安排、浑然天成的艺术境界，均为论者所艳称。其《瑞龙吟》"章台路"，堪称词的艺术成功之典范，当得起浑厚之评。它讲究法度，韵律和谐，结构精美，章法、字句都很工致，组织严密，是浑厚完美的杰作。但当词人在精心组织安排过程中，必然消减或削弱了灵气，影响了诗人对才气淋漓尽致的发挥，难免因律伤意、因辞害意。在某种程度上，周词成了词的"创作学"成功的演示，而非词人对现实生活充满灵气的再现。是以感情不够真纯，词心不够深远，故其词感人不深。词论家以为其词"言情体物，穷极工巧"，而"深远之致，不及欧、秦"④，这个评语是恰当的，也是非常公允的。王强曾将周邦彦的《华胥引》"川原澄映"与柳永的《雨霖铃》"寒蝉凄切"做了详细地比较，指出周词"遣词选声更加工丽严密，铺叙委婉曲折，结构更加讲究起伏，语言也显富艳精工。然较柳词那种高远之景，深挚之情，似仍不足。"⑤虽然说的是《华胥引》"川原澄映"特色，但对周邦彦词来说，却具有普遍的艺术品格，尤其是他的慢词。总之，周邦彦写词，从遣词、造句、结构、肆意安排，做得那么熟练、那么精巧、那么浑圆，即便吹毛求疵，也很难找到一点毛病。然在精心安排中，终竟丢失了一些才气与灵气。我们读周邦彦的词，似用钝刀子割肉，有半天不见鲜血的感觉。

---

① 沈义父著，蔡嵩云笺释：《乐府指迷笺释》，人民文学出版社1963年版，第44—45页。
② 沈义父著，蔡嵩云笺释：《乐府指迷笺释》，人民文学出版社1963年版，第61页。
③ 王国维著，滕咸惠校注：《人间词话新注》（修订本），齐鲁书社1986年版，第10页。
④ 王国维著，滕咸惠校注：《人间词话新注》（修订本），齐鲁书社1986年版，第9页。
⑤ 王强：《周邦彦词新释辑评》，中国书店2006年版，第157页。

关于周词一味追求艺术技巧、严遵法度而带来的弊病，邵祖平先生做了极为剀切地剖析：

> 美成虽长于铺叙，工于组织，而词心究不甚深远！王静安恨其创调之才多，创意之才少，不为无见！……愚总以词至美成，便觉后主、延巳、六一、东坡、淮海、小山之神韵气焰扫地以尽，下此则骎骎于格制，津津于层次，斤斤于咏物，孜孜于琢句，美成盖于此结集前人，开演后派，成一大关键也。①

其"词心究不甚深远"，是因为在创作指导思想上，颠倒了源与流的关系，颠倒了内容与形式的关系。在词的创作中，重继承而轻创新，重形式而轻内容，重技巧而轻真情，由此而"骎骎于格制，津津于层次，斤斤于咏物，孜孜于琢句"，因此使"后主、延巳、六一、东坡、淮海、小山之神韵气焰扫地以尽。"神韵气焰是词的灵魂，其"神韵气焰扫地以尽"的词，则完全丧失了艺术的灵魂，变成堆砌辞藻、打扮得漂亮的僵尸，还有多少生气呢？虽然周邦彦确有"结集前人，开演后派"之功，却不免使生气勃勃的词，染上了严重的病毒，从而患了软骨症，丧失了蓬勃的创意。境界之完美，感情之纯真，语言之自然本色，这是由南唐到北宋中期词艺术发展的主流，词人李煜、冯延巳、晏殊、欧阳修、张先、苏轼、秦观、贺铸、晏几道，都是其中的佼佼者，周邦彦在总结他们成就的同时，有过分重视字法、句法、章法以及词的声律法度而对表现的内容与感情有所忽视，不免舍本逐末，表现出较严重的唯美主义的创作倾向。

词的创作由重天才到重人力，由高扬唐调到趋于宋腔，由北宋词风发展到南宋词风，周邦彦是最关键的人物，是由北开南的先行者。他在词的创作上讲究技巧、严遵格律法度，为格律派的形成奠定了坚实的基础。诗法兴则诗亡，词法兴则词衰，周邦彦既推动了词的继续向前发展，又同时孕育了衰败的因子。他在词史上的功过，于此或晤其三昧矣。

周邦彦词艺术上的瑕疵之三，是当词走向趋雅的时代，他还写了较多品格低下的艳词，"不贞"与"词荡"，是词论家对他的苛评。

北宋中期，是艳词炽盛的时代，写艳词成为一时的风气，晏殊、欧阳修、张先、

---

① 邵祖平：《词心笺评》，复旦大学出版社2007年版，第97页。

都写了许多艳词。勋名重臣如寇准、范仲淹,端正有守的史学家司马光也写艳词;秦观、黄庭坚年轻时都写过一些俗艳之词,柳永的艳词最为流行而词语尘下。到苏轼,以诗为词,使词逐渐趋雅。围绕在苏轼周围的词人黄庭坚、秦观、晁补之、陈师道、李之仪、贺铸,都写雅词。周邦彦处在词走向雅化的时代,但仍写了较多的艳词。在《清真集》中,艳词有 60 余首。有些艳词媟亵淫靡,品格极其低下,与柳永、黄庭坚所写的一些俗艳之词相比,真是有过之而无不及。

应当指出,周邦彦的一些艳词也有品,它写得含蓄、雅致、庄重,有着健康的美感,能给人以美的享受。譬如,抒写歌伎内心痛苦的《望江南》"歌席上",陈廷焯就给了很高的评价。他说:"艳词至美成,一空前人,独辟机杼。如此词下半阕,不用香泽字面,而姿态更饶,浓艳益至,此美成独绝处也。"[1]他写的一些情恋词,情真意挚,颇能感人。诚如彭孙遹所言:"美成词如十三女子,玉艳珠鲜,政未可以其软媚而少之也。"[2]余如《一落索》"眉共春山争秀"、《过秦楼》"水浴清蟾"、《风流子》"新绿小池塘"、《忆昔游》"记愁红浅黛"、《阮郎归》"冬夜初染远山青"、《少年游》"并刀如水"等,都是感情健康,艺术上流的作品。

请看《少年游》:

并刀如水,吴盐胜雪,纤指破新橙。锦幄初温,兽香不断,相对坐吹笙。低声问向谁行宿,城上已三更。马滑霜浓,不如休去,直是少人行。

此词写得深婉、含蓄、有致,末句写留人的情景,声情如画,真切感人。沈谦以为:"言马、言他人,而缠绵偎依之情自见。"[3]此词就艺术表现力说,被词论家喻为"神品"[4],实在是当之无愧的。

毋庸讳言,周邦彦的有些艳词,的确写得卑俗、鄙陋、猥亵,词论家斥之为"荡词"或"淫词",是恰如其分的。如:"不是寒宵短,日上三竿,殢人犹要同卧。"(《满路花》"帘烘泪雨干")"待起又如何摒,任日炙、画楼暖。"(《风来朝·

---

[1] 《词则辑评》,见葛渭君:《词话丛编补编》,中华书局 2013 年版,第 2461 页。
[2] 彭孙遹:《金粟词话》,见唐圭璋:《词话丛编》,中华书局 1986 年版,第 721 页。
[3] 沈谦:《填词杂说》,见唐圭璋:《词话丛编》,中华书局 1986 年版,第 632 页。
[4] 毛稚黄语,见王又华:《古今词论》,引自唐圭璋:《词话丛编》,中华书局 1986 年版,第 609 页。

佳人》）写贪恋床笫之乐，毫无遮饰，非常直露。又如"绣枕旋移相就……偎人恧、娇波频溜。象床稳，鸳衾漫展，浪翻红绉。一夜情浓似酒。香汗渍绞绡，几番微透。鸾困凤慵，娅姹双眸，画也画应难就。"（《花心动》"帘卷青楼"）以浓郁的抒情笔调，非常细腻地描写了男女之事。余如《大有》"仙骨羸瘦"也是淫荡之词。这些淫荡之词，遭到钱基博先生的痛斥："床笫之言，不羞踰阈；好色而淫，以视柳永，尤为变本加厉矣。"①

在词史上，艳词之淫靡卑污者，莫过于柳永、黄庭坚。柳永艳词，受到李清照"词语尘下"之严责；黄庭坚的俗词，遭到法秀"要遭犁舌之苦"的警告。李调元说："柳永淫词莫逾于《菊花新》一阕。"②黄庭坚《千秋岁》"世上好事"，因媟亵为人所诟病。现将柳、黄的这两首词，与周邦彦的《青玉案》"良夜灯光簇如豆"书之如下，不难看出，在三首词中，周之词淫靡尤甚。

> 欲掩香帷论缱绻。先敛双蛾愁夜短。催促少年郎，先去睡、鸳衾图暖。须臾放了残针线。脱罗裳、恣情无限。留取帐前灯，时时待、看伊娇面。

（柳永：《菊花新》）

> 世间好事，恰撕厮当对。乍夜永，凉天气。雨稀帘外滴，香篆盘中字。长入梦，如今见也分明是。　欢极娇无力，玉软花欹坠。钗胃袖，云堆臂。灯斜明媚眼，汗浃薔腾醉。奴奴睡，奴奴睡也奴奴睡。

（黄庭坚：《千秋岁》）

> 良夜灯光簇如豆。占好事、今宵有。酒罢歌阑人散后。琵琶轻放，语声低颤，灭烛来相就。玉体偎人情何厚。轻惜轻怜转唧嗾。雨散云收眉儿皱。只愁彰露，那人知后。把我来僝僽。

（周邦彦：《青玉案》）

这三首词，都写了人们不便公开言谈的床笫之事，词情淫荡，而周词表现尤甚。柳词的"脱罗裳，恣情无限"，虽然淫荡，毕竟写得抽象；黄词的下阕，写床笫之事后女子软媚娇困之态，淋漓尽致，其淫荡比柳词已甚；而周词从女方主动相就，到

---

① 钱基博：《中国文学史》，中华书局1993年版，第609页。
② 李调元：《雨村诗话》卷一，见唐圭璋：《词话丛编》，中华书局1986年版，第1391页。

云雨结束,绘声绘色地写了床笫之事的全过程,对淫荡之声态,做了最充分的展示。污人清目,不堪卒读。

为了给周邦彦淫词作辩护,关于《青玉案》有伪词之说。王国维云:"'良夜灯光簇如豆'一首,乃改山谷《忆帝京》词为之者,似屯田最下之作,非美成所宜有也。"①又说:"伪词最多。强焕本所增强半皆是。如《片玉词》上《青玉案》'良夜灯光簇如豆'一阕,乃改山谷《忆帝京》词为之者,绝非先生作。"②他对这首词由怀疑"非美成所宜有"到作出肯定判断"绝非先生作",是经过了长时间的酝酿与思考,然仍拿不出一星半点有力的证据。使人觉得他只说了一句空洞的硬话,主观随意,绝对当不得真。他咬定是改作,却颇能迷惑人。其实,宋词改作,非如现在叙事作品之改作,像小说戏剧或电影那样,要充分尊重作者著作权,不能妄添乱加。宋人改作词,则无版权限制,那么多的檃括词,都是由诗文或别的词改写而成,从未听说发生版权纠纷。周邦彦之《青玉案》,只是由黄庭坚《忆帝京》檃括而成罢了,其改作与创作是没有多大区别的。对此,我在《秦观〈御街行〉衍变臆说》③一文做了充分的阐述,此处不赘。应当指出,周邦彦的《青玉案》、黄庭坚的《忆帝京》、秦观的《御街行》虽然是一个藤上结的三个瓜,三人的词相比,周词在写床笫之事方面,绘声绘色,淋漓尽致,其淫荡之表现,秦、黄之词都望尘莫及。由此可见,这首词可以说是铁板钉钉般地归周所有。疑其伪作者,认为周是正人君子,不可能写淫荡如《青玉案》者。其否定判断无据,没有一点说服力。

有些周词研究专家,没有否认周邦彦对此词的著作权,然在阐释上大做文章,以此为贤者讳。此词下阕绘声绘色地写了云雨过程,令人不忍卒读。"轻惜轻怜转唧嚼"一句尤秽,而注家却对此有意曲解。最早解释这一词语的是张相,他在《诗词曲语辞汇释》中说:"唧嚼,有伶俐义;有漂亮义;有精细义。"又说:"周邦彦《青玉案》词:'玉体偎人情何厚,轻惜轻怜转唧嚼'言细腻熨贴也,此属精细义。"④后来周词注家,皆沿用此说。他对此句的注释,只是从这句词本身猜测、体悟而来,根本拿不出新的有力的证据。他的阐释对不对呢?否,张的解释完全是错的。从构词讲:"唧"为拟声词,"嚼"亦拟声词。那么,二者相连组成的词,

---

① 孙虹:《清真集校注》,中华书局2002年版,第216页。
② 王国维著,滕咸惠校注:《人间词话新注》(修订本),齐鲁书社1986年版,第111页。
③ 见本书下卷《读〈全宋词〉札记》(六则)。
④ 张相:《诗词曲语释汇释》,中华书局1963年版,第640页。

无疑仍为拟声词,其含义当为两个拟声相加,张相的解释与拟声词毫不搭界;从语境说:"转"有转折意,张的解释却成为顺承,于是"轻惜轻怜"与"唧嚁"表意重复。故不论从构词或语境说,张相之解释与周词原意相悖,不可取。窃谓,唧嚁是拟声词,转,有转折之意。这已是带有音响的黄色录像了,在《全宋词》中,还找不到第二首如此淫靡之词。可见,论者对周词之"不贞"与淫荡的指斥,不是空穴来风,而是符合实际的很负责任的批评。好在周邦彦所处的北宋末期,艳词创作已是强弩之末,词的雅化浪潮已将其冲荡殆尽,周词的淫荡之风再也无人学习继承了。然作为对周词的研究,却不能不将其在艳词创作上的劣迹点破并加以声讨的。

毛滂在词史上的贡献

毛滂(1061—1125?),字泽民,号东堂,衢州江山(今属浙江)人,是北宋后期在创作上很有成就的词人,在词史上有着突出的贡献。他早年受知于苏轼,苏为之延誉,名声大噪;晚年为生活所迫,给佞臣蔡京祝寿献媚,获得小小的官职。"滂虽由轼得名,实附京以得官"①,在以人品论定词品的道德评判中,他的词受到学者的冷落。"五四"以后,由于受西方民主思想的影响,学者对毛滂词的评价有所回归,其词得到比较公允的评价。陆侃如、冯沅君的《中国诗史》、胡云翼的《宋词研究》、吴梅的《词学通论》,他们走出了以人品论词的误区,对其词都做了较为客观的评价。薛砺若的《宋词通论》,对其词评价颇高,并以之为宋代潇洒词派的领袖。新中国成立后,评价作家与作品,由于受政治标准第一的影响,加上对其词本身的认知不够,毛滂的词在中国文学史上又几乎消失了。几部权威的文学史,如游国恩等主编的《中国文学史》、中国社科院文研所编的《中国文学史》、章培恒主编的《中国文学史》以至孙望等人主编的《宋代文学史》,均未提到毛滂的词。毛滂词在《中国文学史》上的缺失,不能不使人有点遗憾。流行的文学史,只有刘大杰的《中国文学发展史》谈到毛滂,却说:"晁、毛集中,虽有不少风格颇低的艳词,但那些并非代表之作。他们虽无东坡的气魄与品格,却深受

---

① 吴熊和:《唐宋词汇评》(两宋卷),浙江教育出版社2004年版,第1107页。

着苏词那种开拓解放的影响。"①他对晁补之词的评价,可以存而不论,认为毛滂词的代表作"却深受着苏词那种开拓解放的影响",自是不易之论。但说毛滂"有不少风格颇低的艳词",则似与事实相背。最近几年,关于毛滂的研究,发表了十数篇论文,然多系生平探赜,至于对毛滂词本身的研讨,似嫌不够。因此,有重新探索与研究的必要。

一、严肃庄重的艳词

毛滂词中的艳词有20余首,约占全部词作的十分之一。在这20余首词中,有六首是写给妻子的。其中,以"家人生日"为题的祝寿词就有四首。宋人是喜欢写寿词的,在《全宋词》中,祝寿词之多,令人生厌。但为妻子祝寿者,却非常少,而毛滂为妻子祝寿词之多,在词史上还是罕见的。作为封建士大夫,他对乃眷那么尊重,感情是那么专注、真挚、情笃,可见他是一位特别重感情的人,也是不大拘束礼法的人。那首被人历来艳称的《惜分飞·富阳僧舍代作别语》,别本在题序中有"赠妓飞琼"四字,因此长期被误解为赠妓之作。周少雄先生认为"所赠者似不当为歌妓。……疑《惜分飞》是赠妻之词"②,其说极是。这首被誉为"语尽而意不尽,意尽而情不尽"③的词,虽未必是他的压卷之作,但却确实是一篇传诵千古的名篇。《殢人娇·约归期偶参差,戏作寄内》,虽称戏作,却写得真挚感人。"风露冷,高楼误伊等望","依还是,梦回绣幌,远山想像"。词人从对面着笔,想象妻子盼望自己归家的情景,写得那么动人,真乃性情中人也。总之,他写给妻子的六首词,都是很有感情的,是值得我们一读的。艳词中,有写别人姬妾或歌伎者,有《踏莎行·陈兴宗夜集,俾爱姬出幕》、《诉衷情·见吴家歌伎》、《青玉案·戏赠醉妓》、《菩萨蛮·赠舞妓》等七首。艳词另有《清平乐·春夜曲》、《更漏子·熏香曲》、《于飞乐·代人作别后曲》、《最高楼·春恨》等八首。这些艳词,虽不免有些色情的描写或暗示,但总的来说,写得还比较纯真、庄重,多是艳而不艳之作。如《青玉案·戏赠醉妓》:"玉人为我殷勤醉。向醉里,

---

① 刘大杰:《中国文学发展史》(中卷),古典文学出版社1958年版,第248页。
② 周少雄:《潇洒词人毛滂》,《古典文学知识》1988年第5期。
③ 周辉:《清波杂志》,引自施蛰存、陈如江:《宋元词话》,上海书店出版社1999年版,第333页。

添姿媚。偏着冠儿钗欲坠。桃花气暖,露浓烟重,不自禁春意。绿榆阴下东行水,渐渐近,凄凉地。明月侵床愁不睡。眉儿吃皱,为谁无语,阁住阳关泪。"以写醉态为主,虽有打趣之处,但仍比较庄重。总之,他不是视女人为玩物,也没有以轻佻的笔调写娱情,而是带着几分尊重、几分怜惜写这些下层妇女的。与宋代其他词人的艳词相比,不是写其服饰姿容与态势,而主要是写其心理与感情。即便偶涉色情,也是十分含蓄的,这一点是难能可贵的。在他的词中,很少有北宋词人、特别是北宋前期词人那种浓烈的香艳气息,他没有一首像柳永、秦观、黄庭坚那些专写床笫之乐的低俗作品,更没有一首带着欣赏的态度写男女幽会者。总之,他是一位在生活上很严肃的词人,没有北宋文人词客那种对女人或歌伎的浮浪情思与轻薄情调。他的艳词,写得较为严肃、庄重和含蓄,字句干净,品行高尚,思虑纯洁,作为写男女之情的词作,毛滂的艳词,在思想感情上有很大的提升,他超越了北宋某些艳词的卑俗。对艳词的写作来说,是一个新的较高的起点。

二、宋词中的唐调

宋词有唐调与宋腔之别:唐调活泼、明朗、圆润,宋腔老成、阴晦、凝涩。唐调虽不一定都是一挥而就,但大都是即兴之作,多为短曲,在字句上也不大润饰,故明丽天然;宋腔则注重字句的推敲,喜用长调,擅长铺叙,讲究研炼之功,故老练凝重。大抵唐调以北宋为最,宋腔以南宋为多,然因时因人也略有参差,并非截然划一的。毛滂所处的时代,是为宋词由唐调转为宋腔的转折时期,周邦彦词可以说是宋腔的奠基之作,而比周邦彦略早的毛滂之词,仍以唐调为主。他的许多词都写得玲珑剔透,而又不失其自然本色。如:

桃夭杏好,似个人人好。淡抹胭脂眉不扫,笑里知春占了。 此情没个人知,灯前仔细看伊。恰似云屏半醉,不言不语多时。

(《清平乐》)

花市东风卷笑声,柳溪人影乱于云,梅花何处暗香闻。 露湿翠云裘上月,烛影红锦帐前春,瑶台有路渐无尘。

(《浣溪沙》)

这两首词,都写得相当自然,相当本色,也相当华美。它活泼、明朗、圆润,读起来朗朗上口,意境上无隔无碍,的确是玲珑剔透的好词。虽然,词人在写作时,注意了技巧与修饰,也不乏研炼之功,但其技巧与研炼不是外化的,而是浑然内藏的。它被活泼轻快的调子所掩盖,使人觉得作者写词时是出口成章、任意挥洒的。盖词人填词时感情充沛,为情造文,因而词显得自然、活泼、流畅,韵味天然,毫无凝涩、拘谨之弊。《虞美人·东园赏春,见斜日照杏花,甚可爱》、《菩萨蛮·代赠》、《减字木兰花·李家出歌人》、《踏莎行·元夕》,都是典型的唐调。有着饱满的生气与韵味,并散发着浓郁活泼的青春气息。

  宋词中的唐调,有一些浪漫主义特色。毛滂的词,也洋溢着浪漫的气息。譬如《摊声浣溪沙·吴兴僧舍竹下与王明之饮》:

    雨色流香绕坐中,映阶疏竹一丛丛。不奈晚来萧瑟意、子猷风。　潋滟满倾金凿落,淋漓丛湿绣芙蓉。吸尽百川天上去,看长虹。

  此词上阕写僧舍竹林之胜景,环境极其优美;下阕写两人之豪饮,情绪高昂。结尾"吸尽百川天上去,看长虹,"有苏、辛之豪放与浪漫,词境颇为壮阔,其行为之豪放与豁达亦溢于言表。余如"急剪垂杨迎秀色,到窗前"(《摊声浣溪沙·冬至日,天气晏温,从孙使君步至双石堂,北望山中微雪,因开窗倚目。适二柳当前,使君命伐之,霍然遂得众山之妙》)。"我有凌霄伴。在何处,山寒云乱。何不随君弄清浅。见伊时,话阳春,山数点。"(《夜游宫·仆养一鹤,……便知仆居此不落寞也》)都表现出词人行为的浪漫。这种浪漫的风格与情思,给词带来了生气与活力。

  宋腔与唐调各有优长,不应以个人偏好而随意褒贬。然唐调清新活泼而富于艺术活力与亮色,故得到读者的喜爱而易于传播。毛滂词的唐调,自然会获得读者的喜爱与欢迎,这是不言而喻的。

三、词境开拓与潇洒的词风

  对于词境的开拓以及词境向诗境转化,并开创潇洒的词风,这是毛滂在词史上的又一重要贡献。

毛滂词在保持词的要眇宜修特色的同时,极力使词境向诗境转化,开拓词的艺术领域。他在词中,着力营造了浓郁的诗的韵味与情调,使其词极富诗的意味。可以说是诗化的词。如《临江仙·宿僧舍》:

> 古寺长廊清夜美,风松烟桧萧然。石阑干外上疏帘。过云闲窈窕,斜月静婵娟。　独自徘徊无个事,瑶琴似奏流泉。曲终谁见枕琴眠。香残虬尾细,灯暗玉虫偏。

按词题说,是住宿僧舍,这自然是在远离嚣尘的幽静的山林。此词上阕写僧舍优美的自然环境:在和风烟霭中屹立的松树与桧树是那么高大、挺拔;天空的云彩是那么悠闲而美丽;娟娟斜月,又是那么幽静而美好,这一切的一切,都洋溢着浓浓的诗意,恬静、美妙、萧散,给人以舒适之感。下阕写词人在清幽环境中的兴致:试用瑶琴弹一曲《高山流水》,那琮琮铮铮的琴声,净化着词人的心灵,渐次进入无差别境界。弹完一曲,枕琴而眠,不知东方之既白。词人描写的境界,完全是诗化了的,简直就是超脱凡尘的仙境。这种优美的词的境界,令人悠然而神往。

毛滂词在诗化的过程中,有些写得秀美而潇洒。譬如《西江月·县圃小酌》:

> 烟雨半藏杨柳,风光初到桃花。玉人细细酌流霞,醉里将春留下。　柳畔鸳鸯作伴,花边蝴蝶为家。醉翁醉里也随他,月在柳桥花榭。

垂柳旁边的鸳鸯,花边的蝴蝶,都是那么自在,自然是那么完美和谐,醉翁悠然自得,完全消融在这种无限美好的环境,充满欢快愉悦的情绪。

他的一些词句,颇有诗的情调和韵味,这是他的词诗化特色之一。如"不信腊梅雕鬓影,渐移春意上妆光"(《浣溪沙·家人生日》)、"云近恰如天上坐,魂清疑向斗边来"(《浣溪沙·初春泛舟,时北山积雪盈尺,而水南梅林盛开》)、"芳草池塘新涨绿,官桥杨柳半拖青"(《浣溪沙·寒食初晴,桃花皆以零落,独牡丹欲开》)、"风露满帘清似水,笙箫一片醉为乡"(《浣溪沙·武康社日》),都是清隽可喜的诗句。"珠楼缈缈,人月两婵娟,尊前月,月中人,相见年年好"(《蓦山溪·元夕词》),写出了极优美的意境,散发着浓浓的诗意。

北宋后期,新旧两党的斗争是很激烈的,毛滂处在党争的夹缝中,受到当权者的挤兑,长期在僻远的地方做个小小的地方官,有志不得申,有才不得用,这种冷官对他来说是食之无味弃之可惜的鸡肋,因此就难免产生隐逸之思,他写了许多向往隐逸的词作,表现了对当时腐败的政治的厌倦与疏离。如《雨中花·武康秋雨池上》:

> 池上山寒欲雾,竹暗小窗低户。数点秋声侵短梦,檐下芭蕉雨。 白酒浮蛆鸡啄黍。问陶令、几时归去。溪月岭云红蓼岸,总是思量处。

在词里这种深切的隐逸之思,表现出他对官场的厌倦。他把隐逸生活想得很自在,看得很潇洒。"羁鸟恋旧林,池鱼思故渊",要像田园诗人陶渊明那样,极欲离开官场的羁绊,很快回到田园,过轻松洒脱的日子。词也写得轻快而潇洒。毛滂这种强烈的隐逸之思,在许多词里都有表现,形成一种非常潇洒的词风。如《浣溪沙》:"本是青门学灌园。生涯浑在乱山前。一犁春雨种瓜田。别后倩云遮鹤帐,来时和月寄渔船,旁人莫做长官看。"这首田园词写得何等潇洒。余如"云外归鸿,烟中飞桨,五湖秋兴心先往"(《七娘子》)、"明年春色重来,东堂花为谁开。我在芦花深处,钓矶雨绿莓苔"(《清平乐·春晚与诸君饮》)、"叹我平生,识尽闲滋味。来闲地,为君一醉,万事浮云外"(《点绛唇》),都表现出他对暂时脱离官场的隐逸生活的陶醉。他有时把隐居描写成迥非人间的生活境界,进入一种远离尘世的仙境。"与君踏月寻花,玉人双捧流霞。吸尽杯中花月,仙风相送还家"(《清平乐·东堂月夕小酌,时寒,秀峰下婆罗花盛开》)。这种在内容上注重隐逸之思抒写的词篇,往往把隐居生活写得很理想、很美,成为不食人间烟火味的仙境,词风也很潇洒,这种潇洒的词风,对陈与义,朱敦儒词风颇有影响。陈与义的《临江仙》"忆昔午桥桥上饮"词风的洒脱、风流,朱敦儒的《鹧鸪天》"我是仙都山水郎"表现出的狂傲不羁,都是毛滂潇洒词风的继承与延续。总之,毛滂词彻底摆脱了北宋前期那种颇为秾艳的词风,开创了一种疏隽潇洒的词风。这种词风是对传统词境的疏离和拓展,从而使颇为狭隘的词境得一大大地丰富,并深刻影响于后代。

四、炼饰而自然的语言特色

毛滂词在艺术表现上颇有特色,因此受到词选家的推崇。朱彝尊选的《词综》,在艺术上标榜"醇雅清空",毛滂词入选者竟达21首之多,可见,他的词符合"醇雅清空"者颇多,而且在词史上有着较高的地位。其词不仅注重意境的锤炼,写出了许多具有优美意境的词作,而且在遣字造句上颇具研炼之功,使词在艺术表现上颇有个性与特色,字句精炼而表现力极强。如《南歌子·席上和衢守李师文》:

绿暗藏城市,清香扑酒尊。淡烟疏雨冷黄昏,零落酴醾花片、损春痕。润入笙箫腻,春余笑语温,更深不锁醉乡门,先遣歌声留住、欲归云。

此词构思新颖别致,词句凝炼警拔,意境清幽,表现出词人摆脱俗务、风雅自乐的心情。词风潇洒,别有韵致,其遣词造句,尤见研炼之功。"藏"、"扑"、"损"、"腻"、"温"五个字都用得极好、极活、极妥帖,强化了词的诗意美,使其蕴含丰富而有力。末句"先遣歌声留住、欲归云",是有着多重的拟人句:"欲归云",是拟人;"留住",是拟人;而又"先遣歌声"去留,亦是拟人。通过多重拟人手法的运用,不仅表现出歌声之极端优美动人,且暗示其有响遏行云之清亮高亢,的确是描写与形容歌声之美的绝妙词句。在他词中,凝炼精妙的句子是很多的,可以说是随处可见。譬如"冷射鸳鸯瓦,清欺翡翠帘"(《南歌子·东堂小酌赋秋月》),一个"射"字,见冷风之凌厉,一个"欺"字,见清气之凛冽。又如"花市东风卷笑声"(《浣溪沙·上元游静林寺》),一个"卷"字,见笑声之高朗远播。此句之妙,可与宋祁之"红杏枝头春意闹"、张先之"隔墙送过秋千影",鼎足而三。一字之用,境界全出。"目送千秋爽气,帘卷一城风月"(《水调歌头·登衢州双石堂呈孙八太守公素》)、"画船帘卷月明中"(《浣溪沙·泛舟》),卷字亦妙。他用卷字的句子颇多,大都清新可喜,可谓善用卷字者:

风卷帘,水摇天,鱼龙挟彩船。

(《更漏子·和公孙素泛舟观竞渡》)

彩云朝真天质秀。宝髻微偏,风卷霞衣皱。

(《蝶恋花·东堂下牡丹,仆所栽者,清明后见花》)

离唱断、旌旗却卷春还。

(《八节长欢·送公孙守公素》)

兵厨玉帐卷鄱湖,人醉碧云欲暮。

(《西江月·次韵孙使君赏花见寄,时仆武康待次》)

以上诸句的卷字,用的也无不精妙。另外,像"疏疏烟柳瘦于人……缓歌金缕细留云"(《浣溪沙》)、"过云闲窈窕,斜月静婵娟。……香残虬尾细,灯暗玉虫偏"(《临江仙·宿僧舍》)、"雨呼烟唤,付凄凉,又不成,那些好梦。"(《夜行船》)"瘦"、"细"、"闲"、"静"、"细"、"偏"、"呼"、"唤"等,都是词人精心筛选百里挑一的极富表现力的字眼,说它是"一字千金",也不为过。总之,毛滂词是善于炼字的。可贵的是,他的许多字都是用得既活泼生动,自然高妙,而又不留丝毫的锤炼之迹。词句流畅,词风洒脱,词味浓郁,写出了颇具个性特色的好词。

惠洪词补辑二首

——兼与何忠盛先生商榷

读何忠盛先生的《惠洪词补辑十四首》①,获益良多。惠洪词《全宋词》存21首,今何文补辑14首,增加了2/5,这对研究惠洪、特别是惠洪词,提供了重要的文献资料,功莫大焉!文章论据充分可靠,可为定谳。然也有些美中不足之处,特提出与何先生商榷。

第一,文章将"阕"写成"阙",犯了常识性的错误。短短的一篇文章,"阙"字出现了9次,全用错了。这显然不属于校对问题,而是作者的误用。词的一首叫一阕。分段的词,上段叫上阕,下段叫下阕。也有三阕、四阕的词。阙,含义有二:一是同缺;二是指宫门两边的楼台,泛指帝王的住所,如宫阙。可见阙与阕不能通用。近年刊物上发表有关研究词的论文,往往将"阕"写成"阙"字,前几年

---

① 何忠盛:《惠洪词补辑十四首》,《古籍整理研究学刊》2010年第3期。

某出版社出版了一本《唐宋词选》,是一位很有成就的中年学者选注的,选目与注释颇见功力,书校对精审。该书从头到尾使用的 121 个"阕"字,均写成"阙"字,令人莫名惊诧!重复百遍的错误,就有可能被误认为是真理。为准确使用汉字,特予纠正。

第二,《晚归自西崦复得再和二首》,有五个缺字。这五个缺字《全宋诗》卷一三三四据武林本《石门文字禅》,一一补出。这五个缺字依次为"人"、"显"、"待帆"、"压"。① 何文却依旧开了天窗。

第三,这 14 首词的认定,还可以从词调的声律方面,进一步夯实。对此,下文要谈,此处不赘。

《石门文字禅》卷八,紧接《晚归自西崦复得再和二首》之后,惠洪还有二首《浣溪沙》,即《肇上人居京华甚久别余归闽作此送之》,此系词题。可惜何君失之交臂,今补录如下:

　　毳帽驼裘一尾轻,半开便面气如春,醉归穿市月随人。　此境要非吾辈事,摩头忽忆海山滨,蕨芽荔肉齿生津。

　　十分春压能眠柳,一再风撩解笑花,故山应摘雨前茶。　从我觅诗如触鹿,为君肥字作栖鸦,句中有眼莫惊嗟。

将这首被《石门文字禅》列为古诗的诗,断定为两首《浣溪沙》词的连缀,理由可参何文。关于《浣溪沙》的格律,龙榆生云:"四十二字,上片三平韵,下片两平韵,过片二句多用对偶"②。田玉琪云:"此调后为唐宋流行词调,通用体式为上下片各为三句的齐言体四十八字。(按:"八"字应为"二"字)声律方面上下片第三句重复上句的平仄关系,形成回环复沓之美,在作法上,下片一二句通常要求对仗。"③这两首词,除首句未用韵外,余均合格。然龙榆生、田玉琪二位先生,是就通用体而言的,也有特例。谢映先《中华词律》举薛昭蕴《浣溪沙》"红蓼渡头秋正雨",④系"又一体",谢谓"此词起句不用韵异"。《全宋词》编者由《石门

---

① 傅璇琮:《全宋诗》,北京大学出版社 1995 年版,第 15175 页。
② 龙榆生:《唐宋词格律》,上海古籍出版社 1978 年版,第 13 页。
③ 田玉琪:《词调史研究》,人民出版社 2012 年版,第 340 页。
④ 谢映先:《中华词律》,湖南大学出版社 2005 年版,第 867 页。

文字禅》卷八辑录的《浣溪沙·送因觉先》,①也是首句不用韵的。可见,首句不用韵的《浣溪沙》"又一体",是为学者承认的。我补辑的这二首与何先生补辑的十四首,均系《浣溪沙》中的"又一体"。这两首词,就押韵而言,检《词林正韵》,前者为第六部平韵,后者为第十部平韵,也是完全合格的。

惠洪的这十八首《浣溪沙》(何补 14 首,我补 2 首,《全宋词》编者辑录 2 首),均载《石门文字禅》卷八末尾。这些词都是"以诗为词",均为与朋友酬应之作,风调也与诗相类。他与苏轼交往密切,也可能受了苏轼"以诗为词"创作倾向的影响。这十八首词,是作者或编者有意识的放在一起的,并依词题排列,放在卷八之后。或者前面写了《浣溪沙》调,后被刊落,也未可知。这十八首词的编排,还有诸多疑问,尚须破解。

叶梦得词简论

叶梦得(1077—1148),字少蕴,号石林居士,长洲(今江苏苏州)人。他是南渡之际一位重要的爱国词人,上承苏轼,下启辛弃疾,在词史上作出了重要的贡献。《石林词》存词 103 首,从创作数量与质量言,都可列入大家之列。以词风言,也具有婉约、豪放等多种风格,是一位极有创作个性的词人。因此,他的词引起了当代研究者广泛的关注。近年来,研究叶梦得词的论文较多,在许多方面都做了较深地开掘。现就我们读叶梦得词的感受,再谈一点肤浅的看法。

一、词风的独特

宋代的关注,谈到叶梦得的词时,就有颇为剀切的评论。他在《题石林词》中说:

婉丽绰有温、李之风;晚岁落其华而实之,能于简淡时出雄杰,合处不减靖节、东坡之妙,岂近世乐府之流哉?

---

① 唐圭璋:《全宋词》,中华书局 1965 年版,第 710 页。

关注说他的词风由浮靡走向简淡,从婉约走向雄杰,其淡处有陶渊明之妙,雄旷处有苏轼词的风韵。这个评价是相当高的。质诸《石林词》,却是符合实际的,是量了尺寸而做的一项合适的冠冕,而绝非随意捡起一顶高帽子硬给他头上戴。

明代的毛晋在《石林词跋》中也说:

> 《石林词》一卷,与苏、柳并传,绰有林下风,不作柔语嬛人,真词家逸品。

毛晋将他的词与苏轼、柳永相提并论,说他的词有"林下风",是具有隐逸之情的词章,并称之为逸品。这个评语,也是比较符合实际的。他的词的确不同凡响。关注、毛晋之评,均为行家语,岂浪誉哉!

以词的风格而言,婉约、豪放、淡远、清旷等诸种风格,检《石林词》,都可找到典型的例证,这说明他在词的创作上,已经相当成熟,并取得了突出的成就。而他在18岁时写的那首《贺新郎》词,就很值得我们特别关注。

> 睡起啼莺语。掩青苔,房栊向晚,乱红无数。吹尽残花无人见,惟有垂杨自舞。渐暖霭、初回轻暑。宝扇重寻明月影,暗尘侵、尚有乘鸾女。惊旧恨、遽如许。　江南梦断横江渚。浪黏天,葡萄涨绿,半空烟雨。无限楼前沧波意,谁采苹花寄取。但怅望,兰舟容与,万里云帆何时到,送孤鸿、目断千山阻。谁为我,唱金缕。

这是一首闺情词。按传统的写法,必然是婉约词,然它却与一般的婉约词迥异其趣。词的上阕写幽情幽境,是婉约词的做派,写得曲折、缠绵、婉约、细腻,表现出典型的纤丽之美。下阕却多有宏大之景:诸如黏天之浪、万里云帆、千山阻隔,词的境界颇为壮阔,气势也显得特别雄大。字里行间,渗透了豪逸之气。就其风格与意境而言,此词既有纤丽、婉约的一面,又有雄浑壮阔的一面。唐圭璋谓其"纤丽而豪逸"[①],洵为的评。从风格上讲,婉约与豪放是两种相反的极端,它在同一首词中出现,是很难想象的,更谈不到浑融。叶梦得这首词,却将婉约与豪

---

① 唐圭璋:《唐宋词简释》,上海古籍出版社1981年版,第141页。

放浑然一体,了无杆格,在宋词中可谓别具一格:它细腻而不纤巧,俊逸而不粗豪,这在宋词中可以说是独有的,它给人以新异之感。我们读宋人词集,在豪放派词人的词集中,一般都有一半以上的婉约词。这是因为婉约词的创作在很长时间内都是主流,豪放派词人在词的创作上虽然突破了这一传统。但他写起婉约词来,还是得心应手的。此为创作惯性在创作过程中顽强的表现,如辛弃疾、陈亮等都是。而婉约词人的词集,也可能偶有几首豪放词,则是因为客观形势之变化,引起词人感情的变化,从而写出数首豪放词来,如姜夔、史达祖等人即是。而这数首豪放词的出现,则是客观现实对创作的特殊制约,作为文学的词,毕竟是现实生活的反映。但在同一首词中,既有婉约词之细腻柔软,又兼具豪放词之壮阔旷放,这却是罕见的。这首词的特异与成功之处,在于两种风格兼容的浑然与圆美。它具有开创性,且在艺术上达到了高度的完美。

谈到词的风格,《虞美人》也颇具典型性:

> 落花已作风前舞,又送黄昏雨。晓来庭院半残红,惟有游丝千丈、胃晴空。　殷勤花下同携手,更尽杯中酒。美人不用敛蛾眉,我亦多情无奈、酒阑时。

此词词题为《雨后同干誉、才卿置酒来禽花下作》。这是一首写惜春伤春感情的词,是婉约词中常见的题材。这类题材词家容易写得感伤哀婉,情绪低沉,甚至凄咽。词人以反往常的这种做法,却采用健笔写柔情,因而词风开阔健朗。上阕写落花,落花对花来说是被动的,是无可奈何的。词人却以落花为主,变被动为主动。请看:飘飘而下的落花,不仅在风前自舞,而且送走了黄昏雨,她是那么主动,又是那么潇洒、从容、悠然自得,是那样主宰自己的命运。早上本来是半地落花,情景凄凉,写来未免感情低沉,情绪索漠。词人却写了游丝千丈高挂,"千丈胃晴空"写得多有气势,低沉的情绪也为之一扫,变为高扬。上阕写落花,写时光流逝,虽隐寓怅惘之情,却写得含蓄而隐蔽。下阕写邀约友人前来花下饮酒听歌,既有莫负春光及时行乐之意,又何尝不是为花饯别,给花送葬。与友人花下携手,殷殷劝酒,既有表现借酒浇愁"举杯消愁愁更愁"之忧愁,又有"也无风雨也无晴"之旷达。这种情绪,也自然影响到唱歌侑觞的美人。词人却劝美人不必愁眉不展,谓我亦是多情之人,何尝不是很感伤的,然却能自持。词人惜时惜别之情跃然纸上。

此词上阕写花主动,下阕则写词人之主动。词人以健笔写柔情,以豪情写悲感,于情绪低沉处见高朗,于感伤中见旷达。其惜别之情不仅没有减弱,反而更深沉、更沉郁。沈际飞云:"下场头话偏自生情生姿,颠播妙耳。"①结尾二句,写得最为婉转深刻,曲折有味。

《贺新郎》与《虞美人》这两首词,表现出叶梦得词风的独特与创新。前者能将婉约与豪放之情写得浑然一体;后者则以健笔写柔情,使其柔中有骨,柔中寓刚。这两首词,不仅在表情达意上能更深一层,而且在风格上各具风采,别具一格。这不能不使人佩服词人写词艺术之醇熟,令人拍案叫绝。

二、主体的张扬

词贵含蓄蕴藉,主体一般都比较隐蔽,故多委婉之致。叶梦得的词跟一般词人的词比较,主体则显得有些张扬。他的词主体张扬的突出表现之一,是在对一些动词的多次运用上,譬如"笑"与"狂"这两个字在词中出现的频率就较高,凸显了主体颇为张扬的态势。现就这两个字在其词中运用情况的分析,看叶梦得词主体张扬的特色。

首先,喜用笑字。

笑,表示喜悦高兴,也有嘲笑讥讽或轻蔑之意。凡含有笑字的词句,感情表现的趋向是明朗的。作为以含蓄委婉为其基本艺术特征的词,用笑字是极少的。叶梦得词今存 103 首,"笑"字一共有 31 个。平均每 10 首词,就至少有 3 个笑字。我们在宋词集中,很难找到数量这么多、密度这么大的词家。只有辛弃疾是个例外,他今存词 629 首,共用了 184 个笑字。②尽管辛弃疾词中笑字的绝对数字,远远超越了叶梦得词,但因词的数量多,笑字出现的频率却仍低于叶梦得词。就绝对数字与分布的密度而言,笑字之多,是叶梦得词很显著的一个特点。

他用笑字,表现谈笑风生,感情豁达。笑是政治家的自信,并由此而产生的一种豪情,一种特殊的气度,表现出自己具有一种非凡的才能。例如:

---

① 《草堂诗余正集》,引自唐圭璋:《宋词三百首笺注》,上海古籍出版社 1979 年版,第 120 页。
② 林淑华:《辛弃疾全词索引及校勘》,北京图书馆出版社 1978 年版,第 1076—1080 页。

(1) 谁似东山老,谈笑静胡沙。

(《水调歌头》"秋色渐将晚")

(2) 鼓吹风高,画船遥想,一笑吞穷发。

(《念奴娇》"云峰横起")

(3) 缥缈危亭,笑谈独在千峰上。

(《点绛唇·绍兴乙卯登绝顶小亭》)

(4) 青霄元有路,一笑倚琼楼。

(《临江仙·乙卯八月九日,南山绝顶作台新成,与客赏月作》)

以上四个例句,都很能表现叶梦得不凡的政治器度。例(1)表明:在金人大兵压境、议和派甚嚣尘上的时候,他表明自己蔑视强敌、力主抗战的态度,企盼历史上谢安这样的风云人物再次出现。东晋政治家谢安,在著名的淝水之战时,面对强敌压境,从容应对"投鞭飞渡"之敌人,指挥若定,表现出超绝一代的风流文采。词人直以谢安自任与自期。例(2)表明:在风高浪大之时,他却"一笑吞穷发",表现了气吞强虏的不凡气概。例(3)表明:词人坐在千峰之巅的危亭上,居高临下,俯视寰宇,表现出一种卑视世俗的姿态。其笑谈之内容,则不言而喻了。例(4)表明:"青霄元有路",真是石破天惊!词人是在经历山穷水尽的逆境之后,终于出现了"柳暗花明又一村"的开朗境界,有绝路逢生之喜悦。

在其词中,还多次用一笑,如"独倚高台一笑"(《水调歌头·濠州观鱼台作》),"潋滟湖光供一笑"(《临江仙·次韵洪思诚席上作》),如此等等,自得与喜悦之情概见。这是从容与大度的政治家胸怀与气度的自然表露。

在我国古代诗人中,有些人在诗中喜欢用"一笑",表现其特有的感情。如黄庭坚"出门一笑大江横"(《王充道送水仙花五十枝欣然会心为之作咏》),"投荒万死鬓毛班,生出瞿塘滟滪关。未到江南先一笑,岳阳楼上对君山。"(《雨中登岳楼望君山二首》之一)表现了他身处逆境时性格的倔强与心情的苦涩。黄景仁诗题则往往用"一笑",表现他感情的旷达与无奈。叶梦得词中多次用了"一笑",表现其心态的旷放、喜悦与自豪,这与他性格的狂傲与自足高度一致。比起黄庭坚与黄景仁来,其用"一笑"并无负面的情绪,而是充分表现了词人的自足与自信。他总是自视甚高,远脱卑俗,大有旋转乾坤、气吞狂虏的气概,这在国弱民贫敌强我弱的情势下,是何其宝贵。

笑有嘲笑讥笑之意,他在对一些事物的嘲笑与讥笑中,彰显其杰出的本领。笑表现了内心的充实,性格的豪爽、率直,情绪的高涨,直有"饮酣视八极,俗物都茫茫"之概。而其品德之高洁、胸怀之磊落与高旷,都在不言中。譬如:

(1)堪笑磻溪遗老,白首直钩溪畔,岁晚忽衰翁。功业竟安在,徒自兆非熊。

(《水调歌头·濠州观鱼台作》)

(2)岁将晚,客争笑,问衰翁。平生豪气安在,沈领为谁雄。

(《水调歌头·九月望日,与客习射西园,余偶病不能射》)

(3)独醒争笑楚人魂。

(《浣溪沙·用前韵再答幼安》)

(4)自笑天涯无定准,飘然到处迟留。

(《临江仙·熙春台与王取道、贺方回、曾公衮会别》)

这些笑字,都彰显着他独特的个性。例(1)表明:嘲笑姜尚未遇时,其治国之才无以自展。借以自喻与自嘲,表现其经国大志不得实现的牢骚。例(2)表明:借客人的争笑,表明自己豪气未除,感慨身世,悼惜流年。并以当时的骁将岳德作反衬,写自己年老体衰,无由报效国家的悲愤。例(3)表明:词人以独醒者自居,讥笑那些与世和光共尘的人。例(4)表明:词人自笑自嘲。虽然身怀绝技,却无以施展,而到处迟留。在这些笑字里面,蕴含着词人的自信。或讥抨,或反讽,用以表现壮志不能伸展的悲愤。从另一个角度,张扬个性,透露出主题的勃勃英气。

其次,爱用狂字。

与喜欢用笑字相联系,他还爱用狂字,用以表现他的桀骜与不屈。譬如:

(1)聊相待,狂歌醉舞,虽老未忘情。

(《满庭芳·张敏叔、程致道和示,复用韵寄酬》)

(2)老去狂歌君勿笑,已拼双鬓成秋。会须击节沂中流。

(《临江仙·诏芳亭赠坐客》)

(3)一杯起舞,曲终须寄,狂歌重倚。

(《水龙吟·八月十三日,与强少逸游道场山,放舟中流,命工吹笛舟尾迎月归作》)

(4)痛饮狂歌,百计强留,风光无奈春归。

(《雨中花慢·寒食前一日小雨,牡丹已将开,与客置酒坐中戏作》)

词人爱用"狂歌"而往往又伴一"醉"字,表现出一时情绪的激愤与高涨。我们仔细体味,词人一生报国之事业无成,功业未就,由此而产生了强烈的不满与无奈。如例(2)就有着中流击楫的企盼,"狂歌"表现其功业暂未成就,却有着仍不服输的精神。"会须击节溯中流",大有"会须雄笔捲苍茫"(《临江仙·雪后寄周十》)、"一笑吞穷发"(《念奴娇》"云峰横起")之概。他坚信,事业终会有所成就。又如:

(1)老去狂犹在,应未笑衰翁。

(《水调歌头·癸丑中秋》)

(2)应笑今年狂太守,能痛饮,似当时。

(《江城子》"碧潭浮影蘸红旗")

(3)狂酲已醒,不似旧时长酩酊。

(《减字木兰花》"黄花渐老")

(4)多情断了,为花狂恼,故飘万点霏微。

(《雨中花慢·寒食前一日小雨,牡丹已将开,与客置酒坐中戏作》)

这些狂字,充分地表现了词人感情的强烈与外化,从而使主体精神得到充分的展现。叶梦得在词中这种自我张扬的表现,透露出他强烈的事业心与责任感,表现了强烈的爱国精神。所有这一切,对辛弃疾的词有很大的影响。辛弃疾词中主体的张扬,是因为他始终怀有恢复中原的雄心壮志,想要"了却君王天下事,赢得生前身后名"(《破阵子·为陈同甫赋壮词以寄之》)但也与学习与继承叶梦得这类词有极大的关系。

纵观叶梦得的一生,他对国家民族命运的无限关注,是其以一贯之的思想情绪。为国家民族之兴旺发达而献身的精神,是封建社会中国士大夫的一种高尚品德。这种精神,在叶梦得身上得到了最充分的体现。在靖康之难以后,金人占据了中原,并向淮河流域推进,一期消灭大宋帝国,占领江南。在这危难之际,叶梦得挺身而出,为抗击金国保卫江南而努力。他的"狂"与"笑",表现了他在逆流中,大义凛然,保持着特立独行的品格。反对投降,反对妥协,坚持与敌人斗争到底。他的品格与作为,在当时的确是鹤立鸡群的了。

三、情绪的高昂

在叶梦得词集中,除了极少的几首婉约词外,都是豪放词。他喜欢用《水调歌头》、《八声甘州》、《满江红》、《念奴娇》、《定风波》等适于表现豪放感情的词调,抒写其旷放之情,表现出纵越不羁的性格。他常以浪漫的情调,夸张的语言,表现其颇为浪漫的情思。因此,词的感情强烈,气势颇为豪壮,打破了词体文小、质松、径狭、境隐的特点,展示出词人高昂的情绪。这种情绪,是悲剧时代的产物。词人感情喷发,个性张扬,情绪悲壮慷慨,读之令人振奋,直有起懦回怯之效。其情绪的表现,有以下几个特点:

首先,景象壮阔,写出了雄浑苍凉的境界:

渺渺楚天阔,秋水去无穷。两淮不辨牛马,轻浪舞回风。

(《水调歌头·濠州观鱼台作》)

河汉下平野,香雾卷西风。倚空千嶂横起,银阙正当中。

(《水调歌头·癸丑中秋》)

洞庭波冷,望冰轮初转,沧海沉沉。万顷孤光云阵捲,长笛吹破层阴。汹涌三江,银涛无际,遥带五湖深。

(《念奴娇·中秋宴客,有怀壬午岁吴江长桥》)

倒捲回潮目尽处,秋水黏天无壁。

(《念奴娇》"云峰横起")

如此等等,词人笔下的景象都十分壮阔,而其境界雄浑苍凉,不同凡响。

其次,感情豪迈,一洗靡靡之音。譬如:

起瞰高城回望,寥落关河千里,一醉与君同。叠鼓闹清晓,飞骑引雕弓。

(《水调歌头·九月望日,与客习射西园,余偶病不能射》)

坐看骄兵南渡,沸浪骇奔鲸。转盼东流水,一顾功成。

(《八声甘州·寿阳楼八公山作》)

问骐骥,空矫首,为谁昂。冥鸿天际,尘事分付一轻芒。

(《水调歌头·次韵叔父寺丞林德祖和休官咏怀》)

词人感情是豪迈的、乐观的,既有着成功的希冀,又有必胜的信心与把握。情绪高昂,一洗低沉的靡靡之音,读之令人振奋。

第三,词人斥天挥月,逸兴遄飞。

付与孤光千里,不遣微云点缀,为我洗长空。

(《水调歌头·癸丑中秋》)

闻道安车来过我,百花未敢飘零。

(《临江仙·席上次韵韩文若》)

老子兴来殊不浅。帘卷。更邀明月坐胡床。

(《定风波》"渺渺空波下夕阳")

却怪姮娥真好事。须记。探支明月作中秋。

(《定风波·七月望,赵倅置酒,与鲁卿同泛舟登骆驼桥待月》)

醉倒清尊,姮娥应笑,犹有向来心。广寒宫殿,为予聊借琼林。

(《念奴娇·中秋宴客,有怀壬午岁吴江长桥》)

词人兴致勃勃,逸情满怀。请看:明月不仅可邀,还可"探友";广寒宫殿,更肯"聊借琼林"。词人情绪高昂,气概恢宏,毋庸凭借,无所顾忌,斥天挥月,为所欲为:明月"为我洗长空"、"百花未敢飘零"。他们都俯首帖耳,任我所用。直是"雄笔捲苍茫",将词人高扬的主观情绪,表现得淋漓尽致的了。

附：

给《文教资料》编辑的一封信

编辑同志：

　　你好！

　　近读贵刊刊载的万贺宾《叶梦得〈临江仙〉词简论》(《文教资料》2009年6月下旬刊《古代文艺研究》)，颇受教益，但也不乏商榷之处。

　　第一，贺文云："另外在句法上，叶梦得也略有改变，传统的《临江仙》词都是60字，10标点句。而在《与客湖上饮归》中词人却有58字，把最后两句的五五句变成了四五句，这也是词人的一个创新之处。"（第29页）

　　这段话与《临江仙》词调实际不符，且语病颇多。

　　一、58字的《临江仙》词就是创新吗？万树《词律》卷八，列举《临江仙》词牌体式达14种，就字数而言，就有54、56、58、60、62、74、93之别；仅58字者，就有7种体式。叶梦得的《临江仙·与客湖上归饮》，并未越出这7种体式之外，而是与柳永的《临江仙》"鸣珂碎撼都门晓"属同一体式。柳永在叶梦得前，要说创新，该是柳永，而非叶梦得。谢映先生也说：《临江仙》"双调、前后片各三平韵，有五十四字、五十六字、五十八字至六十二字及六十四字、七十四字多体"（《中华词律》，第88页）。并举13种体式。可见万贺宾说叶梦得《临江仙》58字是创新，显然是缺乏根据的。

　　二、《全宋词·石林词》据紫芝漫抄本录入。叶梦得这首《临江仙》上阕最后两句为"微云吹散，凉月堕平波"。下阕最后两句为"小轩欹枕，檐影挂星河"。检毛晋《宋六十家词·石林词》，这首《临江仙》上阕最后两句为"微云吹尽散，凉月堕平波"。下阕最后两句为"小轩欹枕簟，檐影挂星河"，成60字。叶梦得词的原文究为58字还是60字，我们不得而知。观叶梦得《石林词》，其余18首《临江仙》词，均为60字。此词原文也很有可能就是60字，"尽"、"簟"二字，或为后人所删。

　　三、"把最后的五五句变成了四五句"表达欠准确。在"把"字后应加"上下阕"字。"传统的《临江仙》都是60字，10标点句"，表述不准确，行文不规范。"10标点句"显非说词之通用语。

第二,"如晏殊《临江仙》中'落化人独立,微雨燕双飞'就是直接从五代翁宏《春残》诗……化用过来。"

这段话有两处明显的不妥:

一、化用翁宏诗句的是晏殊的幼子晏几道,而非晏殊,这里显然是"子冠父戴"了。

二、此处是"借用"而非"化用"。

以上所言妥否？请赐教。

　　即颂

编祺！

房日晰
2010.2.1

朱敦儒三论

朱敦儒是值得我们研究的。他对词的卓越的创造,他在词史上崇高的地位,他的迷离的生平,都必须深入考察的。本文就其隐居、政治才能以及词的语言特色,谈一点粗浅的看法,就正于方家。

一、朱敦儒的隐居

朱敦儒一生隐居时间是比较长的;就是在出仕期间,也常有隐逸之思;其词集《樵歌》,意谓隐于樵者之歌,其词凝聚着浓郁的归隐情绪。他的一生,每每是以隐士自矜自炫的。

朱敦儒的隐居,有前后两个时期:前期的隐居是在宣和末到高宗绍兴三年,约为10年时间;后期的隐居是由69岁致仕到79岁去世,也是10年。他前后两次隐居的时间大体相同,但其隐居的动机与目的,却是迥然有别的。前期的隐居起因盖为避乱,但很大程度上是沽名钓誉,是想等待时机,以求东山再起;后者则因议和派的攻讦逼迫致仕,而又因年老难有作为,虽偶有不满情绪,然总的倾向则表现为闲逸恬适的情态。因此,他前后两次隐居,其思想感情很不相同,而词的格调,也有较大的差别。

朱敦儒的前期隐居,盖因宣和末六贼乱政致使生灵涂炭,国将不国,他遂急流勇退,避祸远害,走独善其身的道路,以回避随时可能出现的巨大的政治风浪。钦宗登基后,任以学官,辞不就。《宗史·文苑传》云:"靖康中召至京师,将处以学官,敦儒辞曰:'麋鹿之性,自乐闲旷,爵禄非所愿也'。固辞还山。"[①]时作《鹧鸪天》以明其志:

> 我是清都山水郎,天教懒慢带疏狂。曾批给露支风敕,累奏留云借月章。　诗万首,醉千场,几曾着眼看侯王。玉露金阙慵归去,且插梅花醉洛阳。

他自恃甚高,竟以天仙自许。词里洋溢着笑傲王侯、狂放不羁的情态,并将其超脱凡俗、超尘出世之思表现得淋漓尽致。他果真要远离尘世不食人间烟火味吗?否,他要是真的看破红尘,甘愿出世,连词也可以不写。他之所以要写此词,实则是有意作秀,是表演给世人看的,特别是给最高统治阶级看的。细品此词,其自矜自炫之意俨然,我们且不可被词人的狡狯瞒过。的确,他看不起世间那些庸碌之辈与利禄之徒,看不起那些为蝇头微利或芝麻官在仕途奔竞的人。然他想做大官,想干一番大事业,想为国家民族作出突出的贡献。因此,以隐为由,以屈求伸,以退谋进,希望一举成名,干一番轰轰烈烈的事业。他早期的隐退,其实是想走"终南捷径",是企图一举谋取高官的位置。

词云"且插梅花醉洛阳",诗人无疑是想等待时机以求一逞的。然时局的迅速变幻,却远非词人所能逆料:先有金人的大兵压境,徽宗仓皇禅位;继有靖康之难,北宋遂亡。康王虽于南京登基,而金人对其穷追不舍。等到时局稍有转机,政局暂时稳定时,一晃就是10年,诗人已届53岁了。壮岁飘零,暮年旋至,此时此刻,若再从容选择,还要"吾将上下而求索",时不我予,恐怕没有多少时间了,只好出山从政。他隐居的结果是捷径未达而岁月蹉跎,不可稍有拖延了。为形势所迫,匆忙出山,重新走上仕途,他借隐居以求高官的心愿失败了。至少可以

[①] 脱脱:《宋史》卷四四五《朱敦儒传》,引自邓子勉校注:《樵歌》,上海古籍出版社1998年版,第526页。

说,诗人的这次隐居,并没有达到自己预期的目的。

绍兴十九年,诏许朱敦儒守本官致仕,他不久便离开临海,归隐嘉兴岩壑,一直到绍兴二十九年去世。其中于绍兴二十五年,秦桧强起,落致仕,为鸿胪少卿二十余日。秦桧死,遂去官。这十年时间,跟前期隐居大不相同。这时,他已无再起之念,企图长期隐居山林,过一种极为恬适的生活,度过晚年。如《朝中措》所云:

> 先生筇杖是生涯,挑月更担花。把住都无憎爱,放行总是烟霞。 飘然携去,旗亭问酒,萧寺寻茶。恰似黄鹂无定,不知飞到谁家。

他这种恬淡闲适的心情,与世无争的心理在后期隐居生活中,表现得十分突出。如:"老来穷健,无闷也无欢。随分饥餐困睡,浑忘了、秋热春寒"(《满庭芳》"鹏海风波"),"两顿家飡三觉睡。闭着门儿,不管人间事"(《苏幕遮》"瘦仙人")、"我自阇门睡,高枕笑浮生"(《水调歌头》"中秋一轮月")。他参透了世事和人生,心理是那么恬适、淡泊、平和,外界的事物激不起他心中一点涟漪,简直没有喜怒哀乐,更谈不上争名于朝、争利于市的奔竞之心了。这种生活满足、恬然自适、与世无争的心理态势,在后期隐居时期的词中随处可见:

> 云荐枕,月铺毡,无朝无夜任横眠。
>
> (《鹧鸪天》"不系虚舟取性颠")
>
> 寻汗漫,听潺湲。澹然心寄水云间。无人共酌松黄酒,时有飞仙暗往还。
>
> (《鹧鸪天》"竹粉吹香杏子丹")
>
> 怎似我、心闲便清凉,无南北。
>
> (《满江红·大热卧疾,漫石种蒲,强作凉想》)

他远离尘世,超然物外,俨然是一位出世高人了。这种忘世的情怀、淡泊的思想在他词中表现是很突出的,也是非常充分的。在他的词里,有时也有颓唐情绪的表露:"如今但欲关门睡,一任梅花作雪飞"(《鹧鸪天》"曾为梅花醉不归"),其平静无波的心理,有时也会被"一石击起千重浪",毕竟人间并非世外桃源。"寂莫归来隐几,梦听帝乐冲融"(《木兰花慢》"折芙蓉弄水"),可见他心灵深处,并非是完全淡泊的,有所作为的情绪,偶尔还会翻腾的,并非像一潭死水那样永久的平静。

他在后期隐居期间,心情并不都是很平静的,有时也有激愤,有牢骚。这种情绪有时表现很隐蔽,有时表现得很直露。如《忆帝京》:

元来老子曾垂教,挫锐和光为妙。因甚不听他,强要争工巧。只为忒惺惺,惹尽闲烦恼。 你但莫多愁早老,你但且不分不晓。第一随风便倒拖,第二君言亦大好。管取没人嫌,便总道,先生俏。

这是对世故圆滑、和光共尘者的绝妙画像,是对南宋朝野是非不分、黑白颠倒、逢迎讨巧、圆滑奸伪之风的辛辣讽刺。由此可见,他并非一味地超尘恬适。

朱敦儒在晚年隐居期间,由于年事过高以及对朝政的诸多不满,他是无意参政的。然由于性格软弱,不敢得罪秦桧而复起。虽然出山时间很短,但关系个人名节,为此朝野哗然,甚而有人写词嘲讽者,这是对他一次轰毁性的打击。因此,他情绪十分激愤,遂赋《念奴娇》以见志:

老来可喜,是历遍人间,谙知物外。看透虚空,将恨海愁山,一时接碎。免被花迷,不为酒困,到处惺惺地。饱来觅睡,睡起逢场作戏。 休说古往今来,乃翁心里,没许多般事。也不修仙不佞佛,不学栖栖孔子。懒共贤争,从教他笑,如此只如此。杂剧打了,戏衫脱与呆底。

看破红尘,逢场作戏,表现出一种无可无不可的处世态度。实则正话反说,饱含着愤激之情,是对被人强落致仕而横遭物议的严正抗议,悔恨、不满、愤激之情溢于言表。

总的来说,朱敦儒一生对功名利禄是比较淡泊的,因而他的隐居也是顺理成章的。其前期隐居虽有再起之念,但也不无功成身退之思。后期隐居,因身经政治风波,加上年事已高,对功名利禄早已是超然物外了。至于落致仕并因此引起的风波,则因权臣操纵身不由己了。

二、朱敦儒的奇才

朱敦儒在辞官隐居期间,得到许多人的揄扬与推荐。高宗即位,诏举草泽才德之士,淮西部使者言敦儒有文武才;绍兴二年,宣谕史明橐言敦儒"深达治体,有经世才"①,对其政治才能颇为赞赏和推崇。他自己也以有"奇才"、能"奇谋报国"自许:

> 回首妖氛未扫,问人间英雄何处。奇谋报国,可怜无用,尘昏白羽。铁索横江,锦帆冲浪,孙郎良苦。但愁敲桂棹,悲吟梁父,泪流如雨。
> (《水龙吟》"放船千里凌波去")
> 有奇才,无用处。壮节飘零,受尽人间苦。欲指虚无问征路。回首风云,未忍辞明主。
> (《苏幕遮》"酒台空")

前者词人:"悲吟梁父",拟诸葛之志。虽俱"奇谋报国"之心,然不得其用,未能施展政治才华,由此慷慨悲歌,涕泪横飞;后者词人直陈"有奇才,无用处",虽欲隐居,而又想报国。词人欲将其"奇谋"、"奇才",献身报国,其心耿耿。

《念奴娇》"见梅惊笑"亦云:

> 且欲管领春回,孤标怎肯接,雄蜂雌蝶。岂是无情,知受了、多少凄凉风月。寄驿人遥,和羹心在,忍使芳尘歇。东风寂寞,可人谁为攀折。

词人虽有"和羹心在",有意调鼎,而"寄驿人遥",怎能展其和羹之志,调鼎之才?

无论从当时的政界舆论来看,抑或是从词人自叹不遇来说,似乎朱敦儒确有经邦之志与济世之才。事实果真如此吗?依我看,恐怕未必。因为,他的所谓"奇谋"与"奇才",一生中并未表现出来。

---

① 脱脱:《宋史》卷四四五《朱敦儒传》,引自邓子勉校注:《樵歌》,上海古籍出版社1998年版,第526页。

朱敦儒是以"奇才"与"奇谋"自许的。所谓"奇",当是出其常格,行事谲诡,有一鸣惊人力挽狂澜之举。那么,从机遇说,在建炎与绍兴初年,就应积极出山,施展政治才华的。因为当时高宗朝政未稳:一方面,是金人大举南侵,对高宗穷追不舍,企图一举消灭大宋帝国;另一方面,有老百姓的热烈拥护与爱国志士的奋起,他们誓死保卫大宋江山。在这宋、金决战的关键时刻,是急需人才的,特别是需要有能力力挽狂澜顶尖级的人才来匡世的。这对朱敦儒个人来说,恰是脱颖而出、大显身手、力争不次、擢用攀登卿相高位的极好机会,且先后有人鼎荐,这是千载难逢的机遇,按说就应顺水推舟,乘势而起,用其奇才,献其奇谋,力挽狂澜,建不世之功,以展其"奇谋报国"之志。然他却一再拒绝朝廷的征召,继续南逃,其目的何在?是他错误地估计了形势呢?还是摆身份以图重用?抑还是等待更好的机遇或其他?机遇的正确把握,是能成全一个人大志的实现,他为何轻轻地放弃了这一千载难逢的机遇呢?客观事实证明,他对这次机遇的放弃,不能不说是智者的"千虑之一失"。他如果压根儿不出仕,要一生当隐士,则另当别论。然他后半生一直做官,那么,作为进入仕途的极好时机,建炎初年的机遇之失,实在是很可惜的。从他对入仕的机遇的把握上看,他表现得极为不智。可见,他缺少"奇才"或竟是根本没有"奇才"。总之,他在国家最危难的时期,也是最急需有奇才、能力挽狂澜的人,他没有挺身而出,为国尽力。从个人前途来说,也错过了这一可能大展宏图的最好时机。等到绍兴三年他出仕时,国家大局基本稳定。经过几番激烈的较量,宋金两国都无力征服对方,遂有南北议和。朱敦儒徘徊蹉跎,终于失去了从政的最好良机,试问"奇谋"何在?"奇谋报国"之志何时实现,"奇才"何以施展?由此可见,他的"奇才",他的"奇谋报国"只是纸上谈兵,他有无真正的"奇才"与"奇谋报国"是要打很大折扣的,我们不能对此太当真。他有爱国感情,这是毋庸置疑的,但却很难说他有多高的政治才能,也看不出他有力挽狂澜的本领。质言之,他的"奇才"与"奇谋报国"是词的语言,是书生的豪言壮语,并非他真有留侯之智,谢安之才。

"奇才"与"奇谋报国"并不都是在特定的环境中才能施展的,只要真有"奇才"与"奇谋"就是在平常环境,也会显露头角,脱颖而出。朱敦儒于绍兴三年第二次出仕,历官左承奉郎、都官员外郎、江南东路置制大使司议参军,两浙东路提点刑狱公事等,在任16年期间,未见有什么过人的功绩,"奇才"、"奇谋"也未能施展或被上级发现,总之,未显出头角峥嵘之态,则其政治才能平平是显而易见的。明橐称其"深达治体,有经世才",淮西部使者以为"有文武才",或是推荐者的套语,为了推荐效应,随意捡起的话头,让皇帝听。是否果真如此,是不能深究的。总之,推荐者将其才能过分夸大了,实际则是靠不住的,是经不起实践检验的。《念奴娇》"见梅惊笑",一面说自己欲隐退,一面却又说"和羹心在",他不是真的想隐退,而是仕途不得意,发牢骚。《苏武慢》云:"除奉天威,扫平狂虏,整乾坤都了,共赤松携手,重期明月,再游蓬岛。"是欲功成身退的。然其整顿乾坤之志,"和羹之才",只是自许如此,是极良好的自我感觉罢了,怎能对它当真呢?

朱敦儒是一位志大才疏,在士人中颇有令名的人。这名实的不符,与他自己早年不断的自我炒作有极大的关系。他早年的笑傲王侯,归隐不仕,他在南渡后一再拒绝朝廷征召,节操俨然,盛誉空前,令名昭彰。他的不仕,实际上是攀身份,是一种颇为巧妙的自我炒作。如果说他有"奇才"、"奇谋",他不懈的精心惮虑的自我炒作,算是最为突出的表现吧。

三、朱敦儒的俗词

北宋词尚雅、晏殊、欧阳修、张先、晏儿道、苏轼、周邦彦等名家,都努力追求雅词。他们极力使词适应文人雅士的审美情趣,从而使雅词成为词作的主流,然与雅词并行而非词坛主流仍有一定影响力的是一股尚俗思潮:它以俚俗的语言反映世俗生活,词的情趣与境界虽然不高,但仍有很强的艺术生命力。这种俗词在下层人民,特别在市民中间有着广阔的市场。从较多的文人既主要写雅词,同时又写了一定数量的俗词来看,它在词坛上仍有一定的地位和影响。"浪子词人"柳永词雅俗参半:他既有"针线慵拈伴伊坐"的俗语表现世俗情爱,也有被许多文人称赞的"渐霜风凄紧,关河冷落、残照当楼"所谓"不减唐人高处"的雅词。① 柳词的俗包含着表现生活情趣的卑劣与运用语言的俚俗,唯其如此,才受

---

① 有苏轼、晁无咎等人称赞。苏轼语,见《侯鲭录》卷7,引自孙克强:《唐宋人词话》,河南文艺出版社1999年版,第121页。晁无咎语,见《能改斋漫录》卷16,引自孙克强:《唐宋人词论》,河南文艺出版社1999年版,第123页。

到市民的特别欢迎。以致"凡有井水饮处,即能歌柳词"①。其词在民间传播,不胫而走。继柳永之后,秦观、黄庭坚等词家,都写了许多俗词。秦观的俗词有《促拍满路花》、《满园花》、《迎春乐》、《一落索》、《浣溪沙》、《调笑令》等十余首。题材一般都是写狎妓,语言俚俗、情调不高。如《满园花》:

  一向沈吟久,泪珠盈襟袖。我当初不合苦撋就,惯纵得软顽,见底心先有。行待痴心守,甚捻着脉子,倒把人来僝僽。 近日来非常罗皂丑,佛也须眉皱。怎掩得众人口?待收了孛罗,罢了从来斗。从今后,休道共我,梦见也,不能得句。

此词写男女情爱之纠葛,全部用俗语,而且有许多不大通行的口头语,如"撋就"、"软顽"、"罗皂丑"、"僝僽"等。词中女主人公将其思念对方的情愫,毫无遮饰地赤裸裸地倾吐出来,词风接近民间的俗词俚曲,缺少一般雅词的蕴藉与含蓄,但却适合市民的艺术趣味,赢得特别的喜爱。

  黄庭坚的俗词有《归田乐引》、《拨棹子》、《鼓笛令》、《渔家傲》等,其俗词大都是艳词,如《归田乐引》:

  对景还销瘦。被个人、把人调戏,我也心儿有。忆我又唤我,见我,嗔我,天甚教人怎生受。 看承幸厮勾,又是尊前眉峰皱。见人惊怪、冤我忒撋就。拼了又舍了,一定是这回休了,及至相逢又依旧。

黄庭坚的俗词多是艳词,当时就受到一些人的非难与指斥。他说:"余少时间作乐府,以使酒玩世,道人法秀独罪余以笔墨劝淫,于我法中当下犁舌之狱。"②他喜欢用方言土语表现艳情,以至造字,造词,俗俚之甚,显得十分土气,且艳情十足,在语言表达上,不做必要的锤炼、修饰、剪裁,表现出某种程度的原生状态,这是黄庭坚俗词的个性特色。他的俗词,也有写隐逸情结的。这些写隐逸情结的

---

 ① 叶梦得:《避暑录话》卷下,引自孙自强:《唐宋人词话》,河南文艺出版社1999年版,第121页。

 ② 黄庭坚:《小山词序》,引自孙克强:《唐宋人词话》,河南文艺出版社1999年版,第279页。

俗词,却对朱敦儒的俗词,有着直接的影响。

以雅词著称的格律派词人周邦彦,也写过俗词,如《红窗迥》:

> 几日来,真个醉。不知道窗外,乱红已深半指。花影被、风摇碎。拥春酲乍起。 有个人人,生得济楚,来向耳畔,问道:"今朝醒未?"情性儿,慢腾腾地。恼得人又醉。

这首词全用口语、俗语,写情态、醉态,淋漓尽致,异常逼肖;而词的意境深远,格调很高,诚如词论家所评:"此亦词中俳体,而尚饶情趣,迥异柳七、黄九诸阕。"①此词的风致,对朱敦儒影响甚巨。

朱敦儒的词,不大雕饰,一般通俗易懂,而且有意识地写了许多俗词。但他既不同于柳永的媚俗,也不同于秦、黄的土俗,而像周邦彦的意境深远、尚饶情致的俳体。在内容上,已不再写世俗男女之间的艳情,而是着意追求表现的田园隐逸情绪,流溢着对功名利禄的淡泊或鄙弃,转似出世高人,表现的是士大夫的高雅情趣;没有卑俗、生涩之嫌,没有"词语尘下"之弊,有着"清水出芙蓉,天然去雕饰"的自然之美。从内容到形式都已趋雅,我们说它是俗词,只就语言的通俗本色而言的,他的词吐言天拔,运笔超绝,却丝毫没有蔬笋之气,没有雅词那样文雅炼饰而已。如《感皇恩》:

> 一个小园儿,两三亩地。花竹随宜旋装缀。槿篱茅舍,便有山家风味。等闲池上饮,林间醉。 都为自家,胸中无事。风景争来趁游戏称心如意。剩活人间几岁。洞天谁道在,尘寰外。

这是桃花源,是不在尘寰之外的洞天世界,是道家出世思想与超然物外之情的艺术表现。这种深厚的隐逸情结在传统文人中以为是极高雅的,是远离红尘名利的。这首词在表现上是极通俗的,是非常口语化的,也是"老妪能解"的。然却是天然的,绝非媚俗的,是毫无蔬笋气的。它是以通俗直白的语言,表现与俗气

---

① 冯金伯:《词苑萃编》卷之二十二引《客亭类稿》,见唐圭璋:《词话丛编》,中华书局1986年版,第2219页。

不沾边的高雅境界的。

又如《减字木兰花》：

> 无人请我,我自铺毡松下坐。酌酒裁诗,调弄梅花作侍儿。　心欢易醉,明月飞来花下睡。醉舞谁知,花满纱巾月满杯。

此词语言是那么通俗,意境又是那么深远、优美,那么富于诗意,又是典型的士大夫式的高雅情调。

以上两首词语言通俗,极为自然本色。它是口头语,而又未用生僻的词汇,没有径用土语方言、没有粗鄙俚俗之弊,完全是标准纯洁的书面语。真是"词意绝奇,似不食烟火人语"[①]。因此,朱敦儒的俗词,已趋高雅境界了,可谓通俗而又高雅的词。"俗"与"雅"这两个对立的美学概念,在朱词中已完全浑融了,因对立消失而完全融为一体了。他以清浅的语言,写出高雅的艺术境界,表现出对功名利禄的淡泊与超脱。这种饱含出世高人心态或心灵的词作,境界是如斯高妙,令人击节赞赏。诚如梁启勋所云:"作品多自然意趣,不假修饰而丰韵天成,即汪叔耕所谓多尘外之想者是也。"[②]这种出神入化的语言,绝不是随意撷拾的民间口语,而是经过作者苦心冶铸、千锤百炼而又丝毫不留锤炼痕迹者。其锤炼之精妙,真正达到了炉火纯青地步的朱敦儒的这类俗词很多,如《鹧鸪天》"检尽历头冬又残"、《临江仙》"生长西都逢化日"、《临江仙》"堪笑一场颠倒梦"、《苏幕遮》"瘦仙人"、《木兰花》"老后人间无处去"、《减字木兰花》"有何不可"等都是,可见它已不是个别现象,而是在某种程度上,已带有整体风格的性质了。

北宋的俗词,如果说柳永、欧阳修、秦观、黄庭坚等词人,主要是写秦楼楚馆女子生活与心态,并用了俚俗接近或竟是民间原生态的语言,那么,朱敦儒则开始用纯洁通俗的书面语,表达士大夫的隐逸情结,他将渔民、农民生活理想化,这种理想的境界是他生活的最高追求,并用以表现自己淡泊名利、甘居下层、甘落方外的高雅的情感。

[①] 阮元:《研经室外集樵歌三卷提要》,见邓子勉校注:《樵歌》,上海古籍出版社1998年版,第482页。

[②] 梁启勋:《词学》下编《概论》,见邓子勉校注:《樵歌》,上海古籍出版社1998年版,第507页。

北宋的俗词,往往写得艳俗、卑俗、粗俗,并夹杂着一些方言土音,甚至用了一些字书上不曾有的生造字,以至于使注家对一些词语无法注音释义。这种学习民间口语生吞活剥的现象,在《山谷词》中表现尤甚。刘熙载谓:"黄山谷词……故以生字俚语侮弄世俗。"[1]有些词则是艳俗、卑俗、粗俗俱具的三料货。当然,这是词人向民间词语学习的初级阶段,还未能去粗取精、去伪存真达到真纯的地步,只是对无限丰富生动的民间语言的不加选择的模拟,对民间一些低级情趣的模写,这是俗词发展的低级阶段,在艺术表现上不够成熟,有生硬仿造之嫌。朱敦儒在对民间俗词的学习上,早已超越了模拟、因袭阶段,其词的用语,是从日常语言中提炼出来的精华,是浓缩化了的日常语言。他对民间语言经过一番精心地加工提炼,达到一种全新的境界。这极为成功的艺术创造,使文人俗词,步入了一个新的更高的阶段。

朱敦儒的俗词,在词史上达到最高峰,是后人难以逾越的;一千年来,还没有人超越他所达到的水平。

浅谈吕本中词的特色

吕本中(1084—1145),字居仁,号紫微,学者称东莱先生。其先河南人,南渡后为金华(今浙江省内)人。靖康初,官祠部员外郎。绍兴六年赐进士出身。历中书舍人,权直学士院。以忤秦桧罢职,提举太平观。绍兴十五年(1145)卒,谥文清。有《东莱集》、《紫微词》等。存词27首。

吕本中存词不多而整体艺术水平颇高,他的每一首词作,都是令人爱读的精妙之作。在宋代存词不多而影响较著者有范仲淹、王安石、陈与义、岳飞等,吕本中也是其中之一。他们在词的创作中,似乎都有清醒的精品意识,希望每一首词都能流传千古。这种重质量而不贪图数量、存词不多而艺术水准很高的词人的产生,在文学史上是一种特殊的现象,很值得我们重视并加以认真研讨的。

---

[1] 《艺概》,上海古籍出版社1978年版,第108页。

词人作品论

一

从创作题材来看,吕本中的词几乎都是春花秋月、别愁离绪的抒写,这显然是北宋以来流行的婉约词的路数。这种传统的题材,经柳永、晏殊、张先、欧阳修、周邦彦、秦观等人的开拓,已发展到了顶点,很少再有继续发展和出新的空间了。而苏轼在词的创作上,独辟蹊径,以诗为词,指出向上一路,使词有了新的蓬勃发展之势。吕本中却仍沿着周、秦的路子,在这已被前贤用熟、用烂的题材中,重整旗鼓,并欲创造词的辉煌,这要有很大的艺术创新的魄力和勇气。他以新颖的构思、独特的艺术技巧,却使朽枝生花,焕发出新的青春和艺术生命力。他不仅在词中抒发了自己的真实感情,同时也自然地渗入了某些时代的社会内容,从而使词给人以清新深厚之感。譬如《采桑子》:

恨君不似江楼月,南北东西。南北东西。只有相随无别离。　　恨君却似江楼月,暂满还亏。暂满还亏。待得团圆是几时。

此词是写一位妇女与夫分离之苦痛与对夫妻永久团聚的企盼。这是一个常见的题材,前人已经写了许多光辉四射传之永久的词,实在与之难以争胜了。然他仍然写出了这首与许多有名词作可以媲美的好词来,这的确是不容易的。词人用了人们每天几乎都能见到的月亮作比,以恨君不似月之与人相随与恨君却似月之渐满还亏两个侧面,强调了夫妻应当长久团聚这一主题,表现了她对与夫"相随无别离"的幸福生活的企盼。词人对这平常的生活,平凡的题材,却写得这么巧妙,这么自然,这么清新,这么深刻,令人赞叹不置。而叠句的巧妙使用,使词颇富民歌风味。卓人月云:"章法妙,叠句法尤妙。似女子口授,不由笔写者。"①现代词论家吴世昌说:"此词虽多重句,而意想高妙,措辞婉约,非能手不办。"②这些赞语,恰切地指出了这首词的艺术特色。

再如他的《南歌子》:

---

① 《古今词统》,辽宁教育出版社2000年版,第144页。
② 吴世昌:《词林新话》,北京出版社1991年版,第209页。

>　　驿路侵斜月,溪桥度晓霜。短篱残菊一枝黄。正是乱山深处、过重阳。旅枕元无梦,寒更每自长。只言江左好风光。不道中原归思、转凄凉。

这是南渡后他在重阳佳节写的一首词。上阕写旅途的情景:早上起得很早,忙着赶路,朦胧的月色照着驿路,那溪桥上仍有未消完的残霜,路旁人家低矮的篱笆内有一枝开败了的菊花,在乱山深处的旅途中,度过了这重阳佳节。下阕写晚上住宿的情景:寒夜漫漫,连个好梦也不做。总以为江南风光好,令人愉悦,孰料竟是那么残破,那么难尽人意,由此引起了对故乡的思念。词人由对中原的归思,想到故乡已被金人侵占,无家可归的现实。"国破山河在"的严酷现实以及金人步步紧逼,想到这空前的民族灾难与个人不幸的遭遇,心情又是何等的沉重。又如他的《长相思》:"要相忘。不相忘。玉树郎君月艳娘。几回曾断肠。欲下床。却上床。上得床来思旧乡。北风吹梦长。"也是有着强烈的故乡之思。故乡与故国之思,这在宋代南渡的北人中普遍存在的,也是时刻萦怀的。这是在当时的历史潮流中,知识分子发出的真实回声。在这回声中,饱含着对于恢复故土的强烈愿望与对议和派的潜在的谴责。因此,它有着强烈地现实意义。

二

从词的选调来说,吕本中的创作路子也是滞后的。在其 27 首词中,有小令 24 首,中调 2 首,长调 1 首。从词史的发展来看,也是颇为反常的。北宋中期,晏殊、张先、欧阳修等人词的创作,是以小令为主。柳永多写慢词,经苏轼、周邦彦、秦观等人的努力,长调增多,词人写长调的比例增大。这在词史发展中是一大进步。而吕本中在词的创作上,仍以小令为主,这在词的用调方面,已很保守了。比他大 31 岁的陈师道(1053—1102),存词 54 首,有小令 48 首,中调 5 首,长调 1 首,在用调方面,也已很滞后了。虽然他自谓其词"不减秦七黄九",这只是自我感觉特别良好罢了。其词成就,远不及秦七黄九,历史已做了结论。其与秦、黄差距很大的原因之一,就是用调的保守。而不能与时俱进,写出更多更好的慢词来。晚于他 31 年的吕本中,又步他的后尘,其用调之保守,不言而喻。然令人惊异的是:他虽然词作不多,用调保守,但词的整体水平并未下降,反倒相当的高。几乎每一首词都是有特点的,可读的比例很高。打开《紫微词》,令人喜读不置。

吕本中是一位理学家、又是与江西诗派关系极密切的诗人,后来有人也将他列入江西诗派。但他在词的创作上没有受江西诗派的影响,不化用古人诗句,行文不古板,无瘦硬的语句,而是活活泼泼、富于创新朝气的。他在题材与风调上虽沿用了传统作法,然他的创作才思极高,创作天才发挥得极好,因此才写出许多优美的颇具个性特色的好词来。

第一,他的一些词,感情真实,内容深沉,反映了现实生活。他经历了北宋,又亲历了南渡之际的战乱岁月,饱含失去祖国北方、失去家园之痛,这种感情在一些词里,得到较充分的反映。《南歌子》"驿路侵晓月"、《虞美人》"平生臭味如君少",二词内容相似,都以过去衬托现在,有着较深切的感受。如《虞美人》:"平生臭味如君少。自是君难老。似侬憔悴更谁知,只道心情不似少年时。春风也到江南路。小槛花深处。对人不是忆姚黄,实是旧时风味、老难忘。"此词感情深沉,内容厚重,饱含故国之思的时代内容,闪耀着时代的火花。

第二,他的词写得很本色,玲珑剔透,浑然天成,不着色相。曾季狸说:"东莱晚年长短句,尤浑然天成,不减唐《花间》之作。如一词云:'柳色过疏篱,花又离披。……'又一词,其间曰:'可惜一春多病,等闲过了酴醾。'又一词,其间云:'对人不是惜姚黄,实是旧时心绪、老难忘。'皆精绝,非寻常人所能作也。"[1]这个评价,基本上是符合吕本中词的创作实际的。他的词,几乎每首都是写得那么自然,那么本色。其词清俊爽朗,没有沾染《花间》词那种富艳秾丽的弊病,没有一点虚浮的描写与夸饰,都是倾注了真实情感的好词。诚如卓人月云:"情不在艳,而在真也。"[2]他的词情真意挚,韵味天然。这个特点,与他创作中几乎是一色的小令有关。小令写作,词人可借一时的感触,挥翰立就,一气呵成。如用长调,就要"铺叙展衍,备足无余"[3],难免刻意雕琢,很难产生浑成之作。南渡之际,随着词的中长调的增多,宋词逐渐由浑然天成不着色相的唐调,逐渐向铺陈雕琢、以才学为词的宋腔过渡,并走上了唯美主义。而吕本中词则仍是典型的唐调,这在当时的词坛,表现是相当突出的。

---

[1]《艇斋诗话》,见施蛰存、陈如江辑录:《宋元词话》,上海书店出版社1999年版,第414页。
[2]《古今词统》,辽宁教育出版社2000年版,第144页。
[3] 李之仪:《跋吴思道小词》,引自陈良运主编:《中国历代词学论著选》,百花洲文艺出版社1998年版,第63页。

第三,他的词很少修饰,不用彩绘,几乎全是白描。他用标准的白话书面语,或用当时流行的口语,写出一种非常清隽的艺术境界,读了令人有清爽之感。如:"去年今夜,同醉月明花树下。此夜江边,月暗长堤柳暗船。故人何处,带我离愁江外去。来岁花前,又是今年忆去年。"(《减字木兰花》)从"去年"、"此夜"、"来岁"的娓娓叙述中,渗透了思念故人的深厚感情。从头到尾都是本色人语,却淡然自佳,有极强的艺术感染力。

论向子諲的《酒边词》

向子諲(1085—1159),字伯恭,自号芗林居士,临江(今江西清江)人。元符初,以恩补官。政和五年(1115)知咸平县,宣和六年(1124)任淮南东路转运判官。高宗朝,历徽猷阁直学士,知平江府。寻致仕,号所居曰芗林。绍兴二十二年(1152)卒,年六十八,有《酒边词》。

《酒边词》计176首,分为《江南新词》与《江北旧词》。胡寅序云:"观其退江北所作于后,而进江南所作于前。以枯木之心,幻出葩华,酌玄酒之尊弃置醇味,非染而不色,安能及此?"①作者为什么看好《江南新词》,而看轻《北江旧词》,胡寅的看法虽有一定的道理,但这一问题的症结,还值得我们深入地探究。

一

《江南新词》计112首,顾名思义,这是词人南渡以后之作。南渡之际,由承平走向动乱,战争频仍,在与金国的战争中,徽宗、钦宗被俘虏,大宋失去了大半个中国。士大夫既遭亡国之痛,又受颠沛流离之苦。因此对这巨变中的现实,感触很深。抒写失去半壁江山之痛,以及对徽、钦二帝蒙难之深刻怀念,成为词的主调,表现出强烈地爱国情绪。如《水龙吟·绍兴甲子上元有怀京师》:

华灯明月光中,绮罗弦管春风路。龙如骏马,车如流水,软红成雾。太

---

① 胡寅:《题酒边词》,见毛晋:《宋六十名家词》,上海古籍出版社1989年版,第220页。

一池边,葆真宫里,玉楼珠树。见飞琼伴侣,霓裳缥缈,星回眼,莲承步。笑入彩云深处,更冥冥,一帘花雨。金钿半落,宝钗斜坠,乘鸾归去。醉失桃源,梦回蓬岛,满身风露。到而今江上,愁山万叠,鬓丝千缕。

绍兴甲子为1144年,此距靖康之难(1127)已经18年了。爱国志士在国土流失面临亡国的沉痛中,希望打败金国,恢复中原,早逢盛世。这首词表现了强烈地爱国情绪。此词以反词的上、下阕内容截然划分的格调,从"华灯明月光中"到"满身风露"计21句,写承平时京都汴京上元时的繁华景象:歌舞升平,车水马龙,张灯结彩,丽姝满路,元宵节竟是如此热闹,令人不忍向往之至。下阕则以特写镜头,描绘了乘鸾归去侍女衣着不整,颇为浪漫的神态,进一步描写了元宵彻夜热闹非凡的景象。结尾则回到现实,亟写今日之愁、愁山万叠,鬓丝千缕,由今思昔,今昔形成强烈的对比。面对今日之半壁江山,怀念往昔之盛世。词人感情之沉痛,跃然纸上。

又如《水调歌头》:

> 闰余有何好,一年两中秋。补天修月人去,千古想风流。少日南昌幕下,更得洪徐苏李,快意作清游。送日眺西岭,得月上东楼。　四十载,两人在,总白头。谁知沧海成陆,萍迹落南州。忍问神京何在,幸有芗林秋露,芳气袭衣袂。断送余生事,惟酒可忘忧。

此词有《词序》称:"大观庚寅闰八月秋,芗林老、顾子美、江彦章、蒲庭鉴,时在诸公幕府间,从游者洪驹父、徐师川、苏伯固父子、李商老兄弟。是夕登临,赋咏乐甚。俯仰三十九年,所存者,余与彦章耳。绍兴戊辰再闰,感时抚事,为之太息。因取旧诗中师川一二语,作是词。"

上阕由闰余两中秋,说到补天修月人去,千古想念风流,由此想到当年做幕时的快意之游。下阕写今,经过四十年,当年众多友朋都风流云散,只留下我与江彦章两人了。沧桑巨变,流落江南,怎忍问神京何在?情绪悲怆,沉痛之至,幸有芗林,犹可暂时盘桓栖居。这首词感慨极深。将沧桑之巨变、国事之悲慨,都寓于其中了。

余如《阮郎归·绍兴乙卯大雪行鄱阳道中》:"天可老,海能翻,消除此恨难。

频闻遣使问平安,几时鸾辂还";《秦楼月》:"芳菲歇,故园目断伤心切。伤心切,无边烟水,无穷山色。可堪更近乾龙节,眼中泪尽空啼血。空啼血,子规声外,晓风残月。"《虞美人·与赵正之宛丘执别,俯仰十有余年。忽谩相逢,又尔语别,作是词以送之。时正之被召》:"淮阳堂上曾相对,笑把姚黄醉。十年离乱有深忧,白发萧萧同见、渚江秋。"有对故国的思念,对二帝还朝的企盼。这些词有深刻的现实内容,有强烈的感情色彩,表现了统一祖国的强烈愿望,表达了诗人的爱国感情。然这类词在《江南新词》中占的比例并不大,占比例大的是酬应之作:赠答、酬唱、戏作等无聊之作,在思想艺术上均无甚可取。但作为以"娱宾遣兴"为传统的词,有十多首感情饱满、情绪愤切的词,已经很不错了。无论从词的艺术创新还是从深刻地反映现实来说,都值得称道。仅我们以上列举的几首词,就可为其在词史上大书一笔了。胡寅批评目光之敏锐以及词人对其特别重视,都是很有道理的。

《江南新词》的绝大部分词作,都有题序。经统计有题序者达96首之多,占到全部词作的七分之六,这在他以前是没有过的,他将词的题序推到高峰。诗题是有题诗产生后的必要条件,除少数标名无题者无题外,都有诗题。词由有调无题到题序产生与增多,说明词有向诗靠拢的趋势,或竟以诗为词。向子䛒的题序的增多,说明其词有诗化的倾向。

《江南新词》的艺术风格是旷放的,感情愤慨,词境开阔,而轻柔、轻绵的词风,不复存在。如《八声甘州·丙寅中秋对月》:

> 扫长空、万里静无云,飞镜上天东。欲骑鲸与问,一株丹桂,几度秋风。取水珠宫贝阙,聊为洗尘容。莫放素娥去,清影方中。 玄魄犹余半璧,便笙簧万籁,尊俎千峰。况十分端正,更鼓舞衰翁。恨人生、时乎不再,未转头、欢事已沉空。多酌我,岁华好处,浩意无穷。

这是一首典型的清旷之作,表现了词人心胸的畅朗与开阔。《水调歌头·再用前韵答任令尹》、《洞仙歌·中秋》等,都是感情旷放之作。清旷之词风在《江南新词》中,占有较大的比重。

二

《江北旧词》计63首,这是向子諲南渡以前的作品。在编自己词集时,词人将其放在《江南新词》的后边,表明了自己的态度。显然,他自己是不看重这部分词作的。虽然作者对自己词作的评价,可以说是如鱼饮水,冷暖自知的,但却也未必公允。因为他跳不出自己的立场,予以客观的准确的评价。正所谓"不识庐山真面目,只缘身在此山中"。

《江北旧词》写于靖康之难以前。虽然当时形势严峻。内忧外患咄咄逼人,已是"山雨欲来风满楼"了,但总的来看,政局表面还是平稳的,社会上还没有掀起大的风浪。而这部分词,除了少数咏物词外,内容基本上是写闺情或恋情之作,没有反映社会问题。艺术上则承继了欧晏词的婉约词风,这倒是符合词的传统的。其中有题序的词作34首,占这部分词作的二分之一强,这个比例显然比《江南新词》有题序的比例小得多了。

《江北旧词》有许多赠伎之作,如《殢人娇·钱卿席上赠侍人轻轻》、《玉楼春·与何文缜、倪巨济、王元衷、苏叔党宴张子实家,侍人贺全真妙绝一时》、《生查子·赠陈宋邻》、《浣溪沙·赵总怜以扇头来乞词,戏有此赠,赵能著棋、写字、分茶、弹琴》、《浣溪沙·王称心效颦,亦有是请,再用前韵赠之》、《浣溪沙·酴醾和狄相叔韵,赠陈宋邻》、《南歌子·郭小娘道装》,这些词都写得蕴藉风流。如《浣溪沙·酴醾和狄相叔韵赠陈宋邻》:

> 翡翠衣裳白玉人,不将朱粉污天真,清风为伴月为邻。　枕上解随良夜梦,壶中别是一家春。同心小绾更尖新。

写了体形神态之美,没有轻薄,没有邪念,但这类词,也没有多大意义。诚如郭麐所云:"《酒边词》二卷,其中赠伎之词最多,其名如小桃、小兰、轻轻、贺全真、陈宋邻、赵总怜、王称心,不一而足,所谓承平王孙故态者耶!"[①]

写思亲念远或男女之间悲欢离合的。如《减字木兰花·政和癸巳》:

---

① 郭麐:《灵芬馆词话》卷二,见《词话丛编》,中华书局1986年版,第1531页。

几年不见。胡蝶枕中魂梦远。一日相逢,鹦鹉杯深笑靥浓。 欢心未已,流水落花愁又起。离恨如何。细雨斜风晚更多。

又如,《虞美人·政和丁酉下琵琶沟作》:

蒙蒙烟树无重数。不碍相思路。晚云分外欲增愁。更那堪疏雨、送归舟。 雨来还被风吹去。陨泪多如雨。拟题双叶问离忧。怎得水随人意、肯西流。

这些词都写得含蓄、蕴藉、委婉,颇有韵致。

他的闺情词也是写得很好的。如《虞美人》:

绮窗人似莺藏柳,巧语春心透。声声清切入人深。一夜不知两鬓、雪霜侵。 何时月下歌《金缕》,醉看行云住。懒将幽恨寄瑶琴。却倩金笼鹦鹉、递芳音。

又如,《更漏子》:

鹊桥边,牛渚上。翠节红旌相向。承玉漏,御金风。年年岁岁同。 懒飞梭,停弄杼。遥想彩云深处。人咫尺,事关山。无聊独倚栏。

总之,《江北旧词》,多系男女情爱之作,这些词写得婉柔、本色,感情真切,甚至连追和苏轼《卜算子》的词,词人觉得"终恨有儿女之态耳!"有"儿女之态"是向子諲《江北旧词》的突出特点,是很典型的婉约词,并达到了较高的艺术水准。还应该提到《梅花引·戏代李师明作》,《梅花引》填词颇难,但作者却能做到难中见巧,以此取胜。诚如陈廷焯所云:"此调颇不易工,古今合作,仅此一首。盖转韵太多,真气必减。且转韵处必须另换一意,方能步步引人入胜,作者多为调所窘。此作层层入妙如转丸珠。又如七宝楼台,不容拆碎。"①总之,《江

---

① 陈廷焯:《白雨斋词话》,人民文学出版社1959年版,第197页。

北旧词》可读的数量之多,艺术质量之高,都堪称道。况周颐云:"浏览竟卷,旧词佳构,实较新词为多。"①这是中的之言。有些选家,很看好《江北旧词》,朱彝尊《词综》选向子諲词9首,其中8首就选自《江北旧词》。胡云翼《词选》选向子諲词4首,全抄自《江北旧词》,这都很能说明问题。重视词的艺术传统的选家,对《江北旧词》很看好。这种看法与向子諲的看法,是迥然不同的。

三

《江北旧词》写得本色、当行、婉约,艺术水准较高。在写法上,接受传统的影响较多。譬如《菩萨蛮》:"花冠鼓翼东方动,兰闺惊破辽阳梦。翠被小屏山,晓窗灯影残。并头双燕语,似诉横塘雨。风雨晓寒多,征人可奈何!"这首闺情词写得自然本色,明白晓畅。冯煦谓"雅近南唐"②,是很有艺术眼光的。但以此词为蔡伸词,证据似嫌不足。《江北旧词》的风格,接近南唐与北宋初期的词风,基本上是蕴藉自然、玲珑剔透的唐调。《江南新词》一般都写得感慨深沉,风格旷放,在写法上受苏轼以诗为词的影响较大。如《鹧鸪天·有怀京师上元,与韩叔夏司谏、王夏卿侍郎、曹仲谷少卿同赋》:"紫禁烟花一万重,鳌山宫阙倚晴空。玉皇端拱彤云上,人物嬉游陆海中。星转斗,驾回龙,五侯池馆醉春风。而今白三千丈,愁对寒灯数点红。"行文典重,感情深沉,基本上是以才学为词的宋腔。

《江北旧词》虽然写得含蓄蕴藉,本色当行,有着传统的艺术特色。然词人在艺术上相沿既久,则不免在表现上陈陈相因,且题材陈旧,感情普泛,艺术生气不足,欠创新之锋芒。《江南新词》多有题序,以诗为词,多旷放之作。含蕴了较多新的社会内容,艺术表现上也较有生气。承苏词之新锐,所谓"步趋苏堂而哜其胾者也"③。并对辛词的内容与词风,有着深切的影响。承前启后,厥功甚伟。

---

① 况周颐:《蕙风词话·广蕙风词话》,中州古籍出版社2003年版,第269页。
② 冯煦:《蒿庵词话》,人民文学出版社1959年版,第64页。
③ 胡寅:《题酒边词》,见毛晋:《宋六十名家词》,上海古籍出版社1989年版,第220页。

陆游词"以诗为词"说

伟大的爱国主义诗人陆游,在文学史上也是一位颇有影响的词人。其词品第之高,风格之多样,为历代学人所称道。毛晋评其词曰:"杨用修云:'纤丽处似淮海,雄慨处似东坡。'予谓超爽处更似稼轩耳。"①今人薛励若评曰:"其词亦兼具雄快、圆活、清逸数长。"②所论均极中肯綮。我以为陆游词多似诗。前人所谓"东坡词诗"③、"苏以诗为词"④,将其论苏轼词的这些评语,移来评陆游的词,也是极恰切的。

一

"以诗为词",是北宋学人对苏轼词的一种较普遍的认知。"《世语》云:……苏子瞻词如诗,秦少游诗如词。"⑤"东坡尝以所作小词示无咎、文潜,曰:'何如少游?'二人皆对云:'少游诗似小词,先生小词似诗。'"⑥这是他的门人晁补之、张耒对其词的评价,这种评价苏轼也是默认的。可见,苏轼"词似诗"当时就得到较普遍的认同。然对其历史功过与审美评价,却是截然不同的两种对立的意见。

> 退之以文为诗,子瞻以诗为词,如教坊雷大使之舞,虽极天下之工,要非本色。
>
> (陈师道:《后山诗话》)
>
> 及眉山苏氏,以洗绮罗香泽之态,摆脱绸缪婉转之度,使人登高望远,举首高歌,而逸怀浩气,超然乎尘垢之外,于是《花间》为皂隶,而柳氏为舆台矣。
>
> (胡寅:《向子諲酒边词序》)

---

① 夏承焘、吴熊和:《陆游词编年笺注》,上海古籍出版社1981年版,第146页。
② 薛励若:《宋词通论》,开明书店1948年版,第230页。
③ 孙克强:《唐宋人词话》,河南文艺出版社1999年版,第264页。
④ 孙克强:《唐宋人词话》,河南文艺出版社1999年版,第250页。
⑤ 施蛰存、陈如江:《宋元词话》,上海书店出版社1999年版,第58页。
⑥ 孙克强:《唐宋人词话》,河南文艺出版社1999年版,第242页。

陈师道站在尊体的立场,以非本色否定苏轼词;胡寅则以苏轼"以诗为词"形成新的超逸旷放风格来肯定苏轼词。观点的严重对立,说明对"以诗为词"价值观的重大分歧。

"以诗为词"从原初意义上说,是站在尊体的立场上对词人冲破旧的作词规范的贬抑,言他们不是以词的笔法填词,而是以诗的笔法写词,因而使词变了调子,走了样子,从而失去了它应有的艺术本色,变成了诗的格调。事实上,苏轼"以诗为词",是对词的狭隘题材的解放,是对词的表现功能的开拓,是对词境的大力拓展,给当时内容狭窄柔软乏力的软绵绵的词风,注入了诸多新的血液,使词题材广泛,风格多样,艺术表现力增强,艺术风格焕然一新,因而极大地增强了词的活力。这种对词的革新,在词史上有着不可磨灭的功勋。我们可以说,苏轼对词的革新是一种完全自觉地行动,使词以全新的面貌,屹立于北宋词坛。也毋庸讳言,"以诗为词"对词的艺术个性有所削弱、消减,对唐五代宋初词的体格特征有所异化,是词向诗的特征的某种程度的回归。然它终竟代表了词的一种发展的新趋向。与他同时的黄庭坚、晁补之、李之仪、贺铸等人,其词都有某种程度的诗化倾向,是他词体革新的同盟军。其后朱敦儒、张元干、张孝祥等词人,继承了这一传统,使"以诗为词"得到了继续与承传。到了陆游所处的时代,"以诗为词"已成为词的主调了。陆游则在"以诗为词"的合唱中,扮演了一个重要的角色。

陆游对词的认知与创作,在思想深处是颇有矛盾的。他认为词不登大雅之堂,不能与"言志"的诗相提并论;但在实际上却非常喜欢填词,并乐此不疲。他在《长短句序》中说:"予少时汩于世俗,颇有所为,晚而悔之。然渔歌菱唱,犹不能止。今绝笔已数年,念旧作终不可掩,因书其首,以识吾过。"①从理性上说,他站在士大夫立场上,仍以词为小道,并对早年"汩于世俗"作词而"悔之"。这种观点是相当陈旧的,在当时就是落后的,是对词的历史价值与艺术价值的贬抑与否定;但从感性上讲,他非常喜欢作词,虽然对自己曾经作词"悔之",然"渔歌菱唱,犹不能止";虽说"绝笔已数年",实则后来仍写了许多词;虽曰编辑词集是为了"以志吾过",实则爱而不舍,不能丢弃。这种理性与感性、理论与实践的矛盾,还反映在他对词的评价上。他对前人的词作或词集,做过一些题跋,其矛盾

---

① 陈良运:《中国历代词学论著选》,百花洲文艺出版社1998年版,第106页。

思想在这些题跋中,得到集中而突出的反映。他在《跋〈花间集〉》时说:"《花间集》皆唐末五代人时作,方斯时天下岌岌,生民救死不暇,士大夫乃流宕如此,可叹也哉!或者亦出于无聊故耶?"①彭孙遹云:"词以艳丽为本色,要是体制使然。"②《花间集》多系西蜀词作,在晚唐五代时期,四川社会稳定,经济繁荣,反映市民情绪与统治阶级享乐思想的词,得到空前的发展。陆游对《花间集》作者的责难,即与晚唐五代西蜀的社会不符,又反映出他的文学观念的正统,以"言志"的诗衡量言情的词,因此对《花间集》的词人只写艳情而不顾国计民生极为反感,但他对前人的一些词作,则极为欣赏,并给予很高的评价。他说:"飞卿《南歌子》八阕,语意工妙,殆可追陪刘梦得《竹枝》,信一时杰作也。"③又说:"昔人作七夕诗,率不免有珠栊绮疏惜别之意,惟东坡此篇,居然是星汉上语,歌之,曲终觉天风海逼人。学诗者当以是求之。"④他谈的是温飞卿与苏轼的词,但最后却说"学诗者当以是求之"。可见,他对词与诗的体格是不大分辨的,甚至可以说词法与诗法是一致的,没有区别的。正因如此,他在评陈师道词时说:"陈无己诗妙天下,以其余作辞(词),宜其工矣。顾乃不然,殆未易晓也。"⑤诗词异体,作法自别,一位作者擅长此而不擅长彼,这是常见的现象,有什么奇怪?陆游对陈师道工诗而不工词不大理解,说明他对诗词之体格微妙区分是不大了然的。这种理论与实践的矛盾以及对诗词作法不分的观点,反映在他写词上,不是自觉地遵守体格,而是自发的填词。那么,他对词的本色、特征,不是那么精到和谙熟。于是就自觉或不自觉的以诗人之笔填词,出现了"以诗为词"的创作倾向。

二

陆游词似诗情境者甚多,约而言之,盖有三端:

其一,词中杂有诗句,一首词往往为诸多诗句与词句共同构建,形成诗句与

---

① 陈良运:《中国历代词学论著选》,百花洲文艺出版社1998年版,第108页。
② 陈良运:《中国历代词学论著选》,百花洲文艺出版社1998年版,第433页。
③ 陈良运:《中国历代词学论著选》,百花洲文艺出版社1998年版,第107页。
④ 陈良运:《中国历代词学论著选》,百花洲文艺出版社1998年版,第108页。
⑤ 陈良运:《中国历代词学论著选》,百花洲文艺出版社1998年版,第107页。

词句混杂的词体。词中杂有诗句的情况,在陆游词集中,几乎是俯拾即是。譬如:

> 家住苍烟落照间,丝毫尘事不相关。斟残玉瀣行穿竹,卷罢黄庭卧看山。……元知造物心肠别,老却英雄似等闲。
> 懒向青门学种瓜,只将鱼钓送年华。双双新燕飞春岸,片片轻鸥落晚沙。……逢人问道归何处,笑指船儿此是家。

这是两首《鹧鸪天》词。《鹧鸪天》词牌本来是由七律演变而成的,它仍有诗的某些特点和烙印,显现着由诗转换词的某些痕迹。而这两首《鹧鸪天》词,简直就是七律中三个联句,它太像诗了。这些句子如果不是从陆游词集中抄出,而是从某个类书中找出的佚句,那么,与其将它定为残词,宁可定为残诗的。因为它的语言、意象、气势、格调都是诗的。由此可见,这两首词的主体是由诗构建起来的。因此,它的形式是词,用了词调,符合词的韵律,而其精神实质却是诗的,是他"以诗为词"的例证。

在陆游词中,掺杂的诗句很多,简直不胜枚举:

> 故人小驻平戎帐,白羽腰间气何壮。
>
> (《青玉案·与朱景参会北岭》)
>
> 天若有情终欲问,忍教霜点相思鬓。
>
> (《蝶恋花·离小益作》)
>
> 忙日苦多闲日少,新愁常续旧愁生。
>
> (《浣溪沙·和无咎韵》)
>
> 秘传一字神仙诀,说与君知只是顽。
>
> (《鹧鸪天·葭萌驿作》)
>
> 一句丁宁君记取,神仙须是闲人做。
>
> (《蝶恋花》)
>
> 只道真情易写,那知怨句难工。
>
> (《临江仙·离果州作》)

一般来说,词句软,诗句硬;词句多用比兴,诗句多用赋笔。以上诸例,均为赋句,且有着诗的刚健语气与情调,这都证明在放翁词中,含有较重的诗的特点。换句话说,他的词的建筑材料与构成部件,多是诗的而非词的。因此,他的某些词的整体,也显示出某些诗的特征,读起来有颇为深厚的诗的情味。

其二,就词的语言表现而言,陆游词的语言多是诗的,而非词的。

诗主要用赋笔,参以比兴;词则以比兴为主而参以赋笔。诗词虽然都用赋比兴,但其重心则是不同的。因此,就语言风格而言,诗显而词隐;诗主旨明朗,词情调含蓄;诗感情直率,词感情多委婉之致。陆游虽然也写过一些优美的婉约词,但大部分词则超旷豪迈,其情思旷放,感情直露。尽管词人在哀叹"许国虽坚,朝天无路,万里凄凉谁寄音"(《沁园春·三荣横溪阁小宴》),但其爱国之志不能伸展而处处碰壁的不幸遭遇,并未形成感情郁结的悲郁之情以寓之于词,写出如辛弃疾词那样曲致抑宕、感人至深的沉郁悲凉的词篇,却将心中的郁闷与不快,以旷放的笔调写出,显得有些质直。如《木兰花·立春日作》:

> 三年流落巴山道。破尽青衫尘满帽。身如西瀼渡头云,愁抵瞿唐关上草。 春盘春酒年年好,试戴银旛判醉倒。今朝一岁大家添,不是人间偏我老。

上阕是对流落巴山,壮志未遂岁月白白流失的哀叹,有着较浓的不满情绪;最后却说:"今朝一岁大家添,不是人间偏我老。"言外之意,大家都彼此彼此,而不是我一人的不幸。从深化主题来说,可以说展示了时代的悲剧;然从个人感情说,却因旷达而淡化了。他的许多词都是感情旷放而意尽词中的。在写法上,大都是从头到尾的叙述,将意思明明白白地说出来,没有比兴、没有象征、没有曲折,也无波澜,结构显得有些平直。这样的词,岂能有含蓄蕴藉之致耶?

其三,其词多诗境而非词境。词,虽然是广义的诗,但词境与诗境却是不同的。王国维云:"词之为体,要眇宜修。能言诗之所不能言,而不能尽言诗之所能言。诗之境阔,词之言长。"①如上所论,陆游往往以诗笔写词,其词多为诗境而非词境。现以两首《生查子》为例:

---

① 滕咸惠校注:《人间词话新注》(修订本),齐鲁书社1986年版,第41页。

还山荷主恩,聊试扶犁手。新结小茅茨,恰占清江口。　风尘不化衣,邻曲常持酒。那似宦游时,折尽长亭柳。

　　梁空燕委巢,院静鸣春雨。香润上朝衣,客少闲谈麈。　鬓边千缕丝,不是吴蚕吐。孤梦泛潇湘,月落闻柔舻。

这两首词,词人写其超尘出世之思,是隐逸诗的情调和境界。诗意浓郁,极富诗的意趣,而缺乏"要眇宜修"之致。因此,是诗的意境,而非词的意境。在形式构建上是"境阔"之诗,而非"言长"之词。它如果未标词调,也会被人误以为是诗人写隐逸之思的两首五言诗。

这种饱含诗的意境的词,在陆游词集中是较多的。如:"仕至千钟良易,年过七十常稀。眼底荣华原是梦,身后声名不自知。营营端为谁。幸有旗亭沽酒,何妨茧纸题诗。幽谷云梦朝采药,静院轩窗夕对棋,不归真个痴。""看破空花尘世,放轻昨梦浮名。蜡屐登山真率饮,筇杖穿林自在行。身闲心太平。料峭余寒犹力,廉纤细雨初晴。苔纸闲题溪上句,菱唱遥闲烟外声。与君同醉醒。"在这两首《破阵子》词中,词人写其看破红尘醉隐渔樵之乐,词句蕴含哲理之思,多似人生格言。且有诗的直率明朗,缺乏词的委婉含蓄。余如《桃园忆故人》"一弹指顷浮生过"、《鹧鸪天·送叶梦锡》、《诉衷情》"当年万里觅封侯"等,都显现着词的情调和境界。

从以上三方面看,陆游的词,在艺术表现上,多是"以诗为词"的。它逐渐疏离了词的本色并向诗靠拢。在对词的特色的消减或异化中,他的词倒近似"长短不葺之诗"了。

三

"位卑未敢忘忧国"(《病起书怀》),陆游胸怀恢复祖国之志,一生迄未实现。拳拳爱国之心,屡见诸诗篇。临终还向儿子特意叮嘱:"王师北定中原日,家祭无忘告乃翁。"(《示儿》)爱国之诚挚执著,令人感动。虽然他一生很不得志,然因其性格旷达,胸中很少有郁结苦闷之思、难言之隐。他的词多直抒胸臆之作,当其感情勃发时,信笔直书,淋漓酣畅,明白如话,极少旨寓文外的情景。其词雄豪旷放,时含议论,有很重的文辞风貌。如此等等,按照词的严格律度与审美的标准衡量,都存在着程度不等的非词化倾向。诗有诗品,词有词格,这是不言而喻的。沈义父云:"作词与诗不同,纵是花卉之类,亦须略用情意,或要入闺房之意。然多流淫艳之语,当自斟酌。如只直咏花卉,而不着些艳语,又不似词家体例,所以为难。"①所谓"词家体例"要"著些艳语",这是说词的语言宜用燕语莺声、娇艳滴呖的柔软语。朱彝尊云:"词虽小技,昔之通儒巨公往往为之。盖有诗所难言者,委曲倚之于声,其辞愈微,而其旨益远。善言词者,假闺房儿女子之言,通之于《离骚》、变雅之义,此尤不得志于时者所宜寄情焉耳。"②是谓词辞微而旨远,能寄托情思。善言词者,要以《离骚》美人香草以喻君子之义而释词。陆游的词,无论从语言情调说,抑或用寄托情思说,都不免疏离词的品格而近似诗。前人论其词谓"诗人之言,终为近雅,与词人之冶荡有殊"。③这个评价是很中肯的。"其短其长,故具在是也。"④也自然是令人心悦诚服的结论。

论朱熹词的爱国情绪之表现

朱熹是南宋著名的理学家,一生在书院长期讲学,自觉地捍卫儒家的道统。但他又是南宋时期一位重要的词人,留下了为数不多却很值得品读的好词。他的词意境深邃,感情真淳,形式多样,风调雅致,没有其他道学家词那样令人生厌的头巾气。搞中国思想史的人也许会莫名惊诧,怎么朱老夫子也写起小词来了,难道他不怕这小词妨道么?理学家是普遍反对文艺创作的,他们认为作诗会妨道或害道。那些轻柔婉媚的小词,自然是受其鄙视的。朱熹不仅写词,而且词写得有很高的档次,在词史上有相当的影响。或评其《水调歌头·檃括杜牧之齐山诗》词云:"气骨豪迈,则俯视辛、苏;音节谐和,则仆命秦、柳,洗尽千古头巾俗态。"⑤苏轼、辛弃疾、秦观、柳永都是宋词作家中的巨魁中坚,揄扬朱词,对他们竟用了"俯视"、"仆命"之类的词眼,对朱词的评价之高,实在是无以复加的了。

---

① 唐圭璋:《词话丛编》,中华书局1986年版,第281页。
② 陈良运:《中国历代词学论著选》,百花洲文艺出版社1998年版,第426页。
③ 夏承焘、吴熊和:《陆游词编年笺注》,上海古籍出版社1981年版,第146页。
④ 夏承焘、吴熊和:《陆游词编年笺注》,上海古籍出版社1981年版,第146页。
⑤ 王弈清:《历代词话》,见《词话丛编》,中华书局1986年版,第1229页。

平心而论，朱熹词写得相当风雅，确实没有沾染理学家的"头巾俗态"。即以此词而言，的确称得上是"气骨豪迈"、"音节谐和"。至于说"俯视苏、辛"、"仆命秦、柳"，则不免言之过当。若将"俯视"、"仆命"易为"几近"、"相捋"，还是相当准确的。如果说这样改了还算公允的话，那么他的词在词史上的地位，还是不言而喻的，很值得史家重视。

朱熹是一位哲学家、古代文学研究专家，而不是专业词人，也不想以词名世的。他只是对文学有很高的修养，且酷爱词的创作罢了。可以说他是一位词艺相当高很有素养的作词的票友，在词坛"偶尔露峥嵘"，一展不凡的创作才气。他对词很内行，对词坛创作情况也是相当熟悉的。譬如他说："本朝妇人能词者，惟李易安、魏夫人二人而已。"[①]直是经典性的语言，每为词学家所称引。在词的起源问题上，他持"泛声说"，也有一定的影响。在词的创作上，他能以游戏之笔，写奇巧难工的回文体。驾轻就熟，出手不凡，写得自然而流畅。词论家谓："回文之就句回者，自东坡、晦庵始也。……文人慧笔，曲生狡狯，此中固有三昧，匪徒乞灵窦家余巧也。"[②]他谙熟回文词的写作三昧，能以灵敏的慧笔，将词写得曲折生动，令人拍案叫绝。他还写过檃括体词，将杜牧的七律《九日齐山登高》，檃括成《水调歌头》。而在檃括时，一反杜牧在诗中表现的浓郁的感伤情绪，使情调变得较为乐观，且富于哲理，檃括颇有创新。如此等等，说明他对写词很熟练，已掌握了高度的创作艺术技巧。

他的词究竟有哪些地方，值得我们仔细玩味的呢？

首先，他在词中生动地描绘了灭金兴宋的壮丽图景，表现出强烈地爱国情绪。

处在偏安江南一隅的南宋时代，特别是高宗、孝宗两朝，恢复中原、统一祖国的大好河山，始终是爱国志士仁人的强烈愿望。上至朝廷爱国的大官，下至在野的志士仁人，无不欲以恢复祖国大好河山为己任，张孝祥、陆游、范成大、辛弃疾、陈亮等著名词人，或大造舆论，大声疾呼抗金，坚决反对和议；或在任职期间，积极作北伐之准备。其卧薪尝胆、枕戈待旦、鸡鸣起舞之悲壮行为，令人感奋。爱国诗人、著名理学家朱熹，在其词中荡漾着强烈地爱国情绪，表现了统一祖国大

---

① 沈雄：《古今词话》，见《词话丛编》，中华书局1986年版，第767页。
② 邹祗谟：《远志斋词衷》，见《词话丛编》，中华书局1986年版，第653页。

好河山的憧憬,描绘出诗意盎然地壮丽图景。如《好事近》:

  春色欲来时,先散满天风雪。坐使七闽松竹,变珠幢玉节。　中原佳气郁葱葱,河山壮宫阙。丞相功成千载,映黄流清澈。

  这是一首洋溢着爱国激情的好词。气象宏伟,感情真挚,蕴含着饱满而热烈的爱国情绪。此词上阕写景:时值冬尽春来,满天风雪。松竹林子里,因其落了厚厚的一层雪,一下子变成"珠幢玉节"——这俨然是大将出征时朝廷送行的仪仗队,打着旗子,威武而严整。词人将这风雪中的松林竹丛的美景,比做大将誓师出征时朝廷送行的仪仗队,挺拔壮观,威风凛凛。这十分壮美的一联;引发下阕非常壮观的词境:"中原佳气郁葱葱,河山壮宫阙"。原来被金国侵占的中原地区,本已残破不堪,千疮百孔,却忽然变得佳气郁郁葱葱,河山雄伟,宫观壮丽,突然恢复了当年雄伟而壮观的气势。从此社会骚乱动荡、黄流遍地的景象一去不复返了。你看河水清澈荡漾,人民安居乐业,生活蒸蒸日上,处处展现着太平盛世的宏伟景象。如此天翻地覆的变化,都是因为丞相你主持的北伐成功,建下了千古不朽的功勋。遂使被金人践踏得残破不堪的中原地区,回到了祖国的怀抱,顿时恢复了神州当年的生气。

  这是一首具有浓郁的浪漫情调的词,读了它令人振奋,催人泪下,自然而然地产生了壮伟情绪。作者盖望大宋北伐成功,国家一统,从此天下太平。

  这首词没有词题,弄不清写作的具体背景。词旨朦胧,难作确解。据我猜想,它是给某位丞相的寿词,希望在其执政期间,励精图治,秣马厉兵,完成统一大业。在他身上,寄托了广大人民强烈地希望统一祖国的美好愿望。

  词调《好事近》,又名《翠圆枝》、《钓船鱼》、《秦刷子》、《倚秋千》。词人之所以不用其他四个调名,而独选用《好事近》者,固然是因为它最通行,同时也恐怕不无以调为题的暗示。细味此词,我们有充分的理由认为这首词是以调为题的。好事者,统一天下之大业也。近,舞曲前奏,是大曲中某一遍曲调名称。这一首词,可以说是统一祖国的前奏曲,词中对这好事来临做了热情洋溢的礼赞,反映了词人的希冀与愿望,表露出对祖国前途命运的乐观心态。

  朱熹是南宋时代很重要的一位诗人,存诗1300余首,诗中流露了强烈地爱国情绪。他与陈与义、陆游等爱国诗人,几欲并驾齐驱,他在早年写过许多爱国诗篇。如《感事书怀十六韵》、《次子有闻捷韵四首》、《闻二十八日报喜而成诗七首》等,都洋溢着强烈的爱国精神。如"杀气先归江上林,貔貅百万想同心。明朝灭尽天骄子,南北东西尽好音。"(《次子有闻捷韵四首》之二)①"胡马无端莫四驰,汉家元有中兴期。旆裘喋血淮山寺,天命人心合自知。"(《闻二十八日报喜而成诗七首》其一)②由此看来,他有统一祖国的强烈愿望。因此,《好事近》"春色欲来时",或为某丞相祝寿,以统一祖国大业为期。词中的丞相,研究者或谓赵汝愚③,或谓陈康伯。④ 既然词未有题序,我们又未掌握确凿的证据,就不必悬猜,让它暂时存疑好了。对寿主以功业自期,这是当时祝寿词的一种较为普遍的写法,如爱国词人辛弃疾的《水调歌头·寿赵漕介庵》,以"西北洗胡沙"相期;《水龙吟·寿韩南涧尚书》,以"整顿乾坤事了"相期。朱熹的《好事近》"春色欲来时"亦然。不过因为没有词题,我们不能讲得十分确切罢了。

朱熹《念奴娇·用傅安道和朱希真梅词韵》云:"临风一笑,问群芳谁是,真香纯白。独立无朋,算只有、姑射山头仙客。"对梅的"凌寒独自开"独立精神的热烈赞美,实则是对抗金的爱国人士具有梅的耐寒节操不与议和派和光共尘的礼赞,曲折地表现出他对爱国立场的坚持。而在《忆秦娥·雪、梅二阕怀张敬夫》中云:"梅花发,寒梢挂着瑶台月。瑶台月。和羹心事、履霜时节。"也是写坚持政治节操,夙兴夜寐,治理国家,使其统一富强。这种政治品操的坚持,是与其爱国思想完全一致的。因北,朱熹表现强烈地爱国思想感情的词,虽然只有《好事近》"春色欲来时"一首,然却不是一时心血来潮的挥洒,而是有其颇为雄厚的思想基础的。

其次,在我国南宋时期,是个灾难深重的时代,内忧外患,层出不穷。当时士人都有着浓郁的忧患意识,忧心重重,愁眉难展。朱熹心胸宽广,志气恢弘,能够勇敢地面对现实,执着地工作。在其词中,不时展现着乐观旷达的情怀。

以词的选调而言,他选择了那些适于表达豪迈旷放感情的词调,以便抒发豪壮旷达的感情。他存词19首,就选用了《满江红》、《念奴娇》等10个词调。这些词调,大都适于表现豪迈乐观的感情。如《满江红》"声情激越,宜抒豪壮情感

---

① 傅璇琮等:《全宋诗》(四四),北京大学出版社1998年版,第27503页。
② 傅璇琮等:《全宋诗》(四四),北京大学出版社1998年版,第27503页。
③ 蔡厚示:《说晦庵词》,《中国韵文学刊》1995年第1期。
④ 汪超:《朱熹晦庵词考论》,《合肥学院学报》2011年第7期。

与恢张襟抱"①。《念奴娇》"此调音节高亢,英雄豪杰之士多喜用之"②。《水调歌头》"适宜表达豪放悲壮的感情,刚柔相济,有清雄壮丽之美"③。《好事近》"声情激越清旷"。④《忆秦娥》"声情激越苍劲"。⑤ 词人填词时精心选调,与其所要表达的强烈地爱国感情是相适应的。他选择了音调高亢、声情激越、豪放悲壮适于表达恢张襟抱的词调,用以展示英雄壮丽之美。其词有《水调歌头》五首,《满江红》《念奴娇》《好事近》《忆秦娥》各一首。词人为了表现胸中郁勃的爱国情绪,才有这些词调的填写。

就其词表现出来的实际感情说,也是多有旷放情感的。譬如《水调歌头·隐括杜牧之齐山诗》,按说隐括词与隐括的诗篇内容、感情、风格、情调,应是基本一致的。换句话说,词人隐括之词,在内容与风格上,应是忠实于原作的,其改编是不应该走样的。朱熹在这首隐括词中,在主旨不违背原作的风貌下,已悄然地改变了原作的消极颓唐的情绪,对杜牧诗中宣扬的世事无常自古而然的感情做了清洗,因此抒写出的感情则是一种乐观精神。"何必泪沾巾"等句,写得果决而干脆,摆脱了原作表现的脆弱而伤感之情绪,换上较为激昂的情调,就是对人生无常这一感伤情绪的彻底否定。"风景今朝是,身世昔人非",是词人在隐括时新的感情的抒发,含有宇宙人生的哲理意味,此为原作立意与境界之所无,是作者的补充和发展,从而拓展了词的立意与感情。他的旷达是以文化哲人的睿智为基础的,不是盲目的或偶尔冲动的,而是真正的清醒与乐观。

词中特别喜欢运用"一笑",这是他旷达乐观个性的又一体现。

"尘世难逢开口笑",既是杜牧对唐末时代天才的概括,也非常契合南宋苦难的时世。面对社会苦难,他用了许多"一笑",以一种轻松幽默的气度,化苦难为奋进,化感伤为旷达,显示着颇为乐观的色彩。这"一笑",有着微妙而丰富的内蕴,诚如汪超所云:"'一笑俯空明',这一笑是对往事的淡然,对愁思的抛却,同时又隐含着一丝无奈以及随之而来的豁然与旷达"。⑥ 其他词中所用的"一

---

① 龙榆生:《唐宋词格律》,上海古籍出版社1978年版,第106页。
② 龙榆生:《唐宋词格律》,上海古籍出版社1978年版,第118页。
③ 蔡慧苹:《舒卷江山》,上海书店出版社2002年版,第5页。
④ 田玉琪:《词调史研究》,人民出版社2012年版,第400页。
⑤ 田玉琪:《词调史研究》,人民出版社2012年版,第358页。
⑥ 汪超:《朱熹晦庵词考论》,《合肥学院学报》2011年第7期。

笑",也可作如是观。

在朱熹现存的19首词中,竟出现了5个"一笑"(含题序中一个"一笑"),他在词中如此频繁地运用"一笑"这个词,在宋代词人中,实在是罕见的。检《全宋词》,在两万余首词中,共出现了601个"一笑",平均33首才出现一次,而朱熹词则不到4首就出现一次,其出现频率为《全宋词》的8倍多。由"一笑"这一词在整体创作中所展示的词人之心态不言而喻。

然细读《晦庵词》,其展示爱国情绪的,仅《好事近》"春色欲来时"一阕而已,而其大部分词作,则流荡着颇为浓郁的隐逸情绪。《水调歌头》"富贵有余乐"、《水调歌头·次袁仲机韵》、《鹧鸪天》"已分江湖寄此生"、《西江月》"睡起林风瑟瑟"等,都有着隐逸情绪的流露,表现出执著的隐逸情结。余如"身老心闲益壮,形癯道胜还肥"(《西江月》"堂下水浮新绿")、"看成鼎内真龙虎,管甚人间闲是非"(《鹧鸪天》"脱却儒冠著羽衣")、"应见尘中胶扰,便道山间空旷,与么了平生"(《水调歌头·联句问讯罗汉同张敬夫》),都充满了弃去红尘不问世事的热情。如此等等,都饱含着隐逸情绪。譬如《西江月》:

睡处林风瑟瑟,觉来山月团团。身心无累久轻安,况有清池凉馆。　句稳翻嫌白俗,情高却笑郊寒。兰膏元自少陵残,好处金章不换。

此词上阕写高卧山林隐居生活的乐趣:圆圆的月亮竟是那么明朗,林子里吹过阵阵清风,院子里水池是那么清澈,环境静谧、馆舍清凉,词人悠然自在,日高犹眠。在这充满诗情画意的世界里,自然而然地想到写诗的乐趣。下阕由极其优美的环境,想到文人写诗的境况:语句太稳妥了,不免像白居易作诗之俗;感情高尚,则耻笑孟郊诗句的寒碜;只有下苦功夫写诗,像杜甫那样认真以至夜深灯残仍未改完脱稿,从而写出了高雅的诗境。此调在展开其诗酒生涯,充分表现了他闲适的雅趣,并表现出他对作诗的看法,可以说是词史上十分罕见的一首论诗词。

朱熹在许多词中,都流荡着颇为浓郁的隐逸情结。如《水调歌头》"富贵有余乐":

富贵有余乐,贫贱不堪忧。谁知天路幽险,倚伏互相酬。请看东门黄犬,更听华亭清唳,千古恨难收。何似鸱夷子,散发弄扁舟。　鸱夷子,成霸业,有余谋。致身千乘卿相,归把钓渔钩。春昼五湖烟浪,秋夜一天云月,此外尽悠悠。永弃人间事,吾道付沧洲。

他以为政治风浪太大,人生道路幽径难测,在官场存在着严重的生命危机,如历史上的李斯、陆机,生前功勋卓著,赢得高官厚禄,享尽荣华富贵,到头来难免走向刑场,落得个身首异处。因此,他极力赞扬范蠡的处世机敏,进退适时,既能建功立业,为国效力,又能摆脱政治险情,免遭"狡兔死,走狗烹"的悲剧。逍遥江湖,以此善终。朱熹是充满政治热情,想有一番大作为的,然却被撤职罢官,甚至被列入"伪党",受到种种迫害。因为他没有献身祖国、献身崇高事业的机遇,因此,就在词里不免流露出希望隐退的思想情趣。"永弃人间事,吾道付沧洲。"(《水调歌头》"富贵有余乐")"只恐买山隐,却要炼丹成。"(《水调歌头·次袁仲机韵》)他似乎要永远离开繁华世界,一生要仙游山林了。实则在词里隐含着不得志的牢骚,透露出关心世事、难展鸿猷壮志的万般无奈。他有着像梅花一样的"真香纯白"的节操与品格,他说:"绝艳谁怜,真心自保,邈与尘缘隔。"(《念奴娇·用傅安道和朱希真梅词韵》)亟希望有一天"软轮加璧未应迟,莫道前非今是"(《西江月》"堂下水浮新绿")。他想得到朝廷当政者再次重用,以高车大马与厚礼,迎接自己还朝。这说明他的积极用之志,压根儿就没有动摇过。他的隐退,并非是消极的举措,实则是很不得已的一种处世姿态。

再如《鹧鸪天》:

已分江湖寄此生。长蓑短笠任阴晴。鸣桹细雨沧洲远,系舸斜阳画阁明。　奇绝处,未忘情。几时还得去寻盟。江妃定许捐双珮,渔父何劳笑独醒。

此词是在抒写隐逸情趣的同时,却深含着不甘隐沦去过隐逸生活的牢骚。开头二句是说:听天由命,痛痛快快的过这隐逸生活吧,管它天阴天晴。"已分"是说命中注定,隐含着对隐逸现状的不满与对抗情绪。质言之,隐逸是不得已的行为。一个"任"字,似在"破罐子破摔"的牢骚中,表现出对现实处境的强烈姿态。如此等等,与其说是抒写词人的旷达,毋宁说是对现实处境的无可奈何的暂时屈从。"鸣桡"两句,展现出极美的诗的意境,似含对出世悠游的一往情深,诗人郁闷的心情得到极大的释放,精神暂时解脱。下阕是说,在这朝政腐败国家存亡之秋,大家都过着醉生梦死的生活,我哪还能独醒呢?只好和光共尘,懵懵懂懂,何必那么较真。在这描写隐逸之乐的同时,诗人是反话正说,皮里阳秋,身在江湖,心存魏阙,胸中积聚着"众人皆醉吾独醒"的悲愤与心酸。因此,他的退隐词,表现的不是对现实政治的漠然与淡然,而是对朝廷议和派高压的一种积极而机敏的应对,是对强大的压力的暂时回避,是不甘隐沦准备东山再起前的忍耐,是对爱国主义政治立场的守护与坚持。

综上所论,朱熹词或以浪漫主义情调,描写和歌颂祖国统一富强的光明前景,或以旷达感情,表现对政治前景的乐观;或以隐逸姿态,坚持对爱国立场的守护。如此等等,使其词有着鲜明的艺术个性与强烈的政治色彩,不时表露着他的爱国情绪。其词不仅在理学家词中是一枝独秀,而且在南宋爱国词人中,也有很高的地位。

赵长卿及其词作

赵长卿,名不详,字长卿,赵宋宗室。一生未仕,平生以作词自娱,有《惜香乐府》传世。今存词339首,居宋人存词数量的第五位,且颇有个性特色。然研究赵长卿词的论文,仅有寥寥数篇,与其创作成就极不相称。因此,对他的词作,有认真研究的必要。

一、平凡朴实的一生

赵长卿的一生是朴实而平凡的。他的生平,因资料匮乏,我们知之甚少。至今,我们对他的了解,只能从其词中找到一点儿内证,加以推论。然作为词,毕竟用形象思维;其创作背景又大多不甚了然。词旨本来朦胧,又无史料参证,也不大容易说得清楚,只能做一些比较合理的推测。

记载赵长卿生平最早的人是明代末年的毛晋,他在《惜香乐府跋》中说:"长卿自号仙源居士,盖南宋宗室也。不栖志纷华,独安心风雅;每遇花间莺外,辄筋咏自娱。"①他的话不一定有什么史料根据,很大程度上是读其词得出的结论。仙源居士或仙源,在词的题序或词中每每出现。如《朝中措》序云:"曾端行,予与之往还。一日作楼于南山,仙源醉赏,酒中作词,书于壁",此处仙源显然是词人自谓。仙源作为他个人代称,则每每在其词中出现。如"对仙源醉眼"(《水龙吟·江楼席上,歌姬盼盼翠鬟侑酒,酒行,弹琵琶曲,舞梁州,醉语赠之》)、"仙源与、奇葩醉倒"(《惜奴娇·赋水仙花》)、"应为仙源倾动"(《西江月·夏日有感》),盖仙源为其晚年隐居之地,故称"仙源居士",或以"仙源"自称。

"盖南宋宗室也",也能从其词中找到一些蛛丝马迹。其《鹧鸪天·咏荼䕷五首》之三云:"寻谱谍,发诗囊,绝胜梅萼嫁冰霜",即用李贺锦囊典,隐喻自己和李贺一样,是有谱谍可据的宗室,也和李贺嗜诗一样,自己则以词为生命。他在词中曾多次用此典,如"浮蚁瓮,入诗囊"(《鹧鸪天·咏荼䕷五首》之五)、"从来诗苦人消瘦,乞与幽窗富锦囊"(《鹧鸪天·荼䕷》),他之所以在词中一再用锦囊典,不仅说明自己对词的痴迷不亚于李贺对诗的痴迷,而且自己像李贺一样,也是皇家宗室。然李贺不仅唐史有传,且有著名诗人李商隐写的《李长吉小传》,确知其为郑王后。赵长卿是赵宋宗室的哪一枝?我们就不甚了然了。

赵长卿一生未仕,并不能说他根本就没有功名欲望。他和封建社会的一般知识分子一样,也是想竭力展示自己的襟抱,做一番轰轰烈烈的事业。他与朋友交游酬唱中,就不时流露出对功名欲望的强烈。在年轻时,他就颇怀壮志,矢志苦学,希望将来在仕途上扶摇直上。到了中年,科场虽未高发,然对前途仍充满信心。《满庭芳·元日》,对此做了极为充分地表露:

> 爆竹声飞,屠苏香细,华堂歌舞催春。百年消息,经半已凌人。念我功名冷落,又重是、一岁还新。惊心事,安仁华鬓,年少已逡巡。 明知生似寄,何须苦苦,役慕蹄轮。最难忘、通经好学沉沦。况是读书万卷,辜负他、此志难伸。从今去,灯窗勉进,云路岂无因。

新年伊始,他就擘画着一年奋斗的目标。此词上阕写在节日欢乐的气氛中,词人却因岁月蹉跎、两鬓斑白、功名未遂而感伤。下阕谓人生苦短,何不及时行乐而要苦

---

① 毛晋:《宋六十名家词》第七册《惜香乐府》,商务印书馆1933年版,第67页。

苦追求功名在仕途奔竞？然因自己通经好学,反倒沉沦而壮志未伸,对此实在于心不甘,因而决心要再接再厉,深信"灯窗勉进,功名岂无因。"其志弥坚,对前途充满信心。在《醉蓬莱·七月命赋漕试,兰台主人饯于法回寺,侍儿才卿乞词,因此赋之,题于壁》一词中,词人似有成竹在胸,信心十足,折桂似可唾手而得。词人因受命漕试,就心花怒放,情绪高涨。以为这下可以颖脱而出,一鸣惊人。明年殿试,定能夺魁。但从他以后的生涯可以断定,来年的彤庭射策,不仅未能"鳌头独步",反倒名落孙山,扫兴而归了。也许他当年的漕试不合格,根本就没有参加省试。

赵长卿虽然曾在科举道路上为之努力奔竞,但终究未能颖脱而出,走上仕途。最后终于心灰意懒,转向隐居的道路。《青玉案·残春》,抒写了他由追求仕进到走向隐退的心路历程:

> 梅黄又见纤纤雨,客里情怀两眉聚。何处烟村啼杜宇。劝人归去,早思家转,听得声声苦。　利名萦绊何时住。恼乱愁肠成万缕。满眼兴亡知几许？不如寻个,老松石畔,作个紫门户。

在宋代优待文官、优待知识分子的大环境下,赵长卿并非是从幼年起就一直淡泊名利的。他曾经希望科场得志,取得功名富贵。为此他也曾"三更灯火五更鸡"的苦读。这首词可以看作是他由追求功名仕进到走向隐退生活的过渡。此词上阕写景,借以抒情。他在江南又适逢黄梅雨,心中非常苦恼。杜宇的叫声,更引起了他的思家之念。下阕写他看破了红尘:"利名萦绊何时住？"名缰利锁给他带来了无限的烦恼。以国家大局来看:"满眼兴亡知几许？"金国的南侵与朝廷的软弱,都使国家的前途不容乐观。国事家事充满了愁肠。然而功名未遂,未能进入仕途,为兴邦治国略展宏猷,遂产生了退隐之念:"不如寻个,老松石畔,作个紫门户。"此时他大概已经年过不惑,不久就隐居仙源,做起居士来了。因此,他每每写到隐居情怀。《水龙吟·自遣》、《水调歌头·遣怀》、《谒金门》"春睡足"、《蓦山溪·遣怀》、《如梦令》"居士年来懒散"等,都是写隐居情怀的。请看他的《水龙吟·自遣》:通过对韩信、石崇一生遭遇的叙述与反思,悟透了世人普遍看好自己也曾为之努力奔竞的功名富贵:这"尤物虚名","于身何补,一齐休问"。应当及时行乐,"遇当歌临酒,舒眉展眼,且随缘分",过一番悠闲潇洒的生活。他看破红尘,终于从尘网中挣扎出来。《水调歌头·遣怀》谓:人生在世,争名争利。孰知"名未能安稳,身已致倾危",因此,"我已从头识破,赢得当歌临酒,欢笑且随宜。"这真是醒世之言,是对追求名利者的无情棒喝。正因为他已从尘梦中惊醒,以后他大概就随缘自适,不问荣辱与是非了。直如词中所言:"较甚荣和辱,争甚是和非",从此就糊里糊涂,懵懵懂懂的混日子。这样的表态,在其词中是屡见不鲜的:

  草木自敷荣,似人生,功名富贵。我咱谙分。随有亦随元,不妒富,不憎贫,歌酒闲游戏。

(《蓦山溪·早春》)

  诗酒度流年,熟谙得、无争三昧。风波歧路,成败霎时间。你富贵,你荣华,我自关门睡。

(《蓦山溪·遣怀》)

  堪笑多愁早老,管他闲是闲非。对花着酒两忘机,唱个哩誊啰哩。

(《西江月·雪江见红梅对酒》)

"反笑功名能几许?槐宫非浪语。"(《谒金门·一雨扫烦暑,自漉玉友,醉余因次韵》)这是他的悟道之言。赵长卿盖自中年科场失利后幡然醒悟,不再为荣华富贵奔走钻营。而能安贫乐道,随缘自适,自由自在的生活着。"闲中无宠辱,醉里是生涯"(《临江仙》"天外浓云云外雨")、"仙源正闲散,伴我老高唐"(《临江仙·赏兴》),潇洒闲淡,诗酒生涯,无拘无束,很舒适地度过了晚年。其实,他并未完全忘怀世事,而是不时关心着国家。"六代旧江山,满眼兴亡,一洗黄花酒"(《醉花阴·建康重九》)、"追盛事,忆乌衣,王家巷陌日沉西。兴亡无限惊心语,说向时人总不知"(《鹧鸪天·咏燕》)。这都表明,他对国事的无限关注。他的适闲与安贫乐道之言,只是对不在其位、不谋其政的无奈有意识的释放罢了。

二、以人喻花的咏物词

  赵长卿写了许多咏物词,其中的咏花词很有特色。他的咏花词,除了用描写、铺叙手法摹状花之形态外,或以花拟人,或以美人喻花,或人与花之感情双向交流,将花写得生动活泼,极有生气,彰显着艺术创新的特色。

第一,赵长卿的咏花词善于用拟人手法。修辞学上的拟人手法,是以物拟人,从而使无生命的物,具有了人的某些特点。因此生动形象,栩栩如生。赵长卿的咏花词,是特别喜欢用拟人手法的。譬如《念奴娇》:

暗里芳心,出群标致,经岁成疏隔。如今风韵,何人依旧冰雪。

词人咏梅,然他不像是描写植物,而写成了活生生的人,梅花简直就是天仙般的美女。他用了形容女人的词汇"芳心"、"标致"、"风韵"状其梅之风貌,将无知的梅花,写成了妙龄女郎,情韵悠然,生动逼真,引发着读者的联想与想象,增强了艺术魅力。这种拟人手法,在其咏物词中,随处可见。

娉婷枝上带春光。风流别有千般韵,割舍昏沉入醉乡。

(《鹧鸪天·荼蘼》)

依槛轻盈,万娇千媚,故整霞裙,笑花寂寞。

(《醉蓬莱·赏郡圃芍药》)

婀娜枝头才见、细腰肢。玉容消得仙源惜。

(《虞美人·清婉亭赏酴醿》)

雨浥红装娇娜娜。脉脉含情,欲向风前破。

(《蝶恋花·和任路分荷花》)

词人笔下的荼蘼、芍药、荷花,都有着美人的资质与态势,给人以丰富的美的联想。还有一些词,整首都是拟人的:譬如《鹧鸪天·咏荼蘼五首》之四,词人通过拟人、比喻等修辞手法,将荼蘼写得神采奕奕、生动逼真。

第二,赵长卿的咏花词善于以美人喻花。以花喻人,这是古代诗词中常见的比喻,甚至用俗了、用滥了,因此不免有点熟套可厌;而以人喻花,这在诗词中还是比较罕见的,是富于创新意味的,因此给人以新鲜感和奇异感。唐代苦吟诗人孟郊的《看花五首》,不仅以人喻花,而且写了人与花之间感情弥笃的恋爱,开创了古典诗歌以人喻花的先例。[①] 赵长卿词中喜欢以人喻花,将花写得妖娆多姿、

---

① 参见房日晰:《唐诗比较研究》,安徽大学出版社2005年版,第153页。

风流多情、活泼可爱,并给花赋予了人格的内涵,开创了词中以人喻花的范例。譬如:"二乔姊妹新妆了,照水盈盈笑。多情相约五湖游,似向群花丛里、骋风流。"(《虞美人·双莲》)词人写双莲,用历史上著名的姊妹花二乔作比,巧妙而生动,使之神态毕现。二乔是三国时江东非常著名的美人。后嫁孙策和周瑜。《三国志》卷五四《吴书·周瑜传》:"时桥公两女,皆国色也。策自纳大桥,瑜纳小桥。"桥,一作乔。用具有倾城倾国的美女二乔的新妆打扮,比喻双莲,何等恰切,何等生动,不禁令人生无穷遐想。类似的例子甚多,不胜枚举。

> 柳莺啼晓梦初惊。香雾入帘清。胭脂淡注宫妆雅,似文君、犹带春醒。芳心婉娩、媚容绰约,桃李总消声。
>
> (《一丛花·杏花》)

这哪里是写杏花,简直是以生华的笔姿形容卓文君之美。你看,早晨柳枝上黄莺的叫声,惊醒了美人的晨梦。屋子里香烟缭绕,似层薄薄的轻纱。这位美人轻轻敷了点儿胭脂、宫粉,脸庞红中带白,是那么嫩丽,原来她就是历史上有名的卓文君。她在浓郁的春色中,两眼惺忪,似还沉醉未醒。词人善于比喻,也善于描写,将杏花之美,写得淋漓尽致,美不胜收。

类似的例子很多,描写上各显特色。

> 碧桃销恨犹堪爱。妃子今何在。
>
> (《虞美人·深春》)
>
> 翠蔓扶疏隐映,似碧纱笼罩,越溪游女。
>
> (《水龙吟·酴醾》)
>
> 苇绡开得仙花,就中最有佳人似。
>
> (《水龙吟·李词》)
>
> 绰约藕花初过雨,出浴杨妃无语。
>
> (《清平乐·忠孝堂雨过,荷花烂然,晚晴可人,因呈李宣山同舍》)

词人用了妃子、佳人、游女、杨贵妃等,来比喻花之美丽。在比喻方式上,有明喻、隐喻、借喻,尽管比喻方式不同,但都能做到生动、恰切、各尽其妙。

第三,有写人与花之感情互动交流者。如《菩萨蛮·梅》:

人怜花淡薄,花恨人牢落。不似那回时,醺醺醉玉肌。

又《菩萨蛮》"春山已蹙眉峰绿":

对花深有意。且向花前醉。花作有情香。与人相久长。

这类例证不多,也不十分精彩,但毕竟是词的艺术创新上的一种尝试。这种尝试对词的艺术表现方式的开拓,是值得我们重视的。

三、潇洒淡远的词风

赵长卿在词的创作上,形成了自己独特的艺术风格。其词的主导风格,可以用萧疏淡远、清雅通俗八个字来概括。永瑢云:"长卿恬于进取,觞咏自适,随意成文,亦颇有淡远萧疏之致。"①永瑢说他的为人:"恬于进取,觞咏自适。"因此,词的风格才"颇有淡远萧疏之致"。这与法国布封的"风格即人"之著名论断不谋而合。冯煦则谓"坦庵介庵惜香皆宋氏宗室,所作并亦清雅可诵"②。他之所谓清雅,是就词品而言的。赵长卿词虽然在语言上极力追求自然通俗,几乎所有的词,都是用通俗的书面语言写成的,然他却能做到俗不伤雅,他的词不仅没有沾染丝毫的俗气,而且还能做到清通雅洁,词品颇高。雅是就其词的内容而言的,所以虽然外在的语言表现是很通俗的,但其立意与情致却是隽秀雅洁的。他的词绝大部分是风花雪月的咏物与思亲念远的抒写。他人品高尚,襟怀宽广。在科场失利后,他把功名看的开,把利禄看的淡,把世情参的透。不再奔竞钻营,而能恬然自适。其词则情思淡远,颇有潇洒之致。譬如《如梦令》:

居士年来懒散。凡事只从宽简。身外更无求,只要夏凉冬暖。美满,美

---

① 永瑢等:《四库全书简明目录》,中华书局1964年版,第897页。
② 冯煦:《蒿庵词话》,人民文学出版社1959年版,第63页。

满,得过何须积攒。

这是他为人处世极坦率的自白。不汲汲名利,故不必奔走交游以打通人事关系,达到出仕的目的。他自奉简约,更没有什么奢望,只要有起码的生活保障,就心满意足了。因此他的词集中,有许多风格萧疏淡远而又雅致的词。譬如《菩萨蛮·霜天旅思》:

> 霜风飒飒溪山碧。寒波一望伤行色。落日淡荒村。人家半掩门。 孤舟移野渡。古木栖鸦聚。著雨晚风酸,貂裘不奈寒。

时令已是深秋了,野外一片萧疏。又是傍晚来临了,孤零零的一叶小舟移到了渡口。古老的树有许多乌鸦栖居。下了一阵雨,晚风吹得令人骨头发酸。虽然穿着貂裘,仍然觉得很冷。风景萧疏,行人念远,自有孤寂之感。

又如《菩萨蛮·初冬》写夕阳西下而乡关极远,加上这初冬异常衰飒的风光,怎能不使人心情不快?然诗人并没有显出特别的忧愁与焦虑。由此可见,他有着颇为宽广的器度与胸怀。余如《霜天晓角·和梅》、《点绛唇·月夜》、《菩萨蛮·初冬旅思》等,词风都是萧疏淡远的。总之,这些词的内容境界是萧疏的,情调是淡远的,语言是通俗的,感情是淳真的。这是赵长卿词的主导风格。

一个大词人,除了主导风格之外,往往还有其他风格,赵长卿也不例外。如《水调歌头·赏月》,就写得豪放飘逸,颇类东坡的某些豪放词:

> 把酒相劳苦,月色耀天章。冰轮碾破寒碧,飞入酒樽凉。击节词人妙句,吸此清辉万丈,肺腑亦生光。揽袂欲仙举,逸兴共天长。 日边客,幕中俊,坐间狂。浩歌清啸,恍然云海渺茫茫。唤醒谪仙苏二,何事常愁客少,更恐被云妨。月与人长好,广大醉为乡。

此词想象丰富奇特,语言流丽俊美,情调豪放飘逸,直可与坡仙词媲美。余如《水龙吟》"危楼横枕清江上"、《水调歌头·元日客宁都》、《水龙吟》"酒潮匀颊双眸淄",也都颇有豪放飘逸之致。其中《水调歌头》"危楼横枕清江上",词人逸兴遄飞,笔下景色如画,词情流宕隽美,令人赞叹不置。

《御街行·夜雨》《一剪梅·梅词》《有有令·岁残》等,则写得通俗流畅,可歌可唱,颇像俗曲。譬如《一剪梅·梅词》:

树头红叶飞都尽,景物凄凉。秀出群芳。又见江梅浅淡妆。也啰,真个是、可人香。 兰魂蕙魄应羞死,独占风光。梦断高堂。月送疏枝过女墙。也啰,真个是、可人香。

此词调子轻松活泼,颇有俗曲的韵味。

赵长卿词从主导风格的确立到风格的多样化,说明他创作的成熟,并取得了较高的艺术成就。

四、富有个性特色的文学语言

词作为文学品类之一,属于语言艺术。对语言的精心选择与运用,最能体现出作者的匠心与技巧。赵长卿词的语言,大都是用了明白晓畅、清雅可诵的书面语,显出自然、隽秀、流畅的特色,几乎全是白描,极少修饰和用典。譬如:

乱叠青钱荷叶小。浓绿阴阴,学语雏莺巧。小树飞花芳径草。堆红衬碧于中好。 梅子弄黄枝上早。春已归时,戏蝶游蜂少。细把新词才和了。鸡声已唤窗纱晓。

(《蝶恋花·初夏》)

他的词学习并继承了秦观、李清照、朱敦儒等人的传统,语言通俗、隽美、雅致,或者径用了白描笔法,语言自然俊秀、明丽天然。这类词是他的主调,占其全部词作的80%以上。除此以外,在他的少数词作中,熟练地使用口头语、儿化的词语并夹杂了一些方言土语,更接近民间语言的原生态,更富有地域情趣。

(一)词语的儿化:赵长卿词中儿字运用之多,在宋人词集中还是少见的。它使词的语言表达更通俗更口语化,也更接近语言的原生态,软柔、软绵,读起来富于亲切感。譬如:

风儿住后云来去,装撰些儿雨。

(《御街行·夜雨》)

阁儿幽静处,围炉面小窗。好是斗头儿坐,梅烟炷,返魂香。

(《霜天晓角·霜夜小酌》)

手儿但把心儿托。

(《满江红》"懊恼平生")

马儿行过坡儿下。

(《花心动·客中见梅寄暖香书院》)

以上四个例句,都是连用了儿字,自然、轻巧、本色,使语句软化和轻柔化,彰显着词作为女性文学的语言特色。至于他词中单用一个儿字的句子就很多了。如"茅店儿前"(《柳梢青·过何郎石见小梅》)、"新样冠儿直"(《念奴娇·席上即事》)、"依旧窗儿下"(《御街行·柯山故人别后改图,因作此》)、"绣草冠儿小"(《夜行船·咏美人》)、"美底腔儿"(《眼儿媚·东院适人乞词,醉中书于裙带三首》之二)、"一寸心儿"(《贺新郎》)"负你千行泪"、"上得船儿来了"(《雨中花慢》"耙子分香")、"天色儿、苦恁凄惶"(《似娘儿·残秋》)、"天色儿、惭冷落"(《思越人·秋日感怀》),如此等等,简直不胜枚举。儿字运用之醇熟,已达到出神入化的地步。

(二)巧妙地运用语气词,使词生动鲜活,更加口语化和世俗化,极易为民众所接受。

也啰,真个是,可人香。

(《一剪梅·咏梅》)

似恁愁烦那里消。

(《贺新郎》"负你千行泪")

今宵拼着醉眠呵!

(《踏莎行·夜凉》)

上了灯儿,知是睡哩坐哩。

(《品令》"黄昏时候")

也啰、似恁、呵、哩等语气词的运用,使词的句子成为原汁原味的口头话、家常语。袁枚谓"家常语入诗最妙"①"口头话说得出,便是天籁。"②这些天籁式的词句,自然为读者喜爱和乐意接受。

(三)词中用了较多的方言土语。譬如忆忆戏、拈弄、积攒、俫僽、参揣、遮莫、打叠、日煞曾、消得、鳖气、忒煞、似恁、擱就、臑著、胡巴、嚎憕、漫惹、俺咱、装撰、担带、干忙。这些方言词汇的运用,使词的语言更接近原生态,不仅自然贴切,真实生动,更富于表现力。对方言区的人,更有感染力。而且词汇已为广大读者逐渐熟悉,如拈弄、积攒、遮莫、消得、鳖气、担带、干忙等,从而丰富了祖国的语言宝库。当然,这些词语大部分并不通行。因此,对非方言区的人,读起来就难免生涩,隔膜,增加了理解的难度。就词人主观意图说,自然想让词更通俗更口语化,更接近语言的原生态,强化词的亲和力。这种生涩、隔膜,是在破旧创新中出现的缺点,似可原谅的。

辛弃疾的白话词

一

辛弃疾《玉楼春》"三三两两谁家妇",《古今词统》眉批云:"竟是白话!"评者对辛弃疾写的这首白话词,是颇为惊异的。言外之意,是说词人用白话竟写出如此好的词。因为宋词是颇为雅致的,一般是用浅近工致的文言书写的,而用纯粹的白话写词,则是比较少见的。因之,当他读这首词时,评者不免产生惊异之感。其实,辛弃疾的白话词是不少的。据我的统计,他的白话词有282首之多,占其全部词作的五分之二强,这在词史上是罕见的。尽管从北宋到南宋,不乏写过一二首白话词的人,还有些词人写的数量较多,如柳永、秦观、黄庭坚、李清照、向滈、曹组、朱敦儒等,都写了许多优秀的白话词,然像辛弃疾白话词写得这么多又这么好,却是没有的。这是词史上一个特异的现象,是值得我们大书特书的。

---

① 谢璇:《详注随园诗话补遗》(卷一),上海会文堂书局1923年版,第6页。
② 谢璇:《详注随园诗话补遗》(卷一),上海会文堂书局1923年版,第6页。

令人奇怪的是,这种特异现象并未引起当今学者的重视,而对辛词典故叠出、经史并陈的所谓"掉书袋",从南宋的刘克庄到今之某些词学家,却是念念不忘的。固然,辛弃疾词是喜用并擅长用典故的,说他有些词"掉书袋"也完全符合实际。然辛之词过多地用典故或较僻典故的词,充其量也不过二三十首罢了。因此,不论从辛词的创作实际或研究实际来看,辛弃疾词的白话词,都是值得我们特别重视的。

五四时期,胡适先生提倡白话文,文学史上的白话文受到了特别的重视,当时对白话小说大量翻印,白话诗词也受到了应有的重视。以词言,稍后就有《白话词选》的问世。辛弃疾的白话词,受到了一些学人的特别关注。胡适先生的《国语文学史》、胡云翼先生的《宋词研究》、《词学概论》、《中国词史略》,即设专章或专节论析。《词学概论》第六章"南宋的白话词",是以辛弃疾的词为研究核心的,并认为是与南宋的乐府词人形成对立的词派。其中提到辛的《鹧鸪天》"壮岁旌旗拥万夫"、《西江月·示儿曹以家事付之》等六首词;《中国词史略》第四章第二节《南宋的白话词》与第三节《南宋的乐府词》,是以辛弃疾为首的白话词人和以姜夔为首的乐府词人,作为两个对立的词派论述的。其中提到辛弃疾的《鹧鸪天》"壮岁旌旗拥万夫"、《破阵子·为陈同甫赋壮词以寄之》等 15 首,除与《词学概论》提到的有三首重见外,尚有 12 首。这 12 首词,以我看来,《破阵子·为陈同甫赋壮词以寄之》、《永遇乐·京口北固亭怀古》、《贺新郎·别茂嘉十二弟》3 首是用文言文写的,不能算白话词,其余 9 首则是白话词。胡云翼先生以白话词作为词派的提法是颇为新异的,对研究宋词仍有些启示。胡适的《国语文学史》以白话词派与古典词派对立之说,也有一定的道理。词作为语言艺术,其用白话或文言,是颇为重要的。因此,辛弃疾的白话词,是值得我们研究和探讨的。

二

辛弃疾的白话词,以题材言,还是相当广泛的,它涉及了生活的各个方面。要而言之,有以下几类:

第一,他以农村生活为题材,写出了当时生动真实的农村图画。譬如《清平乐·博山道中即事》:

> 茅檐低小,溪上青青草。醉里吴音相媚好,白发谁家翁媪。　大儿锄豆溪东,中儿正织鸡笼。最是小儿亡赖,溪头卧剥莲蓬。

这是词人精心选择的一个镜头:溪旁有一座矮小的茅屋,院子里是郁郁丛生的青草,白发老人用软媚的吴言在那儿叽里咕噜的说话,几个儿子都在忙碌地干活。那个最小的孩子特别活泼、调皮,躺在那里剥莲蓬。这首词的语言几乎都是原生态的口语,然而又是那么准确、恰切,富于表现力。这一生活镜头诗人是用了白描的手法,表现的生活是外在的,浮面的,然而又是那么生动、逼真,情趣盎然。描写农村这种常见的现象,在词史上却是罕见的,甚至是仅有的。因而颇为新鲜,也是非常典型的。

辛弃疾以农村生活为题材的词作,有《鹊桥仙·乙酉山行书所见》、《西江月·夜行黄沙道中》、《清平乐·博山道中即事》、《西江月》"明月别枝惊鹊"、《鹧鸪天》"陌上柔桑破嫩芽"等,在这些词里,没有用文言词汇,没有用典,没有用文言文法,而是纯粹的白话语的白描,是典型的白话词。这些词,语言朴实、生动、鲜活,洋溢着生活情趣,构成诗意盎然的农村图画。龙榆生先生在谈到《西江月》"明月别枝惊鹊"、《鹧鸪天》"陌上柔桑破嫩芽"时说:"这两首词几乎全是一般农民都能领会到的情景和语言,他却把它提炼到异常纯熟,差不多每个字都'敲打得响'(张炎:《词源·论字面》)。这是辛词的别调,也可以说是'本色',是值得人们学习的。"①这段评语是十分恰当的。历代文人,不乏写农村的诗篇或词作,他们把农村视为世外桃源,是他们逃避现实的渊薮。辛弃疾则用生动的白话文,写出了农村的真实景象,流露出他对农村的欣赏和喜爱,这是值得肯定的。

第二,写人际之间的交往,送往迎来,念旧怀人,表现朋友之间的真挚感情。如《江神子·送元济之归豫章》:

> 乱云扰扰水潺潺,笑溪山,几时闲?更觉桃源,人去隔仙凡。万壑千岩楼外雪,琼作树,玉为栏。　倦游回首且加餐。短篷寒,画图间。见说娇鬟,拥髻待君看。二月东湖湖上路,官柳嫩,野梅残。

---

① 《龙榆生词学论文集》,上海古籍出版社1997年版,第372页。

此词上片写送别之景，表现了词人对纷扰尘世的厌恶情绪，由此对仙家清静生活的向往；下篇抒情，先写殷勤送别，次拟朋友归程，再写元济之归后情景：娇妻美妾拥髻以待，准备倾诉衷肠。营造了一个十分温馨的环境，虽多系虚拟，然自在情理之中。此词情调闲逸，富有诗情画意。

余如《渔家傲·湘州幕官作舫室》、《定风波·席上送范先之游建康》等，在这些词里，词人表现了对送者恋恋不舍的真挚友情，并流露出一种退隐的情绪。

第三，写人世沧桑或人生感慨的，表现出一种悟透人生的深沉感情。如《丑奴儿》：

少年不识愁滋味，爱上层楼。爱上层楼，为赋新词强说愁。　而今识尽愁滋味，欲说还休。欲说还休，却道"天凉好个秋"。

此词通过词人今昔不同感受的强烈对比，写了词人由不谙世情到历经沧桑感情的深刻变化，其坎坷不平的生活经历与跌宕起伏的心路历程自在不言中。无限感慨，感情深沉。《丑奴儿》"近来愁似天来大"、《卜算子》"欲行且起行"、《临江仙·壬戌岁生日书怀》、《菩萨蛮》"稼轩日向儿曹说"等，都用纯粹的白话文写成，表现了诗人政治道路坎坷、历尽沧桑的苦难历程。

第四，写妇女生活或艳情的，这类词颇多，笔法老练，也极有情趣。如《鹊桥仙·送粉卿行》：

轿儿排了，担儿装了，杜宇一声催起。从今一步一回头，怎睚得，一千余里。　旧时行处，旧时歌处，空有燕泥香坠。莫嫌白发不思量，也须有，思量去里。

此为遣归侍女粉卿之作，表现了他对侍女的深厚感情。先写赠品之多，说明对侍女感情之深厚；次写粉卿无限留恋之情，无限依恋，不忍离去。下阕写人去楼空，对粉卿离去的惆怅与不忍。全词以口语写成，在轻松的情调中蕴含着质朴而深厚的感情。余如《最高楼·用韵答赵晋臣敷文》、《寻芳草·调陈辛叟忆内》、《武陵春》"走来走去三百里"、《恋绣衾·无题》、《南歌子》"万万千千恨"、《眼儿媚·妓》、《南乡子·赠妓》、《满江红》"敲碎离愁"，这些关涉妇女的词，或打趣友人,或自抒感情,都写得"低回婉转,一往情深,非秦柳所能及"①。

总之,辛弃疾的白话词,题材是相当广泛的,它涉及现实生活的各个方面,内容也是颇为深刻的,而在艺术表现上,几乎全用了白描,贴近生活,贴近现实,使词生动活泼而富于情趣。

三

所谓白话词,仅只就词的语言表达说的。质言之,典型的白话词是用纯正的白话书面语写成的,而且在很大程度上都用了白描手法,不用或很少用修饰的。因此,语言风格是朴素雅洁的,是"清水出芙蓉,天然去雕饰"的。辛弃疾的白话词,善用白话写日常生活,表现是真切的,虎虎有生气的。直到现在,我们读起来仍感到是那么亲切,那么富于情韵,那么有味,这是"我手写我口"的艺术结晶。他是用了通行的或规范化的白话,这些词的语言,可以说是完全生活化的,是活泼泼的洋溢着生活情趣的,是诗意盎然的。仔细研读辛弃疾的白话词,我们十分惊异地发现他的许多词的语言,和现在通行的书面语言,几乎一模一样的。这与一些文学史家说他词"掉书袋"是毫不相干的。纯粹的白话词与某些所谓"掉书袋"的词,在辛弃疾词集中都是存在的,也是并行不悖的。然辛词弊病"掉书袋"之说很有市场。究其原因,这些所谓"掉书袋"之作,几乎都是他的代表作,影响深远,历来操选政者,几乎将这些词选在各种《词选》中,一般读者,只读选集,就熟悉这几首,因此对此说深信不疑;一些研究者,对辛词未做深入全面地考察,轻信前人的说法,并加以宣扬,这个不太符合辛词实际的结论,影响了千千万万个读者。它已根深蒂固了,是不易推翻的。而他写得很好的白话词,今天则很少有人论及。这种情况是亟待改变的。

其次,他的白话词,大部分都是短词,即小令或中调。在某种意义上说,这是他全部词作中很精粹的一部分。胡适先生说:"他的小令最多绝妙之作;言情,写景、述怀、达意,无不佳妙。辛词的精彩,辛词的永久价值,都在这里。"②这段评语是极为精辟的,的确道出了辛词的要害。如果我们论辛词,不是过分地看重

---

① 朱德才等:《辛弃疾词新释辑评》,中国书店2006年版,第179页。
② 《胡适选唐宋词三百首》,东方出版社1995年版,第189页。

文学的功利表现,或者说在重视辛词思想性的同时,也重视辛词的艺术个性与成就,重视辛词对题材的扩展,重视词的意境的描写,重视词的语言表达的方式,那么,胡适先生的这段评语是很值得我们深思的,因为它的确搔到了辛词的痒处。辛弃疾的白话词,在数量与质量方面在词史上都是领先的、可谓空前绝后的。有些白话词纯以口语写成,写出了角色的声吻,意旨虽不深,但别有趣味。以表现的生动活泼说,都有自己的优长。

第三,以艺术风格而言,有些词通俗似曲,或者可以说,它具备了曲的某些特点:如幽默、诙谐、笔调轻松活泼、雅俗并陈等。《南乡子·赠妓》、《鹊桥仙·送粉卿行》、《菩萨蛮》"稼轩日向儿曹说"、《唐多令》"淑景斗清明"、《最高楼·吾拟弃归,犬子以田产未置止我,赋以骂之》、《最高楼·客有败棋者,代赋梅》等,这些词读起来似有曲的味道。如《南乡子·赠妓》云:

好个主人家,不问因由便去嗏。病得那人妆晃了,巴巴、系上裙儿稳也哪。　别泪没些些。海誓山盟总是赊。今日新欢须记去,孩儿,更过十年也似他。

此词用了较多的南宋时代的方言俗语,如"嗏"、"妆晃"、"巴巴"、"稳"、"些些"、"赊"、"孩儿",其他词语也多取自日常生活中的语言,因而形成通俗易懂、新鲜活泼、贴近生活原生态的语言风格。这类词突破了文人词追求艺术典雅的传统,开创新颖、鲜活的语言风格的先河。

四

词本来就是曲子词的简称,是深受市民喜爱的能歌唱的文学。词人为了适应这种歌唱的需要,语言上尽可能地写得通俗、贴近生活,以便吸引更多的听众。受这种传统影响,北宋词大部分语言是通俗的,或用白话文。南渡词人李清照、朱敦儒、向滈等人的词,语言通俗,尤善白描。辛弃疾是北方人,又深受李清照、朱敦儒等人词风的影响,他有《丑奴儿近·博山道中效李易安体》、《念奴娇·赋雨岩,效朱希真体》,就是学习和接受朱、李词风影响的明证。李清照词善于将常习用语,随手拈来,度入音律,皆成清新的意境,朱敦儒词语言婉丽晓畅,均为辛弃疾所师法。

南宋以姜夔、吴文英为代表的格律派词人,创作趋雅,语言仍用浅近的文言文;而以辛弃疾为代表的豪放派词人,如陆游、刘过、刘克庄等,都写过一些白话词,胡云翼将其称之为白话词派。受辛弃疾的影响,蒋捷也写过一些白话词。尽管白话词的传承与发展,源远流长,但认真翻检,还是不难说清楚的。这种白话词又大体分为两类:一种用纯粹的白话书面语言写成;另一种则深受民间口头文学的影响:内容上近似,多用方言土语,语言更接近原生态,并吸收了民间文学那种幽默诙谐,手法多样,感情丰富的优长,这一派的某些词有点像后来的曲,或有曲的情味。有些论者将其称为曲之滥觞,不是没有道理的。

论辛弃疾词的细节描写

一

在叙事性的作品中,有许多生动的细节描写,增强了作品的真实性与感染力,有力地吸引着读者的眼球;同样,在抒情性的作品中,也有因善于细节描写,使作品大为生色的。其精彩之处,颇能令人拍案叫绝。杜甫《北征》中,描写妻子娇儿的细节,就是如此。然对词这种格律固定、篇幅有限、颇有艺术个性的诗体来说,它重在抒情,偶尔写景,也是借景抒情,或借用简单的叙事抒情,而很少有细节描写的。细节描写在词中比较罕见,是为其特有的体格所决定的。然对天才的词人来说,是不受定格局限的,创作通则之类的规定性,是缚不住他们创造手脚的。他敢于打破常例,打通规范,以纵横恣肆之态势,任情挥洒笔墨。故在有些词中,不但用了细节描写,而且写得格外奇妙生色,令人掩卷赞叹不已。辛弃疾就是这类词人的代表。在他的词里,细节描写之多而精彩,都是空前的。这在历代众多词家中,是颇具典型意义的。

二

辛弃疾一生,写了许多通俗的词,反映了我国古代、特别是南宋时期的某些风情民俗。这些通俗的词,其生活化和趣味化的描写是颇为典型的。而他在对风情民俗的抒写中,有一些特别生动的细节描写,使词变得趣味盎然,格外生动传神,时显勃勃生机。如果没有这些细节的成功描写,词就可能变得干瘪、枯燥、乏味、无趣,成为令人无法卒读的文化垃圾。譬如,他写过许多寿词,在一些应俗的寿词中,就成功地运用了细节描写,使其纯属酬应、乏味无聊的东西,有了生气,有了艺术活力,洋溢着生活乐趣,成为历史民俗的非常精彩而生动的画卷,放射着异常艳丽的光彩。

譬如,《感皇恩·为婶母王氏庆七十》:

> 七十古来稀,未为稀有。须是荣华更长久。满床靴笏,罗列儿孙新妇,精神浑是个西王母。　遥想画堂,两行红袖,妙舞清歌拥前后。大男小女,逐个出来为寿,一个一百岁,一杯酒。

这是属于无谓的酬应之词,没有多大的思想意义,不是词中的"芝菌"、"蕙兰",但也绝不是"荆榛蔽荟",它写了普通人家的祝寿场面,写出了极为欢乐的祝寿气氛,反映了当时重视寿诞的风情世俗。结尾"大男小女,逐个出来为寿,一个一百岁,一杯酒"。这本来是在祝寿中是司空见惯的,然却是一个普通的具有典型意义的细节:它既显示出这位老太太儿孙众多、人丁旺盛、极有福气,而且众口一词、谀颂之声盈耳,将祝寿的热闹场景与氛围,活灵活现地展示出来。何况,作者描写的这个场景,本身就是一幅很美的风俗画,儿孙济济一堂,个个喜笑颜开,其乐融融。从这个画面中可以看出:大家既是对老寿星长寿的企盼,也显示了尊老娱老的浓郁感情。这个富于时代特征的画面,令人非常清晰地看到南宋时代普通人家生活的一角。

又如:《品令·族姑庆八十来索俳句》:

> 更休说便是个,住世观音菩萨。甚今年、容貌八十岁,见底道才十八。莫献寿星香烛,莫让灵龟椿鹤。只消得,把笔轻轻去,十字上,添一撇。

此词上阕的"甚今年容貌八十岁,才十八",言其体健年轻;下阕"把笔轻轻去,十字上,添一撇",于是"八十岁"变成"八千岁",这一年龄上的天文数字,简直是理想中的长生不老的神仙。可谓"福如东海水长流,寿比南山不老松"。从这个细节中,可见词人写词思路活泛,用笔巧黠,情调轻松幽默,读后不自觉地莞尔一笑。它是对族姑"索俳句"的完满回报。这首词之所以轻松耐读,富于情趣,完全得力于两个细节的真实描写,由此产生了很好的喜剧效果。《朝中措·为人寿》:"焚香度日尽从容,笑语调儿童:一岁一杯为寿,从今更数千钟"。也是以千岁为期的生动细节。写农村普通人家日常生活的《清平乐·村居》"最喜小儿亡赖,溪头卧剥莲蓬",也是成功的令人赞赏不绝的细节描写。吴则虞谓:"画出了小儿幼稚之象,天真可掬,可作画图看也。"①"可作画图看也"的,岂止这一首词。上列诸词,都可作如是观。而细节的真实描写,使其图画更为生动和醒目。

三

生动传神的细节描写,能够表现词人最真实的感情,写出主人公深情忘情的原初情态,极大地缩小词人与读者的感情距离,增强词的艺术感染力。这种细节的描写,在辛词中是极多的,可谓俯拾即是,屡见不鲜的。

《鹧鸪天·代人赋》云:"情知已被山遮断,频倚栏干不自由。"她明知她的恋人早被远处的青山遮住,根本看不见了,却仍然不由自主地频频地倚栏而望。这种理智不能控制感情的细节描写,生动地表现出她在斯时斯地的痴情与忘情的情景。这是生活中常见的最真实、最富表现力的一个细节,写出了女子痴绝的情态,的确是"神余言外"之笔。又如"愁边剩有相思句,摇断吟鞭碧玉稍"(《鹧鸪天·东阳道中》)。你看他不停地挥着长鞭,摇头晃脑的,只是重复地吟咏着:"思念啊,思念啊"的诗句,连鞭鞘上的碧玉掉了也不知道。这生动地表现了他情专情痴时的神态,并将其扬鞭吟诗的神情写得惟妙惟肖。

细节描写,贵在真实生动,妙语传神。辛词细节描写之妙,正在阿堵中。

四

多样化是辛弃疾词中细节描写的又一特点。

---

① 吴则虞:《辛弃疾词选集》,上海古籍出版社1993年版,第250页。

细节是现实生活的再现。现实生活是无比丰富的,这就决定了来自现实生活的细节是丰富多彩的,可以说其矿藏的储存是掘之不尽、采之难完的。诗人沐浴于丰富多彩的生活之中,自然能够发掘生活中的细节,用于自己的作品,就会珍珠裸露,熠熠发光。辛弃疾由于受到和议派的排挤压制,被迫离开官场,长期赋闲。对人情世故、社会情态之谙熟,非一般词人可比。"文穷而后工",长时间的无官闲处,使他有机会熟悉社会下层,遂能发现并抓住生活矿藏中最生动的细节,加以挖掘和描写,这就使其词中产生了多式多样的细节。我们将其词中描写的大量细节做个大致地类分,则有写实、用典、假设等不同类型。

(一)写实的生活细节:词人发现了生活中某些细节,加以提炼和熔铸,成为词中的细节,这种细节描写,在辛词中用得最为普遍而典型,它表现生活最真实,最为生动传神,例如:

把吴钩看了,栏杆拍遍,无人会,登临意。

(《水龙吟·登建康赏心亭》)

耸立于我们面前的是一位伟大的爱国志士:他一边看着锋利的吴钩,一边不停地拍着栏干。这一细节,将其壮怀激烈、雄心不已、志欲报国而无人理解、无人支持的悲愤心情,表露无遗。通过这个细节,表现了他在议和派的高压下壮志难酬的苦闷,反映了他以国事为重崇高而丰富的精神世界。

又如:

醉里挑灯看剑,梦回吹角连营。

(《破阵子·为陈同甫赋壮词以寄》)

"挑灯看剑"这一个细节,活脱脱地表现了他急于报国、恢复祖国山河的壮志。你看:我们面前的这位壮士,因其报国的壮志未遂,心情苦闷到极点,于是喝酒解闷,以致喝得醉醺醺,遂从剑鞘中抽出宝剑,执之于手,凝视着它。似乎还在喃喃地诉说:剑啊!剑啊!何时才能用你效命疆场,杀敌立功。看着,看着,痴痴地看着,看的时间长了,连灯都暗了,他又挑一挑灯芯,继续看着。将这位壮士手执宝剑、不停地摸索、看之不已的动人情景凸显出来,充分地表现了他心中郁勃不平、壮怀难已之情。

余如：

> 目断秋宵落雁，醉里时响空弦！
>
> （《木兰花慢·滁州送范倅》）
>
> 醉里重揩四望眼，惟有孤鸿明灭。
>
> （《念奴娇·瓢泉酒酣,和东坡韵》）

他为什么呆呆地凝望北方直到雁群消失在遥远的碧空？他为什么重揩朦胧的醉眼，张望那天边时隐时现的孤鸿？为什么醉中时时张弓拉弦？这一切的一切，表明他立志报国，效命疆场的心情太急切了。通过这一个个富于特征的细节描写，将他满腔爱国热情遭到打击冷遇的悲愤展现出来，反映出他胸怀正义无法诉求的复杂的内心世界。意蕴是无比丰富的，表达是十分含蓄的。

（二）用典中的细节：辛词用了许多典故，有的事典，本身就是一个生动有趣的故事，甚至还包含了若干生动的细节。典故中的细节，移到词中，恰切而巧妙地表现了个人一时的真感情。

> 射虎山横一骑，裂石响惊弦。
>
> （《八声甘州·夜读李广传》）

据《史记·李将军列传》载：李广任右北平太守时，一次出猎，误将草中巨石当成老虎，引弓发箭猛射，箭中巨石，连箭羽都没入石中去了。李白诗赞："没入石棱中"。"裂石响惊弦"，写出了李广的勇猛、武艺非凡、超群。辛弃疾对其一生不得志深表同情。李广的英雄而不得志与词人胸怀报国大志而不得志的遭遇非常相似，故此处不仅有惺惺相惜之意，且对自己不得已长期赋闲生活，有着极深的感慨：

又如：

> 山草旧曾呼远志，故人今又寄当归。
>
> （《瑞鹧鸪·京口病中起登连沧观偶成》）

词写由朋友寄来中草药"当归"这个细节,引起了他对自己出处不当的自嘲。"当归"典出《太史慈传》:"太史慈字子义,东莱黄人也。……(孙策)以慈为建昌都尉……曹公闻其名,遗慈书,以箧封之,发省无所道,而但贮当归。"①苏轼《寄刘孝叔》诗用其意:"故人屡寄山中信,只有当归无别语。"②前者见《世说新语·排调》:"谢公始有东山之志,后尹命屡臻,势不获已,始就桓公司马。于时人有饷桓公药草,中有'远志'。公取以问谢:'此药又名小草,何一物而有二称?'谢未即答。时郝隆在坐,应声答曰:'此甚易解,处则为远志,出则为小草,谢甚有愧色。'"③按当时韩侂胄当权,为了巩固地位决定对金用兵,而对辛弃疾的起用,只是他提高自己威望的一块招牌而已。当辛弃疾赴任积极备战时,却遭到韩侂胄的阻挠与破坏,使辛事事掣肘,抗金之壮志难展。加上患病,处于矛盾痛苦之中,遂有回归田园之想。词人用典,含蓄地表明自己本不愿出山,而出山果然成为一钱不值的山草,渺不足观。适逢朋友寄来当归,更加深了自己回归田园的愿望。可见,"寄当归"这一细节,蕴含了丰富复杂的感情波澜。

余如:"汗血盐车无人顾,千里空收骏骨。"(《贺新郎·同父见和,再用韵答》)"可惜流年,忧愁风雨,树犹如此!"(《水龙吟·登建康赏心亭》)"楼观才成人已去,旌旗未卷头先白。"(《满江红·江行,简杨济翁、周显先》)"空收骏骨"、"树犹如此"、"头先白",这些用典的细节,或对统治者不重用人才的悲愤,或因岁月蹉跎、功名未建的哀叹,都蕴蓄了丰富的情感,有着感人的艺术力量。

(三)假设性的细节:词中写的细节,生活中并没有发生,是词人假设而已,但同样生动传神,寓意深广。

> 因甚无个阿鹊也,没工夫说里。
>
> (《谒金门·和陈提干》)

这是词人与陈提干打趣,有很强的幽默感。阿鹊地,是形容打喷嚏的声态,借以说打喷嚏。俗谓有人异地或背后骂他、念叨他、数落他,就会打喷嚏,或为心电感应所致。这里是对陈提干打趣,是说你为什么没打喷嚏呢?是因为异地亲人没

---

① 陈寿:《三国志·吴书》,中华书局1959年版,第1186—1190页。
② 苏轼:《东坡诗》,岳麓书社1992年版,第282页。
③ 余嘉锡:《世说新语笺疏》,中华书局1983年版,第803—804页。

工夫骂你。实际是说:是你自作多情罢了,人家心里根本就没有装着你,没有心思想念你,幽他一默罢了。所写这一切都属假设,不是事实。然却把陈提干坐立不宁、思念亲人的急切感情,生动地表现出来了。写得风趣而又幽默。这虽是一个假设性的细节,却揭示了陈提干复杂的心理活动与思念亲人的深厚感情。同时也表现了词人善解人意,善开玩笑的良善心肠。

> 却将万字平戎策,换得东家种树书。
>
> (《鹧鸪天·有客慨然谈功名,因追念少年时事,戏作》)

将万字平戎策去换种树书,只是一种假设,一种比喻。意谓当年为了恢复祖国山河,曾奏进《美芹十论》等论抗金的著作,而今却赋闲种树养鱼,这是历史的悲剧。作者通过胸怀抗金韬略与壮志和沉沦隐身的平庸时日之间巨大的反差与对比,达到慷慨悲歌、凄凉感人的艺术效果。

> 安得车轮四角,不堪带减腰围。
>
> (《木兰花慢·席上送张仲固帅兴元》)

前者是假设,希望圆圆的车轮变成方形,不能滚动,阻其行程,不能远离。这一细节,生动地表现了他不愿行人远去,苦思冥想以致想入非非的境况。后者则谓,如果行人去了,因为离别相思之苦痛,致使身体消瘦,腰围变小。这两句词,表达了词人对行人深厚的恋恋不舍之情。

五

　　细节之于词,犹如颊上三毫,使人神采飞扬:典故中的细节描写,能使作品深刻化、本质化、入木三分;成功的细节描写,能使作品生活化、世俗化、丰富多彩。词一般是寓情于叙事之中的,细节则是叙事的一个亮点,一个重要环节,能使叙事简约而生动。辛弃疾词中细节描写非常成功,做到了典型化与普泛化,具有典范意义。因此,辛词创作中成功地使用细节描写的经验,是值得我们认真研究总结的。

也说辛弃疾"以文为词"

——从辛词题序中喜用"赋"字谈起

辛弃疾"以文为词",是一个老问题了。学术界对此谈的较多较透,且没有多大的分歧,似可不必再费笔墨了。但它在词中的具体表现与功过,在认识上仍有纷纭。本文试图从辛词题序中喜用"赋"字这一侧面入手,谈谈"以文为词"的诸多问题,或有助于对问题的深入。

一

辛弃疾词今存629首,有题序者计530首,而在题序中言及"赋"词者94首,几占有题序词的五分之一。

词作为诗的体式之一,它与古代的抒情诗一样,是以抒情为主的。在辛弃疾以前的人写的词中,偶有叙事与描写,也是为强化抒情服务的。散文则以叙事与描写为主,但辛词却像散文那样,也往往用了叙事与描写的手法,间或有议论和说理。也就是说他在词中用了诸多散文的笔法,增加了许多散文的成分,因此,有着比较严重的散文化倾向。辛词中有集经体、《天问》体、对话体、议论体、曲体等诸多体式,林林总总,构成了辛词颇为庞杂的体式体系。其中集经体、《天问》体、对话体、议论体,本来是散文才用的体式,曲体在很大程度上也有着散文化的趋势,而辛弃疾在他的词中却创造性地运用了散文才惯用的这些体式,使词有了类似于散文的章法与结构。散文在行文表现上是散化的,它有别于诗的特别严整的结构和最为精粹凝练的语言,而辛词也往往用了这种不大严整的结构与相当散化的语言。如此等等,使辛词也就具有了散文的某些特点。

常言道"赋诗填词",这句话相当准确地反映了诗与词不同的写作方法。文学上不同的体式,本来就有着不同的写作方法。所谓"赋"诗,这"赋"就是写诗的一种方法,即所谓"敷陈其事,而直言之也"。也就是铺叙,在写景与叙事上,可以展开来写,不受过苛的拘限。所谓"填词",就是"按谱填词",强调的是词的音乐特性,使词在节奏与图谱上不能马虎。词本来是以抒情为主的,辛弃疾却用了写诗的方法填词——爱铺陈,在词中多用叙事与描写,这就显现出散文的若干特色了。辛弃疾在赋词时,将其极丰富的感情,寓于叙事与描写之中,因而有别于普通词的直抒胸臆。

二

辛弃疾词题序中含"赋"字的,大致可分为两类:赋事与赋物。赋事是对某件事加以敷写;赋物是以写物为对象,即咏物词。前者以叙事为主,叙事中夹有描写;后者是以描写为主,但也含有叙事。而其叙事与描写,又往往相互交融,很难截然划分的。

(1)赋事:为某件事而赋词,诸如交游、游览以及日常琐事、趣事等,在这些活动或事件中,词人偶有兴致,即提笔赋词,写出一首首词采飞扬,通畅无碍的词来。例如:

> 故将军饮罢夜归来,长亭解雕鞍。恨灞陵醉尉,匆匆未识,桃李无言。射虎山横一骑,裂石响惊弦。落魄封侯事,岁晚田园。 谁向桑麻杜曲,要短衣匹马,移住南山。看风流慷慨,谈笑过残年。汉开边、功名万里,甚当时、健者也曾闲?纱窗外、斜风细雨,一阵轻寒。
>
> (《八声甘州·夜读〈李广传〉,不能寐,因念晁楚老、杨民瞻约同居山间,戏用李广事,赋以寄之》)

> 吾衰矣,须富贵何时。富贵是危机。暂忘设醴抽身去,未曾得米弃官归。穆先生,陶县令,是吾师。 待葺个、园儿名"佚老",更作个、亭儿名"亦好"。闲饮酒,醉吟诗。千年田换八百主,一人口插几张匙。便休休,更说甚,是和非。
>
> (《最高楼·吾拟乞归,犬子以田产未置止我,赋此骂之》)

前者系闲居带湖之作。词人夜读《李广传》,引起很深的感触,遂假李广事以抒慨:上阕叙说了李广被废闲居时期的两件事:止宿灞陵与射虎穿石事,意在对李广的不凡与不遇致以感慨与不平。下阕隐括杜甫《曲江三首》的诗意,突起昂奋之调,邀约两位朋友"移住南山",追随李自强不息的度过晚年。词中夹叙夹议,借李广的遭遇,抒写自己不得志的郁懑与不平。后者写自己不得志而欲隐退,对此儿子劝驾,故责骂之,而重点则写自己隐居后的打算,似乎他真的想隐居了,实则是对他当时的处境有着强烈的不满情绪,在表面的平静中深蕴着自己的愤懑与牢骚。词人用了叙事的笔法,将事情的原委写得清清楚楚,而寓深沉的感慨于叙事之中,充分展现了词人的块垒与不平。

(2)赋物:即写咏物词。咏物词必先像物,模写物的形态特性等。因此,词人多用描写的手法。如:

看黄底、御袍元自贵。看红底、状元新得意。如斗大,只花痴。汉妃翠被娇无奈,吴娃粉阵恨谁知。但纷纷,蜂蝶乱,笑春迟。

(《最高楼·和杨民瞻席上用前韵赋牡丹》)

宫粉厌涂娇额,浓妆要压秋花。西真人醉忆仙家,飞佩丹霞羽化。 十里芬芳未足,一亭风露先加。杏腮桃脸费铅华,终惯秋蟾影下。

(《西江月·和杨民瞻赋丹桂韵》)

这两首都是咏物词,前者写牡丹,后者咏丹桂。在写作时都主要用了描写的手法,细致地描摹其花色、形态等,因此使物活生生地展现在读者面前,令人有如亲睹实物之妙。

从以上例证可以看出:词人赋事,是以叙述为主,叙事中含有描写;词人赋物,则以描写为主,描写中含有叙事。辛弃疾的咏物词与南宋格律派词人咏物而寄托深微大异其趣,他没有用深微的比兴、精粹的语言,写出含蓄而朦胧的意境,但绝不是闲得发愁,而是有着自己微妙的情愫,并将其深厚的感情,融注在对物的描写中。他的词无论是叙事或描写,都主要是用了散文的笔法,故其词感情淋漓,明白晓畅。这是辛弃疾"以文为词"的一个最为突出的特点。

三

运用各种散文的体式填词,这是辛弃疾"以文为词"的一大特点。如上所述,他用集经体、《天问》体、对话体、议论体填词,得心应手,充分地展示了他填词的艺术才华。

(1)集经体:词人填词时不是自撰词句,而是直接借用经书中的词句,组成一首词,用以表达自己的感情。如:

进退存亡,行藏用舍,小人请学樊须稼。衡门之下可栖迟,日之夕矣牛羊下。　去卫灵公,遭桓司马,东西南北之人也。长沮桀溺耦而耕,丘何为是栖栖者。

(《踏莎行·赋稼轩,集经句》)

诚如词题所示:这是集经句写的一首词。通篇是以集经句的方式,抒发了他的归田学稼之志。所集经句有《诗经》、《易经》、《礼记》、《论语》、《孟子》等经书。此词虽然句句是集经句,并非自撰,却句句是词人的夫子自道,写得非常自然、顺畅、熨帖,毫无牵强之处。诚如吴则虞先生所说:"用古人语道自己志,天衣无缝,无一笔呆滞。集句最易流于小巧,如此做法,为词家别辟一畦町。"①张德瀛也说:"若辛稼轩用四书语,气韵之胜,离貌得神,又非徒以青兕自雄者。"②他不仅"为词家别辟一畦町",为词的创作开辟了新的领域,而且"离貌得神",创造了高妙的词的艺术境界。

(2)《天问》体:屈原《天问》篇以提问的方式,表达了自己对宇宙、天体、历史、自然等诸多问题的深思,辛弃疾写词也用这种提问的方式,表达了自己对现实问题的思考与深沉的感情:

可怜今夕月,向何处、去悠悠?是别有人间,那边才见,光影东头?是天外,空汗漫,但长风浩浩送中秋?飞镜无根谁系?姮娥不嫁谁留?　谓经海底问无由,恍惚使人愁。怕万里长鲸,纵横触破,玉殿琼楼。虾蟆故堪浴水。问云何玉兔解沉浮?若道都齐无恙,云何渐渐如钩?

(《木兰花慢·中秋饮酒将旦,客谓前人诗词有赋待月,无送月者,因用〈天问〉体赋》)

---

① 吴则虞:《辛弃疾词选集》,上海古籍出版社1993年版,第213页。
② 张德瀛:《词征》,见《词话丛编》,中华书局1986年版,第4152页。

这是一首十分新颖的赋月词,在形式上用了《天问》体,一连提出七个问题。想象丰富而奇特,表现活泼而灵动。王国维谓"直悟月轮绕地之事,与科学上密合,可谓神悟"。① 朱德才谓"它融想象、灵感和丰美瑰丽的描绘于一炉,造出了富有浪漫主义特征的新境界"②,这些评语都恰切到位,毫无溢美之嫌。

(3) 对话体:散文与辞赋偶有用对话体者,用对话形式,表现作者的感情意向。辛弃疾也有模拟对话体填词者。如:

> 水纵横,山远近,拄杖占千顷。老眼羞明,水底看山影。试教水动山摇,吾生堪笑,似此个、青山无定。　一瓢饮,人间"翁爱飞泉,来寻个中静;绕屋声喧,怎做静中境?""我眠君且归休,维摩方丈,待天女、散花时问。"
>
> (《祝英台近·与客饮瓢泉,客以泉声喧静为问。余醉,未及答。或者以"蝉噪林逾静"代对,意甚美矣。翌日为赋此词以褒之》)

这首词用了对话体,富于禅趣。上阕写山静水动,山影入水,而水动山摇,则静中有动,动中见静,动静莫辨。下阕意承上阕而有主客问答。客人问得刁:何以动中见静? 主人答得轻巧:请从天女散花这一佛经故事中去领会。隐含着自己已能空而不留,也隐含着对客人于动静之义尚不能参透的讥刺。回答客人巧用佛典,语妙而意深。

(4) 议论体:散文有用议论说理者,辛词有时也用了这种议论体的散文,表现对某些问题的思考。如:

> 池上主人,人适忘鱼,鱼适还忘水。洋洋乎,翠藻青萍里。想鱼兮、无便于此。尝试想,庄周正谈两事:一明豕虱一羊蚁。说蚁慕于膻,于蚁弃知,又说于羊弃意。甚虱焚于豕独忘之,却骤说于鱼为得计。千古遗文,我不知言,以我非子。噫。子固非鱼,鱼之为计子焉知。河水深且广,风涛万顷堪依。有网罟如云,鹈鹕成阵,过而留泣计应非。其外海茫茫,下有龙伯,饥时一啖千里。更任公五十犗为饵,使海上人人厌腥味。似鲲鹏、变化能几。东

---

① 滕咸惠校注:《人间词话新注》(修订本),齐鲁书社1986年版,第55页。
② 《辛弃疾词新释辑评》,中国书店2006年版,第1036页。

游入海此计,直以命为嬉。古来谬算狂图,五鼎烹死,指为平地。嗟鱼欲事远游时,请三思、而行可矣。

(《哨遍……昌父为成父作诗,属余赋词,余为赋〈哨遍〉……》)

这是一篇典型的词论:从本词的结构看,它具有论文写作的一般特点,是按提出问题、分析问题、解决问题的步骤布局的。另一特点则是大量使用虚词,如"乎"、"兮"、"于"、"甚"、"却"、"之"、"且"、"而"、"更"、"甚"、"嗟"、"矣"等,使其散文化。以议论为词与以散文为词,是这首词在艺术上的重要特点,然将词的词情画意,几乎丧失殆尽。余如《柳梢青·辛酉生日前两日,梦一道士话长年之术,梦中痛以理折之,觉而赋八难之词》,也是一首议论词,且用了福唐独木桥体。比起《哨遍》来,似差强人意。

(5)类似于后来的曲体:曲是后来才成熟的,但辛词中,却有着曲味或类似于曲的写法的词。如:

花知否,花一似何郎。又似沈东阳。瘦棱棱地天然白,冷清清地许多香。笑东君,还又向,北枝忙。　著一阵、霎时间底雪,更一个、缺些儿底月。山下路,水边墙。风流怕有人知处,影儿守定竹旁厢。且饶他,桃李趁,少年场。

(《最高楼·客有败棋者,代赋梅》)

这首词却有着较浓郁的曲的韵味。其中"瘦棱棱地天然白,冷清清地许多香","著一阵、霎时间底雪,更一个、缺些儿底月",都类似于曲的句式和情调。又如《粉蝶儿·和赵晋臣敷文赋落梅》,也是一首颇有曲的情调与韵味的词。

以上所举集句、《天问》、对话、议论诸体,都是散文的体裁,类似于后来的曲体的词也较散。作者写词模拟或套用了这些体裁,因此就具有了散文的某些特色。平心而论,这些词不像散文那样散,那么自由随意,仍有着较严格的词的节奏和韵律。它既有较浓郁的诗味,又有着散文式的自由恣肆与流畅。从文学的表达来说:有破坏,有建设;有失败,有成功,而其建设与成功,构成了辛词艺术表现上的创新特色。

四

在辛弃疾的词中,使用了大量的散文句式。这些词句感情充沛,行文流畅,将一时的情绪,表现得恣肆纵放,酣畅淋漓。例如:"休说往事皆非,而今云是,且把清尊酌。"(《念奴娇·赋雨岩,效朱希真体》)"人生行乐耳,身后虚名,何似生前一杯酒。便此地,结吾庐,待学渊明,更手种、门前五柳。"(《洞仙歌·访泉于奇师村,得周氏泉,为赋》)"细参辛字,一笑君听取:艰辛做就,悲辛滋味,总是辛酸辛苦。更十分、向人辛辣,椒桂捣残堪吐。"(《永遇乐·戏赋辛字,送嘉茂十二弟赴调》)这些顺手拈来的例子,都是散文的句式,因其情绪高涨,感情充沛,虽系散体,仍不乏诗的韵味。

散文的句式,在辛词中时有出现,可谓不胜枚举:

也莫向、竹边辜负雪。也莫向、柳边辜负月。闲过了,总成痴。种花事业无人问,对花情味只天知,笑山中,云出早,鸟归迟。

(《最高楼·醉中有索四时歌者,为赋》)

甚矣吾衰矣。怅平生、交游零落,只今余几。

(《贺新郎·邑中园亭,仆皆为赋此词。……》)

老冉冉兮花共柳,是栖栖者蜂和蝶。也不因、春去有闲愁,因离别。

(《满江红·饯郑衡州厚卿席上再赋》)

待说与穷达,不须疑着。古来贤者,进亦乐,退亦乐。

(《兰陵王·赋一丘一壑》)

当此之时,止乎礼义,不淫其色。但啜其泣矣,啜其泣矣,又何嗟及。

(《水龙吟·爱李延年歌、淳于髡语,合为词,庶几高唐、神女、洛神赋之意云》)

怕是当年,香山老子,姓白来江国。谪仙人,字太白,还又名白。

(《念奴娇·赋傅岩叟香月堂两梅》)

从以上这些散文句式表达的内容来看,赋词时诗人情绪是特别饱满的,感情是异常高涨的。他思如泉涌,顾不得将此时的情绪化成含蓄蕴藉的词的语言,就在语言还处于散化状态时,一下子喷薄而出。因此,语言虽然是散化的,却充溢着感人的诗的激情。

五

综上所述,我们可得出以下结论:

第一,辛弃疾虽然用了诸多散文的体式,灵活地使用了一些散文的笔法填词,但却仍然是谨守词的格律的。诚如词论家顾随所说:"辛老子却是精意作……精意作,故当行。"[1]这种笔法是与表现词人的感情与词的内容,是非常适应的,因此能将词人感情表现得充分、酣畅淋漓、流畅恣肆。词人在感情的表达上不掩藏,无疏漏。同时它避免了词中因过多地使用比兴而造成的某种程度的凝涩与感情意向的朦胧,也避免了词的难解、歧解与误解,因而极大地消减了词人与读者之间的距离,加强了读者对词共鸣的可能性,能使读者很好地接受。而且能使词的语言表现力最大加强,词的内容与词人感情得到和谐地表现,从而达到最佳的艺术效果。

第二,辛弃疾的"以文为词",词论家往往只看到它对词的固有表现力的严重破坏,对词的本色的消减与疏离,因此往往持否定态度,这是可以理解的。然却未免过多过重地只看到一些负面的因素,而对"以文为词"所产生的新的艺术表现力与新的艺术特色,似有低估或认识不足。顾随先生曾说:辛弃疾词"一变前此之蕴藉恬淡,而为飞动变化,却亦自有其新底蕴藉恬淡在"[2]。这是对辛弃疾"以文为词"所产生的艺术特点的精确概括。"飞动变化"这是辛弃疾词表现出来的新的艺术特色,它既能充分地表现词人豪迈激越的感情,又对读者的感情意识是一种有力的激励与冲击。而又好在"自有其新底蕴藉恬淡在",保留了词的传统的某些特色,对读者有其强有力的感染与渗透。当然,我们也毋庸讳言,"以文为词"难免有"直而率,戆而浅"[3]的缺点,使之含蓄蕴藉之致有所消减。

---

[1] 《顾随文集》,上海古籍出版社1986年版,第101页。
[2] 《顾随文集》,上海古籍出版社1986年版,第60页。
[3] 《顾随文集》,上海古籍出版社1986年版,第52页。

程垓词论略

程垓,字正伯,眉山(今属四川省)人,程正辅之孙。程正辅与苏轼为中表兄弟,杨慎、毛晋、四库馆臣均误以程垓与苏轼为中表,后世学者多有沿袭其误者,况周颐《蕙风词话》、梁启超《跋程正伯〈书舟词〉》等均已辨之。程垓曾与尤袤、陆游等游,光宗绍熙三年(1193),已五十许。杨万里曾荐以贤良方正科。家有拟舫号"书舟",其词集因名《书舟词》,存词157首。

程垓在词史上的地位虽不显赫,但也得到过相当高的评价。《四库总目提要》谓"颇有可观"[1],梁启超称"不失为宋词一名家"[2],毛晋说《酷相思》、《四代好》等词,"秦七、黄九莫及也"[3]。这话虽然说得有失分寸而欠公允,但也可见毛晋对其词的推崇。本来他的词存量较多,艺术质量上乘,其词的创作成就是应当予以充分肯定的。然近几十年来,他的词似被词论家遗忘了,20世纪竟找不到一篇专论其词的论文,在众多的《中国文学史》中也很少提到他,词选家也不大选他的词。总之,他似乎已从中国文学史上淡出以致渐次消失了,这实在是很不公平。我们细读程垓的《书舟词》,其词的的确确有着自己的艺术个性,是不应也不能终被忘怀的。

一

作为言志之作的诗歌,程垓的诗已经不见存于人世了;作为谨守传统的词人,他只能以含蓄委婉的笔调,抒写个人的情愫,留下了大量的婉约词。即使这样,他的爱国情怀与报国之志,在其个别词中也仍有流露,使我们看到他的胸怀被掩盖的另一面。

---

[1] 吴熊和:《唐宋词汇评》(两宋卷),浙江教育出版社2004年版,第2525页。
[2] 梁启超:《跋程正伯〈书舟词〉》,引自吴熊和:《唐宋词汇评》(两宋卷),浙江教育出版社2004年版,第2527页。
[3] 毛晋:《书舟词跋》,引自吴熊和:《唐宋词汇评》(两宋卷),浙江教育出版社2004年版,第2525页。

程垓有三首《凤栖梧》,盖为一时之作。其题序云:"客临安,连日愁霖,旅枕无寐,起作。"他羁旅在外,又适逢霖雨,内心苦闷,情绪翻腾,感情激荡,遂挥笔填词三首,抒一时之情怀。其一云:

> 九月江南烟雨里。客枕凄凉,到晓浑无寐。起上小楼观海气,昏昏半约渔樵市。　断雁西边家万里。料得秋来,笑我归无计。剑在床头书在几,未甘分付黄花泪。

此词上阕承题序,写霖雨引起他无限的苦闷情绪,下阕则抒写自己不得志的牢愁:书剑飘零,壮志未酬,荣归无计。诗人于志难伸而于心不甘,蕴含着壮志未遂而又不甘认输的强烈情绪。第三首云:"忧国丹心曾独许。纵吐长虹,不奈斜阳暮。莫道春光难揽取。少陵辨得寻花句。"他以有"忧国丹心"自许。尽管岁月蹉跎,不觉已到晚年,但有一展宏图的暗示与期许。他在现实中经常碰壁,其愿望难以实现,难免有壮士失路之悲,这种情绪,在词中时有流露。如在《水龙吟》中,就有"伤时清泪"之叹,在《满江红》中,也有"醉来一任乾坤窄"之怨。偌大乾坤,容不得一介书生略展宏图。词人满怀国事的愁思、壮志未遂的苦闷,与其伤时伤老情绪的结合,汇成浩莽深沉的感叹。如此等等,都表现出一个正直的知识分子,在苦难时代对祖国前途命运的特别关注,想竭尽自己绵薄之力而又无法施展,这怎能使他不充满愁怨呢?

在程垓的词中,也偶有旷放之作。如《临江仙》:"送我南来舟一叶,谁教催动鸣榔。高城不见水茫茫。云湾才几曲,折尽九回肠。买酒浇愁愁不尽,江烟也共凄凉,和天瘦了也何妨。只愁今夜雨,更做泪千行。"在他表面的旷达中,却蕴含着无可奈何的情绪。看来,他不过是有意为自己鼓气罢了。"只愁今夜雨,更做泪千行"才是他的本意,无可排遣的愁思,才是他心底的真情。这样将其愁写得更深刻、更感人。从这表面的旷达中,我们也可想到其很不得志的另一面。当然,这种情绪只是在其个别词中的流露。由于程垓传记资料匮乏,其详细情况已很难深知了。

作为婉约词人,程垓继承并发扬了北宋婉约词的优秀传统,其词绝大部分是言情之作,是以男女相思相恋之情为主导的。这些词写得缠绵悱恻而又不涉淫荡,不及色情。词风清雅而凄婉,极富韵致,极见才情。如《最高楼》:

旧时心事,说着两眉羞。长记得、凭肩游。细裙罗袜桃花岸,薄衫轻扇杏花楼。几番行,几番醉,几番留。　也谁料、春风吹已断。又谁料、朝云飞亦散。天易老,恨难酬。蜂儿不解知人苦,燕儿不解说人愁。旧情怀,消不尽,几时休。

这首词通俗易懂却颇具匠心。上阕回忆往事,下阕抒发今情。回忆引起了抒情,抒情将回忆的内容予以升华,表现了凄婉悲怆的感情,写出了绵绵不尽的情怀。用笔轻盈细腻,极尽温细情态,极有韵致。《酷相思》、《满庭芳》、《卜算子》等,都是格调婉约、词情含蓄、极有韵致的好词。

二

　　独创,是文学的生命。作为文学样式之一的词,它需要词人在创作中不断创新,在创新中发展提高,在创新中获得艺术生命力,在创新中形成自己独特的艺术个性。唯其创新,才能使词艺术表现生新,并获得无穷无尽的艺术魅力。程垓对词的艺术创新,达到了自己预期的目的。

　　词是具有音乐性的文学,在词史上许多著名的词人,都擅长音乐。他们不仅能依调填词,声律和谐;而且能自创新调,广为流传。柳永、周邦彦、姜夔、史达祖、张炎,都创造过一些新的词调,以之填词,这些词部因其独具特色而受到世人的特别重视。和许多著名的词人一样,程垓也具有高超的创调才能。《酷相思》就是他首创的词调之一,其词云:"月挂霜林寒欲坠。正门外、催人起。奈离别、如今真个是。欲住也、留无计。欲去也、来无计。马上离魂衣上泪。各自个、供憔悴。问江路梅花开也未。春到也、须频寄。人到也、须频寄。"此调上下阕同格。词中多用逗,音节短促,适于表现急切的情绪;又多用"也"字,以舒缓语气,在急管繁弦的奏声中间以舒缓和谐的声调,适于表现哀怨凄楚的感情。正如许昂霄所云,此词为"人人之所欲言,却是人人之所不能言。此之谓本色,无笔力者,未许妄作邯郸"[1]。这种词调,不是任何词人都能驾驭的,需才情如程垓者,才能运笔自如而不至画虎类犬也。

---

[1] 许昂霄:《词综偶评》,引自唐圭璋:《词话丛编》,中华书局1986年版,第1557页。

程垓词富于独创性的另一个方面,则是在运用旧的词调时,在严格遵守格律的前提下,还能充分发挥其独创性,形成一种新的艺术表现力,使之产生一种新鲜感。《长相思》是一个常用的以题为调的词,词人用以表现萦回心头难断的情思。程垓有三首《长相思》,抒发游子漂泊异乡之悲。他在填词时,将上下阕的两个三字句,巧妙地用了排句,如"对重阳,感重阳","景凄凉,客凄凉";"酒孤斟,客孤吟","爱登临,莫登临","风敲窗,雨敲窗","剔银缸,点银缸"。如此,他成功地借鉴了民歌中复沓的技巧,形成了感情复叠、反复咏叹的艺术效果,表现了内心激动的感情。语言朴素、感情真挚,充分展现了词人羁旅漂泊之苦,使其感情跌宕而别有韵致,有一唱三叹之妙。这种特殊而别有韵味的词,在其他人填的《长相思》词中是不曾出现过的。

　　《愁倚阑·三荣道上赋》则是另一类独创的例证。词云:

　　　山无数,雨萧萧。路迢迢。不似芙蓉城下去,柳如腰。　梦随春絮飘飘。知他在、第几朱桥。说与杜鹃休唤,怕魂销。

这是一首思妇词,以题为调,写倚阑远望之悲苦。上阕写倚阑远望之所见:重重的山,绵长的路,加上萧萧的雨声,行人旅途艰辛之状可见;下阕写主人公梦随春絮追逐情人,但又不知情人之所在;本来就心烦意乱而又闻杜鹃悲啼,真是悲苦之情情何以堪。词人将主人公思念亲人的感情写得那么真切,虽未点破而已呼之欲出。以艺术表现言,整首词语调顿挫而情致缠绵。

三

　　细节的描写与诸多修辞格的成功运用,是程垓词的又一特点。它大大地增强了词的艺术表现力,使其文学创新才能,得以更好地施展。

　　生动的细节描写,在叙事性的作品中不可或缺;在以抒情为主的词中,很少有细节描写,特别是较为成功的细节描写。但作家在词中偶然用了细节,则显得特别生动。程垓是善于和擅长细节描写的词人。在他的词中,成功地运用了许多细节描写。如"有人睡起香浮颊。倚着阑干,笑拣青荷叶"(《醉落魄》)。"几回心曲,选胜摘来情自足。插向云鬟,要与仙郎比并看"(《减字木兰花》)。这都

是极为生动而又能表现人物心曲的细节。细节的描写,在程垓词中是较多的,如:

独立晚庭凝伫。细把花枝闲数。

(《谒金门》)

手捻青梅无处问。一春长闷损。

(《谒金门》)

"细把花枝闲数"、"手捻青梅无处问",都是愁思无由排遣,闲得无聊、闷得发慌的表现,生动地表现了思妇的苦闷与牢愁。这些顺手拈来的细节,生动形象,深刻地揭示出主人公的心态。

修辞格的运用,则是为了加强词的艺术表现力,将词写得生动活脱,使其更有生气。程垓在词中,喜欢用对偶、排比、反复等辞格,譬如:"愁绪多于花絮乱,柔肠过似丁香结"(《满江红·忆别》),上句以愁绪与花絮相较,极状其心绪之乱;下句以柔肠与丁香相比,状其柔肠之郁结。上下二句又形成对偶句,将其柔肠与愁绪,形容得淋漓尽致。

绝妙的对偶句,在程垓词中是颇多的,可谓俯拾即是。如:"月在衣裳风在袖,冰生枕簟香生幕","摇叶声声深院宇,折荷寸寸闲池阁","东篱下,西窗角"(《满江红》"水远山明");"衣上雨,眉间月"(《满江红·忆别》),这些对偶,有些并非词调的特殊要求,而是词人的独创。又如:"楼底杏花楼外影,墙东柳线墙西恨"(《蝶恋花》"满路梅英飞雪粉"),这是一种蕴含颇丰的诗的境界。这些对偶词格的运用,使其词显现出整齐而对称的均衡美。

用排比词格的有"花也相宜,人也相宜","莫厌杯迟,莫恨欢迟","何似休归,何自同归"(《一剪梅》"小会幽欢整及时");"春在怕愁多,春去怜欢少"(《卜算子》"几日赏花天"),这些排比句的运用,起到了加强语气的作用,使词人的感情得到了进一步的深化。

《上惜平·惜春》开头以"爱春归,忧春去,为春忙"的层递辞格,极写惜春之情,结尾以"笑他人世漫嬉游,拥翠偎香"的衬笔作结。《四代好》云:"凭画阑,那更春好花好,酒好人好。春好尚恐阑珊,花好又怕,飘零难保,直饶酒好(如)渑,未抵意中人好……又岂关,春去春来,花愁花恼。"词中用八个"好"字,四个"花"

字,跌宕流畅,自然高妙。《水龙吟》"夜来风秋雨"词中用了四个"愁"字,都是一般词中少有的现象。这些重复,绝无累赘之感。《酷相思》、《长相思》中复沓句法的运用,使情绪跌宕起伏,语言通俗流畅。如此等等,都表现出"清便流易,不施雕饰"的艺术特色。①

总之,在他的词中较多地运用了对偶、排比、复沓以及其他修辞手段,用得精巧而自然,毫无斧凿之痕;有些用法颇特殊,极富艺术个性,深化了感情,增强了艺术表现力。

另外,像《摊破江城子》:"娟娟霜月又侵门。对黄昏。怯黄昏。愁把梅花,独自泛清尊。酒又难禁花又恼,漏声远,一更更,总断魂。断魂。断魂。不堪闻。被半温。香半温。睡也睡也,睡不稳、谁与温存。只有床前,红烛伴啼痕。一夜无眠连晓角,人瘦也,比梅花,瘦几分。"语言通俗,情调曼佻,极似小曲。余如《最高楼》"旧时心事"、《一剪梅》"小会幽欢整及时"、《人塞》"好思量"、《蓦山溪》"老来风味"等词,语言佻达,情调曼倩,有着浓郁的生活气和小曲味道。这种词的曲化,实际上则是词的异化,显示了词向小曲过渡的前兆。

四

语言平淡、本色,是程垓词的一个最为突出的特点。他的《书舟词》,几乎可以说首首都是白描,首首都明白如话,首首都很清雅,语言本色,字里行间,流荡着婉约、清新、轻倩之美。如《生查子》:

溪光曲曲村,花影重重树。风物小桃源,春事还如许。 情知送客来,又作寻芳去。可惜一春诗,总为闲愁赋。

长记别郎时,月淡梅花影。梅影又横窗,不见江南信。 无心换夕香,有分怜朝镜。不怕瘦棱棱,只怕梅开尽。

这两首词语言淡雅,没有僻典,没有生硬的字,没有土语方言,从头到尾的白描,

---

① 永瑢:《四库全书简明目录》,中华书局1964年版,第888页。

在这颇为雅致的句子里,蕴含着极丰厚的诗情画意。有人说他的词,"风格近似柳永"①,甚至有人以为他是深受柳永影响的词家。其实,他的词没有柳永的卑俗气,感情真淳,词风委婉,词调趋雅;也不像秦观、黄庭坚那些俗词语言的土气,语言是标准而又活泼的书面语。他学习继承和发展了李清照、朱敦儒的词的语言,把口头语用得清、炼得醇,无生硬之感,无媚俗之弊,语浅情深,醇味芳香,清雅有致,别致隽永,因而极富艺术魅力。

程垓词中平淡而自然的语言,并非随意为之、轻易得之的,而是反复锤炼的结果。彭孙遹谓"词以自然为宗,但自然不从追琢中来,便率易无味"②。况周颐也认为"自然从追琢中出"③。他们的看法,都是很有道理的。况周颐云:"《韵语阳秋》云:'陶潜、谢朓诗皆平淡有思致,非后来诗人怵心刿目者所为也……大抵欲造平淡,当自组丽中来。落其华芬,然后可造平淡之境。如此,则陶、谢不足进矣。梅圣俞赠杜挺之诗有"作诗无古今,欲造平淡难"之句。李白云:"清水出芙蓉,天然击雕饰。"平淡而到天然,则甚善矣。'此论精微,可通于词。欲造平淡,当自组丽中来。"④这种经过反复锤炼而达到的自然,是词人语言运用上的纯熟与成功,是词中用语平淡而有思致的典范。

程垓词风婉约真淳,艺术上有诸多独创,语言自然本色,有着相当高的艺术水平,是很值得我们重视并加以认真探讨的。

谈刘过词中的对偶

刘过被学人视为辛派词人,"其词多壮语,盖学稼轩者也"⑤。或谓其词"赡逸有思致"⑥。其词虽不以炼字、琢句、修辞绝妙见长,然亦有词句"工丽"、号称"工品"⑦之绝作,有形式多样、数量繁多、甚为精妙的对偶。对偶辞格的运用,不

---

① 陈耳东、陈笑呐:《情词》,陕西人民出版社 1997 年版,第 496 页。
② 彭孙遹:《金粟词话》,引自唐圭璋:《词话丛编》,中华书局 1986 年版,第 721 页。
③ 况周颐:《蕙风词话·广蕙风词话》,中州古籍出版社 2003 年版,第 123 页。
④ 况周颐:《蕙风词话·广蕙风词话》,中州古籍出版社 2003 年版,第 122、123 页。
⑤ 唐圭璋等:《唐宋人选唐宋词》,上海古籍出版社 2004 年版,第 760 页。
⑥ 吴熊和:《唐宋词汇评》(两宋卷),浙江教育出版社 2004 年版,第 2654 页。
⑦ 马兴荣:《龙洲词校笺》,江西人民出版社 1999 年版,第 22、30 页。

仅使词内涵丰富,意蕴深厚,极大地提高了词的容量;而且形式整饬,奇偶变化适度。匀称的句式与和谐的节奏,都给人以极强地均衡整齐的美感,并且易于感知、联想、记诵,值得我们认真地研讨。

一

刘过词中的对偶,有本句对、邻句对、隔句对等多种形式,谨分别论述如次:

1. 本句对

本句对,又称当句对、句中对,它可分成当句成对和当句有对两种:前者是句子的前后两部分天然成对,另无剩字;后者是句子中除了对偶成分外,还有修饰、限制或连接成分。

刘过词当句成对的有"绿鬓朱颜"(《沁园春·代寿韩平原》)、"日高花困"(《水调歌头·晚春》)、"经天纬地"(《水龙吟》"庆流阅古无穷")、"风巾雾屦"、"雨笠烟蓑"(以上二句均见《沁园春·咏别》)、"情深意真"、"眉长鬓青"、"魂牵梦萦"(以上三句均见《四字令》"情深意真"),如此等等,都是对仗相当工整的当句成对的句子。

当句有对的有"道吴山越水"(《沁园春·寄孙竹湖》)、"临安记、龙飞凤舞"(《四犯剪梅花·上建康钱大郎寿》)、"觉几度、魂飞梦惊"(《柳梢青·送卢梅坡》)、"公余且画玉簪朱履"(《沁园春·送辛幼安弟赴桂林官》)、"正鸾慵凤困"、"依然怨新怀旧"(以上二句均见《贺新郎·平原纳宠姬,能奏方响,席上有作》)、"无奈愁深酒浅"、"但寄兴焦琴纨扇"(以上二句均见《贺新郎·赠娼》)、"轻负暖烟浓雨"(《贺新郎·赠张彦功》)、"爱此浓情淡性"(《贺新郎·荷》),这些句子中,前面是领字或限制词,后面四个字则两两天然成对,异常工巧;"斜倚朱唇皓齿间"(《沁园春·美人指甲》)、"犹在楚尾与吴头"(《水调歌头·寿王汝良》),这两个当句有对的句子,形式稍有变化;"正芝香枣熟、鹤瘦松癯"(《沁园春·代寿韩平原》),则是接连两个当句有对句;"都不是蓼汀桃岸、橘洲梅渚"(《满江红·同襄阳帅泛湖》),接连两个当句有对句,兼四言邻句对;"达则牙旗金甲,穷则塞驴破帽"(《水调歌头》"弓剑出榆塞"),分则为接连两个句中有对句,合则形成排比辞格。

本句对有的还兼有"拟人"辞格,如"鹤瘦松癯"、"暖烟浓雨"、"魂飞梦惊"、

"鹤慵凤困"、"风巾雾屦"等,有的兼有"夸张"辞格,如"魂销肠断"等,这些丰富多彩的本句对,表现了刘过词在语言运用上的高度技巧。

2. 邻句对

邻句对,即常见的上下联构成的对偶句。这种邻句对在刘过词中有三言、四言、五言、六言、七言五种形式。

三言对偶句:"弓两石,剑三尺"(《六州歌头·题岳鄂王庙》)、"功甚大,心常小"、"居廊庙,思耕钓"(以上两联均见《满江红·寿》)、"雨飘红,风换翠"(《水调歌头·晚春》)、"花弄月,竹摇风"(《江城子》"淡香幽艳露华浓")、"钗玉冷,钏金瘦"(《贺新郎·平原纳宠姬,能奏方响,席上有作》),以上三句对偶句,兼用了"拟人"辞格;"酒须饮,诗可作,铗休弹"(《水调歌头·晚春》),"诗可作"分别与其前"酒须饮",其后"铗休弹"形成两个对句,一身而二任。

四字对偶句:刘过词中的四字对偶句,丰富多彩。在这些对偶句中,既有纯粹的对偶句,也有带领字的对偶句。因为领字在词中统摄数句,单独成意,故可略而不计。

在对偶中有兼用"拟人"辞格的,如"画鹢凌风,红旗翻雪"、"但烟波渺渺,岁月洄洄"(以上二联均见《沁园春·观竞渡》)、"尘随马去,月逐舟行"(《柳梢青·送卢梅坡》);有兼用"典故"的,如"但北窗寄傲,南涧题诗"(《沁园春·寄孙竹湖》)、"拥三千珠履,十二金钗"(《沁园春·卢蒲江席上时有新第宗室》)、"天欲安刘,公归重赵"、"看人如伊吕,世似唐虞"(以上二联均见《沁园春·代寿韩平原》);有兼用"夸张"辞格的,如"种黄柑千户,梅花万里"(《沁园春·送辛幼安弟赴桂林官》);余如"傍柳题诗,穿花劝酒"、"白玉堂深,黄金印大"(以上二联均见《沁园春·题黄尚书夫人书壁后》)"来无定止,去亦何之"、"疏雨梧桐,微云河汉"(以上二联均见《沁园春·寄孙竹湖》)、"盗号书生,强名举子"(《沁园春·卢蒲江席上时有新第宗室》)、"试摘花香满,镂枣成班"(《沁园春·美人指甲》)、"多景楼前,垂虹亭下"、"白璧追欢,黄金买笑"(以上二联均见《念奴娇·留别辛稼轩》)、"鹊去桥空,燕飞钗在"、"花落莲汀,叶喧梧井"(以上二联均见《念奴娇·七夕》)、"泛菊杯深,吹梅角远"、"云边孤雁,水上浮萍"(以上二联均见《柳梢青·送卢梅坡》)、"渐鱼雁音稀,马牛风邈"、"神游故园,梦绕胡沙。"(以上二联均见《木兰花慢》"宝钗分股后")、"浅约鸦黄,轻匀螺黛"、"似人归洛浦,云散高唐"(以上二联均见《满庭芳》"浅约鸦黄"),都自然工巧,颇有诗意。

五字对偶句:"弓剑出榆塞,铅椠上蓬山"(《水调歌头》"弓剑出榆塞")、"文采汉机轴,人物晋风流"、"名姓出天上,声誉塞南州"(以上二联均见《水调歌头·寿王汝良》)、"琵琶金凤语,长笛水龙吟"(《临江仙》"数叠小山亭馆静")、"严风催酒醒,微雨替梅愁"、"寒云迷洛浦,残梦绕秦楼"(以上二联均见《临江仙》"长短驿亭南北路")、"两箱留烛影,一水试云痕"、"银鞍和月载,金碾为谁分"(以上两联均见《临江仙·茶词》)。

六字对偶句:"冉冉烟生兰渚,娟娟月挂愁村"(《西江月》"素面偏宜酒晕")、"楼上佳人楚楚,天边皓月徐徐"、"圆少却因底事,缺多毕竟何如"(以上两联均见《西江月·武昌妓徐楚楚号问月索题》)、"堂上谋臣尊俎,边头将士干戈"(《西江月·贺词》)。

七字对偶句:"标格胜如张好好,情怀浓似薛琼琼"(《浣溪沙·赠妓徐楚楚》)、"竹里绝怜闲体态,月边无限好精神"(《浣溪沙》"谁把幽香透骨熏")、"骨细肌丰周昉画,肉多韵胜子瞻书"(《浣溪沙》"雾鬓云鬟已懒梳")、"楼阁万家帘幕卷,江郊十里旌旗驻"(《满江红·高帅席上》)、"风垂舞柳春犹浅,雪点酥胸暖未融"、"一杯自劝羔儿酒,十幅销金暖帐笼"(《鹧鸪天》"楼外云山千万重")。

刘过词中五言、六言、七言的对偶句不多,但却对仗工整,有一些极富诗意的联语,如"两箱留烛影,一水试云痕","冉冉烟生兰渚,娟娟月挂愁村"等,有着很美的意境。"标格胜如张好好,情怀浓似薛琼琼",张好好与薛琼琼为人名对,对得很工巧。又如"骨细肌丰周昉画,肉多韵胜子瞻书"。以周昉、苏轼的书画,比其美人的体态风韵,设喻新巧,令人拍案叫绝。

3. 隔句对

隔句对也叫扇面对。在刘过词中的隔句对,形式单一,仅有四四句式:"拥貂蝉争出,千官鳞集;貔貅不断,万骑云从"、"想刀明似雪,纵横脱鞘;箭飞如雨,霹雳鸣弓"(以上两联均见《沁园春·御阅还,上郭殿帅》)、"记东坡赋就,纱笼素碧;西山句好,帘卷晴珠"(《沁园春·题黄尚书夫人书壁后》)、"问湖南宾客,侵寻老矣;江西户口,流落何之"(《沁园春·寄辛稼轩》)、"恨云台突兀,无君子者;雪堂寥落,有美人兮"(《沁园春·寄孙竹湖》)、"有汝阳琎者,唱名殿陛;玉川公子,开宴尊罍"(《沁园春·卢蒲江席上时有新第宗室》)、"把擎天柱石,空苗绿野;济川舟楫,闲舣西湖"、"况自昔军中,胆能寒虏;而今胸次,气欲吞胡"(以上两联均见《沁园春·代寿韩平原》)、"便狂敲铜斗,我歌君和;醉拈如意,我舞君随"(《沁园春·咏别》)、"借烟霞且作,诗中对仗;鹭鹓已是,归日班行"(《沁园春·王汝良自长沙归》),"见凤鞋泥污,偎人强剔;龙延香断,拨火轻翻"、"算恩情相著,搔遍玉体;归期暗数,画遍阑干"(以上二联均见《沁园春·美人指甲》)、"记踏花芳径,乱红不损;步苔幽砌,嫩绿无痕"、"忆金莲移换,文鸳得侣;绣茵催衮,舞凤轻分"(以上二联均见《沁园春·美人足》)。

在隔句对中,有些对偶是相当工巧的,如"纱笼素碧"对"帘卷晴珠"兼用典;"侵寻老矣",对"流落何之","无君子者"对"有美人兮",虚字对仗极妙;又如"搔遍玉体"对"画遍栏干"虽则遍字重复,但表现的情景却是非常真实的。如此等等,表现出作者的巧思与笔法的纯熟。

二

刘过词中对偶句的广泛运用,极大地提高了词的艺术表现力,使之更生动,更绝妙,更富于艺术魅力。并有诸多个性特征:

首先,他在运用对偶的时候,往往同时兼有其他辞格,如拟人、夸张、用典等,于是便具有这些辞格的特点。譬如拟人,是把物当成人,即把人所具有的某些特性、特点赋予有生命或无生命的物,如"柳思花情"(《沁园春·游湖》)、"花娇玉软"(《满庭芳》"浅约鸦黄"),柳树与花本来都没有情思的;花更无娇态,玉也无软语;诗人将情思、娇态、软语赋予柳、花、玉,不但生动,而且情深。"夸张",往往是用激昂之语或情至之语,抒发作者主观的强烈感情,如"料彼此、魂销肠断"(《贺新郎·赠娼》)、"三春秾艳,一夜繁霜"(《满庭芳》"浅约鸦黄")、"种黄柑千户,梅花万里"(《沁园春·送辛幼安弟赴桂林官》),表现出强烈而深挚的感情。词中用典,能使字少意多,衬内涵丰富,如"常衮何如?羊公聊尔"(《沁园春·寄辛稼轩》),唐朝的常衮,文章峻拔,性清直孤洁,敢于言事,不避权佞,受到代宗的恩遇;晋朝的羊祜,都督荆州诸军事,务修德以怀吴人,吴人翕然悦服,称为羊公。词人以常衮、羊祜之贤,比拟并陪衬辛弃疾,意谓辛之贤能超过了常衮与羊祜。通过用典,将词人要表达的内容,简约而含蓄地表现出来。对偶与其他辞格的兼用,使其词精警生动,妙语披纷,内涵丰富,感情深至,有着很强的艺术表现力。

其次,它通过词语相对结构形式,把颇为丰富的意象组合在一起,有时形成强烈的时空跨度,内容的广阔与意象的反差,给人以极深刻的印象。譬如,"但烟波渺渺,岁月洄洄"(《沁园春·观竞渡》),"烟波渺渺",言江水之浩莽;"岁月洄洄",说时间之长久;或单言时间的,"任钱塘江上,潮生潮落;姑苏台畔,花谢花开"(《沁园春·卢蒲江席上时有新第宗室》)或只说空间的,"定襄汉,开虢洛"(《六州歌头·题岳鄂王庙》)、"堂上谋臣尊俎,边头将士干戈"(《西江月·贺词》);或状声势的,"漫争标夺胜,鱼龙喷薄;呼声贾勇,地裂山摧"(《沁园春·观竞渡》)。总之,对偶的运用,从不同角度提供了多种镜头,使读者在丰富的联想中,进入一个更美妙的艺术境界。

第三,刘过对偶句的运用,往往使词的句式骈散交错,行文凝练而不失流畅,语句雕饰而不失鲜活。读起来顺口,听起来悦耳,铿锵有味,且有"记诵匪难,讽诵已熟"的效应。如《沁园春·御阅还,上郭殿帅》:

玉带猩袍,遥望翠华,马去似龙。拥貂蝉争出,千官鳞集;貔貅不断,万骑云从。细柳营开,团花袍窄,人指汾阳郭令公。山西将,算韬钤有种,五世元戎。　旌旗蔽满寒空。鱼阵整、从容虎帐中。想刀明似雪,纵横脱鞘;箭飞如雨,霹雳鸣弓。威撼边城,气吞胡虏,惨淡尘沙吹北风。中兴事,看君王神武,驾驭英雄。

词人慷慨激烈,发欲上指;情绪昂扬,金声玉振。"诵此等词,可驱疟鬼,可禁小儿啼。"①"足以使懦夫有立志"②这种效果,是与此词的对偶句的巧妙运用分不开的。应当指出,此词上下阕中邻句对与隔句对,并非《沁园春》词调的必须要求,而是词人的独创,这一点的是难能可贵的。

刘过词中对偶的运用,不是刻意追求,惨淡经营。而在很大程度上,是"率然对尔"所谓"奇偶适变,不劳经营"③。不特使词音调铿锵,而且具有交错成文的骈俪之美。

---

① 卓人月:《古今词统》,辽宁教育出版社2000年版,第566页。
② 陈廷焯:《白雨斋词话》,人民文学出版社1983年版,第155页。
③ 周振甫:《文心雕龙注释》,人民文学出版社1981年版,第384页。

史达祖的悼亡词

史达祖《梅溪词》，存词112首，其中悼亡词就有11首之多。这无论就悼亡词的绝对数字，或就占词人全部词的创作比例来说，都是相当高的。特别是从绝对数字来说，数量是很多的一位。在词史上，除纳兰性德外，悼亡词的数量，就没有人超过他了。仅就这一点，都值得我们认真地研讨。何况，史达祖是以咏物词驰誉南宋词坛、流传永久的。而对其悼亡词，并未引起词论家的特别关注。

悼亡，本来是泛指对逝者的悼念。因为晋代潘岳写了三首悼念妻子的悼亡诗，感情真挚深厚，十分感人，后来悼亡一词就专指悼念亡妻的诗了。在中国因为男尊女卑意识的根深蒂固，联姻的复杂状况以及女子对丈夫生活的依附，夫妻之间的平等是根本不存在的，真正的爱情是稀少罕见的。凡此种种，作为男子对妻子悼亡伤逝的悼亡诗词，在中国诗歌史上，数量是不很多的。历史上著名的悼亡诗有潘岳的《悼亡》三首，元稹的《遣悲怀》三首，陆游的《沈园》二首。悼亡词则有苏轼的《江神子·乙卯正月二十日夜记梦》，贺铸的《鹧鸪天》"重过阊门万事非"等。史达祖写了这么多感情真挚深厚、艺术水准相当高的悼亡词，当然是值得我们重视的。有些论者却说他的悼亡词"数量不多"，①不知从何谈起。

对史达祖的生平事迹，我们知之甚少，何论乃眷？但从其悼亡词中，却有蛛丝马迹可寻。勾勒这些事迹，不仅对她的身世有所了解；而且对史达祖生平的探讨，也有极大的帮助。

史达祖在其悼亡词中，多次提到湘楚：如"娇月笼烟，下楚领，香分两朵湘云"(《忆瑶姬·骑省之悼也》)、"最恨湘云人散，楚兰魂伤"(《寿楼春·寻春服感念》)、"昨夜楚山花簟里，波影先凉"(《过龙门》)。他在非悼亡词中，也每每提到湘楚："近时无觅湘云处，不记是行人"(《眼儿媚·寄赠》)、"过杜若芳洲，楚衣香润"(《瑞鹤仙》)。高观国《东风第一枝·为梅溪寿》亦云："素盟江国芳寒，旧约汉宫楚晓。"如此，史达祖似与伊人聚首分袂，都在楚湘。他的亡妻或即占籍湘楚。至少，他们的恋爱和早期生活都在湘楚一带。

---

① 陶尔夫、刘敬圻：《南宋词史》，黑龙江人民出版社1992年版，第315页。

史达祖最主要的几首悼亡词,都是自度曲。如《忆瑶姬·骑省之悼也》、《寿楼春·寻春服感念》、《三姝媚》等。他在填这几首词时,亲自谱曲,以适应自己感情变化的流程。这不仅说明史达祖有颇为杰出的音乐才能,同时也蕴含着对乃眷的特别深情。从一些悼亡词来看,其妻是善于歌唱并擅长弹奏的。如"弄杏笺初会,歌里殷勤"(《忆瑶姬·骑省之悼也》)、"绣户锁尘,锦瑟空弦,无复画眉心绪"(《花心动》)、"醉月小红楼,锦瑟筝篌"(《过龙门·春愁》)、"有丝绸旧曲,金谱新腔"(《寿楼春·寻春服感念》),如此等等。他的妻子既能歌善舞,又擅长奏乐,再从悼亡词《三姝媚》以崔徽隐喻乃眷来说,其妻当是歌伎。从"香分两朵湘云"(《忆瑶姬·骑省之悼也》)、"桃叶桃根,旧家姊妹"(《瑞鹤仙》)的出典看,可能是姊妹花(但不一定是姊妹同嫁)。以史达祖的科场不得志与擅长音乐以及妻子曾是歌伎来看,他早年很可能是书会才人,他为歌伎谱曲填词,教练声腔,并与亡妻发生了恋情一至结婚,"十年未始轻飞",并过了十年左右美满的夫妻生活。

史达祖对于他逝去的妻子,能陆陆续续写下11首悼亡词,也够执着的了。这样一而再,再而三地对她悼念,感情又是那么真挚,可见其妻子在自己心目中,有着何等重要的地位,分量又是何等的重。史达祖自是性情中人,他是非常注重感情的,但也与其不得志极有关系。史达祖虽然心高志大,在国家衰败民族危难之际,很想有一番大的作为,然其一生却是极不得意的。虽然他曾得到权相韩侂胄的倚重,但却是以堂吏的身份出现的,地位是十分卑下的。他在《满江红·书怀》中抒发了不得志的愤懑情绪:"好领青衫,全不向、诗书中得。还也费、区区造物,许多心力。未暇买田清颍尾,尚须索米长安陌。有当时、黄卷满前头,多渐德。思往事,嗟儿剧。怜牛后,怀鸡肋。奈棱棱虎豹,九重关隔。三径就荒秋自好,一钱不值贫相逼。对黄花、常待不吟诗,诗成癖"。"好领青衫,全不向、诗书中得",诗人情绪愤激,直是声泪俱下;所谓"尚须索米长安陌,……怜牛后,怀鸡肋。……三径就荒秋自好,一钱不值贫相逼",其当日身世之潦倒,因贫而仕之无可奈何,真是"慨乎言之"了。他在《满江红·九月二十一日出京怀古》中也写道"老子岂无经世术,诗人不预平戎策",其怀才不遇的情绪,也够愤激的了。末句"对黄花常待不吟诗,诗成癖。"其艺术化的人生并不因环境的恶劣而废然摧沮。他与妻子当年的生活,自是美满的充满艺术化的人生。怀才不遇的境况,艺术化人生的失落,引起了他对妻子的无限思念和哀悼,心高志伟而世乏知音,唯有红颜知己,却又永隔重壤,这怎能不使他万分悲痛、时刻充满悼念之情呢?

史达祖的悼亡词,大体上可分为以下三类:

第一,是专为悼念妻子而写的悼亡词,有《忆瑶姬·骑省之悼也》、《寿楼春·寻春服感念》、《三姝媚》"烟光摇飘瓦"、《花心动》"风雨帘波"、《一剪梅·追感》等五首。这些词都是郑重的专为悼念亡妻而作,词人可能在妻子的忌日或诞辰,在这样特殊的日子里,触发了对妻子强烈的忆念情绪,感情郁结,不能自已,为此写了悼亡词,抒发他对妻子怀念的深厚感情。因为这些词是对十年恩爱深情的回味与悼念,缠绵悱恻,读来凄恻动人,催人泪下。诚如俞陛云评《寿楼春·寻春服感念》时说:"情与文一气旋转,忘其为声调所拘,转觉助其凄韵,自是名手。"①徇为的评。

以《忆瑶姬·骑省之悼也》而言,张德瀛《词征》云:"《忆瑶姬》,史邦卿所创调也。《水经注》谓天帝之季女名曰瑶姬。"②《忆瑶姬》以调为题,以天帝之季女瑶姬喻妻子,表明对妻子的强烈忆念。又用了词题《骑省之悼也》,表明自己和潘岳一样,写的是一首悼亡词。词云:

娇月笼烟,下楚领,香分两朵湘云。花房渐密时,弄杏笺初会,歌里殷勤。沉沉夜久西窗,屡隔兰灯慢影昏。自彩鸾,飞入芳巢,绣罗屏荐彩光新。

十年未始轻分。念此飞花,可怜柔脆销春。空余双泪眼,到旧家时节,慢染愁巾。神仙说道凌虚,一夜相思玉样人。但起来、梅发窗前,哽咽疑是君。

上阕写浓情:两人于湘地初会,继有书信往来,歌声传情。终于燕尔新婚,西窗密语;室内焕然一新,充满勃勃生气。生活是何等美满!下阕写悼逝:"十年未始轻分",承上阕言两人婚后的幸福生活有十年左右。继写妻亡故后的悲痛:那朵鲜艳而脆弱的花消逝了,只留下我一双泪眼,悲哀伤痛;我没有神仙那样超脱,夜夜辗转反侧,想念玉一样的丽人。早晨看见窗前梅花开放,好像妻子含愁带颦,欲语又止,亭亭玉立,令人哽咽!此词字字情深,语语悲切,不胜悼念之情,跃然纸上。

---

① 俞陛云:《唐五代两宋词选释》,上海古籍出版社1985年版,第435页。
② 唐圭璋:《词话丛编》,中华书局1986年版,第4089页。

第二,他与妻子感情极深,随时随地都触发着自己对妻子的深情忆念。譬如《夜行船·正月十八日闻卖杏花有感》,就是因收灯时节,偶然听到卖花声而想起妻子,遂写了这首情致深婉的词。词云:

> 不剪春衫愁意态,过收灯,有些寒在。小雨空帘,无人深巷,早已杏花先卖。　白发潘郎宽沈带,怕看山,忆它眉黛。草色拖裙,烟光惹鬓,常记故园挑菜。

此词含婉深永,风致摇曳,将自己身世之感与忆旧怀人紧密结合,极有韵味。

词人与妻子感情殊深,触处生悲:或因寒蛩的叫声,引起对妻子的忆念:"箧中针线早销香。燕尾宝刀窗下梦,谁剪秋裳?"(《过龙门》)感情无比真切;或因见旧物,睹物思人:"寄信问晴鸥;谁在芳洲?绿波宁处有兰舟。独对旧时携手地,情思悠悠。"(《过龙门·春愁》)或想起妻子对自己生活的关照,或想起与当年妻子愉快的生活,真切的感情遂奔涌笔下。总之,她的一举一动,在他脑子都留下了最深的烙印;一有触发,就引起他对妻子的深情的忆念。这感情是深厚真纯难以逾越的,也是充分诗化了的,因而也十分感人!

第三,用了比兴手法,以物喻人,抒发对妻子的伤悼情绪。《于飞乐·鸳鸯怨曲》,词以鸳鸯之"绮翼翻翻",喻与妻子的比翼齐飞;而以今日之"香颈冷,合是单栖"。写妻子逝后的孤寂生活。他又喜欢以梅喻伊人:"娇媚。春风模样、霜月心肠、瘦来肌体。孤香细细,吹梦到、杏花底。被高楼横管,一声惊断,却对南枝洒泪。漫相思、桃叶桃根,旧家姊妹。"(《瑞鹤仙》)是写梅,也是写人;由写梅到思人,感情深切!"旧时明月旧时身,旧时梅萼新。旧时月底似梅人,梅春人不春"(《阮郎归·月下感事》),梅花开放,而像梅花一样的妻子,却未能醒复活。词人以梅喻妻,既赞妻子品操之高洁,又写自己思念之深切。含蓄蕴藉,寄托遥深!

史达祖对亡妻感情深挚,因此他的悼亡词感人至切,催人泪下。然因对亡妻时时感念,偶有感触,即念兹在兹,类似的意象不断地在词人笔下出现,故不免意象重复。譬如《过龙门·春愁》、《过龙门》"一带古苔墙"与《寿楼春·寻春服感念》中的某些意象就是复叠的。俞陛云在评《过龙门》"一带古苔墙"时说:"'宝刀窗下'句即《寿楼春》词'金刀晴窗'之意,'谁剪秋裳'句即《寿楼春》'谁念无裳'之意。"①又在评《过龙门·春愁》时说："'旧时携手'句,即《寿楼春》词'晴窗素手'之意。'兰舟'句,即《寿楼春》'湘云人散,苹藻相思'之意。作者触处生悲也。"②这种意象的重复,在词人来说,是因为对逝者情深,故不免触处生悲,但对读者来说,则不免有重复与似曾相识之感！史达祖的悼亡词,可以说成也在此,弊也在此。然纵观其全部悼亡词,毕竟是成大于弊的。

史达祖词中的对偶句简说

史达祖在词坛上一直被视为"白石羽翼"、"清真之后劲",是格律派词的正宗。他的词以炼字、琢句、修辞绝妙见长;尤善于用各种修辞手段,表达婉曲深约的感情。前人赞其在语言运用上有"不经人道语"③,"句法挺异"、"妙词颇多,不独造辞精粹"④等等,他的词中,词眼、警句颇多,其中有许多形式多样、数量繁多、极为精妙的对偶句。这些对偶句,易于感知、联想、记诵,匀称的句式与和谐的节奏,都给人以美的享受。

史达祖词中的对偶,有本句对、邻句队、隔句对等诸种形式,谨分别论述如次:

一、本句对

本句对,又称当句对、句中对,它可分为当句成对和当句有对两种:前者是句子的前后两部分天然成对,另无剩字;后者是句子中除了对偶部分外,还有修饰或限制成分。

史达祖词当句成对的有"冰桥雪岭"(《惜奴娇》)、"镂月描云"(《惜奴娇》)、"黏鸡贴燕"(《东风第一枝》)、"乳鸠稚燕"(《庆清朝》)、"兰骚蕙些"

---

① 俞陛云:《唐五代两宋词选释》,上海古籍出版社1985年版,第428页。
② 俞陛云:《唐五代两宋词选释》,上海古籍出版社1985年版,第428页。
③ 陈造:《竹屋痴语序》,见雷覆平、罗焕章校注:《梅溪词》,上海古籍出版社1988年版,第175页。
④ 夏承焘校注:《词源注》,人民文学出版社1963年版,第9、22页。

(《一剪梅》)、"齐宫楚榭"(《隔浦莲》)、"吹花摇柳"(《瑞鹤仙》)、"花晴柳暖"(《杏花天》)、"深盟纵约"(《南浦》)、"风裳水佩"(《贺新郎》)、"秀肌半鬝"(《留春令》)"别鹤孤鸾"(《汉宫春》)、"渔市樵村"(《八归》),如此等等,都是对仗非常工整的当句成对的偶句。

当句有对的有"应是草秾花密"(《金盏子》)、"除是倩莺烦燕"(《金盏子》)、"看足柳昏花暝"(《双双燕》)、"此外云沉梦冷"(《贺新郎》)、"一片樵林钓浦"(《龙吟曲》)、"梦赋《雪车》《冰柱》"(《隔浦莲》)、"惯识雨愁烟恨"(《隔浦莲》)、"都护雨昏烟暝"(《南浦》)、"一梦蒲香葵冷"(《凤来朝》)、"为狂吟醉舞"(《贺新郎》)。这些句子中,前面是限制词,后面四个字,则两两天然成对,异常工巧。

本句对有的用了"拟人"辞格,如"倩莺烦燕"、"云沉梦冷"、"雨愁烟恨"、"蒲香葵冷"等;有的用典,如"《雪车》《冰柱》"、"兰骚蕙些"等;这些对偶句套有其他词格。在史达祖词中,这些异常工整的本句对,表现出他在语言运用上的高度技巧,极大地提高了词的艺术表现力。

二、邻句对

邻句对,即常见的上下联构成的对偶句,这种邻句对在史达祖词中有三言、四言、五言、六言、七言对五种。

三字对偶句:"柳枝愁,桃叶恨"(《祝英台近》)、"情思乱,梦魂浮"(《鹧鸪天》)、"人扶醉,月依墙"(《夜合花》),以上这些对偶句,并用了"拟人"辞格。"怜牛后,怀鸡肋"(《满江红》),二句均用典。余如"绾流苏,垂锦绶"(《祝英台近》)、"落花深,芳草暗"(《祝英台近》)、"花活计,酒因缘"(《阮郎归》)、"香入梦,粉成尘"(《阮郎归》)、"情艳艳,酒狂狂"(《鹧鸪天》)、"箫外月,梦中魂"(《鹧鸪天》),如此等等,都是工整的对偶句。

四字对偶句:史达祖词中的四字对偶句,最为丰富和精彩。在这些对偶句中,有纯粹的对偶句,也有带领字的对偶句,因为领字在词中统摄数句,单独成意,可以略而不计。这种对偶句在史达祖词中有40余对,仅择其要者,介绍如下:

在对偶句中兼有"拟人"辞格的,如"做冷欺花,将烟困柳"(《绮罗香》)、"草脚愁苏,花心梦醒"(《东风第一枝》)、"坠絮挛萍,狂鞭孕竹"(《庆清朝》)、"柳锁烟魂,花翻蝶梦"(《夜合花》)、"暖雪侵梳,晴丝拂领"(《齐天乐》)、"江楼梅愁,灞陵人老"(《龙吟曲》)、"春风模样,霜月心肠"(《瑞鹤仙》),都极为精彩。"做冷欺花"一联,为评论者所艳称。其实后六者也很生动,并富有韵味。

"秦台吹玉,贾袖传香"(《眼儿媚》),用了典故;"画里移舟,诗边就梦"(《齐天乐》)、"采香南浦,剪梅烟驿"(《秋霁》),这两联有着盎然的诗意;"竹杖敲苔,布鞋踏冻"(《龙吟曲》)、"但凤音传恨,闲影敲凉"(《玉簟凉》),两联中的敲字极炼;"望舟尾拖凉,渡头笼暝"(《齐天乐》)、"莲娇试晓,梅廋破春"(《玉簟凉》)、"暗握夷苗,乍尝樱颗"(《换巢鸾凤》),用字都十分工巧。

五字对偶句:"莫教无用月,来照可怜宵"(《临江仙》)、"向来箫鼓地,犹见柳婆娑"(《临江仙》)、"燕子不知愁,惊堕黄昏泪"(《海棠春令》),这三联都是流水对;"瘦应因此瘦,羞亦为郎羞"(《临江仙》),这联上下句首尾字同,起到特别的强调作用;"乱云天一角,弱水路三千"(《风流子》)、"花径无云隔,苔垣只梦通"(《南歌子》)、"一灯人着梦,双燕月当楼"(《临江仙》)、"笼葺镂暖雪,琐细雕晴月"(《菩萨蛮》)、"棹横春水渡,人凭赤栏桥"(《临江仙》)"倚风融汉粉,坐月怨秦箫"(《换巢鸾凤》)、"时节正思家,远道仍怀古"(《惜黄花》),这七个联句都很有特色。

六字对偶句:"已向冰匼约月,更来玉界乘风"(《西江月》),此兼有层递辞格,"西月潜窥楼角,东风暗落檐牙"(《西江月》)、"指嫩香随甲影,颈寒秋入云边"(《西江月》)、"草脚青回细腻,柳梢绿转苗条"(《临江仙》)、"归梦有时曾见,新恨未肯相饶"(《临江仙》)、"闭门明月关心,倚空小梅索句"(《东风第一枝》),以上五联兼用拟人法;余如"三十六宫月冷,百单八颗香悬"(《西江月》)、"一片秋香世界,几层凉雨阑干"(《西江月》)、"酒唤诗来酒外,人言身在人间"(《西江月》)、"借重玉楼沉柱,起予石鼎汤声"(《风入松》)、"裙褶绿萝芳草,冠梁白玉芙蓉"(《西江月》)、"旧歌空忆珠帘,彩笔倦题绣户"(《东风第一枝》)、"人卧碧纱橱净,香吹月练衣轻"(《风入松》)、"幽思屡随芳草,闲愁多似杨花"(《西江月》)等八联,都是极为工整的对偶句。

七字对偶句:"香波碾花娇有意,绿茸绣叶涩无光"(《浣溪沙》)"半窗月印梅犹瘦,一律瓶笙夜正常"(《鹧鸪天》),二联兼用拟人辞格;"帽檐尘重风吹野,帐角香销月满楼"(《鹧鸪天》)、"激气已能驱粉黛,举杯便可吞吴越"(《满江红》)、"雨前浓杏尚娉婷,风后寒梅无顾藉"(《玉楼春》)、"三径就荒秋自好,一钱不值贫相逼"(《满江红》)、"双阙远腾龙凤影,九门空锁鸳鸯翼"(《满江红》)等五联,都是很好的对偶句。

三、隔句对

隔句对也叫扇面对,在史达祖词中的隔句对,有三三句式、三四句式、四四句式三种形式。

三三句式:"光直下,蛟龙穴;声直上,蟾蜍窟"(《满江红》),仅此一联。

三四句式:"惊粉重、蝶宿西园,喜泥润、燕归南浦"(《绮罗香》)、"青未了、柳回白眼,红欲对、杏开素面"(《东风第一枝》)、"泥私语、香樱乍破,怕寒夜,罗袜先知"(《步月》)、"漏初长、梦魂难禁,人渐老、风月俱寒"(《玉蝴蝶》)、"正依约、冰丝射眼,更荏苒、蟾玉西风"(《步月》)、"临断岸,新绿生时,是落红、带愁流处"(《绮罗香》),六联均用拟人辞格;"今夜觅、梦池秀句,明日动、探花芳绪"(《东风第一枝》),此联兼用典。

四四句式:"籍吟笺赋笔,试融春恨;舞群歌扇,聊应因缘"(《风流子》)、"想雾帐吹香,独怜奇俊;露杯分酒,谁伴婵娟"(《风流子》)、"怅东风巷陌,草迷春恨;软尘庭户,花误幽期"(《风流子》),这三个联句,除了前面一个领字外,构成工整的扇面对,且都兼用拟人辞格。"还因秀句,意流江外;便随轻梦,身坠愁边"(《风流子》)、"入耳旧歌,怕听琴缕;断肠诗句,羞染乌丝"(《风流子》),这两联扇面对,也兼用拟人辞格。

史达祖词中对偶句的运用,极大地提高了词的艺术表现力,有以下三个特点:

首先,他以刻楮削棘的手段,不仅使各类对偶句巧夺天工,而且在对偶句往往伴有其他辞格,如拟人、用典等,使其更生动、更奇妙、艺术表现力更强。

其次,词中的句式骈散交错,凝练流畅,富于文采。读起来顺口,听起来悦耳,且有"记忆匪难,讽诵易熟"的效果。

最后,它通过词语相对的结构形式,把内容不同的意象组合在一起,从而增大了词的语言所反映的时空跨度,并从不同角度提供了多种镜头,使读者在丰富的联想中进入一个更美妙的艺术境界。

总之,在词中对对偶辞格的运用,"使内容表达得更为鲜明、深刻、有力,在形式上显得整齐、匀称、和谐,给人以匀称美、音乐美的享受。"①

卢祖皋的小令词

卢祖皋(1173？—1223？),字申之,又字次夔,号蒲江,永嘉(今属浙江)人。庆元五年(1199)进士,嘉定十一年主管刑、工部架阁文字,历迁秘书省正字、校书郎、著作郎、将作少监、权直学士院。卒于官。有《蒲江词稿》,存词96首。

关于卢祖皋词,南宋张端义说:"蒲江卢申之祖皋,貌宇修整,作小词纤雅。"②周济也说:"蒲江小令,时有佳趣。长篇则枯寂无味,此小才也。"③今之宋词论者,也都重视其小令,给予佳评;而对他词中的中长调,则不甚看好。其实,对于他的长调词,也不能一笔抹杀。如《贺新郎》"挽住风前柳",就颇得古人的好评。宋人黄昇曰:"无一字不佳。每一咏之,所谓如行山阴道中,山水映发,使人应接不暇。"④陈廷焯谓:"起笔潇洒,亦突兀。""'猛拍',妙。有神境,有悟境。"⑤又如《倦寻芳》"香泥垒燕",碧痕则谓"词意纤浓,风情旖旎,诚宋人中不可多得之作"。⑥限于本文的论题,对于他词中的中、长调之优劣,姑且存而不论。

小令词盛行于唐五代和北宋前期,自漫词兴起后,则逐渐衰落,作小令者渐次减少。到了南宋,文人学士竞作长调,争奇斗巧,刻意锻炼,而于小令则不甚重视,喜作小令词者亦很少,而擅长小令者几稀。诚如任二北所说:"令为唐五代时歌唱极盛之体,至南宋作者较少,歌者亦不重视,此乃词乐变迁之所致也。"⑦

---

① 王占福:《古代汉语修辞学》,河北教育出版社2001年版,第179页。
② 《贵耳集》,引自吴熊和:《唐宋词汇评》(两宋卷),浙江教育出版社2004年版,第2982页。
③ 周济:《介存斋论词杂著》,人民文学出版社1959年版,第10页。
④ 魏庆之:《中兴词话》,引自唐圭璋:《词话丛编》,中华书局1986年版,第214页。
⑤ 《放歌集》卷二,引自吴熊和:《唐宋词汇评》(两宋卷),浙江教育出版社2004年版,第2989页。
⑥ 《竹雨绿窗词话》,引自朱崇才:《词话丛编·续编》,人民文学出版社2010年版,第2254页。
⑦ 《南宋词之音谱拍眼考》,引自王小盾、杨栋:《词曲研究》,湖北教育出版社2004年版,第93页。

在卢祖皋现存 96 首词中,竟有小令 50 首。其数量之多,在全部词中所占比例之大,在南宋词人中还是少有的。他的词作所擅长的是小令,词风纤雅婉媚,诚为一时之杰。故特论之如次。

一

卢祖皋之小令词,承唐五代北宋之遗绪,多写艳情,笔姿优美,细腻真实。抒幽怨缠绵之情,恻恻动人。风格婉媚纤雅,意境清新,颇有艺术魅力。如《谒金门》:

> 风不定,移去移来帘影。一雨林塘新绿净,杏梁归燕并。　翠袖玉屏金镜,日薄绮疏人静。心事一春疑酒病。鸟啼花满径。

此词写闺中人的孤寂与苦闷,刻画颇为生动细腻。请看:春风和煦,珠帘晃动,影影绰绰,她深切地感到了春的气息。刚刚下了一阵雨,使本来就鲜活嫩绿的林塘草木,变得更为洁净。此处一个"净"字,将雨后草木鲜茂、洁净、一派生气勃勃的景象,表现无余。燕子双双对对的归巢,她由此想起远人的迟迟不归,使其空守闺阁的孤寂感更为强烈。上阕写景,通过生活环境的细腻描写,真实细腻地写出了人物生存的特定环境。下阕则重在写人:那位穿着翠袖的玉人,斜倚碧玉屏风,对着黄亮光洁的铜镜,仔细地端详。看到消瘦的面影与病恹恹的身躯,不免忧思重重。哪有什么病酒,只不过是重重心思将人折磨得十分憔悴罢了。此时鸟鸣似啼,落花满径,日薄西山,周围一片静寂,这景象更使她索寞难耐,愁苦难忍。此词蕴藉委婉,令人欣赏不置。

又如《望江南》:

> 疏雨过,芳节到戎葵。缠臂细交纹线缕,称身初试碧绡衣。闲步小亭池。　花下意,脉脉有谁知。试把花稍和恨数,因看胡蝶着双飞。凝扇立多时。

此词写了这样的情境:一阵小雨过后,园子里的戎葵显得生机勃勃,格外诱人。

她经过一番精心的打扮,似乎很悠闲地站在小亭池边,细细地观赏雨后的园景。其实她情思脉脉,意绪绵绵,又有谁理解她的心事呢?她数着花稍刚开的花,数着心中产生的离恨,无奈而又索寞无聊。看到胡蝶双双飞舞,她情不自禁地感到孤单、冷寂,站着,站着,拿着扇子,无意识地扇着。想到自己的处境与身世,不免发呆。此词以景托情,写得婉秀淡雅,柔媚多姿。行文剔透玲珑,写情不温不火,是一首极美的婉约词。余如《清平乐》"镜屏开晓,寒入宫罗峭。脉脉不知春又老。帘外舞红多少。旧时驻马香階。如今细雨苍苔。残梦不堪重理,一双胡蝶飞来。"《菩萨蛮》"翠楼十二栏杆曲。雨痕新染蒲桃绿。时节又黄昏。春风深闭门。玉箫吹未彻。窗影梅花月。无语只低眉。闲拈双荔枝。"都写得意绪脉脉,蕴藉含蓄,是情致极佳的小令词。

唐五代北宋之小令词,词人或应乐人之请而作,或为酒筵舞榭的即兴,一般都写得蕴藉含蓄,玲珑剔透。自柳永、周邦彦等写慢词长调以来,词人填词则刻意求工,锤字炼句,注重章法结构,寻觅典故,匠心独运。他们不屑于在小令上狠下功夫,小令之作渐衰。因此,到了南宋,小令词的创作数量大大减少,其创作质量也有所下降:玲珑剔透之作不多,灵妙之作大为减少,但也不乏少数传诵或精绝之作。卢祖皋创作的小令词颇多,质量上乘,风格柔和旖旎,婉雅动人。虽不能说是对小令词创作的大力振兴,但却确实写出了一些可读的,甚至值得击节赞赏的小令词,使当时词坛的小令创作,略有起色。

二

警句是小令的生命线。一个警句能激活全词而使之神采飞动,韵味悠长。词论家刘体仁谓:"惟片言而居要,乃一篇之警策。词有警句,则全首俱动。"[1]卢祖皋之小令,有许多俊语、警句,使其词流丽隽永,一往情深。谈到卢祖皋词中之警句,毛晋曾说:蒲江词"余喜其'柳色津头泫绿,桃花渡口啼红。'较之秦七'莺嘴啄花红溜,燕尾点波绿绉'不更鲜秀耶?又'玉箫吹未彻,窗影梅花月。无语只低眉,闲拈双荔枝。'直可步趋南唐'孤枕梦回鸡塞远,小楼吹彻玉笙寒'矣。

---

[1] 《瑶华集词话》卷二,引自朱崇才:《词话丛编·续编》,人民文学出版社2010年版,第612页。

至如'江涵雁影梅花瘦','花片无声帘外雨'云云,盖古乐府佳句也。"①毛晋称赞的,都是卢祖皋词中精警的极富于表现力的句子。其中除了"江涵雁影梅花瘦"为长调《贺新郎》中的佳句外,其余七句,则分别见于他的小令《乌夜啼》、《菩萨蛮》、《谒金门》。可见,在他的小令词中,值得称道的佳句是很多的。我们也无妨拈出他词中的一些佳句,略做分析,以见其用语之妙。

"燕语明如剪"(《清平乐》"柳边深院"),以"明"状燕语,已是难得;而又以利剪刀剪物的清脆声写燕语之唧呖好听,则更为奇妙。它将燕子清脆而响亮的叫声,写神了,写活了。这燕语的叫声使人感觉是清晰的、美妙的,语意是朦胧的、丰厚的,也难作确切的阐释。这样的句子,只能让我们反复吟诵体会罢了,似也不必追求准确地阐释。如果硬要把它说得很确切,恐难免"呆诠"之讥。余如"冰柱乱敲寒玉"(《谒金门》)的"敲"字,"一雨林塘新绿净,杏梁归燕并"(《谒金门》)的"净"与"并","衣上泪。谁堪寄。一寸妾心千里"(《更漏子》)的"寄",都是含意丰厚妙不可言的。当然,这些句子在词的整体表现上,也是浑然秀美的。

这种蕴含丰富、语意精妙的词句是极多的,我们无妨再抄一些,以资鉴赏。

簟冷卷风漪,髻滑抛云缕。

(《卜算子》)

朔风凝冱,不放云来去。

(《清平乐》)

昨日翠蛾金缕,今夜碧波烟渚。

(《谒金门》)

玉腕笼纱金半约。睡浓团扇落。

(《谒金门》)

霜月解随人,不解将疏影。

(《卜算子》)

这些秀美、淡雅的警句,巧妙地运用了一些修辞手法,使其言简意丰而又富于神韵。自然雅致,不见痕迹。从而使某些小令,直可与秦观、晏几道之小令词

---

① 毛晋:《蒲江词跋》,引自毛晋:《宋六十名家词》(十四),商务印书馆1933年版,第5页。

媲美。虽然,卢祖皋有些词句之秀美,似有些纤巧、细弱,诚如薛励若所说:"但其秀美正于极弱细中现出。"①总之,诸多警句俊语的出现,使其小令词更为精彩。从而有余音袅袅,一唱三叹之妙。

三

词的小令,最讲究结句。结句写好了,对小令之短小的篇幅似乎是一个无形地延长,有悠然不尽之妙,读后回味无穷。对于词的结句,词论家颇为关注,并做了一些深入地研讨。结句的特点、技法、意蕴,都有一些特殊的审美要求。沈义父云:"结句须要放开,含有余不尽之意,以景结尾最好。"②李渔则说:"盖主司之取舍,全定于终篇之一刻,临去秋波那一转,未有不令人消魂欲绝者也。"③总之,结句要余味无穷,读后似觉绕梁之音不绝于耳才好。这些要求,是就所有词作而言的,然他完全适于小令,却是毋庸置疑的。何况小令篇幅短小,作者本来就惜墨如金,故于结尾处,就往往十分着力,要写得更为精美而自然,使之韵味无穷。从而引人思索,耐人咀嚼,形成极强的艺术感染力。卢祖皋的小令,很讲究结句的技巧,因此收到了极好的艺术效果。例如:

残梦不堪重理,一双胡蝶飞来。

(《清平乐》)

这位"脉脉不知春又老"的闺妇,正在整理"残梦"。日有所思,夜有所梦,也许她在思索着梦中恍惚与丈夫团聚的情景,"好梦留人醉",她深深地体味着这种恍惚甜蜜了的一刹情境,忽然"一双胡蝶飞来",却才警觉到团聚之美梦已醒,自己仍是身只影单。于是,对在外良人的思念更为强烈。"一双胡蝶飞来",是加倍的写法;对其身只影单既是一个反衬,又似乎预示着她与亲人的即将团聚,写出了她热切期待与无限迷茫的复杂情绪。

又如:

---

① 薛励若:《宋词通论》,开明书店1948年版,第285页。
② 《乐府指迷》,引自唐圭璋:《词话丛编》,中华书局1886年版,第279页。
③ 《窥词管见》,引自唐圭璋:《词话丛编》,中华书局1986年版,第555页。

唤取雪儿对舞,看她若个轻盈。

(《清平乐·庚申中吴对雪》)

这句词本来是说唤来空中的雪花与柳絮对舞,看雪花与柳絮那个更轻盈、更美好。实则一语双关,是说唤来擅长歌舞的雪儿与飘飘似舞的雪花对舞,比个高下,看谁的舞姿更美、更轻盈。又如:"好梦无凭窗又雨,天涯知几许?"(《谒金门》)团聚的好梦本来就是靠不住的,又逢淅淅沥沥的细雨,更为恼人。何况,所思又在天涯海角,无比遥远。惆怅迷惘之情,情何以堪!

卢祖皋小令类似这样意味深长的结句,不胜枚举。

谁家拂水飞来燕,惆怅小楼东。

(《乌夜啼》)

人北去,雁南征。满庭秋草生。

(《更漏子》)

想见江南万斛愁,云卧衣裳冷。

(《卜算子》)

无语只低眉,闲拈双荔枝。

(《菩萨蛮》)

如此等等,都是以景结尾,写得警拔、俊美,多有余味。读后仍觉嘹亮之声不绝于耳。

四

卢祖皋的小令,在词史上有较高的地位。现代著名的词家张伯驹评《谒金门》"风不定"云:"妙有禅境,张子野'三影'不能专美于前矣。"[①]他的许多小令,都可作如是观。即能步趋前贤、媲美欧、张;但却未能逾越前贤,独张一帜,也不

---

① 《丛碧词话》,引自吴熊和:《唐宋词汇评》(两宋卷),浙江教育出版社2004年版,第2984页。

能不使人感到深为遗憾了。

小令创作在北宋已发展到了很高的水平。欧阳修、张先、晏殊、秦观、晏几道、李清照都以闺情见长,擅作小令,深情婉致,描写殆尽,并达到了无以逾越的高峰。后来的作者,纵有孙行者七十二变化之本领,终难逃出如来佛的掌心。纵观中国词史,历南宋、元明清诸朝,小令之创作,未有逾越北宋而能自立者。卢祖皋之小令创作能够步趋前贤、媲美欧、张,其成就也是值得自豪的了。

论吴文英的小令词

清代词论家谢章铤云:"北宋多工短调,南宋多工长调。"①这是对两宋词体发展趋势的准确概括。南宋词体以长调为主,也以长调为工。词论家论南宋词,自然瞄准了长调,论其家数,较长论短;而对创作数量少、不占主流位置的小令,则留心不够。清末诸名家论吴文英词亦然。陈廷焯《白雨斋词话》赞扬了小令《点绛唇·试灯夜初晴》,周济《宋四家词选》选吴文英词22首,仅有小令2首;朱祖谋《宋词三百首》选吴文英词25首,其中有小令4首,他们虽则给吴词小令以一定的位置,但显然重视不够。诚然,吴文英一生聚精会神地写了大量的长调,表现了突出的艺术个性;但同时也写了许多十分优美的小令。据我统计,《梦窗词》中有小令93首,占其全部词作的七分之二,值得重视。

谈到词的小令,宋代的词论家张炎曾说:"词之难于令曲,如诗之难于绝句,不过十数句,一句一字闲不得。末句最当留意,有有余不尽之意始佳……吴梦窗亦有妙处。"②张炎批评吴文英词"质实","如七宝楼台,眩人眼目,碎拆下来,不成片段。"③而对其小令却颇有好感,并予以适当地肯定,这是值得我们深思的。当代抨击吴词最力的词学专家胡云翼与吴世昌先生,对其小令却颇为赞赏。胡云翼以为吴文英词的创作,直是宋词的"劫运",谈到小令词则云:"平心而论,吴梦窗虽是显著的古典派,但他的词也不只限于雕琢与堆砌,也有描写活泼的作品,也有用白话创作的词。"并举《唐多令》"何处合成愁"、《浪淘沙》"灯火雨中

---

① 《赌棋山庄词话》卷十二,见唐圭璋:《词话丛编》,中华书局1986年版,第3470页。
② 夏承焘:《词源注》,人民文学出版社1963年版,第25页。
③ 夏承焘:《词源注》,人民文学出版社1963年版,第16页。

船"、《西江月·青梅枝上晚花》、《思嘉客》"迷蝶无踪晓梦沉"为例,并说:"梦窗这一类的词完全脱下了古典的衣裳,成为很清蔚的小词,可惜这类词在《梦窗四稿》里面,只占百分之三四的统计,未免太稀少了。"①被其特别赞赏的这四首词,除《唐多令》"何处合成愁"属中调外,其余三首都是小令。吴文英"很清蔚的小词",也绝不止这几首,而是多多。吴世昌云:"梦窗词,其甲乙稿中长调殆不可卒读,亦不必读。丙丁稿中小令,时有隽永可读之作,惜为其长调所掩。"②可见,论吴文英词的人往往是赞小令者厌其长调,捧长调者不及小令。他们对吴词中长调与小令的评价,似有些南辕北辙。窃以为吴文英词的小令与长调的创作,有其不同的创作路数,因之出现了几乎迥异的风调,这是值得研究的。吴文英词的长调因其结构特殊与僻典的运用,词风雕琢而晦涩,而小令则用了明白晓畅的语言,甚或用了白描的手法,风格一般都质朴、疏快,其中也不乏隽永含蓄与玲珑剔透的篇章。由此可见,小令词是吴文英词中与其长调词格调迥异的另类,应该与长调分别研究。

一

吴文英的小令词,也曾受到五代、北宋词的影响。木斋先生在其《宋词体演变史》中,对此有颇为剀切的论述。他说:《望江南》"三月暮""读此词作,令人感到梦窗之学温韦的一面",《浪淘沙》"灯火雨中船""分明是学李后主同调之'帘外雨潺潺'",《点绛唇》"时霎清明""则有着浓郁的晏欧风范"③。这些意见都是很中肯的。可见,吴文英的小令词,受五代、北宋词的影响是实实在在的。但比其五代、北宋词来,他的词仍多有创新,并形成了鲜明的艺术特色。

首先,以词的内容看,吴文英的小令词,似乎是不大关注现实的。其实他的小令词在骨子里,却浸透了士人的沉郁情感与对国家前途命运的忧患意识,渗透了对当时社会现实无可奈何的情绪。这一点与北宋小令词是大异其趣的,以此表现出思想内容的深厚与艺术上多有创新的特色。

吴文英的小令词,没有北宋词人那种浓郁的享乐思想,也没有那种对富贵豪

---

① 《胡云翼说词》,华东师范大学出版社2004年版,第150、151页。
② 《词林新话》,北京出版社1991年版,第261页。
③ 《宋词体演变史》,中华书局2008年版,第308页。

华生活的张扬,而有一种隐约的忧患意识与不得志的牢愁。这种意识与牢愁,在他的一些词里,或隐或显的有所表露。譬如:

> 新梦游仙驾紫鸿,数家灯火灞桥东,吹箫楼外冻云重。　石瘦溪根船宿处,月斜梅影晓寒中。玉人无力倚东风。
>
> (《浣溪沙·仲冬望后,出迓履翁,舟中即兴》)
>
> 疏桐翠井早惊秋。叶叶雨声愁。灯前倦客老貂裘。燕去柳边楼。　吴宫寂寞空烟水,浑不认、旧采菱洲。秋花旋结小盘虬,蝶怨夜香留。
>
> (《月中行·和黄复庵》)

这两首词都是酬应词。前者是在十月十五日后,出迎吴潜时舟中即兴之作。"吹箫楼外冻云重",借用典故,写其有如伍子胥一样,吹箫楼外的失意潦倒,含蓄委婉。"冻云重"是在对自然景色的写实中,营造了浓郁的政治氛围,一语双关,表现出词人颇为浓厚的沉压之感。质言之,词人是有感于现实政治环境的沉压,是对"山雨欲来风满楼"、国将不国而统治阶级与士大夫却仍在醉生梦死,不想也无法挽回这种颓势而发的。后者在和词中,既有"灯前倦客老貂裘",对个人落魄境况的抒写,又有"吴宫寂寞空烟水"的画面展示,在历史的咏叹中蕴含着对现实社会颇为深沉的政治感受,有着浓浓的兴亡之感。两首词在表面上都颇为超逸,这是词人横逸的才情所致。诚如陈廷焯所说:"其实梦窗才情超逸,何尝沉晦?梦窗长处,正在超逸之中见沉郁之意。"[1]这两首词,正是在表面的超逸洒脱之中,隐隐深藏着沉郁之情,表现了词人对现实前途的深深的忧虑。因而内容厚实,感情深沉,具有较强的社会意义。又如《西江月·登蓬莱阁看桂》:"清梦重游天上,古香吹下云头。箫声三十六宫愁,高处花惊风骤。客路羁情不断,阑干晚色先收。千山浓绿未成秋,谁见月中人瘦。"这首咏物词,处处咏桂,处处有感慨,所表现的感情颇为丰富复杂:词人将感怀、忆旧、伤逝多种感情与咏物融为一体。联系当时南宋国家面临的岌岌可危的严峻形势,也不排除词人有对国事的某种忧虑之思。总之,吴文英词的一些小令中,隐隐约约地有着对现实浓郁的隐忧情绪的透露。作为婉约派词人,这是对他们恪守的词为小道、词为艳

---

[1] 《白雨斋词话》,人民文学出版社1959年版,第33页。

科规范的一种反叛,在对词的异化中提升了词的社会意义。

其次,像北宋词人一样,吴文英也写了许多情词。但他不像北宋词人与歌伎恋情的那种浪漫,或是遇艳的逢场作戏,调笑玩乐,而是饱含着对情爱的深厚与执著。对情侣感情的深挚与淳真,是吴文英情词最突出的特色。吴文英盖在苏、杭两地,先后有两个恋人。与苏姬同居过较长一段时间,后来却在不得已中让她离去;杭姬则在与他热恋时死去。为此他写了许多恋情词,他对她俩都是痴迷情深,对苏姬尤为执着而痴情,在其词中,对她表现了深切的思念与对"放燕"的无限追悔,表现出对她执着而深厚的感情。这种感情在其小令词中,也是屡见不鲜的。如《夜行船·寓化度寺》:

> 鸦带斜阳归远树,无人听,数声钟暮。日与愁长,心灰香断,月冷竹房扃户。　画扇青山吴苑路。傍怀袖、梦飞不去。忆别西池,红绡盛泪,肠断粉莲啼露。

此词写他寓居化度寺思念苏姬的伤感心绪,表现了他对苏姬的深厚感情。上阕写景,展示了一个异常孤寂的环境,为下阕的抒情营造了一个很好的氛围;下阕写情,由曾傍怀袖的画扇而睹物思人:"忆别西池,红绡盛泪,肠断粉莲啼露。""西池"是他与苏姬在苏州多次幽会并为最后离别分手的地方。吴文英在其词中,每每写到"西池","西池"可以说是我们解读吴文英恋情词的一个坐标。他之与苏姬终于最后分手,是为形势所迫而非自我心甘情愿。提到"西池",这既有幸福的忆念,又含有最后诀别之隐痛,所以就特别伤感,难以自抑。"红绡盛泪",一个"盛"字,见其泪水之多,苦痛之深,真是生离死别,肝肠欲断,那粉莲上的露珠,也似乎是诗人痛哭流涕所致。这里词人用了移情手法,是以粉莲之啼露,映衬并抒写二人分离之悲痛。吴文英是一位非常多情的词人,而对生离死别的爱情,又有着切身的经历与体会。所以,当其行之笔端时,才是那样缠绵悱恻,那样真切感人。那种幽怨感伤痛断肝肠的感情抒写,令人心灵为之震颤。

又如《点绛唇》:

> 时霎清明,载花不过西园路。嫩阴绿树,正是春留处。　燕子重来,往事东流去。征衫贮,旧寒一缕。泪湿风帘絮。

此词上阕由现实入笔,回忆昔日与苏姬在西园附近的绿树阴中聚会,今日则是春留人不来。下阕感叹苏姬远去天涯,即便是燕子重来,也是楼去人空。"泪湿风帘絮",表现了对往来的无限感伤情绪。由于对苏姬的思念,他对往事的感伤情绪,在其词中时有流露。"落絮无声春堕泪,行云有影月含羞。东风临夜冷于秋。"(《浣溪沙》"门隔花深梦旧游")"音尘断。画罗团扇。山色天涯远"(《点绛唇》"推秋南窗")都是。余如《浣溪沙》"波面铜花冷不收"、《点绛唇·试灯夜初晴》,都是忆姬之作,而所表现的感情挚爱缠绵,无限的惆怅之情,流注于笔端。总之,他的恋情词,写得感情真挚深厚,毫无轻率与儇薄。执著深厚,是其恋情词的重要特色。

二

吴文英的小令词,形成自己特有的词风,可谓别具一格,个性特色是比较突出的。

第一,吴文英的小令词如胡云翼所说,有一些"很清蔚的小词",这些词是以白描为主,但也偶用常见典故。它既不晦涩,并因常用典故的运用,增加了词的含量,词少意多,语言流畅。蔡嵩云谓:梦窗"漫词极凝练,令曲却极流利"①诚然如是。《桃源忆故人》,就是一首很流利的词:

> 越山青断西陵浦。一片密阴疏雨。潮带旧愁生暮。曾折垂杨处。　桃根桃叶当时渡,呜咽风前柔橹。燕子不留春住。空寄离樯语。

这是一首以调为题的词,是为忆念苏姬之作。上阕是写对苏姬的深切忆念:前三句写景蓄势,第四句点出题旨——这是当年分离的地方,由此而引起对苏姬深情地忆念。词人是非常善于炼字的,用"断"、"密"、"疏"、"愁"、"暮",将情字烘托而出。"曾折垂杨处",是谓这就是当年我们分别之处,词人不言情而情深,仅此一语,打开了忆念的闸门,情绪如涛波汹涌而出。下阕抒情,"桃根"二句是追忆分别时的情景,"桃根桃叶"系用典代指苏姬,通俗而清雅。"呜咽风前柔橹",写

---

① 《柯亭词论》,见唐圭璋:《词话丛编》,中华书局1986年版,第4912页。

分离时的悲痛之状,悲而以至泣不成声。"燕子"二句,以景收尾,感情复杂,有爱有恨,爱怨交织。此词风格疏快流畅,语言通俗而清雅。"曾折垂杨处"与"空寄离樯语",都是字少意多,蕴含丰富,感情深沉之语。

其二,吴文英的小令词,往往是在清疏中带有一点瘦硬之风,这与其长调词的密丽与质实都是大异其趣的。在他词集中有七首《浣溪沙》,可以说是这类词的代表。其硬未若黄庭坚词之词句那样坚挺,也不像白石词那样清癯有神,只略似黄、姜词风而又有所发展变化,显现着自己独特的风貌。譬如:

冰骨清寒瘦一枝,玉人初上木兰时,懒妆斜立澹春姿。 月落溪穷清影在,日长春去画帘垂,五湖水色掩西施。

(《浣溪沙·题李中斋舟中梅屏》)

仔细品味此词,它既没有北宋婉约词那么柔软,也没有温庭筠词那种浓得化不开的腻味做派,词语有一定的力度,词境画面开阔,直觉得清爽挺拔。它既没有黄词之语句杈枒,也无白石之清瘦冰冷,仍觉温润可喜。以人之体形拟之,既无龙钟之态,也无清癯之姿,体态是颇为精干的。在这类词中,他喜用"瘦"、"愁"、"秋"等字眼,感情淳真、深厚,语言爽利。余如《点绛唇》"时霎清明",无僻典,无险丽之词,流宕清爽,语言疏快,也是略带瘦硬风格的作品。

第三,其词言有尽而意无穷,内容含蓄蕴藉,语言玲珑剔透,读起来极有韵味。这类词盖承五代、北宋词之遗风而又有所发展。前文引木斋先生称赞之三首小令词即是。再如:

西风先到岩扃,月笼明。金露啼珠滴翠,小银屏。 一颗颗,一星星。是秋情。香裂碧窗烟破,醉魂醒。

(《乌夜啼·桂花》)

香莓幽径滑。萦绕秋曲折。帘额红摇波影,鱼惊坠、暗吹沫。 浪阔。轻棹拨,武陵曾话别。一点烟红春小。桃花梦,半林月。

(《霜天晓角》)

前者咏桂。上阕写桂花由室外到室内,"金露啼珠点翠"一句状桂花之形态极为传神。下阕写桂花开后的形貌、香气,字里行间流露出词人的悲秋之情。后者无题序,题旨朦胧。然就词人流露的情绪看,既有隐居的设想,又有怅惘之情。这两首词,极自然,极流畅,语言玲珑,内容含蓄,都是引人入胜耐人寻味的篇章。《点绛唇·和吴见山韵》、《点绛唇·有怀苏州》,都是颇有韵致的篇章。

三

吴文英的小令词,注重造境,成功地运用了一些艺术手法,取得了一定的艺术效果。

第一,他在填词时,善于炼意。诸如在形象的选择、意境的锤炼等方面,是下了一番功夫的。因此词的形象鲜明,意境优美。譬如《醉桃源·赠卢长笛》:

沙河塘上旧游嬉。卢郎年少时。一声长笛月中吹。和云和雁飞。 惊物换,叹星移。相看两鬓丝。断肠吴苑草萋萋。倚楼人未归。

这是一首赠人之作,是给一位善于吹笛的朋友的。上阕回忆与卢年少时的交游。卢擅长吹笛,他在月下吹一曲,听了后使人飘飘欲仙,好像云彩与大雁一样在空中自由翱翔,自由自在,无拘无碍。词句颇朦胧,因此给读者以想象与理解的宽广空间。下阕抒情,先写别离时间之久,物换星移,两人头上都有了白发。惊叹与提顿,将这种感情表现得颇为强烈。末两句,写家里人对卢的强烈思想。情深意浓,意味深长。此词以时间言,从少年黑发到现在两鬓白丝;以空间言,从两人相遇地点到卢郎家乡,时空之跳宕跨度颇大。因此境界开阔,感情浓至深厚。字少意多,内容丰富。

第二,吴文英的小令词是善于炼字的,他在词的遣词造句上非常考究,看似平平常常的话,却经过千锤百炼,反复推求,而后写定的。他把话说得那么自然,那么熨帖,毫不做作,也没有炉锤的痕迹。这种文字表达上的硬功夫,不是随随便便或轻而易举就可以达到的,其词中的一句话或一个字,往往给读者留下了想象与联想的余地,又让读者有充分地补充艺术形象的广阔空间。譬如,《浪淘沙·有得越中故人赠杨梅者,为赋赠》:

绿树越溪湾,雨过云殷,西陵人去暮潮还。铅泪结成红粟颗,封寄长安。别味带生酸,愁忆眉山。小楼灯外楝花寒。衫袖醉痕花唾在,犹染微丹。

此词锻字炼句用笔狠重,从而改变了词本身应具有的轻柔特色。如"铅泪"、"封寄"、"生酸"、"花唾"等词,都是狠重之笔,给读者以极深刻的印象,宛若刻在脑内。但词句熨贴,行文自然,毫无生硬之感。

第三,词人善于观察,视觉锐敏,体物极细,从而表现了非常细腻的情思。词,本来就是擅长表现细腻情思的文体,吴文英在一些小令中,将其细腻的情思表现得很突出。陈廷焯云:"梦窗精于造句,超逸处,则仙骨珊珊,洗脱凡艳;幽索处,则孤怀耿耿,别缔古欢。……《点绛唇·试灯夜初晴》云:'情如水,小楼薰被,春梦笙歌里。'又云:'征衫贮,旧寒一缕,泪湿风帘絮。'……俱能超妙入神。"[1]被陈廷焯称赞"超妙入神"的这些词句,表现的感情是极为细腻的,又如"鱼沫细痕圆,燕泥花唾乾"(《菩萨蛮》"绿波碧草长堤色"),二句体物极细,衬出闺中人之百无聊赖,对鱼沫、燕泥却特别专注,转移情思,消磨时光。这些词句,都表现出词人写词时的情思细腻,用语精巧,很有特色。

读《花外集》札记

一、王沂孙与李贺

周密《踏莎行·题中仙词卷》云:"玉笛天津,锦囊昌谷",连用两个典故,表达他对王沂孙词的赏识与评价。前者用明皇与叶法善游月宫奏玉笛事,赞其词音律之和谐美妙;后者用李贺外出觅诗背锦囊收诗稿事,言其词创作似李贺写诗一样之痴迷,并说明王沂孙填词与李贺写诗有某些相似之处。周密与王沂孙是关系密迩的词友,当是中的之言,值得重视。那么,王沂孙的词与李贺的诗有什么关系呢?王的另外一位词友张炎,在其《琐窗寒》"断碧分山"中云:"形容憔悴,料应也,孤吟《山鬼》。"在《湘月》"行行且止"中云:"堪叹敲雪门荒,争棋野

---

[1] 《白雨斋词话》,人民文学出版社1959年版,第34—35页。

冷,苦竹鸣山鬼。"前者用《山鬼》拟其词作;后者言其居处荒凉,苦竹林中有山鬼的叫声。无独有偶,清人凌廷堪《踏莎行·读〈花外集〉即用碧山题草窗词卷韵》亦云:"孤吟《山鬼》语秋心,鉴湖霜后芙蓉老。"也以《山鬼》拟其词作。张炎、凌廷堪均以《山鬼》比拟王沂孙的词作,引人深思。《山鬼》系《楚辞·九歌》中一篇,题材写鬼,风格幽丽凄婉。李贺诗中有许多鬼的意象,借以抒其忧愁苦闷的幽怨之情;王沂孙词中虽然没有出现过鬼的意象,然其词风凄婉,与《山鬼》颇有相似之处。这说明李贺、王沂孙的创作均受《楚辞》影响,艺术渊源相一致。要之,二者在创作风格与题材选取上,确有某些相似。

李贺处于中唐之世,国势日衰,危机四伏,诚如姚文燮所云:"外则藩镇悖逆,戎寇交讧;内则八关十六子之徒,肆志流毒,为祸不测。上则有英武之君,而又惑于神仙。"①李贺是一位有理想有抱负的诗人,"看见秋眉换新绿,二十男儿那刺促"(《浩歌》)、"忧眠枕剑匣,客剑梦封侯"(《崇义里滞雨》),他很想做个大官,从而在改变现实挽回国家危局上作出贡献。然因在考进士时,受到竞争者的谤毁,而未能如愿,这对企图通过进士考试来实现政治理想的李贺,是一次致命的打击。彻底炸掉了他飞黄腾达的道路,断送了他的政治前程,只能做到奉礼郎那样的小官。生活自顾不暇,何预国家之大事?"臣妾气态间,惟欲承箕帚"(《赠陈商》),这是他敝微的处境;他大声疾呼"天眼何时开,古剑庸一吼"(《赠陈商》)。作为皇帝的宗室,他殷切希望重振大唐国威,使盛世再现。面对这鬼蜮横行之时,无权无势,何以挽回?于是将其一腔愤懑,一寓之于诗。故其诗中充满了幽凄苦闷之情,其诗情调悲凉凄苦,有着阴森的鬼气。"衰兰送客咸阳道,天若有情天亦老。携盘独出月荒凉,渭城已远波声小"(《金铜仙人辞汉歌》),以沉重有力的语言,抒发了怀远伤离的凄苦感情。这种风格和情调,在李贺诗中很有代表性。

王沂孙早年生活于宋元易代之际,斯时蒙古族在北方崛起,先后消灭了金国和西夏,举兵南侵,大兵压境,而南宋朝政日昏,君臣仍醉生梦死,国家危殆,终于导致了南宋的灭亡。南宋灭亡之后,王沂孙作为宋朝遗民,充满爱国感情。他不甘作元朝的臣民,然大势已去,又无可奈何。于是将一腔爱国之情感,一寓之于词。因此,其词凄婉哀怨。请看他的《水龙吟·海棠》:

---

① 《昌谷诗注自序》,见王琦:《李贺诗歌集注》,上海古籍出版社1977年版,第368页。

世间无此娉婷,玉环未破东风睡。将开半敛,似红还白,余花怎比? 偏占年华,禁烟才过,夹衣初试。叹黄州一梦,燕宫绝笔,无人解、看花意。　犹记花阴同醉,小阑干、月高人起。千枝媚色,一庭芳景,清寒似水。银烛延娇,绿房留艳,夜深花底。怕明朝、小雨蒙蒙,便化作燕支泪。

　　陈延焯评此词云:"起笔绝世丰神。字字是痛惜之深,花耶人耶? 吾乌乎测其命意之所至。缠绵呜咽,风雨葬西施,同此凄艳。"①其说极是。这是一首咏物词,表面写花,实则写人,系以花喻人之作。情调如此凄婉哀怨,表现了词人在异族统治下沉压哀怨的心情,在词中又不得不掩饰其老泪纵横之态,只能将其一腔愤懑之气,化为幽怨凄恻之情,徐徐流出。他的其他词,也写得缠绵悱恻凄婉。陈延焯评《庆宫春·水仙花》"凄凉哀怨",②王闿运评《高阳台·和周草窗寄越中诸友韵》为"伤心语"③,可见其词写得悲凄哀怨,这种情调,绝似李贺诗之凄凉幽咽。二者风神之相似,自不待言。

　　然李贺之诗与王沂孙之词其风格仍有较大的差异。

　　李贺诗情调激楚,字里行间,跳跃着愤激之情,甚或将一腔愤懑之情,喷涌而出,满纸血泪。而王沂孙虽然感情愤懑,但在词中感情却显得比较平和,不但无过分激楚之音,反倒有几分飘洒。这种相对平和飘洒的风格,词评家早已拈出。陈延焯评《声声慢》"啼螀门静"时说:"感慨凄恻之情,以飘洒之笔出之,绝有姿态。"④评《南浦·春水》"寄慨处亦清丽闲雅。"⑤评《水龙吟·落叶》"凄凉奇秀,屈宋之遗。""此中无限怨情,只是不露,令读者心怦怦焉。"⑥这都指出,王沂孙其情幽怨,而其词风则闲雅、飘洒、深厚,不似李贺诗风格之锋芒毕露也。

　　总之,他们的作品都是时代感伤情绪的流露,但由于时代和诗人个性的不尽相同,他们在作品和风神相似的同时,又表现出若干不同的特点:李贺的诗是以凄怪出之,王沂孙的词是以哀怨凄婉出之;李贺诗的情调有几分凄戾,王沂孙词的情调却十分幽深;李贺之诗往往是破碎的锦片,王沂孙的词却是浑然一体光彩

---

① 吴则虞笺注:《花外集》,上海古籍出版社1988年版,第36页。
② 陈延焯:《白雨斋词话》,人民文学出版社1959年版,第42页。
③ 唐圭璋:《词话丛编》,中华书局1986年版,第4290页。
④ 吴则虞笺注:《花外集》,上海古籍出版社1988年版,第102页。
⑤ 吴则虞笺注:《花外集》,上海古籍出版社1988年版,第13页。
⑥ 吴则虞笺注:《花外集》,上海古籍出版社1988年版,第38页。

流溢的锦缎。两人作品风格中这些明显的差异,是因为生活不同之社会环境、时代以及创作之个性使然。

二、王沂孙与周密

王沂孙与周密,都是宋末元初的爱国词人。其词风相近,交往密切,酬唱较多。

在《淡黄柳》题序中,王称周为丈。周比王可能大十多岁,他既是王的前辈,又是关系密迩的朋友,是忘年之交。他们互相有许多酬应词,感情真挚,是出自心底的声音,是肺腑之言,而不是感情浮泛的应付。因此,这些词是研究他们的重要资料。

首先,他们为对方的词,用了同一词调各填一词,对对方的词作了由衷的赞赏与切当的评价。这可能是他们晚年所作,从词题看,周、王对对方的词很欣赏,能抓住词的创作特点,作出公允的剀切的评价。我们先看王沂孙《踏莎行·题草窗词卷》:

> 白石飞仙,紫霞凄调,断歌人听知音少。几番幽梦欲回时,旧家池馆生青草。　风月交游,山川怀抱,凭谁说与春知道。空留离恨满江南,相思一夜苹花老。

陈廷焯评云:"草窗词清峭,得白石之妙,故历言其品格。"又云:"南宋白石出,诗冠一时,词冠千古,诸家皆以师事之。"①此词先假用白石先生事,实指姜夔而言,以周密拟白石,给周词以很高的评价。次以杨缵凄调,言周词音律和谐,情调凄婉。二句言周兼有姜词之高品与杨缵之严律。然曲高和寡,赏音寂然。况归家不得,隐喻国破家亡之恨。他的高洁的爱国精神,词的高雅凄婉的情调,未有知音,无人赏鉴。"相思一夜苹花老",伤其襟抱与处境。此词是对周密词品与人品的品评。

周密《踏莎行·题中仙词卷》云:

---

① 吴则虞笺注:《花外集》,上海古籍出版社1988年版,第115页。

结客千金,醉春双玉,旧游宫柳藏仙屋。白头吟老茂陵西,《清平》梦远沉香北。　玉笛天津,锦囊昌谷。春红转眼成秋绿。重翻《花外》侍儿歌,休听酒边供奉曲。

前阕写其行为豪侠而又风流倜傥,惜老来郁结而闲居,然怀想故国之梦尚在。后阕说他有过风流蕴藉之经历,且耽于诗思,却成明日黄花。现在可以重新翻制侍儿们唱的歌以怡情悦意,不要听供奉曲,以免引起无限的愁思。即以此词来看,周密不愧为碧山知音。

其次,周密与王沂孙各有五首与对方酬唱次韵的词,如此数量多质量高的酬唱词在词史上是少见的。这些词主要是留别、送别之作,也有吊梅或思友之什,其感情之深厚、真挚,词调之风雅、醇美,都是难以企及的。

王沂孙有《声声慢》"迎门高髻",周密则有《声声慢·送王圣与次韵》。盖碧山首唱,周密倚声而和之。如果说王词是"一为留别,且为尊前侑酒人而设"①。"莫辞玉尊起舞,怕重来,燕子空楼。"表面是对侑酒者的缱绻留恋,其实是抒发友朋别易会难的凄婉之情。周密词则在凄婉氛围的描写中,渗透了国事莫问、人世沧桑之感。"对西风,休赋《登楼》。"以王粲的《登楼赋》抒发有家无归、有国难处的感伤之情。两首词都渗透了离乱的感伤情绪与国破家亡之痛苦悲哀。在周密《三姝媚·送圣与还越》、王沂孙《三姝媚·次周公瑾故京送别韵》中其国破家亡之痛与离乱的感伤情绪表现得更为突出,更为典型,真是沉痛之极。如周密词云:"露草飞花,愁正在,废宫芜苑。""一样归心,又唤起,故园愁眼。"王沂孙词云:"总是飘零,更休赋,梨花秋苑。""彩袖乌纱,解愁人,惟有断歌幽婉。"一种国破家亡、飘零无依之叹,跃然纸上。诚如陈延焯所云:"同是天涯沦落,可胜浩叹。"②

他们寄赠友朋之作的酬唱词有周密的《高阳台·寄越中诸友》、《高阳台·送陈衡君被召》,王沂孙的《高阳台·和周草窗寄越中诸友韵》、《高阳台·陈君衡远游未还,周公瑾有怀人之赋,倚歌和之》。前者充满了对越中诸友的关切思念之情。周词云:"感流年,夜汐东还,冷照西斜。""问东风,先到垂杨,后到梅

---

① 吴则虞笺注:《花外集》,上海古籍出版社1988年版,第105页。
② 吴则虞笺注:《花外集》,上海古籍出版社1988年版,第69页。

花。"王词云："江南自是离愁苦,况游骢古道,归雁平沙。""更消他,几度东风,几度梅花。"在时光飞逝、流年暗换的哀叹中,流露出对朋友的感念和关注。后者在思念陈君衡的背后,隐藏着对朋友政治节操的特别关注。周词云："东风渐绿西湖柳,雁已还,人未南归。"王词云："想如今,人在龙庭,初劝金卮。""江雁孤回,天涯人自归迟。"则在对陈政治节操殷切关注的同时,已有几分责备了。从对朋友政治节操的特别关注与望之殷而责之切的情绪中,表现了他们高洁的政治情操与决不苟且偷生的坚定立场。

最后,酬唱中的咏物之作,不是纯粹的咏物词,而是借物以拟人。周密有《献仙音·吊雪香亭梅》,王沂孙有《法曲献仙音·聚景亭梅,次草窗韵》。周词云："无语消魂,对斜阳,衰草泪满。又西泠残笛,低送数声春怨。"王词云："纵有残花,洒征衣,铅泪都满。但殷勤折取,自遣一襟幽怨。"花耶?人耶?与其说是咏梅,毋宁说是两位词人幽怨感情的自然流露,抒发了词人一时难以拟议的幽怨的情怀。

另外,两人还有一些怀念寄赠而非次韵之作,这有王沂孙的《淡黄柳·花边短笛》、周密的《忆旧游·寄王圣与》。

王沂孙曾与周密在孤山、会稽、杭州三年三次聚会与分别,词是周密从剡还,"执手聚别,且复别去"时写的,"叹携手,转离索",这是当时真实的情怀,离愁别绪萦怀。"后夜相思,素蟾低照,谁扫花阴共酌。"这种缠绵的相思,这种殷切的企盼,可谓回肠荡气。

周词上阕忆及去年的一次"移灯剪雨,换火簧香"的聚会,因系久别重逢,致使"乍见反疑梦",亲情依依,情味浓郁:"向梅边携手,笑挽吟桡"、"飘零身世,酒趁愁消",这是值得珍惜和忆念的聚会。后阕则写其别后思念"天涯飘波"的情景:"但梦绕西泠,空江冷月,魂断随潮。"写国破家亡,到处流浪,飘波无依的情景。如此等等,都表达了词人特定时期的真实情怀。

总之,王沂孙与周密的酬唱词,不是无谓的应酬,而是特定时间、特点环境他们真实感情的自然流露,因此,有着深切感人的艺术力量。

三、凄惋之词风

生活在宋元之际的王沂孙,将其一腔爱国之情化为幽怨之气,渗透在词的字

里行间,故其词风格凄惋深厚。其《长亭怨·重过中庵故园》词云:

> 泛孤艇、东皋过遍。尚记当日,绿阴门掩。屐齿莓阶,酒痕罗袖、事何限。欲寻前迹,空惆怅、成秋苑。自约赏花人,别后总、风流云散。　水远。怎知流水外,却是乱山尤远。天涯梦短,想忘了,绮疏雕槛。望不尽、冉冉斜阳,抚乔木、年华将晚,但数点红英,犹识西园凄惋。

"但数点红英,犹识西园凄惋",孙人和校云:"'凄惋'王本作'凄怆',是也。"①此用修辞学上之拟人格,言园中红花,犹识凄惋。花都懂得凄惋,其人感情之凄惋自不待言。以凄惋之感情写词,其词自然充溢着凄惋之情。此处词人言自己的词凄惋,值得重视。自己的词风与艺术趣尚,如鱼饮水,冷暖自知。其言己之词风凄惋,其词风之必然凄惋自不待言,何必我们饶舌。

《白雨斋词话》云:"'翠华不向苑中来,可是年年情露台。水际春风寒漠漠,官梅却作野梅开。'高似孙《过聚景园》诗也,可谓凄怨。碧山《法曲献仙音·聚景亭梅次草窗韵》云:'层绿峨峨,纤琼皎皎,倒压波痕清浅。过眼年华,动人幽意,相逢几番春换。记唤酒,寻芳处,盈盈褪妆晚。已销暗,况凄凉、近来离思,应忘却、明月夜凉归辇。荏苒一枝春,恨东风、人似天远。纵有残花,洒征衣、铅泪都满。但殷勤折取,自遣一襟幽怨。'较高诗更觉凄婉。"②他将王沂孙的这首词与高似孙的一首诗做了比较,认为此词更凄婉。把'凄婉'改成'凄惋',更为切当。如果说凄惋是南宋时代普遍性的艺术风尚,那么,王沂孙的词的这种凄惋风格的时代烙印更明显,更典型,更具有代表性。

我们再读王沂孙的《醉蓬莱·归故山》:

> 扫西风门径,黄叶凋零,白云萧散。柳换枯阴,赋归来何晚。爽气霏霏,翠蛾眉妩,聊慰登临眼。故国如尘,故人如梦,登高还懒。　数点寒英,为谁零落,楚魂难招,暮春堪揽。步屟荒篱,谁念幽芳远。一室秋灯,一庭秋雨,更一声秋雁。试引芳尊,不知消得,几多依黯?

---

① 吴则虞笺注:《花外集》,上海古籍出版社1988年版,第111页。
② 陈廷焯:《白雨斋词话》,人民文学出版社1959年版,第46页。

这是一首很典型的具有凄惋风格的词。上阕先写凋零、萧条、肃杀的秋景,接着抒情:"故国如尘,故人如梦,登高还懒。"面对国破家亡、友朋散落、感情沉郁、一片凄凉,词风哀怨凄惋。下阕开头就写了"寒英数点,为谁零落?"词人移情于寒冷中零落的花朵。你看,花似有情,其情深厚,情绪感伤,因而衰萎零落。词人借景抒情,情绪感伤。接着"楚魂难招"四句,写了寒气深重的傍晚,失魂落魄,篱边荒凉,幽芳难觅的情景。接着"一室秋灯,一厅秋雨,更一声秋雁"。用了层递格,感情层层递进,一句紧似一句,重笔描写凄凉零落之秋景,实则写秋天词人寂寥索漠的感情。词中对肃杀凄凉秋景的重笔描绘使词人当时感伤的情绪,得到了淋漓尽致地表现。

从词人、词评家以及我们选的一首具有典型风格的词来看,这三首词都写得那么凄惋、那么深厚、那么动人。读这些词,我们深感碧山自己感情的凄惋。词如其人,因此才写出如此这般极为凄惋的词。读了碧山词,这种凄惋的情调直透胸膛,直穿读者的灵魂,令人不知不觉有一种浓郁的凄惋的情绪。南宋灭亡,蒙古人入主华夏,作为一位爱国的知识分子,他心灵深处蒙受着亡国继绝的感情沉压,又无力与之抗争,只有怅恨悲叹,借一支哀惋的笔,抒其凄楚怨郁之情。词人爱国而适逢其国破家亡,其志不获实现,怅恨悲叹之情溢于言表。然鉴于艰危的处境,他对个人这种情绪的表现,既不可能是强烈地反抗,吹出响亮的号角,又不能无动于衷,只能将满腔的愤懑沉压在心底,默默地忍受。但一动笔,这种沉压心底的感情就不知不觉自然而然地流淌渗透在字里行间。因此,我们读他的词,深感悲伤呜咽,其凄惋之情跃然纸上,令人情绪为之转移。

蒋捷词论略

南宋末年至元代初年,豪放词派与骚雅词派,都有很大的势力。他们是姜、辛词的余振或继响,相互唱和鼓吹,推波助澜,颇有声势。然前者效法辛弃疾而缺乏辛词的清逸俊爽之致,稍嫌粗旷而余味不足;后者学习姜夔而无姜词的超迈清旷之气,过分追求词语之工以致炼涩难读。他们从不同的侧面破坏了词的清雅婉柔之美,徒作东施效颦而有每下愈况之势。有出息的词人,则不在对前人模型规步,亦步亦趋,而在于能在创造性的学习中冲破前人的藩篱,闯出一条崭新的创作路子,在词境上有一个大的开拓与创新:即既能吸收姜、辛词艺术表现上之所长,又能避其所短与不足,从而形成一个富有独创性的又有特别活力的艺术境界。蒋捷在词的创作上,与此差可称是。

蒋捷之词,力图取姜、辛诸家之长,镕铸陶冶,自成一家。他在创作实践中,的确是多有创获。在艺术表现上,尤为出色:诸如艺术风格的多样与成就;描写手法的运作与成功;构思与造境的巧妙与卓越,语言的工致以及善用修辞手段等,都显现着他的艺术创造力的成功与优长,卓然屹立于当时的词坛,光彩夺目,辉耀千秋。

一

风格的多样,是蒋捷词的一个最为突出的特征。

宋代的词人,或以婉约见长,表现其要眇宜修之思;或以豪放旷逸取胜,表现其逸宕旷放之怀。姜夔的风雅,苏、辛的豪放,秦观、李清照的清婉,柳永的浅俗,这些特点,在蒋捷词中,可谓兼而有之。

以豪放言,蒋捷的《贺新郎·乡士以狂得罪,赋此饯行》、《尾犯·寒夜》、《贺新郎·吴江》等,都是胸襟开阔豪迈、词情悲慨、词语新颖、构思独特的动人之作。如《贺新郎·吴江》:"浪涌孤亭起。是当年、蓬莱顶上,海风飘坠。帝遣江神长守护,八柱蛟龙缠尾。斗吐出、寒烟寒雨。昨夜鲸翻坤轴动,倦雕鹙、掷向虚空里。但留得,绛虹住。五湖有客扁舟舣。怕群仙、重游到此,翠旌难驻。手拍阑干呼白鹭,为我殷勤寄语。奈鹭也、惊飞沙渚。星月一天云万壑,览茫茫,宇宙知何处。鼓双楫,浩歌去。"上阕以奇特浪漫的想象,亟写孤亭壮丽的外观与磅礴之气势,既富有神话色彩,又是现实的生动写照。在神话与现实的水乳交融上,显现着它独有的光彩与韵致。词人极力状写孤亭过去的丰韵,借以反衬今日的衰飒。下阕写今:亭子已毁,神仙难驻,白鹭惊飞,一片凄凉。由此托出词人在茫茫宇宙间无处容身的亡国之痛。歇拍勾勒出词人孤傲的遗世独立的自我形象。一个"鼓"字,一个"浩"字,表现了词人的潇洒与疏放。这种将奇特的想象与现实的描写浑然一体的写法,极大地增强了艺术表现的张力。又如《贺新郎·乡士以狂得罪,赋此饯行》,是为一位因直言得罪权要而被赶出临安府的乡士的饯行而写的,以此见其为人之爽直与耿介。词之表现语势奇崛,情调慷慨悲凉,词风诙谐成趣,具有独特的风格。《沁园春·为老人书南堂壁》、《沁园春·次强云卿韵》都是极为出色的词作。清代的词论家李调元称前者"甚有奇气"说后者"每读之爽神数日"①。《尾犯·寒夜》、《满江红》"一掬乡心"等,都是慷慨悲歌、豪气干云之作。这些词在沉郁中有旷达,悲凄中有豪放,是学习辛词而又有独特的艺术个性者,绝非辛词艺术的翻版。

蒋捷的词,大都充盈着时代的悲郁特色,凝聚着压抑不快的情绪。南宋灭亡,取而代之的却是落后野蛮的异族统治,这对深受儒家思想影响的词人来说,心情是十分痛苦的。他不甘屈服而又无力与之进行血与火的较量,只能坚守节操,过一种遗民的耻食周粟的生活。他的心境是相当悲凉而又无可奈何的,但他又不甘沉没,仍想有所作为,竭力寻找出路而又四处碰壁。长歌当哭,悲愁难忍,痛哭呜咽,以泪洗面。对国家与民族的无比深厚的感情以及个人极为艰难的处境,形成慷慨而又悲凉,沉郁而又颓唐的情绪。他的词,主要是这种情感的抒发。因此感人至深,催人泪下。

以骚雅风格而言,蒋捷多效姜夔之作,而又有所变化与创新,形成清雅婉丽的风格。如《高阳台·送翠英》:"燕卷晴丝,蜂黏落絮,天教绾住闲愁。闲里清明,匆匆粉涩红羞。灯摇缥晕茸窗冷,语未阑、娥影分收。好伤情,春也难留,人也难留。芳尘满目悠悠。问紫云佩响,还绕谁楼。别酒才斟,从前心事都休。飞莺纵有风吹转,奈旧家、苑已成秋。莫思量,杨柳湾西,且棹吟舟。"此送别之作,先写时光流逝,描写极真切,也极疏快。"匆匆粉涩红羞"一句,亟写春去夏来,物换星移之速。继写离别前夕的缱绻情怀,"灯摇缥晕茸窗冷"一语极锻炼,极险丽,托出"语未阑,娥影分收"。于是,时光与情人都难挽留的怅惘情绪,喷薄而出:"好伤情,春也难留,人也难留。""好伤情"三字,感情真切,离泪飘洒。下阕写芳尘,写去向,既抒往日之情谊,也写情人一去难回的怅惘。最后在深深的惆怅之中,发出无可奈何的悲叹:"杨柳湾西,且棹吟舟"。此词盖为送妓从良之作,这妓是送者的相好,今日离去适人,于是萦绕心头的复杂感情,从笔端倾泻。笔调时而疏快,时而婉转,时而激切,真实地记录了送者感情变化的流程。又如《贺新郎》"梦冷黄金屋"是一首精粹之作。它"极吞吐之妙"②、"处处飞舞,如奇

---

① 唐圭璋:《词话丛编》,中华书局1986年版,第1411页。
② 唐圭璋:《唐宋词简释》,上海古籍出版社1981年版,第228页。

峰怪石,非平常蹊径也"①。"瑰丽处鲜妍自在"②。《绛都春》"春愁怎画"、《洞仙歌·对雨思友》、《洞仙歌·柳》等,都是骚雅优美的作品。

蒋捷还以白描的手法,写了一些清雅浅俗的小令。这些小令,写得轻倩、自然、精巧,它以特异的情调,显现着生动的生活画面。如《昭君怨·卖花人》:"担子挑春虽小,白白红红都好。卖过巷东家,巷西家。帘外一声声叫,帘里丫鬟入报。问道买梅花、买桃花。"短短的一首小令,写了卖花人、丫鬟,还有屋子里的女主人,形象活灵活现,极有生气。蒋捷的这类作品颇多,清新而隽永。李调元云:"蒋竹山词,有全集所遗而升庵《词林万选》所拾者,最为工丽。如《柳梢青》'学唱新腔'。又《霜天晓角》'人影窗纱'。"③他还以当时的口语,写了许多绝妙的白话词,如《最高楼·催春》、《解佩令·春》、《一剪梅·宿龙游朱氏楼》、《一剪梅·船过吴江》等,关于他的白话词,我在《蒋捷的白话词》④一文做了论述,兹不赘。

还应特别指出的,蒋捷生活在宋末元初,当时曲已很盛行了,他的词或受曲的某些影响,显得生动,诙谐,幽默,活泼,清新。在某种程度上,显出曲化的趋势。有人说《虞美人·听雨》"是小曲"⑤,不是没有道理的。他的一些小令的语言,曲的意味是极浓的。如:"扰扰匆匆尘土面,看歌莺,舞燕逢春乐。"(《贺新郎·约友三月旦饮》)、"览茫茫、宇宙知何处。鼓双楫,浩歌去。"(《贺新郎·吴江》)"人情终是娥儿舞,到频翻宿粉,怎比初描。"(《高阳台·闹元宵》)"一片片,雪儿休要下。一点点,雨儿休要洒。"(《最高楼·伤春》)、"春晴也好,春阴也好。著些儿,春雨越好。"(《解佩令·春》)。如此等等,都流荡着曲的语言特点,读来有一种异样新鲜的感觉。

从以上论述看,蒋捷豪放、骚雅、清婉浅俗的词,都极富特色,其用语虽偶有密丽炼涩之处,但总体上还是俊爽疏快的。他的词的艺术个性还是相当鲜明的。然其词的主导风格还不是很突出的。尽管,他的近辛的一些词很有特色,但还没有形成足一自成一家风靡一时而又影响千秋万代的词体。他对多种风格颇为成

---

① 唐圭璋:《宋词三百首笺注》,上海古籍出版社1979年版,第236页。
② 唐圭璋:《宋词三百首笺注》,上海古籍出版社1979年版,第236页。
③ 唐圭璋:《词话丛编》,中华书局1986年版,第1412页。
④ 房日晰:《蒋捷的白话词》,见本书下卷。
⑤ 唐圭璋:《词话丛编》,中华书局1986年版,第4294页。

功的尝试,辉耀于当时的词坛且对后人创作有着深刻的启示。在姜、辛之后,能出现蒋捷这样富有艺术特色的词人,在词史上是罕见的,因而有其重要的地位。

二

蒋捷对于词的创新,还在于在写词时比较充分地用了描写手段。词人写词,或借景抒情,或用比兴,或用铺叙,甚或直抒胸臆,却很少用描写笔法。蒋捷在词的创作上,不受这些传统笔法的束缚,多用描写的手法,这在词的创作上,是一个较大的突破与创新。其描写手法之新奇高妙,变化之多端,都是前所少有的。

首先,蒋捷在词中成功地运用了细节描写,使其词言少意丰,生动传神,极富艺术的表现力。

关于细节的描写,这在叙事性作品中,是经见而且必需的。一部叙事性的作品,如果没有生动真实的细节描写,就因缺乏真实性与生动性,显得干瘪而无味,艺术魅力必然匮乏;但在抒情性的作品中,尤其在词中,细节的描写却不多见。而蒋捷之词,却以生动真实的细节描写见长。譬如,《虞美人·听雨》的细节描写,就是相当典型的。

> 少年听雨歌楼上,红烛昏罗帐。壮年听雨客舟中,江阔云低,断雁叫西风。 而今听雨僧庐下,鬓已星星也。悲欢离合总无情。一任阶前,点滴到天明。

此词通过对自己一生不同时期听雨细节的描写,精警而深刻地表现了词人的一生:少年时代的风流豪奢,中年时期的落魄,晚年的衰飒与困顿不堪。短短的一首词,描写了他由风雨飘摇的年代到国破家亡的日月的痛苦历程,由浪漫豪奢的公子哥儿走向生活无着精神崩溃乃至神情木然的状态,反映了由于社会巨变而引起个人生活巨变的痛苦与灾难。此词虽然写的是蒋捷自己的一生不幸与痛苦经历,实际上是对宋末元初有民族节操的知识分子生活的典型概括,展示了一代知识分子的悲剧命运。词的笔力凝重,情调悲凉,感伤气氛非常浓郁。结拍"一任"二字极平常,也极旷达,但却蕴含着极为深沉的不幸与痛苦。此词内涵之丰富深刻,艺术之精湛凝练,不能不归功于对"听雨"细节的成功描写。

细节的成功描写,在蒋捷词中是常见的,且是多式多样的。《行香子·舟宿兰湾》:"过窈娘堤,秋娘渡,泰娘桥",是另一个细节描写成功的例证。堤、渡、桥,这在我国南方行旅中是屡见不鲜的。但以窈娘、秋娘、泰娘命名,名称都很特殊,也颇新异,可能有一些流传颇广的艳异故事。作者写旅程中所见,当是纪实。但因其所经堤、渡、桥的命名颇含风韵,因而有其独特的意蕴,也给读者多方面不同寻常的美的启示与联想。又如《一剪梅·舟过吴江》"流光容易把人抛。红了樱桃,绿了芭蕉。"红樱桃与绿芭蕉是常见的风物,并非奇异的物品。樱桃由不红到红,芭蕉长出了大的绿叶,词人通过樱桃、芭蕉颜色的变换以及红绿颜色的鲜明对比,生动、准确地表现了时光匆匆、春去夏来的季节变化,由此引起诸多感触,特别是对生命意识的强烈感慨。又将抽象的"流光"化为鲜明的视角形象,成为具体可感的事物,也使上句"流光容易把人抛"的意念生动化和具体化。总之,他在词中极为成功的细节描写,使其形象鲜明,富有艺术感染力。

　　其次,他的咏物词对物象作了创造性的描写,使其具有独特的品格。咏物词或就物咏物,或借咏物以寄意。这在诗词中是常见的,虽然在具体写作中,时有手法翻新之处,但大体框架如此。而蒋捷的一些咏物词,却是咏物以象物,即咏此物以象彼物,这在艺术表现上却是一次较大的突破。譬如《燕归梁·风莲》:"我梦唐宫春昼迟。正舞到、曳裾时。翠云队仗绛霞衣。慢腾腾,手双垂。忽然急鼓催将起,似彩凤,乱惊飞。梦回不见万琼妃。见荷花,被风吹。"从词题看,应为咏风莲,实则不是咏风莲,而是咏舞,是以风莲之姿态拟舞者之姿容。诚如俞平伯先生所说:"词以风莲喻舞态,非以舞态喻风莲也。""题曰'风莲',借舞态作形容,比喻虽切当,却不点破,直到结句方将'谜底'揭出。……文虽明快,意颇深隐,结构亦新。"[①]这在词的艺术表现上,实在是一种成功的创新,使其新颖而富于艺术表现力。

　　最后,词有着严密的格律,而宋自姜夔以下,吴文英、张炎、周密、王沂孙等格律派词人,在词的创作上对格律的要求更为严密。而蒋捷的一些词,有意识地突破传统的表现与格律的严格限制,处处呈现着一种创新的精神。他写了许多福唐独木桥体,如《瑞鹤仙·寿东轩立冬前一日》、《水龙吟·效稼轩体招落梅之魂》、《声声慢·秋声》等,请看他的《声声慢·秋声》:

---

① 俞平伯:《唐宋词选释》,人民文学出版社 1979 年版,第 273 页。

黄花深巷,红叶低窗,凄凉一片秋声。豆雨声来,中间夹带风声。疏疏二十五点,丽谯门,不锁更声。故人远,问谁摇玉佩,檐底铃声。　彩角声吹月堕,渐连营马动,四起笳声。闪烁邻灯,灯前尚有砧声。知他诉愁到晓,碎哝哝,多少蛩声。诉未了,把一半、分与雁声。

此词八个韵脚均为声字,即秋声、风声、更声、铃声、笳声、砧声、蛩声、雁声,另外非韵脚的地方还有豆雨声、彩角声,全词共有10个声字,这里有秋天凄凉的自然声,有秋天动物凄清的叫声,以及与战争有关的各种悲声,呈现着凄异的氛围和令人伤感的浓郁的秋意。而描写手法之新颖,艺术技巧之熟练与成功,使词评家赞不绝口。或谓"修辞造句,别具一格。典故套语,一概不用,全在用力描写。通首用'声'字押韵,更觉新奇。"①或谓"历数诸景,挥洒而出,比之稼轩《贺新凉》'绿树听啼鴂',尽集许多恨事,同一机杼,而用笔尤为崭新"②。这些实事求是的评赞,都雄辩地说明此词之极力描写秋声,达到很高的艺术境界。

　　蒋捷词中对于细节的描写,以莲状舞的描写以及这首词对于秋声的特意描写都表现出其词善于描写的特色。他将描写对象做了穷形尽相、淋漓尽致的描写,使词显现着特有的韵致。

三

　　文学是语言的艺术。诗人对于语言锤炼是特别精心的,即便如李白所谓"清水出芙蓉,天然去雕饰",也并非是纯任自然,毫无雕饰,而是雕饰不留迹痕,犹如清水出芙蓉般地天然本色罢了,其实是"看似容易却艰辛"的。蒋捷在词的语言锤炼上,是狠下过一番功夫的,因此表现出鲜明的个性特色。

　　首先,蒋捷经过精心的艺术构思,使本来很平常的事物,显现出奇特而富有迷人的艺术光彩,给人以新鲜异样的感受。譬如《木兰花慢·冰》:"问山影,是谁偷?"天冷水结冰以后,不能再像原来的水一样,显现出山的清晰的影子。却说水中的山影,是谁把它偷走了,想象奇特而精妙,富有趣味和幽默感。"似犀

---

① 刘大杰:《中国文学发展史》(中),古典文学出版社1957年版,第288页。
② 唐圭璋:《词话丛编》,中华书局1986年版,第3379页。

椎,带月静敲秋。"说冰柱如椎,而秋这个表时令的抽象概念也如实物一样,可用犀棰敲打;"断髭冻得成虬",天气寒冷,把嘴唇上边的胡须都冻得像虬龙一样蜷曲起来了。如此等等,都是想象丰富奇特,令人拍案叫绝的妙句,我们不禁赞叹,亏他想得出。"吟思难抽",写词的思路滞涩,是因为天冷所致。犹如茧中的丝,一时抽不出来。"消瘦影,嫌明烛"(《贺新郎》"梦冷黄金屋"),本来是人消瘦了,心里不高兴,却怪烛光明亮,把影子照得太清晰了(那个瘦骨伶仃的影子啊,真令人万分伤感!)。"影厮伴,东奔西走"(《贺新郎·兵后寓吴》),在逃亡过程中,孤寂索莫,只有自己的影子紧紧伴随。如此等等,由于词人特别的精心构思,将词境写得含而不露,富于情趣而词味隽永。这种曲径通幽的独特表现,给人留下极深刻的印象。

其次,作者善于调动修辞手段,灵巧地运用多种修辞格,使词极有意趣和韵致。譬如《梅花引·荆溪阻雪》:"白鸥问我泊孤舟。是身留,是心留?心若留时、何事锁眉头。……梦也梦也,梦不到、寒水空流。"词人妙用叠句,巧用顶真格,造成词的回环往复而又句意流转,感情跌宕起伏,大有一唱三叹之妙。又如《一剪梅·舟过吴江》:"一片春愁待酒浇。江上舟摇,楼上帘招。秋娘度与泰娘桥。风又飘飘,雨又萧萧。何日归家洗客袍。"以洗炼流动的句子,表现客居外地流浪他乡的苦闷,"风又飘飘,雨又萧萧",既加深了风雨阻隔的苦闷心情的描写,又蕴含着风雨飘摇的时代感受。两个又字,强化了这种极不愉快的情绪。又如《女冠子·元夕》:"蕙花香也。雪晴池馆如画。春风飞到,宝钗数上,一片笙箫,琉璃光射。而今灯漫挂,不是暗尘明月,那时元夜。况年来心懒意怯,羞与蛾儿争耍。"以过去元夕之热闹,反衬今日之凄凉,笔力直有千钧,而且妙绝。词评家谓"极力渲染,'而今'二字,忽然一转,有水逝云卷,风驰电掣之妙"①。他还有以工整的对仗,写出警语,如"新绿旧红春又老,少玄老白人生几"(《满江红》"一掬乡心")、"万误曾因疏处起,一闲且向贫中觅"(《满江红》"秋本无愁")等都是,这种以对仗写的警语,有很强的艺术表现力。词评家谓后者"自是阅历语,而词笔甚隽。"②

最后,蒋捷词语言生动鲜活,节奏轻情流动,时含谐趣,轻快而优美。

---

① 唐圭璋:《宋词三百首笺注》,上海古籍出版社1979年版,第237页。
② 陈廷焯:《白雨斋词语》,人民文学出版社1959年版,第192页。

蒋捷词善用俗语,生活化与口语化的语言,使词显得极有生气。譬如:"冷淡是秋花,更比秋花冷淡些"(《南乡子·黄葵》),不仅是口头语,而且用了修辞上的层递,表现了比黄葵更为冷淡的色泽,寄寓了词人一种极淡泊的情怀。又如"红了樱桃,绿了芭蕉。送春归、客尚蓬飘。……奈云溶溶,风淡淡,雨潇潇"(《行香子·舟宿兰湾》),用溶溶、淡淡、潇潇状云、风、雨的态势,描写出极为沉闷的自然环境,衬托春去夏来,客尚飘蓬的不快情绪。富于节奏感的语言,使这种情绪更为沉重。

这种成功的语言运用,在蒋捷词中是很多的,可以说俯拾即是。特别在小令词中,表现尤为出色:

丝丝杨柳丝丝雨,春在溟蒙处。楼儿忒小不藏愁。几度和云飞去、觅归舟。

(《虞美人·梳楼》)

几回传语东风,将愁吹去,怎奈向、东风不管。

(《祝英台·次韵》)

枝枝叶叶,受东风调弄。便是莺穿也微动。

(《洞仙歌·柳》)

小巧楼台眼界宽。朝卷帘看,暮卷帘看,故乡一望一心酸。云又迷漫,水又迷漫。

(《一剪梅·宿龙游朱氏楼》)

蒋捷词的语言,受到词评家的赞美。李佳评《虞美人》"丝丝杨柳丝丝雨":"亦工整,亦圆脆"[1]。毛晋称其"语语纤巧","字字妍倩"[2],四库馆臣则以为蒋捷词"炼字深稳,抒词谐畅,为倚声家之正轨"[3]。他的词,特别是一些小令,语言圆脆谐畅,清丽流美,使词充溢着秀逸娟美之气。

---

[1] 唐圭璋:《词话丛编》,中华书局1986年版,第3172页。
[2] 毛晋:《宋六十名家词》,商务印书馆1933年版,第19页。
[3] 永王容:《四库全书简明目录》,中华书局1964年版,第899页。

词人作品论

蒋捷的白话词

白话文学,在中国文学史上,占有相当高的地位。它不仅有较大的数量,而且独辟蹊径,在艺术表现上,开辟了一个新的天地。胡适先生先后写了《国语文学史》、《白话文学史》,对于用白话写的文学作品,做了认真地勾勒与评骘,不愧为文学史中的经典之作。白话诗词比其文言诗词来,毕竟是很少的,尤其是词。胡先生在《国语文学史》中,论述了柳永、欧阳修、苏轼、秦观、黄庭坚、李清照、辛弃疾等人的白话词,也评论了他所谓的古典主义的姜夔、吴文英的白话词作。宋人写的白话词,几乎网罗殆尽。蒋捷也写过许多优秀的白话词,却没有引起他的重视。在其书中,对蒋捷的词,竟然未著一字。这不能不说是一个很大的缺憾。

蒋捷生活在宋末元初,是一位很重要的词人。他曾认真地学习前人的创作经验,多方规模大家的词作,并是一位多有创新的词人。写白话词,就是他在词的探索创新中,取得较高成就的一个很重要的方面。蒋捷词今存 94 首(其中一首是半阕),其中白话词就有 9 首,占其全部词作的十分之一。这个比例,在宋人所写白话词的比例中,是比较大的。而其题材之新颖,描写之生动活泼,表现内容之深切,都是值得称道的。柳永、欧阳修、秦观、黄庭坚的白话词,多为艳词,甚至亵诨不可卒读。而蒋捷的白话词,内容则是健康的,这是他比前人超卓的地方。其题材之新颖,尤堪称道。《昭君怨·卖花人》就是一首题材新颖、相当出色的白话词。

担子挑春虽小。白白红红都好,卖过巷东家、巷西家。帘外一声声叫。帘里鸦鬟入报。问道买梅花,买桃花?

这是一个特别引人注目的纪事镜头:一个卖花人挑着一担鲜艳的花——就像挑着美丽的春色——走街串巷,吆喝叫卖。这时,一个活泼俊俏的丫头出场了。她仔细地端详了担子上的花色品种,恋恋不舍,很想买一束。于是回家请示主人:买梅花还是买桃花?

词人以轻倩活泼的笔调,在词中写了三个人物,留下了普通生活中极为生动的一幕。通过这个镜头,我们可以看到宋末元初时期我国都市生活的一角:卖花与买花的习俗,以及当时城市生活消费的一斑。从这个角度看,这首词极富有史料价值。就题材而言,专写买卖鲜花的情景,别人未曾涉足,因而弥足珍贵。

与此相近的,我们再看《霜天晓角》写的有人偷折鲜花的镜头:

> 人影窗纱。是谁来折花。折则从他折去,知折去、向谁家? 檐牙。枝最佳。折时高折些。说与折花人道,须插向、鬓边斜。

作者精心描写了一个养花人的形象:透过窗纱,他看见有人偷折自家的鲜花,但却毫不在乎,任他去折罢了。但心里有些好奇,是谁这么跟我一样痴心的爱花呢?于是就仔细观察,想看个究竟。他很想叮嘱那位折花的人,长在房檐前的那枝花最漂亮,不过难折一点罢了。要折就折那枝最漂亮的花才值得。折了拿回家后插在夫人的鬓上,一定漂亮好看,使其更为俊俏——他似乎开心地打趣折花人。

用词描写人物形象,是蒋捷词的特色之一。他以通俗的语言,白描的手法,生动细腻的心理活动描写,写出了一个活生生的人物形象:他豁达、好奇、幽默,对他人关心,有着颇为丰富的性格。

这首词与杜甫的《又呈吴郎》的情境有些相似,都能从对方特殊的处境着想,唯恐对方有愧而心里不安,因而尽量避免使对方难堪或陷入尴尬的境地。可以看出,他们对对方的深厚关切之情。二者不同的是,杜甫关心的那位偷摘枣子的女人,无食无儿,生活无着,借枣子以充饥;而蒋捷笔下的这位折花人,只是酷爱鲜花而已。——或许是想锦上添花而顺手牵羊罢了。而主人徒然多情,对他特别关照。这首词颇有情趣,也耐人品味。

花是春天的象征,也是生命的象征。折花、卖花,不禁使人想到百花盛开春意盎然欣欣向荣的情景。诗人写花颂花,是对春天的特别热爱。不信试看,诗人还有对春的热烈的颂歌。《解佩令·春》,就是对春天热烈的歌赞:

> 春晴也好。春阴也好。著些儿、春雨越好。春雨如丝,绣出花枝红袅。怎禁他、孟婆合皂。 梅花风小。杏花风小。海棠风、蓦天寒悄。岁岁春光,被二十四风吹老。楝花风、尔且慢到。

这是一首极热烈的春的颂歌。生机勃勃的春日,极富于生命力,是值得永远歌唱的。诗人以轻快的笔调,写了阴、晴、雨、风、寒、暖都好的情景。真是无时不好,无处不美。诗人对春日的无限喜爱之情,溢于言表。喜爱春日,也就是喜爱生命。此词在某种意义上说,乃是对生命的热烈歌赞。从以上三首词,我们不仅看到了社会上的色色人物,而且也感到诗人对生活的热情和生命力的高扬。《最高楼·催春》则是对春光明媚的期盼,也值得我们珍视。

生活的五色板是在不停地转换,有欢乐也有悲凄。我们再看《梅花引·荆溪阻雪》:

> 白鸥问我泊孤舟。是身留,是心留?心若留时、何须锁眉头?风拍小帘灯晕舞,对闲影,冷清清,忆旧游。　　旧游旧游今在不?花外楼。柳下舟。梦也梦也,梦不到、寒水空流。漠漠黄云、湿透木绵裘。都道无人愁似我,今夜雪,有梅花,似我愁。

旅途阻雪,心情郁闷,词人却以白鸥的问语,揭示了词人的苦闷心情。这样设想奇特,落笔瑰奇。风掀帘幕,灯光闪烁,冷清的境况,引起对旧友的强烈思念。下阕由对友人的思念,又经历了梦境的苦况,表现了我之愁怀难释。"有梅花,似我愁",以写我之愁怀郁结。通过层层描写,就将旅途阻雪的苦闷心理,表现得淋漓尽致。

余如《柳梢春·游女》写了游女的娇媚。《一剪梅·宿龙游朱氏楼》、《一剪梅·舟过吴江》也是两首白话词。前者写乡愁,以故乡的不堪回首,隐寓国破家亡之痛。词中多用排比,将这种情绪表现得十分强烈。后者写羁旅中时光飞逝,抒发其不得志的牢愁。《沁园春·为老人书南堂壁》写隐逸之乐趣,表现了诗人闲适、旷达、孤傲、清高的情怀,寄寓着深厚的民族情感。

总之,蒋捷的白话词,展现了一幅幅生动的生活图画,其题材之广阔新颖,内容之深厚沉实,表现之生动活泼,用语之自然得体,都堪称道。的是写白话词的高手。他的白话词是宋词花苑中的一朵奇葩,很值得我们珍惜和鉴赏。因此,既不能抹杀,更不能随意扔掉。

综合鉴赏论

读《全宋词》札记（六则）

一、晏几道两首《浣溪沙》辨

《全宋词·晏几道集》收《浣溪沙》二首，其词云：

床上银屏几点山，鸭炉香过琐窗寒，小云双枕恨春闲。　惜别漫成良夜醉，解愁时有翠笺还，那回分袂月初残。

绿柳藏乌静掩关，鸭炉香细锁窗闲，那回分袂月初残。　惜别漫成良夜醉，解愁时有翠笺还，欲寻双叶寄情难。

短短的两首小令中，竟有四句重复。除第二句"香过"作"香细"、"窗寒"作"窗闲"有二字不同外，余悉同。在一本词集中，竟有两首句子大半相同的词排在一起，这在《全宋词》中还是罕见的。这两首词当为一词二传，其思绪、词境略有不同，后者似比前者浑融顺畅。故前者或为初稿，后者当为定稿，不知何以阴差阳错，同时收入集中。果如所论，我们今天同时能读到宋人一首词的初稿及定稿，确是难得的。仔细体味二词，从中不难窥破词人构思与炼意的匠心。

二、欧阳修《渔家傲》重出当删

《全宋词·欧阳修词·渔家傲》云：

十月小春梅蕊绽,红炉画阁新装遍。鸳帐美人贪睡暖,梳洗懒,玉壶一夜轻澌满。　楼上四垂帘不卷,天寒山色偏宜远。风急雁行吹字断。红日晚,江天雪意云撩乱。

调下注云:"此篇已载本卷,但数字不同。"经检另词,"画阁"作"画閤",阁閤通用;"鸳帐"作"锦帐";"梳洗懒"作"羞起晚";"红日晚"作"红日短",余悉同。显系一词二传,本词为咏十二月组词之一,故前者当删,存目即可。二词均录,既占篇幅,亦乖体例。

三、文天祥《酹江月·驿中言别友人》当删

《全宋词·文天祥集》录《酹江月·驿中言别友人》云:"水天阔空,恨东风不借、世间英物。蜀鸟吴花残照里,忍见荒城颓壁。铜雀春情,金人秋泪,此恨凭谁雪。堂堂剑气,斗牛空认奇杰。那信江海余生,南行万里,属扁舟齐发。正为鸥盟留醉眼,细看涛生云灭。睨柱吞嬴,回旗走懿,千古冲冠发。伴人无寐。秦淮应是孤月。"

编者按云:"清雍正三年刊本《文山全集·指南录》中载此首,题作'驿中言别'下署'友人作',盖以为邓剡词,未知何据,俟考。"

又《全宋词。邓剡集》录《念奴娇·驿中言别》,"属扁舟齐发"句作"不放扁舟发",余与文天祥《酹江月·驿中言别友人》悉同,注云"雍正三年刊本《文山先生全集·指南录》中"。关于此词的作者,唐圭璋先生在《文天祥〈念奴娇〉词辨伪》(载《光明日报·文学遗产》第256期,1959年4月)中认为是邓剡词,这一观点,已被学术界许多人认同,如黄兰波的《文天祥诗选》、文学研究所的《唐宋词选》、上海辞书出版社的《唐宋词鉴赏词典》等,唐圭璋先生后来编选的《全宋词简编》,径作邓剡词。因此,《全宋词·文天祥集》此词宜删,作存目词为当。

四、宋江《念奴娇》词系伪作

《全宋词》据杨慎《词品拾遗》收入宋江《念奴娇》词一首,许多学者因之。朱德才主编的《增订注释全宋词》、马兴荣等主编的《广选新注集评全宋词》、吴

熊和主编的《全宋词汇评》、尹晓翠等选注的《宋词三百首》均收录,张高宽等主编的《宋词大辞典》也做了肯定的介绍。可见,宋江作《念奴娇》词,得到了学界普遍的认同。其实,它是后人的伪作,只不过假借宋江的名义而已。其词云:

天南地北。问乾坤何处,可容狂客。借得山东烟水寨,来买凤城春色。翠袖围香,鲛绡笼玉,一笑千金值。神仙体态,薄幸如何销得。　回想芦叶滩头,蓼花汀畔,皓月空凝碧。六六雁行连八九,只待金鸡消息。义胆包天,忠肝盖地,四海无人识。闲愁万种,醉乡一夜头白。

此词伪托之迹甚明,但因唐圭璋先生采自《词品拾遗》,该书系学术著作,学者往往信而不疑。宋江的《念奴娇》词,杨慎录自《瓮天脞语》。考《瓮天脞语》,即《雪舟脞语》,或云邵桂子撰。邵桂子"宋末国初,字玄同,严陵人"(《说郛》)。"桂子,字德芳,淳安人。咸淳七年进士。教授处州,弃官,寓家松江。有《雪舟脞稿》"(《宋诗纪事》)。"弃官归隐,凿池构轩其上,名曰雪舟"(《万姓统编》)。三书所载邵桂子事迹,字号虽略有差参,但大体可信。或谓王仲晖撰,见委宛山堂本《说郛》。王生平里贯不详。作者作邵桂子似是。《瓮天脞语》难觅,今《说郛》录《瓮天脞语》十条,宋江词不存。《全宋词》据《词品拾遗》转录,盖未见《瓮天脞语》。《瓮天脞语》录此词所据无考,从词的出处看,此词的作者就存在诸多谜团。

以词而论,词中所写事实与史实多有不符。词云"六六雁行连八九",意谓宋江为首的义军有三十六加七十二个首领,即一百零八人,他们情同手足。考宋江为首的梁山首领实为三十六人,所谓一百零八人之说是好事者在史实的基础上漫加演义踵事增华的结果。李若水《捕盗偶成》云:"去年宋江起山东,白昼横戈犯城郭。杀人纷纷剪如草,九重闻之惨不乐。大书黄纸飞敕来,三十六人同拜爵。狞卒肥骖意气骄,士女骈观犹骇愕。"(《全宋诗》卷一八〇五)此诗作于宣和四年(1122),诗人当时为元城尉。元城属大名府,在北京附近。尉官管捕盗之事,时间是宋江投降朝廷的第二年,地点离宋江活动的中心梁山泊不过数百里。这种震惊朝野的大事,天下妇孺皆知,而出自任职元城尉的李若水之手,更可信。诗云"三十六人同拜爵",说明以宋江为首的梁山泊首领实为三十六人,这是一条硬证。可见《宋史·侯蒙传》、《宣和遗事》、龚开《宋江三十六赞》、陆友《题宋江三十六人画赞》、陈泰《所安遗集补遗》等所载宋江三十六人不误。从现有史料看,在元代以前关于梁山首领尚无一百零八人之说。元代高文秀《黑旋风双献功杂剧》始有"某聚三十六大伙,七十二小伙"的说法。李文蔚《同乐院燕青博鱼杂剧》、康进之《梁山泊黑旋风负荆杂剧》、无名氏《鲁智深喜赏黄花峪杂剧》等与高剧同,而元代无名氏《争报恩三虎下山杂剧》则称"聚义的三十六个英雄汉,那一个不应天上恶魔星"。可见,直到元朝,以宋江为首的梁山泊首领仍有三十六人与一百零八人之说并存。一百零八人之说始见于诸多杂剧,其源盖出于说话人或民间传说,不足据。

词云:"只待金鸡消息。义胆包天,忠肝盖地,四海无人识。"饱含着宋江对朝廷的赤胆忠心,时刻等待招降。考《宋史·侯蒙传》,有"今清溪盗起,不若赦江,使讨方腊以自赎"的上书建言,廷嘉之,"命知东平府,未赴而卒"。虽有招降宋江之议,但因侯蒙之死而卒未执行。宋江之降是因为张叔夜知海州,设伏兵重挫宋江,"擒其副贼,江乃降"(《宋史·张叔夜传》)。可见,宋江是因为受重创不得已而降之。至于宋江在投降前,是否就有"义胆"、"忠肝"思想,无考。若在"横行齐、魏,官军数万无敢抗者"(《宋史·侯蒙传》)的时候,就整天梦想投降,是不符合情理的。

此词有较高的艺术水平,故杨慎谓"剧贼亦工如此"(《词品拾遗》)。《宣和遗事·亨集》记宋江在旗上题诗:"来时三十六,去后十八双。若还少一个,定是不还乡。"这倒有可能出自宋江之手。作为誓词,通俗而明快,表现了他的破釜沉舟之志。以此诗与《念奴娇》比较,文化水平与艺术趣味相去甚远。像《念奴娇》这样的词,恐宋江不能写。

综上所述,《念奴娇》词非宋江作甚明,当为宋、元之际的人的伪托。早在1953年,余嘉锡先生在《宋江三十六人考实》一文中就说:"宋、元之际,有伪撰江题词者,造为'六六雁行连八九'之语,是为一百八人之所由起,当亦出于说话人之手。"余先生的话是经得起史实考验的。我们应断然使此词与宋江脱离关系,书为无名氏。

五、秦观《御街行》衍变臆说

秦观《御街行》是一首颇有影响的词,然在归属上却存在着较大的争议,值得进一步研究和探讨。词云：

> 银烛生花如红豆。这好事、而今有。夜阑人静曲屏深,借宝瑟、轻轻招手。可怜一阵白蘋风,故灭烛,教相就。 花带雨、冰肌香透。恨啼鸟、辘轳声晓,岸柳微风吹残酒。断肠时,至今依旧。镜中消瘦。那人知后,怕你来僝僽。

这首词《淮海词》诸本未收,据词话补遗。关于这首词的本事,宋杨湜《古今词话》云：

> 秦少游在扬州,刘太尉家出姬侑觞。中有一姝,善擘箜篌。此乐既古,近时罕有其传,以为绝艺。姝又倾慕少游之才名,偏属意。少游借箜篌观之。既而主人入宅更衣,适值狂风灭烛,姝来且亲,有仓卒之欢。且云："今日为学士瘦了一半。"少游因作《御街行》以道一时之景。①

关于此词之真伪,徐培均云："少游熙宁年间(1068—1077)常往来于扬州。秦《谱》谓'会苏公自杭倅徙知密州,道经维扬,先生预作公笔语,题于一寺中。公见之大惊,及晤孙莘老,出先生诗词数百篇,读之,叹曰："向书壁者,必此郎也。"遂结神交。'是时已有才名,且年轻,故可能有此韵事。"②杨宝霖则谓："各本少游词均不收此词,而各本黄庭坚词皆收之,调名《忆帝京》,但字句稍异。""因词中有'借宝瑟、轻招手,一阵白蘋风,故灭烛,教相就',数语,遂传演为'少游借箜篌观之,既而主人人宅更衣,适值狂风灭烛,姝来且相亲,有仓卒之欢'。此正苕溪渔隐所谓'《古今词话》以古人好词世所共知者易甲为乙。称其所作,仍随其词牵合为说,殊无根蒂'"③。马兴荣、祝振玉校注的《山谷词·忆帝京》按云："此首宋杨湜《古今词话》作秦观词,调名作《御街行》,字句略异。"④另外,周邦彦的《青玉案》也与此词内容多雷同。王国维云："乃改山谷《忆帝京》词为

---

① 唐圭璋：《词话丛编》,中华书局1986年版,第33页。
② 徐培均：《淮海居士长短句》,上海古籍出版社1985年版,第194页。
③ 张宗辅：《词林纪事》,上海古籍出版社1998年版,第432页。
④ 马兴荣、祝振玉校注：《山谷词》,上海古籍出版社2001年版,第50页。

之者,决非先生作。"①

对于这三首词,说真辨伪,都欠坚证,难以服人,若再找材料,恐亦不易。我们不妨换个视角,从此词传播的角度,探索其作者,或有益于问题的解决。为了解读方便,我们无妨将黄庭坚的《忆帝京》、周邦彦的《青玉案》抄在下边,以便检讨。

忆帝京

银烛生花如红豆,占好事、如今有。人醉曲屏深,借宝瑟、轻招手。一阵白蘋风,故灭烛、教相就。　花带雨,冰肌相透。恨啼鸟、辘轳声晓,柳岸微凉吹残酒。断肠人依旧。镜中消瘦。恐那人知后,镇把你来僝僽。

青玉案

良夜灯光簇如豆。占好事、今宵有。酒罢歌阑人散后。琵琶轻放,语声低颤,灭烛来相就。　玉体偎人情何厚。轻惜轻怜转唧嚼。雨散云收眉儿皱。只愁彰露,那人知后。把我来僝僽。

这三首词,内容基本相同,但在表述上略有差异。其差别是:秦、黄词中乐器是宝瑟,周词是琵琶,一也;秦、黄词的描写大体一致,周词则更为细腻地描写了男女体肤接触的感受,更有刺激性,二也;最后一句,意思不相同,秦词说妻子知道后,怕你埋怨她。黄词说,怕妻子知道后,经常埋怨你。周词则说,怕你妻子知道后,经常埋怨我,三也。

在三个有名的宋人大家名下,出现了内容相同字句略有改易的一首词,这种现象是非常少见的,也是值得我们深思的。

词的创作在当时士大夫看来,并非是"经国之大业,不朽之盛事"②,而是一种显示个人才情的"伎艺",可以在大宴宾客时助兴。如晏殊写词,即为"汝曹呈艺已毕,吾亦欲呈艺"。③ 或如欧阳修所谓:"因翻旧阕之辞,写以新声之调,敢陈薄伎,聊佐清欢。"④而歌伎们为了适应市民欣赏的口味,招徕更多的听众,需要

---

① 周邦彦:《清真集》,中华书局1981年版,第113页。
② 郭绍虞:《中国历代文论选》(一卷本),上海古籍出版社2001年版,第61页。
③ 丁传靖:《宋人轶事汇编》,中华书局1981年版,第292页。
④ 唐圭璋:《全宋词》,中华书局1965年版,第121页。

唱一些软绵绵的艳曲或酸曲。若将文人的风流韵事,写成唱词,更能叫座。因此,请其熟交的文人填写俗曲艳词,供她们歌唱,成为一时的风气。秦观、黄庭坚、周邦彦虽然不一定像柳永那样"唱新词,改难令,总知颠倒。解刷扮,能唝嗽,表里都峭"(《传花枝》),是能写、能弹、能唱的一代风流才子,但却都是写艳词的能手,至今在其集子中,存在数量较多质量较高的艳词。写作艳词,或是北宋文人应歌的需要。周济曾言:"北宋有无谓之词以应歌。"①为了应歌,几乎所有的名家都写艳词,如晏殊、张先、欧阳修、晏几道、贺铸等,甚至像寇准、范仲淹那样的名臣,司马光那样的正统文人,都写过一些艳词。江尚质云:"贤如寇准、晏殊、范仲淹、赵鼎,勋名重臣,不少艳词。"②可见写艳词不是一些个别作家的个别创作现象,而是当时词坛创作的一种社会风气,是一种争取听众、取悦市民的创作手段。

  宋人填词,尤其是艳词,往往是应歌的需要。那么,秦观《御街行》、黄庭坚《忆帝京》、周邦彦的《青玉案》,内容没有改变,仅个别字句做了一些调整,我们有理由认为是因应歌的需要而产生的,是不同的作者在不同的时间、地点为不同的歌者特意改写的。或因秦观的《御街行》最为流行,而另一歌伎则擅长唱《忆帝京》,她又特别喜欢秦观《御街行》的内容,遂请黄庭坚将《御街行》字句略为改动,以适应《忆帝京》的曲调;后来又有歌伎擅长唱《青玉案》,遂请周邦彦将《御街行》略做调整,以符合《青玉案》词调。黄庭坚、周邦彦将秦观的《御街行》词句略做变动,成为一首新词,完全是为了应景,根本就没有想到此词借他们在词坛的声誉,竟能流传后世,并且在作者问题上,成为后人难解之谜。而这些歌伎则看重他们的文名,以其所改之词,特意昭示,大肆宣传,借以招徕听众。如此这般,歌者将其擅长的词的曲调,请名家为她们将其原来喜欢的词加以调整,遂出新腔,并擅一时之美。这首以词坛名宿风流韵事为内容的词,就可能引起了相当的轰动效应,取得了很高的"票房价值",达到了她们请名人改词的目的。有人将歌伎演唱的《忆帝京》、《青玉案》记录下来,并载入有关典籍,遂出现了与秦观《御街行》内容相同的另两首词。如此等等,很可能就是这两首词产生的真实情景。

---

 ① 唐圭璋:《词话丛编》,中华书局1986年版,第1629页。
 ② 唐圭璋:《词语丛编》,中华书局1986年版,第760页。

以上是我对《御街行》演变的推测,虽带有极大的主观性,但窥诸宋人词的创作实际以及对词的看法,当是接近或竟与事实完全合拍的。但对黄庭坚、周邦彦来说,其词只是改编而非创作。犹如我们把王实甫的《西厢记》改为京剧或秦腔。只因当时人并不重视词的主体创作,改编与创作界限就不那么明晰了。张志和的《渔父》,苏轼、黄庭坚将其改为《浣溪沙》就是明证。类似的情况,在《全宋词》中不乏其例。从没有人怀疑苏轼、黄庭坚对于《浣溪沙》的著作权,那我们又何必对黄庭坚《忆帝京》、周邦彦《青玉案》著作权有所保留或怀疑呢?

作为填词,既可融他前人的诗句,也可直接攫取前人的诗句,为我所用,采取"拿来主义"。晏几道的"落花人独立,微雨燕双飞"(《临江仙》),被词论家谭献赞为"名句千古,不能有二"①,其实是借用五代翁宏的诗句;秦观的"寒鸦数点,流水绕孤村"(《满庭芳》),被著名词人晁补之誉为是"天生好言语"②,其实是因袭隋炀帝杨广的诗句。这是"拿来主义"成功的典型例证。这种借用古人诗句的例证,在北宋词人的词集中大量存在,可谓俯拾即是。还有诸多的檃括词。其创作等于压缩改写别人的诗、文以适应词调。在他们看来,根本不存在因袭,更无所谓"版权纠纷"。既然如此,那么,词人将一首旧词改易字句以适应新的词调,那又算得了什么呢?诗庄词媚,对于带有游戏娱乐性质的词,宋人对其著作权,并不是十分看重的。因此,出现与前人词意雷同的词,并不奇怪。

从一些史料看,秦观、黄庭坚、周邦彦都与一些歌伎有过颇为密切的交往。谢桃坊说柳永"是书会才人的先行者"③,那么,晚于柳永的秦、黄、周在与歌伎的交往过程中,都曾经充当了准书会才人的角色,他们不仅是这些歌伎的听众和欣赏者,而且是歌词的修改者或作者。在这种情况下,应其要求修改唱词,自然是情理中的事了。总之,关于这三首词的创作,只要将其放在文人写词应歌、遣兴娱宾的这种创作环境来看,它出于三个大家之手,是完全符合情理的。因此,对于其归属的问题,大可不必费词辩论了。

---

① 唐圭璋:《宋词三百首笺注》,上海古籍出版社1979年版,第41页。
② 唐圭璋:《宋词三百首笺注》,上海古籍出版社1979年版,第68页。
③ 谢桃坊:《柳永词选评》,上海古籍出版社2002年版,第75页。

六、《全宋词》补遗五首

《全宋诗》卷一二一四收释子淳《渔父词五首》,其词云:

> 鹤发渔翁岁莫论,桑田几变尔常存。红蓼岸,荻花村,水月虚明两不痕。
> 举目谁亲无可攀,翛然独对水云闲。山色里,浪花间,妙体堂堂不露颜。
> 青虚为钓复为钩,断索篮儿没底舟。随放荡,任横流,玉浪堆中得自由。
> 轻泛兰舟入海涯,抛钩掷线莫迟疑。骊龙子,巨鳌儿,不犯清波钓得伊。
> 钓尽江湖晓色分,数声羌笛韵凌云。波浩渺,雾氤氲,鼓棹回舟望海垠。

此为词非诗甚明,《全宋诗》收入,误。检《全宋词》、《全宋词补辑》,均失收,拟据补。

《宋词三百首续编》与"正编"有重出

浙江古籍出版社出版的吴熊和先生编选的《宋词三百续编》,是为续朱孝藏的《宋词三百首》而编,二者合为一册,作为该社"幽兰珍丛"的一种,确有着特有的馨香。朱选在学界早就享有很高的声誉,吴先生在《宋词三百首续编序》中,十分推崇朱选,但又指出其"唯为成数所限,每多遗珠之憾","暇日故为之续编,以求刘勰所云'斟酌乎质文之间,而隐括乎雅俗之际',庶几免乎'各照隅隙,鲜观衢路'之讥,或可为前贤嗣响云尔。"吴先生善操选政,曾有宋词选本多种,他慧眼识珠,且略含纠偏之意。因此两种选本合在一起,珠联璧合,相得益彰;宋词精华,网罗殆尽。然此书也偶有疏失,它将并非遗珠的珠子也网罗进来,以致前后重复,叠床架屋,造成不必要的浪费。如姜夔的《念奴娇》"闹红一舸"、张炎的《八声甘州》"记玉关踏雪事清游"均重出。两首《念奴娇》(含序),其标点符号有九处不同,两首《八声甘州》(按,吴选作《甘州》),其标点符号有四处不同,且两处在词律的顿处,标点用否,涉及词律的正误。这些都不能不说是一种较严重的疏失。虽然正续编的标点,不一定出自一人之手,未必就是吴先生的过失。但标点符号的含义有其客观性与规范性,在重出的两首词中,共有十三处标点符号的不同,说明该书标点极不严谨,在标点符号的使用上,存在着较严重的随意性,这对读者也是极不负责的表现。

关于词的借境问题的检讨

一

北宋人写的词中,往往借用了前人诗句,或修改前人的诗句以入词,却能做到浑然一体,似是天成,毫无拼接的痕迹。我们把这种借用古人诗的成句来抒发自己一时感情的写作手段,姑且称之为借境。因为它不是词人自己独特的创造,而是从前人诗的武库中借来的。词的这种借境现象,前人每每论及。

> 唐韩翃诗云:"门外碧潭春洗门,楼前红烛夜迎人。"近世晏叔原乐府词云:"门外绿杨春系马,床前红烛夜呼卢",气格乃过本句,不谓之剽可也。
>
> (陆游:《老学庵笔记》)
>
> "寒鸦千万点,流水绕孤村",隋炀帝诗也。"寒鸦数点,流水绕孤村",少游词也。语虽踏袭,然入词尤是当家。
>
> (王世贞:《艺苑卮言》)

陆游谓晏几道词虽用了唐人韩翃诗句,气格亦超过原诗,但可以不算剽窃;王世贞以为秦观虽袭用了杨广的诗句,却更为当行,境界超过了原诗。陆游、王世贞的观点都很有道理,他深刻地揭示了诗词创作,有着迥然不同的情境与格调。因此,同样的诗句放在不同的诗词中,其艺术效果往往迥异。杨万里称赞晏几道的词说:"惟晏叔原云:'落花人独立,微雨燕双飞',可谓好色而不淫矣。"①为杨万里艳称的这两句词,原是五代诗人翁宏《宫词》中的两句诗。这两句诗,并未引起诗论家的重视,一旦入词后,则其为词论家所称道。陈廷焯云:"'落花'十字,

---

① 杨万里:《诚斋诗话》,引自张草纫:《二晏词笺注》,上海古籍出版社2008年版,第283页。

工丽芊绵。"①又云:"'落花'十字,自是天生好言语。"②谭献云:"'落花'二句,名句千古,不能有二。"③陈廷焯又云:"小山词如'去年春恨却来时。落花人独立,微雨燕双飞',又'当时明月在,曾照彩云归',既闲雅,又沉著,当时更无敌手。"④秦观用杨广的两句诗,晁无咎称为"天生好言语"。而杨广、韩翃、翁宏的原诗,并不为人所推崇。只因后来的词人借用了,在词中才声价倍增,成了家传户诵的名句,而原诗则仍受冷落。有的研究家博览群书,或有人注词找出典,才偶然发现这些词人的某些名句,原来是袭用前人诗句,而非他天才的创造,然对原作仍无推崇赞赏之意。冯振先生叹息道:"然翁诗不著,而晏词称诵于人口,岂非有幸有不幸邪!"⑤某些诗句转成词句,何以如此有幸也。这犹如闻名遐迩的美妇,她在娘家做姑娘时,其姿质并不为人所识,出嫁后,却出脱得水灵漂亮,特别引人注目。由此而追本溯源,调查她当姑娘时的尊貌。其实,她在娘家当姑娘时,容貌平平。今日的容貌出众,并未能为当年的体貌增价。这虽不能说大煞风景,但确实并未引起论者的热情。为什么同样的句子放在诗中并不显眼,而把它移到词中却非常耀眼,异常生动?这是很值得研究的。这除了诗人在诗词中描写的意境不同以外,与诗词本身有着不同的格调与情境,有着很大的关系。上引诗句适于表现词的格调与情境,而不适于诗的格调、情境的缘故。

借境现象,在诗中是不多见的。诗中偶有借境,或化用古人诗句,为之化境;或径直引用古人诗句,修辞学上称之为引用,这在李白诗中多有。如"解道澄江静如练,令人常忆谢玄晖"(《金陵城西楼月下吟》);"我吟谢朓诗上语,朔风飒飒吹飞雨"(《酬殷明佐见赠五云裘歌》)。前者引谢朓《晚登三山还望京邑》原句,后者引谢朓《观朝雨诗》,加"飒飒"二字,这是直接引用。李、杜一二名句,也经常被后人所借用。苏轼《宿州次韵刘泾》云:"多情白发三千丈,无用苍皮四十围。"陈与义《伤春》云:"孤臣霜发三千丈,每岁烟花一万重。"李白《秋浦歌》其十五说:"白发三千丈,缘愁似个长。"杜甫《古柏行》说:"霜皮溜雨四十围,黛色参天二千尺。"又在《伤春》第一首说:"关塞三千里,烟花一万重"。这些诗句,被

---

① 陈廷焯:《词则》,引自张草纫:《二晏词笺注》,上海古籍出版社 2008 年版,第 284 页。
② 陈廷焯:《词则》,引自张草纫:《二晏词笺注》,上海古籍出版社 2008 年版,第 284 页。
③ 谭献:《复堂词话》,引自张草纫:《二晏词笺注》,上海古籍出版社 2008 年版,第 284 页。
④ 陈廷焯:《白雨斋词话》,人民文学出版社 1959 年版,第 11 页。
⑤ 冯振:《自然堂诗稿与诗词杂话》,广西师范大学出版社 1989 年版,第 226 页。

苏、陈所引用。黄庭坚写诗讲究"点铁成金",多为借其境而又能脱胎换骨,所借之诗句面貌焕然一新,但也有被指斥为"特剽窃之黠者耳"(王若虚《滹南遗老集》)。其他诗人也偶用前人诗句,但不多,不像北宋人在词中借用前人诗句那么普遍,更不似词借诗句那样,遂因借境而愈显。譬如晏殊词:"无可奈何花落去,似曾相识燕归来",虽然借用自己诗句,却使这两句比在诗里彰著了。同样的诗句,在诗中并不显眼,引人注目;放在词中却显得十分精彩,甚至可以说光彩夺目。这种现象,是很值得我们深究的。

二

借境在北宋词中,不是个别现象,而是较为普遍的。我们打开一部词籍,往往会发现有许多借境现象的存在。贺铸、周邦彦、黄庭坚等人的词中,都有许多借用的诗句,业为前人所指出。

《宋史·贺铸传》云:"博学强记,工语言,深婉丽密,如次组绣。尤长于度曲,掇拾人所弃遗,少加隐括,皆为新奇。尝言:'吾笔端驱使李商隐、温庭筠,常奔命不暇。'"[①]沈义父《乐府指迷》云:"凡作词,当以清真为主。盖清真最为知音,且无一点市井气。下字运意,皆有法度,往往自唐宋诸贤诗句中来,而不用经史中生硬字面。"[②]胡适则谓:"周邦彦读书甚博,词中常用唐人诗句,而融化浑成,竟同自己铸词一样。"[③]

贺铸所谓:"吾笔端驱使李商隐、温庭筠,常奔命不暇。"沈义父说清真词"往往自唐宋诸贤诗句中来";胡适所谓周词"常用唐人诗句,而融化浑成"。都说明贺铸、周邦彦在词的创作中,吸收、融化或直接使用了唐人诗句,却能够水乳交融、浑然天成,和自己的创作一样,这就相当高明了。其实晏殊、欧阳修、苏轼、黄庭坚等人,也和贺铸、周邦彦一样,在其词的创作中,都径直用了一些唐人诗句,而无做作或拼凑之感。可见,在词的创作中引用前人诗句,这是北宋词人认同的。他们在词的创作中,引用前人的诗句是相当普遍的。对此,我们分下面两点来谈

(一)衍词,全词即由旧诗敷衍铺叙而成。如贺铸的《晚云高》:"秋尽江南叶

---

① 《宋史·贺铸传》,引自钟振振校注:《东山词》,上海古籍出版社1989年版,第525页。
② 蔡嵩云:《乐府指迷笺释》,人民文学出版社1963年版,第44页。
③ 《胡适选唐宋词三百首》,东方出版社1995年版,第136页。

未凋,晚云高。青山隐隐水迢迢,接亭皋。二十四桥明月夜,弭兰桡。玉人何处教吹箫?可怜宵。"此词即由杜牧的七绝《寄扬州韩维判官》一词衍展而成。

关于衍词,古代词论家多有论述。沈雄云:"贺方回衍'秋尽江南叶未凋',陈子高衍'李夫人病已经秋',全用旧诗而为添声也。①王士禛云:"苏东坡之'与客携壶上翠微'(《定风波》)贺东山之'秋尽江南草未凋'(《太平时》),皆文人偶然游戏,并非向《樊川集》中作贼。"②

这种由古人诗作通过"添声"衍展而成的词,是词人"偶然游戏",而非明目张胆地"作贼"。文人填词,本来就没有写诗那么郑重。词从它产生的那一天起,就含有较多的游戏、娱乐的成分。衍展词不过是文人"依声填词",应景或娱乐、游戏罢了。尽管它已经完全檃括了原诗,然其情调、韵味毕竟不见了。质言之,它已经饱含着词的韵味,并能被之管弦,与原诗迥不相同了。

衍词的创作,除了沈雄、王士禛提到的陈子高、苏轼,还有许多人都写过衍词,即以贺铸词来说,《替人愁》"风紧云轻欲变秋"即衍杜牧《南陵道中》绝句而成;《钓船归》"绿尽春深好染衣"即由杜牧《汉江》绝句添声而成。张志和的《渔父》词,也被许多人敷衍,写成了新的词。对此,《能改斋漫录》卷十六,有生动详明的记载:

> 徐师川云:"张志和《渔父词》云:'西塞山边白鹭飞,桃花流水鳜鱼肥。青箬笠,绿蓑衣,斜风细雨不须归。'顾况《渔父词》云:'新妇矶边明月,女儿浦口潮平,沙头鹭宿鱼惊。'东坡云:'玄真语极清丽,恨其曲度不传。'加数语以《浣溪沙》歌之云:'西塞山边白鹭飞,散花洲外片帆微,桃花流水鳜鱼肥。自庇一身青箬笠,相随到处绿蓑衣,斜风细雨不须归。'山谷见之,击节称赏,且云:'惜乎散花与桃花字重叠,又渔舟少有使帆者。'乃取张、顾二词合为《浣溪沙》云:'新妇矶边眉黛愁,女儿浦口眼波秋,惊鱼错认月沈钩。青箬笠前无限事,绿蓑衣底一时休,斜风细雨转船头。'东坡云:'鲁直此词,清新婉丽,问其最得意处,以山光水色替却玉肌花貌,真得渔父家风也。然才出新妇矶,便入女儿浦,此渔父无乃太澜浪乎?'山谷晚年,亦悔前作之未工。因表弟李如箎言,'《渔父词》以《鹧鸪天》歌之,甚协律,恨语少声多

---

① 唐圭璋:《词话丛编》,中华书局1986年版,第842页。
② 唐圭璋:《词话丛编》,中华书局1986年版,第676页。

耳',因以宪宗画像求玄真子文章,及玄真之兄松龄劝归之意,足前后数句云:'西塞山前白鹭飞,桃花流水鳜鱼肥。朝廷尚觅玄真子,何处而今更有诗?青箬笠,绿蓑衣,斜风细雨不须归。人间欲避风波险,一日风波十二时。'东坡笑曰:'鲁直乃欲平地起风波耶?'"徐师川乃作《浣溪沙》《鹧鸪天》各二阕,盖因坡、谷异同而作。

苏轼、黄庭坚诸人的新词,可以说是张志和、顾况词的翻版,并无多少新意。衍词的特点,内容、主要语词都是原诗或原词所有,主要是衍调、衍声,既能被之管弦,又有了新的不同于原来的情调。内容的因袭与声调的变换是其主要特色,如果说它有些许新的创造的话,那主要是音乐的而非文学的。这种衍词的产生,完全是适应乐人歌唱的需要,是市民文学勃兴对词的创作的一种推动。

(二)以前人的诗句入词。北宋人填词,往往以前人的诗句入词,顺手拈来,写一时之情趣,浑然天成,如出肺腑。这种情境在宋词中相当普遍,可以说俯拾即是。现以欧阳修词为例:

(1)伤怀离抱,天若有情天亦老。

(《减字木兰花》)

(2)爱道画眉深浅、入时无?

(《南歌子》)

(3)平山阑槛倚晴空,山色有无中。

(《朝中措》)

例(1)的"天若有情天亦老",为李贺《金铜仙人辞汉歌》诗中成句;例(2)"画眉深浅入时无"为朱庆馀《近试上张水部》诗中成句;例(3)"山色有无中"为王维《汉江临眺》诗中成句。这种以前人诗句入词的词,写得如此自然浑成,丝毫不留因袭旧作的迹痕。

关于词的借句,前人多有论述。沈祥龙《论词随笔》云:"用成语,贵浑成,脱口如出诸己。……欧阳永叔'平山阑槛倚晴空,山色有无中'用王摩诘句,均妙。"[1]这种

---

[1] 唐圭璋:《词话丛编》,中华书局1986年版,第4059页。

引用前人诗句浑然天成,"脱口如出诸己",毫无袭用痕迹的创作现象,在北宋词人的集子中,可谓比比皆是。如贺铸的"天际识归舟"(《忆仙姿》)、"灯前细雨檐花落"(《忆秦娥》)、"巴蕉不展丁香结"(《石洲引》)、"人归落燕后,思发在花前"(《雁归后》)、晁端礼"香雾云鬟湿,清晖玉臂寒"(《南歌子》),分别用了谢朓、薛道衡、杜甫等人的诗句。

有些词在借用前人诗句时,为了谐声,将诗句的词序略做改变,而诗境以仍其旧。譬如晁补之的"水穷行到处,云起坐看时"(《临江仙》)、苏轼的"欲待曲终寻问去,人不见,数峰青"(《江城子》"湖上与张先同赋"),分别是将王维《终南别业》"行到水穷处,坐看云起时"与钱起《湘灵鼓瑟》"曲终人不见,江上数峰青"作了谐调音调的处理,创造出别一种词的境界。

还有一种类似集句词的词,如宋祁《鹧鸪天》:

画毂雕鞍狭路逢。一声肠断绣帘中。身无彩凤双飞翼,心有灵犀一点通。　金作屋,玉为笼。车如流水马如龙。刘郎已恨蓬山远,更隔蓬山几万重。

此词三四两句,是李商隐《无题》"昨夜星辰昨夜风"的颔联;最后两句是李商隐《无题》"相见时难别亦难"的尾联,"几"作"一"。"车如流水马如龙"是李煜《望江南》"多少恨"词的第四句。总之,此词的主要词句是借用别人的,但却仍不失是一首浑成的词。

又如滕宗谅《临江仙》:

湖水连天天连水,秋来分外澄清。君山自是小蓬瀛。气蒸云梦泽,波撼岳阳城。　帝子有灵能鼓瑟,凄然依旧伤情。微闻兰芝动芳馨。曲终人不见,江上数峰青。

"气蒸"二句出自孟浩然《临洞庭赠张丞相》诗;"曲终"二句出自钱起《湘灵鼓瑟》。此词虽然借用了孟浩然、钱起诗中的成句,但却能够做到圆融无迹,浑然一体。诚如孙兆桂所说:"盖古人名句,谁不习闻。适于景合,随触而来,固无意于踏袭也。"[1]这些词人,他们都有很高的文化素养,对旧诗是那么熟悉。当他

---

[1] 唐圭璋:《词话丛编》,中华书局1986年版,第1664页。

"适于景合"时,就脱口而出,简直分辨不出是自己的创作,抑是踏袭了。

余如欧阳修《朝中措》的"平山阑槛倚晴空,山色有无中","山色有无中"本来就是借用王维诗句,而苏轼的《水调歌头.黄州快哉亭赠张偓佺》"认得醉翁语,山色有无中",则可算作借用的再借用了。这种转借的引用,写出了一种新的境界。郑文绰云:"此等句法,使作者稍稍矜才使气,便入粗豪一派,妙能写景中人,用生出无限情思。"①胡仔谓此词"绝去笔墨畦径间,直造古人不到处,真可使人一唱而三叹"②。

由此可见,词的借境现象是普遍的,其方式也是多种多样的。它虽然是将别人的诗句顺手拈来,为我所用,但却妥帖、浑成、恰到好处、如出诸己。这种特殊的创作,在北宋词中可算是一种成功的创造。

三

词的借境之所以那么普遍,词论家不以为非,时或有赞赏之语,是与词的性质、词人的创作思想,有着密切的关系。

词为艳科,填词本来就不是要抒发颇为庄重甚至神圣的感情。宋代词人填词,又多系为应歌应社而作,写词在很多场合很大程度上是要应景。他的词要讨得市民的喜欢,是带有娱乐和媚俗性质的,而不是想藏之名山、传之后世。因此能从"诗言志"的桎梏中彻底解放出来,不为传统的儒家文艺观所束缚,不受各种创作教条的拘限。对于适于表达一时情怀的古人诗句,或则不经意地拿来,为我所用;或虽经寻觅、推敲而找不到比古人诗句更能更好地表达一时感情的,就断然引用古人诗句。这虽然是借用古人的成句,而非自己的锐意创新,但因为是词人在兴致淋漓的创作过程中借用的,古人的诗句,完全融化到诗人创作的境界、语境、情境之中,因此凑泊、绝妙,有如妙手偶得之句。全词浑然天成、畅达协调,绝无拼凑焊接之感。古人的诗句和词人自己的创作水乳交融,已不能句字赏摘。这是一种特殊的创作现象,与因袭的惰性或剽窃,是绝对绝缘的。

诚如李清照所说:"词别是一家",它的韵律、情调、意境,都有别于诗。因

---

① 唐圭璋:《词话丛编》,中华书局1986年版,第4325页。
② 施蛰存、陈如江:《宋元词话》,上海书店出版社1999年版,第267页。

此,人们对诗词的审美意识,也迥然有别。有些诗句,并非诗的名句,却因为词的借用,而成为流传千古的名句。也就是说,它的广泛流传是因为词的而非诗的,因为词的借用而焕发了耀眼的经久不息的光彩。如上所述,秦观"寒鸦数点,流水绕孤村"、晏殊"无可奈何花落去,似曾相识燕归来"、晏几道"落花人独立,微雨燕双飞"等都是。这是因为"诗庄词媚"、"诗硬词软"的缘故。有些诗句,在诗中显得轻软妩媚,柔弱无骨。将它放在词中,却显得那么顺溜、妥帖、自然、本色,而又有着丰富的意蕴,令人格外刮目相待了。诗词的体格迥别,由此可见一斑。

北宋的词人,同时也多是诗人,能词而不能诗的,找不出几个人来。古代的诗人,本来就学养有素,何况宋人以才学为诗,他们大都才富八斗,熟读五车;对于古代典籍的内容,如数家珍;对古人的诗篇,多能成诵;至于名章隽语,更是了然于胸了。这种知识的丰厚积淀,是填词借境的文化基础。当他进入词的创作状态,在情景相会时,古人的诗句,往往涌上脑际,顺手拈来,十分便当。这就使词的借境成为现实,借境也就成为词人经常使用的创作手段。

四

借境是在词人感情激动、兴致淋漓的创作过程中产生的。因此,一般说来都是成功的,也是值得肯定的。但也要适可而止,恰到好处,以适度为限。虽然借境是表达感情描写意境的需要,舍此而借境,就可能堕入文字游戏的恶趣。宋人写的诸多词,都曾经袭用张志和的《渔父》词,如苏轼《浣溪沙》"西塞山前白鹭飞"、黄庭坚《鹧鸪天》"西塞山前白鹭飞"、《浣溪沙》"新妇矶头眉黛愁"、徐俯《浣溪沙》"西塞山前白鹭飞"、《鹧鸪天》"西塞山前白鹭飞"等,这种陈陈相因、争先袭用、毫无新意的词作,不是创造性的借用,而是词人的文字游戏。甚而,在词的创作上,显得有点技穷了。

关于词的借境问题的得失,词论家也有许多肯綮的论述。

吴衡照云:"词有袭前人语而得名者,虽大家不免。如方回'梅子黄时雨',……惟善于调度,正不以有蓝本为嫌。"[①]

贺裳云:"词家多翻诗意入词,虽名流不免"。他对冯延巳词中用韩偓诗意

[①] 唐圭璋:《词话丛编》,中华书局1986年版,第2414页。

评曰:"虽窃其意,而语加蕴藉。"对无名氏直用"见客人来笑和走,手搓梅子映中门",以为"语虽工,终智出人后"①。

胡适云:"周邦彦……《夜游宫》上半用'东关酸风射眸子',下半用'断肠萧娘一纸书',皆是唐人诗句;但这两句成句,放在他自己刻意写实的词句里,便只觉得新鲜而真实,不像旧句了。南宋晚年的词人只知偷窃李商隐、温庭筠的字面——张炎《词源》中有字面一章——便走入下流一路。"②

冯振云:"周邦彦《金陵怀古》词前半阕,全从刘梦得'山围故国周遭在'一绝演成,毫无新意,尤觉乏味。"③

从以上诸人论述可以看出,借境基本上是被词论家所肯定的。即"惟善于调度,正不以借境为嫌"。调度的关键,是看所借词语能否浑然地融入词人创作的心境,从而写出完美的意境。成功的借境,"虽窃其意,而语加蕴藉","放在他自己刻意写实的词句里,便只觉得新鲜而真实"。这样的借境,比自己的创作还要高妙。但词毕竟是文学创作,要有创新,要个性,这样才能真正获得其永久的艺术生命力。借境"语虽工,终智出人后",是因袭而非新创,就不免落伍。至于等而下之,便是敷衍旧作,毫无新意,殊觉乏味,"便走入下流一路",就是对庄严的词的创作是一种亵渎,不可与词人的词作同日而语了。

关于宋词中的人物形象

论宋词者,言意境,说境界,论析透辟,妙语披纷。然罕有人专论人物形象描写者。因此,讨论人物形象的描写,真是天惊石破。宋词作为古代抒情诗的一种,它是纯情的,是个人感情的熔注,是玲珑剔透的文字小品,供人欣赏,供人玩味,哪有什么人物形象描写?谈到宋词的人物形象描写、塑造,简直是天方夜谭,不值识者一哂之。依我笨想,提出这个问题被不屑一顾或嗤之以鼻,是免不了的。然闭目沉思,宋词中那些活生生的人物形象,却龙腾虎跃般地展现在我的面前。这些活生生的人物形象,在当今学术界似乎失去了它应有的光彩,头上也没

---

① 唐圭璋:《词话丛编》,中华书局1986年版,第695页。
② 《胡适选唐宋词三百首》,东方出版社1995年版,第136页。
③ 冯振:《自然堂诗稿与诗词杂话》,广西师范大学出版社1989年版,第227页。

有耀眼的光环。它的崇高的历史地位,因为得不到人们的承认,有屈难伸,迫使它躲在暗处,嘤嘤哭泣。因此,敝人甘冒学界之大不韪,对此试做一点初步的检讨,诚惶诚恐地恭候着有识者的指教。

一

宋词中有无人物形象塑造?对这一问题的回答,应当是肯定的。其存在形式有二:一曰词人的自我形象描写,这类词可称为抒情词;二曰词人描写与塑造的人物形象,这类词或可称为叙事词。前者每每为当今词论家所论析,后者则罕有人论述或提及。故本文的重点,在于对后者的揭示与阐释。

先说词中的自我形象。

所谓自我形象,就是词人在词中竭力表现的自己的形象,它是通过自我抒情表现的富有个性特色的活生生的人物形象。在写法上,它往往是词人感情的直接披露与展示。也就是说,它不是通过描写手段,塑造的比较丰满的人物形象,不是客观图画的展示,而是主观感情的流淌,由感情倾注而展示出来的形象。词人感情既有自己的个性,又有较广泛的阶级或阶层的代表性,因此,仍有着广泛的现实意义。

自我形象在宋词中是普遍存在的,词中那些"名曲"的自我形象,尤为论者所关注。苏轼《定风波》"莫听穿林打叶声"、黄庭坚《鹧鸪天·坐中有眉山隐客史应之和前韵,即席答之》、辛弃疾《鹧鸪天·有客慨然谈功名,因追念少年时事,戏作》,都典型地抒写了词人的自我形象,得到了词论家的普遍赞誉。苏轼《定风波》写他在暴风雨来临之际而又因"雨具先去"时的狼狈处境,然他处之泰然,毫无惊恐之状,充分表现了他性格的旷达。自然界这场暴风雨的来临是偶然的,然他在此之前,已在政治上遭受过暴风雨的洗礼,惊魂未定。他在"乌台诗案"之后,是被贬到黄州的。他在政治上遭到诬陷与迫害,性命几乎不保,然却能够做到事事处处淡定自若,没有怯惧惶恐,显示出他的品格之高尚与人格魅力之强。辛弃疾是在隆兴和议 36 年后,他被免官闲居间写的这首《鹧鸪天》词。在词中他回忆少年时的英雄壮举,对照当前免官闲居的无奈处境,一生虽欲恢复故土,但在议和派的压制阻挠下,壮志未酬,蹉跎至今,但仍无为国效力的机会,充分表现了他爱国抱负不能施展的苦闷。苏轼、辛弃疾这两首词,其自我形象是

生动而鲜明的,这早为人们所熟悉,故不必词费详说。我们无妨再看不大为人们所关注的黄庭坚的《鹧鸪天》词:

> 黄菊枝头生晓寒,人生莫放酒杯干。风前横笛斜吹雨,醉里簪花倒著冠。　身健在,且加餐。舞裙歌板尽情欢。黄花白发相牵挽,付与傍人冷眼看。①

此词作于元符二年己卯(1099),时黄庭坚谪居戎州。他受新党排挤、打击,屡遭贬谪,然却傲岸不屈,狂放自若。词中抒写的自我形象是典型的狂士:他饮酒狂歌,及时行乐,以至"醉里簪花倒著冠",词中洋溢着愤激与抗争精神,傲岸性格,咄咄逼人。

自我形象是通过词人感情的直接抒发表现的,展示的往往是词人的内心世界与精神状态,它带有浓郁的主观性。多见于豪放词,特别是爱国词人之词,如岳飞的《满江红》"怒发冲冠"、文天祥的《满江红·和》等,借自我抒情,表现一种极高尚的思想品格与境界,有着鲜明的形象。

再说塑造的形象。

词人通过叙述、肖像描写、细节描写、人物对话等艺术手段,写出较为丰满的人物形象。比其小说、戏剧等长篇叙事性的作品来,它是粗线条的、或一星半点的,而非全方位的、精雕细刻的,然因其所写或细节典型生动、或白描到位、或对话精彩、或特写镜头突出,光彩照人,从而表现出人物形象特别突出的一面,因此,能给读者留下极深刻的印象。它的主调是叙事的,我们无妨称之为叙事词。这些叙事词,有些直如微型电影,其中有动作、有对话、有细节、有声音,甚至还有情节。如李煜《一斛珠》②:"晓妆初过,沈檀轻注些儿个,向人微露丁香颗。一曲清歌,暂引樱桃破。罗袖裛残殷色可,杯深旋被香醪涴。绣床斜凭娇无那,烂嚼红茸,笑向檀郎唾。"③他着意写了与小周后调情的一幕,展示了小周后的梳妆打扮,她那娇娜地撒娇,把一个少妇向男子挑逗、戏嬉的情景,写得活灵活现。

---

① 马兴荣、祝振玉校注:《山谷词》,上海古籍出版社2001年版,第157页。
② 李煜生活的时代,前期南唐与大宋对峙,后期生活在宋朝,且其名作多在后期,故可以宋代词人视之。
③ 詹安泰编注:《李璟李煜词》,人民文学出版社1958年版,第16页。

"给人印象最深的是结尾嚼绒唾檀郎的描写,从这种动作中来表达出女人撒娇的神态,在以前是没有被发现过的"①,这是对词的艺术创新。这首词的内容无甚意义,然艺术手法的表现是相当高明的,艺术形象是非常鲜明的。

欧阳修《南歌子》"凤髻金泥带",描写新婚生活的一幕,也是极为精彩的:

凤髻金泥带,龙纹玉掌梳。走来窗下笑相扶。爱道画眉深浅、入时无。弄笔偎人久,描花试手初。等闲妨了绣功夫。笑问双鸳鸯字、怎生书?②

此词写新婚蜜月之中新妇的欢乐情景:词从新妇的梳妆打扮写起,继以"走来窗下笑相扶",写出新妇袅袅婷婷的轻盈体态和对新郎的爱恋深情。"爱道"二句,不着痕迹地化用朱庆余诗句,点出新婚的撒娇撒痴,以博新郎的赞赏。过片伸足上文,以行动凸显伉俪情深。"等闲妨了绣功夫",似对因在丈夫身边耽延而消磨时光的惋惜,情绪稍微一顿,逗出最后一句并以问话结穴。这问话一语双关,特别出彩。此词在形象描写上,有动作、有语言、有心理刻画,各种艺术手段非常谐调,运用自如,使描写人物动作与内心微妙活动,纤细毕现。把新妇写得娇声如闻,憨态可掬,从而使人物形象鲜活而丰满。以人物形象塑造说,这首词在词史具有开创性的地位。

苏轼的《浣溪沙》"旋抹红妆看使君",则以点染笔法,写出了生动的农民群像:"旋抹红妆看使君,三三五五棘篱门。相挨踏破蒨罗裙。老幼扶携收麦社,乌鸢翔舞赛神村。道逢醉叟卧黄昏。"③这首词既重笔写了少女边梳妆打扮边奔走相告,拥拥挤挤争先恐后看太守的热闹场面,充分表现了她们的活泼好奇,展现出他们的青春活力;又写了收麦社的人群与黄昏醉卧的老叟。既有特写镜头,又有全场景扫描,生动地写出了农村景象。踏破蒨罗裙这一细节非常生动地展示了少女为看太守争先恐后的热闹场景。余如李清照《点绛唇》"蹴罢秋千"、刘克庄《清平乐·赠陈参议师文侍儿》等词,描写人物形象,都是相当出色的。

对于这类着意描写人物形象的词作,当今词论家已做过一些精彩的阐释,指出其有类似小说、戏剧叙事的特点。詹安泰先生在评李煜《菩萨蛮》"花明月暗

---

① 詹安泰编注:《李璟李煜词》,人民文学出版社1958年版,第18页。
② 邱少华:《欧阳修词新释辑评》,中国书店2001年版,第180页。
③ 邹同庆、王宗堂:《苏轼词编年校注》,中华书局2002年版,第232页。

笼轻雾"时说:它"简直是冲破了抒情小词的界域而兼有戏剧、小说的情节和趣味"①。其说极是。你看:"花明月暗笼轻雾,今宵好向郎边去!刬袜步香阶,手提金缕鞋。画堂南畔见,一向偎人颤。奴为出来难,教郎恣意怜。"②在一个鲜花正开朦胧淡月迷蒙轻雾的环境里,一个女子双袜踏地,一手提鞋,带着慌忙的神色而又轻捷地跑到画堂南边,依偎着心爱的人微微发抖,激动地说出心里话,场景、动作、语言何等鲜明,多富于戏剧性啊!刘扬忠先生在评晏殊《破阵子·春景》时说:"作者具有小说家描写人物形象和故事情节的能力。"③你看:"巧笑东邻女伴,采桑径里逢迎。疑怪昨宵春梦好,元是今朝斗草赢。笑从双脸生。"④情节曲折,人物形象生动。这两首词,都冲破了小词仅能抒情的界域,而有了小说、戏剧等叙事文学运用故事情节塑造人物形象的特点,很有创新因素。我们可以毫无夸张地说,它吸纳了小说戏剧描写人物的技法,表现出创造的张力。

叙事词是一种篇幅短小的作品,且受词调的限制,不能肆意铺陈,往往是点到为止。然艺术高明的作者,能够充分发挥其艺术创造性,且词体本身也有其优势:能写得精粹、含蓄、隽永。因此,词人所写的叙事词,往往都是诗味浓郁、十分精彩的作品。

二

多样性是宋词人物形象塑造的一个重要特点。

在宋词里,有着形形色色的人物形象,活跃着各有个性特色的种种人物:上至皇帝与朝廷的封疆大吏,下至士农工商以及隐士与历史人物,构成一部颇为壮阔的词的形象史。这种类繁多的色色人物形象的展示,足以破除宋词反映生活狭窄的偏见。

首先引起我们关注的是王观的《清平乐·应制》。这首奉旨而作的小词,将皇帝漫画化了。词人是以戏谑的口吻,揭开了盖在皇帝头上的神圣面纱,暴露了他不理国政贪恋女色的丑恶嘴脸。词曰:

---

① 詹安泰编注:《李璟李煜词·前言》,人民文学出版社1958年版,第16页。
② 詹安泰编注:《李璟李煜词》,人民文学出版社1958年版,第25页。
③ 刘扬忠:《晏殊词新释辑评》,中国书店2003年版,第191页。
④ 刘扬忠:《晏殊词新释辑评》,中国书店2003年版,第190页。

> 黄金殿里,烛影双龙戏。劝得官家真个醉,进酒犹呼万岁。 折旋舞彻伊州。君恩与整搔头。一夜御前宣住,六宫多少人愁。①

词的上阕写皇帝与嫔妃亲昵嬉戏,下阕写嫔妃因舞伊州而引起皇帝的欢心,赐予搔头,并命侍寝,遂使"六宫多少人愁",有众多的失宠者产生怨望。这是写给神宗皇帝的应制词。神宗是北宋一位较有作为的皇帝,皇帝与嫔妃的嬉戏也是常有的,词人把这种司空见惯的现象,以轻佻滑稽的口吻写出,画出了他贪恋女色的真实嘴脸,对其做了尖刻的讽刺与暴露,因此触怒了最高统治者。据吴曾《能改斋漫录》记载:"高太后以为嫖渎神宗,翌日罢职,世遂有逐客之号。"②将其逐出朝廷了之,俾使耳边清静。

宋代积贫积弱,经常受到金国与西夏的侵扰。南宋政权,更是偏安一隅。但统治者耽于安乐,不思恢复国土,却过着纸醉金迷的生活。许多爱国志士,思欲奋起抗金,收复失地,恢复中原。然其爱国行为根本得不到最高统治者的支持,反而受到种种压制,壮志无由伸展。岳飞、辛弃疾、陈亮、陆游的词里,都写了一些爱国志士的形象。此类词较多,词中的人物形象丰满,颇有生气。

著名的爱国将领岳飞,本来怀有"驾长车踏破贺兰山缺"之壮志,赢得朝野的称誉,受到广大人民的支持。然因朝中大权掌握在议和派手中,其"收拾旧山河"之志不得伸展,遂充满了抑郁的情怀。《小重山》词写其爱国情怀不为朝廷理解,遂使壮志难酬的深沉痛苦。词云:

> 昨夜寒蛩不住鸣。惊回千里梦,已三更。起来独此绕阶行。人悄悄,帘外月胧明。 白首为功名,旧山松竹老,阻归程。欲将心事付瑶琴。知音少,弦断有谁听。③

收复旧河山恢复故土,是他梦寐以求的理想,由于议和派的阻挠,壮志无由伸展,遂产生了惆怅苦闷的心情。词的上阕,写了他理想与现实的深刻矛盾与冲突,下阕进一步写壮志难酬之郁闷。结尾写"众人皆醉我独醒"的孤独与悲苦情怀。

---

① 唐圭璋:《全宋词》,中华书局1965年版,第261页。
② 施蛰存、陈如江:《宋元词话》,上海书店出版社1999年版,第211页。
③ 唐圭璋:《全宋词》,中华书局1965年版,第1246页。

此词情感深沉,形象丰满。在议和派主政的时期,抗金的爱国志士是遭到排挤压抑的。因此,同类作品较多,譬如陆游的《卜算子·咏梅》,借梅花的不幸遭遇,抒写自己遭受投降派排挤、打击而不甘屈服,仍然坚守信念的高贵品质,有着蔑视群丑超群拔俗的高标逸致。词风含蓄蕴藉,耐人品味。

辛派词人,更多地写了志在抗击金国、收复失地的英雄形象。这在很大程度上是写词人的理想,或者说是词人理想中的英雄人物。然却写得生气勃勃,有血有肉。在辛弃疾词中,这类英雄人物尤多。如《破阵子·为陈同甫赋壮词以寄之》,就是很典型的。词云:

> 醉里挑灯看剑,梦回吹角连营。八百里分麾下炙,五十弦翻塞外声。沙场秋点兵。 马作的卢飞快,弓如霹雳弦惊,了却君王天下事,赢得生前身后名。可怜白发生。①

陈亮是南宋有名的爱国志士,反对议和,力主抗金,辛弃疾与之同慨,因赋壮词以寄之。这首词既是对朋友的热情鼓励,又是个人爱国情怀的抒发。词里写了一个极为壮阔的战斗场面。这场战争的主导者,自然是"了却君王天下事,赢得生前身后名"的那位英雄。当我们在激赏词人虚拟的这个壮阔的场景时,接着是英雄的一声长叹:"可怜白发生",这种理想与现实之间的巨大反差,引起我们对议和派的无比愤慨与对爱国英雄的仰慕与同情。

在辛弃疾词中,写了众多的英雄人物与爱国志士。这些词篇有《满江红·建康史帅致道席上赋》、《水调歌头·寿赵漕介庵》、《水龙吟·甲辰岁寿韩南涧尚书》等。如《满江红·建康史帅致道席上赋》,极力赞扬史帅"鹏翼垂空",并有着抗敌的坚强决心,有着收复失地的强烈愿望:"袖里珍奇光五色,他年要补天西北",能够做到"谈笑护长江,波澄碧。"②有着守住长江天堑、保卫江南的余裕。

在宋代词人笔下,还描写了许多悲剧人物形象,展示了他们的壮烈与激情:"浊酒一杯家万里,燕然未勒归无计。"③"当年万里觅封侯,匹马戍梁州。关河

---

① 邓广铭:《稼轩词编年笺注》(增订本),上海古籍出版社1993年版,第242页。
② 邓广铭:《稼轩词编年笺注》(增订本),上海古籍出版社1993年版,第9页。
③ 唐圭璋编:《全宋词》,中华书局1965年版,第11页。

梦断何处?尘暗旧貂裘。胡未灭,鬓先秋,泪空流!此生谁料,心在天山,身老沧洲!"①都描写了爱国人士的壮志悲情。

抗击入侵,消灭强敌,这是宋人的普遍要求。不特辛派词人是这样,即便如苏轼、姜夔那样的词人,也无不如此。譬如苏轼的《江城子·密州射猎》:

> 老夫聊发少年狂,左牵黄,右擎苍。锦帽貂裘、千骑卷平冈。为报倾城随太守,亲射虎,看孙郎。　酒酣胸胆尚开张,鬓微霜,有何妨?持节云中,何日遣冯唐。会挽雕弓如满月,西北望,射天狼。②

作为文人的苏轼,在任密州太守期间,不仅有着射猎示武的壮举:"会挽雕弓如满月,西北望,射天狼。"而且热切期待着朝廷遣冯唐"持节云中",担起平定西北这一光荣使命。词的感情充沛,形象丰满。

一生依人为生的江湖词人姜夔,也写了充满英雄气概的《满江红》"仙姥来时":

> 仙姥来时,正一望千顷翠澜,旌旗共乱云俱下,依约前山。命驾群龙金作轭,相从诸娣玉为冠。向夜深、风定悄无人,闻佩环。　神奇处,君试看。奠淮右,阻江南。遣六丁雷电,别守东关。却笑英雄无好手,一篙春水走曹瞒。又怎知,人在小红楼,帘影间。③

什么仙姥?分明是现实生活中的巾帼英雄。词中所写的这位巾帼英雄,或有梁红玉的影子而加以夸饰,使之充满了理想的色彩。她有"奠淮右,阻江南,遣六丁雷电,别守东关"的本领,并能"一篙春水走曹瞒。"真是威风凛凛,势不可当。

总之,无论是出猎太守,还是爱国志士,抑或是仙姥,都英风勃勃,充满了壮烈郁勃之情,形象鲜明而生动。

我们再看士农工商的形象:

---

① 夏承焘、吴熊和:《放翁词编年笺注》,上海古籍出版社1981年版,第92页。
② 邹同庆、王宗堂:《苏轼词编年校注》,中华书局2002年版,第146页。
③ 陈书良:《姜白石词笺注》,中华书局2009年版,第88页。

综合鉴赏论

柳永的《鹤冲天》,写了考进士因落皇榜暂未得志的知识分子:

黄金榜上,偶失龙头望。明代暂遗贤,如何向?未遂风云便,争不恣狂荡。何须论得丧。才子词人,自是白衣卿相。　烟花巷陌,依约丹青屏障。幸有意中人,堪寻芳。且恁偎红翠,风流事、平生畅。青春都一饷。忍把浮名,换了浅斟低唱。①

虽然考进士落榜,却以"白衣卿相"自许,他是何等的自信又自负。不难想象,他的壮志总有一天可以如意展示。他的《传花枝》"平生自负",写了书会才人的鲜明形象。余如蒋捷的《昭君怨·卖花人》写卖花为生的小市民、高观国《赋轿》,出现了轿夫健捷的身影。辛弃疾的《西江月》"茅檐低小",写了一家农民形象。朱敦儒《鹧鸪天·西都作》,写了隐士形象。朱敦儒《卜算子》"旅雁向南飞"、吕本中《南歌子》"驿路侵晓月",写了靖康之变南渡的士大夫四处奔波、无可依倚的逃难生活。如此等等,展示出一幅幅颇为宽广的生活画面,活跃着各阶级、各阶层人物的身影,让我们较清晰地看到宋代社会生活的一角。

词人在怀古题材中还写了历史人物。譬如苏轼《念奴娇·赤壁怀古》:"遥想公瑾当年,小乔初嫁了,雄姿英发。羽扇纶巾,谈笑间,樯橹灰飞烟灭。"②寥寥几笔,就写出了周瑜这一历史人物的风采:他风流儒雅,运筹帷幄,指挥若定,使百万曹军遭火烧惨败。又如辛弃疾《南乡子·登京口北固亭有怀》写孙权:"年少万兜鍪,坐断东南战未休。天下英雄谁敌手?曹、刘。生子当如孙仲谋。"③写了他与老英雄曹操、枭雄刘备对峙而立的少年英雄气概。词人写的周瑜、孙权这些历史人物形象,其实是现实生活的折射。它的出现,使宋词艺术形象,更为丰富而多彩。

三

词在人物形象描写上,采用了多种叙事的艺术手段,使其在艺术表现上,显

---

① 薛瑞生:《乐章集校注》,中华书局1994年版,第239页。
② 邹同庆、王宗堂:《苏轼词编年校注》,中华书局2002年版,第398页。
③ 邓广铭:《稼轩词编年笺注》(增订本),上海古籍出版社1993年版,第548页。

现出多姿多彩的特点。

首先,叙事词超越了词以抒情为主的艺术手法,采用了叙事作品以情节或细节为主的描写手段,使词有了故事情节的鲜明性与生动性。

情节或细节,是叙事作品必不可少的最常见的艺术描写手段,而非一般的抒情作品所宜有。抒情作品虽然有时也写事写物,但它不是为了塑造人物形象,而是为了抒发感情。所写事物,是为了引发感情的勃起。它或借事物以抒情,或无所凭借而直抒胸臆。有些词人却打破了抒情词的这种常规,写了被我们称之为叙事词的作品,其中有情节或细节描写,使词中的形象鲜明、生动、具体。譬如晏殊《山亭柳·赠歌者》就写了以歌者生平为线索的简单情节:

家住西秦,赌博艺随身。花柳上,斗尖新。偶学念奴声调,有时高遏行云。蜀锦缠头无数,不负辛勤。　数年来往咸京道,残杯冷炙谩销魂。衷肠事,托何人?若有知音见采,不辞遍唱阳春。一曲当筵落泪,重掩罗巾。①

词人以叙事的笔法,写了她的艺术生涯:既有"蜀锦缠头无数"时的光彩,也有"残杯冷炙消魂"的恓惶,并有"知音"难觅的悲叹。通过对她身世的描写,塑造了较丰满的人物形象。苏轼的《蝶恋花》"花褪残红青杏小",写了一个戏剧性很强的小故事:"墙里秋千墙外道。墙外行人,墙里佳人笑。笑渐不闻声渐悄,多情却被无情恼。"②一个在墙外小道上的行人,被墙内荡秋千的小女欢声笑语所吸引,心生爱慕,踟蹰徘徊。那墙内佳人却不解多情人的心意,翩然而去,将那痴情人抛在墙外,使之暗自惆怅。墙内之佳人并非无情,而是根本不知有人暗恋着自己。墙外行人无法将自己爱慕的情意,传递给墙内人,只是单相思罢了。这个小故事,多富于喜剧性啊!司马槱《黄金缕》"妾本钱塘江上住",也以叙事的笔法,写了歌妓一生的悲惨命运,给人留下深刻的印象。

有些词人,在词中用了生动的细节描写,使人物形象格外传神。譬如欧阳修的《迎春乐》:"薄纱衫子裙腰匝。步轻轻,小罗鞵。人前爱把眼儿札。"③写了她特有的衣着、打扮、步法,就已经很生动了。接着又写了"人前爱把眼儿札"这一

---

① 张草纫:《二晏词笺注》,上海古籍出版社2008年版,第162页。
② 邹同庆、王宗堂:《苏轼词编年校注》,中华书局2002年版,第753页。
③ 邱少华:《欧阳修词新释辑评》,中国书店2001年版,第342页。

细节,生动传神,将其聪明、调皮、多情、善解人意等个性特点,表现无余了。又如他的《南歌子》"凤髻金泥带":"笑问双鸳鸯字怎生书?"这一细节,极为生动地写出了她的情意缠绵、娇态憨态可掬的形象。以这样的方式,表达她对新婚幸福生活的真切感受,对未来家庭美好生活有着更高的憧憬。

词中描写的情节或细节,有着自己的特点。它不同于一般叙事作品,可以随意展开,而要受词的格律的严格束缚,无论是情节或细节描写,都要纳入词律所允许的范围之内。因此,成功的情节或细节描写,事件典型而又笔法工巧,所写或系一鳞半爪,使神龙见首不见尾,而又有其神奇变化之态;或紧紧抓住人物语言动作的特点,轻轻一点,则个性特点全出。总之,词人喜欢别出心裁,妙笔生花,使其所描写的人物形象格外生色。

其次,有些词用了较细腻的心理描写。心理描写是叙事作品中惯用的艺术手法,但在中国古代叙事作品中,主要是用行动和对话描写人物形象,而很少有细腻的心理描写。至于抒情作品,其心理描写,更是凤毛麟角了。有些词人却不甘受这种惯例的限制,特别采用了细腻的心理描写,显现着艺术创新的光彩。如蒋捷的《霜天晓角》:

人影窗纱,是谁来折花?折则从他折去,知折去、向谁家? 檐牙、枝最佳。折时高折些。说与折花人道:须插向、鬓边斜。①

此词是写她看到有人偷折自家园子花时的心理活动:有人折花,她大度地想,随她折去,却不免有点好奇,折花人是谁呢?接着想到,檐牙高处的那朵花最美,虽然难折,且偷折者又怕人发现,但她还希望她能折取这朵最美的鲜花,斜插在鬓边,才娇娆好看呢。这首词颇为细腻地写出了她的大度、好奇、与人为善以及对美的企盼。通过这种细腻的心理描写,其形象呼之欲出。柳永的《锦堂春》,写了思妇更深时的心理活动:"依前过了旧约,甚当初赚我,偷剪云鬟。几时得归来,香阁深关。待伊要、尤云殢雨,缠绣衾,不与同欢。尽更深,款款问伊,今后更敢无端。"②写其对丈夫负约的怨情,想着将来团聚时如此这般地对他加以惩罚。

---

① 杨景龙:《蒋捷词校注》,中华书局2010年版,第339页。
② 薛瑞生:《乐章集校注》,中华书局1994年版,第118页。

心理描写生动传神,令人忍俊不禁。再如欧阳修《醉蓬莱》"见羞容敛翠",写少女与情人初次约会时的心理活动,也是十分成功的:"半掩娇羞,语声低颤,问道有人知么? 强整罗裙,偷回波眼,伴行伴坐。更问假如,事还成后,乱了云鬟,被娘猜破。我且归家,你而今休呵。更为娘行,有些针线,消未曾收啰。"①词人以白描的手法,用了鲜活的口语,将其偷情后想方设法掩饰、企图瞒过妈妈的紧张而复杂的心理,表现得淋漓尽致。

词的这种心理描写是典型出彩的,它大大地提升了词的艺术表现力,从而使其具有更强的艺术魅力。

最后,有些词中写了人物对话,用以表现人物的声情、外貌以致内心活动,这对成功的描写人物形象不可或缺。

李清照的《如梦令》"昨夜雨疏风骤",是词中用对话表现人物性格的典型例证。词云:"试问卷帘人,却道海棠依旧。知否,知否,应是绿肥红瘦。"②通过对话,表现出雨后花落叶繁的真实情景,并将主人公惜花心理表现得非常微妙,同时显示出她与"卷帘人"迥然不同的性格。这首词写得委婉而曲折。诚如黄蓼园所云:"按:一问极有情,答以'依旧',答得极澹,跌出'知否'二句来。而'绿肥红瘦',无限凄婉,却又妙在含蓄。短幅中藏无数曲折,自是圣于词者。"③苏轼的《定风波》"谁羡人间琢玉郎",也是用人物对话刻画人物典型个性的例子。"万里归来颜愈少,微笑。笑时犹带岭梅香。试问'岭南应不好。'却道:'此心安处是吾乡'。"④从与王定国侍儿柔奴的对话中,折射出王定国善处穷通、乐天知命、随缘而适、随遇而安,表现了他潇洒超旷的心性与气质。苏轼、李清照在词中以对话突现人物性格,是词的一大创举。

词中的对话,表现形式是多样的。有些词似无对话,实则是写法上的省略,以问代答。如周邦彦《少年游》"并刀如水":"低声问向谁行宿,城上已三更。马滑霜浓,不如休去,直是少人行。"⑤这是她与行人的一段对话,表现出她对行人的关切与挽留。她低声问:"您准备到哪里歇宿?"这里省略了行人的答话。她

---

① 邱少华:《欧阳修词新释辑评》,中国书店2001年版,第263页。
② 徐培均:《李清照集笺注》,上海古籍出版社2002年版,第14页。
③ 黄蓼园:《蓼园词评》,唐圭璋:《词话丛编》,中华书局1986年版,第3024页。
④ 邹同庆、王宗堂:《苏轼词编年校注》,中华书局2002年版,第579页。
⑤ 周邦彦:《清真集》,中华书局1981年版,第32页。

又说:"已到三更,恐怕城门关了,不能出城。"回答当是:他的马跑得飞快,在关门以前,可以出城。她又说:"地上落了厚厚的一层雪,路滑很不好走,路上也没有人。"天晚路滑,路上无行人,"不如休去"的理由很充足,这句话很有力。词中以问代答,简洁、生动、传神,表现出她对行人的无比关切与留恋。

刘过《沁园春·寄稼轩承旨》,更是别开生面的词作。词云:"斗酒彘肩,风雨渡江,岂不快哉。被香山居士,约林和靖,与东坡老,驾勒吾回。坡谓西湖,正如西子,浓抹淡妆临镜台。二公者,皆掉头不顾,只管衔杯。白云天竺飞来。图画里、峥嵘楼观开。爱东西双涧,纵横水绕;两峰南北,高下云堆。逋曰不然,暗香浮动,争似孤山先探梅。须晴去,访稼轩未晚,且此徘徊。"①词中对话囊括了不同时代三位诗人赞美西湖的诗句,从不同侧面写出了西湖风景之美,伸明自己徜徉西湖暂不赴约的缘由,写得诙谐、风趣而别有特色。

如此等等,词中的对话都写得非常出色。从而,使人物表现得形象异常鲜明。

综上所述,我们认为有些词吸纳融汇了叙事文学中特有的艺术手段,加入了较多的叙事成分。即情节细节描写、心理描写、人物对话等,掺进了一些小说或戏剧描写的笔法,这是对抒情词常用笔法的超越与提升。这些新的表现手法因素的加入,极大地丰富了词的艺术表现力,从而使词描写塑造的人物形象,更加鲜明生动,更富于艺术魅力。

宋词中的市民形象

作为一种抒情小诗的词体,或写香艳的闺情,或写风花雪月,或写自然丽景,取材比较狭窄。从苏轼起,词人才多有自我抒情之作,于是在词中出现了众多的风貌各异的词人的自我形象。然因写词者,大多是读书人,因此士人以外或劳苦大众,则很少在词中出现。随着城市经济的发展与繁荣,市民的崛起,一些市民遂成为词人抒写的对象。于是,在词中出现了一些鲜明的市民形象。这在词中毕竟是十分罕见的,很值得我们重视。

---

① 马兴荣:《龙洲词校笺》,江西人民出版社1999年版,第11页。

在宋代随着城市商业经济的发展,市民有了更高的文化需求,歌馆楼台应运而生,以卖艺为生的歌伎遂大量出现,成为一支活跃的带有经营性质的文艺力量。落第举子,落魄文人与他们有着密切的关系。浪子文人柳永,在他"黄金榜上,偶失龙头望"以后,一度与歌伎往来密切,为她们写歌词,"忍把浮名,换了浅斟低唱",他在"浅斟低唱"中打发日子,聊以消愁解闷,抒发不得志的牢愁,同时也写了许多歌伎的形象。他以《木兰花》词牌,写了许多专咏歌伎的词,心娘、佳娘、虫娘、酥娘,都是活跃在他笔下的歌伎形象,或以歌声悠扬擅场,或以舞姿阿娜取胜,或歌舞兼擅。词人描写了她们袅娜的舞姿、响亮的歌喉、表演的艺术魅力,其形象之生动,呼之欲出。当然柳永笔下的歌伎形象,不只是这几个,还有秀香(《昼夜乐》)、英英(《柳腰轻》)等,余如《瑞鹧鸪》"宝髻瑶簪"、《浪淘沙令》"有个人人"、《迷仙引》"才过笄年"、《斗百花》"满搦宫腰纤细"、《少年游》"世间尤物意中人"等,都是写歌伎的,她们都给人留下了较深的印象。

随着消费水平的提高,瓶插鲜花与养花,成为富贵人家的生活必需品。因此,也就有了以卖花为业的卖花人。关于卖花的风习,在宋人词中多有描写。"小窗人静,春在卖花声里"(王季夷《夜行船》)、"小雨空帘,无人深巷,早已杏花先卖"(史达祖《夜行船·正月十八日闻卖杏花有感》)、"卖花担上,买得一枝春欲放"(李清照《减字木兰花》)。如此等等,卖花人挑上花担子,走街串巷的叫卖。这种风习,在词人笔下不断地出现。但专写卖花人的词作,还是十分罕见的。蒋捷的《昭君怨·卖花人》,则以通俗的语言,描写了一个卖花人的形象:

担子挑春虽小,白白红红都好。卖过巷东家,巷西家。 帘外一声声叫,帘里鸦鬟入报。问道买梅花、买桃花。

此词写了一位卖花人挑上有各色品种的花担子,走街串巷,叫卖花的情景。同时又写了鸦鬟和她的女主人,后者的描写,可以说是对卖花人形象的补充与陪衬。从这首词描写的对象说,他是作者笔下出现的一个新的艺术形象。这是宋代市民活动的弥足珍贵的史料,应当引起我们特别的关注。

城市人喜欢游山玩水,旅游观光。出游时要乘马或坐轿,妇女出游一般都是坐轿子的。有些富贵人家备有轿子和轿夫,以轿代步,这当然是极方便的,但要有一定的经济实力才行。也有些人出游时临时雇人,这就有了用轿抬人的经营。

或者可以说,就是轿行。这犹如我们今天的搭的。那些中产人家或未养轿夫的人,出外就雇人抬轿。经济不十分宽裕者,有了某种兴致也可以乘轿潇洒走一回。高观国《御街行·赋轿》,就描写了轿夫出勤的情景:

藤筠巧织花纹细。称稳步、如流水。踏青陌上雨初晴,嫌怕湿、文鸳双履。要人送上,逢花须住,才过处、香风起。　裙儿挂在帘儿底,更不把、窗儿闭。红红白白簇花枝,恰称得,寻春芳意。归来时晚,纱笼引道,扶下人微醉。

词里主要是写一位坐轿子的女人,在雨后新霁时踏青赏花以至晚归的情景。她为了满足"寻春芳意",要"逢花须住",尽情地观赏。归来时天已很晚,要打上灯笼照路,人已娇困无力。可见,她这一天游得多么痛快、多么尽兴。这一切都得力于轿夫的尽心尽力,服务周到。作为市民的轿夫,仅用了六个字"称稳步、如流水",便写出了他抬轿时轻捷熟练的动作,既稳又快,优雅有致。虽然作者惜墨如金,却能做到形神兼备。正因为轿夫的技艺精绝,才使坐轿的妇人称心如意,能够开心舒适地游玩一天。此词写坐轿妇人,却用了那么多的笔墨,似乎喧宾夺主,其实正是以宾衬主,充分展示轿夫的形象。他抬轿的技艺与服务态度,都是上乘的。

还有一种浪子文人,虽然有才而功名未遂,于是牢骚满腹,落魄不羁:或自傲自负,或自暴自弃,或与歌伎厮混,为其填词教曲,成了早期的书会才人。柳永的《卖花枝》写了一位书会才人的形象:

平生自负,风流才调。口儿里、道知张陈赵。唱新词,改难令,总知颠倒。解刷扮,能唝嗽,表里都峭。每遇着、饮席歌筵,人人尽道:可惜许老了。
阎罗大伯曾教来,道人生、但不须烦恼。遇良辰,当美景,追欢买笑。剩活取百十年,只恁厮好。若限满、鬼使来追,待倩个、淹通著到。

瓦市技艺的出现为标志的市民文学兴起了,相应地产生了市民文学的作者书会先生,或称书会才人。其实,他们本来就是一些浪子文人。他们熟悉市民的欣赏趣味,熟悉歌伎的特长,熟悉音律,又能吹拉弹唱,登台表演,因此受到为市民表演的艺术家——歌伎的欢迎。柳永这首词,是书会才人的画像,生动地表现了他的风流倜傥、恃才傲物、自负不羁的形象。

以上所谈四类市民形象,代表了市民的各个阶层。它虽然在宋词中出现不多,却有着相当广泛的代表性。在某种程度上说,它是当时新生市民阶级的缩影。因此,这些词作,弥足珍贵。

说北宋的士大夫之词

王国维说:"词至李后主而眼界始大,感慨遂深,遂变伶工之词而为士大夫之词。"又说:"冯正中词虽不失五代风格,而堂庑特大,开北宋一代风气。"①文学史家也普遍认为,北宋词是对南唐词的继承与发展。以此推论,北宋的士大夫之词,在词坛必然占有重要的地位,并有两个显著的特点:以内容言,士大夫关注国计民生,系念苍生社稷,词多感慨,气势恢宏。按之北宋词的发展,这两个特点,赫然在目。然历来论北宋词者,均为其词风婉约柔靡,抒儿女之情,多侧艳之词,词体自然本色,被视为词之正宗。而士大夫之词,似乎悄然远离北宋词坛,在词史上,似乎不曾有一席地位。这种看法,显然有失偏颇,也与词的发展历史实际不符。固然,北宋词坛,不乏伶工词,婉约柔靡之词,蔚然成风;儿女婉恋之词,比比皆是。然士大夫之词,始终承载着关注国计民生的命运,抒壮阔之志,发出洪亮的声音,遍播宇内。它是北宋词发展中的一个重要侧面,不能等闲视之。

北宋初期,王禹偁在《点绛唇》"雨恨云愁"中,就有着献身国事的殷切期盼,然不为时用,故流露出襟抱难展的孤独感。钱惟演《玉楼春》"城上风光莺语乱"中哀叹:"情怀渐变成衰晚,鸾鉴朱颜惊暗换。昔年多病厌芳尊,今日芳尊惟恐浅。"仕途失意而时光流逝,只好借酒浇愁。通过今昔对芳尊的强烈对比,传达出词人政治失意的微妙心理。潘阆十首《酒泉子》,通过对钱塘壮丽景色的抒写,把词的内容引向江山形胜,这是对词的内容的一次开拓性的尝试。苏舜钦《水调歌头》"潇洒太湖岸",词人在其仅存的这一首词中,表现了出世与入世的矛盾心境。在封建社会,这种矛盾心理在士大夫中很有代表性。词人因出世思

---

① 滕咸惠校注:《人间词话新注》(修订本),齐鲁书社1986年版,第91、7页。

想暂时占了上风,使这首词风格疏放旷达。如此等等,他们既抒发着士不遇的情感,又描写了江山多娇,曲折地表露出思欲用世的报国情怀。范仲淹词风格爽朗,意境开阔。他虽则存词不多,却不失为词的大家。《渔家傲》"塞下秋来风景异",开宋词写边塞题材之先河。其题材之新颖,感情之深沉,为天下先;在词史上,有其不可摇撼的崇高地位。《剔银灯》"昨夜因看蜀志",对人生生命短促的哀叹,折射出词人积极的用世精神,展示着"先天下之忧而忧,后天下之乐而乐"的士大夫为国为民的崇高情怀。张先《天仙子》"水调数声持酒听",在情致深婉、低徊缠绵中伤流年易逝,充满人生惆怅。《木兰花》"龙头舴艋吴儿竞",抒写寒食节赛龙舟的风俗,赞扬那种可贵的竞争精神。柳永《鹤冲天》"黄金榜上",写他落第后的愤激情绪,折射出他亟欲登第一展宏图的抱负。晏殊《浣溪沙》"一生年光有限身",抒发了岁月流走、人生如寄之感。如此等等,都寄寓了士大夫丰富的感情。这些词人,都有着广阔的政治视野,有着颇为丰富的精神世界,饱含着儒家的济世情怀。其词往往在人生易逝、盛筵难再的哀伤中,洋溢着抓紧现实、献身时代的悲剧意识。这种悲剧意识催促他们在极有限的时间内,为国家为民族作出更大的贡献。人只要不是存心白白地了却一生,就得努力,就得奋斗,这是他们存心积极进取的人生逻辑。因此,其词也有着力图献身社会的深刻内容。

欧阳修、王安石、苏轼,都是北宋的名臣,他们都写了一些很典型的士大夫之词。欧阳修《朝中措》"平山栏槛倚晴空",虽系送别,却跃动着一股郁勃之气。他的《浣溪沙》"堤上游人逐画船",在写其疏狂的举止中,道尽沉郁凄怆的人生况味,是对晚年政治上受挫的抗争。王安石的《桂枝香》"登临送目",在怀古中,抒发了历史兴亡的感慨。其《浪淘沙令》"伊吕两衰翁",赞伊吕因遭遇明主,终于得成兴邦大业,流露出自己在变法失败后的寂寞心情。苏轼《念奴娇·赤壁怀古》,借赞周瑜的成功,感叹自己老大而事业无成,流露出报国无门的凄凉情趣。其《江城子》"老夫聊发少年狂",渲染了词人骁勇威武的英姿与豪壮无畏的气概,表达了自己横扫狂虏的雄心与报国无门的慨叹。秦观、黄庭坚都是苏轼的门人,平生交往密切。黄庭坚《定风波》"万里黔中一漏天",在被编管的困难处境中,豪迈乐观,其词淋漓痛快,读来凛凛有生气。秦观《踏莎行》"雾失楼台",抒发了深重的迁愁谪恨,表现了词人有怨恨而无处倾吐申诉的苦衷。

北宋士大夫之词,未必是有意师承,然却是代有其人。在词发展的每一个时段,都有一些士大夫之词。虽然不是波澜壮阔,但却是不绝如缕。除以上论到之词人外,尚有张昪、刘潜、李冠、宋祁、梅尧臣、叶清臣、王冠、张舜民、舒亶、朱服、刘弇、晁补之、李之仪、陈与义等,更有不可能进入仕途的女词人李清照等。虽然有些词的大家,仅有一首或数首士大夫之词,但更多的则是有些词人仅存一、二首词,却全都称得上是士大夫之词。

北宋士大夫以天下为己任之情怀,在词中时有流露。效忠国家、效忠民族,希望做一番轰轰烈烈的事业,使其功垂千秋。或因功名未遂,仕途偃蹇,或命运多舛,遭遇播迁。满腹经纶,不为世用;一腔热血,遂付东流。其悲壮情怀,化为乌有。因而感情郁勃,感慨遂深。在其言志抒情的词中,充满深沉之思。建功立业的理想,拯世济时的壮志,追求人生的永恒价值,都渗透到词的创作中。其词往往慷慨激烈,情辞俱壮。

以词风言,北宋士大夫之词,或俊爽、或旷达、或逸迈、或豪放、或淡远。其格调或如东坡豪放词,使"关西大汉,绰铁板,唱大江东去!"或近黄庭坚之倔强,词是"着腔子唱好诗"。词的风调、情韵,均似诗。和正宗的婉约词相比,它们是词中的"别调"。

士大夫之词是宋词中一道靓丽的风景。如果不重视这首风景线,犹如旅游北京而忘记了去观万里长城,看不到巍立千年表率中华民族气概的雄姿,岂不遗憾!故读北宋词,在欣赏旖旎自然婉约缠绵的情词外,绝不能忘记士大夫之词。只有这样,庶几可以看到宋词的真实风貌。

宋词三首漫谈

一、陈亮《水龙吟·春恨》

闹花深处层楼,画帘半卷东风软。春归翠陌,平莎茸嫩,垂杨金浅,迟日催花,淡云阁雨,轻寒轻暖。恨芳菲世界,游人未赏,都付与、莺和燕。　寂寞凭高念远。向南楼、一声归雁。金钗斗草,青丝勒马,风流云散。罗绶分香,翠绡封泪,几多幽怨。正销魂,又是疏烟淡月,子规声断。

这是一首闺中妇女思念远离家乡、长久不归的丈夫的情词,它将夫妻分离之苦的幽怨情绪,写得既委婉又强烈。上阕写景,美好的春光,引起她对丈夫的强烈思念:在繁花盛开的深处,耸立着一座高楼,东风和煦,画帘半卷,楼中有一位少妇,被这明媚的春色唤醒了。她看着金黄色的袅袅垂柳,纤细而茸嫩的新草,若有所思。花开了,天长了,淡淡的日光,薄薄的云层仍含着水汽,空气湿润,气候宜人,春意盎然。这迷人的春色,因游子在外,无人欣赏,却全部让那无知的黄莺与燕子享受,令人惋惜。这里的游人,即游子,是指外出的丈夫。这美好的春光,不能给她带来团聚的欢乐,反倒引发了长期分离的愁怨。词人将春写得愈美,由此引发的离愁别恨就愈强烈。莺和燕是衬笔,陪衬并加深她的春恨情绪。下阕抒情,通过她的心理变化与思想活动,展示其强烈的幽怨情思。开头即云"寂寞凭高念远",因丈夫未归,故寂寞。因寂寞,而思念丈夫的情绪则愈强烈,遂登高望远,思想丈夫走上了归途。归雁向南楼叫了一声,是否带来了丈夫的信息,丈夫可曾捎来家书?由此又想到与丈夫欢聚的时日,曾用金钗为赌注做斗草的游戏,也曾用青丝绳作马络头骑马游春,但好景不长,却要分别了。分别时解下香罗带留作纪念,用翠帕擦干眼泪,这中间包含着多少幽怨啊!她正在销魂的思念中,杜鹃鸟凄惨的叫声,打断了她对往昔回忆的思绪,烟岚淡淡,月色朦胧,她若有所失,有些迷茫。这里写因急切思念而登高望远,由望远而忆及当年的团聚之乐与分离之悲,由杜鹃的叫声猛然惊醒又回到令人失望的现实。从心绪的起伏变化,写春恨之深,表现她对丈夫的感情之深与思念之切。词题是春恨,是写春日与亲人不能团聚的幽怨心绪。这类心绪的描写,在古典诗词中是屡见不鲜的,这首词却写得细腻、深刻,不落俗套,格外感人。

此词通过写景与抒情,充分展示了这位思妇的感情世界。在封建社会,思妇的这类幽怨心绪是普遍的、具有典型意义的。读这首词,加深了我们对这种遭际的了解与认识。对其表现的思想,不必再有意深求,找寻比兴,探索其微言大义了。

二、陈亮《水调歌头·送章德茂大卿使虏》

不见南师久,谩说北群空。当场只手,毕竟还我万夫雄。自笑堂堂汉使,得似洋洋河水,依旧只流东。且复穹庐拜,会向藁街逢。　　尧之都,舜之壤,禹之封。于中应有:一个半个耻臣戎。万里腥膻如许,千古英灵安在,磅礴几时通。胡运何须问,赫日自当中。

此词写于宋孝宗淳熙十二年(1185)十一月间,是为送章德茂使金贺金世宗完颜雍生辰而作。陈亮对于南宋朝廷长期形成的惧敌、畏敌、妥协投降的对金策略,心中极度不满,特借送友人章德茂使虏之机,将长期积聚心头的不满情绪,一股脑儿地喷发出来,因此感情愤激昂扬,似一篇写得很有激情的战斗檄文,非常鼓舞人心。

"不见南师久,谩说北群空",是说因为大宋军队好久没有出师打仗了,竟信口开河,说宋朝没有人才,无人能够担起抗金的重担。开头就以反驳的语气,咄咄逼人,言外之意,是说宋朝长期执行屈辱投降的国策,致使抗金爱国的人才没有出头之日!"当场只手,毕竟还我万夫雄",赞扬章德茂有万夫不当之勇,这次出使,一定能表现出一种不畏强敌的英雄气概。"自笑"三句,是以章德茂的口气写的,有点自嘲的味道。作为大宋使臣,就像河水向东流一样,还得到金国朝拜金国国王。"且复"二句是说暂时再到金国朝拜一回,然总有一天会将敌酋缚至京师,加以严惩,以雪国耻。上阕承题写起,叙述送章德茂使虏,心潮起伏,无限感慨。下阕抒情,词人慷慨激昂,表现了一种英雄气概与政治豪情。"尧之都,舜之壤,禹之封",连续用了三个词意相近、结构相同的词句,一层紧逼一层,语言冲决强硬,造成一种逼人的气势。"于中应有,一个半个耻臣戎"。词人感情愤激到了极点,对于妥协投降政策造成的朝臣人人畏惧敌人的情势非常气愤,"总该有一个半个耻事臣戎的人吧!"语气果决,情绪愤激,对士气不张的现状极为不满。"万里"以下三句,言广大的北方领土,仍被金人占领,千里万里的地面被一股浓烈的腥膻味所笼罩,千古英雄都到哪儿去了呢?何时才有磅礴之气,打破这个局面啊!感情激愤而急切!"胡运"两句,是说胡人的气数已经完了,大宋则如赫日中天,光耀万丈。表现了词人对光明前途的坚定信念,鼓舞人心。

这首词议论较多,但之所以仍有很强的感人的艺术力量,是因为作者有充沛的爱国激情、不甘屈辱的正气与誓雪国耻的壮志。因此豪情满纸,气势磅礴,"忠愤之气,随笔涌出"①,"精警奇肆,几欲握拳透爪"②,构成昂扬乐观的自我形

---

① 冯煦:《蒿庵词话》,人民文学出版社1969年版,第66页。
② 陈延焯:《白雨斋词话》,人民文学出版社1959年版,第24页。

象。做到以议论人词而又形象感人,有着"读之令人神往"①的艺术效果。

三、蒋捷《一剪梅·舟过吴江》

一片春愁待酒浇。江上舟摇,楼上帘招。秋娘度与泰娘桥。风又飘飘,雨又萧萧。 何日归家洗客袍?银字笙调,心字香烧。流光容易把人抛。红了樱桃,绿了芭蕉。

蒋捷于咸淳十年(1274)进士及第,宋亡入元,隐遁不仕。他晚年深受黍离之悲与亡国之痛,国破家亡,四处漂泊。《一剪梅·舟过吴江》,就是写他羁旅漂泊之愁的一首词作,表现他厌倦漂泊而又急欲归家的心情。

"一片春愁待酒浇",首句写春愁。这春愁需得酒浇,一个"浇"字,点明春愁之强烈。简直是愁深似海,只有借酒浇愁,愁似乎才能会稍有缓解,或者在醉乡里求得心灵的暂时宁静。为什么不立即借酒浇愁还要等待呢?恐怕因国破家亡,资产略尽,囊中羞涩,壶酒难赊了。他坐在行进中的小船上,看到远处的楼上似有"太白一醉"的帘招,这又加强了他一醉方休的欲望。本来就酒瘾难忍,偏偏小船要经过"秋娘度"和"泰娘桥"。这以歌伎命名的渡口和桥梁,又激发了他对名伎侑酒的联想,想起当年歌伎唱词、侑酒、戏谑的浪漫而热烈的场面,这蒙太奇般的场景,很快从脑海里消失了。眼前毕竟是"风又飘飘,雨又萧萧",这飘萧的风雨,使他借酒浇愁的苦闷心情雪上加霜,更难忍受。词人通过层层的铺垫,将其流离漂泊之痛,表现得淋漓尽致。这痛苦的漂泊生活何时可了?下阕劈头一句:"何日归家洗客袍?"是写他急于结束漂泊生活、重过安适日子的殷切期盼。他心里想着早日回到家里,洗涤了破旧的客袍,换上新衣,面貌焕然一新,在家里融融欢乐的氛围中,调奏银字笙,烧心字香,凝视着久别的妻子,"软语灯边,笑涡红透"(《贺新郎·兵后寓吴》)。这是何等幸福啊!但回家安居,只是一种美好的梦想,实在难以实现啊!在外漂泊,岁月蹉跎,日子一天天过去了。盼啊!盼啊!在日日夜夜急切的期盼中,眼看樱桃红了,芭蕉绿了,然回家的梦想遥遥无期。这亡国之痛,漂泊之苦,何时才能了结呢?想到此,只有一声深深地

---

① 李调元:《雨村词话》,引自唐圭璋:《词话丛编》,中华书局1986年版,第1424页。

长叹!

从以上对词意简单的抽绎中,我们理会到:词人之所以特别苦闷,并欲借酒浇愁,是因为家破国亡,无家可归了。因此,在思念故乡情绪的抒发中,隐含着浓郁的故国之思。词写得凝练而自然,语句浅白而寓意含蓄,是非常耐人咀嚼与品味的篇章。

读吕渭老的组词《水调歌头》

吕渭老,一作滨老,字圣求,嘉兴(今浙江嘉兴市)人。宋宣和、靖康间朝士。生卒年不详,从其词《谒金门·甲子年同宣伯题于壁》看,他的卒年不早于宋绍兴十四年甲子(1144)。著有《圣求词》,存词134首。

吕渭老是宋代有名的词人,在词的创作上取得了很高的成就,赢得了词论家的好评。南宋赵师崇评其词说:"婉媚深窈,视美成,耆卿伯仲耳。"①这一评语,受到了宋代有名的选家黄昇的赞同。② 谭莹诗云:"周柳居然有替人"③,对其词更是赞誉有加。明代的杨慎则认为他的《扑蝴蝶近》、《惜分钗》等七首词,"佳处不减秦少游。"④柳永、周邦彦、秦观,都是北宋的大家,是在词史上卓有贡献的人物。词论家却以柳、周、秦词比况吕渭老,可见吕在词史上的地位之崇高。固然,赵师崇、杨慎对其词的评论,不无拔高之嫌,谭莹的"替人"云云,更是诗人的夸饰之言。然仔细考察吕渭老的词作,他们的评说还是很有分寸的。朱彝尊《词综》,选其词达二十首之多(含续选),谭献《复堂词录》,也选录吕词六首,可见朱、谭对其词的看重。到了近代,对吕渭老词的评价,则似有一落千丈之势。冯煦以为:"'婉媚深窈,视美成、耆卿伯仲',实只其《扑蝴蝶近》之上半在周、柳之间,其下阕已不称。"⑤也就是说,他的词与周邦彦、柳永相伯仲者,不过半阕而已。其评价则不免过于严苛。现在,他的词不为现当代宋词研究者所看重,他在

---

① 《圣求词序》,毛晋:《宋六十名家词》第十三册,商务书馆1934年版,第1页。
② 王弈清:《历代词话》卷六,见唐圭璋:《词话丛编》,中华书局1986年版,第1204页。
③ 《杂志堂诗集》卷六,见孙克强:《唐宋人词话》,河南文艺出版社1999年版,第498页。
④ 《词品》卷一,见孙克强:《唐宋人词话》,河南文艺出版社1999年版,第497页。
⑤ 《蒿庵词话》,人民文学出版社1959年版,第63页。

词史上的地位被严重淡化和边缘化了。平心而论,吕渭老词没有柳永词写得那么俗艳流丽,也没有像周邦彦词写得那样浑厚稳健,但却写得自然清婉,流丽可诵。以题材论,写闺情与闲情者居多,这两类词占全部词作的三分之二强。然不涉淫靡,词风接近秦、柳,也略有个人的艺术特色。他对前辈词人柳永、秦观、周邦彦的词,都做过认真地模习,但未能融诸家之长而自成一家,没有能与柳、秦、周并列词坛而光耀千秋。虽然如此,其词之创作毕竟取得了不俗的艺术成就,以其自然婉柔的风格,屹立于北宋词坛。

吕渭老有一组《水调歌头》,总计八首。这组词在思想艺术上颇具特色,它是吕词的一个很突出的亮点,然却为历来词论家所忽视,流行的各种宋词选本、宋词史,都未涉及这组词,唯独吴熊和先生编的《宋词汇评》选录了其中的四首,可谓独具只眼。这八首词,是作者多年苦心经营的一组词,是值得我们特别重视的。他抛开了北宋词人惯写的男女之间的恋情,抒写了下层士人不得志的愤懑,情绪激切,真实感人。就词风说,不为柔软婉媚,颇有清旷之音。

《水调歌头》"扁舟思独往",是组词中写得最早的一首,其题序云:"十月初十日,同周元发谒姚氏昆季,多不遇。因与说道小饮,出其兄进道作《水调歌头》一韵,几二十首,读之,殆不胜情。次其韵作一篇,怀其人,亦以赠元发、说道。"这个题序,首先标明写作时间,以示郑重。接着将其写词的缘由,交代得清清楚楚,一目了然。它可看做这八首词的写作缘起,昭示了写作背景。他在这组词的跋语中写道:"何山道人《水调歌头》二十首一韵,余和之,计前后凡八首。道人之语,如谢康乐诗,出水芙蓉,自然可爱,余诚不足以继其后。呜呼,道人死矣,仙耶人耶,皆不知。俟其如数,焚香烧以予之。魂如有灵,当凌云一笑。"(《全宋词》)何山道人,即姚述尧。从跋语中可见他对姚述尧写的二十首《水调歌头》,极为赏识,赞其"如谢康乐诗,出水芙蓉,自然可爱"。我们猜想,姚述尧的组词《水调歌头》,不特艺术精湛,令他赞赏不置;而且所表现的思想感情,与吕渭老的情绪非常合拍,以此引起了他的激赏与共鸣,并决心一和到底。然他所赞赏的这二十首词,今已全佚,无以覆按。古人和词,步其韵亦和其意。细读吕渭老的八首和词,则知姚述尧词盖亦写其欲展宏图,位卑不足以展其志的苦闷,抒其不平则鸣之情怀。词人与姚述尧的处境遭遇非常相似,对现实政治颇有同感,故对其词一和再和,直欲写足二十首而后止,然后"焚香烧以与之"。从此跋看,词人竭尽全力作组词,抒其块垒不平的情怀。虽然没有写够二十首,有悖初衷,然他对这八首词,的确颇为自负。现在,我们就对他的和词做一些解析,试觅词人之词心,以展示词的艺术价值。

扁舟思独往,樯影划晴烟。要伴人随明月,踏破水中天。谁信骑鲸高逝,空对笔端风雨,如泛楚江船。老子穷无赖,端欲把降竿。　白苹汀,归老计,似高闲。平生爱我,一言相置二刘间。准拟何山松桂,折足铛能安稳,芋火对阑残。何必少林语,立雪问心安。

这是一首怀才不遇、情绪激昂的抒情词,感情跳跃,表现了词人高尚心志与现实处境激剧的矛盾冲突。作为很有抱负的士人,总想让朝廷用其经济之才,施展其凌云之志。但个人虽有"笔端风雨"之文彩才华,直欲"骑鲸高逝"之凌云壮志,而官小位卑,无以展其宏图,只落得四处碰壁而已。词人用了比兴手法,表现有志难伸、怀才不遇的苦闷,意旨稍觉朦胧而词境却十分空灵。"老子"二句,紧承"空对笔端风雨",是说做官做到如此不堪的境地,确实到了穷途末路,还不如干脆甩掉乌纱帽,去江湖逍遥,潇洒一番。"达则兼济天下,穷则独善一身",这是儒家的处世哲学。词人以为与其作芝麻官徒事逢迎无所作为,倒不如驾一叶小舟,江湖逍遥,自由自在。上阕写了词人壮志难遂的愤懑与不平,情绪急骤变化,感情激荡起落,强化了词的气势。下阕开头"白苹汀,归老计,似高贤"三个短句,紧承上阕之"端欲把降竿",写其隐居之志。词人急欲用世而大展宏图,其出世隐居之思,不过发发牢骚而已。无所作为,于心不甘,因此仍念念不忘个人的才华,想起姚述尧对自己的高度赞赏与推许:"平生爱我,一言相置二刘间。"说我有刘向、刘歆那样高的才华。从姚述尧对词人才华的高度赞许中,突出自己坌坷不凡、堪当大任、梦想一展平生宏伟政治抱负的理想。这两句话,袒露了词人真实的思想与情怀。"准拟"以下五句,是写自己现实的窘境。谓以松桂之材质,面对断足之铛,聊为煮芋之事,其火也容易阑残。词人又用了比兴手法,写出了自己心中的窝火与处境之艰难。结尾"何必"二句谓:我作为有志的士人,其才行都是问心无愧的,又何必像世俗的佛教徒那样,装出虔诚的样子,引发朝廷的特别好感。这首词的意旨,与其说是词人梦想归隐,毋宁说是希望得到朝廷的重用,一展凌云之志。有的论者把这首词的主旨视为词人的意欲归隐,是与词人的本意及此词的实际表现不符。此词情绪激动,词旨含蓄深厚,风格清旷,是一首咏怀抒情的好词。

我们再读他另一首《水调歌头》：

> 壬寅十月二十四日饮少酒径醉,拥案而寝,中夜酒醒,次其韵,作一篇。
> 心肝皆锦绣,落笔尽云烟。诗狂酒兴,要骑赤鲤上青天。织女回车相劳,指点虚无征路,翻动月明船。举手谢同辈,岂复念渔竿。　我平生,心正似,白云闲。衣冠污我,偶逢游戏到人间。常念孤云高妙,若作辘轳俯仰,谁复食君残。拜尘金谷辈,都是卧崇安。

这首词写于宣和四年壬寅(1122)十月二十四日的中夜。当时诗人情绪极为激动,心中之块垒与不平一下子喷薄而出,成就了这首感情饱满言志抒怀的佳作。盖词人极为苦闷,借酒浇愁,岂料"举杯消愁愁更愁"(李白《宣州谢朓楼饯别校书叔云》),以致"饮少径醉","中夜酒醒"后执笔挥翰,写下了这首痛快淋漓的好词。词的上阕写自己才华出众,仕途一帆风顺,意满志得。开头"心肝"二句,谓自己才华出众,文采超人;"诗狂"二句,说自己乘着酒兴,"要骑赤鲤上青天",青云直上,以施展自己宏伟的抱负。"织女"三句是说:一切进展顺利,得道多助,你看织女热情帮忙,指引前程,使我在明月下乘船前进。"举手"二句:言与同侪告别,将施展经济之才,为朝廷出力,还能同来归隐吗？词人情绪高涨,豪气万丈。真是"酒后吐真言",淋漓尽致地倾吐了自己平时隐蔽的不肆张扬的豪情壮志。下阕伊始"我平生,心正似,白云闲"。表明自己坚守高洁之志,一向是淡泊名利宁静致远的。"衣冠"五句是说我本是天上的神仙,偶来人间游戏罢了,官宦的衣冠,反倒玷污了我的清白。常想那孤云的高妙悠闲,如果像辘轳那样轮回俯仰,谁还想侍奉君王以分得朝廷一杯羹为荣呢？"拜尘"二句谓,和金谷的那些高贤一样,我们都是志行高洁、高卧云林,岂会贪恋富贵而俯仰人间。抒归隐之志。

此词上阕写出仕,下阕谈归隐,似是矛盾对立。实则写出仕是主,表明一生对功业的积极执着的追求;归隐是陪衬,是对出仕而不得志的反拨,从而突出词人积极入世干一番事业的思想。词人的出处行藏,昭然若揭。

《水调歌头》"哭进道"。

"飞桥自古双溪合,柽柳如今夹岸垂。"(《么金店别业诗》)

诗人翻水尽,寂寞五侯烟。醉魂何在,应骑箕尾列青天。记得平生谈笑,夹岸手栽杨柳,同泛夜深船。溪水还依旧,深浅半青竿。　小神仙,殷七七,许闲闲。黄粱未熟,经游都在梦魂间。我厌嚣尘浊味,几欲凌云羽化,鸡犬不留残。俗事丹砂冷,且抱一枝安。

这是悼念友人姚述尧的一首词。词题《哭进道》,点明词的主旨。"飞桥自古双溪合,柽柳如今夹岸垂",是《么金别业诗》中的一联,记他与进道当年漫游之处,是对友人行踪的忆念。盖为词人佚句。"诗人"四句,写姚述尧之不幸去世,他溺死后,一片寂寞、醉魂大概骑箕尾上青天了吧!意谓姚是谪仙,现已还仙班了。"记得"三句,写当年与姚的交谊与友情,抒发了对友人的深切悼念之情。"溪水"二句,大有江山依旧而面目全非之慨,感慨异常深沉。上阕对姚述尧的怀念,写得缠绵而深切。下阕抒发人生的感慨。"小神仙"三句,意谓你做了殷七七、许闲闲那样的神仙了吗?"黄粱"五句谓:人生不过是一枕黄粱,过去的事,简直像梦一样恍惚。我非常讨厌污浊的尘世、也想羽化而升仙,从此永远离开人间。"俗事"二句谓那官场的俗事已像丹砂那样冰冷,不去追逐,且过安闲生活吧。词人因好友不幸离世,不免心灰意冷。词人在这首词中表现的感情有些颓唐,情绪更为低沉。归隐情绪似占了上风,这是因为对友人赍志而殁的极度愤怒,感情喷薄而出,而个人壮志未遂仍须激励奋发的情绪,遂被遮蔽。

词人在这八首词中,都写仕与隐的矛盾与冲突,抒发了不得志的愤懑。如:

百年间,无个事,且安闲。功名两字,茫然都堕有无间。
(《明日,纯中以酒见贶,约即见过。徘徊江上,久不至,复次其韵》)
功名事,须早计,真安闲。高才妙手,不当留意市廛间。
(《陈性孺不相见十年矣。今在云间,欲[襆](扑)被访之。大病,遂已。次其韵而寄之》)
逼人来,功业事,不教闲。男儿三十,定当谈笑在堂间。

(《送李修同希文去秀》)

在这些词里,他哀叹一生安闲,功名无望;他劝友人要及早争取功名,不要留意市塵;他鼓励李修同努力奋发,功业逼人,三十而立,争取在庙堂之上谈笑论政,施展宏伟的抱负。如此等等,都表现了他对功业的强烈地希冀与追求。

这八首词,基本上都是与朋友的酬应之作,其感情真切,没有丝毫的虚情假意。词人笔底下始终涌动着真实而激动的感情,表现了他对自己才高位下、无法施展宏伟抱负以济世的无比愤恨,遂不免产生了超然出世的思想。由此可见,在词人的思想深处,出处矛盾始终很尖锐。他当时究竟担任何职,史无记载。前人说他是朝士,盖为朝廷无名小卒。宣和、靖康年间,宋朝的政治极为危机,内有"六贼"肆虐,搅乱朝纲,遂使国无宁日;外有金国时时侵扰,大兵压境,时有亡国之虑。作为一位有思想有抱负的士人,而始终不为朝廷重用,遂有隐居之念。然他终竟履职朝廷,并未挂冠归隐,可见其事业心并未泯灭,且是十分强烈的。

这八首词都是次韵之作,是他读了友人姚述尧《水调歌头》二十首,读后数年陆续写出的。他读姚作而"殆不胜情",不能自已。盖姚述尧在词中抒发的情志与吕渭老思想很合拍,因此引起了他强烈地共鸣,并留下深刻的印象。他在读后二、三年内,每与朋友交游中应酬,均次其韵,并打算写足二十首,以了心愿。然仅写了八首,写跋时已画了句号。(集中还有一首《水调歌头》,也是次韵之作,盖为《跋》后所作,与八首词的情绪,稍有差异,不能相提并论。)如是,他这八首词作,虽系与友朋酬应之什,却写得很感人。盖因才高位下,济世无术,于是想归隐江湖。他脑中萦回的出处之念,代表了当时正直的有作为的下层知识分子的感情。这矛盾虽则很尖锐,却能以平和的语言写出。使风格清旷、词境开阔。

词论者或把这八首词当作隐逸词,实在是一种误解。词中隐逸之念只是不得志的牢骚而已,大展宏图,实现自己经邦济世的抱负,才是词人的真实心愿。吕渭老是当时有名的爱国诗人,"讽咏中寓爱君爱国意"。其《释愤》云:"未湔稽绍血,谁发谏臣章"。又《忧国》云:"忧国忧身到白头,此生风云一沙鸥。"[①]可见他是有肝胆有抱负的志士,一生都时刻梦想着为国献身,岂肯隐居出世哉?

写南渡后寥落情怀者有《好事近》一首,足可证明他积极入世思想是一贯的。词云:

飞雪过江来,船在赤栏桥侧。蓦报布帆无恙,著两行亲札。　从今日日

---

① 《圣求词序》,见毛晋:《宋六十名家词》第十三册,商务书馆1934年版,第1页。

在南楼,发自此时白。一咏一觞谁共,负平生书册。

这首词表现了"读书报国却了无机缘"①的哀叹,虽胸怀壮志却只能在一觞一咏中浪掷时光,何等愤懑! 结句"负平生书册",确是痛心疾首之言,词人情绪激愤之至。诚如邱鸣皋先生所云:"既对自己的坎坷遭遇感慨伤怀,又对自己徒怀经纶之才而不能为国建功立业,自疚自惭,感慨之至,亦沉痛之至,同时也暗寓对当时社会现实的批判。"②

从南渡以后写的这首《好事近》所表现的思想感情,反观南渡之前写的八首《水调歌头》所表露的不得志的情绪,他"货于帝王家"的爱国情绪是突出的,一贯的。他的思欲隐居,实则表明他不贪恋禄位,权势欲很淡泊,没有一般人的俗念,志趣高尚。然他终竟感念自己的才华与初衷,是极希望出仕为国效力的。

姜夔《满江红》解读

学界对姜夔词的思想性评价不高,盖因其身在江湖,不预国事,词里缺乏对现实的特别关注。其实,他反映现实生活的词篇,除了那首被人艳称的《扬州慢》以外,还有这首歌颂巾帼英雄的《满江红》。在这首词中,蕴含着强烈的爱国情绪。但因其披着歌颂巢湖仙姥的外衣,长期被人误读。对其表现的深刻的爱国思想,缺乏了解。因此,对它有重新解读的必要。其词云:

仙姥来时,正一望千顷翠澜。旌旗共、乱云俱下,依约前山。命驾群龙金作轭,相从诸娣玉为冠。向夜深、风定悄无人,闻佩环。 神奇处,君试看。奠淮右,阻江南。遣六丁雷电,别守东关,却笑英雄无好手,一篙春水走曹瞒。又怎知、人在小红楼,帘影间。

这是一首"迎送神曲",是因为居人为湖神祝寿引起词人的兴致而写的。巢湖仙

---

① 陶尔夫、刘敬圻:《南宋词史》,黑龙江人民出版社1992年版,第74页。
② 唐圭璋主编:《唐宋词鉴赏词典》,江苏古籍出版社1999年版,第754页。

姥只是一位司水之神，按理说，她只掌管巢湖水的有关事宜而已，然作者在词的下阕状其神奇时却说："奠淮右，阻江南。遣六丁雷电，别守东关。"谓其坐镇淮西，屏障江南，派遣六丁雷神特意把守濡须口附近的东关。词人不仅将其写成威震一方的神帅，而且具有屏障江南保卫南宋江山的神威。并以幽默嘲讽的口气继续写道："却笑英雄无好手，一篙春水走曹瞒。"在三国魏吴合肥之战时，孙权、曹操在濡须口对峙，难分胜负，孙权藉春水方盛以吴兵长于水战而吓退曹操的。在词人笔下，曹操固然窝囊，孙权又何尝英雄？他们均非"英雄好手"，只能受到轻蔑的嘲笑而已。在历史上，曹操、孙权都是称霸一方的英雄，辛弃疾在其词中，对孙权多次加以热情赞颂。他在《满江红·江行简杨济翁周显先》中说："吴楚地，东南坼。英雄事，曹刘敌。"又在《南乡子·登京口北固亭有怀》中赞扬孙权说："年少万兜鍪，坐断东南战未休。天下英雄谁敌手？曹刘。生子当如孙仲谋。"孙权何等了得，辛弃疾对他充满了崇敬之情。而姜夔在词中，不是称赞他的英雄业绩，却以贬低孙权和曹操来反衬水神的无比灵威，这是为什么呢？我们知道神话是现实生活的曲折反映，词人笔下描写的神话，必然有着现实的依托。因此，这首词表现的深厚的意蕴，值得认真探究。

关于此词的写作时间，夏承焘先生在《姜白石词编年笺校》中系于1191年，时为光宗绍熙二年。光宗愚蒙庸懦，朝政被反战主和的妥协派把持，遂将孝宗时辛苦营造的抗战氛围破坏殆尽，人民高涨的爱国情绪受到了严重的挫折，这对思欲恢复祖国北方领土的官员与有着爱国良知的士人，是一次沉重的打击。他们不免情绪沮丧、心情郁闷。词人在赴合肥途中，途经巢湖，看到当地群众祭祀仙姥为其祝寿的热闹场面，兴致勃发，浮想联翩，遂"寂然凝虑，思接千载；悄焉动容，视通万里"（《文心雕龙·神思》），想到六十年前离此不远的黄天荡有一次惊天动地的战斗：韩世忠堵截撤退的金兵，他的夫人梁氏亲执桴鼓，指挥千军万马，这个鼓舞人心的激战场面，如在目前。于是借神话的外衣，展出历史的新场面。

建炎三年（1129）冬，完颜宗弼（兀术）率金兵渡江，径趋临安府（今浙江杭州）、明州（今浙江宁波）等地，追宋高宗不及。四年春，宣称搜山检海毕，满载掳掠物品，沿运河向北撤退。在镇江（今属江苏）至建康府一带黄天荡等处，遭韩世忠拦击。世忠妻梁氏亲执桴鼓助战，屡败金军，金军被堵截在黄天荡里不能渡江。韩世忠仅以8000人之兵力敌完颜宗弼10万之众达48天之久。在这种以少胜多、以弱胜强的战斗中，活跃着一位传奇式的女英雄梁夫人。她的丰功伟绩,在中国历史上不可湮没。在20世纪50年代,尚有《梁红玉击鼓战金兵》的戏剧。那么,在南宋时代,这位巾帼英雄自然是家喻户晓深入人心的了。"生当作人杰,死亦为鬼雄",在思欲抗金北伐恢复中原的时代,这位杰出的女英雄,自然成为人们崇拜的偶像,将其加以神化视作保卫大宋江山的神灵,完全是有可能的。至少,她在人们心目中是一位英勇高大的爱国者形象。词人在写巢湖女神时,脑子里会不会忽然闪现出这位英雄的影像呢?从此词写的神奇处并非神姥的司职所能来看,很可能是以六十年前梁夫人的英雄事迹为原型来描写的。他写词时,在潜意识中显现的是梁夫人当年擂动战鼓指挥军马的壮阔场面。因此,词人表面上写神姥,实际是歌颂这位巾帼英雄的,并借以表现对现实的不满与抗争,流露出思欲抗金的爱国心声。宋翔风谓姜夔"流落江湖,不忘君国,皆借托比兴,于长短句寄之"①。以此词观之,其说信然。总之,姜夔的《满江红》是有着丰富内涵且是现实性很强的作品,切勿被颂神的表象所迷惑。

关于这首词的描写对象,早在20世纪80年代,周笃文先生就说:"词里所歌颂的克敌制胜的女神,很容易使人们联想到南渡以来奋起抗金的巾帼英雄,比如在黄天荡里擂鼓督战大败金兵的梁红玉,是不是有点像她的原型呢?"②周先生讲的梁红玉,即梁夫人,相传名红玉,但不见于史。我以为原型之说,深中此词肯綮。然周先生的观点,似不为学界认同。故撰此文略伸周说,为其呐喊助威云耳。

刘过《沁园春》解读

南宋江湖词人刘过《沁园春·寄辛承旨,时承旨招,不赴》是一首极富独创性的俳谐词。此词构思巧妙,表现奇特,是词史上极罕见的别开生面的杰作。其词曰:

斗酒彘肩,风雨渡江,岂不快哉!被香山居士,约林和靖,与东坡老,驾

---

① 陈良运:《中国历代词学论著选》,百花洲文艺出版社1998年版,第538页。
② 周笃文:《宋词》,上海古籍出版社1980年版,第100页。

勒吾回。坡谓"西湖,正如西子,浓抹淡妆临镜台"。二公者,皆掉头不顾,只管衔杯。 白云"天竺飞来。图画里,峥嵘楼观开。爱东西双涧,纵横水绕;两峰南北,高下云堆"。逋曰"不然,暗香浮动,争似孤山先探梅?"须晴去,访稼轩未晚,且此徘徊。

这是刘过寄给辛弃疾的一首词。正如词题所示,辛弃疾招刘过,他因故不赴,词为解释他滞留西湖不能及时应招的原因:他极委婉的诉说耽于西湖雨天之丽景而暂时滞留,待晴后造访,写得诙谐而风趣。词人是以不同时代的三位诗人对西湖丽景赞赏的对话为主而构建的俳谐词。所谓"驾勒吾回",并非真的是他们三位硬性强制的挡驾,而是因为他们写西湖的诗生动地再现了西湖不凡的景色,其艺术魅力强烈的勾起他对西湖急切观赏的心情。"驾勒"云云,颇具婉曲诙谐之妙。对于这首手法新颖、风格独异、迥出常格的词,文学史家反而评价不高。岳珂《桯史》云"效辛体《沁园春》一词",认为是模仿之作;俞陛云以为"虽非正调,自是创格",[1]虽誉之为"创格",却以不是"正调"为憾,且语焉不详。总之,词论家对这一首词在词史上的突出地位,评价远不到位。因此有重新解读的必要。

纵观这首词,有三个最为显著的特点:

其一,词的主体化用了前代三位著名诗人赞美西湖风景的四首诗的名句,极力描写西湖风光景色之美,他对游人有着极强的魅力,暗示词人逗留西湖不及时应招的原因,委婉的回绝了辛弃疾对他的邀请。

词中"西湖,正如西子"两句,化用苏轼《饮湖上初晴后雨》诗:"欲把西湖比西子,淡妆浓抹总相宜。""图画里"句,化用白居易《春题湖上》诗:"湖上春来似画图"。"爱东西两涧"两句,化用白居易《寄韬光禅师》:"东涧水流西涧水,南山云起北山云。""暗香浮动"句,化用林逋《梅花》诗:"暗香浮动月黄昏。"

在一首词里化用前人诸多诗句,这并非刘过的独创。在刘过之前,就不乏其例。北宋著名词人贺铸,他在词中,就非常善于化用前人的诗句。他说:"吾笔端驱使李商隐、温庭筠,常奔命不暇"。[2] 周邦彦也善于化用前人诗句。他的《西河·金陵怀古》就化用了刘禹锡《石头城》、《乌衣巷》和古乐府《莫愁湖》三首诗

---

[1] 俞陛云:《唐五代两宋词选释》,上海古籍出版社 1985 年版,第 398 页。
[2] 孙克强:《唐宋人词话》,河南文艺出版社 1999 年版,第 332 页。

的诗句而成。但化用前人诗句之多,主题之集中,词境之自然浑成,当数刘过这首《沁园春》词。我们毫不夸张地说:它在词史上是绝无仅有的。

其二,此词受辛弃疾《沁园春·将止酒,戒酒使勿近》这首对话体词的影响,词的主体是对话。虽然辛、刘的《沁园春》词,都用对话体,然辛词是词人与酒的对话,它仿效《答宾戏》《解嘲》,是把古文手段用之于词;刘过词则是客观的表现三位诗人关于西湖风景特色的对话,以诗人的审美眼光评价西湖。既洋溢着纵横驰骋、豪迈狂放、挥洒自如之妙,又饱含着情调诡谲、诙谐风趣、幽默俏皮的神韵。从而摆脱了辛词体征的藩篱,昂然地自成一格。

其三,刘过将相隔数百年的诗人白居易、林逋、苏轼请来坐在一起,名为说西湖风光之妙,实为请他们为自己暂时不赴招说项,构思煞是奇特。不同时代的三位诗人坐在一起,侃侃而谈,言西湖之景,赞西湖之美,诗意盎然,极富情韵,这在以抒情为主的诗词中前所未有,颇为荒诞。在中国文学史上,虽然在叙事体文学中,曾出现过类似情况,譬如唐代韦瓘的政治小说《周秦行纪》,写牛僧孺失路,夜宿薄太后庙,曾与薄太后、戚夫人、王嫱、潘妃、绿珠、杨太真一起饮酒作诗,王嫱伴宿,情节实属荒诞。然作为志怪、传奇之类的小说,如此这般的叙述描写,是不足为怪的。但对抒情诗的词来说,不特在词史上绝无仅有,而且不免虚荒诞幻。此词之构思,也许是受了《周秦行纪》之类小说的影响,作为抒情诗的词,毕竟是多为抒一时真实之情,此词之境界毕竟是怪而近诞的。但其词的情境却是十分和谐的。不同时代三位诗人坐在一起对话,情境虽属荒诞怪异,读起来却不觉其怪,诗人娓娓道来,令人颇感亲切。

这首词的结构也很特殊,迥异于一般的词。它不是上下片内容有别、层递进展,而是将作为词的主体的三位诗人对话占据上片的后半段与下片的前半段,意思紧密相连,一贯而下,浑然一体,不可分割。词的开头紧扣词题承招意说自己极愿风雨渡江,享受斗酒彘肩的款待,豪兴满怀。无奈被白居易约了林逋、苏轼"驾勒吾回",阐明自己未能及时赴约之原因;结尾则说,自己只是在西湖暂时徘徊,待晴后即就赴约。首尾呼应,结构严密。此词首尾呼应之妙,非同一般。然这种结构,完全是文章的结撰方式。作为词,这种写法,也可谓并世无双了。

这是一首富有独创的颇为特异的词,也是一首诙谐风趣的词。不信试看,你在词史上能找到这样第二篇词吗?

一首巧用典故为"十八"的词

词贵白描,不宜过多地使用典故,然也有多用典故而见精巧者。南宋著名的爱国诗人张孝祥的《浣溪沙·中秋坐上十八客》,本来是一首常见的遣兴娱宾之词,因其巧妙地运用了许多典故,深寓诗人慧心,读来却别有一番意趣。词曰:

> 同是登瀛册府仙,今朝聊结社中莲,胡笳按拍酒如泉。 唤起封姨清晚暑,更将荔子荐新圆,从今三五夜婵娟。

词题谓中秋之夜同十八位客人共赏明月,因此每句用事均切十八之数,在对客人热情赞扬与对情境的渲染中,显出诗人绝妙的巧思。首句用唐太宗时十八学士登瀛洲事,喻十八位客人十分清贵,均为士林中一时之选。据《新唐书·褚亮传》载:唐太宗于宫城西作文学馆,当时杜如晦、房玄龄、陆德明、孔颖达、虞世南等十八人,并以本官为学士,命阎立本画像,使褚亮写赞,号称十八学士,当时称选中者为登瀛洲。次句喻十八位客人行为高洁,超脱凡俗。东晋高僧慧远居庐山东林寺,与刘遗民等十八人同修净土,中有白莲池,号莲社。此句巧妙地将当日宴会比之于慧远集高僧名儒结社于庐山东林寺。第三句谓喝酒时乐曲奏《胡笳十八拍》。上阕极写宴会的高雅与与会者的潇洒。下阕首句谓八月犹有余热,因此唤来风神清涤晚暑。封姨,古代传说中的风神。唐人郑还吉《博异志》记崔玄微春夜遇诸女共饮,席上有封十八姨。诸女为众花之精,封十八姨即风神。次句写共同品尝十分名贵十八娘荔枝。据宋人蔡襄《荔枝谱》:十八娘荔枝,色深红细长,比之少女。相传闽王有女,排行十八,爱食这种荔枝,故称。末句即景生情,谓天上明月尚可连赏三夜以至十八。五夜即五更,三五夜谓中秋后第三个五夜,即十八日五夜。婵娟,喻中秋月,因月圆故可引申为团聚。后阕写环境优美,气氛融洽,情绪欢快。

此词用典煞费苦心,迹近文字游戏,但也表现了诗人深厚的感情。这说明传统的诗词有着极丰富的艺术技巧,有很强的艺术表现力。诗人写朋友之间欢快的情绪,营造了一种极为融洽的氛围。每句用事均切"十八",这却是此词极端高妙的技巧处,但能做到自然、流畅、情与境偕,毫无雕琢做作之处,显现出诗人笔端的灵动与高妙。我们写诗固不必玩弄技巧,但对精妙表达的追求,却还是必要的,甚至是必需的。

附:

纳兰性德的悼亡词

纳兰性德与乃妻卢氏情深意笃,卢氏难产而亡逝,这对他的打击沉重。因此,他写了许多感情真挚、灼人肺腑的悼亡词。在中国悼亡词史上,留下了厚重的一笔。值得我们认真地研究。

一

纳兰性德的悼亡词有多少首?这是我们首先拟明确的一个问题。他的悼亡词有两类:一是在题序中有"悼亡"或"忌日"等字样的,一共有七首。其中有一首"代悼亡词",或谓系代人悼亡之意,我们姑依胡旭先生的看法,认为仍系哀悼亡妻之作;二是在题序中无"悼亡"或"忌日"等字样或无题序而内容却确为怀恋悼念亡妻卢氏的,这类悼亡词究竟有多少首?学界是有较大分歧的。李嘉瑜说:"虽未标题而词情实是追忆亡妇、忆恋旧情的有二十六阕。"①艾治平说:"而题虽未标出,他追思亡妇,忆恋旧情的约四十余首。"②李、艾二先生所说的悼亡词,因未列出词调,无从核检。胡旭在其《悼亡诗史》中,列出未标题的悼亡词29阕,并声称:"鉴于判断困难,不很明确的遂不列出。"③则胡氏自认为这29阕肯定是悼亡词了。但细检胡氏所列,其中《寻芳草·萧寺记梦》、《浣溪沙》"抛却无端恨转长"等13首词,或非悼亡词,真正算得上悼亡词的,只有16首。另外,胡

---

① 李嘉瑜:《试论纳兰性德的悼亡词》,《承德民族师专学报》1995年第4期。转引自朱惠国、刘明玉:《明清词研究史稿》,齐鲁书社2008年版,第282页。
② 艾治平:《清词论说》,学林出版社1999年版,第378页。
③ 胡旭:《悼亡诗史》,东方出版中心2010年版,第371页。

氏未列入的《蝶恋花》"眼底风光留不住"、《蝶恋花》"又到绿杨曾折处"、《蝶恋花》"萧瑟兰成看老去"、《山花子》"林下苔荒道韫家"四首,倒应是悼亡词。故题序中无"悼亡"、"忌日"等字样的或无题序的悼亡词,共有 20 阕。[①] 这与题序中有"悼亡"或"忌日"等字样的七首加起来,共有 27 首。我的研究与论述,就是以此 27 首为基准的。

二

题序中有"悼亡"或"忌日"等字样的悼亡词,是词人特意郑重写的悼念妻子的词,饱含着血和泪,是词人一时感情喷涌之作。它虽然在数量上少于题序中无"悼亡"、"忌日"等字样或无标题的悼亡词,然其感情之深沉与艺术之精湛,都远远超越了后者,应该引起我们特别的重视。这七首悼亡词,词意分明,感情深挚。词人用了多种艺术手法,写其心中特别沉痛的哀悼之情。因此感情真挚灼人,其突出特点,是感情的真切。在艺术表现上,有以下几个突出的特色。

表现特色之一,是用了生动的细节描写。细节描写,在抒情词中是不多见的。故用了细节描写,就显得特别生动真切感人。纳兰性德在其悼亡词中,将夫妇日常生活中一些琐事作了描写,这最能显示夫妻间相濡以沫互相关爱的情分,因此就非常感人。譬如《青衫湿遍·悼亡》:"青衫湿遍,凭伊慰我,忍便相忘?半月前头扶病,剪刀声、犹在银釭。忆生来、小胆怯空房。到而今,独伴梨花影,冷冥冥,尽意凄凉。"此处写夫妻间情深意笃,连用了三个细节:第一,"青衫湿遍",为妻子的不幸早亡,他痛哭流涕,泪珠落在青衫上,不仅使青衫湿了,而且全都湿了。"湿遍"二字,写出了词人的心之痛,泪之多。这里虽不无夸饰,然却异常感人。并以"青衫湿遍"命名所创新调,足见心挚意诚,别出心裁。第二,妻子亡故已过半月了,银灯下似仍有她扶病操劳为我缝补衣衫的剪刀声。可见夫人生前对他关照形成的印象之深。第三,想到夫人平日"小胆怯空房",现在竟"独伴梨花影",这种凄清与心灵的恐惧,她如何忍受?为此,不禁为夫人亡后的处境耽忧。可见他对妻子的关爱,能够生死以之。如此等等,都可见夫妻二人平

[①] 我说的 20 词,除此处提到的四首及本文第三部分提到的九首外,尚有《眼儿媚·中元夜有感》、《忆江南·宿双林禅院有感》、《望江南·宿双林禅院有感》、《山花子》"欲话心情梦已阑"、《南楼令·塞外重九》、《临江仙·孤雁》、《浣溪沙》"谁念西风独自凉"等七首。

日感情之特别深厚。又如《青衫湿·悼亡》:"近来无限伤心事,谁与话长更?……忽疑君到,漆灯风飐,痴数春星。"意谓过去如有不顺心的事,妻子夜晚会一更一更地劝慰;而现在伤心,又有谁与我长夜漫话以慰心灵? 想着,想着,忽然觉得她似乎到我身边。漆灯鬼火,一阵风过,不觉惊疑,而我却痴痴地数着春星,恭候妻子灵魂的到来。词人将这些日常琐事,写得活灵活现,感人至深。

表现特色之二,是词人往往从对面着笔。纳兰性德对妻子卢氏感情特别深挚,因此以己之心,度妻之心,往往从对面着想,痴想着亡妻的种种活动,尤其是她对自己深切思念与关照的种种意识。把这种痴想落在纸上,就是对面着笔。这种透过一层的写法,显得情深而意挚。《青衫湿遍·悼亡》:"判把长眠滴醒,和清泪、搅入椒浆。怕幽泉,还为我神伤。道书生薄命宜将息。再休耽、怨粉愁香。"意谓我真希望用我的热泪和着酒浆把你滴醒,让你活转过来。可又怕您醒后,倒为我伤神。猜想你一定会说:"你书生的命太薄,应当多加保重,不要再耽于儿女情长了。"质言之,我完全可以把您唤醒,但唤醒后怕你又为我劳心伤神。这是何等深挚的感情。《金缕曲·亡妇忌日有感》云:"重泉若有双鱼寄。好知他年来苦乐,与谁相倚。"对她亡后在另一世界的生活是如此关切,令人感动。又说:"待结个、她生知己。还怕两人俱薄命,再缘悭、剩月零风里。"对结来生知己命缘的猜度,表现了她对亡妻的一片真情。《沁园春》"瞬息浮生"题序中写道:"丁巳重阳前三日,梦亡妇素装淡服,执手哽咽,语多不能复记。但临别有云:'衔恨愿为天上月,年年犹得向郎圆。'妇素未工诗,不知何以得此也?"明明是词人自己的潜意识活动,意想妻子写出了忆念自己的深情诗句,反倒奇怪妻子不善写诗,何以写出如此感人的诗来? 这是他从对面着笔的另一种表现,倾泻了内心深切怀念妻子的感情。因为他经常从对面着笔,表现的感情就特别真切。

表现特色之三,是他着意对幻境的描写,在迷离惝恍中,似乎看到了妻的影像。这种似真似幻,似实似虚的缥缈的境界中,似与妻子重聚:

梦冷蘅芜,却望姗姗,是耶非耶?

(《沁园春·代悼亡》)

遗容在,只灵飙一转,未许端详。

(《沁园春》"瞬息浮生")

前者写影影绰绰,看到妻子姗姗来迟的娇娜神态;后者写随着一阵灵风,妻子的幻影在面前忽然一闪而过。如此等等,似真似幻,好像有缘与冥冥中的妻子有短暂的聚会。这种幻境的出现,是他日夜思念妻子而产生的一种幻觉。词中对这种幻境的真切描写,表现了词人对妻子感情的深切,因思念亡妇他经常处于神志迷离恍惚的状态。

表现特色之四,是他在词中着意描绘凄清的环境,用以衬托其无奈、哀怨的心绪,使其词境深婉而悲凉。

> 衰杨叶尽丝难尽,冷雨凄风打画桥。
>
> (《于中好》"尘满疏帘素带飘")
>
> 真无奈,倚声声邻笛,谱出回肠。
>
> (《沁园春》"瞬息浮生")
>
> 卿自早醒侬自梦,更更,泣尽风檐夜雨铃。
>
> (《南乡子·为亡妇题照》)

这凄风冷雨、声声邻笛、风檐夜雨铃声,将词人伤亡妻已经破碎的心绪揉碎搅乱,全托盘出,令人不忍卒读。

总之,词人通过种种绝妙的表现手法,将其思念妻子的深厚感情,全盘托出。感情深切,令人感动。

三

题序中无"悼亡"、"忌日"等字样或无题序的悼亡词,作者在叙事或抒情中,有意无意地透露出自己深切怀念妻子之情,或竟将其思念妻子之情完全渗透在字里行间,含蓄而委婉,悼亡之情表现得隐隐约约,虽不那么明显昭著,但读了以后,总感到词人在忆念妻子。其深厚之情,一时难以释怀。譬如《蝶恋花》:

> 辛苦最怜天上月,一昔如环,昔昔都成玦。若似月轮终皎洁,不辞冰雪为卿热。 无那尘缘容易绝。燕子依然,软踏帘钩说。唱罢秋坟愁未歇,春丛认去双栖蝶。

词人在《沁园春》"瞬息浮生"的序言中说:亡妻在梦中"临别有云:'衔恨愿为天上月,年年犹得向郎圆。'"本词上阕即缘此而来。"若似月轮终皎洁,不辞冰雪为卿热。"意思假如亡妻真如天上皎洁的月亮,那么我便不怕月中严寒,为你夜夜送去温暖。如此奇想,如此诚挚,如此痴情,如此意厚,足见他怀念亡妻之情切。

又如《山花子》:

> 风絮飘残已化萍,泥莲刚倩藕丝萦。珍重别拈香一瓣,记前生。 人到情多情转薄,而今真个悔多情。又到断肠回首处,泪偷零。

此词由景及情,由藕丝萦牵到夫妻缠绵,心头不免涌起妻子生前的般般趣事与柔情,"记前生",有着极丰富的内涵,其情深意厚自在不言中。"人到情多情转薄,而今真个悔多情。"这是诗人欲寻解脱愁怀的淡语,并非真的为自己的多情而发悔。后两句"又到断肠回首处,泪偷零。"一个"偷"字,表现了无法掩抑的真情。

在这些悼亡词中,还经常写自己无法解脱的愁怀:

> 薄情转是多情累,曲曲柔肠碎。红笺向壁字模糊,忆共灯前呵看为伊书。

> > (《虞美人·秋夕信步》)

> 银笺别梦当时句,密绾同心苣。为伊判作梦中人,长向画图清夜唤真真。

> > (《虞美人》"春情只到梨花薄")

> 几为愁多翻自笑,那逢欢极却含啼。

> > (《山花子》"昨夜浓香分外宜")

他在一些词中,反复诉说着妻子亡后物是人非的情境,亮出自己无限悲痛的愁怀:

> 丁宁休曝旧罗衣,忆素手为予缝绽。……亲持钿合梦中来,信天上人间非幻。

> > (《鹊桥仙·七夕》)

> 为怕多情,不作怜花句。……休说生生花里住,惜花人去花无主。
>
> (《蝶恋花》"萧瑟兰成香老去")

他一再抒写着自己无可排遣的愁绪:

> 一样晓风残月,而今触绪添愁。
>
> (《清平乐》"凄凄切切")
>
> 有情终古似无情,别语悔分明。
>
> (《荷叶杯》"知己一人谁是")

如此等等,他在词中都抒写了因妻子亡故而无法解脱的痛苦,表现了他无法释怀的思念与深情。

四

纳兰性德为什么能写出那么多的真挚而感人的悼亡词呢?这是因为他一生只有一个红颜知己,而一旦妻子撒手人寰抛他而去,他就失去生活中唯一的精神支柱,因此就痛不欲生。他写悼亡词,借一慰藉,借一释怀,寻求精神解脱的办法。

从历史看,纳兰氏与爱新觉罗氏曾有过血海深仇,性德对此世仇深感遗憾,然在大清王朝强大的统治下,其不满情绪只能深深埋于心底,不敢有丝毫的流露,以免遭到灭顶之灾。

他在现实中也充满了矛盾:一方面做了皇帝的一等侍卫,受到重用;另一方面,他"有堂构志",况且身为豪门公子,登要津,蹑高位,一展宏图,当是颇有条件的。然他又不愿作"禄蠹"式的官僚,而侍卫生涯,又与他志向相去甚远,形成深不可解的矛盾。他只能整日如履薄冰,唯勤唯谨。从父子关系说,他性情至孝,奉父唯谨,但对父亲在官场的作为甚为不满。如此等等,这历史的与现实的景况,使他经常处于矛盾的深渊而难以自拔。在他身上,充满了无可化解的种种矛盾,作为诗人,也不想找一个能够完全化解矛盾的方法,他只幻想找一个事事和谐,没有矛盾,没有困难的避风港。妻子卢氏的温柔多情,生活上般般关照,使家庭生活非常和谐,形成了一个"无差别境界",他也非常迷恋这一境界。然好景不长,妻子突然因难产死,这一天堂式的境界遭到了彻底的破坏。对这现实中最和谐唯一可慰藉心灵条件的丧失,对他的打击是无比深重的。他想极力挽回这个局面,想让妻子起死回生,再次团聚。因此,感情就特别专注,特别真诚。他将现实的爱和恨,一股脑儿地融进了悼亡词中,诸如纳兰氏与爱新觉罗氏历史上的纠葛、现实的处境与对家国的不满情绪,渗透到对亡妻热诚的感情中。觉得这大千世界、朗朗乾坤,只有亡妻才可信任:她是那么纯真、那么挚烈、那么可爱。小家庭是那么和谐,那么温馨,那么完美。这一切的一切,都因妻子的亡故而不复存在。他将这理想中的完满,都一下倾注在悼亡词中,无怪乎他的悼亡词写得那么多,又是那么多纯真而情深了。

主要参考书目

《全宋词》,唐圭璋编,中华书局1965年版。
《宋六十名家词》,毛晋编,商务印书馆1933年版。
《唐宋词汇评》(两宋卷),吴熊和主编,浙江教育出版社2004年版。
《二晏词笺注》,张草纫笺注,上海古籍出版社2008年版。
《晏殊词新释辑评》,刘扬忠编著,中国书店2003年版。
《晏几道词新释辑评》,王双启编著,中国书店2007年版。
《二晏词选》,柏寒选注,齐鲁书社1995年版。
《张先词编年校注》,吴熊和、沈松勤校注,浙江古籍出版社1996年版。
《张先及其安陆词研究》,刘文注著,北京大学出版社1990年版。
《张先与北宋中前期词坛关系探论》,孙维城著,安徽大学出版社2007年版。
《欧阳修词新释辑评》,邱少华编著,中国书店2001年版。
《乐章集校注》,薛瑞生校注,中华书局1994年版。
《柳永词新释辑评》,顾之京、姚守梅、耿小博编著,中国书店2005年版。
《柳永》,谢桃坊著,上海古籍出版社1986年版。
《柳永和他的词》,曾大兴著,中山大学出版社1990年版。
《柳永论稿》,[日]宇野直人著,上海古籍出版社1998年版。
《柳永及其词之论衡》,杜若鸿著,浙江大学出版社2004年版。
《东坡乐府》,陈允吉校点,上海古籍出版社1979年版。
《东坡词编年笺证》,薛瑞生笺证,三秦出版社1998年版。
《苏轼词编年校注》,邹同庆、王宗堂校注,中华书局2002年版。
《苏轼词新释辑评》,朱靖华、饶学刚、王文龙、饶晓明编著,中国书店2007年版。
《东坡词论丛》,苏轼研究学会编,四川人民出版社1982年版。
《东坡乐府研究》,唐玲玲著,巴蜀书社1993年版。
《苏轼诗词艺术论》,陶文鹏著,上海古籍出版社2001年版。
《淮海居士长短句》,龙榆生校点,中华书局1957年版。
《淮海居士长短句笺注》,徐培均校笺,上海古籍出版社1985年版。
《淮海词笺注》,杨世明笺,四川人民出版社1984年版。

《秦观词集》,张璋、黄畲校订,中州古籍出版社1988年版。
《秦观词新释辑评》,徐培均、罗立刚编著,中国书店2003年版。
《豫章黄先生词》,龙榆生校点,中华书局1957年版。
《山谷词》,马兴荣、祝振玉校注,上海古籍出版社2001年版。
《毛滂集》,周少雄校点,浙江古籍出版社1999年版。
《清真集》,吴则虞校点,中华书局1981年版。
《片玉词》,李永宁校点,辽宁教育出版社2001年版。
《清真集校注》,孙虹校注,薛瑞生订补,中华书局2002年版。
《周邦彦词新释辑评》,王强编著,中国书店2006年版。
《周姜词》,叶绍钧选注,商务印书馆1930年版。
《周邦彦研究》,钱鸿瑛著,广东人民出版社1990年版。
《周邦彦传论》,刘扬忠著,陕西人民出版社1991年版。
《词家之冠——周邦彦传》,沈松勤、黄之栋著,浙江人民出版社2006年版。
《樵歌》,邓子勉校注,上海古籍出版社1998年版。
《朱敦儒集》,洪永鑑编著,浙江大学出版社2005年版。
《李清照集校注》,王仲闻校注,人民文学出版社1979年版。
《李清照集笺注》,徐培均笺注,上海古籍出版社2002年版。
《李清照词新释辑评》,陈祖美编著,中国书店2003年版。
《李清照新论》,刘瑞莲著,山西人民出版社1990年版。
《李清照新传》,陈祖美著,北京出版社2001年版。
《李清照研究论文集》,济南市社会科学研究所编,中华书局1984年版。
《李清照辛弃疾研究论文集》,中国李清照辛弃疾纪念会、济南"二安"纪念馆筹备处编,山东大学出版社1997年版。
《朱淑真集》,张璋、黄畲校注,上海古籍出版社1986年版。
《朱淑真研究》,黄嫣梨著,上海三联书店1992年版。
《朱淑真传》,黄嫣梨、吴锡河著,花山文艺出版社2001年版。
《芦川词》,曹济平校注,上海古籍出版社1991年版。
《张元干研究》,黄珮玉著,三联书店香港分店1986年版。
《张元干年谱》,王兆鹏著,南京出版社1989年版。
《张孝祥词笺校》,宛敏灏笺校,黄山书社1993年版。
《陆游词编年笺注》,夏承焘、吴熊和笺注,上海古籍出版社1981年版。
《陆游词新释辑评》,王双启编著,中国书店2001年版。
《稼轩长短句》,辛弃疾著,上海人民出版社1975年版。
《稼轩词编年笺注(增订本)》,邓广铭笺注,上海古籍出版社1993年版。
《稼轩词新释辑评》,朱德才、薛祥生、邓红梅编著,中国书店2006年版。
《辛稼轩年谱(增订本)》,邓广铭著,上海古籍出版社1997年版。
《龙川词校笺》,夏承焘校笺、牟家宽注,上海古籍出版社1982年版。

《陈亮龙川集笺注》,姜书阁笺注,人民文学出版社1980年版。
《龙洲集》,刘过著,上海古籍出版社1978年版。
《龙洲集校笺》,马兴荣校笺,江西人民出版社1999年版。
《姜白石词编年笺校》,夏承焘笺校,上海古籍出版社1981年版。
《姜夔词新释辑评》,刘乃昌编著,中国书店2001年版。
《姜夔与南宋文化》,赵晓岚著,学苑出版社2001年版。
《中国抒情传统的转变——姜夔与南宋词》,[美]林顺夫著,上海古籍出版社2005年版。
《姜夔与宋代词乐》,刘崇德、龙建国著,江西高校出版社2006年版。
《姜夔与宋韵研究》,袁向彤著,齐鲁书社2007年版。
《梅溪词》,雷履平、罗焕章校注,上海古籍出版社1988年版。
《梦窗词汇校笺释集评》,吴蓓笺校,浙江古籍出版社2007年版。
《吴文英词新释辑评》,赵慧文、徐育民编著,中国书店2007年版。
《徘徊于七宝楼台——吴文英词研究》,田玉琪著,中华书局2004年版。
《梦窗词研究》,钱鸿瑛著,上海古籍出版社2005年版。
《山中白云词》,吴则虞校辑,中华书局1983年版。
《山中白云词笺》,黄畬校笺,浙江古籍出版社1994年版。
《山中白云词》,葛渭君、王晓红校辑,辽宁教育出版社2001年版。
《张炎词研究》,杨海明著,齐鲁书社1989年版。
《花外集》,吴则虞笺注,上海古籍出版社1988年版。
《王沂孙词新释辑评》,高献红编著,中国书店2006年版。
《词话丛编》,唐圭璋编,中华书局1986年版。
《宋元词话》,施蛰存、陈如江辑录,上海书店出版社1999年版。
《宋代词学资料汇编》,张惠民编,汕头大学出版社1993年版。
《中国历代词学论著选》,陈良运主编,百花洲文艺出版社1998年版。
《唐宋人词话》,孙克强编著,河南文艺出版社1999年版。
《词曲史》,王易著,东方出版社1996年版。
《词学通论》,吴梅著,华东师范大学出版社1996年版。
《宋词通论》,薛砺若著,开明书店1948年版。
《中国诗史》,陆侃如、冯沅君著,作家出版社1956年版。
《中国古代文学史长编》,郭预衡主编,北京师范学院出版社1993年版。
《宋代文学史》,孙望、常国武主编,人民文学出版社1996年版。
《词史》(上卷),黄拔荆著,福建人民出版社1989年版。
《唐宋词史》,杨海明著,天津古籍出版社1998年版。
《南宋词史》,陶尔夫、刘敬圻著,黑龙江人民出版社1992年版。
《唐宋词流派史》,刘扬忠著,福建人民出版社1999年版。
《唐宋词流派研究》,余传棚著,武汉大学出版社2004年版。
《中国历代著名文学家评传》(第三卷),吕慧鹃、刘波、卢达编,山东教育出版社1984

年版。
《中国历代著名文学家评传(续编二)》,吕慧鹃、刘波、卢达编,山东教育出版社 1989 年版。
《北宋词研究史稿》,崔海正主编,齐鲁书社 2006 年版。
《南宋词研究史稿》,崔海正主编,齐鲁书社 2006 年版。
《词学研究论文集》,华东师范大学中文系古典文学研究室编,上海古籍出版社 1982 年版。
《日本学者中国词学论文集》,王水照、保苅传昭编选,上海古籍出版社 1991 年版。
《词学论丛》,唐圭璋著,上海古籍出版社 1986 年版。
《唐宋词学论集》,唐圭璋、潘君昭著,齐鲁书社 1985 年版。
《唐宋词人年谱》,夏承焘著,古典文学出版社 1955 年版。
《月轮山词论集》,夏承焘著,中华书局 1979 年版。
《龙榆生词学论文集》,龙榆生著,上海古籍出版社 1987 年版。
《胡云翼说词》,胡云翼著,华东师范大学出版社 2004 年版。
《微睇室说词》,刘永济著,上海古籍出版社 1987 年版。
《诗词论丛》,吴世昌著,北京出版社 2000 年版。
《缪钺说词》,缪钺撰,上海古籍出版社 1999 年版。
《顾随文集》,顾随著,上海古籍出版社 1986 年版。
《诗词赋散论》,胡国瑞著,上海古籍出版社 1992 年版。
《胡国瑞先生 90 寿辰学术纪念文集》,武汉大学文学院编,武汉大学出版社 1999 年版。
《詹安泰词学论稿》,汤擎民整理,广东人民出版社 1984 年版。
《宋词散论》,詹安泰著,广东人民出版社 1980 年版。
《迦陵论词丛稿》,叶嘉莹著,河北教育出版社 1997 年版。
《唐宋词名家论稿》,叶嘉莹著,河北教育出版社 1997 年版。
《宋词辨》,谢桃坊著,上海古籍出版社 1999 年版。
《词学辨》,谢桃坊著,上海古籍出版社 2007 年版。
《断烟离绪——钱鸿瑛词学论集》,钱鸿瑛著,上海社会科学院出版社 2008 年版。
《词别是一家》,蒋哲伦著,上海社会科学院出版社 2005 年版。
《唐宋词史论》,王兆鹏著,人民文学出版社 2000 年版。
《唐宋词综论》,刘尊明著,中国社会科学出版社 2004 年版。
《唐宋词美学》,杨海明著,江苏教育出版社 1998 年版。
《唐宋词美学》,邓乔彬著,齐鲁书社 1993 年版。
《宋代词学审美理想》,张惠民著,人民文学出版社 1995 年版。
《唐宋词审美观照》,吴惠娟著,学林出版社 1999 年版。

后　　记

当我为本书画完最后一个句号时,就长长地舒了一口气,总算走完了一段颇为艰辛的道路。这是我自讨苦吃,也自得其乐。在写作过程中,我始终黾勉从事,未敢稍有懈怠。然因起步仓猝,事先没有成竹在胸,在写作时又深思熟虑不够,其缺点错误在所难免。我恳切地希望得到专家和读者的批评指正。

这本书的写作,得到各级组织的关心和支持,这是难以忘怀的。我衷心感谢陕西省教委的立项资助,感谢西北大学科研处、西北大学文学院、西北大学老教授协会领导对课题进展的关注与支持。在写作过程中,得到许多师友的热诚帮助:安旗教授惠赠资料,并多次说:"我资助你的书出版!"其好意虽然被我婉言拒绝了,但对其热诚支持科研的精神,我是十分感激的。赵俊玠教授审阅了书稿,提了许多非常中肯的意见,并破例为书写序;阎愈新先生、薛瑞生先生、阎琦先生,多有鼓励和帮忙,再次一并致谢。研究生黄大宏为我申请科研经费,奔波劳神,这让我非常感激。女儿房向莉与我合作,本书上卷的第一章第十节,第二章第五、七两节,第三章第二节,下卷的"赵长卿及其词作"和"史达祖词中的对偶句简说"等七篇,是我俩合写的;下卷的"惠洪词补辑二首"、"论朱熹词的爱国情绪之表现"、"卢祖皋的小令词"等三篇,则是她独立完成的。另外,资料检索、打印、校对等,也出了大力。总之,她对这本书的写作贡献良多,初意让她署名,她坚执不从,只好作罢。父女虽不言谢,"Thank you"却不能少!

在本书的写作过程中,我始终处于温馨和谐的环境中,隐隐感觉有一股暖流在心中激荡,促使生命的燃烧和发光。

本书出版,得到文学院前院长段建军教授、院长谷鹏飞教授的大力支持,赵小刚教授精心审读,高翔、陈海同志联系出版,费力劳神,都特表感谢;人民出版社洪琼编审精心编辑,正误纠谬,匡我亦多,谨表谢忱!

房日晰

2021 年 5 月 1 日国际劳动节

于西北大学寓所